DENNIS VLAMINCK

RELIQUIEM

EIN KRIMI AUS DEM MITTELALTER

Emons Verlag

Druck und Bindung: CPI – Clausen & Bosse, Leck
Printed in Germany 2008
ISBN 978-3-89705-582-7
Originalausgabe

Für meinen Vater

Dienstag, 31. März 1181, in der Karwoche

Der schwarze Hund hatte eine Witterung aufgenommen. Er presste seine Nase auf den schneebedeckten Boden der Grube, atmete gierig die Luft ein und stieß sie schnaubend wieder aus. Mit den Vorderpfoten scharrte er den Schnee beiseite und kratzte die nur leicht gefrorene Erde auf. Zuerst schaufelte der Hund den Dreck mit gleichmäßigen Bewegungen durch die Hinterläufe, dann immer aufgeregter. Der betörende Duft des Todes, den er durch sein Wühlen freisetzte, stachelte ihn an. Tiefer und tiefer stieß er ins Erdreich vor, bis seine Pfoten endlich eine helle, glatte Halbkugel freilegten. Er schnüffelte und leckte an dem Schädel, der bis zum Stirnwulst aus dem Schmutz ragte.

»Naseweis!«

Der schwarze Hund reckte den Kopf aus dem knietiefen Loch und hielt Ausschau nach dem Mann, der ihn gerufen hatte. Jaspar stand nur einen Steinwurf entfernt mit einer Schaufel in der Hand in einer anderen Grube. Der junge Mann hatte sein Tagewerk schon beenden wollen, als er aus dem Nachbarloch im hohen Bogen Dreck fliegen sah. Sein ständiger Begleiter Naseweis war wieder fündig geworden. Und das ausgerechnet in der Grube, in der er eben noch gegraben, sie aber aufgegeben hatte, weil er nicht mehr daran glaubte, hier auf Gebeine zu stoßen.

»Hast du etwas entdeckt?«, fragte Jaspar, ohne eine Antwort zu erwarten.

Jaspar war nicht übermäßig groß, aber doch kräftig gewachsen. Seine Züge waren weich, sein Blick aus braunen Augen freundlich und offen. Durch den knirschenden Schnee stapfte er zu seinem Hund. Naseweis sprang schwanzwedelnd aus der Kuhle, um stolz seinen Fund freizugeben. Jaspar stieg zu dem Schädel hinab, rieb den Schmutz ab und vergewisserte sich, dass sein Hund tatsächlich auf die Überreste eines Menschen gestoßen war. Er verzog den Mund. So recht wollte ihm der Schädel nicht gefallen.

»Gut gemacht, Naseweis«, lobte Jaspar. Aus der Grube heraus streichelte er seinen Hund, dem er nun Auge in Auge gegenüberkniete. »Du hast den Kopf einer Jungfrau gefunden. Pater Egilolf wird sich gewiss freuen. Aber leider ist dieser Schädel viel zu schön.«

Er richtete sich auf und lugte zuerst nach rechts und dann nach links, wo in etwa hundert Schritt Entfernung Pater Egilolf einen weiteren Ausgräber beaufsichtigte. Der hünenhafte Zacharias war damit beschäftigt, dem Boden eine neue Grube abzutrotzen. Weder Egilolf noch Zacharias hatten in ihrem Eifer von Naseweis' Entdeckung etwas mitbekommen. Keuchend hob Zacharias seine Hacke zu einem weiteren Schlag über den Kopf.

Auch Jaspar hob die Schaufel, wenn auch nicht ganz so hoch. Im gleichen Augenblick, als Zacharias sein Werkzeug in die Erde rammte, schlug Jaspar mit der Kante seiner Schaufel auf den Schädel ein. Ein fingerlanges Stück Knochen brach knackend ab. Jaspar stellte erleichtert fest, dass Egilolf und Zacharias nichts gehört hatten. Flink bückte er sich nach dem Bruchstück und warf es weit von sich in den knöchelhohen Schnee. Während Naseweis dem Knochensplitter hinterher sprang und sich schmatzend daran zu schaffen machte, drückte Jaspar etwas Dreck in die frisch geschlagene Spalte. Dann stieg er wieder aus dem Loch und rieb sich seine kalten Hände. Es konnte beginnen.

»Pater Egilolf, Pater Egilolf! Kommt, bitte! Ich glaube, ich habe wieder etwas gefunden.«

Egilolf, ein feister Mann mit kahlem Schädel, raffte seinen Umhang, den er über die feinen Gewänder geworfen hatte, und bahnte sich einen Weg durch den Schnee. Zacharias, der einen Kopf größer war als Egilolf und neben dem selbst der dicke Kanonikus schwächlich und unscheinbar wirkte, folgte ihm behäbig. Am Rand des Lochs angekommen, starrte Egilolf auf den Schädel, der noch immer in der Erde steckte.

»Beiseite, mein Sohn«, sagte Egilolf und setzte vorsichtig, beinahe ehrfürchtig einen Fuß nach dem anderen in die Grube. Unter seinem Umhang zog er ein Messer mit einem kunstvoll gearbeiteten Silberschaft hervor und grub damit den Fund aus der Erde. Mit beiden Händen hob er den Schädel hoch und entfernte den Dreck aus den Augenhöhlen, was ihm einige Mühe bereitete, weil ihm an der rechten Hand zwei Finger fehlten. Dann küsste er den Knochen auf die blasse Stirn.

»Der Herr sei gepriesen. Wieder ein Haupt einer Jungfrau aus der Schar der heiligen Ursula.« Er blickte auf die Kerbe, die Jaspar eben erst geschlagen hatte. »Sie trägt das Zeichen ihres grausamen Märtyrertodes. Gute Arbeit, mein Sohn. Wirklich gute Arbeit. Ich will dir deinen frommen Fund entgelten, sobald wir zum Stift zurückgekehrt sind.«

Egilolf schlug mit seiner Rechten das Kreuzzeichen und breitete die Arme zu einem stillen Gebet aus. Und Jaspar atmete durch. Es war ihm wieder einmal gelungen, mit einem kleinen Schwindel die Begierde des Kanonikers zufriedenzustellen.

Er kam über die Römerstraße von Westen. Als der Mönch von ferne die Mauern und Türme Kölns sah, hielt er seinen Maulesel zur Eile an. Die noch kalte und kraftlose Frühjahrssonne, die in seinem Rücken stand, warf bereits einen langen Schatten auf die Straße. Je näher er der Stadtmauer kam, desto mehr Menschen begleiteten ihn auf seinem Weg. Doch während diese in die Stadt drängten, um hier das bevorstehende Osterfest zu feiern, kam der Mönch mit einem Auftrag. Dafür hatte er das Einsiedlerkloster Grandmont verlassen und den weiten Weg aus dem Herzen Frankreichs auf sich genommen.

Die Kapuze seines Umhangs gegen die schneidende Kälte tief ins Gesicht gezogen, stieg er kurz vor dem Stadttor von seinem Maulesel. Er führte das Tier von nun an am Zügel über die Straße, auf der Schnee und Schlamm zu einem braunen Brei zertrampelt waren. Bevor er durch das Tor trat, atmete er noch einmal tief durch, denn nach all den Jahren harten und enthaltsamen Lebens hinter Klostermauern, das Spuren in seinem Gesicht hinterlassen hatte, war er das laute und bunte Leben der Stadt nicht mehr gewohnt.

Er strebte dem Dom zu, dessen Türme gelegentlich weithin über den Dächern der Häuser zu sehen waren. Als er die Kirche Sankt Cäcilien hinter sich gelassen hatte und seinen Maulesel in eine enge Gasse führte, hätte seine Reise fast doch noch ein unglückliches Ende genommen. Aus einem offenen Tor rannte unvermittelt eine quiekende Sau auf den Weg. Die Menschen stoben erschrocken auseinander, und der Maulesel des Mönchs scheute. Das schwere Tier glitt auf dem schlammigen Boden aus, fiel auf die Seite und hätte den Franzosen um ein Haar unter sich begraben. Der erschöpfte Maulesel stemmte sich wieder auf die Beine, und dem Mönch gelang es nur mit Mühe, die Zügel nicht aus der Hand zu geben.

Das Schwein, verfolgt von einem kläffenden Hund, flog derweil die Straße hinunter, geradewegs auf ein kleines Mädchen zu, das mit gelüpftem Rock neben einem dampfenden Misthaufen über der Gosse hockte und ihr Wasser abschlug. Das Mädchen machte große Augen, als es die rasende Sau auf sich zustürmen sah, doch es war schon zu spät. Das Schwein stieß die Kleine um, die sofort zu kreischen anfing, aber wohl weniger weil sie von einer toll gewordenen Sau über den Haufen gerannt worden war, als vielmehr weil sie mit dem nackten Hintern mitten in der Rinne gelandet war. Sie verstummte schnell wieder, kaum dass die Umstehenden lauthals zu lachen begannen. Auch der Mönch konnte sich ein Lachen nicht verkneifen, als er das peinlich berührte Gesicht der Kleinen sah, die sich hastig mit ihrem Rock das nasse Hinterteil abrieb und dann schnell davonlief.

In der Aufregung verlor der Mönch seinen Weg, doch dann folgte er dem Duffesbach und der verfallenden Römermauer durch das Viertel der Gerber, Färber, Walker und Weber ins Innere der Stadt. Der Winter hatte den Handwerkern die Arbeit genommen. Der Bach war zugefroren, und nur an einigen Stellen, wo spielende Kinder das Eis aufgebrochen hatten, war das leise Plätschern eines Rinnsals zu hören. Vom Rad der Wassermühle hingen lange Eiszapfen, und vor den niedrigen Fachwerkhäusern standen nur die leeren Färberbottiche. Dennoch herrschte rege Betriebsamkeit im Viertel. Die Menschen kamen zu den Händlern, um bunte Tücher zu kaufen, mit denen sie am Osterfest ihre Häuser schmücken wollten.

Der Strom aus Menschen wurde dichter, als der Fremde über den Steinweg zum Domhof gelangte. Er ging zum Palast des Erzbischofs, wo er sich als Besucher ankündigte und seinen nach dem Sturz völlig verdreckten Maulesel bei den Stallungen abgab. Dann wandte er sich der Kathedrale zu. Bevor er Erzbischof Philipp von Heinsberg seine Aufwartung machte, wollte er den Heiligen Drei Königen, den Schutzheiligen der Reisenden, für seine glückliche Ankunft nach dem beschwerlichen und fast vierwöchigen Ritt danken.

Gegen Ende des Tages trafen viele Reisende in Köln ein, Pilger, aber auch Bauern, Kaufleute und Handwerker, die sich aus dem Umland aufgemacht hatten, um vor dem Auferstehungsfest das ein oder andere Geschäft zu machen. Die Gläubigen strömten zum Dom wie Blut zum Herzen und wieder hinaus. Der Andrang der Menschen vor der Kathedrale war auch jetzt, kurz vor Sonnenuntergang, noch so groß, dass der Mönch am Eingangsportal achtgeben musste, nicht zu Boden gestoßen zu werden.

Mühsam bahnte er sich seinen Weg in die dem Apostel Petrus und der Gottesmutter Maria geweihte Kirche, vorbei an Krüppeln und Bettlern, die im Domhof auf eine milde Gabe der Kirchenbesucher hofften. Er betrat den Dom wie viele andere Gläubige, die am Grab der Heiligen Drei Könige beten wollten, durch die Vorhalle an der Südseite und ließ sich mit der Menge ins Innere der Kirche treiben.

Er wurde gleich weiter zur Mitte des Doms geschoben. Beinahe wäre er über einen jungen Mann gestolpert, der betend auf Knien zu den Sarkophagen der Heiligen Drei Könige rutschte. Um in dem Gewimmel nicht die Orientierung zu verlieren, richtete der Mönch seinen Blick zur Balkendecke, von der an einer Kette ein riesiger Leuchter hing. Auf dessen hölzernem Rad standen etwa hundert Kerzen, deren Licht das kühle Innere der Kirche nur matt erhellte.

Die Särge der Heiligen waren mitten im Dom neben einem Altar auf einem Podest aufgestellt und mit einem hüfthohen Gitter gesichert, das bereits viele Gläubige kniend auf den schwarzen und weißen Steinfliesen umringten. Einige beteten still vor den Schranken, andere laut, eine Gruppe von Nonnen sang. Etwas abseits standen Männer und übertönten mit lautstarkem Lachen hin und wieder sogar den Gesang der Schwestern. Der Mönch beugte vor den Särgen aus dunklem und mattem Metall das Knie und sprach seine Dankesworte.

»Der weise König Salomo sagt: ›Manch einem scheint sein Weg der rechte, aber am Ende sind es Wege des Todes‹. Ich danke Euch daher, Ihr Könige, dass ich meine Reise bis Köln glücklich vollbracht habe und mein Weg nicht ins Verderben führte. Und ich bitte Euch, mich wieder heil zurück nach Grandmont zu geleiten.«

Der Mönch erhob sich und verließ die Kirche wie die meisten

Besucher durch die Pfalzkapelle. Als er im Domhof stand, holte er tief Luft. Er wusste nicht, weshalb ihn plötzlich fröstelte und sich die Haare auf seinen Armen zu einer Gänsehaut aufstellten, ob wegen der eisigen Frühjahrsluft oder weil er nach so langer Zeit wieder unter so vielen Menschen gewesen war. Jedenfalls konnte er nicht sagen, dass ihm dieses Erlebnis unangenehme Gefühle bereitet hätte. Ganz im Gegenteil, die Lebendigkeit dieser Stadt und ihrer Menschen schien auf ihn übergesprungen zu sein und mit ungeahnter Kraft durch seine Adern zu strömen.

Die kalte Kammer war leer bis auf einen Tisch, einen Stuhl und ein Messer. Unbeweglich saß die Gestalt da und starrte auf die Klinge, die sie vor sich auf die Tischplatte gelegt hatte. Nun, da sich die Sonne senkte, nahte die Zeit der Entscheidung. Es blieb nur noch diese eine Nacht, und wenn sie die letzte Gelegenheit nicht nutzte, war es endgültig vorbei. Alles Beten und alles Flehen um ein Zeichen war ungehört verhallt. Sie war auf sich allein gestellt und musste das Urteil selbst fällen.

War es wert, dafür zu töten? War es wert, das Seelenheil dafür aufs Spiel zu setzen? Ihre Gedanken kreisten nur um diese Fragen, denn sie musste damit rechnen, auf Widerstand zu stoßen. Das Unterfangen war gefährlich. Die Gestalt hob die Hand und fuhr mit den Fingern über das kalte Metall des Messers. Wenn diese Waffe ein Leben auslöschte, war dann auch ihres verloren? Oder konnte sie auf Rettung hoffen, weil sie sich in den Dienst einer guten Sache gestellt hatte? Sie lehnte sich zurück und schloss die Augen.

Ein wenig Zeit blieb noch.

Aber nicht mehr viel.

Was machte einen Knochen heilig? Woran konnte er erkennen, wenn er ein Skelett tief in der Erde gefunden hatte, ob er die Gebeine eines Märtyrers oder eines gewöhnlichen Sterblichen in Händen hielt? Jaspar wusste es nicht. Während Egilolf am Grubenrand stand und mit ausgebreiteten Armen und geschlossenen Augen still betete, kamen Jaspar diese Fragen in den Sinn, die er sich wieder und wieder gestellt, aber nie zu seiner Zufriedenheit hatte beantworten können.

Die Knochen, die er mit Naseweis' Hilfe in den Äckern rund um das Stift entdeckte, entsprachen so gar nicht dem, was Jaspar zu finden erwartete. Gewiss, die Zahl der Gebeine mochte stimmen. Elftausend Jungfrauen sollten es gewesen sein, die der Legende nach vor den Toren Kölns begraben worden waren. Ihre Anführerin war Ursula gewesen, eine britannische Prinzessin, die vor ihrer Heirat nach Rom pilgerte. Auf der Rückfahrt den Rhein hinab fiel sie mit ihren elftausend Begleiterinnen einem Hunnenheer in die Hände, das Köln belagerte. Die mordlustigen Heiden metzelten Ursula und ihre Schar nieder, ließen von der Stadt ab, als ihr Blutdurst gestillt war, und zogen weiter. Die Kölner – heilfroh, dass sie Plünderung, Mord und Vergewaltigung entgangen waren – bestatteten die edlen Jungfrauen in allen Ehren.

Doch wenn Jaspar sich die Legende vor Augen führte, wenn er sah, wie die schweren Schwerter der Hunnen die zarten Gliedmaßen der Jungfrauen zertrümmerten, wie Spieße krachend durch die schmächtigen Körper stachen, dann fragte er sich, weshalb die Knochen, die er aus der Erde barg, heil und unbeschadet waren, gänzlich ohne Hieb- und Stichspuren.

Jaspar fand keine Antwort auf seine Fragen. Wohl aber merkte er, wie sehr es die Kanonissen und die Kanoniker im Stift der heiligen Jungfrauen betrübte, wenn er wieder einmal nur ein makelloses Skelett ans Tageslicht gebracht hatte. Und er merkte auch, wie sehr es die Schwestern freute, wenn sich unter seinen Funden ein Knochen befand, der in einem Augenblick der Unachtsamkeit unter Jaspars Schaufel zersplittert war. Die Aufregung war stets groß, wenn die Ausgräber Gebeine mit ins Stift brachten, denen das vermeintliche Martyrium der Jungfrauen anzusehen war. Und so hatte Jaspar es sich bald zur Gewohnheit gemacht, den jungfräulichen Knochen nachträglich das ein oder andere Martermal beizufügen – den Schwestern zur Freude und ihm zum Wohlergehen, denn die Kanonissen belohnten ihn, seit sie ihn im vorigen Sommer in Dienst gestellt hatten, mit Mahlzeit und Unterkunft. Und dank Naseweis, der seinen Namen nicht nur dem kleinen weißen Fleck auf seiner Nase, sondern auch einer gehörigen Menge Vorwitz verdankte, war Jaspar der findigste Ausgräber auf dem Ursula-Acker.

Sein Gewissen quälte ihn dabei nicht. Wenn er hier eine Pfeilwunde, dort einen Axthieb und da einen Schwertstich nachzeichnete, so hatte sich Jaspar stets eingeredet, tat er nichts anderes, als den Jungfrauen jene Verletzungen zuzufügen, die dort hingehörten, aber aus irgendeinem Grunde nicht vorhanden waren.

Die Vielzahl der Märtyrerinnen steigerte das Ansehen, das die Kirche der heiligen Jungfrauen weit über die Stadtgrenzen hinaus genoss. Die Äbtissin hatte sogar angeordnet, auch in der Karwoche auf dem Grund vor dem Damenstift nach Gebeinen zu graben. Zum Osterfest kamen viele Gläubige nach Köln, denen es zu beweisen galt, wie sehr die Kanonissen bemüht waren, die Knochen der Märtyrerinnen zu bergen. Im Sommer waren manchmal ein Dutzend Ausgräber am Werk, heute jedoch nur zwei. Zwar fand Jaspar die Arbeit wegen der Kälte nicht gerade angenehm, aber wenigstens erschwerte der Frost nicht unnötig das Graben, denn der Boden war sehr sandig und daher locker.

»Los, los, an die Arbeit, ihr Faulpelze.«

Egilolf hatte sein Gebet beendet und riss Jaspar aus seinen Gedanken. Der Kanonikus schlug den Mantel enger um seinen massigen Leib und ließ Jaspar und Zacharias mit dem Fund allein. Nun setzte ein Verfahren ein, das Jaspar schon so oft vollzogen hatte, dass er es im Schlaf würde ausführen können. Er stieg wieder in die Grube und begann, auch die übrigen Knochen, die zum Schädel gehörten, aus der Erde zu lösen. Zacharias ging derweil zu einem Karren und holte einen Stapel Bänder und ein großes Leinentuch, die er Jaspar in das Loch reichte. Jaspar legte die Bänder auf den Boden und schlug das Tuch daneben aus.

Knochen um Knochen schälte der junge Mann nun aus dem Dreck und ordnete sie. Nach und nach entstand so das Skelett der Toten, das sich schmutzig-braun vom Weiß des Tuches abhob. Mal bettete Jaspar einen großen Oberschenkelknochen auf das Leinen, mal einen kleinen, unscheinbaren Fingerknochen, den ein unerfahrener Ausgräber sicherlich mit einem Stein verwechselt hätte. Mit schlafwandlerischer Sicherheit fügte Jaspar alles an seinen Platz.

Kaum hatte er alle auffindbaren Knochen auf dem Tuch ausgebreitet, reinigte Jaspar einen nach dem anderen, wischte Schmutz aus Wölbungen und kratzte Erde aus Ritzen. Dabei ging er so vorsichtig wie irgend möglich vor, denn die Gebeine waren trocken und spröde und die Gefahr groß, dass sie an der frischen, kalten

Luft zerbrachen. Jeden sauberen Knochen wickelte er in ein Leinenband und legte ihn wieder an seine Stelle auf das Tuch. Er war gerade dabei, den letzten Knochen einzuschlagen, als plötzlich der schwerfällige Zacharias zu ihm in die Grube stieg und sich neben das Skelett kniete.

»Warte, Jaspar. Musst warten kurz auf Zacharias«, stammelte der riesenhafte Kerl, den die Schwestern des Stifts einzig seiner Kräfte wegen in Diensten hatten.

Zacharias hatte Hände groß wie Teller und einen gewaltigen Schädel, zu dem das Gesicht nicht recht passte. Seine Züge waren zu sanft, seine Lippen zu schmal, seine Stupsnase viel zu klein und seine Sommersprossen zu zahlreich. Dachte man sich den Körper weg, sah Zacharias fast aus wie ein Mädchen. Der Hüne krempelte träge den linken Ärmel seines grauen Lumpengewands hoch und entblößte eine Hasenpfote, die um seinen Oberarm geschnürt war. Mit seinen unförmigen Fingern löste er den Lederriemen, um dann mit der zerzausten Pfote siebenmal über den Knochen zu streichen, den Jaspar in Händen hielt. Dabei lallte er unverständliches Zeug.

»Was soll das?«, fragte Jaspar mit großen Augen und schob Hund Naseweis beiseite, der ein Auge auf die Hasenpfote geworfen hatte. Zacharias grinste und hielt seinen Zeigefinger vor die Lippen.

»Psst, Jaspar. Zacharias nicht verraten. Jungfrau will Zacharias schützen. Hat sie ihm gesagt, als sie ihn besucht hat. Liebe Jungfrau ist das.«

Der Schwachsinnige presste die Hasenpfote mit beiden Händen an die Brust und wiegte seinen Oberkörper mit geschlossenen Augen vor und zurück.

»Jaspar, schau!«, sagte er unvermittelt. Zacharias griff durch die Halsöffnung in sein Gewand und nestelte einen kleinen Beutel hervor, aus dem er einen Fetzen Pergament zog. »Schau nur, Jaspar, schau.«

Jaspar konnte auf dem Schnipsel Schriftzeichen erkennen, die er jedoch nicht zu entziffern vermochte. »Ich kann nicht lesen, Zacharias. Jetzt sag bloß nicht, du Trottel kannst es.«

»Zacharias weiß, was hier steht. Zacharias weiß es. Der junge Mönch hat es ihm gesagt und dann verkauft«, gluckste Zacharias.

Mit dem Zeigefinger deutete er nacheinander auf drei Tintenkleckse und las sie langsam mit seiner rauen Stimme vor. »Schau, Jaspar, schau. Die Worte heißen Melchior, Balthasar und … und …?«

Er schaute Jaspar erwartungsvoll mit großen Augen an und prustete dann los wie ein kleines Kind. »Und Jaspar. Jaspar steht hier. Jaspar. Das bist du. Du bist auch einer der drei Könige.«

Zacharias kicherte und beruhigte sich nur langsam wieder. »Die drei Könige passen auf Zacharias auf, genau wie die Jungfrau. Und die Jungfrau passt auch auf dich auf, mein Jaspar. Sie hat es Zacharias gesagt. Sie passt auf alle auf, die Zacharias lieb hat. Das hat sie gesagt.«

»Welche Jungfrau? Wovon redest du?«

»Siehst du sie denn nicht? Siehst du nicht all die Jungfrauen?«

»Wo denn? Erklär dich!«

»Da, schau doch«, sagte Zacharias und deutete mit einer weit ausholenden Bewegung über die schneebedeckte Wiese. »Viele, viele Jungfrauen. Da gehen sie. Da und da und da. So viele in ihren weißen Kleidern. Schön anzusehen sind sie. Aber sie haben keine Köpfe, keine Köpfe haben sie nicht. Müssen ihre Schädel unter dem Arm tragen. Traurige Jungfrauen sind das. Aber lieb, ganz lieb. Und eine hat Zacharias besonders lieb. Denn sie passt auf den Zacharias auf. Schaust du sie, Jaspar? Schaust du sie?«

Auch wenn Jaspar das Sehen nach dem langen Tag im blendenden Schnee schwerfiel und er in die untergehende Sonne blinzeln musste, war er sich sicher, dass er nichts sah außer dem Ursula-Acker mit der dünnen Schneedecke, aus der vereinzelt verdorrte Grashalme ragten, und dahinter einigen Häusern vor der alten Römermauer, die den inneren Stadtkern Kölns umschloss. Zumindest sah er keine kopflosen Jungfrauen.

»Ich sehe nichts, rein gar nichts, mein seltsamer Freund. Was spinnst du dir da zusammen? Oder bist du verhext?«

Zacharias kicherte schon wieder und schaute verstohlen über die Schulter, ob Pater Egilolf sie nicht beobachtete.

»Es ist ein kleiner Zauber, Jaspar, da hast du wohl recht. Du siehst die Jungfrauen nur, wenn du sie lieb hast, ganz lieb. Und wenn du das hier gekaut hast.«

Abermals griff Zacharias in den kleinen Beutel vor seiner Brust und kramte umständlich und lange darin herum. Er streckte seine Hand vor, in der ein paar Samenkörner lagen.

»Nimm, Jaspar, nimm nur«, forderte Zacharias ihn auf. »Aber nicht zu viel, bloß nicht zu viel. Nur zwei oder drei, mehr nicht. Denn sie sind stark, sehr stark sind sie. Tun Hühnertod heißen. Hihi, alle wollen Zacharias' Hühnertod. Gut kauen, die Körner, gut kauen. Und dann, Jaspar, dann siehst du sie. Schon bald. Schon bald siehst du sie, die lieben Jungfrauen. Nimm, Jaspar, nimm. Damit die schönen Jungfrauen auch zu dir kommen und gut auf dich und deine Lieben aufpassen.«

»Silentium!«, bellte plötzlich Egilolf.

Forschen Schrittes kam er auf die Grube zu. So träge, wie Zacharias seine Glücksbringer und die Samenkörner hervorgeholt hatte, so schnell steckte er sie nun wieder ein, um sie vor den Blicken des Kanonikers zu verbergen.

»Musst schweigen, Jaspar, musst Zacharias nicht verraten«, flüsterte er ängstlich. »Ist kein böser Zauber nicht. Die Könige und die Jungfrauen sollen schützen Zacharias. Armer Zacharias. Aber die Jungfrauen und die Könige helfen ihm gut. Liebe Jungfrauen, gute Könige. Psst jetzt.«

»Was macht ihr da?«, schnauzte Egilolf sie vom Grubenrand an.

»Nichts, Pater Egilolf, nichts«, erwiderte Jaspar eilfertig und schob sich zwischen Zacharias und den Kanonikus.

Zu oft schon hatte er ansehen müssen, wie Egilolf den Hünen verprügelte. Zacharias mochte Kräfte wie ein Bär haben, aber er schien von seinen Möglichkeiten nichts zu wissen. Und so sah es Jaspar als seine Pflicht an, den Freund in Schutz zu nehmen.

»Ihr sollt arbeiten und nicht dumm schwatzen. Ihr steht auf geheiligter Erde, ihr Bauerntölpel. Die Jungfrauen haben etwas mehr Ehrfurcht verdient. Wenn das noch einmal vorkommt, kannst du deine Belohnung vergessen, Jaspar. Ich erwarte euch beide in der Beichte.«

Schuldbewusst zog Zacharias seinen Kopf zwischen die Schultern. Jaspar schaute ihn mit einem besänftigenden Blick an, nickte ihm aufmunternd zu und umwickelte den letzten Knochen, den er mit den anderen in das große Tuch zu einem Bündel zusammenfaltete.

»Und?«, fragte Egilolf mit Griesgram in der Kehle.

»Es ist nahezu vollständig«, antwortete Jaspar, halb mürrisch, halb unterwürfig. »Kaum ein Knochen fehlt.«

Diese Neuigkeit wiederum besserte des Kanonikers Laune. Egilolf nahm den Packen in Empfang, schritt feierlich und Gebete murmelnd mit dem Leintuch zum Karren und legte es zu zehn anderen weißen Knäueln. Er trat einen Schritt zurück und betrachtete die Funde des Tages. Gottgefällige Ernte aus heiligem Boden.

»Bares Gold«, murmelte Egilolf. Er grinste aus seinem kugelrunden Gesicht, in das die schon tief stehende Frühjahrssonne harte Züge zeichnete. »Bares Gold. Vielleicht nicht heute, aber schon bald, gewiss schon bald.«

Der Mönch kehrte zum Palast des Erzbischofs zurück und betrat die Empfangshalle, in der mehrere Waffenknechte ihren Dienst versahen. Einer der Männer stellte sich ihm in den Weg. Volkmar, der Hauptmann der erzbischöflichen Wache, hatte die Linke lässig auf den Knauf des Schwertes gelegt, das an seinem Gürtel baumelte.

»Was ist Euer Begehr?«, fragte der Bewaffnete scharf. Er blickte abschätzig auf die von der Reise verschmutzte Kleidung des Besuchers.

»Seid gegrüßt«, sagte der Fremde und verbeugte sich. »Ich bin den weiten Weg von Frankreich nach Köln gekommen, um Erzbischof Philipp von Heinsberg zu sehen. Könntet Ihr mich wohl zu ihm führen?«

Die Augen des Hauptmanns weiteten sich vor Überraschung. »Ja, glaubt Ihr denn, man könnte den Erzbischof in seinem Palast mal eben auf einen Plausch treffen? Bedaure, Ihr müsst Euch schon zu einer Audienz anmelden, Bruder. Und die Liste der Bittsteller ist gewöhnlich sehr lang. Leider habt Ihr heute Pech. Die Audienz ist fast beendet. Und es ist die letzte bis nach dem Osterfest.«

»Das heißt, die Audienz ist noch nicht vorbei?«, fragte der Mönch. Er war nicht gewillt, sich abweisen zu lassen. Sein Auftrag duldete es nicht, bereits an der ersten Hürde abgewimmelt zu werden.

»Nein, der letzte Bittsteller müsste noch im großen Saal sein.

Aber macht Euch keine Hoffnung. Der Herr Erzbischof schätzt es gar nicht, länger als unbedingt nötig aufgehalten zu werden. Und ich werde den Teufel tun und seinen Zorn auf mich ziehen, indem ich ihm noch einen Besucher bringe.«

»Doch bestehe ich darauf, dass Ihr mich zu ihm bringt. Er erwartet mich.«

»Ha! Was meint Ihr wohl, wie oft ich dieses Sprüchlein schon gehört habe? Nichts da!« Der Hauptmann beugte sich vor und sagte flüsternd in einem bedrohlichen Ton: »Mein Vorgänger in diesem Amt als Hauptmann der erzbischöflichen Wachen machte einst den Fehler, auf einen Fuchs wie Euch hereinzufallen. Er dient heute unter mir, denn der Herr Erzbischof hasst es, wenn man seine kostbare Zeit stiehlt.«

Nun beugte sich auch der Mönch vor und senkte ebenfalls seine Stimme. »Und wie findet er es, wenn Gästen, die ihm gemeldet sind, der Zutritt verweigert wird? Glaubt Ihr denn wirklich, ich nehme eine vielwöchige Reise auf mich ohne einen triftigen Grund?«

Der Hauptmann verzog das Gesicht, kniff die Augen zusammen und schaute den Mönch prüfend an. Der Fremde hielt dem Blick stand. Dennoch machte Volkmar keinerlei Anstalten, den Mönch in den großen Saal zu führen. Wenn jemand nach einer harschen Zurechtweisung noch immer auf die Audienz bestand, hieß es noch lange nicht, dass es auch tatsächlich gerechtfertigt war, ihn vorzulassen.

»Vielleicht vermag Euch das hier zu überzeugen«, sagte der Mönch und zog eine Pergamentrolle hervor. Er wickelte sie auf und zeigte dem Hauptmann das angehängte Siegel aus rotem Wachs. »Dies ist ein Empfehlungsschreiben.«

Volkmar konnte nicht lesen, aber zumindest das Siegel erkannte er sofort. Es war das der Siegburger Benediktinerabtei.

»Wenn Ihr aus Frankreich kommt, wieso habt Ihr dann einen solchen Brief?«, fragte er argwöhnisch.

»Wie ich sehe, kennt Ihr das Siegel von Abt Gerhard. Er hat dieses Schreiben bei seinem Besuch in unserem Kloster unterzeichnet.«

Der Hauptmann kraulte sich nachdenklich den struppigen schwarzen Bart. Siegburger Mönche pilgerten jedes Jahr nach

Frankreich, und Abt Gerhard war schon oft dabei gewesen, das wusste er.

»Also gut«, sagte er dann. »Stellt sich aber heraus, dass Ihr mich an der Nase herumgeführt habt und meinen Herrn mit Nichtigkeiten belästigt, dann könnt Ihr Euch auf einiges gefasst machen. Folgt mir.«

Gemeinsam schritten sie durch einen langen, mit Wandteppichen geschmückten Gang zum großen Saal. Die beiden Wachen ließen sie ohne Widerspruch ein, als sie den Hauptmann sahen. Philipp von Heinsberg hatte die Audienz soeben beendet und entledigte sich im Beisein einiger Geistlicher erschöpft seiner förmlichen Kleidung. Er streifte den roten, mit Hermelinpelz besetzten Schulterkragen ab, ebenso seine zahlreichen edelsteinbesetzten Ringe und die weißen Handschuhe. Auf einem Stuhl neben ihm stand die in der Fastenzeit übliche goldene Mitra. Nun trug er nur noch ein weißes Gewand und ein kleines, rundes Scheitelkäppchen. Für einen Erzbischof schlichte, aber immer noch sehr vornehme Kleidung im Vergleich zu dem von der Reise schmutzigen französischen Besucher, der nun mit dem Hauptmann vor Philipp trat.

»Volkmar, die Audienz ist beendet«, sagte Philipp von Heinsberg unwirsch, als er seinen Bischofsring wieder über den Finger zog. »Ich möchte heute keine Bittsteller mehr anhören.«

»Verzeiht vielmals, Eure Eminenz«, sagte der Hauptmann und verbeugte sich. »Aber dieser Mönch hier behauptet, dass Ihr ihn erwartet.«

Philipp musterte den Ankömmling kurz und sagte dann knapp: »Ich kenne Euch nicht. Wieso also sollte ich Euch erwarten?«

Schon trat der Hauptmann mit finsterem Blick einen Schritt auf den Fremden zu. Der Mönch kniete nieder und ergriff ohne Umschweife das Wort.

»Es ist wohl wahr, dass Ihr mich nicht kennt, Eminenz«, sagte der Mönch auf Latein, »doch müsstet Ihr, so hoffe ich zumindest, den Grund meines Besuchs kennen. Ich heiße Imbert und bin Mönch des Eremitenklosters Grandmont nahe der Stadt Limoges in Frankreich. Im vorigen Sommer gaben wir einer Gruppe von Mönchen Unterkunft, die sich auf einer Pilgerreise nach Santiago de Compostela befand. Es waren Benediktiner des Michaelsklosters in Siegburg, und ihr Abt berichtete uns vom Martyrium der heiligen Ursula und ihrer Schar der elftausend Jungfrauen. Auch erzählte er von der wundertätigen Kraft ihrer Gebeine. Nun habe ich die weite Reise auf mich genommen, um hier in Köln einen Wunsch meines Klosters vorzutragen. Dieser Wunsch ist genährt von der Hoffnung, ein Versprechen einfordern zu können, das Abt Gerhard von Siegburg meinem Abt gegeben hat.«

Die Miene des Erzbischofs hellte sich auf. »Ah, ich erinnere mich«, sagte Philipp herzlich, worauf sich der Hauptmann wieder entspannte. Zwar hatte Volkmar nichts von dem Gespräch auf Latein verstanden, doch beruhigte ihn allein der freundliche Tonfall des Erzbischofs.

»Seid willkommen im heiligen Köln«, fuhr Philipp fort. »Abt Gerhard hat mir schon viel von der Frömmigkeit Eurer Bruderschaft berichtet. Und auch von Eurem Anliegen. Kommt, steht auf und setzt Euch zu mir. Sagt mir, was Euch nach Köln führt. Auch wenn Abt Gerhard mich bereits unterrichtet hat, will ich es gern noch einmal aus Eurem Mund hören.«

Philipp ließ sich auf einem gepolsterten Sessel nieder, gleich neben dem großen offenen Kamin, in dem ein Feuer wohlig knisterte, und wies seinen Gast mit einer Handbewegung an, es ihm gleichzutun. Die Geistlichen und Volkmar hingegen zogen sich wie auf einen unsichtbaren Wink hin zurück. Lediglich ein Diener und ein greiser Schreiber an seinem Pult blieben im Saal. Nachdem Imbert auf einem schweren Eichenstuhl Platz genommen hatte, fuhr er fort.

»Als Abt Gerhard sah, wie gebannt meine Brüder den Erzählungen über die Jungfrauen lauschten und wie begierig sie waren, mehr über ihr Martyrium zu erfahren, da war er sehr gerührt von der Begeisterung in unserem Kloster. Er versprach uns, sich nach seiner Rückkehr dafür einzusetzen, dass unserem Orden die Gebeine einer Jungfrau überlassen werden. Ihr könnt Euch nicht vorstellen, Monseigneur, wie groß die Freude meiner Brüder und auch meiner selbst war, denn davon hatten wir nicht zu träumen gewagt. So hat mein Abt mich nun also gesandt, hier in seinem Auftrag um die Gebeine einer Jungfrau aus der Schar der heiligen Ursula zu bitten und sie heim zu unserer Bruderschaft zu bringen, damit auch wir uns unter ihren Schutz und die wundertätige Kraft ihrer Heiltümer stellen können. Auch wenn ich bedauerlicherweise kein Geld anbieten kann, sondern nur die volle Gebetsbruderschaft unseres Ordens, also das Gedenken in allen Gebeten und Messen, im Leben und nach dem Tode.«

»Ihr habt Eure Reise gewiss nicht vergebens angetreten, denn meinen Segen habt Ihr«, sagte Philipp. »Gerhard brauchte keinerlei Überredungskünste, um mich von Eurer Ehrbarkeit zu überzeugen. Daher unterstütze ich Euch und gebe Euch ein Schreiben mit. Geht damit zum Kanonissenstift an der Kirche der heiligen Jungfrauen. Ich bin mir sicher, Äbtissin Clementia wird Euch mit offenen Armen empfangen.«

Der Erzbischof gab seinem Schreiber ein Zeichen. Der Alte, der in einen schlichten Mönchshabit gekleidet war, beugte sich zu Philipp hinab und nahm nickend die Anweisungen entgegen, die der Erzbischof ihm ins Ohr flüsterte. Dann begab er sich sogleich wieder zu seinem Pult, griff zu einer weißen Feder, tunkte sie in ein Tintenfässchen und setzte den Brief an die Äbtissin auf.

»Ich danke Euch, Eminenz, ich danke Euch aufrichtig. Meine Brüder werden überglücklich sein zu hören, wie freundlich ich hier aufgenommen wurde. Der weise König Salomo sagte: ›Eine Stadt kommt hoch durch den Segen der Redlichen.‹«

»Nicht der Rede wert, lieber Bruder Imbert. Ihr müsst Euch nicht als Bittsteller fühlen, ganz und gar nicht. Aber vielleicht dürfte ich Euch um eine kleine Gegenleistung für unser Entgegenkommen bitten?«

»Selbstverständlich, Eminenz. Was kann ich für Euch tun?«

»Erweist mir die Ehre, morgen einer seltenen Zeremonie im Dom beizuwohnen«, sagte Philipp. Er stand auf, um seinem Gast das Ende des Gesprächs zu bedeuten. Auch Imbert erhob sich. »Wir werden die Särge der Heiligen Drei Könige öffnen und erwarten dazu einen Eurer Landsmänner, von dem wir nicht wissen, ob er sich mit uns zu verständigen in der Lage ist. Es könnte daher sein, dass Eure Sprachkenntnisse vonnöten sind, denn Ihr seid ja nicht nur des Lateinischen mächtig, sondern vor allen Dingen auch des Französischen. Es würde mich also freuen, wenn Ihr morgen nach der Terz zu uns stoßen könntet, lieber Bruder Imbert.«

Während er sprach, ging er zum Pult, las das Schreiben und

nickte zustimmend. Nach der Prüfung unterschrieb er mit einem knappen Federstrich und siegelte den Brief.

»Es wäre mir eine große Ehre, dieser feierlichen Handlung beiwohnen zu dürfen, Eminenz«, erwiderte Imbert und kniete nieder, um den Ring des Erzbischofs zu küssen.

»Nun denn, bis morgen. Und vergesst das Empfehlungsschreiben nicht.«

Imbert verließ den Saal mit einem Hochgefühl. Aber er fragte sich auch, welchem Landsmann er wohl morgen als Übersetzer dienlich sein sollte.

Mit einem Klicken fuhr die Klinge zurück in die Scheide. Die Gestalt hatte ihre Entscheidung getroffen. Sollten heute Nacht Menschen sterben, so war es nicht ihr Wille. Sie war nur Werkzeug und völlig unverschuldet in diese Sache hineingeraten. Wer sich ihr in den Weg stellte, hatte die Folgen zu tragen. Und wenn sie wegen eines Mordes ihr Seelenheil verlieren sollte, würde sie die Höllenqualen gern in alle Ewigkeit auf sich nehmen.

Denn sie tat es für ihn.

Für *ihn*.

Die Gestalt erhob sich und straffte den Rücken. Es waren Vorbereitungen zu treffen, und die Zeit drängte. Kein Zögern und kein Zaudern mehr.

Kaum hatte sich die schwere zweiflügelige Tür hinter Imbert und dem Diener geschlossen, trat Philipp an das Kaminfeuer. Der greise Schreiber, der auch Leiter der Palastkanzlei war, räusperte sich unüberhörbar.

»Was treibt dich um, Richard?«, fragte Philipp, ohne sich umzudrehen. »Oder sollte mir entgangen sein, dass du unter Halsweh leidest?«

»Mich plagt nicht mein Hals, mich plagt eher, dass mein Verstand wohl nicht mehr so recht arbeiten mag«, entgegnete Richard.

»Rede nicht so lange um den heißen Brei, mein Guter. Wir kennen uns lange genug und brauchen uns nicht mehr behutsam an den Kern einer Sache heranzutasten. Was hast du auf dem Herzen?«

»Ich vermag Euer Verhalten nicht recht zu verstehen, Eminenz. Ihr lasst selbst schon lange nach Jungfrauengebeinen graben und stapelt etliche in der Deutzer Benediktinerabtei. Es wäre für Euch ein Leichtes, dem Mönch die gewünschte Reliquie zu überlassen. Ich hätte den Inhalt des Briefs nur leicht zu ändern brauchen, und der Mann könnte noch morgen Köln wieder verlassen und freudig in seine Heimat zurückkehren. Stattdessen schickt Ihr ihn zu Clementia, zu der Ihr ein nicht gerade von Freundschaft geprägtes Verhältnis pflegt, und das ist noch vorsichtig ausgedrückt.«

Den Rücken noch immer zu seinem Schreiber gekehrt, lächelte Philipp.

»Du vermutest sicher wieder Ränke und Arglist, Heimtücke und Hinterhalt. Aber was soll so schlimm daran sein, wenn ich der ehrwürdigen Äbtissin eine kleine Lektion erteile? Sie beschwert sich etwas zu lautstark darüber, dass ich die Deutzer ebenfalls auf dem Acker nach Gebeinen suchen lasse, und will mir, dem Erzbischof von Köln, das Recht dazu absprechen und als Äbtissin des Stifts an der Kirche der heiligen Jungfrauen den alleinigen Anspruch auf die Reliquien erheben. Nun, wenn sie denkt, sie allein dürfe Jungfrauengebeine besitzen, dann muss sie auch alle Bittsteller hören, die um Heiltümer ersuchen, und ihr Begehr erfüllen. Auch wenn diese mit leeren Händen kommen.«

Philipp von Heinsberg streckte seine Hände dem wärmenden Feuer entgegen.

»Diese Gebeine gehören allen Kölnern. Da ist es wohl das Beste, wenn ich als geistliches Oberhaupt dieser Stadt auch meine schützenden Hände über die Jungfrauen halte, zumindest über jene, die sich in meiner Obhut befinden. Daher ist es ein durchaus lässliches Vergehen, wenn ich nicht ganz aufrichtig zu unserem Gast bin und ihm diese Kleinigkeit vorenthalte. Zu guter Letzt werden aber alle zufrieden sein. Ich, weil ich die widerborstige Clementia in ihre Schranken verwiesen habe, der einfältige Mönch, weil er seinen Wunsch erfüllt findet, und Clementia, weil ich sie vor der Sünde des Hochmuts bewahrt und ihre hoch fliegenden Träume wieder auf die Erde zurückgeholt habe.«

Das Lächeln in Philipps Gesicht wich einer eisigen Miene.

»Du solltest nicht versuchen, mich davon abzuhalten, Richard. Ich will kein Wort der Missbilligung hören.«

Richard hatte sich erhoben und deutete eine Verbeugung an.

»Wie Ihr wünscht, Eminenz.«

»Ja, ich wünsche es«, sagte Philipp mit Nachdruck. »Und ich wünsche auch, dass keines von meinen Worten den Weg in fremde Ohren findet.«

»Wie Ihr wünscht, Eminenz.«

Hoch und wuchtig waren die Mauern des Stifts. Auf Imbert, der durch das Tor in die Immunität getreten war, wirkten sie dennoch nicht feindselig oder abweisend. Getaucht in das warme und freundliche Licht der Abendsonne, erschienen Stift und Kirche vielmehr einladend und gastlich auf den nach seiner langen Reise müden Mönch. Er bedauerte allenfalls ein wenig, dass das Stift außerhalb der Römermauern gelegen war, die den alten Stadtkern Kölns bildeten. Lieber wäre er näher am Herzen der Stadt gewesen, um es pochen zu hören. Erst heute war ihm bewusst geworden, wie sehr er das Leben unter Menschen vermisst hatte. Hier draußen in der Vorstadt, die innerhalb einer erst vor einigen Jahrzehnten gezogenen äußeren Stadtmauer lag, sah es mit den wenigen Häusern und den vielen Gärten und Äckern eher aus wie auf dem Dorf. Doch es fiel ihm nicht schwer, mit dem Stift an der Kirche der heiligen Jungfrauen vorlieb zu nehmen. Auch hier waren zahllose Pilger unterwegs, wenn auch bei weitem nicht so viele wie am Dom.

Das Rumpeln eines Karrens lenkte Imberts Aufmerksamkeit auf drei Männer. Sie kamen mit ihrem Wagen durch das Tor in der Mauer, die das Stift umfriedete. Auf dem Karren, den ein Hüne von einem Mann zog, lagen weiße Säckchen und darauf ein schwarzer Hund. Egilolf, Jaspar und Zacharias hatten ihren Arbeitstag beendet.

»Heda, gute Leute!«, rief Imbert ihnen zu und zog seinen müden Maulesel hinter sich her. »Könnt Ihr mir sagen, ob das hier die Kirche zu den heiligen Jungfrauen ist?«

»Das ist sie«, antwortete Egilolf. »Aber wenn Ihr am Grab der Ursula beten wollt, so dürft Ihr nicht in das Stift, sondern müsst in die Kirche gehen.« Egilolf deutete hinüber zu den Gebäuden, die das Gelände beherrschten. In der Mitte erhob sich der mächtige Glockenturm, an seine Linke schmiegte sich das Vierkant des Stifts, an seine Rechte das Kirchenschiff. Der Turm verband beide Bauten.

»Eigentlich will ich bei der Äbtissin vorsprechen.«

»Das ist etwas anderes. Ihr findet sie um diese Zeit noch in ihrem Haus dort drüben. Ihr könnt es gar nicht verfehlen. Es ist das größte und schönste im Stift.« Egilolf zeigte mit den drei Fingern seiner rechten Hand auf eine Reihe von gemauerten Häusern, die sich nah an den Stiftsbau schmiegten.

»Was sind das für Gebäude?«, fragte Imbert verwundert, weil er so prächtige Häuser von seinem Kloster nicht kannte.

»Dort wohnen wir Kanoniker und jene Schwestern, die es sich erlauben können. Das ist hier kein Kloster, sondern ein Stift, Bruder. Die Kanonissen leben nicht nach einer strengen Ordensregel wie der des heiligen Benedikt. Viele halten sich oft in ihren Häusern oder in ihren Wohnungen in der Stadt auf und kommen nur zum Gebet, zum Essen oder Schlafen in das Stiftsgebäude.«

Imbert trat an den Karren. Naseweis stellte sich schwanzwedelnd auf und ließ sich bereitwillig von dem Fremden streicheln.

»Sind das etwa die Gebeine von Jungfrauen?«, fragte der Mönch und zeigte auf die Leinenballen. »Habt Ihr sie heute ausgegraben?«

»So ist es.«

»Ihr müsst wissen, dass ich dieser Heiltümer wegen hier bin. Ich bin aus Frankreich gekommen, um eine Jungfrau für unseren Orden zu erbitten.«

»Nun, wenn das so ist, dann werdet Ihr Euch freuen zu hören, dass die Kanonissen gern bereit sind, eine Reliquie gegen eine großzügige Spende abzugeben«, sagte Egilolf. »Seht einmal her.«

Egilolf griff nach einem Ballen und wickelte den Schädel aus, den Naseweis zuletzt gefunden hatte.

»Dies ist der Kopf einer armen Jungfrau aus der Schar der Ursula. Und sie trägt, für jedermann unübersehbar, das Mal ihres Martyriums. Ein heidnischer Hunne hat ihr, weil sie ihren unbefleckten und makellosen Leib ihm nicht hingeben wollte, sein Beil in den Schädel getrieben. Seht die Wunde.«

Er zeigte auf den Spalt, den Jaspar eben erst geschlagen hatte. »Dieser brave Sohn Gottes hat ihre Knochen entdeckt«, sagte Egilolf und legte väterlich seine Hand auf Jaspars Schulter, die vor Stolz noch breiter zu sein schien als sonst, wohl auch, weil er mit bewundernden Blicken rechnete, die ihm der Fremde nach Egilolfs

Lob zuwerfen würde. »Dass wir die Gebeine dieser armen erschlagenen Jungfrauen aus ihren kalten, schmutzigen Märtyrergräbern erlösen durften, um sie der ihnen gebührenden Verehrung zuführen zu können, ist eine große Gnade Gottes. Es sind die letzten Grabungstage vor dem Osterfest. Daher freue ich mich besonders, dass wir heute elf Gebeine gehoben haben.«

Imbert verfiel jedoch nicht in Verzückung. Misstrauisch wanderte sein Blick zuerst zum Schädel, dann zu Jaspar, danach zur Schaufel, die der junge Mann in der Hand hielt, und zuletzt wieder zu Jaspar, und zwar direkt in dessen Augen. Für einen Augenblick glaubte Jaspar, sein Herz bliebe stehen. Es war ein bohrender, beinahe brennender Blick des Mönchs, unter dem er trotz der beißenden Kälte zu schmelzen glaubte wie erhitztes Wachs. Auch wenn Imbert kein Wort sagte, fühlte Jaspar sich entlarvt und auf frischer Tat ertappt. Das Blut der Scham und der Angst schoss dem jungen Mann in die Wangen. So frech und vorlaut Jaspar sonst auch sein mochte, diesmal ging es nicht nur um seinen Broterwerb, sondern um Leib und Leben. Er hatte sich an den Gebeinen einer Heiligen vergriffen, und sein Gefühl der Sicherheit, niemals dabei erwischt zu werden, war mit einem Mal verflogen. Verlegen schaute er auf den Schädel der Jungfrau, nur um den durchdringenden Augen des Mönchs auszuweichen. In seiner Not trat er von einem Bein auf das andere.

»Wahrhaft, eine Gnade Gottes«, murmelte Imbert nun bedächtig, den Blick immer noch auf Jaspar geheftet. Für ihn bestand kein Zweifel, wer versucht hatte, den Schädel zu spalten. Ein Hunne war es jedenfalls gewiss nicht, denn die Kerbe war frisch, auch wenn jemand dies mit Erde zu verbergen gesucht hatte.

»Egilolf!«

Der scharfe Ruf einer schnarrenden Frauenstimme löste Jaspar aus seiner misslichen Lage. Die vier Männer fuhren herum. Aus einem der Häuser war eine uralte Frau getreten, die an ihrer weißen Kleidung und der weit geschwungenen Haube unschwer als Kanonisse zu erkennen war. Mit der Linken auf einen Stock gestützt, mit der Rechten ein hölzernes Kreuz vor ihrer Brust umklammernd, humpelte sie auf die Gruppe zu.

»Du verfluchter Narr! Wie oft habe ich dir schon gesagt, du sollst mehr Ehrfurcht vor den sterblichen Überresten der heiligen

Jungfrauen walten lassen. Stehst hier herum und hältst den Schädel wie einen Kohlkopf feil! Bist du ein Marktschreier oder ein Kanonikus? Schande über dich! Verzieh dich wieder in das Loch, aus dem du gekrochen bist!«

Egilolf hatte den Schreck schnell verdaut und der Schwester offenbar gleichgültig den Rücken zugedreht. Betont langsam wickelte er den Totenkopf wieder in das weiße Tuch. Zu Imbert gewandt sagte er: »Darf ich vorstellen, Gepa von Dassel, frühere Äbtissin dieses Stifts. Obwohl schon lange nicht mehr im Amt, glaubt sie immer noch, mir Befehle erteilen zu können.«

Wütend, aber ohne ein Wort zu sagen, pochte die Alte mit ihrem Stock auf die hartgefrorene Erde. Unnachgiebig bohrte sich ihr Blick in Egilolfs Rücken. Dann schien sie aufzugeben. Sie verzichtete auf eine Entgegnung und ging, ihr rechtes Bein nachziehend, zur Kirche.

»Nun, wie gesagt«, fuhr Egilolf unbeeindruckt fort. »Dort drüben in dem großen Haus, Ihr könnt es nicht verfehlen. Aber unser fleißiger Jaspar hier führt Euch gern dorthin. Die Äbtissin wird sich gewiss freuen, Euch zu sehen.«

Clementia freute sich nicht. Sie saß im blassgelben Schein einer Öllampe über Pergamenten und hatte eigentlich vor der Vesper keine Zeit, noch Besuch zu empfangen. Und das Schreiben des Erzbischofs, das Imbert der Äbtissin übergab, vermochte sie bestimmt nicht aufzuheitern.

»Eine Gebetsbruderschaft?«, fragte sie grimmig.

»Wir sind ein armer Orden«, versuchte sich Imbert zu rechtfertigen. Verlegen strich er sich über die stoppeligen Wangen und kratzte sein kurzes graues Haar, weil er fürchtete, sein ungepflegtes Aussehen könnte ihn grob und mürrisch erscheinen lassen. Doch seine grauen Augen leuchteten freundlich. »Es ist das höchste Gut, das wir bieten können.«

Sauertöpfisch blickte Clementia auf den Brief des Erzbischofs.

»Hat Euch Philipp verraten, weshalb er Euch nicht nach Deutz geschickt hat, wo er selbst Jungfrauengebeine hortet?«

Nun war Imbert sprachlos. Es brauchte einen Augenblick, bis ihm bewusst wurde, was das bedeutete. Philipp hätte ihm Gebeine aus eigener Hand geben können, anstatt ihn hierher zu schicken.

Clementia gab die Antwort auf ihre Frage selbst, indem sie aus dem Empfehlungsschreiben vorlas.

»Dann hört, was Seine Eminenz, der Herr Erzbischof, mir dazu schreibt: ›Die Brüder des Ordens der Grandmontenser werden sich gewiss über eine Jungfrauenreliquie aus Euren Händen mehr freuen, da sie aus der Kirche der heiligen Jungfrauen selbst kommt.‹«

Clementia legte das Schreiben wieder vor sich auf den Eichentisch. »Als ob seine Reliquien weniger heilig wären«, stieß sie dann verächtlich aus und erhob sich.

»Verzeiht, aber das wusste ich nicht«, erwiderte Imbert. »Ich hatte keine Ahnung, dass auch Erzbischof Philipp mir eine Jungfrau hätte überlassen können.« Es entstand eine für Imbert peinliche Stille, in der Clementia ihren Besucher musterte, als wolle sie ihre Entscheidung vom äußeren Eindruck ihres Besuchers abhängig machen. Oder als sei sie unschlüssig, ob sie dem Mönch Glauben schenken könne. Die Äbtissin war kaum älter als fünfundzwanzig Jahre, jünger jedenfalls als Imbert. Und doch flößte sie ihm Respekt ein. Sie trat entschlossen auf und duldete offenbar keinen Widerspruch. Ihr spitz zulaufendes Gesicht und ihr hoher Wuchs gaben Clementia das Aussehen eines wachsamen Greifvogels, der scharfsichtig und von oben herab nach Beute Ausschau hielt.

»Gib ihm eine Jungfrau.«

Die plötzliche Aufforderung kam von einem Mädchen, das durch die Tür getreten war, ohne dass Imbert oder Clementia es gemerkt hatten. Das Mädchen mochte vielleicht zehn, höchstens zwölf Jahre alt sein, aber dennoch sprach es mit einer so festen Stimme, mit einer solchen Überzeugtheit, als wäre es Clementia nicht nur ebenbürtig, sondern in der Rangfolge des Stifts sogar überlegen. Der zierliche Körper des Mädchens, das ein langes weißes Gewand trug, stand dazu im krassen Gegensatz. Es wirkte zerbrechlich, die Haut war leichenfahl, fast durchscheinend, und die Augen waren eingefallen und von einem derart blassen Blau, dass Imbert keinen Ausdruck darin erkennen konnte. Der Blick der Kleinen war leer.

»Eufemia, überlasse diese Entscheidung bitte mir. Geh auf deine Kammer.«

»Gib ihm eine Jungfrau«, unterbrach das Mädchen die Äbtissin, die hatte weiterreden wollen. »Er ist aufrichtig.«

Imbert schaute die Äbtissin an, um zu sehen, wie Clementia diesem entschiedenen Auftritt des Kindes begegnen würde. Als er zurück zur Tür blickte, war das Mädchen bereits wieder verschwunden, so plötzlich, wie es aufgetaucht war. Clementia tat, als wäre überhaupt nichts geschehen, sodass Imbert sich ernsthaft fragte, ob er gerade eine Erscheinung gehabt hatte.

»Ich werde sehen, was ich tun kann. Aber lasst mir etwas Zeit. Das Osterfest naht, und es gibt noch eine Reihe Vorbereitungen zu treffen. Ich sage Euch offen und ehrlich, dass ich nichts davon halte, die Gebeine unserer Jungfrauen jedem dahergelaufenen Mönch zu überlassen. Ich kenne Euch nicht, und ich kenne Euren Orden nicht. Aber Ihr habt ein Empfehlungsschreiben des Erzbischofs. Das macht es mir unmöglich, Euch abzuweisen. Wenn Ihr noch keine Unterkunft habt, so könnt Ihr bei einem unserer Kanoniker übernachten. Er heißt Albertus und wohnt in einem der Nachbarhäuser. Ich lasse Euch dorthin führen.«

»Habt Dank, ehrwürdige Mutter«, sagte Imbert, der nach diesem fast unwirklichen Gespräch erst langsam wieder seine Fassung gewann. »Ich denke aber, Ihr braucht niemanden zu rufen. Einer Eurer Ausgräber war so freundlich, mich zu Eurem Haus zu geleiten und auf mich zu warten. Gewiss wird er mir auch das Haus des Kanonikers zeigen.«

Clementia überlegte kurz. Dann schien ihr ein Gedanke gekommen zu sein, an dem sie Gefallen fand.

»Wisst Ihr zufällig, welcher von beiden Euch hergeführt hat? War es Jaspar oder der kräftige Zacharias?«

»Wenn ich Euren Kanonikus eben recht verstanden habe, so war es Jaspar.«

Jaspar trat vor dem Haus der Äbtissin missmutig von einem Bein auf das andere und pustete sich warme Luft in die mit Lappen umwickelten Hände. Naseweis hatte sich in den Schnee gesetzt und beobachtete abwechselnd sein Herrchen und den angebundenen Maulesel des Mönchs mit gespitzten Ohren.

Der Tag hätte so schön ausklingen können, dachte Jaspar, wenn nur nicht noch dieser vermaledeite französische Mönch aufgetaucht wäre.

Nicht nur, dass der Fremde ihn ganz offensichtlich durchschaut hatte. Nach einem harten Arbeitstag in der eisigen Kälte, die Hände und Füße hatte steif werden lassen, glaubte Egilolf auch noch verlangen zu können, Jaspar vor dem Haus warten zu lassen, nur für den Fall, dass die Äbtissin ihm auftrug, sich um diesen Mönch zu kümmern. Als wäre er heute nicht schon lange genug an der frischen Luft gewesen. Statt sich seine Mahlzeit abzuholen und sich müde ins Stroh zu werfen, durfte er nun den Maulesel dieses Fremden halten.

Jaspar fluchte still in sich hinein und hoffte inständig, der Mönch würde ihn wegen des Spalts im Schädel nicht zur Rede stellen oder gar bei der Äbtissin verpfeifen. Und falls doch, dann blieb ihm nichts anderes, als alles abzustreiten. Ist halt beim Graben passiert, wie schon so oft. Da ist er mit der Schaufel auf den Schädel gestoßen. Der Mönch hatte schließlich nicht gesehen, wie der Splitter aus dem Schädel geschlagen worden war.

Ganz in Gedanken versunken, merkte Jaspar nicht, dass sich die Tür des Schuppens, der an das Äbtissinnenhaus gebaut war, einen Spalt geöffnet hatte.

»Pst«, zischte es aus dem Verschlag.

Jaspar drehte sich um und spähte in die Richtung, konnte aber nicht erkennen, woher die Stimme gekommen war.

»Pst«, zischte es erneut, diesmal mit mehr Nachdruck. »Hierher, Jaspar.«

Es war zweifellos die Stimme einer jungen Frau, die ihn halblaut rief. »Nun komm schon, du Narr!«

»Wer ist da?«, fragte Jaspar unsicher und machte vorsichtig ein paar Schritte auf den Schuppen zu. Naseweis folgte ihm mit misstrauisch gesenktem Kopf.

»Komm her, dann siehst du es schon.«

Von der Neugier gepackt, ging Jaspar zu der Tür und blieb vor ihr stehen.

»Wer ist denn nun da?«, fragte er wieder.

»Komm. Komm rein und sieh selbst.« Nun flüsterte die Stimme, bemüht um einen verführerischen Tonfall. »Nun, kleiner Jaspar, wie mutig bist du?«

Naseweis witterte offenbar keine Gefahr, sondern wedelte freundlich mit dem Schwanz. Das machte Jaspar etwas mutiger. Behutsam drückte er die aus groben Brettern gezimmerte Tür auf und setzte einen Fuß in das Dunkel des Schuppens, der so niedrig war, dass er sich bücken musste. Da packte ihn eine Hand und zog ihn hinein.

»Du dummer Junge! Warum dauert es bei dir nur so lange, bis du endlich begreifst?«

Auch wenn es draußen bereits zu dämmern begonnen hatte, gewöhnten sich Jaspars Augen, die nach dem Arbeitstag auf dem schneebedeckten Acker schmerzten, nur langsam an die völlige Dunkelheit des Schuppens. Das weiße Gewand der Unbekannten nahm er zwar schnell wahr, aber so angestrengt er auch blinzelte, das Gesicht konnte er nicht erkennen, sondern nur einen Umriss ausmachen. Noch tanzten Sternchen vor seinen Augen.

Endlich trat das Gesicht aus dem Sternennebel und gewann Konturen. Es war eine junge Kanonisse, die ihre Haube abgelegt hatte, sodass ihr das hellblonde Haar in wilden Locken ins Gesicht wallte. Ihr Lächeln war keck und herausfordernd, und ihre dunkelbraunen Augen blitzten ihn frech an.

Jaspar kannte das Mädchen. Die junge Schwester war wie er erst seit dem vorigen Sommer im Stift, aber schon mehrmals aufgefallen, weil sie Ausflüge in die Stadt unternommen hatte – ohne die unbedingt nötige Erlaubnis der Äbtissin. Keine Buße, die ihr auferlegt wurde, fruchtete offenbar. Jaspar wusste ihren Namen, weil sie einmal sogar von der maßlos verärgerten und fast verzweifelten Äbtissin dazu verdonnert worden war, bei den Grabungen auf dem Ursula-Acker zuzusehen, um Demut zu lernen. Nah bei den Ausgräbern zwar, aber unter der strengen Aufsicht eines Kanonikers, der die junge Schwester mehrmals mahnend mit ihrem Namen angesprochen hatte, wenn sie die Arbeiten nicht mit der gebotenen Ehrfurcht verfolgte. Was recht häufig vorgekommen war.

»Fräulein Ida? Ihr?«, fragte Jaspar verwundert. »Was tut Ihr hier? Und was wollt Ihr von mir?«

»Du liebe Güte, du brauchst ja wirklich eine Ewigkeit.« Ida schüttelte verständnislos den Kopf, dass ihre blonden Locken wirbelten. »Komm ein Stückchen näher. Dann werde ich versuchen, dir ein wenig auf die Sprünge zu helfen.«

Als Jaspar keinerlei Anstalten machte, der Aufforderung Folge zu leisten, tat Ida den notwendigen Schritt. Sie trat langsam auf

Jaspar zu, der zurückwich, bis ein Stützbalken ihm den Fluchtweg versperrte. Ida kam ihm so nah, bis sich schließlich fast ihre Gesichter berührten. Einen Augenblick lang, der Jaspar vorkam wie eine Ewigkeit, regten sich beide nicht. Ida richtete ihren Blick auf seine Lippen.

»Was könnte ich wohl von dir wollen, mein kleiner Jaspar?«, hauchte sie.

Allmählich dämmerte ihm, worauf sie hinauswollte. Und er konnte nicht sagen, dass er Ida unansehnlich fand. Ihre aufmüpfige Art hatte ihn beeindruckt und auch gereizt. Schon auf dem Acker war ihm selbst auf die Entfernung Idas hübsches Gesicht mit den geheimnisvollen tiefdunklen Augen aufgefallen. Das weite weiße Gewand vermochte ihre Rundungen nicht zu verbergen.

Und Jaspar war ebenfalls nicht ungestalt. Er wusste um seine Wirkung auf Frauen, wenn auch erst von den Huren in dem Wirtshaus, das er und sein Vater manchmal besucht hatten. Sie setzten sich viel lieber neben ihn und weniger zu den anderen Männern, egal wie alt oder jung diese waren.

»Die Hübschlerinnen verbinden halt auch gern das Nützliche mit dem Schönen«, hatte sein Vater gesagt und ihm kräftig auf die Schulter geklopft.

Aber sich mit Ida einzulassen wagte er nicht. Auf keinen Fall.

»Nun?«, sagte das Mädchen auffordernd.

Auf gar keinen Fall. Ein Fehltritt wie jener, den Ida ihm gerade anbot, und es war vorbei mit dem geborgenen Leben innerhalb der Stiftsmauern. Ida war die Tochter eines rheinischen Grafen. Würde er dabei erwischt, wie er ihr die Unschuld raubte – gesetzt den Fall, dieses durchtriebene Gör war noch im Besitz derselben –, könnte es ihn Kopf und Kragen kosten. Jaspar sträubte sich. Er stand bei den Kanonissen in Lohn und Brot, hatte ein Dach über dem Kopf und nachts ein warmes und trockenes Lager. Das wollte er nicht verlieren.

Ida hingegen brauchte sich um ihre Zukunft keine Sorgen zu machen. Ganz gleich, wie sie sich hier gebärdete, sobald ihr Vater die Heirat mit einem jungen Adligen verabredete, wären ihre Tage im Stift gezählt, denn sie war wie fast alle jungen Schwestern nur für zwei oder drei Jahre hier, um Handarbeiten, Lesen, Schreiben und Latein zu lernen, bis ihre Familie einen geeigneten Gatten für sie gefunden hatte. Dann würde sie den Rest ihres Lebens auf irgendeiner stolzen Feste verbringen, Spanferkel und gefüllte Drosseln essen, feine Weine trinken und bei Turnieren ihrem Mann viel Glück wünschen. Wohingegen Jaspar froh sein durfte, wenn er sich abends nach einer mageren Mahlzeit ins Stroh legen konnte.

Ida drückte sich an ihn, doch diese verführerische Bewegung vermochte Jaspars Zweifel nicht zu verscheuchen. Langsam streifte sie ihren Überwurf ab und ließ ihn auf den Lehmboden fallen, sodass sie nur noch ein hochgeschlossenes, langes weißes Hemd trug. Ihr leicht geöffneter Mund mit den vollen Lippen war nun so nah an seinem, dass Jaspar ihren warmen Atem auf seiner Haut spüren konnte.

»Ida, das dürft Ihr nicht.«

»Ach nein?«, flüsterte sie, und ihre Stimme schien fast zu singen. »Ich kann mich nicht daran erinnern, ein Keuschheitsgelübde abgelegt zu haben.«

»Hört sofort auf damit. Ihr bringt uns in Teufels Küche.«

»Sei schon still. Wer sollte uns denn hier erwischen? Wir sind ganz allein, und niemand hat uns in den Schuppen gehen sehen.«

Langsam, ganz langsam drückte sie sich fester an ihn. Jaspar versuchte, der drängenden Ida auszuweichen, und tappte rückwärts am Stützbalken vorbei tiefer in den Schuppen hinein. Ida setzte nach, griff nach seiner Hüfte und begann, mit flinken Fingern an den Schnüren seiner Beinlinge zu nesteln, die auch schon zu Boden glitten. Jaspar stolperte über den Stoff und glitt rücklings in einen weichen Heuhaufen zwischen zwei Holzstapel. Schon war Ida über ihm, griff mit beiden Händen in sein dichtes kastanienbraunes Haar und küsste ihn zärtlich auf Stirn, Wangen und Mund. Ihre langen blonden Locken fielen ihm ins Gesicht.

Vor Überraschung erstarrt erwiderte Jaspar ihre Liebkosungen nicht, doch ließ sie sich von seiner Reglosigkeit nicht beirren. Sie begann, ihr Hemd aufzuknöpfen, öffnete ihren Kragen und legte ihren Hals bloß, auf dem sie ein großes, sternförmiges Muttermal trug.

»Um Himmels willen, hört endlich auf«, beschwor Jaspar sie. Entschlossen griff er nun nach ihren Handgelenken und versuchte, Ida von sich fernzuhalten.

»Was ist denn los?«, fragte sie in einem herausfordernden Ton.

Sie setzte sich auf und drückte dabei ihren Schoß auf sein Becken. »Weißt du etwa nicht, wie es geht?«

Jaspar wollte Ida gerade mit sanfter Gewalt von sich drücken, als plötzlich Naseweis draußen vor dem Schuppen anschlug. Die beiden fuhren erschrocken zusammen. Doch die junge Kanonisse fasste sich schnell wieder.

»Da kommt jemand. Beeil dich und zieh dich wieder an. Mach schon!«

Sie sprang auf, schlüpfte in ihr Gewand, zupfte es zurecht und klopfte es sauber, während Jaspar nach seinen Beinlingen griff, sie anzog und hastig die Schnüre wieder zusammenfingerte. Mit schnellen Schritten ging Ida zur rückwärtigen Wand des Schuppens, schob zwei Bretter zur Seite und bedeutete Jaspar, durch das Schlupfloch zu verschwinden.

»Jetzt sieh zu, dass du fortkommst!«

»Und Ihr?«

»Ich weiß mir schon zu helfen«, sagte Ida. Sie lächelte und drückte ihm noch einen flüchtigen Kuss auf den Mund. Als die Schuppentür aufgestoßen wurde, stand Jaspar bereits im Garten des Äbtissinnenhauses, und der Spalt in der Bretterwand war wieder geschlossen.

»Dürfte ich wohl erfahren, was hier vorgeht?«, hörte Jaspar im Verschlag eine Stimme schimpfen. Er glaubte, sie Bertradis zuordnen zu können, einer dicken Kanonisse, die mit der Aufsicht über die jungen Schwestern betraut war. Mehr bekam er nicht mehr mit, weil er quer durch den Garten hetzte und über eine Mauer kletterte. Als er um die Ecke bog, um seinen Platz vor dem Haus wieder einzunehmen, gerade so, als wäre überhaupt nichts geschehen, sah er in der Dämmerung gerade noch, wie Bertradis die weinende Ida wenig sanft am Arm mit sich zog. Naseweis sprang um sie herum und bellte Bertradis an. Ida, eben noch frech und selbstbewusst, schien nun nur noch ein Häufchen Elend.

Und auch Jaspar fühlte sich elend, ja feige, weil er sprachlos und ohne einzuschreiten den beiden hinterdrein blickte.

Bist du von Sinnen?, sagte er zu sich selbst. Was hast du damit zu schaffen, wenn Ida Ärger bekommt? Diese Suppe hat sie sich selbst eingebrockt. Sie muss nun auch allein sehen, wie sie zurechtkommt.

Aber im gleichen Atemzug machte er sich wieder Vorwürfe. Warum hatte er sich nicht bestimmter zur Wehr gesetzt und diese Begegnung schneller beendet? Etwa weil er kurz davor gewesen war, Ida nachzugeben?

Jaspar schaute Ida nach, die von der dicken Bertradis durch die Pforte ins Stift gezerrt wurde. Der Anblick quälte ihn. Ausgerechnet Bertradis. Sie war die Dekanin des Stifts, fett, hässlich und bösartig zugleich. Die jungen Schwestern fürchteten sie, weil sie alle Arten und Abarten der Bestrafung kannte und auch einsetzte, ohne mit der Wimper zu zucken. Bertradis nutzte jede Gelegenheit, ihrem Ruf als Drachen des Stifts gerecht zu werden. Der Gedanke machte seine Gewissensbisse schmerzhafter.

Jaspar wusste nicht, ob Idas Tränen echt waren oder nur gespielt, um den Zorn der dicken Dekanin nicht noch weiter zu schüren. Jedenfalls würde Bertradis schon die geeigneten Mittel finden, sie wirklich zum Weinen zu bringen. Ida würde Bertradis' harte Hand zu spüren bekommen. Mal wieder.

Kaum hatte sich die Holztür mit einem dumpfen Schlag geschlossen, machte Naseweis kehrt, trabte zu Jaspar zurück und setzte sich in den Schnee. Jaspar atmete tief durch. Das war nach dem Zusammentreffen mit diesem französischen Mönch, der augenscheinlich seinen kleinen Kniff mit den Jungfrauengebeinen mit einem Blick erkannt hatte, nun heute schon das zweite Mal, dass er unversehens in eine unangenehme Lage geraten war.

»Danke, Naseweis«, sagte Jaspar und kraulte seinem schwarzen Hund das Ohr. Naseweis schloss die Augen und genoss die Streicheleien. »Wenn du nicht aufgepasst hättest, wer weiß, ob ich dann mit hundert Stockschlägen und einem Rauswurf in Schimpf und Schande davongekommen wäre.«

In diesem Augenblick öffnete sich die Tür des Äbtissinnenhauses, und schon sah sich Jaspar in der Fortsetzung seiner ersten Notlage. Clementia und Imbert traten auf den Weg. Der junge Mann versuchte im Gesicht der Äbtissin zu lesen, ob der Mönch ihr etwas über sein Treiben auf dem Acker erzählt hatte, doch inzwischen war die Sonne fast vollständig hinter der Stadtmauer verschwunden und keine Miene mehr zu erkennen.

»Hör zu, Jaspar«, sagte die Äbtissin mit grollender Stimme. Jaspar zog den Kopf zwischen die Schultern, weil er ein Donnerwetter erwartete. Aber die Schelte blieb aus. »Bruder Imbert hier ist Gast unseres Stiftes«, fuhr Clementia fort. »Du wirst nicht von seiner Seite weichen, ihn überall hin begleiten und ihm zu Diensten sein, wenn er es wünscht. Von deiner Arbeit bei den Grabungen bist du vorerst entbunden. Jeden Abend wirst du dich bei mir melden, ob ich nicht eine neue Aufgabe für dich habe. Hast du verstanden?«

»Ja, Äbtissin«, erwiderte Jaspar mit demütig gesenktem Haupt.

Auch Imbert hatte verstanden. Die Äbtissin stellte ihm einen Aufpasser an die Seite.

»Und jetzt geleite Imbert zu Albertus. Der Kanonikus soll unserem Gast ein Nachtlager stellen.«

»Ja, Äbtissin.«

Clementia verabschiedete sich kühl, aber höflich und schlug den Weg zur Kirche ein, um wie gewohnt vor den anderen Kanonissen zum nächsten Tagesgebet zu erscheinen. Imbert und Jaspar gingen in entgegengesetzter Richtung den Weg entlang, an dessen einer Seite Stift und Kirche lagen, an dessen anderer sich die Häuser der Kanoniker und der reichen Schwestern aneinanderreihten und ihre Giebel in die hereinbrechende Dunkelheit reckten. Jaspar hielt seinen Blick auf den Boden gerichtet und schwieg beschämt. Nach etwa hundert Schritten kamen sie an die Unterkunft des Albertus, ein aus hellem Stein gemauertes Haus.

»Hier ist es«, sagte Jaspar kleinlaut.

Staunend legte Imbert den Kopf in den Nacken. »Das Haus ist groß, sehr groß für nur einen Bewohner.«

»Das war einmal das Pilgerhaus des Stifts. Im Sommer wollen wir mit dem Bau eines größeren Hauses für unsere Besucher beginnen.«

»Nun, das erklärt es wohl. *Merci*, mein Sohn. Du kannst jetzt gehen.«

»Aber die Äbtissin hat mir doch gerade eben erst aufgetragen, nicht von Eurer Seite zu weichen.«

Imbert überlegte kurz, bevor er antwortete. »Ich würde aber viel lieber ein wenig allein sein, nachdem ich mich mit Albertus bekannt gemacht habe«, sagte er dann mit einem Lächeln. »Ich muss mir über einige Dinge Gedanken machen. Zum Beispiel darüber:

Ich bin nach Köln gekommen, um die Gebeine einer Jungfrau für mein Kloster zu erbitten. Würde meine Mission wohl von Erfolg beschieden sein, wenn ich gleich bei meiner Ankunft die Ausgräber auf dem Ager Ursulanum als hinterlistige Fälscher bezichtige? Wie also soll ich mit meinem Verdacht umgehen?«

Jaspar zuckte unweigerlich zusammen, denn der an ihn gerichtete Vorwurf war unmissverständlich. Er fühlte sich erbärmlich. Und er fürchtete sich. Aber er hatte noch Hoffnung, denn der Franzose hätte seinen Verdacht der Äbtissin hinterbringen können. Dass er darauf verzichtet hatte, musste einen Grund haben. Jaspar verwarf seinen Vorsatz, alles zu leugnen, wenn der Schwindel aufflog.

»Ihr hättet mich verraten können. Warum habt Ihr das nicht getan?«

»Nun, ich glaube nicht, dass gleich alle Jungfrauenleiber, die in den ehrwürdigen Kölner Kirchen liegen, deswegen samt und sonders unechte Heiltümer sind, nur weil du hin und wieder deinen Ruhm als Ausgräber und wohl auch deinen Unterhalt zu mehren suchst, indem du ihrem Märtyrertum mit deiner rostigen Schaufel ein klein wenig nachhilfst. Der weise Salomo sagt: ›Der Hunger des Arbeiters arbeitet für ihn, denn sein Mund treibt ihn an.‹ Darum will ich in diesem bitteren Winter, der noch nicht einmal den Mäusen und Ratten genug zu knabbern übrig gelassen hat, Nachsicht üben. Auch wenn ich deine Tat gleichwohl nicht billige, denn sie ist abscheulich und unverzeihlich. Immerhin hast du die Gebeine einer Heiligen geschändet. Dafür müsstest du eigentlich in der Hölle schmoren, mein Sohn.«

Jaspar war in sich zusammengesunken. Der Mönch beendete die Stille schnell. »Und Salomo sagt: ›Wer Fehler zudeckt, sucht Freundschaft.‹ Verstehe mein Schweigen darum auch als einen Gefallen, den du mir in der Zeit meines Besuchs mit deiner Treue zu entlohnen hast. Und nun geh, mein Sohn. Wir haben gewiss beide einen langen und aufregenden Tag hinter uns, und ich möchte vor der Vesper wenigstens noch kurz meine Beine ausstrecken. Und außerdem hat die Äbtissin auch gesagt, du sollst mir zu Diensten sein. Drum kümmere dich um meinen Maulesel und bringe mir nach dem Abendgebet noch einen heißen, mit Honig gesüßten Kräuterwein, der mich leichter einschlummern lässt. Denn ich bin zwar erschöpft, aber nach all der Aufregung des Tages weiß Gott nicht müde.«

Es waren drei traurige Gestalten, die zum Stift schlurften. Mit schlappenden Ohren trottete der entkräftete Maulesel des Mönchs seinem Führer Jaspar hinterher. Der junge Mann gab mit seinen hängenden Schultern ein ähnlich bemitleidenswertes Bild ab wie das Reittier des Franzosen. Und Naseweis spürte, wie niedergeschlagen Jaspar war. Der Hund ging geduckt und mit eingekniffenem Schwanz nebenher und blickte immer wieder verunsichert zu ihm auf.

Jaspar legte seinen ganzen Groll in den Tritt gegen einen Stein, der unter dem Schnee hervorlugte und nun in hohem Bogen durch die Luft flog. Eigentlich hätte er sich ja freuen können, heute gleich zweimal mit einem blauen Auge davongekommen zu sein. Aber er ärgerte sich. Ein Fremder hatte seine Umtriebe aufgedeckt, und auch wenn der Mönch ihn zunächst einmal nicht verraten hatte, wusste Jaspar doch nicht, wie lange das Schweigen halten würde und ob der Franzose, der offenbar recht gewitzt war, sein Wissen nicht nutzen wollte, wenn ihm die Zeit gekommen zu sein schien. Wie berechnend er war, hatte der Mönch ja gerade erst bewiesen.

Herr im Himmel, dachte Jaspar, dieser Fremde hat mich in der Hand. Schlimmer noch. Ob Ida ihren Mund hielt, war auch nicht sicher. Was, wenn sie sich gezwungen sähe, den Kanonissen einen Sündenbock auszuliefern? Ida war glatt wie ein Rheinaal und gewiss um keine Lüge verlegen, wenn es darum ging, ihre Haut zu retten. In diesem Wesenszug unterschied sie sich jedenfalls wenig von Jaspar, der sich nun gleich zwei Menschen ausgeliefert fühlte. Warum also sollte Ida nicht kurzerhand behaupten, dieser Strolch namens Jaspar habe sie in den Schuppen gelockt und versucht, sie ihrer Jungfräulichkeit zu berauben? Andererseits, Ida hatte ihn erst einmal geschützt, war im Schuppen zurückgeblieben und hatte die aufgebrachte Bertradis nicht auf seine Fährte gesetzt. Es blieb also Hoffnung.

Und überhaupt, die Ankunft dieses französischen Mönchs hatte auch ihr Gutes, denn Jaspar brauchte morgen nicht auf dem Acker anzutreten und war von der Kräfte zehrenden Arbeit befreit. Und was den Mönch betraf, Jaspar würde ihn im Auge behalten, so gut es eben ging. Er könnte sich auf das Geheiß der Äbtissin berufen, wenn er die Nähe des Franzosen suchte. Und der Mönch wiederum konnte ihn ja nicht ständig fortschicken. Er würde jetzt noch versuchen, Honig und Wein zu besorgen, und gleich morgen früh würde er wieder zum Haus des Albertus gehen und dem Fremden seine Dienste anbieten.

»Und du wirst mir helfen, Naseweis, stimmt's?«

Der kleine schwarze Hund freute sich, dass sein Herr etwas von seiner Anspannung verloren hatte. Und auch der Maulesel schien einen schnelleren Schritt einzulegen.

In dieser Nacht wälzte sich Imbert schlaflos auf dem Strohsack, den Albertus ihm als Lager überlassen hatte. Das Gefühl der Lebendigkeit, das er inmitten der Menschenmengen empfunden hatte, das Gefühl der Frische und Stärke, das ihn im Gespräch mit dem Hauptmann, dem Erzbischof und anderen beflügelt hatte – all diese Hochgefühle des Tages rangen mit einem Gefühl der Enttäuschung. Wie sehr hatte er sich gefreut, dass der Erzbischof ihn, den unbedeutenden Mönch, mit offenen Armen empfangen hatte. Und dann musste er Philipps Verschlagenheit erkennen. Hatte das Empfehlungsschreiben überhaupt einen Wert? Wenn Imbert demütig und ohne Brief des Erzbischofs bei der Äbtissin um Gebeine ersucht hätte, wäre er wahrscheinlich leichter ans Ziel gekommen. So aber hatte er ganz offensichtlich den Zorn und die tiefe Abneigung Clementias auf sich gezogen.

Und doch freute sich Imbert auf die nächsten Tage. Er war Mönch eines Einsiedlerklosters, gewohnt, sich den immergleichen Abläufen dieser Gemeinschaft zu unterwerfen. Auf sich allein gestellt zu sein und auf andere zuzugehen hatte er mit den Jahren völlig verlernt. Und so war er während der ganzen Reise den Menschen aus dem Weg gegangen, hatte Städte gemieden, meistens in Klöstern, wann immer es ging aber lieber allein in Scheunen oder Schuppen übernachtet. Hier in Köln aber hatte er ganz plötzlich alle Zurückhaltung und Vorsicht abgeschüttelt, sich ins Gewimmel begeben, das Schreien der Menschen und die Laute der Tiere, das Schieben und Stoßen im Dom regelrecht genossen, hatte sich vom Zauber der großen Stadt schlicht überwältigen lassen. Er war der Versuchung erlegen, sich als gewieften Mittelsmann im Auftrag seines Klosters zu sehen, der einen Hauptmann überlistet, einen betrügerischen Ausgräber durchschaut und mit dem Erzbischof und einer Äbtissin zu verhandeln hatte.

Dem Fehlschlag mit Philipps wertlosem Empfehlungsschreiben zum Trotz war dieser Tag gut verlaufen. Immerhin hatte er eine lange Reise mit seiner unbeschadeten Ankunft beendet und sich genau so verhalten, wie es von ihm erwartet wurde. An seinem Vorgehen war nichts auszusetzen. Gewiss, der Herr hatte ihm eine schwierige Prüfung auferlegt, aber er sollte sich nicht von einem Rückschlag einschüchtern lassen, sondern seinen Weg unbeirrt weitergehen.

Und all die Gespräche mit dem Hauptmann, dem Erzbischof, mit Egilolf, Clementia und Jaspar, sogar das seltsame Erlebnis mit der kleinen Eufemia hatten ihm regelrecht Freude bereitet. Seit seiner Kindheit hatte er nicht mehr so viele Menschen gesehen, nicht mehr mit so vielen gesprochen. Und dabei war der heutige Tag wohl nur ein Vorgeschmack auf das, was ihn erwarten sollte. Imbert erinnerte sich wieder einmal an einen Spruch des weisen Salomo: »Das Ohr, das hört, und das Auge, das sieht, der Herr hat sie beide geschaffen.« Er wollte diese Geschenke Gottes nun nutzen. Es brauchte einen Meister des Verhandelns für die Aufgaben der kommenden Tage. Es brauchte einen Künstler der Rede, einen Mann der Worte, einen Menschenkenner. Er hoffte, dieser Herausforderung gewachsen zu sein.

Imbert drehte sich auf die andere Seite und versuchte, die aufwühlenden Gedanken zu verdrängen. Leider war es Jaspar nicht gelungen, gesüßten heißen Wein aufzutreiben. Es würde eine lange Nacht werden.

Und noch ein Mensch fand keinen Schlaf in dieser Nacht. Er suchte ihn auch nicht. Das hohe Ziel, das er verfolgte, gestattete ihm keine Ruhe. Und für seine Arbeit brauchte er den Schutz der Dunkelheit. Die rußende Flamme einer Fettkerze, die er vor sich hielt, setzte in der Nachtschwärze des gewaltigen Doms nur einen winzigen und verlorenen Lichtpunkt. Der Eindringling beugte sich über den offenen Sarg eines der Heiligen Drei Könige und verharrte. Er blickte sich nach allen Seiten um, kniete nieder und schlug das Kreuzzeichen.

Ihn quälte kein Zweifel mehr. Er tat das Richtige, das einzig Richtige. Nichts und niemand würde ihn aufhalten. Seine Sinne waren wach und geschärft, sein Ziel stand ihm klar vor Augen. Und jetzt war die Zeit gekommen, das Werk zu verrichten. Als er endlich in den Sarg König Caspars greifen wollte, legte sich plötzlich eine Hand auf seine Schulter.

»Aber was macht Ihr da?«, fragte fassungslos ein Priester, und seine Stimme hallte durch den hohlen Bauch des Kirchenbaus. Wie in fast jeder Nacht drehte der junge Notker, einer der vielen Priester am hohen Dom zu Köln, eine Runde durch das riesige Gotteshaus, stets auf der Suche nach verzweifelten Seelen, die in ihrer Not zu dieser Stunde in den Dom kamen, um ihren Gott ganz für sich allein zu haben. In dieser Nacht aber war der Gang durch den Dom ein tödlicher Fehler. Die verzweifelte Seele, die Notker heute fand, bedurfte seines Beistands nicht.

Er versuchte den Unbekannten zu erkennen, doch eine Kapuze hüllte das Gesicht in tiefe Dunkelheit. Notker packte den Fremden fester und zog ihn vom Sarg fort. »Was auch immer Ihr vorhabt, lasst es sofort sein!«

Wie aus dem Nichts zog der Eindringling ein Messer aus seinem weiten Gewand. Als Notker die Gefahr erkannte und vor Schreck einen Schritt zurücktaumelte, war es bereits zu spät. Das letzte Bild, das seine Augen im Kerzenschein sahen, war das des blitzenden Dolchs, der lautlos in seinen Körper fuhr und blutverschmiert wieder hinausglitt. Der Körper des Sterbenden sank schlaff wie ein Sack Mehl auf den kalten Steinboden.

Als hätte er gerade nur eine lästige Fliege verscheucht, wandte sich der Schatten ungerührt wieder dem Sarg König Caspars zu. Um endlich das zu vollenden, weshalb er hergekommen war.

Mittwoch, 1. April 1181

Es sollte ein besserer Tag werden als gestern, dafür würde er schon sorgen. Jaspar nahm sich fest vor, heute ohne Fehl und Tadel zu bleiben und vor allen Dingen diesen etwas zu aufgeweckten Gast des Stifts nicht aus den Augen zu lassen. Gut gelaunt stand er auf und klopfte sich das Stroh aus den Kleidern, um sich auf den Weg durch Dunkelheit und Kälte zu Albertus' Haus zu machen. Naseweis reckte sich noch gemächlich, gähnte genussvoll und trabte dann seinem Herrn hinterher. Jaspar trat aus der Scheune, in der sein Freund Zacharias und er untergebracht waren und die auch als Stall diente. Die Scheune gehörte zu den Wirtschaftsgebäuden, die stadtauswärts gerichtet in einem Vierkant an die Nordseite des Klosters gebaut waren.

Jaspar sorgte sich nicht, von der Äbtissin entdeckt zu werden, die ihm ja eigentlich aufgetragen hatte, dem Mönch nicht von der Seite zu weichen. Die Kanonissen hatten sich nach dem Glockengeläut bereits zur Prim in der Kirche versammelt, und da konnte er es auch getrost wagen, noch schnell in der Stiftsbäckerei vorbeizuschauen, um vielleicht einen Kanten Brot zu ergattern. Unerlaubterweise zwar, denn in der Fastenzeit gab es nur abends eine karge Mahlzeit, aber diesen kleinen morgendlichen Fehltritt wollte er sich, seinem guten Vorsatz für den Tag zum Trotz, doch erlauben, weil sein Magen sich mit einem vernehmbaren Knurren meldete. Die ersten Brote für die Abendmahlzeit mussten fast fertig sein. Und vielleicht, so hoffte Jaspar, war Klara auch wieder da.

Jaspar folgte dem Duft dampfenden Brotes quer über den Hof. Der von der klirrenden Kälte der Nacht gefrorene Schnee knirschte laut unter seinen Füßen, so laut, dass die junge Magd, die schwitzend und mit aufgekrempelten Ärmeln am Ofen stand, Jaspar bereits hörte, noch bevor er einen Fuß in die Backstube gesetzt hatte.

»Ich weiß nicht, wer da gerade kommt«, rief sie fröhlich zur Tür hin, die einen Spalt weit offen stand, »aber wenn du das schon wieder bist, Jaspar, vergiss es, mach auf der Stelle kehrt und geh lieber gleich zur Arbeit. Heute wirst du ganz bestimmt kein Brot bekommen, nicht mal einen Krümel, so sehr du auch bettelst.«

»Woher wusstest du, dass ich es bin?«, fragte er und steckte seinen Kopf zur Tür hinein. Auf Kniehöhe lugte Naseweis in die Backstube.

»Du Nichtsnutz«, schimpfte Klara freundlich und lachte dabei herzlich. »Du bist noch leichter zu durchschauen, als mein Mann es war, Gott hab ihn selig. Du kreuzt jeden Morgen zur Prim auf, kaum dass die Glocken zum Morgengebet geläutet haben. Und da ist es auch heute Morgen nicht schwer zu raten, wer da gerade hereingeschneit kommt.« Klara beugte sich hinunter. »Grüß dich, Naseweis«, sagte sie, worauf der Hund schwanzwedelnd in die Stube hüpfte.

»Ach, Klara«, sagte Jaspar und grinste. »Du bist mir die liebste Magd hier, weil du mich so gut kennst.«

Er hatte Klara wirklich gern. Wenn er ehrlich war, musste er sich eingestehen, allein ihretwegen allmorgendlich in der Bäckerei vorbeizuschauen. Vor allem eines sah er an ihr gern, etwas, das ihm bei noch keinem anderen Mädchen aufgefallen war. Klara hatte ein strahlendes Lächeln, denn in ihrem Gebiss war keine einzige Lücke. Wenn sie den Mund öffnete, reihten sich ihre weißen Zähne aneinander wie blitzende Rheinkiesel. Es mochte ungehörig sein, solcherlei zu denken, aber beinahe war er dem Herrn dankbar, dass er Klaras Mann so früh zu sich geholt und sie zur jungen Witwe gemacht hatte.

»Ich bin dir wohl eher die liebste Magd, weil ich dir immer etwas Brot zustecke, du ungehöriger Schmeichler«, unterbrach Klara seine Gedanken.

Als sie mehrere Laibe übereinanderstapelte, ertappte Jaspar sich dabei, wie er einen Blick auf ihre Brüste warf, die Klaras geschnürtes helles Kleid unanständig wölbten.

»Nun, vielleicht auch ein klein wenig deshalb«, sagte Jaspar und fuhr sich verlegen durch sein schulterlanges braunes Haar. »Aber das ist wohl eher der Grund, weshalb Naseweis dich so gut leiden mag. Wo du es gerade ansprichst – hast du womöglich etwas Wegzehrung für mich? Du weißt ja, ich muss mich auf dem Acker wirklich sehr schwer plagen.«

»Ach, und ich hier vielleicht nicht?«

»Du auch, natürlich, Klara. Aber du wirst dir doch bestimmt auch hin und wieder einen kleinen Bissen Brot in den Mund stecken, wenn mal grad keiner schaut. Wie sonst könntest du am Ende dieses harten Winters noch so wohlgeraten aussehen? Wo doch alle anderen ganz spindeldürr und bohnenrank sind. Von Schwester Bertradis einmal abgesehen.«

Klara warf ihm erst einen strengen Blick zu, fing dann aber zu kichern an.

»Ach, Jaspar, so gut, wie ich dich kenne, so gut kennst du mich«, sagte sie.

Eine ihrer rotblonden Locken fiel ihr ins Gesicht, und Klara versuchte vergeblich, sie aus der Stirn zu pusten. Als sie das ungehorsame Haar unter die Haube zurücksteckte, strich sie sich ein wenig Mehlstaub auf die Wange. Jaspar freute sich über den Anblick dieser kleinen Nachlässigkeit. Am liebsten hätte er Klara das Mehl aus dem Gesicht gewischt. Aber so mutig war er denn doch nicht.

Dann schlug Klara einen ernsten Ton an. »Heut gibt's aber trotzdem nix. Ein Einbrecher war in der Nacht hier, hat sich in der Vorratskammer umgetan. Und Unordnung hat er gemacht. Er hatte wohl großen Hunger. Oder sie. Könnte ja auch eine der feinen Schwestern gewesen sein. Die freche Ida zum Beispiel. Bertradis jedenfalls ist recht ungehalten.«

»Das glaube ich gern«, murmelte Jaspar und sprach dabei mehr zu sich selbst, weil er daran dachte, wie erbost Bertradis gestern Ida ins Stift gezerrt hatte.

»Was sagst du?«

»Ach nichts. Und? Hat der Dieb was mitgehen lassen?«

»Ich weiß es nicht. Bertradis sieht gerade nach, ob irgendetwas fehlt.«

»Wie? Sie ist nicht bei den anderen Schwestern in der Kirche?«

»Nein. Und sie hat keine sonderlich gute Laune. Sie hat mich eben regelrecht ausgequetscht, wer in letzter Zeit etwas außerhalb der Reihe aus der Vorratskammer haben wollte. Da habe ich mich leider verplappert und ihr gesagt, dass du gestern Abend da warst, um für den französischen Mönch Honig zu holen. An deiner Stelle würde ich mich jetzt wieder aus dem Staub machen. Und zwar ganz schnell.«

Die Warnung kam zu spät. Aus einem Nebenraum fegte ebenjene Bertradis in die Backstube, mit forschem Schritt und verkniffenem Gesicht. Der kleine Naseweis schreckte erst etwas zurück, bellte die breite Schwester dann aber mutig an.

»Du Galgenstrick, auf dich habe ich den ganzen Morgen schon gewartet«, schimpfte Bertradis und packte Jaspar am linken Ohr, ohne den Hund auch nur mit einem Blick zu beachten.

»Au, das tut weh!«

»Das soll es ja auch, du Tagedieb. Sei still und beantworte meine Fragen. Als du gestern Abend hier warst, was wolltest du da holen?«

»Au, aua! Ich hab doch gar nichts gemacht. Honig, ich wollte nur etwas Honig.«

»Das werden wir noch sehen, ob du etwas verbrochen hast oder nicht. Du wolltest also Honig. Und? Was hat Klara dir gestern gesagt?«

»Dass nicht mehr genug Honig da ist. Loslassen! Bitte!«

»Es ist also nicht mehr genug Honig da. Und wofür brauchen wir das bisschen Honig, das noch da ist? Na, wofür? Was hat Klara dir gesagt?«

»Um Brot zu backen.«

»Richtig, sehr richtig, zum Brotbacken. Und was soll ich wohl denken, wenn in der Nacht, nachdem du da warst, ein Strolch in die Bäckerei einbricht, sich in der Vorratskammer umguckt und dann nur einen Topf aufmacht, nur einen einzigen? In dem zufälligerweise Honig ist? Na, was soll ich wohl denken?«

»Ich weiß es nicht. Ich habe nichts gemacht, wirklich nicht, ich schwöre es. Der Honig war auch gar nicht für mich. Er war für diesen Franzosen. Er wollte heißen Wein. Und dazu den Honig. Ich habe wirklich nichts gemacht.«

Bertradis zog Jaspar am Ohr näher zu ihrem Mund, so nah, dass Jaspar das zornige Beben in ihrer Stimme körperlich spüren konnte. Naseweis hatte sich etwas beruhigt, brummte die Schwester aber immer noch an.

»Ich behalte dich im Auge, dich und diesen Franzosen«, zischte Bertradis in Jaspars Ohr und kniff die Augen zusammen. »Irgendjemand hat Honig aus der Vorratskammer gestohlen, und ich sage dir ganz offen, ich habe dich im Verdacht, dich und den Franzosen als deinen Auftraggeber. Wer in der Fastenzeit nach Honig verlangt, ist dem Herrn ein Dorn im Auge. Bei der nächsten Schurkerei, beim nächsten Hauch eines Verdachts sorge ich dafür, dass du nie wieder einen Fuß in die Immunität dieses Stifts setzt – und dass du vorher noch eine gehörige Tracht Prügel bekommst. Haben wir uns verstanden?«

»Aber ich habe doch gar …«

»Das ist nicht die Antwort auf meine Frage«, fauchte Bertradis. »Haben wir uns verstanden?«

»Ja, Schwester Bertradis.«

Seine nicht ganz freiwillige Nachgiebigkeit verschaffte Jaspar zumindest etwas Linderung, denn die kräftige Bertradis ließ ihn nun los. Mit schmerzverzerrtem Gesicht rieb er das gepeinigte Ohr und schaute hilfesuchend zu Klara, die mit den Schultern zuckte und gequält lächelte. Der Blick ihrer zauberhaften grünen Augen war nur ein schwacher Trost.

»Sieh zu, dass du fortkommst«, sagte Bertradis. »Du hast hier nichts, aber auch gar nichts verloren. Zu essen gibt es erst heute Abend, und du brauchst gar nicht dauernd zu versuchen, in der Bäckerei Brot zu mausen. Ich habe dich schon längst durchschaut, du Tunichtgut. Geh mir aus den Augen.«

Geknickt zog Jaspar von dannen, sein Ohr noch immer reibend. Was für ein Morgen. Mit mehr Glück als Verstand hatte er den gestrigen Tag überstanden, obwohl er für so manche Missetat hätte büßen können. Und heute hatte ihm Bertradis schon die Horcher lang gezogen, kaum dass er aufgestanden war. Und dabei hatte er diesmal ausnahmsweise nichts ausgefressen. Im wahrsten Sinne des Wortes. Sein Magen knurrte.

Zuerst dachte Imbert, das Geräusch wäre das Jaulen einer rolligen Katze. Aber als er sich den Schlaf aus den Augen gerieben hatte, ging ihm schnell auf, dass sich bei dieser beißenden Kälte bestimmt keine Katzen paaren würden. Imbert setzte sich auf und ärgerte sich, dass er zu wenig Ruhe in dieser Nacht bekommen hatte.

Wieder war da dieses Winseln. Wieder klang es wie der Laut irgendeines Tieres, aber er vermochte es nicht einzuordnen. Das Wimmern wurde lauter, und Imbert war sich sicher, dass es seinen Ursprung nicht im Haus, sondern irgendwo draußen hatte. Er stand auf, öffnete die Fensterläden und horchte in die Dämmerung hinaus. Auf der Straße konnte er nichts erfassen, noch war es zu dunkel. Wieder dieses Gejammer. Und nun erkannte Imbert, dass es das Wehklagen eines Menschen, eines Kindes sein musste. Es schien aus dem Haus der Äbtissin zu kommen.

Das Klagen ging in lautes, steinerweichendes Stöhnen über und vermischte sich mit dem Gesang der Schwestern, den der eisige Wind nur in Klangfetzen von der Kirche herüberwehte. Das Stöhnen verstummte, aber nur für einen kurzen Augenblick. Dann begann das Kind jämmerlich zu schreien. Im Haus der Äbtissin brannte kein Licht, wohl aber in der Kirche, hinter deren Fenstern der Schein der Kerzen unruhig flackerte. Mit dem Schreien des Kindes und den Stimmen der Sängerinnen wirkte dieser Anblick beklemmend und gespenstisch. Imbert liefen kalte Schauer über den Rücken.

Die Äbtissin war nicht daheim, vermutete Imbert, sondern mit den anderen Kanonissen zur Prim in die Kirche gegangen. Er wollte Albertus wecken, doch das Zimmer des Kanonikers war leer. Vermutlich hatte Albertus sich ebenfalls zur Kirche begeben und seinen Gast schlafen lassen.

Imbert zögerte nicht mehr. Er eilte die Stiege hinab, rannte auf die Straße und hinüber zum Haus der Äbtissin, stets geleitet von den langgezogenen Schreien. Vor dem Gebäude, dessen Umriss sich gegen das dunkle Blau der frühen Dämmerung abzeichnete, stand wie versteinert bereits Jaspar.

»Was ist das?«, fragte Imbert beunruhigt.

Jaspar erschrak. Er hatte so gebannt, so verstört auf das Haus gestarrt, dass er nicht bemerkt hatte, wie der Mönch herangehastet war.

»Ich weiß es nicht«, antwortete Jaspar. »Ich habe so etwas noch nie gehört.«

»Ist sonst niemand mehr im Haus?«

»Ich weiß nicht. Die Äbtissin ist jedenfalls in der Kirche. Glaubt Ihr, das könnte ein Geist sein, ein Dämon? Oder sogar der Teufel selbst?«

»Das werden wir gleich sehen. Komm mit.«

Imbert rechnete nicht mit Geistern oder Dämonen. Es musste sich um das Mädchen handeln, das er gestern Abend im Haus der Äbtissin gesehen hatte.

»Ihr wollt doch wohl nicht hineingehen?«

»Natürlich gehen wir hinein. Für mich klingt das so, als würde ein Kind große Schmerzen leiden. Und da hier sonst niemand ist, gehen *wir* hinein.«

»Aber die Äbtissin wird wütend werden.«

»Sie wird wohl eher wütend, wenn wir nicht helfen, obwohl wir es gekonnt hätten. Komm jetzt.«

Niemand antwortete auf sein Klopfen, nur das Wehklagen war weiterhin zu hören. Imbert drückte die Tür auf, die sich in eine dunkle Diele öffnete. Die Laute kamen aus dem oberen Stockwerk. Nachdem es auch auf Imberts Rufe hin keine Entgegnung gegeben hatte, tasteten sich der Mönch, Jaspar und Naseweis die Stufen hinauf. Jaspar blieb in sicherem Abstand hinter Imbert und blickte sich ängstlich nach allen Seiten um. Vor der Tür, hinter der das Jammern und Stöhnen unvermindert zu hören war, machten sie Halt und schauten sich an. Unter der Türritze schimmerte Licht hindurch.

»Also denn«, sagte Imbert.

Er stieß auch diese Tür auf, Jaspar und Naseweis dicht hinter sich. Ihnen schlug beißender Qualm und ein starker und scharfer Geruch entgegen, der an Weihrauch erinnerte. Imbert und Jaspar mussten unwillkürlich würgen, und Naseweis nieste.

»Das sind die Dünste des Teufels«, rief Jaspar bestürzt und hielt Imbert am Ärmel fest. »Lasst uns schnell fortgehen. Sonst holt er uns auch.«

»Unsinn. Mir ist im ganzen Leben noch kein Geist, kein Dämon und erst recht nicht der Teufel begegnet. Und ausgerechnet im heiligen Köln soll er mich holen?«

Imbert trat ein und hielt sich gegen die rauchgeschwängerte Luft eine Hand vor den Mund. In der Mitte des Raums stand ein Bett, das umstellt war mit Kerzen in hohen Ständern und mit dreibeinigen Kohlebecken, in denen die Asche noch rot glomm. Imberts Vermutung bestätigte sich. Auf einem weißen Laken lag die kleine Eufemia, die sich erst vor wenigen Stunden mit knappen Worten für ihn eingesetzt hatte. Ihr dürrer Körper war zusammengekrümmt, das Gesicht schweißnass und ihr Blick ohne Ausdruck. Sie schaute zwar zur Tür, auf eine seltsame Weise aber durch Imbert und Jaspar hindurch. Der Schein der Kerzen tanzte unruhig in ihren blauen Augen.

Eufemias feuchtgeschwitztes Hemd war hoch gerutscht und entblößte ihre weißen Beine. Für einen Augenblick schien sie nach dem Eintreten der beiden Männer den Atem anzuhalten, doch die Stille währte nicht lange. Voller Entsetzen riss sie die Augen weit auf, so als sähe sie den Leibhaftigen, und sie kroch mit strampelnden Beinen zum Kopfende des Bettes. Ihr Schrei war so schaurig, dass Jaspar glaubte, eine kalte Hand greife nach seinem Herz.

»Los, lass Luft herein!«, sagte Imbert.

»Wie denn?«, antwortete Jaspar. »Das Fenster ist zugenagelt.«

»Stell dich nicht so dumm an. Reiß die Bretter ab!«

»Aber dürfen wir das denn? Das ist das Haus der Äbtissin, und weiß der Henker, wer dieses Mädchen ist. Vielleicht ist sie eine Hexe, oder die Äbtissin ist eine Hexe. Und sie hat dieses Mädchen da geraubt und verhext.«

»Jaspar«, sagte Imbert gereizt. »Befolge einfach, was ich dir sage.«

Während Jaspar tat, wie der Mönch ihm aufgetragen hatte, setzte sich Imbert zu Eufemia aufs Bett und legte eine Decke über sie, die er vom Boden aufgehoben hatte. Der Mönch nahm die Hände des Mädchens, um es zu beruhigen. Sofort verstummte Eufemia, doch sie schien Imbert immer noch nicht wahrzunehmen. Ihr Körper verlor die Spannung und sank kraftlos aufs Bett. Ihre Hände immer noch haltend, sah Imbert, dass Eufemias Arme überhäuft waren mit kleinen Wunden und Narben, einige schon fast verheilt, andere noch ganz frisch mit erst vor Kurzem geronnenen Blut.

»Das ist genug«, sagte Imbert, als Jaspar zwei Bretter abgerissen hatte und der Luftzug die Flammen der Kerzen zucken ließ. »Sie soll uns ja nicht erfrieren. Jetzt geh und hol Wasser!«

»Soll ich nicht lieber die Äbtissin holen?«

»Nein, das Morgengebet kann ohnehin nicht mehr lange dauern. Außerdem scheint sich die Kleine etwas zu beruhigen. Geh lieber zu einem Brunnen.«

»Aber dann müsste ich rüber zur Bäckerei.«

»Dann gehst du eben zur Bäckerei, verdammt«, rief Imbert ungeduldig. »Jetzt geh schon!«

Jaspar verschwand zur Tür hinaus. Naseweis folgte seinem Herrchen diesmal nicht, sondern setzte sich vor das Bett. Er schien zu spüren, dass etwas Seltsames mit dem Mädchen vor sich ging. Der Hund legte den Kopf zur Seite und beobachtete jede Bewegung Eufemias und auch jede des Mönchs genau.

Imbert strich der Kleinen die nassen Haarsträhnen aus der glühenden Stirn. Sie schien nun entrückt, in einer Art Traumzustand zu sein. Ihr Atem ging heftig, ihre Brust hob und senkte sich schnell, sie zitterte am ganzen Leib. Eufemias Lider waren halb geöffnet und die Augen verdreht, sodass nur das Weiße ihrer Augäpfel zu sehen war. Schaumiger Speichel lief aus ihrem Mund und tropfte auf das Hemd.

»Ganz ruhig«, sagte Imbert und streichelte dabei Eufemias Haar. »Ganz ruhig. Es wird alles wieder gut. Es ist alles in Ordnung, mein Kind.«

Sie machte gestern schon einen sehr kränklichen Eindruck, dachte Imbert. Und wenn sie jetzt nicht so zittern würde wie Espenlaub, hätte er sie für tot gehalten, so bleich und blutleer sah sie aus. Eine ganze Weile versuchte er Eufemia zu beruhigen, indem er mit leiser Stimme auf sie einredete. Doch ihm wurde bald klar, dass er sie nicht erreichte.

Als Jaspar das Zimmer mit einem Bottich Wasser, den er aus dem Brunnen der Bäckerei geschöpft hatte, wieder betrat, hatte Naseweis sich neben Eufemia aufs Bett gelegt. Imbert hielt ihre Hand.

»Hier, das Wasser«, sagte Jaspar und stellte den Eimer neben das Bett. »Wie geht es ihr? Was hat sie überhaupt?«

»Ich weiß es nicht«, antwortete Imbert und tauchte einen Lappen in das Wasser, um damit Eufemias Stirn zu kühlen. »Vielleicht ist es die Fallsucht. Vielleicht hat sie etwas Giftiges oder Verdorbenes gegessen. Vielleicht ist es aber auch wirklich ein Dämon, wie du vermutet hast. So etwas habe ich jedenfalls noch nie gesehen. Nur eins steht fest. Sie hört uns nicht. Ganz gleich was wir tun oder sagen, sie ist für uns unerreichbar. Sie scheint in ihrer eigenen Welt zu sein. Was hier geschieht, spielt für sie keine Rolle.«

»Und was machen wir jetzt?«

»Nichts. Wir warten. Sie scheint Fieber zu haben, aber nicht so hoch, dass wir uns Sorgen machen müssten. Sie hat sich beruhigt, und ich glaube, das haben wir deinem Hund zu verdanken. Seit er neben ihr liegt, ist sie viel friedlicher geworden. Also bleiben wir bei ihr, bis Clementia zurückkommt. Mehr können wir nicht für sie tun.« Imbert drehte sich zu Jaspar um. »Weißt du, wer sie sein könnte? Ich habe sie gestern schon hier angetroffen, und sie scheint der Äbtissin sehr nahe zu stehen.«

Jaspar schüttelte den Kopf. »Nie gesehen. Ich kenne sie nicht.«

Eufemia öffnete den Mund, aber nicht die Augen. Sie bemühte sich vergeblich, ihre Lippen zu einem Wort zu formen. Ihr eben noch geifertriefender Mund war nun so trocken, dass ihr kein Laut mehr gelang. Imbert nahm den Lappen, tauchte ihn nochmals ins Wasser und befeuchtete ihre Lippen. Das half, denn nach wenigen Augenblicken brachte sie einige Worte hervor.

»Mulier taceat in ecclesia!«, sagte das Mädchen mit schwacher Stimme. Immer noch nahm Eufemia nicht wahr, was um sie herum geschah. »Mulier taceat in ecclesia!«, wiederholte sie, diesmal etwas kräftiger.

»Was sagt sie?«, fragte Jaspar. »Will sie etwas?«

Bevor Imbert antworten konnte, setzte Eufemia erneut zum Sprechen an. »Periculum in mora!«, wisperte sie nun. »Periculum in mora!«

»Ich verstehe das nicht. Was sagt sie?«, fragte Jaspar wieder.

Wieder kam Imbert nicht zu einer Übersetzung. Eufemia setzte sich schlagartig auf, packte Imberts Kutte mit beiden Händen und zog ihn mit schier übermenschlicher Kraft zu sich heran. Sie riss die Augen weit auf und schrie den Mönch an: »Sic! Periculum in mora!«

Dann sank sie zurück auf ihr Lager und schlief sogleich erschöpft ein.

»Es ist vorbei«, sagte Imbert nach einer Weile. »Sie ist aufgewacht.«

»Sie sieht eher aus, als wäre sie eingeschlafen.«

»Das ist sie ja auch. Aber sie ist von ihrer seltsamen Reise zurück und aus ihrem tiefen Traum aufgewacht. Sie wird sich in ihrem Schlaf davon erholen.«

»Das verstehe ich nicht, und was sie eben gesagt hat, habe ich auch nicht verstanden.«

»Weg von ihr!«, rief plötzlich eine Stimme.

Imbert, Jaspar und Naseweis schreckten zusammen. Clementia war ins Zimmer getreten.

»Was macht Ihr hier?«

Imbert fasste sich als Erster. »Verzeiht, ehrwürdige Mutter, wenn wir ohne Eure Erlaubnis in Euer Haus eingedrungen sind, aber die Schreie dieses armen Geschöpfes waren bis auf die Straße, bis in die Nachbarhäuser zu hören. Wir waren besorgt, haben Euch gesucht, aber nicht gefunden. Also sind wir ins Haus gegangen, um nach dem Rechten zu sehen. Und fanden dieses arme Mädchen.«

»Spart Euch Euer Mitleid«, bellte Clementia. »Ihr wisst nicht, was hier vorgeht. Es geht Euch auch nichts an. Macht, dass Ihr hier rauskommt.«

»Aber ...«

»Ich sagte, Ihr sollt mein Haus verlassen. Auf der Stelle.«

»Natürlich, ehrwürdige Mutter«, sagte Imbert. Er schlug die Augen nieder und verbeugte sich. »Wir gehen unverzüglich. Ich bitte nochmals um Vergebung für unser Eindringen. Wir hatten keine bösen Absichten. Ich helfe gelegentlich in der Krankenstube meines Klosters und hatte gehofft, mit meinen bescheidenen Kenntnissen dem Mädchen Linderung zu verschaffen.«

Die drei waren bereits auf dem Weg zur Tür, als Clementia ihre Meinung zu ändern schien und sie zurückhielt.

»Wartet«, sagte sie mit gedämpfter Stimme. »Hat sie irgendetwas gesagt?«

»*Oui, Madame*, auf Latein.«

»Latein? Sie spricht kein Latein.«

»Und doch hat sie sich dieser Sprache bedient.«

»Was hat sie gesagt?«

»Zwei Dinge. Sie sagte: ›Mulier taceat in ecclesia.‹ Und: ›Periculum in mora.‹«

»Mehr nicht? Sie hat keinen Ort, keinen Namen genannt?«

»Nein, nichts dergleichen. Nur diese beiden Sätze.«

Clementia machte ein ungläubiges Gesicht. »Ihr meintet, sie hätte geschrien?«

»Ja, ich sagte doch, es war bis auf die Straße zu hören«, versicherte Imbert.

»Das hat sie noch nie«, sagte Clementia wie zu sich selbst. Aber schnell nahm sie ihre harte Haltung wieder ein. »Geht jetzt. Und betretet dieses Haus nie mehr ohne Erlaubnis. Wir haben Euch mit der nötigen Gastfreundschaft empfangen, Bruder Imbert, verhaltet Euch daher auch so, wie es sich für einen Gast geziemt.«

Imbert deutete eine Verbeugung an und ging zur Tür. Clementia wandte sich Jaspar zu und sagte: »Wir beide sprechen uns noch.«

»Ich hatte Euch gewarnt, ich hatte Euch abgeraten!«, schimpfte Jaspar. Als die beiden wieder auf die Straße traten, konnte er seinen Ärger nicht mehr zügeln. »Aber nein, Ihr wolltet ja nicht hören. Es ist mir gleich, ob Ihr es Euch mit der Äbtissin verscherzen wollt, ich aber verdiene hier mein Brot und kann es mir nicht erlauben, in Ungnade zu fallen. Es ist noch nicht mal ganz hell, und schon habe ich mir heute Euretwegen gleich zweimal Ärger eingehandelt. In die Bäckerei ist heute Nacht eingebrochen worden. Und wer stand sogleich unter Verdacht? Ich, und das nur, weil ich für Euch gestern Abend Honig hatte holen wollen. Beim nächsten Mal könnt Ihr Eure Einfälle allein in die Tat umsetzen.«

»Mein junger Freund«, sagte Imbert in aller Ruhe, obwohl Jaspars Ausbruch über die Standesgrenzen hinweg eine scharfe Zurechtweisung verdient hätte. »Ich weiß es sehr wohl zu schätzen, dass du mir gegenüber einen solch vertraulichen Ton anzuschlagen wagst, aber dennoch glaube ich mich zu erinnern, dass du mir zu Diensten sein sollst. Und ich denke nicht, dass wir etwas falsch gemacht haben, als wir dem bedauernswerten Mädchen zu helfen versuchten.«

Schon bereute Jaspar sein Aufbrausen. »Was hat sie denn nun gesagt?«, hakte er nach und war erleichtert, so auch gleichzeitig den Mönch abzulenken.

»Das Erste, was sie sagte, war ein Zitat des Apostels Paulus, dass nämlich das Weib in der Kirche zu schweigen hat«, erläuterte Imbert. »Dann sagte sie noch, und zwar mit großem Nachdruck, dass Gefahr im Verzug ist.«

»Ihr habt sie also gesehen«, sagte Albertus.

Imberts Gastgeber machte einen Schlenker um eine zugefrorene Pfütze, weil er seine alten Knochen der Gefahr eines Sturzes nicht mehr aussetzen wollte. Mit dem starken Zacharias war er auf dem Weg in die Stadt, um dort ein Fässchen süßen Malvasiers zu holen, der ihm so viel besser schmeckte als der schwere, saure

Wein des Rheinlands. Weil der Dom auf ihrem Weg lag, wo Imbert an der Öffnung der Särge der Heiligen Drei Könige teilnehmen wollte, begleiteten der Mönch und Jaspar die beiden. Naseweis hatte wie immer auf dem Stiftsgelände zurückbleiben müssen, weil Jaspar fürchtete, sein Freund könnte in der Stadt von den Hundeschlägern getötet werden, die dafür zu sorgen hatten, dass die Streuner nicht zur Plage wurden.

Über Köln lachte trügerisch ein strahlend blauer Himmel, der mehr Heiterkeit versprach, als er einlösen konnte. Der Preis für das schöne Wetter an diesem Morgen war eine wolkenfreie und folglich klirrend kalte Nacht gewesen, in der Pfützen und Schneematsch auf den Wegen knochenhart gefroren waren. Das Fortkommen auf den vereisten Pfaden heute war fast schwieriger als auf dem schlammigen Schnee gestern.

»Wer ist sie? Und woran leidet sie?«, fragte Imbert. »Clementia schien allenfalls über das Ausmaß ihres Anfalls überrascht, nicht aber über den Anfall als solchen.«

»Ich kenne sie nicht. Niemand kennt sie, niemand hat sie jemals gesehen.«

»Zacharias hat sie gesehen«, mischte sich Zacharias aufgeregt in das Gespräch ein. »Er sieht sie alle, alle Jungfrauen. Keinen Kopf haben sie nicht. Und eine von ihnen passt ganz doll auf Zacharias auf.«

Albertus tat, als hätte er den Hünen nicht gehört.

»Bis jetzt habe ich die Erzählungen über sie nur für Gerüchte gehalten«, fuhr er nun auf Latein fort.

Jaspar verstand den Wink. Er ließ sich mit Zacharias, den er am Ärmel festhielt, ein Stück zurückfallen, um gebührenden Abstand zu den beiden Geistlichen zu halten. Mürrisch, wie er nach diesem Tagesbeginn war, zog er es ohnehin vor, sich von Imbert fernzuhalten.

»Für Gerede habe ich es gehalten«, führte Albertus weiter aus, »und für eine jener seltsamen Wundergeschichten, mit denen manche Kirche und manches Kloster die eigene Berühmtheit zu mehren sucht. Eine erfundene Geschichte gleichwohl, denn wäre wahr, was man sich erzählt, dann müsste unser Stift ein großes Interesse daran haben, dass das Mädchen seine Fähigkeiten vor aller Augen unter Beweis stellt.«

»Welche Fähigkeiten?«

»Man sagt, sie hat Gesichte.«

»Gesichte?«

»Ja. Gesichte, Visionen, Erscheinungen.«

»Woher will man das wissen, wenn sie doch angeblich noch niemand gesehen hat?«

»Das war bisher auch mein Einwand«, entgegnete Albertus. »Aber eines ist unbestritten: Clementia hat unseren Ausgräbern in letzter Zeit immer öfter ganz genaue Anweisungen gegeben, wo sie graben sollen. Und tatsächlich fanden sie dort die von Clementia beschriebenen Gebeine einer Jungfrau, und zwar an Orten, die unseren Ausgräbern sonst nicht zugänglich sind und an denen nicht zwingend damit zu rechnen ist. In den Ställen und Scheunen, ja selbst im Stift und in der Kirche. Die Äbtissin gibt vor, wo Hacke und Schaufel angesetzt werden sollen, und stets werden unsere Männer fündig.« Albertus drehte sich zu Jaspar um. »Erzähl unserem Gast, wo und wie ihr zuletzt im Stift Jungfrauengebeine gefunden habt, mein Junge.«

»Im großen Speisesaal«, sagte Jaspar. »Die Äbtissin hat Zacharias und mich mitten in der Nacht geweckt und uns ins Refektorium geführt. In der äußersten Ecke sollten wir den Boden aufbrechen. Wir brauchten gar nicht lange zu suchen, und schon hatten wir tatsächlich die Knochen von zwei Kindern gefunden.«

Albertus nickte zustimmend und sagte dann wieder auf Latein zu Imbert: »Eure Beobachtung von eben scheint die Gerüchte zu bestätigen. Es gibt das Mädchen wirklich. Nur ergibt das, was es Euch sagte, nicht wirklich viel Sinn.«

»Aber welchen Grund könnte die Äbtissin haben, die Kleine zu verstecken?«

»Wer weiß das schon? Vielleicht fürchtet sie ja, der Erzbischof könnte ihr das Mädchen wegnehmen. Eine Sehende, die genau weiß, wo unsere Heiligen begraben sind, ist in dieser Stadt, in der es von Märtyrern nur so wimmelt, ein wertvolles Gut. Die Erde Kölns birgt noch die Leiber tausender Jungfrauen und wer weiß wie vieler Kämpfer der Thebaeischen Legion, die ebenfalls hier für den Glauben ihr Leben gaben. Ich empfehle Euch aber, Eure Neugier zu zügeln. Allein Eure Anwesenheit verärgert die Äbtissin offenbar, und Euer Eindringen in ihr Haus heute Morgen wird sie kaum besänftigt haben. Clementia wird ihre Gründe haben, wenn sie das Mädchen vor neugierigen Blicken verbirgt. Und das solltet Ihr respektieren, auch wenn Ihr diese Gründe nicht kennt.«

Obwohl Imbert spürte, dass er diesem Ratschlag Folge leisten sollte, war er sich sicher, bei nächster Gelegenheit wieder jene unsichtbare Grenze zu überschreiten, die Clementia zwischen sich und ihm gezogen hatte, wenn er es für richtig hielt. Er bedauerte, Albertus innerlich zu widersprechen. Der alte Mann hatte ihn freundlich aufgenommen und meinte es offenbar sehr gut mit ihm. Allein des liebenswürdigen Äußeren des Greises wegen hatte Imbert schnell Zutrauen gefasst. Albertus war von kleinem Wuchs und schien dank seiner gehobenen Mundwinkel ständig zu lächeln. In seinem runden Gesicht blitzten kleine, stets lebhaft funkelnde Augen.

»Ich werde mein Bestes tun, mich Eurer Belehrung zu fügen«, sagte Imbert.

»Das klingt ganz so, als hättet Ihr Euch schon darauf eingerichtet, genau das nicht zu tun«, antwortete Albertus mit einem väterlichen Lächeln, und wieder strahlten seine Augen. Die beiden Männer sahen sich an, und im selben Augenblick hoben sich ihre Mundwinkel zu einem Lächeln.

»Der weise König Salomo lehrte: ›Wer Warnung missachtet, geht in die Irre‹«, sagte Imbert.

»Wohl gesprochen. Und Salomo sagte auch: ›Auf den Lippen des Einsichtigen findet man Weisheit, auf den Rücken des Unverständigen passt der Stock‹«, erwiderte Albertus, und beide Männer mussten herzlich lachen.

Jaspar hatte zwar kein Wort der Unterhaltung verstanden, aber er war erleichtert, dass sich der Franzose mit wenigstens einem Menschen im Stift gut zu verstehen schien und nicht überall mit seiner forschen Art aneckte. Jaspar war schließlich alles andere als erpicht darauf, das Missfallen der Kanonissen und Kanoniker über Imbert auch auf sich zu ziehen, nur weil er den unbeliebten Mönch begleitete.

»Ich frage mich schon seit gestern, wem ich wohl gleich im Dom als Übersetzer helfen soll«, sagte Imbert, als sie bereits die Pfaffenpforte ansteuerten.

»Das wisst Ihr noch gar nicht?«, sagte Albertus erstaunt. Zu

Imberts Verwunderung fuhr der Kanoniker fast schon brummig fort. »Ganz Köln spricht schon seit Wochen über nichts anderes. Seit gestern ist Euer Landsmann Nicholas von Verdun in der Stadt, der ach so berühmte Goldschmiedemeister. Er ist auf der Durchreise von Arras nach Wien, wo er noch einen anderen Auftrag zu erfüllen hat. Danach soll Nicholas den drei Magiern einen Schrein aus purem Gold schaffen. Bevor er mit seiner Arbeit beginnt, will er ganz genau wissen, welche Maße sein Schrein haben muss. Dafür werden heute die Leichname der Könige vermessen.«

Imbert war sich sicher, in Albertus' Stimme deutlich Widerwillen zu hören.

»Ich bin überzeugt, Nicholas spricht Latein. Eure Dienste sind da gar nicht erforderlich«, ergänzte der Kanonikus. »Wenn Ihr mich fragt, solltet Ihr da nicht hingehen.«

Im Domhof hatten sich an diesem Morgen schon wieder viele Männer und Frauen eingefunden. Vor den Portalen der Kirche standen die Menschen und begehrten Einlass, den ihnen jedoch die Waffenknechte des Erzbischofs wortlos und mit gekreuzten Spießen verwehrten. Wer zu ungestüm gegen die Wachen drängte, erhielt einen rüden Stoß. Die Stimmung wurde gereizter, und schon bald wogte die Menge wie eine Welle gegen die Tore, immer fordernder, immer lauter schimpfend und scheltend, je länger die Wachen die Eingänge versperrten. Die sture Schweigsamkeit der Waffenknechte heizte den Zorn nur noch weiter an.

»Was soll das?«, rief erbost ein kräftig gebauter Tuchhändler, der aus Neuss angereist war, um in Köln das Osterfest zu feiern. Nun fürchtete er, noch nicht einmal im Dom beten zu dürfen, wo er heute ein paar Messen für sein Seelenheil kaufen wollte. »Ihr könnt doch nicht das Haus des Herrn verschließen. Lasst uns hinein!«

Keine Antwort von den Männern des Erzbischofs, die ihn nur düster anblickten.

»Verflucht noch eins! Ich sagte: Lasst uns hinein!«, schrie der Mann mit rauer Stimme, und sein Gesicht lief vor Zorn rot an.

Mit beiden Händen packte er den Wachmann, der ihm am nächsten stand, und schüttelte ihn heftig. Die Umstehenden feuerten den aufmüpfigen Tuchhändler an und beschimpften die Waffenknechte, die ihrem Kameraden zu Hilfe eilen wollten. Mit einem Satz war Volkmar, der Hauptmann der erzbischöflichen Wache, bei den beiden und gab dem muskelbepackten Händler mit dem stumpfen Ende seines Spießes einen Stoß in den Bauch. Dem Mann blieb die Puste weg. Gekrümmt vor Schmerz rang er nach Luft.

Volkmar beugte sich zu dem Kaufmann hinab. »Hört zu«, sagte er in einem überspitzt freundlichen Tonfall. »Nicht, dass es Euch etwas anginge, aber weil Ihr so höflich gefragt habt, bekommt Ihr natürlich auch gerne Auskunft: Seine Eminenz, der Erzbischof, weilt im Dom und möchte für eine kurze Zeit nicht gestört werden. Wäret Ihr vielleicht so gütig, ihm diesen Wunsch zu erfüllen? Er würde Euch gewiss sehr dankbar sein. Ihr dürft denn selbstredend auch gleich den Dom betreten, sobald der Erzbischof fertig ist.«

Der Tuchhändler rang noch immer nach Luft und bekam keinen Ton heraus. Aber sein peinverzerrtes Gesicht gab zweifelsfrei ein stummes Einverständnis zu erkennen.

»Sehr schön. Ich danke Euch vielmals für Euer Entgegenkommen, werter Herr.«

Volkmar richtete sich auf und wandte sich an die Menge, denn er hielt es für angebracht, nun doch ein paar Worte zu sagen, bevor ihm die Lage aus den Händen glitt.

»Hört alle her!«, rief er über den Domhof. »Ich verspreche euch, es dauert nicht mehr lange. Habt ein wenig Geduld, und dann dürft ihr schon bald wieder in den Dom. Aber solange die Türen verschlossen sind, haltet Ruhe. Sonst sehe ich mich gezwungen, auf meine Art für Stille und Eintracht vor dem Haus Gottes zu sorgen.«

Volkmars Vorführung hatte Eindruck hinterlassen. Bis auf ein leises Murren erntete er keinen Widerspruch. Das Volk gab Ruhe.

»Volkmar macht sich auf seine unnachahmliche Weise wieder Freunde«, sagte Albertus, der den Auftritt des Hauptmanns mit Imbert, Jaspar und Zacharias von ferne beobachtet hatte. »Und gleich so viele auf einmal.«

Durch das Pfaffentor in der Römermauer, die sich an die Kathedrale und ihren Immunitätsbereich anlehnte, waren die Männer in den Domhof gelangt.

»Ihr kennt ihn?«, fragte Imbert.

»Gewiss. Clementia selbst hat dem Erzbischof nicht viel zu sagen. Und wenn doch, bin ich ihre Stimme im erzbischöflichen Palast und sonst niemand aus dem Stift. Volkmar weiß diese Beständigkeit zu schätzen, denn er lässt am liebsten nur Leute vor seinen Herrn, die er schon kennt.«

»Das weiß ich leider nur zu gut«, sagte Imbert. »Aber wenn dem so ist, wenn Volkmar Euch so gut kennt, dann hätte ich eine große Bitte an Euch, lieber Bruder. Gestern ist es mir leider nur mit einem Kniff gelungen, beim Erzbischof vorstellig zu werden. Ich fürchte, Volkmar könnte mir das nachtragen. Ich weiß, Ihr wolltet mit Zacharias auf den Markt, aber könntet Ihr Euch mit dem Gedanken anfreunden, mich in den Dom zu begleiten? Mit Euch an meiner Seite würde ich wohl keine Schwierigkeiten haben, der Einladung Philipps Folge zu leisten.«

Alles Freundliche, alles Gütige wich mit einem Schlag aus Albertus' Gesicht. »Ich soll Euch begleiten?«, sagte er abschätzig. »Mir dieses Jammerspiel ansehen? Und womöglich auch noch einen Blick auf diese Haufen aus Knochen, Fleisch und Lumpen werfen? Nein, nein, das macht mal schön allein.«

Ohne ein weiteres Wort wandte er sich ab und ging forschen Schrittes davon. Zacharias trottete teilnahmslos hinterdrein.

Verunsichert blickte Imbert den beiden nach. Hier standen mehrere hundert Menschen, die wer weiß was darum geben würden, den Dom überhaupt betreten zu dürfen, um in die Nähe der Heiligen Drei Könige zu gelangen. Doch Albertus ließ sich diese einmalige Gelegenheit, die Gebeine der Heiligen mit eigenen Augen aus nächster Nähe zu sehen, einfach so entgehen? Was in aller Welt hatte er denn so Schlimmes verlangt? Hilflos schaute er zu Jaspar, aber der schien genauso erstaunt ob des seltsamen Verhaltens von Albertus.

»Ich glaube, ich muss noch einiges über diese Welt lernen«, sagte Imbert und seufzte.

»Wie meint Ihr?«

»Ach nichts. Ich gehe hinüber zum Dom und versuche mein Glück. Vielleicht lässt mich dieser Volkmar ja doch ohne viel Federlesens hinein.«

Und dieser Volkmar grinste breit, kaum dass er Imbert sich durch die Menge zwängen sah. Lässig an das schwere Domportal gelehnt, richtete er die Spitze seines Spießes auf ihn.

»Halt, mein französischer Freund«, sagte der Hauptmann spöttisch. »Was ist denn heute Euer Begehr? Oder besser gefragt: Was ist denn heute Euer Vorwand?«

»Ich bitte Euch, senkt Euren Spieß, werter Volkmar. Und ich bitte Euch, mir zu glauben. Der Erzbischof hat mich gestern zur Öffnung der Grablege eingeladen, für den Fall, dass er einen Übersetzer braucht. Ich will also nichts, als ihm zu Diensten zu sein.«

»So, so. Einen Übersetzer braucht er. Das ist eine Aufgabe, die man nur jemandem übertragen sollte, dem man blind vertrauen kann. Wer weiß schon, ob der Mittler auch die rechten Worte findet? Und Ihr denkt, Ihr seid dafür der rechte Mann?«

»Ich will dem Erzbischof aufrichtig dienen.«

»So aufrichtig, wie Ihr gestern zu mir wart, als Ihr sagtet, der Erzbischof erwarte Euch?«

Imbert hüstelte. »Werter Volkmar, ich räume ein, dass Ihr meine Worte gestern vielleicht etwas anders ausgelegt habt, als ich sie gemeint habe. Jedenfalls habe ich Euch nicht in böser Absicht an der Nase herumgeführt. Wie König Salomo kann ich sagen: ›Alle meine Worte sind recht, keines von ihnen ist hinterhältig und falsch.‹«

»Haltet den Mund«, unterbrach ihn Volkmar barsch. »Eure Ausflüchte von heute sind nicht annähernd so gut wie Eure Halbwahrheiten von gestern. Geht schon hinein. Diesmal werdet Ihr wirklich erwartet.«

So wie der Wal Jonas verschluckt hatte, so schluckte der große hohle Bauch des Doms nun Imbert. Er trat aus dem Lärm des Vorplatzes ein in die Stille des Kirchenschiffs, während Jaspar draußen auf seine Rückkehr wartete. Bei seiner Ankunft hatte Imbert den Dom noch ganz anders erlebt. Gestern ohrenbetäubend laut mit einem Gewimmel wie in einem Ameisenhaufen, war die Kathedrale an diesem Morgen ein stiller Unterschlupf inmitten der lärmenden Stadt. Die murrende Menge vor dem Portal schien unendlich weit weg, obwohl die Menschen lediglich wenige Schritte entfernt waren. Imbert hörte das Stimmengewirr nur noch gedämpft durch Mauern und Tor.

Auch heute warfen die hundert Kerzen des riesigen Leuchters unter der Balkendecke wieder ihr mattes Licht auf die schwarzen und weißen Fliesen des Doms. An den Wänden hingen große Seidenteppiche, die denen im Palast des Erzbischofs sehr ähnelten, die Imbert aber gestern noch gar nicht aufgefallen waren. In der Kirche war es beinahe genauso eisig wie draußen auf dem Domhügel. Imbert stieß seinen warmen Atem weiß in die kalte Luft.

In der Mitte des Doms standen ein Trupp erzbischöflicher Waffenknechte und eine Gruppe Geistlicher, allesamt Priester des Domkapitels sowie Äbte und Pröpste der großen Kölner Klöster und Stifte wie Groß Sankt Martin und Sankt Pantaleon. Sie schenkten dem Ankömmling keinerlei Beachtung, sondern standen an der Grablege der Heiligen Drei Könige und kehrten ihm die Rücken zu. Imbert ging zu dem von Gittern umrahmten Geviert, um zu sehen, ob er zu spät war und die Graböffnung bereits begonnen hatte.

Aber die Geistlichen waren von etwas anderem gefesselt. Vor dem mittleren Sarkophag mühte sich ein Novize auf allen Vieren, die Reste eines Blutflecks wegzuwischen. Den Geistlichen, die sich um den Ort einer Bluttat versammelt hatten, war das Entsetzen deutlich anzusehen. Philipp von Heinsberg stand neben dem putzenden Novizen, mit Zornesröte im Gesicht.

»Das muss genügen, lass endlich gut sein!«, befahl er so laut, dass seine Stimme die Stille zerschnitt und hell von den Wänden widerhallte.

Der Junge klaubte Lappen und Bottich zusammen und machte sich davon. Philipp konnte sich nicht beruhigen und stampfte wütend auf und ab. Dass inzwischen Imbert eingetroffen war, hatte er in seinem Ärger noch gar nicht bemerkt.

»Zum Teufel noch eins!«, fluchte er, worauf sich einige der Geistlichen bekreuzigten. »Ach, stellt euch nicht so an, ihr Scheinheiligen. Der Dom ist mit diesem Mord ohnehin entweiht, da muss ich nicht noch tiefe Frömmigkeit obwalten lassen. Macht euch lieber Gedanken darüber, wie wir so etwas verhindern können. Es kann doch nicht sein, dass jeder dahergelaufene Strauchdieb einfach in den Dom schlendert und sich an den Särgen unserer Könige zu schaffen macht. Zum Teufel aber auch! Das hätte heute eine ganz feierliche und schöne Handlung werden sollen, als rechte Einstimmung auf das Osterfest. Und nun das.«

Wieder ging Philipp von Heinsberg zornig auf und ab. Die an den Särgen stehenden Geistlichen waren darauf bedacht, ihm nicht im Weg zu stehen.

»Was ist geschehen?«, raunte Imbert einem der Waffenknechte zu, der in einem sicheren Abstand zum Erzbischof in der letzten Reihe stand.

»Ein Mord«, antwortete der Mann leise. »Gleich dort vorn, an den Särgen der Heiligen Drei Könige, hat jemand in der Nacht einen jungen Priester erstochen. Er wurde heute Morgen in einer riesigen Blutlache gefunden.«

Imbert reckte den Hals, konnte aber nur sehen, dass auf allen drei Särgen die schweren Deckel lagen.

»Ich will nicht unhöflich erscheinen, Eure Eminenz«, beendete Richard, Philipps greiser und zahnloser Schreiber, das betretene Schweigen. »Aber sollten wir jetzt nicht nachsehen, ob dieser Strauchdieb, wie Ihr ihn nennt, auch tatsächlich etwas gestohlen hat? Am mittleren Sarkophag ist das Siegel gebrochen. Ich befürchte das Schlimmste.«

Der Erzbischof nickte.

»Beten wir zum Herrn, dass dieser Verfluchte keinen Erfolg hatte oder ihn doch noch das schlechte Gewissen gepackt hat.«

Mit einer knappen Kopfbewegung bedeutete er seinen Bütteln, den Sarg zu öffnen. Vier der Männer traten an den Sarkophag aus schmucklosem dunklem Metall und hoben den wuchtigen Deckel. Noch bevor sie die Platte abgesetzt hatten, kam Bewegung in die Gruppe der Geistlichen. Zumindest jene, denen nicht der Schrecken über den Mord in Mark und Bein gefahren war, schlossen den Ring um den Sarkophag eng und enger, begierig darauf, endlich einen Blick in das Innere zu werfen.

Schweigend saßen sie einander gegenüber, Clementia, die junge Äbtissin, und Mabilia, die älteste Kanonisse im Stift. Mabilia war noch älter als Gepa, die dem Stift viele Jahrzehnte als Äbtissin vorgestanden hatte. Mabilia selbst hatte dieses Amt nie angestrebt, obwohl es ihr gewiss zugestanden hätte. Aber Einfluss und Stärke ausüben – das hatte sie schon in jungen Jahren gelernt – konnte sie auch in der weniger herausragenden Stellung einer Dekanin. Lästerliche Zungen sagten, Mabilia sei so alt, sie habe sogar noch den Beginn des Stadtmauerbaus von 1106 erlebt, als die Vielzahl der Jungfrauengebeine auf jenem Acker gefunden worden waren, der bis an die Stiftsmauer heranreichte. Doch Mabilia kannte weder ihr Geburtsjahr, noch konnte sie sich an jene Zeit erinnern, was aber nicht ausschloss, dass sie tatsächlich so alt sein mochte.

Noch ungewöhnlicher war jedoch Mabilias Aussehen. Trotz ihrer Bejahrtheit hatte sie kein einziges weißes Haar, sondern noch immer einen flammend roten Schopf, von dem unter der Haube jedoch immer nur der Ansatz zu sehen war. Schon in ihrer Jugend hatte die feurige Haarpracht ihr den Beinamen »die Rote« eingebracht, und auch heute noch wurde Mabilia so genannt, doch nie in ihrem Beisein, nie verächtlich oder spöttisch, sondern immer mit Respekt.

Nicht allein ihres hohen Alters wegen fragte Clementia sie oft und gern um Rat. Die junge Grafentochter und die alte Kanonisse waren selten verschiedener Meinung, sondern übten sich meist in Eintracht. Wenn Clementia es recht bedachte, ging es ihr eher darum, sich von der angesehenen Mabilia einen Standpunkt bestätigen zu lassen, was den Aussagen der fast noch jugendlichen Äbtissin mehr Nachdruck und Gültigkeit verlieh.

Einzig wenn es sich um Eufemia drehte, war Clementia nicht bereit, einen Ratschlag auch nur anzuhören. Dennoch hatte sie die beiden ältesten Kanonissen, Mabilia und Gepa, in die Fähigkeiten des Mädchens eingeweiht. Doch lediglich mit Mabilia sprach sie regelmäßig über Eufemias Erscheinungen.

»Schläft sie noch?« Mabilia beendete das Schweigen mit ihrer schwachen Stimme, die an das Rauschen des Windes in einer Baumkrone erinnerte. Aus kleinen geröteten Augen blickte sie Clementia an. Die faltige Haut hing an ihrem Gesicht wie ein alter Sack. Im Morgenlicht, das durch das Fenster ins Arbeitszimmer der Äbtissin fiel und ihre Züge hart nachzeichnete, sah sie noch um zehn Jahre älter aus.

»Ja. Es hat sie diesmal sehr mitgenommen.«

Clementia wirkte besorgt, aber doch entschieden.

»Es nimmt sie immer sehr mit«, sagte Mabilia fast grob. »Aber heute scheint es wirklich eine ungewöhnlich heftige Vision gewesen zu sein.«

»Es scheint so, ja. Doch ich werde aus dem, was sie gesagt haben soll, nicht wirklich schlau.«

»Wie könntest du auch?« Mabilia fasste mit ihren knochigen Fingern die Griffe der Armlehnen. »Wenn dieser Mönch dir die Wahrheit gesagt hat, sind Eufemia nur wenige Worte über die Lippen gekommen. ›Mulier taceat in ecclesia‹ – das Weib hat in der Kirche zu schweigen. Was soll das heißen? Es bleibt uns nur die Vermutung, dass Eufemia wieder einmal eine Jungfrau irgendwo unter dem Kirchenboden gesehen hat. Aber dieser Vorfall mit dem Franzosen und dem lumpigen Jaspar zeigt, wie wichtig es wäre, Eufemia in unsere Gemeinschaft aufzunehmen. Du kannst sie nicht auf ewig in deinem Haus verstecken, wo sie oft ganz allein und ohne Schutz ist. Im Stift würden sich die Schwestern um sie kümmern. Und ich brauchte mir weniger Sorgen um die Kleine zu machen.«

Clementias Stimme wurde kalt. »Eure Fürsorge spricht für Euch, ehrwürdige Mabilia. Aber Ihr wisst, wie ich darüber denke.«

Mabilia stieß die Luft durch die Nase aus. Es war müßig, dieses Thema anzuschneiden. Zu oft schon hatte sie mit der jungen Äbtissin wegen Eufemia über Kreuz gelegen. Aber in dieser Frage wollte Clementia keine Vernunft annehmen. Es blieb ihr Geheimnis, warum sie die Kleine verbarg. Mabilia hielt es für besser, dem Gespräch einen anderen Inhalt zu geben.

»Wie gedenkst du die Bitte des Franzosen zu behandeln?«, fragte sie.

»Wie würdet Ihr Euch verhalten? Am liebsten würde ich ihn zum Erzbischof zurückschicken. Soll Philipp doch sehen, wie er alle Bettelmönche ruhigstellt, anstatt sie uns an den Hals zu hetzen. Aber leider hat Eufemia mir aufgetragen, den Wunsch dieses Franzosen zu erfüllen. Dabei weiß ich noch nicht mal, ob er wirklich ein Mönch ist oder nur ein Gauner, der sich eine Kutte übergeworfen hat.«

»Wieso zweifelst du an seiner Aufrichtigkeit?«

»Er spricht unsere Sprache fließend und mit kaum hörbarem Akzent, doch angeblich kommt er aus dem Herzen Frankreichs. An ein Sprachenwunder wie bei unserer Eufemia, die plötzlich Latein zu sprechen vermag, will ich nicht glauben. Ich habe dem Mönch daher sicherheitshalber einen unserer Ausgräber zur Seite gestellt, der mir täglich berichten soll, womit sich dieser Imbert befasst.«

Mabilia kniff die Augen zusammen. Doch sie überlegte nicht lange.

»Warte einfach ab.« Ihre Stimme raschelte wieder wie Blattwerk. »Bis nach dem Osterfest wird er sich wohl gedulden können. In dieser Zeit werden wir sehen, was wir von ihm zu halten haben. Und dann entscheiden wir in Ruhe, ob wir ihm die Knochen einer Heiligen schenken oder ihn zum Teufel jagen.«

»Bringt Lampen«, ordnete Philipp an.

Zwei der Büttel nahmen Öllichter, hielten sie über den Sarg und leuchteten hinein. Der Erzbischof beugte sich über den Leichnam und schaute ihm ins Gesicht. Die Züge des Mannes waren auch nach über tausend Jahren noch deutlich zu erkennen. Die Verwesung hatte dem Körper kaum Schaden zugefügt. Philipp war zufrieden.

»Seid mir gegrüßt, Caspar, edler König aus dem Morgenland. Es freut mich, Euch offenbar unbeschadet und wohlbehalten wiederzusehen.«

Der Mann, den Philipp musterte, mochte zum Zeitpunkt seines Todes etwa dreißig Jahre alt gewesen sein. Er hatte einen gestutzten Bart und dunkles Haar, das immer noch fest an seiner Kopfhaut haftete. Die Lider des Leichnams waren halb geöffnet, die Augäpfel jedoch verschrumpelt wie Dörrpflaumen. Die Haut lag straff über den Wangenknochen und erinnerte Imbert, der sich neugierig an den offenen Sarg gestellt hatte, an dunkles Bienenwachs.

Die Lippen des Leichnams waren vertrocknet und gaben den Blick frei auf das löchrige Gebiss mit seinen teils gelben, teils schwarz verfaulten Zähnen. Der Tote war gekleidet in purpurfarbene Seide, die ihren Glanz im Zeitlauf verloren hatte und auch schon mürbe geworden war. Das Gewand trug goldfarbene Muster mit Darstellungen fabelhafter Tiere wie des Vogels Greif. Überall in den Falten des Stoffes lagen Stücke aromatischer Harze, die jedoch schon längst keinen Wohlduft mehr abgaben.

Es war gewiss nicht die erste Sargöffnung, seit Philipps Vorgänger, Erzbischof Rainald, die drei Weisen vor siebzehn Jahren aus dem besiegten Mailand nach Köln geholt hatte. Gelegentlich wurden die Särge für eine kurze Zeit geöffnet, und die Gläubigen reichten Kreuze, Amulette und andere Dinge über das Gitter. Priester berührten mit ihnen die Heiligen, damit sich etwas von der wundertätigen Kraft der Könige auf die Gegenstände übertrug. Danach wurden die Särge wieder mit einem Wachssiegel verschlossen. Heute aber bot sich den Geistlichen die Gelegenheit, die Gebeine ganz in Ruhe und mit aller Gründlichkeit aus nächster Nähe zu sehen.

Imbert war von dem Zustand des Leichnams nicht überrascht. Über die Körper von Heiligen wurde gesagt, sie würden nie verwesen und außerdem einen lieblichen Rosenduft verbreiten. Zwar konnte Imbert keinen süßlichen Duft riechen, dafür freute er sich, dass der Leib des heiligen Königs dem Biss der Würmer getrotzt hatte. Ihm kam es vor, als schaute er dem lebendigen Caspar ins Gesicht. Der Tote wirkte auf ihn so lebenskräftig, so frisch, als hätte er sich nur für ein Weilchen schlafen gelegt. Als müsste er sich von einer langen Reise aus dem Morgenland ausruhen. Als könnte er gleich die Augen aufschlagen, sich aufsetzen und ihnen im nächsten Augenblick wortreich und weitschweifend berichten, wie er und Melchior und Balthasar den Stern entdeckt, sein Erscheinen gedeutet hatten und ihm schließlich gefolgt waren, bis sie an jenem Stall anlangten, wo sie das Jesuskind in seiner Krippe fanden. Als könnte Caspar ihnen gleich von Jesus selbst erzählen.

Imberts Herz schlug bis zum Hals. Wie konnte jemand es nur wagen, das Grab dieses Heiligen zu schänden? Dafür sogar einen Mord zu begehen? Und wieso hatten die drei Könige es zugelassen, dass zu ihren Füßen ein Mann erstochen wurde? Wo war ihre wundertätige Kraft geblieben, wo ihr Schutz, unter den sich all die abertausend Menschen tagtäglich stellen wollten? Sicher, der Priester war offenbar bereit gewesen, sein Leben für die Weisen zu geben. Aber mussten die Könige es deswegen auch geschehen lassen? War es nicht ihre heilige Pflicht, gerade diesem Mann beizustehen?

»Es sieht nicht so aus, als ob sich unser Mörder am Leichnam zu schaffen gemacht hätte«, sagte Philipp, als er seine Begutachtung beendet hatte. Darüber sichtlich erleichtert, wandte er sich in feierlichem Tonfall an seinen Schreiber. »Richard, schau bitte auch du nach dem Rechten. Du hast Rainald beim Kriegszug gegen die Lombarden zur Seite gestanden, du warst dabei, als die Könige im Glockenturm der Mailänder Kirche San Giorgio entdeckt wurden, und du hast ihre Gebeine bei der Überführung nach Köln begleitet. Niemand kennt sie so gut und niemand so lange wie du.«

Der greise Richard beugte sich über den Sarg und nahm den Leichnam in Augenschein. Zunächst schien er glücklich mit dem, was er sah. Doch dann verengte er die Augen zu Schlitzen.

»Was ist?«, fragte Philipp.

»Es fehlt etwas.«

»Was denn?«

»Ich weiß nicht. Geduldet Euch einen Augenblick, bitte.« Richard griff nach den beiden Händen des Leichnams, die ineinander verschränkt waren, und hob sie behutsam hoch, um darunter zu schauen. Dann betastete er zunächst das Gewand und anschließend die Baumwolltücher zwischen Körper und Sargwand. Aber er schien nicht das zu finden, wonach er suchte.

»Seltsam. Er ist weg.«

»Was ist weg? So rede doch!«

Richard konnte den Blick nicht vom Körper des Königs abwenden und knetete geistesabwesend seine Unterlippe.

»Hörst du mich nicht?«, schimpfte Philipp. »Was fehlt, will ich wissen.«

»Ein kleiner, in Gold eingefasster Glaszylinder, den Caspar in seinen Händen hielt. Er ist fort, und ich bin mir sicher, er war noch da, als ich das letzte Mal in den Sarg geschaut habe.«

»Ja, und? Was war darin?«

Richard holte tief Luft und starrte noch immer in den Sarg. »Ich weiß es nicht mehr. Es ist zu lange her.«

»Was soll das heißen, du weißt es nicht mehr?« Philipp verlor allmählich die Geduld. »Verstehe ich das recht? Ein Nichtsnutz betritt den Dom, tötet einen Priester, öffnet den Sarg einer der heiligsten Reliquien, stiehlt, aber wir wissen nicht was? Verflucht noch eins! Tut etwas! Bringt Verzeichnisse herbei! Irgendwo muss doch vermerkt sein, was sich in den Särgen befindet. Ich will wissen, was fehlt!«

Verärgert sah der Erzbischof in die Runde. Die Ratlosigkeit der verlegen dreinblickenden Geistlichen machte ihn noch wütender.

»Ich bitte Euch, lasst den Zorn nicht Herr über Euch werden«, sagte Richard beschwichtigend. »Seid vielmehr erfreut darüber, dass der Mörder den König nicht angetastet hat. Wenn mich mein Erinnerungsvermögen so sehr im Stich lässt und ich nicht weiß, was in dem Behälter war, ist das doch Beweis genug. Es kann nichts von Wert in diesem Zylinder gewesen sein. Der Eindringling muss ein Narr sein, wenn er diesen Sarg öffnet und dann nur etwas Wertloses stiehlt.«

Die Priester, Domherren und Äbte nickten zustimmend. Auch Philipp schien beinahe überzeugt. Mit grüblerischer Miene verschränkte er die Arme.

»Dennoch, wir müssen Vorkehrungen treffen, damit solcherlei nicht wieder geschehen kann.«

»Gewiss, gewiss, gewiss«, sagte eine Stimme auf Latein, »aber seid so gut, Euch erst nach meiner Abreise darum zu kümmern.«

Der Mann, der sich wenig sanft und mit flinken Schritten an den geöffneten Sarg drängte, war klein, dick und pockennarbig. Nicholas von Verdun, vielgelobter und im ganzen Abendland gefragter Meister der Goldschmiedekunst, trug einen dicken, mit Zobelpelz besetzten Mantel, aus dessen Ärmeln unförmige und mit übergroßen Goldringen geschmückte Finger hervorlugten. Imbert war der teuer gekleidete Mann vorher nicht aufgefallen.

»Ihr müsst verstehen, Monsieur Erzbischof, meine Zeit ist kostbar«, sagte Nicholas mit näselnder Stimme. Er stieß seine Worte schnell hervor, als ob er ihnen auf diese Weise mehr Nachdruck verleihen wollte. »Ich will heute noch nach Klosterneuburg bei Wien weiterreiten, denn auch dort gibt es Arbeit für mich. Je früher ich aufbreche, desto länger ist der Weg, den ich bis zum Abend bereits zurücklegen kann.«

»Und Ihr müsst verstehen, Meister Nicholas, wenn ich nicht so einfach über die Geschehnisse der vergangenen Nacht hinweggehen kann. Die edelsten und vortrefflichsten Gebeine unter Gottes Sonne waren der Gefahr ausgesetzt, geraubt zu werden, und ein Priester wurde in meiner Kirche erstochen. Sein Blut besudelt diesen heiligen Boden.«

»Dann erholt Euch schnell von diesem Schrecken, Monsieur

Erzbischof. Die Gefahr besteht nicht mehr, und es liegt an Euch, mit einigen wenigen Anweisungen weiteres Unheil von den drei Weisen abzuwenden. Und was den bedauernswerten Priester angeht: Lasst ein paar Messen für diesen Mann lesen. Könnte es für ihn einen schöneren und besseren Tod geben? Er hat sein Leben gelassen bei dem Versuch, seine Heiligen zu verteidigen. Nun ist er ein Märtyrer und seine Seele gewiss schon in den Himmel aufgefahren. Warum sich also Sorgen machen? Schreiten wir zur Tat. Es warten Aufgaben auf uns, es warten Aufgaben auf mich. Wenn nicht hier, dann gewiss doch andernorts.«

Philipps Kiefer mahlten. Nicholas zu vergraulen konnte er sich nicht erlauben. Auch wenn er sich kaum vorstellen konnte, dass die wurstförmigen Finger des Franzosen wahre Meisterwerke zu schaffen in der Lage waren, der Goldschmied galt als der Beste seines Fachs. Ihn in seinen Diensten zu wissen hieß, den eigenen Ruhm und vor allem den Kölns zu mehren. Und schließlich: Nicholas hatte recht. Ihm, Philipp, blieb nichts anderes, als die Sarkophage künftig bewachen zu lassen. Mehr konnte er jetzt nicht tun.

Aber der Erzbischof wollte sich nicht die Blöße geben, dem Drängen eines Handwerkers, und sei er noch so berühmt und verehrt, nachgegeben zu haben. Als er Imbert inmitten der Geistlichen entdeckte, war er erleichtert, dem Gespräch für den Augenblick eine andere Richtung geben zu können.

»Ah, der nächste Franzose. Seid mir gegrüßt, Imbert von Grandmont. Wie Ihr seht, sind Eure Dienste als Übersetzer gar nicht vonnöten. Der weitgereiste Nicholas von Verdun beherrscht das Lateinische ganz vorzüglich. Aber seid dennoch mein Gast und bewundert die heiligsten Reliquien, die unsere Christenheit kennt.« Während Imbert und Nicholas sich mit einer Verbeugung grüßten, wies Philipp seine Knechte knapp an: »Öffnet die beiden anderen Särge.«

Die Leichname in den Sarkophagen links und rechts von Caspars Sarg waren in einem vergleichbar guten Zustand wie der erste Tote. Der jüngste König jedoch gab ein seltsames Bild ab. Melchior war ein Knabe von zehn, höchstens fünfzehn Jahren, ebenfalls in teuren Stoff gehüllt und auf Baumwolltuch gebettet. Obwohl im

Kindesalter gestorben und von kleinem Wuchs, sah Melchior doch aus wie ein Greis. Die Haut auf Händen und Gesicht war schrumpelig und welk, das Haar brüchig und grau, die Fingernägel stumpf, gelb und dazu noch krumm gewachsen.

Der dunkle Sarg aus unedlem Metall war für Melchiors schmächtigen Körper viel zu groß, und der zwar spröde, aber doch sehr feine Stoff auf dem toten Leib des Kindes schien unpassend, zu vornehm, zu bemüht, den adeligen Stand des Jungen allein über die kostbare Kleidung zu betonen.

Imbert hätte sich gern stundenlang daran erfreut, den Heiligen Drei Königen nahe sein zu dürfen. Er wäre am liebsten im Gebet versunken, aber zum Beten fehlte ihm die nötige Ruhe, denn die Geschäftigkeit des Handwerkers zerbrach den Zauber und die Heiligkeit dieses Augenblicks. Schon legte Meister Nicholas eine Schnur an Arme, Rumpf, Beine und Füße der mumifizierten Leiche, um Längen und Umfang zu messen, und hüpfte flink wieder an die Kopfseite des Sargs. Mit einem Knotenseil nahm er am Schädel Maß und war im gleichen Moment schon wieder an Caspars Sarg, um den nächsten Körper zu begutachten. Ein Gehilfe ritzte die von Nicholas diktierten Zahlen auf eine Wachstafel.

Am Leichnam Balthasars verfuhr der Meister auf die gleiche Weise wie mit Melchiors und Caspars Körpern. Doch so quirlig der Goldschmied auch um den Greis herumsprang, eines vermochte Nicholas nicht zu stören: Balthasar mit seinen langen grauen Haaren und dem wallenden weißen Bart umgab um ein Vielfaches jener königliche Glanz, der dem Knaben Melchior fehlte. Auch wenn die ledrige Wangenhaut ein wenig blätterte, der alte Mann lag würdevoll und stolz in seinem Sarg, gleichsam erhaben herrschend über jenes seltsame Schauspiel, das inmitten der Stille und der Leere des Doms seinen Lauf nahm. Ein wahrer König, thronend noch im Grab.

»Sehr schön, wirklich sehr schön«, sagte Nicholas zufrieden, als er alle Maße, die er für seine Arbeit benötigte, beisammen hatte. Er trat ein paar Schritte zurück und stemmte die Arme in die Hüften. »Die Leichname sind ausgesprochen gut erhalten. Es wird mir eine große Freude und eine noch größere Ehre sein, diesen Königen einen würdigen Schrein zu formen.«

Das murrende Volk brauchte nicht mehr lange zu warten. Volkmar gewährte der Menge Zutritt, kaum dass die Teilnehmer der Sargöffnung den Dom wieder verlassen hatten. Das geschah schon bald, nachdem Nicholas mit seiner Arbeit fertig war. Als der Erzbischof hastig die Weihegebete über den durch den Mord entheiligten Dom sprach, waren die anderen schon wieder ihrer Wege gegangen. Niemanden hielt es mehr im Dom, alle hatten es eilig: die Priester, Äbte und Pröpste, weil sie die Nachricht von Mord und Diebstahl kaum noch für sich behalten konnten, Nicholas, weil er endlich die Weiterreise antreten wollte und das Entfernen der Leiche ihn schon genug Zeit gekostet hatte, und schließlich Erzbischof Philipp, weil er sich die Beinschau fürwahr anders vorgestellt hatte.

Nur Imbert drängte es nicht hinaus. Noch nicht. Er versuchte zu begreifen, was eben geschehen war. Als Volkmar die Portale öffnen ließ, als die Lichtstrahlen wie Lanzen ins Halbdunkel der Kirche stachen und die Menschen hineinströmten, um ihren Dom und ihre Heiligen wieder in Besitz zu nehmen, als wäre rein gar nichts geschehen, stand der Mönch noch wie benommen da. Es schien alles so unwirklich. Er hatte tatsächlich die Heiligen Drei Könige gesehen und war ihnen so nahe gekommen wie sonst kaum ein Mensch.

Ein Räuspern riss ihn aus seinen Gedanken. Jaspar war inzwischen neben ihn getreten. »Und?«, fragte der junge Mann. »Habt Ihr sie gesehen?«

Jetzt erst kehrte in Imbert auch die Erinnerung an das unheilvolle Geschehen zurück. Sein Glück war getrübt. Ein Mann hatte kurz zuvor sein Leben ausgehaucht. Aber von Sühne war nicht die Rede. Selbst Philipp, der als Erzbischof oberster Richter der Stadt war, hatte sich nur halbherzig für den Ermordeten eingesetzt. Und nun ertappte sich Imbert selbst dabei, den Toten schnell wieder vergessen zu haben, nur weil er vom Anblick der Heiligen Drei Könige so beeindruckt war.

Aber er machte sich nicht lange selbst Vorwürfe, sondern schüttelte den Kopf und sprach ein stilles Gebet für den Toten. Es war nicht seine Sache, das Recht wiederherzustellen.

»Ja, ich habe sie gesehen, mein Sohn«, sagte Imbert und wandte sich um. »Komm, lass uns gehen.«

Der Kopf oder die Füße? Imbert vermochte nicht zu sagen, was ihm mehr wehtat. Seine Füße hätten sicherlich Ruhe verdient, statt den ganzen Tag lang in vom Schnee durchnässten Fellschuhen herumzustreichen. Schließlich war er lange genug unterwegs gewesen, fünf Wochen immerhin. Und in seinem Kopf schien nach den Aufregungen der vergangenen Stunden und einer fast schlaflosen Nacht ein fleißiger Zimmermann zu sitzen, so sehr hämmerte es hinter seiner Stirn. Aber trotz der Kopfschmerzen wollte er sich keine Ruhe gönnen. Ihm stand der Sinn nach dieser Stadt, in der er an noch nicht einmal zwei Tagen mehr erlebt hatte als in zwanzig Jahren hinter Klostermauern.

Stundenlang war er mit dem jungen Jaspar durch Köln gegangen, das so begeisternd wie blendend war. Man nannte es das heilige Köln, und nun verstand Imbert auch, warum. Es mochte wohl keine Stadt geben, die so viele Heiligengebeine, so viele Kirchen, Klöster, Kapellen und Stifte ihr Eigen nennen konnte wie dieses Köln. In welche Gasse man auch seine Schritte lenkte, war sie auch noch so eng, schmutzig und von zwielichtigem Volk bewohnt, fast immer endete sie an einem Gotteshaus mit hochgeschätzten Reliquien.

Im Dom waren es nicht nur die Heiligen Drei Könige, sondern auch die Ketten und der Stab des Apostels Petrus, die in der Krypta aufbewahrt wurden, und das Haupt von Papst Sylvester, das in der Sakristei verblieb. In der Kirche Sankt Gereon kniete Imbert vor den Gräbern der Thebaeischen Legionäre, die gemeinsam mit ihrem Anführer den Martertod gestorben waren, weil sie sich vor den Toren Kölns geweigert hatten, Unbewaffnete zu töten. In Sankt Maria im Kapitol bewunderte er einen großen, an Ketten gehaltenen Knochen, der eine von Mariens Rippen sein sollte.

Dazu kamen noch all die heiligen Kölner Bischöfe und Erzbischöfe wie Maternus, Kunibert, Hildebold, Heribert, Bruno und Severin, über den gesagt wurde, dass er einen Chor singender Stimmen just in jener Stunde vernommen hatte, als der heilige Martin starb. Mit Staunen zählte Imbert all diese Gebeine und noch mehr zusammen, fügte die elftausend Jungfrauen hinzu und kam zu einem bemerkenswerten Ergebnis: Es musste mehr Heilige als Kölner in Köln geben.

Und die Stadt mehrte ihren Ruhm noch weiter. Abt Gerhard

von Siegburg etwa stand in Verhandlungen mit dem Papst, in denen er sich für die Heiligsprechung des früheren Kölner Erzbischofs Anno einsetzte. Gewiss, das Grab Annos lag nicht im Dom, sondern in der von ihm begründeten Siegburger Benediktinerabtei, und die älteren Kölner, die den Erzbischof nur aus den Erzählungen ihrer Großeltern kannten, spuckten noch heute lieber aus, als ein Loblied auf ihn zu singen. Aber was wog die Feindseligkeit, die Anno zu Lebzeiten gelegentlich den Kölnern gegenüber gezeigt hatte, schon gegen den Ruhm, bald Heimatstadt eines Heiligen zu sein, der noch vor hundert Jahren in schlaflosen Nächten durch die Straßen Kölns gewandelt war, um in den Kirchen andächtig zu beten? Bei jeder Bö, die um die Türme von Sankt Peter, Sankt Gereon, Sankt Pantaleon oder Groß Sankt Martin pfiff, glaubte Imbert förmlich den Atem Gottes zu spüren.

Ja, Köln atmete einen heiligen Atem und blähte sich damit auf wie der Blasebalg eines Schmieds, um mit Inbrunst das Feuer der Frömmigkeit anzufachen, von dessen Flammen sich die Pilger aus der ganzen Welt willfährig verzehren ließen. Und die ohnehin schon mächtige, stolze und große Stadt blähte sich immer weiter auf, schwellte frech und selbstbewusst ihre Brust, auch gegen den Willen ihres Erzbischofs. Seit einem Jahr schon warfen die Kölner neue Wälle auf, um eine noch größere Mauer mit noch mehr Torburgen und Wehrtürmen um ihre Stadt zu ziehen, ein Unterfangen, das Philipp zunächst missbilligt hatte, weil die Kölner ihn übergangen und ohne seine Erlaubnis mit dem Bau des Bollwerks begonnen hatten. Aber schon bald musste er einsehen, dass die sich aufplusternde Stadt ihn wegpusten würde, so wie sie es beinahe auch schon mit Anno getan hatte, der vor den aufständischen Kölnern hatte fliehen müssen wie ein gemeiner Straßenräuber, weil er ein Schiff im Hafen beschlagnahmt hatte.

Doch Imbert mochte an die Reibereien zwischen den Kölnern und ihrem jeweiligen Erzbischof keinen Gedanken verschwenden. Geführt von Jaspar, der in Köln aufgewachsen war und die Stadt so gut kannte wie kein Zweiter, war der Mönch von einer Kirche in die nächste gegangen und hatte sich in jeder dem süßen Gefühl hingegeben, ganz in seiner Andacht zu versinken und Zwiesprache mit den Heiligen zu halten. Dabei immer wieder all die Menschen zu beobachten, die Köln wenige Tage vor dem Osterfest überquellen ließen und alle Herbergen überfüllten, all diese Menschen zu betrachten, die still oder laut beteten, die unzählige Messen kauften oder in frommer Absicht Wachs spendeten für den in den Kölner Kirchen so hohen Bedarf an Kerzen, all diese tiefgläubigen Menschen zu sehen schürte Imberts Begeisterung nur noch mehr.

Er hatte nicht nur in all diesen Kirchen gebetet, war nicht nur in diesem Fluss der frommen Verzückung mitgeschwommen, nein, er hatte sogar die Heiligen Drei Könige mit eigenen Augen gesehen. Er hätte nur den Finger auszustrecken brauchen, um sich mit einer Berührung, wenn auch nur einer leichten, unter den Schutz der drei Weisen zu stellen. Fast bereute Imbert, dieser Versuchung nicht erlegen zu sein. Aber inzwischen war der Schmerz der Reue über die nicht genutzte Gelegenheit beinahe schon verflogen. Aus gutem Grund. Imbert war sich sicher, sein Seelenheil hatte heute allein durch die Besuche in so vielen hochheiligen Kölner Kirchen mehr gewonnen als in all seinen Jahren hinter kalten Klostermauern. Das war für ihn Glück genug. Schließlich war er einmal davon ausgegangen, nie mehr einen Fuß aus seinem Kloster zu setzen.

Nun, gegen Ende seines zweiten Tages in Köln, stellte er erstaunt fest, dass er an diesem Tag viel mehr gebetet hatte, als er es daheim in seiner Zelle zu tun pflegte, und vor allem: Er hatte es mit weit mehr Hingabe getan. Daran vermochte auch das griesgrämige Gesicht des schlecht gelaunten Jaspar nichts zu ändern, der ihm wohl noch immer den Einbruch in das Haus der Äbtissin übel nahm.

Wären da doch nur nicht diese Ereignisse gewesen, die Imberts vollkommenen Tag trübten: das seltsame Erlebnis mit der entrückten Eufemia und der entrüsteten Clementia; das unerklärliche Verhalten des Albertus, dessen Freundlichkeit sich so schlagartig in Bärbeißigkeit verwandelt hatte, als er ihm einen gemeinsamen Besuch der Heiligen Drei Könige vorgeschlagen hatte; der Mord in einem hohen Haus Gottes, über den der Erzbischof und alle anderen unbegreiflich schnell hinweggegangen waren. Und schließlich war da auch noch sein Auftrag, der zunächst so viel einfacher zu sein schien als erhofft und sich dann so viel schwieriger gestaltete als erwartet.

Doch, zweifellos, es waren seine Füße, die mehr schmerzten, nicht sein Kopf, sonst hätte er sich wohl kaum so viele schöne, so viele trübe Gedanken über seinen Besuch in Köln machen können. Imbert hatte sich gewiss schon Blasen gelaufen und die Zehen unterkühlt. Gemeinsam mit Jaspar ging er auf dem Rückweg zur Kirche der heiligen Jungfrauen den Leinpfad am Rhein entlang, jenen Kiesweg, auf dem schwere Lastpferde von Frühjahr bis Herbst die Handelsschiffe flussaufwärts treidelten.

Heute hatte sich noch kein Schiff vom Hafen hinaus auf den Rhein gewagt, auch keine der Fähren, die nach Deutz übersetzten. Zwar war der Fluss nicht mehr zugefroren, doch trieben dicke Eisschollen im Wasser, die bedrohlich grollten, wenn sie aneinanderstießen. Die Kirche zu den heiligen Jungfrauen konnten Imbert und Jaspar bereits sehen, denn die Vorstadt war nur dünn besiedelt und erlaubte freie Sicht über mehrere hundert Schritt, und bald gelangten sie in die ummauerte Immunität des Stifts und erreichten das Portal, durch das die Laien die Kirche betreten durften.

Auch hier herrschten Schieben und Drängeln. Je näher Ostern rückte, desto größer wurde die Zahl der Gläubigen in den Kirchen, und die Kirche der heiligen Jungfrauen bildete keine Ausnahme. Die Pilger besuchten das auch für Laien zugängliche Gotteshaus und drängten hinter den Hochaltar. Hier trugen vier Säulen eine Platte, auf der die Schreine der heiligen Ursula, ihres Bräutigams Ätherius und des Hippolytus lagen. Die Gläubigen unterschritten die Schreine, um sich so im Wortsinn unter den Schutz der Heiligen zu stellen.

Wie schon bei seinem ersten Besuch im Dom gab es für Imbert inmitten so vieler Pilger auch in der Kirche der Jungfrauen zunächst nicht viel zu sehen, weshalb sein Blick nach oben auf die Empore an der Turmseite fiel. Dort standen einige der weißgewandeten Schwestern und beobachteten das Treiben in der Kirche. Sie bereiteten sich auf die Vesper vor, die sie, wie alle anderen Stundengebete auch, auf der Empore zu halten pflegten.

Plötzlich verlor Imbert den Halt. Von einem Augenblick auf den nächsten schien der Boden unter ihm nachzugeben, und er taumelte und ruderte mit den Armen, um das Gleichgewicht zu halten, jedoch vergeblich. Imbert wollte nach dem Mantel eines Mannes greifen, der gerade an ihm vorüberging. Aber Jaspar war schneller. Mit einem kräftigen Griff packte er den Mönch und zog ihn wieder auf die wackligen Beine.

»Hab Dank, mein Sohn«, stammelte Imbert und wunderte sich über seine weichen Knie.

»Ist schon recht, Herr Imbert«, sagte Jaspar. In seinem Ärger über den Franzosen kam ihm ein wenig Schadenfreude gerade recht. »Ihr solltet vielleicht mehr auf Eure Schritte und weniger auf die Schwestern achten, meint Ihr nicht auch?«

Erst jetzt bemerkte Imbert, was ihm dieses unliebsame Erlebnis beschert hatte. Um ein Haar wäre er in eine Grube gefallen, die sich gleich links neben dem Eingang auf dem Weg zum Turm auftat. Das Loch war gewiss fünfzehn Schritt im Durchmesser und so tief, dass ein großer Mann darin hätte stehen mögen, ohne über den Rand hinwegsehen zu können. Die Grubenwände waren steil, wenn auch nicht sauber und glatt abgestochen. Am Kopf der Grube war der Aushub vom Rand zum Teil wieder bis auf den Grund hinabgerutscht.

»Was um Himmels willen ist denn das?«

»Die Äbtissin legt großen Wert darauf, dass wir auch im Winter nach Jungfrauengebeinen suchen. Je nach Witterung geht das eben nur hier in der Kirche oder in anderen Gebäuden des Stifts.«

»*Mon dieu!* Und dann lasst ihr das Loch so offen liegen, damit jedermann hineinfallen kann?«

Imbert saß der Schreck noch in den Gliedern, doch er schlug allmählich in Ärger um.

»Ihr wäret jedenfalls der Erste gewesen, der diesen Weg genommen hätte«, entgegnete Jaspar. Er konnte sich ein Schmunzeln nicht verkneifen. »Aber keine Angst, das Loch müsste noch heute geschlossen werden, denn zu Ostern soll es hier doch etwas ordentlicher aussehen, findet die Äbtissin. Ich hingegen bin eher dafür, die Grube nicht zuzuschütten, denn die Menschen finden es ganz wunderbar, uns bei der Arbeit zuzuschauen. Ihr könnt Euch nicht vorstellen, wie groß die Begeisterung ist, wenn wir wieder einen Knochen finden.«

»O doch, das glaube ich dir aufs Wort. Und nach allem, was ich bisher über deine Art zu graben erfahren habe, wirst du jeden einzelnen bewundernden Blick über die Maßen genießen.«

»Ja, ja, lästert Ihr nur«, meckerte Jaspar. »Doch solange Euch nur meine Art zu graben und nicht meine Geistesgegenwart stört, die Euch gerade noch den Hals gerettet hat, braucht Ihr Euch wohl nicht zu beklagen.«

»Na, na, meine Kinder. Wer wird denn gleich streiten?«

Albertus war hinzugetreten. Wie die drei anderen Kanoniker, die am Stift ihren Dienst versahen, schaute auch er oft in der Kirche nach dem Rechten, was sich gerade jetzt empfahl, wo so viele Pilger das Stift besuchten. Vom Zorn, der ihre letzte Begegnung beendet hatte, war nichts mehr in seinem Gesicht zu lesen. Der Greis war wieder ganz der väterliche und gütige Freund. Und seinen Witz hatte er auch nicht verloren.

»Freuen wir uns lieber, dass wir uns in dieser gewaltigen Menschenmenge glücklich wiedergefunden haben«, sagte er und zwinkerte mit dem Auge. »Wie leicht übersieht man einander und geht verloren. Wie beinahe gerade Ihr, lieber Imbert.«

Jetzt lachten alle drei, doch ihr Lachen wurde bald überdeckt von Hundegebell und Geschrei. Zuerst konnten sie nicht ausmachen, was da vor sich ging. Dann aber sahen sie Naseweis, der ganz aufgeregt durch die Kirche lief, mal hier schnüffelte, mal da scharrte und immer dann böse bellte, wenn ihm Menschen im Weg standen.

»Mir scheint, dein Hund hat keinen Gefallen an der großen Zahl der Pilger in unserer schönen kleinen Kirche«, sagte Albertus. »Jedenfalls ist er eifrig bemüht, das Haus zu räumen.«

Doch Jaspar hörte davon fast nichts. Fluchend rannte er seinem Hund hinterher und rief ihn zu sich. Mit wenig Erfolg. Schon wieder fletschte Naseweis die Zähne, weil ein junger Mann mit einem verkrüppelten Bein nicht schnell genug zur Seite ging.

»Naseweis! Hierher! Verdammte Töle! Naseweis!«, schrie Jaspar.

Doch Naseweis zog es vor, Jaspars Rufen keinerlei Beachtung zu schenken. Schnell wie der Wind lief er zur gegenüberliegenden Längswand des Kirchenschiffs. Hier stand, auf vier kleinen steinernen Säulen und mit dem Kopfende an einen Pfeiler gelehnt, ein Sarkophag, so winzig, dass wohl nur ein Kind hineinpassen konnte. Naseweis war außer Rand und Band. Er sprang an dem kleinen Kindersarg hoch, bellte, jaulte, knurrte.

Wutentbrannt stürmte Jaspar seinem Hund hinterher, doch als

er ihn beinahe zu fassen bekam, flitzte Naseweis schon wieder zurück. Wie ein Hase schlug er Haken, um den Tritten verärgerter Pilger auszuweichen. Am Grubenrand kam er zum Stehen, leckte kurz den Boden ab, als gäbe es dort irgendeine Leckerei, und hüpfte schließlich, kurz bevor Jaspar ihn einholte, mit einem großen Satz auf den weichen Grund der Grube.

»Naseweis, du verfluchtes Mistvieh«, rief ihm Jaspar hinterher und drohte vom Rand des Lochs mit der geballten Faust.

Wie war Naseweis überhaupt hier hineingekommen? Und wie konnte sein Hund ihn nur in eine derart peinliche Lage bringen? Naseweis hörte doch sonst aufs Wort.

»Wenn ich dich zu fassen kriege, wirst du gevierteilt, das schwöre ich dir.«

»Dann solltest du dich beeilen, Jaspar, denn wenn ich *dich* zu fassen kriege, dann wirst *du* gerädert, gevierteilt, geköpft und dazu auch noch verbrannt.«

Jaspar wandte sich um. Er kannte die düstere Stimme leider nur zu gut. Schwester Bertradis war wie aus dem Nichts neben ihm aufgetaucht und schaute ihn mit unheilvoller Miene an. Ihre zornblitzenden Augen versprachen ihm die Erfüllung ihrer Worte. Jaspar war wie zur Salzsäule erstarrt. Noch nicht einmal eine Entschuldigung vermochte er zu stammeln, so sehr schämte er sich. Am liebsten wäre er seinem Hund in das Loch hinterhergesprungen, nur um aus dem Gesichtsfeld all der Menschen zu entkommen, die um ihn herumstanden und ihn wütend und verächtlich anstarrten. Aber es war noch nicht vorbei. Denn Naseweis war noch nicht fertig.

Noch immer sprachlos und mit hochrotem Kopf stand Jaspar da und schaute unbeholfen zu Bertradis. Dann merkte er, dass ihn jemand mit Dreck bewarf. Naseweis war wieder fündig geworden. Der schwarze Hund hatte in der Grube vor aller Augen zu graben begonnen und schaufelte den Dreck so schwungvoll durch die Hinterläufe, dass der Schmutz vom Grund der Grube seinem Herrn ins Gesicht flog. Einmal. Zweimal. Dreimal. Jaspar hätte vor Scham sterben mögen, aber es wollte einfach kein Blitz auf ihn hinabfahren. Bertradis schäumte vor Wut.

»Brauchst du erst einen Tritt in den Hintern?«, zischte sie und kam Jaspar dabei so nahe, dass er ihren üblen Atem riechen konnte. »Schaffe sofort deinen Hund aus der Grube und dann aus unserer Kirche! Ersäufe ihn im Rhein! Und dich gleich mit!«

Als würde dieses Donnerwetter nicht schon genügen, pflichtete auch noch der feiste Egilolf von der Empore herab der dicken Bertradis bei.

»Tu endlich, was sie sagt!«, polterte er und hob drohend die Hand. »Sonst wirst du deines Lebens nicht mehr froh, das schwöre ich dir.«

Also sprang Jaspar. Doch kaum gelandet, wäre er am liebsten wieder aus dem Loch gekrochen. Als er sah, wonach Naseweis grub, stolperte Jaspar zurück und stützte sich an der Grubenwand ab. Er hatte mit einem Knochen gerechnet, einem Schädel vielleicht, den Naseweis da ans Licht scharrte. Aber nicht damit, weiß Gott, nicht damit. Mit blindem Eifer legte Naseweis einen Unterschenkel frei. Einen unverwesten Unterschenkel. Einen Unterschenkel mit rosiger, zarter, glatter Haut. Nur an einigen Stellen waren ein paar Schrammen zu sehen, die der Hund wohl beim Scharren in die makellose Haut gekratzt hatte. Naseweis war dabei, einen Menschen auszugraben.

Es musste das Bein einer Frau sein, das da aus der kalten und feuchten Erde ragte. Der Fuß steckte in einem Schuh, das Bein jedoch war nackt. Als Naseweis merkte, dass Jaspar in die Grube gesprungen war, setzte er sich neben seinen Fund und schaute seinen Herrn erwartungsvoll an. Jetzt verstand Jaspar, warum sein Hund so aufgeregt war.

Aber er verstand nicht, wieso das Bein dort lag.

Einen Atemzug lang herrschte Grabesstille. Dann schwoll das Gemurmel jener an, die nicht so nah am Loch standen und wissen wollten, was geschehen war. »Ein Bein, da schaut ein Bein aus der Erde«, sagte jemand, aber selbst das klang mehr wie eine Frage, wie eine Bitte, diesen Fund doch zu deuten und der schauderhaften Entdeckung einen Sinn zu geben. Niemand vermochte zu erklären, was dort am Boden der Grube gerade ans Licht gekommen war.

Imbert und Albertus waren an den Rand des Lochs getreten und schauten auf den Schenkel hinab, aber sie waren ebenso sprachlos wie Jaspar und alle anderen. Auch Bertradis brachte keinen Laut über die Lippen. Entsetzt und mit offenem Mund starrte sie in den Erdtrichter.

»Keine Angst«, sagte in das Schweigen hinein eine ruhige Frauenstimme. »Niemand braucht sich zu fürchten. Es hat alles seine Richtigkeit.«

Clementia war auf der Empore erschienen. Sie lächelte und hob beschwichtigend die Hände. Die greise Mabilia stand dicht hinter ihr. Auch auf ihrem Gesicht lag ein mildes Lächeln.

»Geduldet euch einen Augenblick, ich werde alles erklären«, sagte Clementia.

Die Äbtissin verschwand kurz, um durch den Turm die Treppe hinabzusteigen. Gemessenen Schrittes betrat sie nach einigen Augenblicken das Kirchenschiff. Mabilia folgte ihr wie ein Schatten. Clementia schien es zu genießen, die Aufmerksamkeit auf sich zu ziehen und alle in der Kirche in Ungewissheit und Spannung zu versetzen. Die junge Äbtissin, die anscheinend als Einzige eine Erläuterung für diesen grausigen Fund zu geben in der Lage war, hatte keine Eile, das Rätsel zu lösen. Beinahe aufreizend langsam ging sie quer durch die Kirche, begleitet von Mabilia und mitten durch die verunsicherten Menschen. Sie schaute überlegen, beinahe überheblich lächelnd in die fragenden Gesichter. Clementia trat an die Grubenkante, warf einen Blick hinunter und wandte sich dann, offenbar glücklich mit dem, was sie gesehen hatte, den Menschen in der Kirche zu.

»Es ist, wie ich sagte: Niemand muss sich fürchten. Es hat alles seine Richtigkeit«, wiederholte Clementia würdevoll, und Mabilias freundliches Lächeln schien die Worte der Äbtissin zu bestätigen. »Freuet euch und frohlocket, denn es ist etwas ganz Herrliches geschehen. Ihr alle seid nun Zeugen dieses Wunders, von dem noch eure Kinder und Kindeskinder erzählen werden. Ihr seid Zeugen eines Wunders, das dieses Haus zur heiligsten Kirche in dieser Stadt neben dem Dom erheben wird. Dieser Fund, der euch alle erschreckt hat, braucht euch nicht zu ängstigen. Dieser Fund ist mir angekündigt worden. Es ist hier kein Verbrechen geschehen, wie ihr vielleicht vermutet. Oder nein, ich muss mich verbessern, es *ist* ein Verbrechen geschehen, doch nicht heute, nicht gestern, wie es den Anschein hat, sondern vor über siebenhundert Jahren. Ein wilder Heide, ein gottloser Hunne hat hier an dieser Stelle, an der ich nun stehe, einer wehrlosen Jungfrau das unschuldige Leben genommen. Sie starb für ihren Glauben. Sie starb in dem Wissen, am Jüngsten Tage auferstehen zu dürfen. Und nun ist sie bei uns, steht uns bei als Heilige, als Märtyrerin. Wir müssen nur noch eines tun, nämlich ihren Leichnam erheben. Denn hier liegt sie, hier zu meinen Füßen, und die Unverwestheit ihres Leibes beweist den Stand ihrer Heiligkeit.«

Clementia deutete in die Grube und ließ ihre Worte auf die Menge wirken. Triumphierend schaute sie in die Runde. Doch die Menschen, von denen die meisten das Bein gar nicht gesehen hatten, weil sie zu weit weg standen, blickten noch immer fragend und nicht freudig.

»Ihr armen Unwissenden«, sagte die Äbtissin mitleidvoll. »Singen wir nicht in den Psalmen: ›Der Herr lässt seinen Heiligen die Verwesung nicht schauen‹? Ist nicht auch Jesus in seinem Grab drei Tage lang unversehrt geblieben, bevor er von den Toten auferstanden ist? Und ist nicht unser heiliger Kaiser Karl der Große unverwest in seinem Aachener Grab gefunden worden? Und habt ihr noch nie die drei Weisen in ihren Särgen liegen sehen, alt und grau zwar, aber mit unverletztem Gesicht? Genügen euch all diese Beispiele noch nicht? Und genügt euch nicht, wenn ich euch sage, dass mir der Fund dieser Jungfrau angekündigt worden ist? Dann seid ihr schwach im Glauben und wankelmütig. Dann seid ihr nicht würdig, Gast in diesem Haus Gottes zu sein. Dann solltet ihr gehen.«

Die Mahnung wirkte. Im nächsten Augenblick schlug die Stimmung um, wandelte sich der Zweifel in Verzückung.

»Ich rieche Rosenduft!«, rief eine knollennasige junge Frau, die der Grube am nächsten stand. Tief sog sie die Luft ein, einmal, zweimal, und schon machten es ihr die Umstehenden nach. »Es duftet süß, ganz lieblich, so wie es sein soll bei einer Heiligen. Riecht doch nur!«

Immer mehr Menschen hoben nun die Nase. Wenigstens jene, die ebenfalls nah am Loch standen, stimmten der Frau zu. Einer nach dem anderen fiel auf die Knie und fing zu beten an. Clementia und Mabilia blickten sich zufrieden an.

»Es riecht nach Rosen! Wir haben eine Heilige gefunden!« Rufe wie diese drangen durch die Kirche, füllten die hohe Halle, schallten nach draußen, bis immer mehr Neugierige hereinkamen, um zu sehen, was vorgefallen war.

Und auch Jaspar nahm ihn wahr, diesen süßlichen Geruch. Aber es roch nicht nach Rosen, sondern nach irgendetwas anderem. Er vermochte jedoch nicht zu sagen, wonach. Er hob Naseweis aus der Grube, griff nach der Hand, die Imbert ihm hinabreichte, und kletterte nach oben.

»Autsch!«, schrie Jaspar, als er sich am Grubenrand aufstützte.

»Was ist?«, fragte Imbert.

»Ich glaube, ich habe mich geschnitten«, antwortete Jaspar, als er auf die Beine gekommen war. Verwundert schaute er auf die Innenseite seiner Rechten und dann auf den Boden, wo Scherben lagen. »Oder?«

»Was soll das heißen?«

Erst behutsam, dann kräftiger rieb Jaspar die Stelle, an der er sich geschnitten zu haben glaubte.

»Das gibt es doch nicht.«

»Was denn nun?«, hakte Imbert nach. Nun trat auch Albertus näher hinzu.

»Seht selbst.«

Jaspar reckte seine Hand vor und zeigte mit der anderen auf die Erde.

»Ich habe in die Scherben dort gegriffen. Es tat höllisch weh, und ich war sicher, mich geschnitten zu haben. Und hier ist auch tatsächlich so etwas wie Blut an meiner Hand und sogar auf dem Boden ...« – Jaspar rieb die rote, klebrige Flüssigkeit mit dem Daumen weg – »... aber keine Wunde. Nichts, nicht einmal ein Kratzer! Und es tut auch nicht mehr weh. Der Schmerz ist wie weggeflogen. Ich verstehe das nicht.«

Imbert und Albertus sahen sich verblüfft Jaspars Hand an. Der alte Kanoniker fuhr mit seinen zerfurchten Fingern über die Stelle und roch am zähflüssigen Blut.

»Es stimmt. Da ist nichts, die Haut ist völlig unverletzt. Und das Blut riecht süßlich, als wäre es das Blut der Heiligen.«

Noch bevor einer der drei einen klaren Gedanken fassen konnte, verbreitete sich schon wie eine Welle die Nachricht von Jaspars wundersamer Heilung. Unerschütterlich wie ein Fels stand inmitten der jubelnden Menschen Clementia. Es schien fast, als würde nicht die Jungfrau verehrt, sondern die stolze und gebieterische Äbtissin, die den Augenblick genoss wie einen Sieg auf dem Schlachtfeld.

Imbert hingegen hatte schon wieder das Gefühl, als wanke der Boden unter ihm. Allmählich wurde es ihm zu viel. Die Ereignisse überschlugen sich. Was er hier in Köln erlebte, war schier unglaublich.

Einmal, nur einmal wollte Eufemia sich mit eigenen Augen davon überzeugen, ob sie tatsächlich die Gabe der Weissagung besaß. Nur einmal wollte sie sehen, ob ihre Visionen der Wirklichkeit entsprachen. Und dieses Mal schien die Gelegenheit so günstig wie nie zuvor. Schon heute Morgen, als die schauderhaften Bilder ihre Seele aufgewühlt hatten, war ihr klar geworden, dass diese kraftvolle Vision, sollte sie Wahrheit werden, einen Aufruhr auslösen würde. Nun war es offenbar schon so weit. Die Menschen strömten zur Kirche der heiligen Jungfrauen, quetschten sich durchs Laienportal, prügelten sich beinahe, um ins Innere zu kommen. Man hatte die Jungfrau offenbar bereits gefunden.

Eufemia schaute auf die Straße hinab. Clementia hatte vergessen, die Bretter, mit denen sie das Mädchen vor fremden Blicken schützen wollte, wieder vor das Fenster zu nageln, nachdem die beiden ungebetenen Besucher am Morgen gewaltsam für frische Luft gesorgt hatten.

Konnte sie es wagen? In diesem Gedränge, zumal in der Dämmerung, würde niemand auf sie achten, wenn sie aus dem Haus trat und über den Weg lief. Aber in die Kirche wie alle anderen konnte sie nicht gehen. Zu viele Menschen wollten durchs Laienportal. Sollte sie sich da etwa als kleines Kind durchzwängen? Es würde für sie kein Durchkommen geben, und so musste sie einen anderen Weg nehmen. Doch welchen?

Alle Kanonissen waren gewiss in der Kirche, daran bestand kein Zweifel. Mit ein wenig Glück war auch die Pforte des Stifts nicht besetzt. Welche Schwester würde schon brav auf ihrem Stuhl hocken bleiben, während halb Köln nur wenige Schritte weiter ein Wunder verehrte? Eufemia brauchte bloß den Schlüssel zum Portal zu nehmen, den Clementia stets in ihrem Haus aufbewahrte, und sich das Tor aufzuschließen. Dann könnte sie durch das hoffentlich verlassene Stift in den Kirchturm und von dort unbemerkt auf die Empore gelangen.

Eufemia fasste den Entschluss.

Sie musste es wagen.

»Jaspar, mein guter Junge!« Die Äbtissin legte ihre Hand fast liebevoll auf Jaspars Schulter. Ihre Laune konnte nach dieser glücklichen Fügung kaum besser sein, was auch Jaspar zu spüren bekam. »Geh auf der Stelle zum Palast und unterrichte den Erzbischof. Er soll zugegen sein, wenn wir diese Heilige erheben. Berichte ihm auch, wie sie ein Wunder an dir gewirkt hat.«

»Ich?«, fragte Jaspar ungläubig und runzelte die Stirn. Er, der einfache Ausgräber, sollte vor den höchsten Herrn der Stadt treten und ihm diese Kunde überbringen?

»Ja, du. Wie schon so oft zuvor hatten du und dein Hund auch diesmal großen Anteil an der Entdeckung einer Jungfrau. Darum soll es dir überlassen sein, Philipp von Heinsberg von diesem Fund in Kenntnis zu setzen.«

Clementia zog ihren Siegelring vom Finger und reichte ihn Jaspar.

»Und bestehe darauf, vorgelassen zu werden. Zeig diesen Ring, wenn die Wachen dir den Zutritt verweigern. Lass dich nicht abweisen. Geh jetzt.«

Jaspar machte sich auf den Weg. Die Menschen in der Kirche gaben bereitwillig und bewundernd einen Durchlass frei. Im Geiste sah er schon, wie der Erzbischof ihm dankend und lobend auf den Rücken klopfte. Philipp von Heinsberg würde begeistert sein.

Eufemia zog die Haustür einen Spalt weit auf. Männer, Frauen und Kinder zogen draußen vorbei in Richtung Kirche, lärmend, lachend, redend. Ihre Stimmen klangen laut in Eufemias Ohr.

Ein altes Weib mit blasser Haut hob drohend ihren Finger. »Jacop, wenn du mir hier einen Bären aufbindest, ich schwöre dir, du wirst es dein Lebtag bereuen.«

»So glaub mir doch, Mutter, ich habe das Bein mit eigenen Augen gesehen«, antwortete ein junger Mann. Sein Haar war licht und lang und fiel ihm in fettigen Strähnen auf die Schultern. »Die Äbtissin selbst hat gesagt, es ist eine unverweste Jungfrau. Schlag mich in Stücke, wenn es nicht stimmt, aber das Bein hat sich bewegt. Richtig gezuckt hat es. Das tote Weib wollte bestimmt aus der Erde. Jetzt komm schnell, sie holen es gewiss gleich raus.«

Sie sind alle mit ihren Gedanken nur bei der Jungfrau, dachte Eufemia. Du kannst es tun. Du musst es tun.

Und doch zögerte Eufemia. Obwohl es der einfachste Teil ihres Vorhabens war, fiel ihr dieser Schritt am schwersten. Zum ersten Mal nach mehr als zwei Jahren würde sie wieder einen Fuß vor die Tür des Äbtissinnenhauses setzen. Eufemia holte noch einmal tief Luft und trat dann nach draußen. Sie spürte die eisige Kälte in ihr Kleid kriechen. Erst jetzt merkte sie, dass sie gar kein Schuhwerk übergezogen hatte. Mit nackten Füßen stand sie im Schnee. Doch Eufemia kehrte nicht ins Haus zurück, sondern begab sich schnell ins Gewühl.

Niemand beachtete sie. Das Mädchen drängte sich an die Stiftsmauer und hatte bald das Portal erreicht. Eufemia zog den Schlüssel hervor, drehte ihn im Schloss und öffnete mit Mühe das schwere Holztor. Auch hier ging alles glatt. Von der Torwächterin keine Spur. Leise zog sie das Portal hinter sich wieder zu.

Vor ihr lag die leere Eingangshalle. Eufemias Herz pochte laut, und sie bemühte sich, wieder zur Ruhe zu kommen. Sie hielt die Luft an, damit sie lauschen konnte. Das Stift war verwaist, alle Kanonissen befanden sich in der Kirche, um den glücklichen Fund zu feiern und zu bestaunen. Sie nahm all ihren Mut zusammen und machte sich auf den Weg. Nur einmal, am Tag ihrer Ankunft, war sie im Stift gewesen. Clementia hatte sie eilig und allein durch das Gebäude geführt, während die Kanonissen eine Messe feierten. Aber Eufemia wusste noch genau, wohin sie gehen musste.

Sie stand vor der Tür zum Kreuzgang, den die Schwestern »den Pesch« nannten. Doch die Kleine wandte sich nach links und eilte die Treppe hinauf ins obere Stockwerk des großen Vierkantbaus. Nur von hier oben gab es einen Zugang auf die Empore. Ihre nackten Füße tappten laut über den Steinboden, und ihr weites, weißes Gewand raschelte im schnellen Schritt, als sie den langen und zum Innenhof hin offenen Gang entlanghuschte.

Vor der Tür, die in den Schlafsaal führte, hielt sie atemlos inne. Sie bekam kaum noch Luft, und ihre Beine vermochten sie fast nicht mehr zu tragen. Erschöpft und mit weichen Knien lehnte sie sich gegen die kalte Wand. Ihr Körper war solche Anstrengungen nicht gewohnt, und die fast täglich wiederkehrenden Erscheinungen hatten ihre Kräfte aufgezehrt. Dieser Ausflug führte sie an ihre Grenzen. Die frischen Aderlasswunden überall auf ihrem schmächtigen Körper schmerzten in der beißenden Kälte.

Am Ende des Ganges knarrte eine Angel. Eufemia sah, wie sich die Tür, die in das Turmgeschoss und weiter auf die Empore führte, langsam öffnete.

»So, so. Eine unverweste Jungfrau.«

Philipp gähnte. Zumindest tat er so, denn er wollte nicht den Eindruck erwecken, als würde dieser Vorfall seine Neugier erregen. Diese Pfaffen um ihn herum beäugten ihn ohnehin schon seit heute Morgen mit Schadenfreude oder Mitleid, je nachdem, wie sie zum Erzbischof standen. Weder das eine noch das andere konnte er gebrauchen. Und so gab er sich absichtsvoll gelassen, um niemandem Einblick in sein Seelenleben zu gewähren.

Das war wohl wirklich nicht sein Tag. Erst brach ein Unbekannter in den Dom ein, erstach einen Priester, wagte es, seine Heiligen zu bestehlen, und nun trumpfte Clementia auch noch mit einem wundersamen Fund auf, als wolle sie ihm heimzahlen, dass er ihr gestern diesen bettelnden Franzosen aufgebürdet hatte. Und offenbar um ihn zu beleidigen, schickte die Äbtissin ihm auch noch diesen verdreckten, stinkenden Lümmel, der es wagte, seinen verlausten Köter mit in den Palast zu bringen. Sonst kam doch immer dieser unentwegt grinsende Tattergreis namens Albertus. Selbst ihn hatte Philipp immer schon als Zumutung empfunden. Und bei einer Nachricht wie dieser wäre es ja wohl angebracht gewesen, dass Clementia höchstselbst sie übermittelt hätte. Er rümpfte die Nase.

»Ja, Herr Erzbischof, ganz unverwest«, sagte Jaspar aufgebracht. Naseweis, den Jaspar an einem Strick mit sich führte, spürte die Erregung seines Herrchens und wedelte wie zur Unterstützung mit dem Schwanz. »Und sie wirkt Wunder. Ich selbst bin der Beweis. Schaut, wo sie meine Hand ge…«

»Schon gut, schon gut«, sagte Philipp betont gelangweilt. »Sag der Äbtissin, es ist mir heute nicht recht. Ich komme morgen. Bis dahin soll sie dafür Sorge tragen, dass niemand diesen Fund anrührt. Und verriegelt die Kirche. Das Volk soll draußen bleiben. Ich will morgen keine Zuschauer. Sicherheitshalber schicke ich euch ein paar Büttel, damit sich die Schwestern die Hände nicht schmutzig zu machen brauchen.«

Dieses Vorgehen hat sich heute im Dom ja schon bewährt, dachte Philipp. Es brauchte schließlich niemand zu sehen, wie Clementia die Erhebung ihrer Heiligen vor seinen Augen als persönlichen Triumph auskostete. Schon gar nicht der Pöbel.

Schlagartig schoss wieder Leben in ihren Leib. Die Tür am Ende des Ganges hatte sich ganz geöffnet, und ein Schattenriss schälte sich aus dem Zwielicht des Kirchturms. Noch bevor Eufemia einen klaren Gedanken fassen konnte, hatte sie sich bereits in den Türbogen des Schlafsaales geduckt. Hastig drückte sie die Klinke, aber das Dormitorium war verschlossen. Sie konnte nur hoffen, dass sie im Halbdunkel unentdeckt blieb. Eufemia hockte sich hin und hielt die Luft an. Ihr Herz schlug so stark, dass sie fürchtete, es sei im ganzen Gang zu hören.

Der Mann, der leise fluchend an ihr vorbeirauschte, sah von dort unten in der Hocke noch viel fetter aus, als er tatsächlich war. Als der Dicke die Treppe hinunterhastete, atmete sie erleichtert aus. Bis zur Turmtür waren es nur noch wenige Schritte.

Nachdem sie den Schrecken verdaut hatte und wieder zu Atem gekommen war, öffnete Eufemia die letzte Tür auf ihrem Weg zur Wahrheit. Durch das Turmzimmer, das als Kapitelsaal genutzt wurde, gelangte sie zum offenen Durchlass auf die Empore. Die Gesänge und freudigen Rufe schallten kraftvoll aus dem Kirchenschiff.

Die Empore war leer. Geduckt schlich Eufemia zur Brüstung und kniete sich dahinter. Einmal noch holte sie tief Luft. Dann wagte sie einen Blick in die Halle. Sie musste nicht lange suchen, denn die Schwestern bildeten einen weißen Ring um die Grube und hielten die drängende Menge fern. Sie entdeckte schnell das Bein. Obwohl Eufemia keine Zweifel gehegt hatte, traf es sie doch wie ein Hammerschlag, als die Ahnung Wirklichkeit wurde. Sie sah nun mit eigenen Augen, dass nach ihren Visionen tote Jungfrauen im Stift gefunden wurden.

Ich sehe die Toten in ihren verborgenen Gräbern, dachte sie. O Herr, ich hatte dich doch gebeten, es nicht wahr sein zu lassen.

Was für ein Reinfall. Jaspar hatte nur ein paar Sätze vorbringen können, und nun durfte er schon wieder wie ein getretener Hund die paar hundert Schritte zur Kirche zurückschleichen. Dieser Gang mit hängenden Schultern wurde allmählich zur Gewohnheit.

Wie nur sollte er der Äbtissin beibringen, was der Erzbischof gesagt hatte? Wahrscheinlich hatte sie ersehnt, dass Philipp bei einer solchen Nachricht alles stehen und liegen ließ und unverzüglich zum Stift kam. Und was war geschehen? Philipp hatte gegähnt. Gegähnt! Das behalte ich wohl besser für mich, dachte Jaspar. Sonst heißt es noch, ich hätte mich abwimmeln lassen, anstatt mit Nachdruck auf den Belang meiner Botschaft hinzuweisen.

Der Stein, der da im Domhof lag, kam ihm gerade recht. Jaspar legte wieder einmal seinen ganzen Grimm in diesen Tritt und beförderte den Kiesel in einer flachen Bahn quer über den Platz. Schon ein wenig erleichtert, schaute er im Zwielicht der Dämmerung dem Stein hinterher, der mit einem platschenden Geräusch im Schneematsch landete. Plötzlich ging ihm auf, dass er sich vorher gar nicht vergewissert hatte, ob nicht ein Mensch die mögliche Flugbahn des Kiesels kreuzte.

Puh, Glück gehabt, schoss es ihm durch den Kopf. Nur ein paar Schritte weiter, und der Kerl dahinten hätte den Stein in die Wade bekommen.

Der dahinten? Jaspar schaute genauer hin. Obwohl schon nicht mehr ganz so viele Menschen im Domhof unterwegs waren, fiel ihm der Mann erst jetzt auf. Dabei hätte er ihn doch schon auf den ersten Blick erkennen müssen, schließlich sah er ihn fast jeden Tag bei den Grabungen auf dem Ursula-Acker. Es war Egilolf, der fette Kanoniker.

Seltsam, dachte Jaspar. Das ganze Stift steht Kopf, und Egilolf hat nichts Besseres zu tun, als in die Stadt zu gehen? Der Kanoniker, der in einer dunklen Gasse verschwand, trug einen Beutel auf dem Rücken. Auch dafür fand Jaspar keine Erklärung.

Eufemia war traurig. Wie lange sie dort hinter der Brüstung gestanden und betrübt auf das Bein hinabgeblickt hatte, konnte sie nicht sagen. Der Kummer verdunkelte ihre Gedanken. Ihrer Fähigkeit wegen musste sie ihr Leben fern der Welt in einem Zimmer mit vernagelten Fenstern fristen. Zu wissen, welche Qualen die Visionen ihr bereiteten, zu sehen, welchen Trubel sie auslösten, zu verstehen, dass sie daran nicht teilhaben durfte, stach schmerzhaft in ihr Herz wie ein Dolch.

Als sie Clementia entdeckte, weiteten sich Eufemias Augen vor Schreck. Die Äbtissin verließ offenbar die Kirche und verschwand aus ihrem Blickfeld unter der Empore. Der junge Mann, der schon heute Morgen mit diesem Mönch in Eufemias Zimmer gewesen war, folgte ihr auf dem Fuß. Sie betraten den Turm, und Eufemia wusste nicht, ob die beiden von dort ins Stift gehen oder auf die Empore steigen würden. Einen anderen Weg aus dem Glockenturm, der den Mittelpunkt der Klosteranlage bildete, gab es nicht. Vielleicht war sie sogar entdeckt worden.

Schnell weg. Du hast alles gesehen.

Eufemia raffte ihr Kleid und hastete den Weg zurück, den sie gekommen war. Unbemerkt verließ sie das Stiftsgebäude und kehrte atemlos heim zum Haus der Äbtissin.

»Morgen erst?«

Clementia wandte Jaspar den Rücken zu. Sie blickte von der Empore auf die Menschen hinab, die sich an die Grube drängten, um einen Blick auf das Bein zu erhaschen und zu beten. Die Äbtissin wusste nicht, ob sie sich freuen oder ärgern sollte. Philipps Antwort war eine Kränkung, keine Frage. Aber bei genauerer Betrachtung zeigte sie doch auch, dass der Erzbischof vermutlich seinerseits verstimmt war. Die Äbtissin hatte erreicht, was sie wollte.

»Das hat er gesagt«, entgegnete Jaspar. »Es sei ihm heute nicht recht. Keiner soll die Jungfrau anrühren. Und Ihr sollt die Kirche verriegeln lassen, damit niemand zuschauen kann, wenn wir die Heilige ausgraben.«

»Wie stellt er sich das denn vor?« Clementia fuhr herum. »Das gibt morgen einen Volksauflauf. Ich weiß ja jetzt schon nicht mehr, wie ich dieses Ansturms Herr werden soll. Und mit jeder Stunde, die verstreicht, wissen tausend Menschen mehr von der heiligen

Jungfrau. Ganz Köln wird morgen früh vor unseren Türen stehen.«

»Er schickt Büttel, die Euch zur Seite stehen sollen. Sie müssten gleich da sein.«

»Büttel des Erzbischofs? In *meiner* Kirche? Weiß dieser Kerl denn nicht, dass eine Immunität heilig ist?«

Clementia konnte ihren Zorn kaum noch bändigen, denn Philipp schlug gleich mehrere Fliegen mit einer Klappe. Er gab nicht nur die Schrittzahl vor, er gebärdete sich mit seinen Anweisungen sogar, als gehörte die Jungfrau schon ihm. Und nun schickte er sich auch noch an, mit seinen Waffenknechten Clementias Kirche gleichsam im Handstreich zu nehmen wie ein Feldherr. O ja, es war ihr gelungen, den Erzbischof in Harnisch zu bringen. Daran bestand ganz offensichtlich kein Zweifel. Sie presste verärgert die Luft durch die Lippen und zog es vor, das Thema zu wechseln.

»Und was macht unser Gast?«

»Heute Morgen war er zur Graböffnung im Dom.«

»Zur Graböffnung? Wie kommt er denn zu dieser Ehre?«

»Er sollte wohl für den Erzbischof übersetzen, weil dieser Goldschmied auch Franzose ist. Aber das war gar nicht nötig. Der Goldschmied sprach Latein.«

»Und danach?«

»Danach habe ich ihm die Kölner Kirchen gezeigt, bevor wir zurückgekehrt sind.«

»Das war alles? Nichts Auffälliges?«

»Das war alles.«

Clementia ging wieder an die Brüstung und schaute in die Kirche. Durch das Laienportal traten in diesem Augenblick Philipps bewaffnete Büttel ein.

»Es bleibt dabei«, zischte sie, ohne Jaspar anzusehen. Ihren Blick heftete sie unentwegt auf den Quell ihrer Verärgerung, die Männer des Erzbischofs. »Du weichst nicht von Bruder Imberts Seite. Jetzt geh. Ich lasse dich rufen, wenn du mir noch mal Bericht erstatten sollst. Und lass meinen Ring hier.«

Albertus lugte durch den schmalen Spalt zwischen den Fensterläden. »Sie schließen die Kirche«, sagte er. Im Schein der Fackeln, die Philipps Waffenknechte schwenkten, sah er, wie die Büttel die

Menschen wenig zimperlich aus dem Westportal schoben. Das Zuschlagen der mächtigen Türflügel konnten Imbert und Jaspar zwar nicht sehen, aber doch hören, ebenso die Gesänge, die aus der Kirche drangen.

»Wer singt da?«, fragte Jaspar. Er saß auf einer Bank, aß den letzten Brocken Brot und kraulte mit der freien Hand Naseweis' Ohr.

»Die Kanonissen«, sagte Albertus, ohne den Platz vor der Kirche aus den Augen zu lassen. »Die Äbtissin hat eine Totenwache aufgestellt. Die Schwestern werden bis morgen früh an der Grube singen und beten. Clementia will so dem Erzbischof zeigen, dass sie nicht gewillt ist, ihm das Feld kampflos zu überlassen.«

Mit Imbert hatte er sich in sein Haus zurückgezogen und ein Mahl eingenommen, das etwas üppiger ausgefallen war, als es die Fastenzeit vorsah. Dieser Freudentag, so fand Albertus, musste gebührend gefeiert werden. Ein dicker Karpfen statt des sonst üblichen fettigen Rheinaals durfte es da schon sein, auch wenn Imbert nicht gerade so hochgestimmt war, sondern eher etwas zweifelnd dreinblickte.

Jaspar war zwar erst später hinzugestoßen, doch freute er sich über die Reste der kräftigen Mahlzeit. Und auch darüber, dass der Fund der Heiligen von Naseweis' Schandtaten in der Kirche ablenkte. Wider Erwarten war er selbst sogar zum Helden an diesem Abend geworden. Glück gehabt, wieder einmal.

Albertus schloss die Läden und wandte sich den beiden zu.

»Ach, sollen Clementia und Philipp doch ihre Ränke schmieden, wie sie wollen«, sagte er herzlich. »Wir drei müssen diesen Tag begießen, denn solcherlei zu erleben ist einem guten Christenmenschen nur selten vergönnt. Imbert, was schaut Ihr so seltsam daher? Versetzt Euch der Fund nicht in Freude?«

»Ich weiß nicht recht«, sagte Imbert und zog eine Miene. »Vielleicht ist das auch alles etwas viel für mich. Die Entdeckung dieser Jungfrau scheint mir so unwirklich.«

»Wem nicht? Aber so sind Wunder nun einmal.«

Jaspar hingegen, der sich gerade das letzte Stück Fisch in den Mund schob, vermutete etwas anderes. Wahrscheinlich gönnte ihm dieser Mönch nur nicht, für einen Tag im Mittelpunkt zu stehen.

Imbert räusperte sich und setzte sich auf. »Vielleicht habt Ihr recht, Albertus, vielleicht sollte ich mich daran gewöhnen, dass in Köln alles ganz anders ist als bei mir daheim.«

»Fein, so höre ich Euch gern reden. Ich lasse uns einen großen Krug Bier holen, damit wir anstoßen können, und dazu noch einen Runken Brot, um den Magen zu schließen. Das Backwerk schmeckt heute besonders gut, denn unsere liebe Klara hat es reichlich mit ihrem Schweiß gesalzen.«

Es genügte, Klaras Namen zu erwähnen, und schon schweiften Jaspars Gedanken unzüchtig ab. Erst jetzt fiel ihm wieder ein, dass die junge Witwe nicht nur in der Bäckerei arbeitete, sondern auch dem gebrechlichen Albertus als Magd zur Hand ging. Plötzlich öffnete sich die Tür, und Klara stand tatsächlich im Zimmer. Jaspar fühlte sich ertappt und richtete sich ruckartig auf.

»Klara«, sagte er, aber es klang gestammelt.

Klara schenkte ihm ein Lächeln und einen tiefen Blick ihrer paradiesgrünen Augen. Ihre Haube vermochte ihr geflochtenes rotblondes Haar kaum zu bändigen. Ein Stück ihres Zopfes lugte hervor und leuchtete im warmen Schein der Öllampen. Jaspar wurde rot, aber er hoffte, das Glühen auf seinen Wangen wäre im schummrigen Licht nicht zu sehen.

»Habt Ihr mich gerufen?«, fragte die Magd.

»Noch nicht, mein Kind, noch nicht«, sagte Albertus. »Aber ich wollte es. Mir scheint, du kannst Gedanken lesen.«

Hoffentlich nicht, dachte Jaspar und vermied es vorsichtshalber, seinen Blick tiefer als bis zu ihrem Hals wandern zu lassen. Jaspars Verlegenheit blieb weder Albertus noch Imbert verborgen.

Albertus wandte sich an Klara. »Wir wollen ein wenig feiern, soweit es die Fastengebote zulassen, mein Kind. Sei so gut, uns Brot und Bier zu bringen.«

»Für mich, wenn es beliebt, einen Becher heißen Wein«, sagte Imbert und reckte einen Finger hoch. »Und, wenn Ihr habt, ein wenig Honig, um ihn zu süßen.«

Albertus stutzte. »Honig und Wein? In der Fastenzeit? Den dicken Karpfen vermag ich dem Herrn ja noch zu erklären, wenn er mich beim Jüngsten Gericht vor seinen Tisch ruft, denn Fisch ist schließlich erlaubt. Aber Honig und Wein?«

Imbert hob beschwichtigend die Hand. »Mein Abt war so freundlich, mir für die anstrengende Reise einen Dispens zu erteilen, der mir auch den Genuss von Wein gestattet. Doch hat er dabei wohl weniger an meinen schwächlichen Körper gedacht als vielmehr an meinen schwächlichen Geist.«

Albertus' fragender Blick ermunterte Imbert zu einer Erklärung. Klara verließ derweil das Zimmer, um Brot, Bier, Wein und Honig zu holen. »Nun, das mag vielleicht etwas falsch ausgedrückt sein. Mein Abt fürchtete, ich könnte zu zurückhaltend, zu zaghaft, zu schweigsam sein für meine Mission. Er hofft, der Weingenuss wird meine Zunge lockern und mich ein wenig kühner auftreten lassen, damit ich meinen Auftrag erfolgreich zu Ende bringe.«

»So kühn, wie Ihr Euch bisher bei der Äbtissin aufgeführt habt, möchte man meinen, Ihr tragt einen Weinschlauch stets unter Eurer Kutte«, sagte Albertus, worauf Jaspar schelmisch grinste. »Doch wo Ihr gerade von einer lockeren Zunge sprecht, verratet mir doch, lieber Imbert, weshalb Ihr in unserer Sprache so gut zu reden vermögt. Ihr habt sie wohl kaum so schnell auf der Reise gelernt.«

Der Mönch zögerte kurz, sagte dann aber: »*Bon*, ich berichte euch beiden ein wenig von mir. Aber nur, wenn Ihr, lieber Bruder Albertus, mir nachher die Legende der heiligen Ursula erzählt. Einverstanden?«

Albertus nickte, und Jaspar setzte sich neugierig auf.

»Ich bin ein Kaufmannssohn«, begann Imbert dann, während sich auch Albertus auf einen Stuhl setzte. »Meine Mutter starb früh, und so entschied mein Vater, mich auf seine Fahrten mitzunehmen. Mein älterer Bruder leitete derweil unser Handelshaus in Limoges. Fast das ganze Jahr über waren mein Vater und ich bei den Messen in den Champagnestädten Bar-sur-Aube, Troyes, Provins und Lagny, wo wir meist Weißwein an rheinische Händler verkauften, die die Vortrefflichkeit des französischen Weins schätzten, wohingegen wir das weithin gerühmte Kölner Tuch erwarben. Wir suchten die Nähe zu den jeweiligen Höfen der Deutschen, den ›Cours aux Allemands‹. Dort lernte ich schnell, in eurer Zunge zu sprechen. Das freute meinen Vater sehr, da es ihm nicht so leicht fiel, die Sprache der Rheinländer zu erlernen. Als der Herr meinen

Vater viel zu früh zu sich nahm, hielt mein Bruder es jedoch für das Beste, mich ins Eremitenkloster von Grandmont zu geben, damit ich für das Seelenheil meiner Eltern bete.«

»Das erklärt jedoch nicht, weshalb Ihr unsere Sprache noch immer so beherrscht wie ein Hiesiger«, wandte Albertus ein. »Ihr seid doch schon als Kind ins Kloster gegangen. Und das ist gewiss ein Weilchen her.«

»Das ist wohl wahr«, stimmte ihm Imbert zu. »Doch gerieten meine Kenntnisse dort nie in Vergessenheit, denn das Kloster liegt nahe dem Jakobsweg, der von Köln nach Santiago de Compostela führt. Täglich klopfen Pilger an unsere Pforte, und sehr oft sind Gläubige aus dem Rheinland darunter. Da die wenigsten Pilger unsere Sprache oder das Lateinische sprechen, leiste ich gern Übersetzungsdienste, was sehr, sehr häufig vorkommt. So war es auch im vorigen Sommer, als Abt Gerhard von Siegburg mit einigen seiner Mönche in unserem Kloster übernachtete. So schule ich fortwährend meine Sprachkenntnisse.« Imbert breitete die Arme aus. »Ich hoffe, das genügt euch als Erklärung.«

Albertus und Jaspar nickten.

»Das genügt«, erwiderte Albertus. »Aber meine Neugier ist noch nicht gestillt. Sagt uns doch, bevor ich die Rolle des Erzählers übernehme, warum Ihr so fleißig die Sprüche des Königs Salomo und sonst kein Buch der Heiligen Schrift zitiert. Haben die Kirchenmäuse in Eurem Kloster den Rest der Bibel weggeknabbert und Euch nur die paar Seiten gelassen?«

Imbert kratzte sich verlegen die Tonsur, obwohl die Frage nicht boshaft, sondern allenfalls ein wenig neckisch gemeint war.

»Ich fand, dass meine Erläuterung zum Weindispens schon mehr Peinliches von mir preisgegeben hat, als mir recht sein kann«, sagte er. »Aber nun gut, heute ist ein fröhlicher Tag, darum sollt Ihr ein wenig zu lachen und zu spotten haben. Als mir mein Abt eröffnete, ich solle für unser Kloster auf die Reise gehen, packte mich große Unsicherheit, ja große Angst, wenn ich ehrlich bin. Ich sollte nicht nur meinen sicheren Hort verlassen, sondern auch noch ganz allein in ein fremdes Land reisen, mit dem Erzbischof von Köln sprechen und unnachgiebiger Bittsteller sein. Ich! Wo ich doch seit zwanzig Jahren keinen Fuß mehr vor das Klostertor gesetzt hatte.«

Imbert legte beide Hände auf die Brust, doch erntete er nur erwartungsvolle Blicke seiner beiden Zuhörer.

»Also fragte ich meinen Abt um Rat«, nahm der Mönch den Faden wieder auf. »Und der gab mir zwei Ratschläge: Ich solle Wein trinken, um meine Zunge zu lösen, und dazu noch gründlich das Buch der Sprichwörter studieren, weil es nämlich für jede Lebenslage einen brauchbaren Fingerzeig zu liefern vermöge. So steht schon in Kapitel vier: ›Ihr Söhne, hört auf die Mahnung des Vaters, merkt auf, damit ihr Einsicht lernt. Denn gute Lehre gebe ich euch. Lasst nicht ab von meiner Weisung.‹ So nahm ich gleichsam König Salomo als meinen Vater und Ratgeber an.«

»Gut gesprochen«, sagte Albertus und nickte zustimmend. »Doch sehe ich daran nichts, weshalb wir über Euch spotten könnten.«

»Das ist richtig, jedoch ist meine Geschichte noch nicht zu Ende. Ich nutzte die Monate bis zu meiner Abreise, um mir im Skriptorium eine Abschrift des Buches zu fertigen, damit mich Salomos Weisheit auf meinem Weg begleiten konnte. Immer wieder wollte ich unterwegs das Heft hervorziehen, um einige Seiten zu lesen. Doch war ich noch keine Meile unterwegs, als mich schon das Missgeschick ereilte. Ich hatte mich bereits in Salomos Sprichwörter vertieft, und mein Finger fuhr gerade über diese Zeilen: ›Den Weg der Weisheit zeige ich dir, ich leite dich auf ebener Bahn. Wenn du gehst, ist dein Schritt nicht beengt, wenn du läufst, wirst du nicht straucheln‹.«

»Ich weiß es schon«, rief Jaspar, lachte und klatschte vor frecher Freude in die Hände. »Prompt seid Ihr auf Eure Nase gefallen. Stimmt's?«

»O nein, das hieße ja, die Schrift hätte gelogen«, widersprach Imbert. »Außerdem saß ich ja auf dem Rücken meines Maulesels. Doch die Wahrheit sieht nicht viel schmeichelhafter aus. Ganz in Gedanken versunken, stieß ich mir meinen Kopf am tiefhängenden Ast eines Apfelbaums. Was nicht weniger schmerzhaft war als das von dir vermutete Malheur, mein Sohn. Meine Stirn schmerzt heute noch, wenn ich sie betaste. Ihr könnt euch nicht vorstellen, wie peinlich es mir war, noch in Sichtweite meines Klosters den ersten Unfall erlitten zu haben. Ich gab meinem Maulesel die Fersen in die Flanken, um auch ja schnell über den nächsten Hügel zu kommen.«

Nun lachten Albertus und Jaspar, und Imbert ließ sich von der Heiterkeit anstecken.

»Und so waren mir Salomos Sprichwörter schon nach nur einer Meile eine Lehre, viel mehr, als er es vielleicht beabsichtigt hat«, ergänzte er. »Die Schrift allein führt dich nicht durchs Leben, sagte ich mir, drum halte auch ein wenig die Augen auf. Aber die Weisheiten meines Heftchens waren mir dennoch oft eine gute Hilfe.« Gespannt blickte er nun Albertus an. »Und jetzt, da ich wohl genug Peinlichkeiten aus meinem Leben preisgegeben habe, ist die Reihe an Euch, werter Albertus.«

Albertus setzte sich gemächlich auf. »Also gut, was wollt Ihr hören? Aber ich muss Euch warnen, lieber Imbert. Mit dergleichen Geschichten, wie Ihr sie uns aufgetischt habt, kann ich gleichwohl nicht dienen. Oder wollt Ihr doch lieber gleich die Legende der heiligen Ursula hören?«

Imbert wagte den Versuch. Er hoffte, die Heiterkeit des Abends würde den alten Mann redseliger stimmen. Und er hoffte auf Nachsicht, denn seine Frage, so nahm er an, war ungebührlich.

»Ihr könntet uns zum Beispiel erzählen, was Euch heute Morgen vor dem Dom so erbost hat, dass Ihr Euch die Leichname der Heiligen Drei Könige nicht anschauen mochtet. Ich habe Euer Verhalten beim besten Willen nicht verstanden.«

Es war, als führe ein eisiger Wind ins Zimmer. Mit steinerner Miene erwiderte Albertus Imberts prüfenden Blick. Im Gesicht des Alten war jedoch keine Regung zu lesen.

»Ich bin wohl doch zu alt für solch aufregende Ereignisse, wie wir sie heute erleben durften«, sagte Albertus mit gleichgültiger Stimme. »Ich fühle mich plötzlich so müde und erschöpft, und für das Erzählen der Ursula-Legende fehlt mir ganz bestimmt der Atem. Seht es mir bitte nach, wenn ich mich nun zurückziehe.«

Der Kanonikus erhob sich und ging, ohne ein weiteres Wort, ohne seine Gäste eines weiteren Blickes zu würdigen. Gleichzeitig betrat Klara mit einem Brett die Kammer, auf dem sie einen Krug heiß dampfenden Wein, einen Krug Bier, Becher und ein Brot trug. Überrascht sah sie Albertus nach.

Imbert griff zu seinem Krug und füllte sich etwas Wein in einen Becher. Als er einen Schluck genommen hatte, verzog er das Gesicht.

»Kein Honig?«

»Nein, tut mir leid. Er ist uns ausgegangen«, antwortete Klara. »Aber wenn Euer Wunsch danach so groß ist, gehe ich gern hinüber zur Bäckerei und hole einen kleinen Napf voll.«

»Danke, nein, schon gut.«

Imbert winkte ab und nahm widerwillig noch einen Schluck. Klara verbeugte sich knapp, schenkte Jaspar noch ein verstohlenes Lächeln und schloss die Tür hinter sich.

»Ich bin wohl nicht sehr geschickt«, sagte Imbert nach einer Weile zu Jaspar. Er schwenkte seinen Wein und seufzte tief. »Erst bringe ich die Äbtissin gegen mich auf, dann dich, sodass du es mir den ganzen Tag mit deiner miesepetrigen Laune entgeltest, und jetzt gelingt es mir auch noch, meinen gutmütigen Gastgeber zu verprellen.« Er hob den Becher in Jaspars Richtung. »Zum Wohl, mein Sohn.«

Jaspar wollte ihm nicht widersprechen, und so zog er es vor, gar nichts zu sagen, was aus Imberts Sicht denn doch sehr vielsagend war.

»Es ist wohl die gerechte Strafe, dass ich schon wieder keinen Honig für meinen heißen Wein bekommen habe«, flüsterte Imbert. »Nun, ich gelobe Besserung.«

Er meinte es ernst.

Die alte Gepa quälte sich mühsam an ihrem Stock die Stufen hoch, betrat das Arbeitszimmer der Äbtissin, ohne anzuklopfen, und setzte sich auf einen Stuhl. Die Schale mit Brei, den sie selbst zubereitet hatte, stellte sie auf den Tisch.

»Wie geht es ihr?«, fragte sie, und ihre Stimme klang noch kratziger als sonst. Auf eine höfliche Einleitung verzichtete Gepa bewusst. Mit beiden Händen umklammerte sie das Holzkreuz, das vor ihrer Brust hing.

Clementia blickte erst jetzt auf. Gepas abendliche Besuche waren in den vergangenen Wochen zur Regel geworden, nachdem die Alte von Eufemia erfahren hatte. Clementia konnte nicht sagen, dass sie begeistert war, wenn sich ihre Vorgängerin wieder in die Stiftsgeschäfte einzumischen versuchte. Aber vielleicht war Gepa tatsächlich nur in Sorge um die Kleine. Wenigstens heute Abend wollte Clementia ihr Missfallen nicht so deutlich zur Schau tragen wie sonst. Es war ein glücklicher Tag für das Stift. Das stimmte sie milde.

»Es geht ihr gut. Danke.«

»Darf ich sie sehen, ehrwürdige Mutter?« Gepa wählte diese Anrede, obwohl Clementia viel, viel jünger war. Aus ihrem Mund klang es verächtlich, und das sollte es auch. Die Alte ließ keine Gelegenheit aus, der jungen Clementia zu zeigen, wer in ihren Augen als ehrwürdige Mutter anzureden war.

Clementia seufzte. Gepa fragte jeden Abend, und jeden Abend gab die Äbtissin ihr deutlich zu verstehen, dass es ihr nicht recht sei, wenn irgendjemand, ganz gleich wer, Eufemia zu Gesicht bekäme. Das Kind litt bereits genug. Es sollte nicht noch von neugierigen Blicken verstört werden.

»Gepa, Ihr wisst, was ich Euch antworten werde.«

»Und Ihr wisst, ehrwürdige Mutter, dass ich immer wieder fragen werde, bis ich sie eines Tages sehe. Ich habe viele, viele Jahre auf einen Menschen wie die Kleine gewartet, und ich will die Gelegenheit, nun, da sie da ist, nicht verstreichen lassen, bevor ich mich in die Hände des Herrn begebe.«

Als sie vor zehn Jahren Gepas Nachfolge angetreten hatte, war Clementia noch ein Kind gewesen, was durchaus üblich war, wenn die Familie der jugendlichen Anwärterin in ausreichendem Maß Einfluss und Geld besaß. Das war bei Clementia der Fall gewesen, aber inzwischen hatte sie sich auch den nötigen Respekt erarbeitet, der diesem Amt zustand. Doch zu Gepas Bedauern widersetzte sich die junge Äbtissin ihren Bitten. Dabei hatte die Alte einzig den Wunsch, das Mädchen zu sehen, dem es vergönnt war, Zwiesprache mit den heiligen Jungfrauen zu halten.

»Ich sehe schon, ehrwürdige Mutter, mein Bitten ist vergebens«, nahm Gepa das Gespräch wieder auf. »Ich hoffe nur, der Herr ruft mich nicht zu sich, bevor ich die Kleine gesehen habe.«

»Sollte sich Eure letzte Stunde ankündigen, so verspreche ich Euch, führe ich Eufemia an Euer Sterbebett.« Clementias Stimme klang immer noch kalt, aber wenigstens aufrichtig. »Und bedenkt doch, dass es im Stift auch noch einen ganz anderen Grund zu freudiger Bewunderung gibt. Wir haben heute eine Heilige gefunden. Das sollte Euer Herz erquicken.«

»Das tut es gewiss, ehrwürdige Mutter, aber nur, weil ich sie sehen kann«, erwiderte Gepa. »Versprecht mir wenigstens, Eufemia diesen Brei zu bringen. Es ist ein Fastenmus, ein Mehlbrei mit Wasser. Ich habe auch etwas Brot hineingebrockt.«

»Es wird ihr gewiss munden und sie stärken. Habt Dank, ehrwürdige Gepa.«

Gepa verließ das Haus der Äbtissin enttäuscht, aber doch im festen Glauben, ein gutes Werk vollbracht zu haben.

Jaspar räkelte sich genussvoll auf dem weichen Strohsack, den Albertus ihm in einer kleinen Kammer seines Hauses für die Nacht zugewiesen hatte. Es war sein Glückstag, keine Frage. Nachdem ihm Bertradis am Morgen die Horcher langgezogen, Clementia ihn und Imbert in ihrem Haus angetroffen und Naseweis sich am Abend in der Kirche gänzlich danebenbenommen hatte, sah sich Jaspar im Geiste schon sein Bündel packen, um das Stift zu verlassen. Aber es war wieder einmal gutgegangen. Und Ida, die hübsche Ida, hatte bis jetzt offenbar auch ihren süßen Honigmund gehalten und nichts von ihrem Zusammentreffen im Schuppen der Äbtissin verraten, das er am liebsten ganz aus seinem Gedächtnis streichen würde.

Besser noch: Eine Heilige hatte heute an ihm ein Wunder gewirkt, worauf ihm die Äbtissin mit einer gewissen Achtung entgegentrat. Da konnte ihm der Erzbischof mit seiner Teilnahmslosigkeit doch gestohlen bleiben. Morgen früh, bei der feierlichen Erhebung der Heiligen, würden ihn gewiss aller Augen bewundern. Er schaute auf seine unversehrte Hand. Ihr Umriss zeichnete sich schwach im matten Mondlicht ab, das durch die Fensterritzen in die Kammer fiel. Es war wirklich ein Wunder, das die Heilige an ihm vollbracht hatte.

Ließ sich eines Menschen Glück noch steigern? O ja, sagte sich Jaspar und dachte an Klara. Er würde Albertus' Magd jeden Tag sehen können, zumindest solange der französische Mönch Gast des Stiftes war und im Haus des Kanonikers nächtigte. Der Gedanke, dass Klara sich nun irgendwo in diesem Haus in einer anderen Kammer befand, ließ Jaspars Herz schneller schlagen.

Voller Stolz, voller Vorfreude und mit vollem Magen schlummerte Jaspar ein, um den tiefen und traumlosen Schlaf des Gerechten zu schlafen, mit Naseweis an seiner Seite, der sich in den Arm seines Herrchens gedreht hatte und sich an ihm wärmte.

Da kam es wieder. Sie spürte es jedes Mal schon lange vorher. In den letzten Tagen war es besonders stark gewesen, und auch dieses Mal schnürte ihr bereits die Ahnung den Hals zu. Eufemia hatte keinen Namen dafür. Es war wie ein Wirbelsturm in ihrem Kopf, wie ein Mühlstein, der auf ihrer Brust lag, wie glühende Zangen, die an ihrem Fleisch rissen, wie kochendes Öl, das durch ihre Adern pochte. Es war all das und noch tausendfach mehr. Es war grausam. Eufemia schob die Schale mit Brei weg, stand vom Tisch auf und legte sich aufs Bett. Sie fürchtete sich. Aber es gab kein Entkommen und auch keine Hilfe.

Noch schlimmer als die körperlichen Qualen waren die entsetzlichen Bilder, die auf sie einströmten, ohne Unterlass, ohne Rücksicht darauf, dass sie all das gar nicht sehen wollte, ganz gleich, wie sehr sie sich auch wehrte. Sie sah jämmerliche Geschöpfe, junge Frauen und Mädchen, die schon lange tot waren und trotzdem noch lebten. Faulendes Fleisch fiel ihnen von den Knochen, Maden wanden sich aus ihren Eingeweiden, und Fliegen setzten sich sirrend in klaffende Wunden. Geronnenes Blut klebte an den Körpern der Mädchen, denen Geifer von den Lippen troff. Sie krochen zu Eufemia ins Bett und wollten von ihr liebkost werden. Und sie flüsterten ihr zärtliche Worte ins Ohr. Und wiesen ihr den Weg zu ihren verborgenen Gräbern.

Eufemia versuchte zu schreien, doch ihre Stimme versagte, wie so oft, wenn es kam. Clementia beschwor sie Tag für Tag, es geschehen zu lassen, sich nicht zu widersetzen. Clementia bat sie, einfach genau hinzuschauen und zu lauschen. Clementia versicherte ihr, dass es keinen Grund gebe, sich zu fürchten, dass es doch die heiligen Jungfrauen seien, die ihr nur mitteilen wollten, wo ihre geschundenen Körper lagen. Und Clementia sagte ihr, sie solle sich doch viel lieber freuen, denn die Jungfrauen hätten sie, Eufemia, zu ihrer Botschafterin erkoren. Aber Clementia hatte keine Ahnung. Sie sollte sich zum Teufel scheren.

Eufemia war es leid. Sie mochte nicht mehr in ihrem Zimmer hocken müssen und auf das Unheil warten. Sie mochte nicht mehr gezwungen sein zuzusehen, wie die Äbtissin sie jedes Mal nach dieser Folter allein ließ und freudestrahlend zum Stift rannte. Sie würde Clementia kein Wort mehr von ihren Erscheinungen berichten.

Die Kleine krallte ihre Finger in das Laken.

Es kommt, o Gott, es kommt. Steh mir bei, Herr, ich flehe dich an.

Sie fühlte die dunkle Welle mit Macht über sich hinwegrollen, fühlte, wie die fremde Finsternis ihr Fleisch und ihren Geist überflutete. Und mit der Welle kam wieder dieses seltsame, wabernde, unbestimmbare Gefühl. Unheil drohte.

Dann erschien schon die Gestalt, winkend und grinsend mit einer fürchterlichen blauen Fratze, so tot und doch so lebendig, als stünde die Frau mitten im Zimmer. Eufemia wusste, wer die Alte war. Sie hatte sie oft genug vom Fenster aus zwischen den vernagelten Brettern hindurch beobachtet. Ein bekanntes Gesicht, wieder einmal. Es war schon das zweite Mal, dass sie einen Menschen in einer Vision erkannte. Aber wie konnte die Frau schon tot sein? Sie hatte sie doch eben erst in der Kirche inmitten der Menge gesehen.

Allein das war ungewöhnlich genug. Aber noch etwas stimmte nicht. Diese Erscheinung war stärker als alle anderen zuvor. Eufemia glaubte, zerspringen zu müssen. Es war, als fühlte sie den eigenen Tod mit schnellen Schritten nahen.

Gründonnerstag, 2. April 1181

»Zacharias hat Angst, Jaspar, hörst du, große Angst. Musst alleine gehen, Jaspar, geh doch schon, geh nur. Zacharias bleibt lieber hier.« Die Augen des Hünen zuckten unruhig hin und her, als würde er nach einem Verfolger Ausschau halten. Jaspar kannte den flackernden Blick seines Freundes. Ungewöhnliche Ereignisse ängstigten Zacharias.

»Schau mich an, Zacharias, schau mir in die Augen.« Jaspar packte den vierschrötigen Kerl an den Armen und schüttelte ihn. Es gelang ihm, wenigstens für eine kurze Zeit Zacharias' Blick zu bannen. »Jetzt hör mir zu. Auch ich bin aufgeregt, du großer Dummkopf. Aber es führt kein Weg daran vorbei. Wir klettern jetzt da rein und tun, was uns aufgetragen ist.«

»Aber Zacharias kann nicht graben, Jaspar, schau«, sagte Zacharias und reckte seine mit einem Tuch umwickelte rechte Hand vor. Jaspar wusste schon, dass sein Freund nur nach einem Vorwand suchte. »Zacharias hat sich geschnitten. Zacharias hat nicht so ein Glück wie Jaspar, der gleich geheilt wird. Und Zacharias hat Angst, immer noch, große Angst, Jaspar.«

»Du brauchst doch keine Angst zu haben«, sagte Jaspar eindringlich. Er wunderte sich immer wieder, dass dieser grobe Klotz, vor dessen Anblick allein sich schon jeder fürchtete, im Grunde ein Lamm war und außer dem Gesicht eines Engels das Gemüt eines dreijährigen Kindes besaß. »Es ist doch eine von unseren Jungfrauen, und die beschützen dich. Das hast du mir selbst gesagt. Du brauchst auch nicht zu graben, mein Freund, das mache ich schon. Nimm du den Reisigbesen und kehre den nachrutschenden Dreck weg. Hast du welche von deinen Samenkörnern genommen? Du weißt schon, dein kleiner Zauber.«

Zacharias schüttelte den Kopf.

»Dann nimm jetzt ein oder zwei«, forderte ihn Jaspar auf, »und du wirst sehen, alles wird gut, und deine Jungfrau, die sich sonst immer um dich kümmert, beschützt dich auch diesmal. Machst du das?«

Zacharias nickte heftig. Aufgeregt griff er zu seinem Brustbeutel und klopfte einige Körner heraus. Er steckte sie mit einer fahrigen Bewegung in den Mund und kaute übereifrig darauf herum.

»Sehr gut, Zacharias, sehr gut«, lobte Jaspar. »Und jetzt folgst du mir und machst genau das, was ich auch mache. Dann wird schon nichts schief gehen.«

Zacharias nickte wieder.

Jaspar gab ihm noch einen Klaps auf die Wange und wandte sich dann zum Gehen. Das Bild im Inneren der Kirche, das Zacharias Furcht einflößte, versetzte Jaspar in freudige Erregung. Alles war bereit zur Erhebung der Heiligen. Die dreißig Kanonissen standen in Reih und Glied an der Grube wie ein Trupp weißgewandeter Ritter, ganz vorn die strahlende Clementia. Daneben hatten die vier Kanoniker des Stifts ihren Platz eingenommen, darunter Albertus und Egilolf. Imbert hatte sich auf Einladung der gut gelaunten Clementia zu ihnen gesellt.

An der gegenüberliegenden Seite des Lochs standen wie ein gegnerisches Heer der grimmig dreinblickende Erzbischof Philipp von Heinsberg, einige Geistliche des Domkapitels, sein greiser Schreiber Richard und mehrere Büttel mit ihrem Hauptmann Volkmar. Am turmwärts gerichteten Grubenrand lag ein großer Haufen mit ausgehobener Erde, der bis in das Loch hinabreichte. Am Fuß dieses Haufens schaute der Unterschenkel aus der Erde. Die zum Kircheninneren gewandte Seite der Grube, auf die Jaspar und Zacharias blickten, war frei bis auf eine Leiter, die aus der Grube ragte.

Dort würden Jaspar und Zacharias nun hinabklettern, denn sie waren ausgesucht worden, die Jungfrau unter den Augen all der gespannten Beobachter auszugraben. Erhobenen Hauptes ging Jaspar auf die Grube zu, ohne Naseweis, den er nach den gestrigen Erfahrungen wohlweislich in Albertus' Haus gelassen hatte. Zacharias folgte Jaspar, schleppend und schwerfällig zwar, aber doch nicht zögernd.

Ein gewaltiger, dumpfer Knall ließ alle in der Kirche zusammenzucken. Zacharias wollte schon davonlaufen, aber Jaspar hielt ihn fest.

»Ist schon in Ordnung, Zacharias, alles in Ordnung«, sagte Jaspar. Zacharias' Augen zuckten wieder wild umher, und sein Atem ging stoßartig, aber er ließ sich von Jaspar halten. »Das war nur ein Stein, den jemand gegen das Portal geworfen hat.«

Die Waffenknechte des Erzbischofs, die vor der Kirche wachten, hatten offenbar alle Mühe, die Menge im Zaum zu halten. Schon früh hatte sich viel Volk eingefunden, und der Zorn der Menschen wuchs mit den Stunden, die sie in der grimmigen Kälte standen und nicht hineingelassen wurden. Es war nicht der erste Stein, den ein wütender Wartender an diesem Morgen gegen das Kirchenportal geschleudert hatte, und auch einige Schneebälle waren schon an den Kirchenmauern gelandet.

Jaspar stieg voran in die Grube. Zacharias folgte ihm träge über die Leiter, die unter seinem Gewicht bedrohlich ächzte. Als Jaspar das Bein wieder aus der Nähe sah, stellten sich seine Nackenhaare auf. Er konnte sich an den grausigen Anblick nicht gewöhnen, obwohl ihn eigentlich Ehrfurcht und Freude hätten erfassen müssen. Jetzt erkannte Jaspar, dass sein beruhigendes Einreden auf Zacharias auch ihm selbst gegolten hatte. Mit einem seltsamen Gefühl im Bauch packte er die Schaufel und machte sich an die Arbeit. Zacharias nahm ebenfalls eine Schaufel und half zu Jaspars Erleichterung mit.

Die Kanonissen begleiteten ihr Graben mit Gesängen. Jaspar bemerkte überrascht, dass er den Gesang der Schwestern nicht schön, sondern schaurig fand. Der Geruch von Weihrauch, der irgendwo in der Kirche brannte, steigerte sein Unbehagen. Er erinnerte ihn zu sehr an das unheimliche Erlebnis mit der kleinen Eufemia, in deren Kammer es ähnlich gerochen hatte. Fast kam es ihm vor, als hätte er selbst eine dunkle Vorahnung. Dabei hatte er sich doch noch vor wenigen Augenblicken so sehr auf die Erhebung gefreut.

Die hohen Herren und die singenden Damen schauten derart gebannt in die Grube, dass sie zuerst gar nicht bemerkten, wie die dicke Bertradis aus der Turmhalle in die Kirche trat. Eilig ging sie zur Äbtissin, die sie schon erwartet hatte. Die viel größere Clementia beugte sich zu der kleinen und rundlichen Bertradis hinab.

»Und?«, fragte die Äbtissin nicht zu laut, damit der Gesang der Schwestern ihre Worte schluckte und niemand sie hörte.

Bertradis schüttelte den Kopf heftiger, als sie eigentlich wollte. Ihr Doppelkinn schlackerte hin und her.

»Hat sie ihrer Magd denn wenigstens eine Nachricht hinterlassen?«

Wieder ein Kopfschütteln. »Niemand weiß etwas über ihren Verbleib«, flüsterte Bertradis der Äbtissin ins Ohr. »Sie ist gestern Abend schon nicht in ihr Haus zurückgekehrt. Ihre Magd dachte zunächst, sie habe sich entschieden, im großen Schlafsaal des Stifts zu übernachten. Es wäre ja nicht das erste Mal gewesen. Nun aber macht sie sich große Sorgen.«

»Ich mir auch«, sagte Clementia halblaut. »Das passt nicht zu ihr. Sie wollte doch unbedingt bei der Erhebung der Heiligen zugegen sein. Um nichts in der Welt würde die Alte sich das entgehen lassen. Es muss etwas geschehen sein.«

Schwester Bertradis zuckte mit den Schultern. »Vielleicht ist sie auf dem eisigen Boden gestürzt und hat sich was gebrochen? Dann liegt sie irgendwo und ist womöglich schon erfroren.«

»Nein, nein. Bei all dem Volk, das hier umherläuft, wäre sie schon längst gefunden worden. Es muss ihr etwas anderes, nicht minder Schlimmes zugestoßen sein.«

Je länger Philipp von Heinsberg an der offenen Grube stand, desto besser wurde seine Laune. Irgendetwas lief nicht so, wie Clementia es sich vorstellte. Grund genug für den Erzbischof, sich merklich wohler in seiner Haut zu fühlen.

Was hat ihr dieser Fettklops nur ins Ohr gemurmelt?, wunderte sich Philipp. Hier stimmte doch was nicht.

Wahrscheinlich beschlich Clementia nun doch ein ungutes Gefühl, was die Erhebung dieser sogenannten Heiligen anging. Auch Philipp störte etwas an diesem Leichnam. Er hatte schon eine ungeheure Vielzahl von Gebeinen gesehen, aber keine Heilige, kein Heiliger war in einer solchen Frische erhalten, wie dieses Bein es andeutete. Die Heiligen Drei Könige waren unübertrefflich, beispiellos, in ihrem Zustand unerreicht, aber wohl auch nur, weil sie nach den hehren Regeln einer alten Kunst einbalsamiert worden waren.

Philipp beugte sich zu seinem Schreiber hinüber. »Sag mal, Richard«, raunte er ihm zu, »an diesen Knochen ist noch reichlich Fleisch. Ein wenig zu reichlich, findest du nicht?«

Richard schob die schrumpelige Unterlippe vor und ließ sich mit seiner Antwort Zeit. »Nur weil wir noch keine unverweste Heilige gesehen haben, heißt das nicht, dass es sie nicht gibt«, sagte der Greis dann bedächtig. »Es ist Wundern nun mal eigen, so ziemlich alles, aber eben nicht gewöhnlich zu sein. Sie führen uns die Herrlichkeit des Herrn vor Augen. Aber ich frage mich schon, weshalb ausgerechnet diese Jungfrau hier unter all den vielen hundert Jungfrauen einen heilen Leib haben sollte.«

Philipp schaute in Clementias sorgenvolles Gesicht und grinste erwartungsfroh. Dies versprach ein besserer Tag zu werden, als gestern noch befürchtet.

Schippe um Schippe beförderten Jaspar und Zacharias aus dem Loch, stets darauf bedacht, keinen der Umstehenden mit Erde zu treffen. Bald hatten sie den zweiten, ebenfalls nackten Unterschenkel ans Licht gebracht. Oberhalb der Knie stießen sie auf das Kleid der Toten. Es war ein weites weißes Gewand, das wohl länger war und bis zu den Füßen reichen musste, aber hochgerutscht zu sein schien. Jaspar zog das Kleid zurecht und bedeckte die entblößten Unterschenkel. Clementia nickte ihm dankbar zu.

Schnell war auch der Rumpf bis zu den Schultern von der lockeren Erde befreit, doch der von dem Haufen mit Erdreich nachrutschende Dreck landete auf dem Leichnam und machte so einen Teil von Jaspars und Zacharias' Arbeit wieder zunichte. Jaspar wischte sich mit dem Ärmel den Schweiß aus der Stirn. Aber Clementia duldete kein Verschnaufen. Ihr strenger Blick trieb ihn zum Weitermachen an. Mit neuem Schwung jagte er seine Schaufel in die Erde, bis der Leichnam wieder bis zu den Schultern freilag. Als Jaspar die zarten, fast lebendigen Hände der Toten sah, lief ihm ein kalter Schauer über den Rücken. Sie wirkten noch so frisch, als würden sie sich jeden Augenblick bewegen und nach den Ausgräbern greifen, weil die Männer die Totenruhe störten.

Zacharias hatte sich unterdessen ein wenig beruhigt. »Das ist doch keine Jungfrau, das da«, brummte er. »Oder, Jaspar? Das ist doch keine Jungfrau nicht.«

»Sei still, du Dummerjan«, flüsterte Jaspar. »Du verstehst das nicht. Das ist keine von den Jungfrauen, die wir sonst immer auf dem Acker ausgraben, das ist eine ganz besondere Heilige. Mach jetzt weiter.« Doch Jaspar klang nicht überzeugend. Es war ein stiller Sinneswandel in ihm vorgegangen. Er teilte nun die Bedenken seines großen, tumben Freundes.

Jaspar und Zacharias begannen, mit kleinen Schaufeln und einem kurzen Reisigbesen Hals und Kopf der Toten behutsam aus der Erde zu bergen. Die Unruhe in der Kirche stieg. Die Schwestern waren mit ihren Gedanken schon lange nicht mehr bei ihren Liedern und gaben das Singen nun ganz auf. Die Zuschauer rückten näher an den Grubenrand und schauten gespannt hinunter.

Mit den Fingern schob Jaspar den Schmutz vom Hals, sorgsam darauf bedacht, den Leichnam nicht zu berühren. Sein Mund war vor lauter Aufregung ganz trocken, und er schluckte mühsam. Schicht um Schicht der braunen Erde trug er vorsichtig mit den Händen ab, bis der Hals fast ganz nackt da lag. Das Kinn der Toten schaute schon halb aus der Erde.

Dann entdeckte Jaspar das sternförmige Muttermal, das er noch vorgestern Abend im Schuppen des Äbtissinnenhauses gesehen hatte. Jaspar fühlte, wie alles Blut mit einem Herzschlag seinen Kopf verließ. Er wollte es nicht glauben. Hastig scharrte er das Gesicht der jungen Frau frei. Die grausame Erkenntnis traf ihn mit aller Wucht in die Magengrube.

Die Tote war keine Heilige.

Die Tote war Ida.

Ihre leblosen, dunkelbraunen Augen starrten Jaspar an, und Idas leicht geöffneter Honigmund war voller Dreck. Das goldblonde Haar lag in schmutzigen Strähnen über ihrem Gesicht.

Wie ein Donnerschlag krachte wieder ein Stein gegen das Kirchenportal.

Jaspar hörte es nicht.

Die beiden Flügel des Portals flogen auf und stießen den überraschten Waffenknechten, die davor standen, schmerzhaft in die Rücken. Der kreidebleiche Jaspar stolperte aus der Kirche. Vor den völlig fassungslosen Menschen erbrach er sich, aber weil er nichts im Magen hatte, spritzte nur sauergelber Saft in den Schnee.

Als aus dem Inneren der Kirche auch noch die Schreie und das Weinen der Schwestern drangen, wich die Menge zurück. Verunsichert blickten sich die Männer und Frauen an, doch nur die wenigsten machten sich ängstlich davon, weil hier Entsetzliches vor sich ging und es gewiss keinen Segen und keine göttliche Gnade zu holen gab. Die starke Macht der Neugier hielt die Menschen auf dem Vorplatz der Kirche.

Jaspar sog die erfrischende Morgenluft tief ein. Was die Menschen, die ihn gestern noch bewundert hatten und nun entgeistert anglotzten, von ihm dachten, war ihm gleichgültig. Vornüber gebeugt stand er da, die Hände auf die Knie gestützt, und spuckte in den Schnee. Ein essigsaurer Kloß saß ihm im Hals. Idas Anblick hatte ihm den Magen umgedreht, obwohl er es gewohnt war, Toten ins Gesicht zu blicken. Er hatte als Kind auf dem Karren seines Vaters, der Totengräber gewesen war, schon so viele Leichen betrachtet, so viele fürchterlich entstellte, schiefmäulige und triefäugige Tote, die nur notdürftig mit einer Plane bedeckt waren. Aber er hatte noch nie einen Menschen, den er noch als Lebenden kannte, tot gesehen, auch seinen Vater nicht.

Die Erinnerung an ihn holte Jaspar nun schmerzhaft ein. Sein alter Herr war eines Sommertages vor drei Jahren nicht heimgekommen. Als Jaspar ihn am nächsten Morgen ausfindig gemacht hatte, waren die Mönche gerade dabei, das Erdloch vor der Stadtmauer zuzuschütten, in dem sie ihn beerdigt hatten. Was genau seinem Vater zugestoßen war, hatte Jaspar nie in Erfahrung bringen können. Er wusste nur, dass Fischer ihn aus dem Rhein gezogen und seine Leiche beim Kunibertusstift abgegeben hatten. Die Mönche beschrieben ihm den Leichnam und vor allem eine Besonderheit: Die Augen des Toten hatten unterschiedliche Farben. Es war Gewissheit, dass sie gerade seinen Vater unter die Erde gebracht hatten.

»Du standest ihr nahe, nicht wahr?« Imbert war ebenfalls hinausgetreten und legte seine Hand auf Jaspars Schulter.

»Nein, nicht wirklich«, sagte Jaspar und schüttelte den Kopf. Mehr brachte er nicht über die Lippen. Auch wenn er Ida nur dieses eine Mal im Schuppen gesprochen und sie nur flüchtig gekannt hatte, stiegen ihm Tränen in die Augen, doch er wollte nicht weinen. Langsam richtete er sich auf.

»Immerhin gut genug, um sie bereits zu erkennen, ohne ihr Gesicht gesehen zu haben«, sagte Imbert und lächelte milde. Im Blick des Franzosen lagen Trost und Verständnis, aber kein Tadel. »Ich will doch auch gar nicht wissen, wie du zu ihr standest. Das ist allein deine Sache. Geht es wieder?«

Jaspar nickte und versuchte, das Beben in seiner Stimme zu unterdrücken. Dieser Mönch vermochte in seinem Gesicht zu lesen wie in einem offenen Buch.

»Was ist mit ihr geschehen?«, fragte er.

»Ich weiß es nicht«, entgegnete Imbert. »Die Büttel des Erzbischofs werden sie wohl gleich bergen.«

Wieder atmete Jaspar tief ein. Für ihn stand schon jetzt außer Zweifel, dass Ida ermordet worden war. Unbändiger Zorn mischte sich in seine Trauer. Die Ungewissheit darüber, was seinen Vater das Leben gekostet hatte, ließ ihn auch heute noch oft unruhig schlafen. Mit Ida sollte ihm das nicht wieder geschehen. Er wollte erfahren, wie sie zu Tode gekommen war. Und wer sie auf dem Gewissen hatte.

»Gehen wir wieder hinein«, sagte er entschlossen und ging voran.

Nachdem Wehklagen und Weinen verklungen waren, weil die älteren Kanonissen die völlig verstörten und verängstigten jungen Schwestern zurück in den Klausurbereich des Stifts geleitet hatten, begaben sich die Männer des Erzbischofs an die Arbeit. Zunächst machten sie sich daran, Zacharias aus der Grube zu schaffen. Der Riese hatte Idas Kopf in seinen Schoß gebettet und streichelte zärtlich ihr verdrecktes blondes Haar.

»Zacharias war das nicht, das war er nicht gewesen«, stammelte er aufgelöst, als zwei der Männer in die Grube stiegen. Sie näherten sich ihm langsam, weil sie nicht wussten, wie sich der verblödete Hüne verhalten würde. Doch Zacharias blieb friedlich. Ohne Widerstand ließ er sich an die Hand nehmen und aus der Grube schicken.

Träge kletterte Zacharias die Leiter hoch, aber als er Jaspar und Imbert sah, die in die Kirche zurückgekehrt waren, beschleunigte sich sein Schritt. Eilig ging er auf seinen Kameraden zu.

»Zacharias war das nicht, wirklich, das war er nicht gewesen«, wiederholte er vor Jaspar. »Musst Zacharias glauben, Jaspar, das war er nicht, da kann er nichts für.«

»Das weiß ich doch, mein großer, dummer Freund«, beruhigte ihn Jaspar. »Das weiß ich doch.«

Jaspar ließ den Riesen stehen und trat mit Imbert an den Grubenrand. Seine Vermutung, wie Ida zu Tode gekommen war, bestätigte sich.

»Sie ist erschlagen worden«, rief einer der Büttel hoch. Sie hatten Idas Kopf zur Seite gedreht. Von ihrem lockigen blonden Haar war nicht viel zu sehen. Die Hinterseite ihres Schädels war bedeckt mit einem großen dunklen Blutfleck.

Jaspar wandte sich angeekelt ab. Voller Verbitterung über seine Hilflosigkeit sah er die Menschen an, die an der Grube standen. Sie teilten sich immer noch in zwei Gruppen. Dort der Erzbischof mit seinem Schreiber Richard, mit Volkmar und einigen Bütteln, da Clementia mit Albertus, Egilolf und den anderen Kanonikern. Nur Bertradis stand abseits. Bertradis?

Bertradis. Ida. Der Schuppen.

Jaspars Gedanken schlugen Purzelbäume, und das Verhalten der Dicken verstärkte den Verdacht, der unaufhaltsam und von blinder Wut genährt in ihm aufkeimte. Warum starrte sie die ganze Zeit auf den Boden, als fürchtete sie, jemandes Blick zu treffen? Warum stand sie so weit entfernt, als versteckte sie sich? Jaspar nahm all seinen Mut zusammen.

»Die da!«, rief er, noch bevor er seine Gedanken zu Ende gesponnen hatte. Aufgebracht richtete er seinen Zeigefinger auf Bertradis, und alle Anwesenden schauten die dicke Schwester an. »Die da muss sich erklären!«

Bertradis war aschfahl im Gesicht. Als suchte sie um Hilfe, sah sie zu Clementia hinüber, die ihren Blick jedoch nur fragend erwiderte.

»Ich – ich weiß nicht, wovon du sprichst«, stammelte Bertradis.

»Sie weiß es genau! Sie weiß genau, wovon ich spreche!« Jaspar hielt seinen Zeigefinger noch immer auf die Schwester gerichtet.

Erst jetzt ging Bertradis auf, dass sie einem Ausgräber keine Rechenschaft zu leisten hatte.

»Mäßige dich, du Lümmel!«, blaffte sie. »Wie sprichst du überhaupt mit mir?«

Doch ihr Gegenangriff war nur halbherzig und die Aufmerksamkeit des Erzbischofs geweckt. Philipp trat zwischen Jaspar und Bertradis.

»Vielleicht ist es für uns leichter, deinen Zorn zu verstehen, wenn erst einmal *du* dich erklärst, mein Sohn«, sagte der Erzbischof zu Jaspar.

»Ich habe sie gesehen, beide habe ich gesehen«, begann Jaspar erregt. »Vorgestern Abend war es, vor dem Haus der Äbtissin. Da hat sie das Mädchen aus dem Schuppen gezerrt und geschlagen und ins Stift geschleift. Schwester Ida wollte gar nicht mitgehen. Sie hat sich gewehrt und wollte weglaufen. Aber diese da hat sie gepackt und grob mit sich mitgezogen.«

Philipp drehte sich zu Bertradis um. »Komm her, meine Tochter«, forderte er sie auf. Der Erzbischof schien es zu genießen, auf fremdem Boden den Ton angeben zu können. Bertradis gehorchte. »Dieser Junge deutet mit seiner Beobachtung an, dass er das schwere Verbrechen, das hier geschehen ist, dir zur Last legt.«

Bertradis brachte keinen Laut hervor, sondern wurde noch einen Farbton blasser. Abermals schaute sie zu Clementia, und ihr Blick wirkte wieder wie ein Hilferuf. Doch die Äbtissin war selbst gespannt auf die Rechtfertigung und ging nicht auf das Flehen in Bertradis' Augen ein. Dann brach die dicke Kanonisse in Tränen aus. Sie schluchzte wie ein kleines Kind, warf die Hände vors Gesicht und wimmerte erbärmlich.

»Es ist alles meine Schuld, alles nur meine Schuld«, jammerte sie dann und schlug sich dabei an die Brust. »O Herr, verzeih mir bitte, verzeih mir. Ich törichte Närrin, wie konnte ich nur?«

Philipp von Heinsberg wartete gelassen, bis sich Bertradis ein wenig beruhigt hatte.

»Du gibst demnach zu, das arme Mädchen erschlagen und ihren entseelten Körper dort unten in der Grube verscharrt zu haben?«

Bertradis riss ihre verheulten Augen auf.

»Was?«, fragte sie verdutzt, doch dann begriff sie, welche Schlussfolgerung der Erzbischof aus ihrem Verhalten und ihren Worten gezogen hatte. »Nein, nein, das versteht Ihr falsch, Eminenz. Niemals hätte ich dem Mädchen auch nur ein Haar krümmen können. Bei Gott, das schwöre ich.«

»Dieser junge Ausgräber hier behauptet etwas anderes, und mir scheint, auch er würde einen Eid leisten auf das, was er vorgebracht hat.«

Jaspar nickte eilfertig.

»Sein Wort soll vor Euch mehr gelten als das meine?«, sagte

Bertradis forsch. Sie hatte sich wieder gefangen und sandte Jaspar einen bitterbösen Blick.

Philipp beeindruckte das keineswegs.

»Vergessen wir für einen Augenblick, was *er* gesagt hat, und erinnern wir uns, was *du* gerade unter Tränen kundgetan hast, meine Tochter. Du erklärtest, es sei alles deine Schuld. Was hat das zu bedeuten?«

Bertradis presste die Lippen aufeinander. Dann schlug sie die Augen nieder.

»Es stimmt, was er sagt«, sagte Bertradis mit leiser Stimme. »Ich habe sie ins Stift gezerrt, sehr grob sogar, aber nur, weil Schwester Ida schon wieder gegen alle Vorschriften unserer Gemeinschaft verstoßen hatte. Da sind die Gäule mit mir durchgegangen. Aber sie hat uns alle zur Weißglut getrieben, immer und immer wieder, nie wollte sie sich an unsere Regeln halten. Sie war so ein unverbesserlicher Trotzkopf. Dabei habe ich sie gemocht, wirklich gemocht, und jetzt ist ihr wohl gerade meine Zuneigung zu ihr zum Verhängnis geworden.«

Bertradis wandte sich zur Äbtissin.

»Verzeiht mir, ehrwürdige Mutter, aber ich wollte Ida vor Eurer Strenge schützen«, sagte sie flehentlich. »Ihr hattet gedroht, sie des Stiftes zu verweisen und zurück zu ihrer Familie zu schicken, sollte sie nochmals eine unserer Regeln verletzen. Als ich vorgestern Abend auf dem Weg zu Euch war, hörte ich verdächtige Geräusche in Eurem Schuppen und fand dort Ida. Sie hatte sich schon wieder ohne Erlaubnis aus dem Klausurbereich entfernt. Ich weiß nicht, was sie dort gemacht hat, ich fürchtete nur, dass sie nun das Fass zum Überlaufen gebracht hätte, solltet Ihr etwas von diesem neuerlichen Verstoß erfahren, ehrwürdige Mutter. Da habe ich sie gepackt und ins Stift gebracht. Aber ohne Buße sollte sie nicht davonkommen, also habe ich ihr eine Strafe auferlegt. Die ganze Nacht sollte sie hier in der Kirche wachen und beten. O Gott, damit habe ich sie wohl ihrem Mörder ausgeliefert.«

Bertradis schlug erneut die Hände vors Gesicht und fing zu weinen an.

»Dann wäre sie schon einen ganzen Tag und eine ganze Nacht tot«, sagte der Erzbischof vorwurfsvoll zu Clementia. »Und niemand merkt in diesem Stift, wenn eine junge Kanonisse so lange nicht gesehen wird? Ich würde es mir sehr gut überlegen, ob ich meine Tochter in Euer Haus geben würde, ehrwürdige Clementia. Wenn ich denn eine hätte, versteht sich.«

»Oh, glaubt bitte nicht, ihr Verschwinden wäre mir nicht aufgefallen. Aber auch diesen Umstand wird Euch Schwester Bertradis erklären können«, sagte die Äbtissin mit kaum überspieltem Zorn. Allein das Verhalten ihrer Dekanin gab Clementia Grund genug, sich maßlos zu ärgern. Die spöttische Spitze des Erzbischofs tat ein Übriges dazu.

Bertradis wischte sich die Tränen aus dem Gesicht. »Ich bitte Euch vielmals um Vergebung, ehrwürdige Mutter«, sagte sie demütig. »Ganz gleich, welche Buße Ihr mir auferlegt, ich werde sie annehmen.«

»Spar dir deine Entschuldigungen und berichte!«, sagte Clementia schroff. »Alles andere klären wir später.«

Bertradis nickte. »Als ich gestern Morgen nach Schwester Ida sehen wollte, war sie verschwunden«, fuhr sie bedrückt fort. »Ich dachte natürlich, sie hätte sich schon wieder aus dem Staub gemacht, bockig und hochherzig, wie sie nun mal ist. Und immer noch wollte ich sie schützen. Als die ehrwürdige Mutter nach dem Morgengebet fragte, wo Schwester Ida sei, habe ich gelogen. Ich hätte sie zur Arbeit in der Bäckerei verdonnert, weil sie ihre Gebete nicht mit der nötigen Ernsthaftigkeit verrichtet habe. Ich war mir sicher, Ida würde im Laufe des Tages wieder auftauchen, denn lange blieb sie nie weg. Dabei war sie noch hier. Da unten lag sie unter der Erde.«

»Herrgott, Bertradis«, schimpfte Clementia, die sich nun nicht mehr zurückhalten konnte. »Ida verschwindet spurlos, du siehst sie zuletzt in unserer Kirche, und am selben Tag buddelt ein Hund hier ein Bein aus. Und da kommt dir nicht der nächstliegende Gedanke?«

»Es tut mir doch so leid, ehrwürdige Mutter, so glaubt mir doch. Sicher habe ich für einen Augenblick an das Schlimmste gedacht. Aber dann seid Ihr auf der Empore erschienen und habt alle beruhigt, weil Euch doch der Fund einer Heiligen angekündigt worden sei. Genau das habt Ihr gesagt. Wie hätte ich an Euren Worten zweifeln können? Und ich habe gern an das geglaubt, was Ihr verkündet habt, denn gleichzeitig war ich erleichtert, weil Eure Mitteilung mir die Sorge um Schwester Ida nahm.«

Clementia seufzte. Bertradis hatte recht. Sie war gestern so selbstsicher aufgetreten, dass wohl niemand in der Kirche ihr nicht hätte glauben mögen. Wie stolz sie gewesen war, als die Menschen zu singen und zu beten begonnen hatten. Doch in Wahrheit hatte sie Eufemias Vision »vom Weib, das in der Kirche zu schweigen hat«, fehlgedeutet und damit unwissentlich einen schwerwiegenden Fehler begangen.

Der Erzbischof verfolgte derweil einen ganz anderen Gedanken. Er verknüpfte die Ereignisse der vergangenen Tage.

»Es kann kein Zufall sein«, sagte er dann laut, »wenn zwei Menschen in derselben Nacht in Kölner Kirchen von der Hand eines gewissenlosen Mörders sterben.«

Philipps Mundwinkel zuckte kurz, als bereute er, das Verbrechen im Dom erwähnt zu haben. Doch nun war es heraus. »Vorgestern Nacht hat ein Unbekannter einen Priester im Dom erstochen. Ich bin mir sicher, dass die beiden Morde in einem Zusammenhang stehen, den wir noch nicht kennen. Im Dom wurde eine Reliquie aus dem Sarkophag eines der heiligen Könige gestohlen. Daher gilt es zu klären, ob auch hier etwas entwendet wurde.«

Clementia verbeugte sich vor dem Erzbischof. »Ich werde unverzüglich überprüfen lassen, ob irgendetwas fehlt, Eure Eminenz.«

»Unterrichtet mich, sobald ein Ergebnis vorliegt. Volkmar wird alles daransetzen, den Täter dingfest zu machen. Ihm werdet Ihr stets Auskunft geben, wenn er Euch darum bittet.«

Clementia nahm die Herabwürdigung klaglos hin. Sie wusste, sie hatte sich zu fügen, denn ein Kräftemessen war nun unangebracht.

»Wisst Ihr schon, wo Ihr künftig Eure Messen und Gebete halten wollt?«, fragte Philipp.

Clementia sah ihn überrascht an. »Wie meint Ihr das?«

»Nun, diese Kirche hier könnt Ihr gewiss nicht mehr nutzen. Sie ist durch die Bluttat entweiht. Und ich habe nicht vor, dieses Gotteshaus im Vorbeigehen zu weihen. Das wäre der Würde des Anlasses nicht angemessen.«

»Daran habe ich noch gar nicht gedacht.«

»Dann solltet Ihr das schleunigst tun, ehrwürdige Mutter.«

Clementia überlegte kurz. Auf eine der umliegenden Kirchen

auszuweichen hielt sie für keine gute Lösung. Die jungen Schwestern waren verängstigt, und sie wollte sie nicht noch weiter verstören, indem die Kanonissen bei Wind und Wetter mehrmals täglich zum Gebet zu einer benachbarten Pfarr- oder Klosterkirche zu laufen hätten.

»Vielleicht gibt es ja doch eine Möglichkeit, unsere Kirche weiter zu nutzen, Eminenz«, sagte sie dann.

»Ich bin gespannt auf Euren Vorschlag.«

»Dort oben auf der Empore haben wir einen Altar und das Chorgestühl, dort feiern wir die heilige Messe und versammeln uns zu den Stundengebeten. In gewissem Sinne bildet die Empore, wie ich finde, einen eigenen Kirchraum. Euer Einverständnis vorausgesetzt, könnten wir Schwestern diesen Raum weiter für Gebete und Gottesdienste nutzen, bis Ihr unsere Kirche weiht.«

Natürlich hätte er die Kirche der heiligen Jungfrauen mit nur wenig Aufwand und in kurzer Zeit wieder einsegnen können, so wie er es tags zuvor mit einer kleinen Zeremonie im Dom gehandhabt hatte. Aber Philipp wollte die Äbtissin zappeln lassen. Dennoch ging er auf ihren Vorschlag ein. Man brauchte es ja nicht zu übertreiben. Auf diese Weise würde er ihr Unannehmlichkeiten bereiten und zugleich seinen Großmut beweisen.

»Also gut. So soll es sein.«

Philipp wollte schon gehen, als Clementia ihn zurückhielt.

»Da ist noch etwas, das Ihr wissen solltet, Eminenz.«

Der Erzbischof drehte sich zur Äbtissin um und sah sie fragend an.

»Es ist eine weitere Schwester verschwunden«, sagte sie, und die Sorge stand ihr unübersehbar im Gesicht. »Seit gestern Abend vermissen wir die ehrwürdige Mabilia.«

Die Anweisung war knapp und klar. »Schaff das aus der Welt, Volkmar«, sagte der Erzbischof streng, aber leise genug, um keinen der Umstehenden zu einem unerwünschten Zuhörer zu machen. »Ich will zu Ostern keine Unruhe in der Stadt. Der Stadtvogt kehrt erst in ein paar Tagen nach Köln zurück, also wirst du das allein machen müssen.«

Volkmar schluckte. »Ich will tun, was ich kann, Eminenz, aber bitte vergesst nicht, es ist bereits Gründonnerstag.«

»Sag du mir nicht, wie das Kirchenjahr aussieht, sondern erledige deine Arbeit. Ich will spätestens Karsamstag wissen, wer für die Morde verantwortlich ist. Haben wir uns verstanden?«

Volkmar beugte demütig und gehorsam sein Haupt. Mit wehendem Mantel verließ Philipp die Kirche und ließ seinen Hauptmann am Portal stehen. Volkmar straffte sich und sprach sich selbst Mut zu. Es gab Spitzbuben genug in der Stadt. Da würde sich schon einer finden.

Der große rote Stein in der Mauerkrone war sein Lieblingsplatz. Im vorigen Sommer hatte Jaspar oft hier gesessen, wenn er sich nach dem Tagewerk in der flirrenden Hitze auf dem Acker den kühlen Abendwind um die Nase wehen lassen wollte. Nun aber suchte er eine noch viel größere Abkühlung, er suchte Eiseskälte, um damit seinen Schmerz zu betäuben.

Von hier oben konnte Jaspar die gesamte Stiftsimmunität überblicken: die Kirche und das Klausurgebäude im Herzen der Anlage, die Häuser und Gärten der Kanonissen und Kanoniker auf der einen Seite, die Wirtschaftsgebäude auf der anderen. Oft hatte er sich vorgestellt, dass die Ringmauer den Stiftsbezirk wie die schützenden Arme einer liebevollen Riesin umfasste. Aber so sehr er sich auch bemühte, heute gelang es ihm nicht, diese Vorstellung wieder wachzurufen.

Das Stift sah seltsam friedlich aus, nachdem die Büttel des Erzbischofs das Volk aus der Immunität gedrängt hatten. Aus den Dachöffnungen stieg der Rauch der Feuerstellen gemächlich in blassen, schlanken Säulen auf. Nur hin und wieder war eine der Schwestern, die nach der alten Mabilia suchten, auf den Wegen zu sehen, aber keine Stimmen drangen wie sonst oft aus der Bäckerei oder den Stallungen zu ihm herauf, und auch die Pferde, Kühe, Schweine und Hühner gaben keinen Laut von sich, gerade so, als wollten sie die Stille nicht stören. Wie eine dicke, weiße Decke lag der Schnee über der Anlage. Das ganze Stift hatte sich scheinbar zum Schlafen gelegt. Aber der Friede trog.

Jaspar drehte seine rechte Hand im Licht der noch müden Morgensonne. Auch das Wunder war nur Lug und Trug gewesen. Er war ein Opfer seiner eigenen Einbildung geworden, seiner hochmütigen Wünsche, als er gestern Abend schmerzhaft in die Scherben gegriffen, sich aber doch nicht geschnitten und vorschnell an ein Mirakel geglaubt hatte. Was für ein Narr er doch war. Als würde eine Heilige sich für eine wundersame Heilung ausgerechnet ihn, Jaspar, den lumpigen Knochenschänder, aussuchen.

Er mochte sich gar nicht ausmalen, in welche Flüssigkeit er gefasst hatte. Wahrscheinlich war es Idas Blut gewesen. Wie konnte er nur so dumm gewesen sein, die dickflüssige Masse für sein eigenes Blut zu halten? Und wie konnte er nur so blind gewesen sein, erst an Idas Muttermal zu erkennen, dass es keine Heilige war, die sie da ausgruben?

Ida, die arme Ida, dachte Jaspar. Sie war für ihren ständigen Ungehorsam zu hart bestraft worden. Er hatte um die hübsche Ida geweint, obwohl er sie kaum gekannt und auch wenn sie ihn bei ihrer Begegnung im Schuppen in große Verlegenheit gebracht hatte. Immer wieder tauchten die grauenhaften Bilder in seiner Erinnerung auf. Wie sie dalag im Schmutz. Wie ihre toten Augäpfel ihn anblickten. All die Erde auf ihren immer noch vollen Lippen. Ihr schmutziges, blutbesudeltes Haar. Und mit den Schauerbildern kam der brennende Schmerz zurück.

Jaspar rieb sich die geröteten Augen und wunderte sich, wie sehr ihn Idas Tod mitnahm. Dabei hatte er nur wenige Worte mit ihr gewechselt. Und das kurze Treffen im Schuppen war kaum dazu geeignet gewesen, ein inneres Band zwischen ihnen zu knüpfen, kein so festes und schönes, wie es zwischen ihm und Klara schon seit dem ersten flüchtigen Blickwechsel bestand.

Das Treffen im Schuppen.

Jaspars Gedanken kehrten zu diesen wenigen, aber aufregenden Augenblicken zurück. Und plötzlich wusste er, weshalb er so niedergeschlagen war: Ihn plagte ein schlechtes Gewissen. Wenn Bertradis sich schwere Vorwürfe machte, dann hatte auch er sich einer Verantwortung zu stellen, dann war auch er nicht ganz schuldlos an Idas Tod. Hätte er nur laut und bestimmt genug Nein gesagt, hätte er sich einfach umgedreht und sie keines weiteren Blickes gewürdigt, wäre womöglich alles ganz anders gekommen. Bertradis hätte sie vielleicht gar nicht erst entdeckt, Ida hätte die Nacht nicht allein in der Kirche verbringen müssen, der Mörder hätte sie nie getroffen und ihr nicht den Schädel einschlagen können. Sie würde gewiss noch leben. Ihn ließ der Gedanke nicht mehr los, dass es wohl doch die Aussicht auf ein flüchtiges Vergnügen gewesen war, die ihm den Blick verbaut und ihn hatte zögern lassen. Der Schmerz der Schuld brannte fürchterlich in seiner Brust.

Jaspar ließ den Kopf hängen. Auf Höhe seiner herabbaumelnden Füße entdeckte er eine Heckenrose, die bereits zu knospen begonnen hatte und deren Blätter mit Schnee bedeckt waren. Eine einzelne frühe Blüte war ganz von Eis umschlossen und schimmerte kräftig rosa in ihrem milchigtrüben Gefängnis.

Die Welt ist kalt, sie nimmt keine Rücksicht darauf, ob du schön bist, dachte Jaspar. Und er dachte, wie sehr das auf Ida zutraf.

Jaspar war froh, in der Kirche so entschieden aufgetreten zu sein, ohne Furcht vor der Äbtissin oder dem Erzbischof. Wer wusste schon, wie lange Bertradis noch geschwiegen hätte? Jaspar hatte mit seiner selbstbewussten Anklage, mochte sie letztlich auch unberechtigt gewesen sein, ein wenig Licht in dieses Rätsel gebracht, aber das war er Ida auch schuldig. Das und noch mehr. Jaspar erneuerte vor sich das Versprechen, ihren Mörder zu finden.

Vom großen Tor auf der gegenüberliegenden Seite der Immunitätsmauer kam Lärm. Die ersten Hintersassen trafen ein. Die Bauern, die das Land des Stifts bestellten und den Schwestern daher zinspflichtig waren, hatten an Gründonnerstag einen Teil ihrer Abgaben zu liefern. Vor allem der Eierzins war fällig. Noch war Fastenzeit, noch war der Verzehr des flüssigen Fleisches verboten, weshalb die Eier, der längeren Haltbarkeit wegen, in Kisten übergeben wurden, die mit Erde gefüllt waren. Aber die Vorstellung, dass schon an Ostern wieder gefeiert und mit dem Ende der Fastenzeit Hühner-, Gänse- und Enteneier im Stift geschlemmt werden würden, betrübte Jaspar jedoch nur noch mehr.

Er schaute zu den Karren hinüber, die an der Häuserzeile entlang zu den Stallungen, Scheunen und Vorratskammern rumpelten. Unter den Wagenrädern schoss plötzlich ein schwarzer Fleck hervor, der auf dem Schnee nicht zu übersehen war. Unruhig flitzte der Fleck hin und her, dann schien er sich für eine Richtung entschlossen zu haben. Zielstrebig und schnell kam er auf Jaspar zu.

Naseweis hatte die Fährte seines Herrchens aufgenommen. Und ein Kuttenträger folgte ihm.

Naseweis erreichte Jaspar viel früher als Imbert. Freudig jaulend hüpfte er an der Mauer hoch, aber Jaspar war noch nicht wieder in der Stimmung, seinen treuen Freund in gleicher Weise fröhlich zu begrüßen. Ungerührt blieb er auf der Mauerkrone sitzen.

»Dein Hund fühlte sich ein wenig allein gelassen in Albertus' Haus«, sagte Imbert, als er einige Augenblicke später eintraf. »Er hat keine Ruhe gegeben, bis ich ihm die Tür geöffnet habe. Da war er gleich so nett, mich zu dir zu führen. Ist es dort oben nicht ein wenig kalt?«

Jaspar antwortete nicht, sondern brummte nur unwirsch. Doch so leicht wollte Imbert sich nicht abspeisen lassen. Der Junge war ihm in der kurzen Zeit ans Herz gewachsen. Sicher, Jaspar war ungestüm, heißblütig, meist mürrisch und manchmal ein wahres Schlitzohr. Aber vielleicht war es genau das, was er an dem flegelhaften Kerl so mochte.

Imbert legte die Hände in die Hüften und musterte die mehr als mannshohe Mauer. Dann hatte er die Nischen, Ritzen und Vorsprünge ausgemacht, die für den Aufstieg nötig waren. Der Mönch griff entschlossen ins Mauerwerk und kletterte die aus groben Steinen gesetzte Wand hoch. Mit einem kräftigen Tritt stieß er sich das letzte Stück nach oben und setzte sich neben den verblüfften Jaspar.

»*Et voilà*. Ja, doch, sehr kalt ist es hier oben«, stellte Imbert trocken fest und gab damit die Antwort auf seine Frage selbst. Er zog die Kutte enger. »Aber eine schöne Aussicht hat man dafür. Hat dir der Frost schon die Stimme geraubt?«

»Nein«, sagte Jaspar unfreundlich. Stur blickte er in die Ferne. »Mir ist gerade nicht nach Gesellschaft. Es ist jemand ums Leben gekommen, den ich kannte, wie Ihr mit Eurem Scharfsinn bereits festgestellt habt.«

Imbert legte zum Schutz gegen die Kälte die Hände in den Schoß. »Du hast dich eben in der Kirche ziemlich weit aus dem Fenster gelehnt«, sagte er. »Das war sehr mutig, denn du wusstest nicht, ob du mit deinem Vorwurf richtig lagst. Aber auch wenn es nun so aussieht, dass Bertradis nichts mit dem Tod der jungen Schwester zu tun hat, es war recht, was du getan hast.«

»Das weiß ich auch«, knurrte Jaspar. »Dafür brauche ich Euren Segen nicht.«

Imbert überhörte den abweisenden Tonfall. »Ich will dich nicht lange in deinem Kummer stören«, sagte er. »Eigentlich bin ich nur gekommen, um mich zu verabschieden.«

»Verabschieden? Was soll das denn heißen?« Entgeistert schaute Jaspar ihn an.

»Das heißt, ich werde noch heute, jetzt gleich, meine Sachen zusammenpacken, mich auf meinen Maulesel setzen und wieder heimwärts reiten.«

»Aber warum das denn? Ihr habt doch noch gar keine Jungfrau.«

Imbert atmete tief durch. »Und ich werde wohl auch keine bekommen. Führe dir doch nur vor Augen, was seit vorgestern Abend, als ich hier angekommen bin, alles geschehen ist. Das ist jetzt schon der zweite Mord in einer Kirche, und es wird jetzt gewiss mit allen Kräften nach dem Täter gefahndet. Zudem ist die Äbtissin ohnehin nicht sonderlich gut auf mich zu sprechen. Welche Hoffnung dürfte ich mir also machen, Jungfrauengebeine aus den Händen Clementias zu erhalten? Wohl keine, auch wenn es schmerzlich ist, mir dies einzugestehen. Es wäre mehr als unangebracht, trotz der Trauer, die nun im Stift herrscht, weiter auf ein Geschenk zu warten. Meine Brüder werden zwar wenig erfreut, aber doch einsichtig sein. Der Anstand gebietet mir die Heimkehr.«

»Aber das könnt Ihr doch nicht machen!«

Jaspar suchte nach den richtigen Worten. Er wollte dem Mönch einfach nur widersprechen und ihn von der Abreise unbedingt abbringen. Aber weshalb? Er hatte sich so sehr über das unbekümmerte und respektlose Auftreten des Mönchs gegenüber der Äbtissin geärgert, und nun merkte Jaspar, dass ihn genau das beeindruckt hatte. Plötzlich sah er in dem Franzosen einen Verbündeten. Imbert war in gewisser Weise ein Außenseiter wie er selbst, aber mit dem Mut, den er sich wünschte, mit einer Beobachtungsgabe, wie er sie gern hätte.

Und da war noch etwas. Imbert hatte niemandem verraten, was Jaspar gelegentlich mit den Knochen tat, die ihm dank Naseweis' Spürsinn in die Hände fielen. Gewiss, der Mönch hatte sein Schweigen zuvorderst damit begründet, nicht gleich zu Beginn seines Besuches unangenehm auffallen zu wollen. Aber hatte Imbert in einem seiner Salomoworte nicht auch von Freundschaft gesprochen?

Freundschaft. So etwas empfand er nur Zacharias gegenüber, aber mit dem geisteslahmen Toren konnte er nicht wirklich Geheimnisse teilen. Und das mit Klara war etwas ganz anderes. Aber es war nicht wirklich Freundschaft, das ihn mit Imbert verband, weil er als einfacher Ausgräber zu dem Geistlichen aufblickte. Doch vielleicht könnte sich Freundschaft entwickeln, wenn der Mönch bliebe.

»Nichts da. Ihr bleibt«, entfuhr es Jaspar, und er wunderte sich selbst über die Strenge in seinen Worten. Imbert war nicht weniger verwundert.

»Oho«, sagte er, und obwohl ihn unter der Kutte fröstelte, gelang ihm ein Lächeln. »Es freut mich zu hören, dass dir nun offenbar doch an meiner Gesellschaft gelegen ist. Aber meine Entscheidung ist gefallen. Ich werde mich noch von Albertus verabschieden, der mich so freundlich hier aufgenommen hat, und mich dann auf den Weg machen. Vielleicht bin ich zum Pfingstfest dann schon wieder daheim. Und wer weiß? Vielleicht kehre ich ja in ein oder zwei Jahren zurück, um erneut mein Anliegen vorzutragen, und wir sehen uns wieder.«

Jaspar stieß sich mit beiden Händen von der Mauer ab und sprang hinunter. Naseweis warf sich vor Freude unterwürfig in den Schnee.

»Ihr könntet wenigstens über das Osterfest bleiben und mir in diesen Tagen helfen, Idas Mörder aufzuspüren«, schimpfte er. »Ich war Euch treu zu Diensten, und ich habe Euch vor dem Sturz in die Grube gerettet. Ihr steht in meiner Schuld.«

Er wusste, dass es wegen Imberts Schweigen zu seinen Knochenschändungen eher umgekehrt war.

»Das mag schon sein, und ich werde gleich noch ein wenig tiefer in deiner Schuld stehen, denn ohne deine Hilfe komme ich hier nicht mehr herunter.«

Jaspar trat missmutig an die Mauer und bot Imbert seine Schulter als Tritthilfe an. Mit einigen ungeschickten Bewegungen gelangte der Mönch wieder auf den Boden.

»Aber dennoch«, fuhr Imbert fort, »nach dem Mörder zu suchen ist nun Aufgabe des Erzbischofs und seiner Männer. Wenn es tatsächlich ein Reliquiendieb war, der Ida erschlagen und den Priester erstochen hat, ist er wahrscheinlich längst über alle Berge, weil er nun hat, was er wollte. Wie willst du ihn da ausfindig machen? Außerdem wäre es mehr als unhöflich, würde ich weiterhin die Gastfreundschaft des Stifts in Anspruch nehmen. Komm, lass uns zu Albertus' Haus zurückkehren.«

Nur widerwillig folgte Jaspar ihm. Er wollte dem Franzosen ein Widerwort geben, doch eine innere Stimme sagte Jaspar, dass Imbert leider recht hatte. Plötzlich drehte sich der Mönch zu Jaspar um.

»Ach ja, noch etwas«, sagte er. »Beinahe hätte ich's vergessen. Du sollst dich gleich in der Kirche einfinden. Volkmar lässt allen ausrichten, dass er die Zeugen befragen will. Jeder, der etwas zu berichten haben könnte, soll vorstellig werden, auch alle, die an der Entdeckung der Leiche beteiligt waren.«

Nachdem die Büttel des Erzbischofs Idas Leichnam untersucht hatten, trugen vier Schwestern den toten Körper in das Krankenzimmer des Stifts und legten ihn auf einen Tisch. Sie entkleideten die Leiche und betteten sie in die richtige Stellung: auf den Rücken, um das Gesicht dem Himmel zuzukehren, den Kopf nach Westen und die Füße gen Osten, nach Jerusalem. Die Frauen waren dabei, saubere Tücher und Schüsseln mit heißem Wasser für die Waschung der Toten zu bereiten, als Clementia eintrat.

Leisen Schrittes, als würde Ida nur schlafen, näherte sich die Äbtissin dem Leichnam. Sie verharrte einen Augenblick in Stille, und auch die vier Schwestern hielten inne, um die Andacht nicht zu stören. Clementia schloss die noch immer geöffneten Augen der Toten, strich ihr zärtlich über das lockige, goldblonde Haar und ließ dann verstohlen ihren Blick über Idas Körper wandern: über die blassen Brüste, die geschwungene Hüfte, das krause Haar der Scham, die Schenkel. Sie hatte noch nie den Körper einer anderen Frau nackt gesehen, geschweige denn ihren eigenen. Sogar wenn sie sich wusch, vermied sie es, sich selbst zu betrachten.

»Sie ist schön noch im Tod, nicht wahr?«, sagte die Äbtissin.

Sie spürte beim Anblick der Leiche nicht nur ein tief greifendes Gefühl der Trauer, sondern auch der Schuld. Es war das erste Mal in ihrer Amtszeit, dass eine unter ihren Schutz befohlene Kanonisse eines unnatürlichen Todes gestorben war. Hatte sie sich nun Vorwürfe zu machen, weil es ihr nicht gelungen war, selbst von Bertradis, der demütigsten aller Schwestern, unabdingbaren Gehorsam einzufordern?

Aber Clementia war nicht gekommen, ihre Art der Stiftsführung in Zweifel zu ziehen. Sie war gekommen, Idas Seele dem Herrn zu empfehlen.

»Gott, erbarme Dich«, begann sie ihr Gebet und hob die Hände. »Vor Dir hat sie gesündigt mit großen und kleinen Sünden, begangen seit der Stunde ihrer Geburt bis zu diesem Tage, wo sie ihr Ende erreicht hat. Schenke ihr das Paradies. Wahrer Gott, der Du niemals gelogen hast, Du hast Lazarus vom Tod erweckt und Daniel von den Löwen gerettet. Rette auch ihre Seele wegen der Sünden, die sie in ihrem Leben begangen hat.«

Weiter kam Clementia nicht, denn ein lautes Klopfen an der Tür unterbrach ihr Gebet.

»Jetzt nicht«, rief die Äbtissin erbost.

Das Klopfen wurde dennoch fordernder. Verärgert ging Clementia zur Tür und riss sie auf.

»Was ist denn so wichtig, dass es sogar ein Totengebet stören soll?«

Vor der Krankenstube stand Klara. Unterwürfig blickte die Magd zu Boden und machte einen tiefen Knicks.

»Verzeiht bitte vielmals, ehrwürdige Mutter, aber es geht Schreckliches vor sich.«

»Ja, was denn?« Clementia wurde ungeduldig.

»Ich habe, wie mir aufgetragen wurde, nach der ehrwürdigen Mabilia gesucht, und als ich an Eurem Haus vorüberging, hörte ich Seltsames. Es war wie das Schreien eines Kindes. Und es dauert noch an und wird immer lauter. Ich wollte nicht stören, ehrwürdige Mutter, aber ich dachte, Ihr solltet es wissen.«

Clementia antwortete nicht, sondern hastete an der verblüfften Klara vorbei.

Pflichteifer, Fleiß, Zuverlässigkeit, Sorgfalt, das waren die Eigenschaften, die Bertradis nach ihrer Aufnahme im Stift schnell ausgezeichnet hatten. Als sie Mabilia der Roten nachfolgte und Dekanin wurde, hatte sie sich bald auch eine beinahe sprichwörtliche Strenge zugelegt, die sie tagtäglich im Umgang mit den jungen Schwestern obwalten ließ. Da es ihr zudem an jedwedem Liebreiz mangelte, war Bertradis in Kürze alles andere als wohlgelitten. Die Kanonissen mieden sie. Clementia hingegen schätzte sich glücklich, eine durchsetzungsfreudige Dekanin an ihrer Seite zu wissen, die sich auch vor unliebsamen Entscheidungen nicht scheute.

Doch nun richtete Bertradis ihre Strenge gegen sich selbst. Nur einmal, ein einziges Mal hatte sie Nachsicht mit einer Schwester geübt, und das ausgerechnet mit der ungehorsamsten von allen, und schon hatte sich dieser Fehler an Ida bitter gerächt. Niemand sollte ihr von nun an Nachlässigkeit vorwerfen können. Es hätte des Auftrags der Äbtissin gar nicht bedurft. Bertradis wollte sich ohnehin keine Schonung gönnen, bis sie nicht mit Sicherheit festgestellt hatte, ob etwas aus der Kirche der heiligen Jungfrauen entwendet worden war, und sei es auch nur ein daumennagelgroßer Kerzenstummel.

Dabei erschien die Aufgabe unlösbar, denn wie wollte sie in der gewaltigen Menge von Schädeln, Knochen und Knöchelchen feststellen, ob etwas fehlte?

Gemeinsam mit einer etwas jüngeren Schwester namens Agnes durchsuchte sie das Kirchenschiff und einen Nebenraum, der bis zur Decke gefüllt war mit Knochen und Gebeinbehältnissen. Agnes hatte erst in der vorigen Woche die Schreine und die kleineren Reliquiare gereinigt, sodass sie eine große Hilfe sein konnte. Ihnen standen bei ihrer Suche zwei Büttel des Erzbischofs zur Seite, die darauf zu achten hatten, dass die Schwestern ihren Auftrag mit Sorgfalt zu Ende brachten.

Außer diesen Vieren war niemand in der Kirche. Allen anderen Schwestern war nach einer kurzen Erholung vom Schrecken und wohl auch zur Ablenkung aufgetragen worden, sich auf die Suche nach der vermissten Mabilia zu machen. Während Agnes sich die reich gefüllte Kammer unterhalb des Turms vornahm, kümmerte sich Bertradis um die Halle. Auf Bitten der Äbtissin untersuchte sie die wertvollen Heiltümer. Ihr Augenmerk beschränkte sich auf nur wenige Särge und Gefäße, denn in der Kirche selbst wurden nicht viele Reliquien aufbewahrt, jedenfalls viel weniger als noch vor einigen Jahren. Damals waren elf kleine

Särge mitten in der Kirche aufgestellt worden, in denen die Gebeine der engsten Gefährtinnen Ursulas lagen. Beim Umbau der Kirche waren die Särge jedoch entfernt worden, um mehr Platz zu schaffen. In der Kirche befanden sich nun nur noch das Kindergrab der Viventia und hinter dem Hochaltar die hochgestellten Schreine von Ursula, ihrem Bräutigam Ätherius und der des heiligen Hippolytus.

Bertradis holte sich aus der Sakristei einen Schemel, stieg darauf und betrachtete die Siegel an diesen Schreinen. Sie waren unversehrt, wie die Dekanin erleichtert feststellte, und auch die kleinen Reliquiengefäße an Wänden und in Nischen schienen unbeschädigt. Mit festem Schritt, sodass der Büttel kaum folgen konnte, ging Bertradis vom Altarraum zur Turmseite der Kirche. Hier stand an einem Pfeiler der Sarg der Viventia, an dem Naseweis gestern Abend so ungebührlich hochgesprungen war.

Die Prinzessin Viventia war eine Tochter Pippins des Älteren gewesen. Dass ihr Sarkophag auf vier kleinen Säulen stand, hatte einen besonderen Grund. Der Stifter der Kirche, ein reicher Römer namens Clematius, hatte strikt untersagt, andere Leiber als die der heiligen Jungfrauen im Kirchenraum zu bestatten. Dies bekundete auch eine Steintafel, die in eine Wand vor dem Altarraum eingelassen war. Pippin ließ seine Tochter dennoch in der Kirche beisetzen, weil er sie nah bei den Heiligen und unter deren besonderem Schutz wissen wollte.

Zweimal soll die Erde daraufhin den Leichnam des Kindes freigegeben haben, worauf sich die Eltern entschlossen, das Bestattungsverbot auf ausgefuchste Weise zu umgehen. Da Viventia nicht *in* der geheiligten Erde bestattet werden durfte, ließen sie ein Hochgrab auf Säulen errichten, damit der Körper ihrer Tochter wenigstens in der Kirche verbleiben konnte, also *auf* geheiligter Erde.

Das Grab selbst war nicht mit einem Siegel verschlossen. Bertradis musste daher einen Blick ins Innere des Sarkophags werfen, um sich zu vergewissern, dass nichts fehlte. Mit mehreren kräftigen Rucken schob sie den kleinen, steinernen Deckel beiseite, noch bevor ihr der Büttel zur Hand gehen konnte. Im Inneren lag, so wie es sein sollte, ein mit kostbarer gelber und violetter byzantinischer Seide umhülltes Päckchen, das die Gebeine des Mädchens barg. Der unbeschädigte Stoff trug das mandelförmige Siegel des Stifts. Auch hier war also alles in bester Ordnung. Bertradis rückte den Deckel wieder an seinen Platz.

So weit sie es überblicken konnte, fehlte nichts.

Im selben Augenblick trat Agnes aus dem Reliquienraum unterhalb des Turms ins Kirchenschiff.

»Und?«, fragte Bertradis scharf.

»Es ist alles da, Schwester Bertradis.«

Bertradis nickte. »So weit, so gut. Aber wir sollten uns das größtmögliche Maß an Gewissheit verschaffen. Wir tauschen die Plätze. Ich schaue noch mal in der Reliquienkammer nach, und du siehst dich hier gründlich um.«

Agnes nickte gehorsam und ging zu den Sarkophagen. Bertradis hatte den Nebenraum noch nicht betreten, als Agnes sie bereits zurückrief. Auch die beiden Büttel traten heran.

»Was ist?«

Agnes deutete auf eine unscheinbare Nische auf Hüfthöhe in der Chorwand. Obwohl sie nicht viel Platz bot, war sie voller kleiner Reliquienbehälter.

»Hier fehlt ein Reliquiar.«

»Wieso bist du dir da so sicher?«, fragte Bertradis und beugte sich über die Gefäße. »Es stehen hier mehr als ein Dutzend davon.«

Agnes sagte nichts, sondern zeigte auf einen leeren Platz an der Rückseite der Nische. Auf dem Boden zeichnete sich eine kreisrunde saubere Stelle inmitten einer leichten Staubschicht ab. Eine eindeutige, verräterische Spur.

»Verdammt!«, fluchte Bertradis und ärgerte sich gleich zweifach: weil eine Reliquie verschwunden war – und weil sie schon wieder versagt und den Diebstahl nicht selbst bemerkt hatte. Agnes hatte nur einen einzigen Augenblick gebraucht, um genau dort fündig zu werden, wo Bertradis die ganze Zeit über gesucht hatte.

Volkmar war in seinem Element. Wie Steinchen eines alten römischen Mosaiks trug er alle Aussagen von Schwestern, Kanonikern und jenen Menschen zusammen, die bei der Auffindung der Toten zugegen waren. Schließlich fügte er die Entdeckung von

Schwester Agnes und auch die Beobachtungen Jaspars hinzu, der als letzter Zeuge ausgesagt hatte. Alles zusammen ergab ein schlüssiges Bild.

Volkmar stand vor der Nische, aus der das Reliquiar gestohlen worden war. In Gedanken ging der Hauptmann den vermutlichen Tatablauf noch einmal durch: Der Dieb verschafft sich, wie auch immer, Zutritt zur Kirche, von der er glaubt, dass sie verlassen ist. Er nimmt den Reliquienbehälter an sich und will sich aus dem Staub machen, doch Schwester Ida, die hier ihre Buße abzuleisten hat, spricht den Unbekannten an. Es kommt zum Handgemenge, der Dieb wird erneut zum Mörder, erschlägt die junge Kanonisse und verscharrt ihren Leichnam in der Grube. Bei dem Gerangel muss das Reliquiengefäß zu Bruch gegangen sein, worauf Jaspars schmerzhafte Erfahrung schließen ließ. Die Scherben am Grubenrand mussten von diesem Reliquiar stammen.

Und Ähnliches hat sich auch im Dom abgespielt, dachte Volkmar. Ein Einbruch, ein Diebstahl, ein Zeuge, ein Mord.

Er trat an die Grube. Für die Dauer eines Wimpernschlags mischten sich Zweifel in sein Gedankengeflecht. Warum machte sich der Täter noch die Mühe, Idas Leiche zu vergraben, anstatt sofort die Flucht zu ergreifen? Die Gefahr, erwischt zu werden, war doch viel zu groß, und den Mörder müsste eigentlich die schiere Angst gepackt haben. Aber Volkmar wischte die Bedenken schnell beiseite. Es würde dafür eine Erklärung geben. Man brauchte den Mörder bloß zu fassen, und mit den richtigen Hilfsmitteln würde er schon zu einem erschöpfenden Geständnis bewegt werden können.

Er wandte sich wieder der Nische zu, wo noch immer die verbliebenen Gefäße standen, überwiegend kleine Silberschatullen, einige davon mit Fensterchen. Es waren auch Glasphiolen dabei, in die gut sichtbar Fingerknochen, Haare oder Stofffetzen eingelassen waren. Seltsam. Im Dom konnte nicht festgestellt werden, welche Reliquie gestohlen worden war. Und hier, in der Kirche der heiligen Jungfrauen, hatte sich der Dieb aus vielen hundert wertvollen Gebeinen einen schlichten Zylinder aus Glas mit einem klitzekleinen Finger ausgesucht. Das hatten zumindest die Nachforschungen der dicken Dekanin ergeben. Wieso war der Dieb bereit, für offensichtlich weniger bedeutende Reliquien zu töten und sein Seelenheil zu verspielen? Es gab hier doch so unendlich viele kostbare Gebeine, etwa die der heiligen Ursula selbst. Wieder wehrte sich Volkmar dagegen, seinen Zweifeln zu viel Aufmerksamkeit zu schenken. Es würde eine einleuchtende Erklärung für all diese Fragen geben. Er brauchte nur den Mörder zu fassen. Doch blieb ihm wenig Zeit, zu wenig, wie er fand.

Volkmar kehrte zur Grube zurück und kniete nieder. Dort waren die Scherben und die klebrige Masse, von denen Jaspar gesprochen hatte, zumindest was davon noch übrig war, nachdem wahrscheinlich eine Menge Leute darauf herumgetrampelt war. Der Hauptmann fuhr vorsichtig mit einem Finger durch die Paste, darauf bedacht, sich nicht zu schneiden. Er rieb die zähe Flüssigkeit zwischen Daumen und Zeigefinger und roch dann daran.

»Ulrich!«, rief Volkmar laut nach einem seiner Männer, die vor dem Portal warteten. Ulrich, ein kleingewachsener, aber kräftiger Waffenknecht, trat ein und kam zur Grube.

»Hauptmann.«

»Riech mal«, sagte Volkmar und streckte ihm seinen Finger hin.

»Hauptmann?«

»Mach schon. Riech mal.«

Ulrich roch. »Honig«, sagte er.

»Richtig. Honig. Und darin vermischt Blut. In der großen Begeisterung ist den Leuten hier in der Kirche wohl ein wenig die Phantasie durchgegangen. Sie haben den süßlichen Geruch für Rosenduft und die Tote gleich für eine Heilige gehalten. Aber wieso ist hier Honig?«

Ulrich zuckte mit den Achseln.

In diesem Augenblick trat ein Mann aus der Turmtür in die Kirche. Der feiste Egilolf sah kurz zurück in den Flur des Stiftsgebäudes, ob ihn niemand beobachtet hatte, und schloss dann die schwere Tür hinter sich.

»Honig?«, fragte er und fuhr mit der Zunge über die wulstigen Lippen. »Habe ich das richtig verstanden?«

»Ihr habt richtig gelauscht. Was wollt Ihr, und wer seid Ihr?«

»Ich habe Euch etwas mitzuteilen, das Euch brennend interessieren dürfte. Ich weiß zwar nicht, was der Honig dort zu suchen hat. Aber ich kann Euch einen Hinweis darauf geben, wie er dorthin gekommen ist. Es hat mit diesem Franzosen zu tun, der in unserem Stift zu Gast ist.«

Volkmar sah den Mann mit der glänzenden Glatze erwartungsvoll an und spannte die Lippen zu einem breiten Grinsen. »Lasst hören.«

Der Maulesel schnaubte unruhig, als Imbert sich anschickte, ihn zu besteigen. Er schwang sich auf den Rücken seines Tieres und ließ sich vom betreten dreinblickenden Jaspar die Tasche reichen. Albertus hob zum Abschied die Hand.

»Macht es gut, mein Freund«, sagte der alte Kanoniker. »Ich wünsche Euch eine sichere Reise. Es tut mir aufrichtig leid, dass Ihr Euch nach nur so kurzer Zeit wieder auf den weiten Rückweg machen müsst, ohne das bekommen zu haben, weshalb Ihr hergekommen seid.«

Obwohl Imbert seinen Auftrag nicht erfolgreich hatte zu Ende bringen können, lächelte er.

»Wenn ich ehrlich bin, habe ich auf dieser Reise mehr erhalten als erhofft. Euch beide kennengelernt zu haben war für mich ein besonderes Erlebnis, für das ich sehr dankbar bin – auch wenn mein Freund Jaspar nun schon wieder so mürrisch schaut, aber ich kenne ihn ja fast gar nicht anders.«

Jaspar antwortete nicht, sondern brummte nur und sah zu Naseweis, der im Schnee saß. Er gab den Gekränkten, obwohl er eigentlich nur traurig war, dass der Mönch abreiste. Er versuchte, Imbert nicht zu beachten.

Nicht missachten konnte er jedoch Volkmar, der in diesem Moment die Kirche verließ und strammen Schrittes über den verschneiten Weg auf Albertus' Haus zukam. Ihm folgten Ulrich und ein weiterer Waffenknecht.

»Na, das sieht ja nach einer tränenreichen Trennung aus«, sagte Volkmar spitz und stemmte selbstsicher grinsend die Fäuste in die Hüften. »Wohin des Wegs, mein französischer Freund?«

Imbert zwang sich, den gehässigen Ton in Volkmars Worten zu überhören. »Ich kehre zurück in meine Heimat, Hauptmann. Ich will die Trauer des Stifts nicht länger stören.«

Volkmars Gesichtsausdruck wandelte sich. Er ließ sein hämisches Grinsen fallen.

»Gebt mir die Tasche!«, befahl er kalt.

Unwillkürlich zog Imbert seine Habseligkeiten näher an sich. »Dürfte ich fragen, was Ihr damit wollt?«

Volkmar gab keine Antwort, sondern schritt auf den Maulesel zu und entriss Imbert die Tasche.

»Ich muss Euch doch sehr bitten«, sagte Albertus empört, »Bruder Imbert ist Gast unseres Stifts.«

Jaspar trat angriffslustig hinzu, doch die beiden Büttel bauten sich sofort neben ihrem Hauptmann auf.

»Haltet Euch lieber zurück, alter Mann. Vielleicht überdenkt Ihr Eure Haltung, wenn Ihr wisst, was ich weiß.«

»Dann macht nicht so viel Aufhebens, sondern sagt frei heraus, was Ihr meinem Freund vorzuwerfen habt.«

Volkmar blickte Albertus abschätzig an, bedachte ihn aber mit keinem weiteren Wort. Stattdessen öffnete er Imberts Tasche und wühlte darin herum. Als er nicht fand, wonach er suchte, schüttete er ihren Inhalt in den Schnee: eine grobe Decke, ein kleines Büchlein, eine Wachstafel, ein Messer, ein paar Münzen, mehr nicht. Volkmar stocherte mit dem Fuß in den Sachen herum, hob das kleine Buch auf und schüttelte die Blätter durch, wohl im Glauben, dass darin etwas versteckt sein könnte.

»Dass sie nicht hier sind, heißt noch lange nicht, dass Ihr sie nicht an Euch gebracht habt«, sagte Volkmar herablassend. »Vielleicht habt Ihr sie ja irgendwo verborgen und holt sie nun auf Eurem Heimweg aus dem Versteck. Steigt ab!«

»Wovon redet Ihr?«, fragte Imbert bestürzt und kam der schroffen Aufforderung nach. Auge in Auge standen sich Imbert und Volkmar nun gegenüber, der Mönch mit Beistand von Albertus und Jaspar, der Hauptmann mit Rückendeckung der beiden Büttel. Nun schlich sich wieder ein höhnisches Grinsen auf Volkmars Miene. Seine nächsten Worte schien er mit jeder Faser seines Körpers zu genießen.

»Imbert von Grandmont, ich verdächtige Euch, Notker, Priester am heiligen Dom zu Köln, und Ida, Kanonisse am Stift der heiligen Jungfrauen, umgebracht zu haben.«

Volkmar brauchte kein weiteres Wort zu sagen, denn mit seinen Männern verstand er sich blind. Unter den entsetzten Blicken von Jaspar und Albertus rissen die Waffenknechte Imberts Arme nach hinten und legten ihm Fesseln an. Naseweis bellte, aber das störte die Büttel nicht im Geringsten.

»Unterrichtet den Erzbischof«, rief Imbert Albertus zu und verzog dabei vor Schmerzen das Gesicht.

»Spart Euch die Mühe«, sagte Volkmar. »Das erledige ich schon für Euch. Seine Eminenz wird erfreut sein zu hören, dass wir den Mörder bereits gefasst haben.« Dann wandte er sich Ulrich zu: »Schicke den Großteil der Männer zurück zum Palast. Nur die Wachen vorne am Tor sollen ihren Posten nicht verlassen, denn das Stift bleibt geschlossen.« Düster sah er zu Imbert hinüber. »Zumindest so lange, bis wir ein Geständnis haben.«

Clementia saß an Eufemias Bett und versuchte das krampfende Mädchen festzuhalten, bis es sich beruhigte. Abscheulicher Gestank von Kot füllte den Raum, obwohl das Fenster ständig geöffnet war und kühlenden Wind einließ. Selbst der brennende Weihrauch am Lager des Mädchens konnte den Geruch menschlicher Ausscheidungen nicht mehr überdecken. Eufemia stöhnte und wand sich vor Schmerzen. Ihr fahles Gesicht war von den Krämpfen gezeichnet, die sie in immer kürzeren Abständen schüttelten. Es waren keine Erscheinungen, es war nur Pein, völlig bilderlos.

Wieder überfiel sie ein heftiger Leibkrampf. Eufemia rang nach Luft, ihre verzweifelten Augen liefen rot an. Der Anfall dauerte weitaus länger als der vorige. Der Schmerz fraß sich durch Eufemias Eingeweide und drückte ihr die Kehle zu. Sie versuchte, es vorübergehen zu lassen und still zu liegen, zu warten, bis es endlich vorbei war. Mit verzerrtem Gesicht griff sie nach der Hand der Äbtissin. Ihre blassblauen Augen erflehten Clementias Beistand. Eine Weile verharrten die beiden so, einander tröstend im stummen Blick.

Clementia war elend zumute. Die Sorge um die leidende Eufemia riss sie entzwei. Der Zustand des Mädchens besserte sich nicht, im Gegenteil. Nichts brachte Linderung, nichts vertrieb die bösen Säfte und Kräfte aus Eufemias Leib, weder Aderlass noch Abführmittel. Es ging dem Mädchen schon seit Tagen sehr schlecht, sehr viel schlechter als sonst nach den Erscheinungen. Seit gestern Abend war es besonders schlimm. Eufemia war nach ihrer letzten

Vision lange Zeit nicht aufgewacht. Meist dämmerte sie vor sich hin und sprach im Fieberwahn völlig unverständliches Zeug.

Und wenn sie klar bei Verstand war, brachte sie kein Wort über die Lippen. Schon als Clementia ihr die vermeintlich frohe Kunde von der Entdeckung der Heiligen zu überbringen gedachte, schien Eufemia nichts mehr von der Welt wissen und ihr auch nichts mehr mitteilen zu wollen. Clementia führte einen Löffel Brei an den Mund des Mädchens. Doch diesmal verweigerte Eufemia die Nahrung.

»Du musst essen, Eufemia.«

Die Kleine gab keine Antwort. Sie drehte den Kopf weg und schloss die Augen. Die Äbtissin streichelte ihr zärtlich das verschwitzte Haar.

Clementia machte sich schwere Vorhaltungen. Wie hatte sie Eufemias Vision nur so missdeuten können? Aber andererseits: »Das Weib schweigt in der Kirche« – wie hätte sie denn an diesem Satz erkennen können, dass Eufemia diesmal keine Jungfrau aus der Ursulaschar gesehen hatte, sondern die tote Ida? Der Vorwurf musste anders lauten: Wie hatte sie sich nur auf die Worte verlassen können, die sie nicht selbst gehört, sondern die ihr nur der Mönch übermittelt hatte? Sie hätte besser daran getan, Eufemias Spruch auf sich selbst zu beziehen. Sie hätte den Mund halten und in der Kirche schweigen sollen. Zwei Jahre lang war es ihr gelungen, Eufemia zu schützen, und nun hatte sie im Überschwang des Triumphes den nicht wiedergutzumachenden Fehler begangen, vor aller Welt zu verkünden, dass ihr der Fund dieser angeblichen Heiligen angekündigt worden sei. Es war nur eine Frage der Zeit, bis der Erzbischof oder sein Hauptmann die richtigen Fragen stellte. Wer hatte den Fund angekündigt? Und wieso konnte dieser Jemand wissen, dass in der Grube eine Leiche lag?

Eufemia war nicht länger zu verbergen. Ausgerechnet jetzt, da es ihr so schlecht ging. Völlig geschwächt und ausgetrocknet lag sie auf ihrem Lager.

Es ist an der Zeit, dachte Clementia. Es ist an der Zeit, denn du kannst sie nicht länger vor der Welt verstecken. Und du wirst nach dem Mord an Ida und bei der Suche nach Mabilia im Stift benötigt. Du kannst nicht ständig an ihrem Bett wachen.

Clementia wollte eigentlich einen Heilkundigen und einen Priester zu Eufemia rufen. Aber dann kam ihr ein besserer Gedanke. Imbert hatte erwähnt, dass er in der Krankenstube seines Klosters aushalf. Es war diesem französischen Mönch schon einmal gelungen, Eufemias Leiden zu lindern. Warum sollte er es nicht ein zweites Mal schaffen?

»Glaubt Ihr das?« Jaspar blickte Albertus entgeistert an. Die beiden standen noch immer vor dem Haus des Alten. Albertus schnaubte zunächst nur.

»Ich erlaube mir kein Urteil«, sagte er grimmig und sah zu dem Tor in der Stiftsmauer hinüber, durch das die Büttel mit dem gefesselten Imbert gerade verschwunden waren. »Jedenfalls noch nicht. Ich weiß nur eins: Imbert hat sich als mein Gast völlig untadelig verhalten. Und solange dieser erbärmliche Hund von Volkmar mir keine handfesten Beweise vorlegt, werde ich meinem Gast zur Seite stehen. Und das solltest du auch, mein Sohn, denn Geradlinigkeit wird dir helfen, einen sicheren und festen Standpunkt zu erreichen. Das wird in den nächsten Tagen auch dringend vonnöten sein, denn ich sehe keine guten Zeiten für unser Stift voraus, wahrlich keine guten Zeiten.«

Albertus' unheilvolle Worte schwangen noch lange in der Luft, und Jaspar spürte, dass der Kanoniker recht hatte. Mit bedrückter Miene begann er, Imberts Sachen aus dem Schnee aufzusammeln.

»Und was tun wir jetzt?«, fragte er dann.

Albertus wandte sich Jaspar zu und fasste ihn bei den Schultern. »Du gehst zu Bertradis und fragst sie, wie du bei der Suche nach der ehrwürdigen Schwester Mabilia helfen kannst, denn wir dürfen nicht vergessen, dass eine der Kanonissen verschwunden ist. Vielleicht tut sich dein vierbeiniger Freund ja wieder als besonders findig hervor. Mehr kannst du im Augenblick nicht machen.«

»Zu Bertradis? Muss das sein?«

»Sie ist die Dekanin des Stifts und verteilt die Aufgaben. Und dich würde wahre Größe auszeichnen, wenn du nicht nur den Mut hast, ihr Vorwürfe zu machen, sondern wenn du zu deinen Worten stehst und ihr unter die Augen trittst. Bedenke stets, dass Bertradis dir eigentlich zu Dank verpflichtet ist. Du hast sie dazu gebracht, ihr Herz auszuschütten und Reue zu zeigen.«

»Also gut, ich gehe. Und was macht Ihr?«

»Ich gehe hinüber zu Philipps Palast und versuche herauszufinden, was Volkmar gegen Imbert vorzuweisen hat. Und dann wollen wir weitersehen.«

Licht? Ja, doch, da war Licht, ein Schimmer zwar nur, ein schwacher Streifen, aber immerhin. Imbert versuchte sich zu orientieren. Man hatte ihm die Fesseln abgenommen, und so konnte er behutsam die schmerzhafte Stelle an seinem Hinterkopf betasten. Wenigstens war dort kein Blut zu fühlen. Er wusste nicht, wie lange er bewusstlos gewesen war. Volkmars Schergen hatten ihn in das Gefängnis am erzbischöflichen Palast gebracht und ihn unsanft die Stufen der Zelle hinabgestoßen. Er musste sich irgendwo den Kopf gestoßen haben.

Imbert lag auf den nackten Steinen, die feucht und beißend kalt waren. Seine Glieder schmerzten, sie waren in der Kälte völlig steif und taub geworden. Imbert richtete sich auf, ließ sich aber gleich wieder zurücksinken. Sein Schädel brummte, als wäre er zwischen zwei Mühlsteine geraten. Beim zweiten Versuch ließ er es langsamer angehen. Er lehnte sich schwer atmend mit dem Rücken gegen die Wand und ließ seinen Blick schweifen. Ein schwacher Strahl Tageslicht fiel durch eine kleine Öffnung knapp unterhalb der Decke auf den Boden. Das genügte Imbert, um zumindest die Maße seiner neuen Behausung abschätzen zu können. Sie war hoch gebaut und für eine Einzelzelle eigentlich viel zu groß. Die verrosteten Eisenringe in den Wänden ließen vermuten, dass hier sonst wesentlich mehr Gefangene festgehalten wurden.

Auch wenn es ganz normal war, dass seine Sinne die fremde Umgebung abtasteten, Imbert empfand es plötzlich als töricht und widersinnig. Was half es ihm, wenn er wusste, ob seine Zelle höher als breit, ob es spätabends oder doch frühmorgens war? Seine Probleme wogen schwerer. Er stand unter dem Verdacht, zwei Menschen ermordet zu haben. Und das konnte ihn schneller das Leben kosten, als ihm lieb war. Er sollte sich lieber den Kopf darüber zerbrechen, wie er die Anschuldigungen, die Volkmar gegen ihn erhoben hatte, entkräften konnte, und zwar möglichst schnell, damit er hier wieder herauskam. Aber wie sollte er sich verteidigen? Er wusste ja nicht einmal, worauf der Hauptmann seine Vorwürfe gründete.

Also machte Imbert sich trotz seines schmerzenden Kopfes

daran, alles zusammenzutragen, was ihm einfiel und irgendwie von Belang sein konnte. Schnell wurde ihm klar, dass er fast nichts Brauchbares wusste. Es hatte zwei Morde gegeben, augenscheinlich im selben Zeitraum, nämlich von vorgestern Abend bis gestern Morgen. In beiden Fällen waren die Verbrechen in Kirchen geschehen, und zumindest im Dom hatte der Mörder auch eine Reliquie gestohlen. Der Täter musste ein sehr kräftiger Mensch sein oder aber Helfer gehabt haben, denn der Sargdeckel König Caspars war höllisch schwer und auch von den Männern des Erzbischofs nur mit Mühe zu heben.

Aber sonst? Mehr wusste er nicht, und das war zu dürftig, wenn Imbert sich überzeugend verteidigen wollte. Andererseits, sollte Volkmar doch erst einmal auf den Tisch legen, was er gegen ihn vorzubringen hatte. Imbert hatte sich nichts vorzuwerfen, und das war doch eigentlich die beste Voraussetzung für eine gute Verteidigung. Vorerst blieb ihm nichts anderes, als auf seine neu gewonnenen Freunde zu setzen. Albertus und auch Jaspar würden sich gewiss für ihn einsetzen, und wenigstens das Wort des Kanonikers galt etwas im Palast des Erzbischofs.

Ein jäher dumpfer Schmerz im Rücken, dort, wohin einer der Büttel den Schaft seiner Lanze gestoßen hatte, zwang Imbert, die Luft anzuhalten. Verkrampft saß er da und wartete, bis der Druck nachließ. Dann bemerkte er etwas Seltsames. Obwohl ihm der Schmerz die Luft raubte, hörte er dennoch ein langsames, regelmäßiges Atmen.

Es war noch jemand in der Zelle.

Und das Atmen kam näher.

Als Jaspar hinüber zum Stift ging, um sich bei Bertradis zu melden, tanzten seine Gedanken wie ein wilder Mückenschwarm in seinem Kopf. Er stand vor einer schwierigen Entscheidung. Nicht, dass er irgendjemandem seinen Standpunkt mitzuteilen hätte, aber er musste dieses Urteil für sich selbst fällen. War Imbert schuldig oder nicht? Sollte Jaspar sich so sehr getäuscht haben? Konnte dieser Mönch tatsächlich Idas Mörder sein? Ausgerechnet jetzt, wo Jaspar doch gerade erst eine gewisse Zuneigung zu dem Franzosen bei sich ausgemacht hatte, brachte Volkmar mit der Verhaftung wieder alles durcheinander.

Jaspar konnte nicht gerade behaupten, dass Imbert ihm Glück gebracht hätte. Seit der Ankunft des Fremden vorgestern Abend hatte er wahrhaft aufregende Stunden erlebt, und mehr als einmal war er wohl nur knapp an einem Rauswurf aus dem Stift vorbeigeschrammt. Gewiss, einmal war er für ein paar Stunden ein regelrechter Held der Heiligen gewesen. Doch diese Augenblicke an und in der Grube würde er nun am liebsten vollständig aus seinem Gedächtnis tilgen. Nein, es war keine gute Zeit für ihn gewesen, seit der Franzose hier war.

Und doch hatte Jaspar Zutrauen gefasst. In dem, was Imbert tat, war er gerecht, fürsorglich, nachsichtig und nicht auf seinen Vorteil bedacht. Er hatte Jaspar, den Reliquienschänder, nicht verraten, hatte sich mutig um Eufemia gekümmert und im Plausch mit Albertus viel Persönliches, ja Peinliches preisgegeben. Das machte den Mönch sympathisch. Aber konnte er trotzdem ein Mörder sein?

Jaspar hörte auf seine innere Stimme. Nein, Imbert war kein Mörder. Er hatte gewiss für ihn, Jaspar, unbeabsichtigt eine Portion Pech im Schlepptau, aber schlecht war er deshalb nicht. Auch wenn Imbert ihm nicht bei der Suche nach dem Mörder hatte helfen wollen, sah es Jaspar nun als Pflicht, dem Mönch in seiner Notlage beizustehen. Aber wie? Er konnte ihn ja schlecht aus dem Gefängnis befreien. Albertus würde sich etwas einfallen lassen müssen.

Jaspar brauchte Bertradis nicht lange zu suchen. Er fand sie bei den Wirtschaftsgebäuden des Stiftes. Die Dekanin hatte nach der Untersuchung in der Kirche wohl oder übel wieder zur Tagesordnung übergehen müssen. Die Hintersassen lieferten ihre Abgaben, und Bertradis regelte die Annahme der Lebensmittel, während gleichzeitig auf dem Stiftsgelände die Suche nach der vermissten Mabilia lief, von der nach wie vor jede Spur fehlte. Als die Dekanin Jaspar und Naseweis in den Hof des Vierkantbaus kommen sah, schien sie sich einen Augenblick lang nicht sicher zu sein, wie sie sich verhalten sollte. Jaspar hätte am liebsten wieder kehrtgemacht, aber er besann sich auf die Worte des Albertus: standhaft bleiben, geradlinig sein. Und so ging er, zwar mit gesenktem Haupt, aber doch festen Schrittes, auf Bertradis zu.

Die Begrüßung fiel kühl aus. »Was willst du denn hier?«, fragte Bertradis abfällig.

»Ich will bei der Suche nach der ehrwürdigen Mabilia helfen, Schwester Bertradis.«

Die Dekanin grunzte. »Und dich in den Kammern der jungen Schwestern umsehen? Das könnte dir so passen. Ich habe eine Arbeit, die dir besser zusteht. Deinem Freund Zacharias ist wohl nicht nach Arbeiten zumute. Er hat sich leider aus dem Staub gemacht. Also brauche ich jemanden, der all die Güter, die unsere Bauern heute abliefern, in die Scheune und die Vorratskammer schleppt. Da bist du genau der Richtige.«

»Zacharias ist verschwunden?«

»Weiß der Teufel, wo der Trottel steckt. Mach dich an die Arbeit. Sofort!« Bertradis zeigte auf einen Karren mit prall gefüllten Säcken, die genauso schwer waren, wie sie aussahen.

»Nichts da!« Die Äbtissin kam von der anderen Seite, vom Durchgang in das Stift, in den Hof. »Jaspar und sein Hund sind uns eine viel größere Hilfe, wenn sie gemeinsam nach unserer geliebten Schwester Mabilia suchen. Die Schlepperei kannst genauso gut du erledigen, Bertradis. Du bist kräftig genug.«

Es war nicht zu übersehen und nicht zu überhören, dass Clementia einen großen Groll gegen ihre Dekanin hegte. Bertradis schaute erst verdutzt, nahm die tiefe Kränkung dann aber klaglos hin, verbeugte sich und ging zu dem Karren, um den ersten Sack zu schultern. Jaspar empfand dennoch kein Gefühl der Genugtuung. Bertradis würde sich für die Herabwürdigung an ihm zu rächen wissen.

»Ich hatte dir doch aufgetragen, bei diesem Franzosen zu bleiben«, sagte Clementia. »Wo ist er?«

»Volkmar hat ihn gerade in den Kerker geworfen«, entgegnete Jaspar.

»In den Kerker? Weswegen?«

»Er soll angeblich den Priester im Dom und Schwester Ida umgebracht haben.«

»Was? Wie kommt er denn darauf?«

»Ich weiß es nicht. Albertus will nun zum Erzbischof gehen, um ein gutes Wort für den Mönch einzulegen. Und mir hat er gesagt, ich solle derweil an der Suche nach Mabilia teilnehmen.«

»Das sollst du auch. Kümmere dich mit deinem Hund zuerst um die Außenanlagen und Gärten des Stifts. Nun geh schon.«

Während sie Jaspar und Naseweis nachblickte, wunderte sich Clementia, wie schnell sich ihre Meinung hatte ändern können. Gestern noch hätte sie sich über Imberts Festnahme gefreut, weil ihr auf diese Weise ein unliebsamer Gast genommen worden wäre. Heute war es jedoch eine schlechte Nachricht. Denn Eufemias Zustand war beängstigend, und der Franzose sollte ihr helfen.

Doch Clementia war nicht die Einzige, die besorgt war.

Auch Jaspar machte sich Gedanken.

Wo steckte Zacharias?

»Halt! Bleibt, wo Ihr seid!« Trotz der Schmerzen im Rücken presste Imbert sich fester an die Wand. Er versuchte, den Unbekannten im Halbdunkel der Zelle auszumachen, aber es gelang ihm nicht. »Wer seid Ihr? Und wo seid Ihr? Gebt Euch zu erkennen!«

Aus der in tiefe Dunkelheit getauchten Ecke unterhalb des Fensters kam ein heiseres Lachen. Es war das Lachen eines Mannes, aber sein Alter vermochte Imbert nicht zu schätzen, weil die Stimme kratzig und rau klang.

»Ei, was denn nun?«, fragte der Unbekannte. Imberts Ängstlichkeit schien ihn zu belustigen. »Soll ich mich nicht bewegen, oder soll ich mich doch zu erkennen geben? Dann müsste ich aber vortreten. Ihr müsst Euch schon entscheiden, hoher Herr.«

»Ich bin kein hoher Herr. Ihr braucht mich nicht zu verspotten. Wer seid Ihr?«

»Also darf ich vortreten?«

»Aber kommt mir nicht zu nahe.«

Wieder lachte der Unbekannte. »Fürchtet Ihr, ich könnte Euch bestehlen? Euch etwas antun? Diese Angst kann ich Euch nehmen, mein Herr. Bei Euch gibt es nichts zu holen, denn Eure Taschen sind leer. Oder besser: An Eurer Kutte sind gar keine Taschen. Davon habe ich mich bereits überzeugt, gleich nachdem Philipps Häscher Euch in mein bescheidenes Loch geworfen haben. Ihr wart ein wenig unpässlich, da dachte ich, ich sehe mal nach Euch.«

»Wie rührend, dass Ihr Euch gleich um mich gekümmert habt.«

Erneut ein raues Lachen. Der Unbekannte trat aus dem Dunkel und verbeugte sich.

»Stets zu Diensten. Ihr habt Humor, mein Herr. Gestattet, dass ich mich vorstelle. Peter der Zänker ist mein Name. So nennt man mich auf den Straßen. Welchen Namen meine Mutter mir geschenkt hat, ist leider nicht überliefert. Seid willkommen in meinem Heim.«

Imbert musterte seinen Zellennachbarn, soweit es das schummrige Licht zuließ. Peter war ein hageres Männchen mit struppigen Haaren und einem schmutzigen, ungepflegten Bart. Die Lumpen, mit denen er sich kleidete, hingen in Fetzen an ihm herab. Eine hässliche breite Narbe zog sich auf der linken Gesichtshälfte von der Stirn bis hinab zum Hals. Peters linkes Auge schien durch die Verletzung wohl erblindet zu sein. Es war trüb, und das Lid hing halb darüber.

»Wie lange bin ich hier?«, fragte Imbert und rieb sich den Kopf.

»Hoho, bei Euch geht's aber schnell, mein Herr. Vielleicht hättet Ihr die Ehre, Eure Wenigkeit gleichermaßen vorzustellen.«

»*Pardon*. Imbert von Grandmont ist mein Name. Ich bin Mönch und komme aus Frankreich.«

»Seht Ihr, ist doch gar nicht so schwer, auch unter schwierigen Bedingungen ein wenig Höflichkeit an den Tag zu legen. Ich glaube, wir werden hier bestens miteinander auskommen. Und was Eure Frage betrifft: Euer Schädel ist härter, als Ihr denkt. Ihr seid erst eine sehr kurze Weile zu Gast in der Hacht.«

»Die Hacht?«

»Philipps Herberge.«

»Verstehe.« Imbert zog die Beine an und schlang seine Arme darum. »Und was macht Euch zu Philipps Gast, Peter der Zänker?«

Peter setzte sich auf eine Armlänge Entfernung neben Imbert an die Wand. »Ach, Herr Imbert, wie schade. Ich dachte, wir hätten uns unausgesprochen darauf geeinigt, voreinander Ehrenmänner zu sein. Ich frage Euch doch auch nicht, welchen Dreck Ihr am Stecken habt, Ihr gottverdammter Hundsfott. Vielleicht sollte ich Euch die Kehle durchschneiden, damit ich meine Ruhe habe.«

Der Zänker blickte Imbert mit seinem trüben Auge düster von der Seite an. Der Mönch erschrak über den Wechsel im Tonfall des Mannes. Es passte ihm gar nicht, dass Peter jetzt so nah neben ihm saß und er nicht sehen konnte, ob dieser Kerl nicht tatsächlich ein

Messer in der Hand hatte. Er entschied, nicht mehr zu neugierig zu sein und sich auf das seltsame Spiel einzulassen.

»Verzeiht, werter Herr, falls ich Eure Gefühle verletzt haben sollte. Um Euch meiner Aufrichtigkeit zu versichern, teile ich Euch mit, dass ich völlig schuldlos in diesem Verlies sitze.«

Nun lachte der Zänker wieder sein heiseres Lachen. »Wunderbar, wirklich bestens, Herr Imbert, Ihr habt verstanden. Wir sprechen also doch dieselbe Sprache. Denn natürlich bin auch ich gänzlich unschuldig in Haft geraten.« Der Zänker legte seine Hand auf Imberts Schulter und drückte sie. Dem Mönch war nicht wohl in seiner Haut. »Wir sind Ehrenmänner, Herr Imbert, wahre Ehrenmänner.«

Schritte auf dem Gang beendeten das Gespräch. Imbert war beinahe dankbar dafür, dass jemand den schweren Riegel vor der Tür zurückschob. Der Zänker stand auf und verschwand wieder in seiner Ecke, wo ihn die Dunkelheit verschluckte. Als Volkmar und zwei Waffenknechte die Zelle betraten, erhellten ihre Fackeln den Raum. Doch Peter der Zänker schien wie vom Erdboden verschluckt.

Die Büttel nahmen ihre Plätze neben dem immer noch am Boden sitzenden Imbert ein und hielten ihre Fackeln nah an ihn. Volkmar stellte sich breitbeinig vor ihn und grinste. »Nun, Mönchlein, bereit zu einem Geständnis?«

Imbert blinzelte durch das blendende und brennende Fackellicht. Die Angst vor dem Zänker war der Abneigung gegen Volkmar gewichen. »Nun, ich gestehe, dass ich Euch nicht sonderlich anziehend finde.«

Volkmar war wie vom Blitz getroffen. Mit vor Wut aufgerissenen Augen packte er Imbert und zog ihn auf die Füße. Er drückte den Mönch ruckartig gegen die Wand, sodass Imberts Kopf wieder gegen die Steine schlug.

»Hör zu, Witzbold«, sagte Volkmar, ohne den Griff zu lockern. Imbert roch den fauligen Atem des Hauptmanns. Angewidert wandte er sich ab. Doch Volkmar packte Imberts Kinn und zog es nah an sein Gesicht. »Ich werde dir sagen, was passiert ist. Der feine Franzose kommt nach Köln und will Knochen von unseren Heiligen. Aber er kriegt sie nicht. Da beschließt unser kleiner Mönch, sich einfach zu nehmen, wonach ihm der Sinn steht. Und er fängt gleich mit den heiligsten Reliquien an. Er geht in den Dom, öffnet einen der Särge und greift hinein. Aber unser Franzose wird bei seiner Schandtat ertappt. Und was macht er da? Er erdolcht einen aufrechten, armen Priester, um den einzigen Zeugen aus dem Weg zu räumen. Und dann geht der kleine Mönch in die nächste Kirche, denn er hat noch nicht genug. Er braucht schließlich noch Jungfrauenknochen, das hat er jedem erzählt. Aber kaum hat er in der Tasche, was er will, wird er schon wieder überrascht. Und wo er doch heute schon so schön gemordet hat, macht er es gleich ein zweites Mal. Oder war es umgekehrt? Hat er erst die Schwester erschlagen und dann den Priester erstochen? Wie auch immer: Ob armer Pfaffe oder unschuldige Schwester – das ist dem Mörder einerlei. Er tötet gewissenlos, wenn sich ihm jemand in den Weg zu stellen wagt. Und, Mönchlein, wie findest du meine Geschichte?«

»Ihr seid sehr phantasiebegabt für einen Hauptmann«, sagte Imbert mit schmerzverzerrtem Gesicht. »Vielleicht hättet Ihr besser Sänger werden sollen. Auf solch einen Schwachsinn würde ich Euch am liebsten gar nicht erst antworten, aber leider geht es um nichts weniger als mein Leben. Wie kommt Ihr auf solch einen Unfug?«

»Das will ich dir gerne sagen, Freundchen«, zischte Volkmar und presste seinen Unterarm gegen Imberts Kehle. »Es ist doch zu seltsam, dass die Taten begangen wurden, kaum dass du hier angekommen bist und kaum dass du von der Äbtissin eine vorläufige Absage bekommen hast. Es ging dir wohl nicht schnell genug. Und seltsam ist auch, dass du so plötzlich wieder abreisen willst, obwohl du doch noch gar keine Reliquien hast. Tja, und dann wäre da noch die Sache mit dem Honig.«

Imbert schnappte nach Luft. »Honig? Was für ein Honig?«

»Jetzt gibt er auch noch den Scheinheiligen. Es ist Fastenzeit, Mönchlein, das solltest du am besten wissen, und trotzdem verlangst du hier nach Honig, der zum Ende des Winters Mangelware ist. Und welch ein Zufall: In derselben Nacht, nachdem du danach gefragt hast, wird Honig aus der Vorratskammer des Stifts gestohlen. Und was finden wir am Grubenrand, ganz nah bei der Leiche? Honig natürlich, der ganz gewiss nicht rein zufällig dorthin gekleckert wurde. Wozu du den Honig gebraucht hast, was du damit gemacht hast, das weiß ich nicht. Noch nicht. Aber ich werde es herausbekommen. Und du wirst mir dabei helfen, mein Mönchlein. Das verspreche ich dir.«

Imbert sagte nichts, sondern starrte Volkmar in die Augen. Wenn das, was der Hauptmann gerade vorgebracht hatte, in Köln genügte, um ihm gleich zwei Morde anzuhängen, dann war er in sehr großer Gefahr. Ihm kamen Zweifel, ob die Fürsprache eines Albertus genügen würde, ihn aus dem Kerker zu holen. Volkmars folgende Worte nahmen ihm den letzten Rest seiner Zuversicht.

»Ich bin heute großzügig, Mönchlein. Ich lasse dir noch etwas Zeit, darüber nachzudenken, ob du freiwillig zur Klärung der Morde beitragen willst. Vielleicht gewährt dir der Henker dann ja die Gnade eines schnellen Todes. Wir lassen dich jetzt allein. Aber wir kommen wieder. Schon sehr bald. Und dann höre ich dein Geständnis. Ob du willst oder nicht.«

Volkmar kostete es noch eine ganze Weile aus, in Imberts Augen die schiere Furcht zu lesen. Dann erst ließ er den Mönch los, der entkräftet zu Boden sank. Volkmars triumphierendes Lächeln sah der verzweifelte Imbert nicht. Als die schwere Tür wieder ins Schloss fiel, fühlte er sich unendlich verloren und allein.

Jetzt wurde es Klara doch ein wenig mulmig. Die Anweisung der Äbtissin bedeutete nichts anderes, als nach einer Leiche zu suchen. Und es war damit zu rechnen, dass die Tote fürchterlich zugerichtet sein würde. Nachdem die Stiftsgebäude und auch Mabilias Haus auf die Schnelle durchsucht worden waren, hatte Clementia nun befohlen, alle Räume noch mal zu prüfen und dabei gründlich auf den Kopf zu stellen. Da die junge Schwester Ida das Opfer eines Mörders geworden war, könne niemand ausschließen, dass Mabilia das gleiche Schicksal widerfahren sei. Das hieß, es mussten jetzt auch alle Schränke, Truhen, Fässer, einfach alles, in das ein Mensch passen könnte, geöffnet werden. Keine Aufgabe, um die sich die Schwestern und Mägde rissen.

Klara ging gemeinsam mit Schwester Agnes in Mabilias Haus von Zimmer zu Zimmer und zog sämtliche Türen, Läden und Klappen auf, hob Deckel und öffnete Luken, furchtsam und zaghaft, denn sie verspürte keinerlei Verlangen danach, einer blutgetränkten Frauenleiche ins Gesicht zu blicken. Wenn sie durch eine schmale Ritze auch nur einen Finger oder gar nur eine Haarspitze sehen sollte, dann würde sie alles stehen und liegen lassen und Schwester Agnes hinzurufen.

Ihre Vorsicht wäre ihr vielleicht von Nutzen gewesen, wenn sie tatsächlich eine steif gewordene Leiche entdeckt hätte, die unbeweglich in einer Kiste lag. Doch bei dem abscheulichen Fund, den Klara machte, half ihr alle Behutsamkeit nicht. Im Schlafzimmer der Vermissten ging Klara zu einer aufrecht gestellten Truhe. Vorsichtig zog sie die leise knarrende Tür auf. Erst gab es ein dumpfes Rumpeln gegen die Holzwand, und dann fiel mit einem Poltern und einem durchdringend knackenden Geräusch ein Gegenstand zu Boden.

Als Klara erkannte, dass vor ihren Füßen ein Schädel zerbrochen war, erschrak sie und stolperte entsetzt einige Schritte zurück. Die Tür fiel ganz auf, und aus der Truhe stürzte mit einem Höllenlärm und in einer Wolke aus Staub ein ganzer Haufen Knochen und Totenköpfe ins Zimmer.

»Was ist denn hier los?«, fragte Agnes, die besorgt ins Schlafzimmer gestürmt war, nachdem sie den Radau gehört hatte.

Klara, die sich vor Schreck und Ekel noch keinen Fingerbreit vom Fleck bewegt hatte und die Augen fest geschlossen hielt, stand knöcheltief in den Knochen.

»Das weiß ich nicht«, sagte sie zitternd. »Und ich will es auch gar nicht wissen. Tut mir bitte einen Gefallen, Schwester Agnes, und holt mich hier raus. Bitte schnell.«

»Oho, welch eine Vorzugsbehandlung. Herr Volkmar kümmert sich höchstpersönlich um Euch.«

Peter der Zänker trat wieder wie von Zauberhand aus der Dunkelheit.

»Wie macht Ihr das? Wo versteckt Ihr Euch?«, fragte Imbert, der sich unter Schmerzen wieder gegen die Mauer setzte. »Ich habe absolut nichts von Euch gesehen, und an einen Geheimgang oder eine versteckte Kammer mag ich nicht recht glauben.«

Der Zänker lachte heiser und setzte sich wieder neben Imbert. »Wisst Ihr, Herr Imbert, ich glaube, Euch kann ich es verraten. Bei meinen sonstigen Mitbewohnern ziehe ich es vor, als böser Dämon aufzutreten. Das hilft sogar dabei, sie im tiefsten Verlies zu guten Menschen zu machen und sie auf den rechten Weg zurückzuführen.« Peter zwinkerte mit seinem gesunden Auge. »Aber bei Euch wären meine Bekehrungsbemühungen völlig vergebens. Ich vermag einen wahrhaft unschuldigen Menschen sehr wohl von einem Spitzbuben zu unterscheiden.«

»Das habt Ihr sehr gut erkannt, Herr Zänker«, sagte Imbert und rieb sich erneut den schmerzenden Hinterkopf.

Peter deutete eine Verbeugung an, was im Sitzen etwas unbeholfen aussah. Dann hob er seinen zerfetzten Ärmel vors Gesicht.

»Und, Herr Imbert? Was seht Ihr jetzt noch von mir?«

»Nichts. Außer den Lumpen.«

»Und genau so gelingt es. Wenn ich mich flach in den Winkel zwischen Mauer und Boden presse, verschwimmen die grauen Fetzen meiner Kleider im roten Licht der Fackeln mit den Steinen. Die Büttel des Erzbischofs haben mich hier vergessen, vor langer Zeit schon, und das ist auch gut so, denn sie wollten mich an den blauen Stein stoßen.«

»Den blauen Stein?«

»Habt Ihr ihn noch nicht gesehen? Er steht im Domhof, gleich vor dem alten Bischofspalast. Der Henker stößt Euch dreimal dagegen, bevor er das Todesurteil vollstreckt.«

Imbert griff in finsterer Ahnung nach seinem Hals. »Besteht Hoffnung, dass sie auch mich hier unten vergessen?«

Der Zänker warf den Kopf in den Nacken und lachte kehlig. »Ich glaube nicht, Herr Imbert, ich glaube nicht. Dafür legt der Hauptmann ein wenig zu viel Ehrgeiz an den Tag. Ich hatte in all meinem Pech das Glück, gleich mit einer ganze Rotte von Strauchdieben verurteilt zu werden. Die Bande hatte die Wälder zwischen Köln und Jülich schon seit Jahren unsicher gemacht, geraubt, gemordet, vergewaltigt. Die Männer des Erzbischofs stellten die Schlächter in einer Sommernacht kurz vor Brauweiler. Mich, den bemitleidenswerten Bettler, der ganz in der Nähe unter einem Baum schlief, nahmen sie gleich mit. Die Urteile waren schnell gefällt, denn die Kölner waren froh, endlich das Pack am Galgen zu sehen. Von hier unten habe ich hören können, wie der Henker die Urteile sprach, bevor die Langfinger unter Gejohle auf einem Karren vor die Stadt gefahren wurden, wo der Scharfrichter sein blutiges Handwerk verrichtete, an einem nach dem anderen.

Aber ich habe vergebens gewartet, dass die Schergen mich holten. Mein Bedauern hielt sich in Grenzen, wie Ihr sicherlich verstehen könnt.«

»Aber wovon lebt Ihr in diesem Loch?«

»Wasser tropft hier reichlich von den Wänden, und länger als ein paar Tage ohne einen festen Bissen muss ich nie aushalten. Philipps Herberge ist gut besucht. Und meine Mitbewohner teilen gern. Angst ist ein guter Ratgeber, Herr Imbert.«

»Das glaube ich Euch aufs Wort. Ich denke, auch ich würde gern Brot und Wasser mit Euch teilen, denn mit durchgeschnittener Kehle isst es sich ja ohnehin nicht so gut.«

Nun lachten beide, und Peter der Zänker legte wieder seine Hand auf Imberts Schulter. Dieses Mal war es dem Mönch nicht unangenehm.

»Ich wette, Ihr lebt gar nicht mal so schlecht hier. Der weise König Salomo sagte: ›Besser ein trockenes Stück Brot und Ruhe dabei, als ein Haus voll Braten und dabei Streit.‹ Ihr habt gar kein Messer, Herr Zänker, oder?«

»Nein. Und trotzdem werdet Ihr mich nicht verraten. Oder?«

Sie schwiegen eine ganze Zeit lang vor sich hin und schauten in die Dunkelheit, des Zänkers lichtloses Versteck.

»Nein«, sagte Imbert dann. »Ganz gewiss nicht, denn ich will mich nicht zu Eurem Richter aufschwingen. Der weise König Salomo sagt: ›Die Herzen aber prüft der Herr.‹ Das kann er weitaus besser als ich.«

Mit Daumen und Zeigefinger knetete er sein Kinn, bevor er fortfuhr. »Doch je länger ich darüber nachdenke, fällt es mir immer schwerer, Euer Leben in diesem Loch für besser zu halten als den Tod durch den Henker.«

»Das mag so sein, Herr Imbert, aber es ist weniger schmerzhaft, und es dauert länger. Dazu lerne ich viele Menschen kennen, die auf ihre Weise ganz unterhaltsam sind.« Grinsend fügte er hinzu: »Wenn auch nur für kurze Zeit.«

»Auch solche, die das gemacht haben könnten, was der Hauptmann mir vorwirft?«

Peter der Zänker überlegte nicht lange. »Nein, einen Kreuzritter habe ich hier noch nicht gesehen.«

»Einen Kreuzritter? Wie kommt Ihr darauf?«

»Weil Ihr jemanden sucht, der bereit ist, für seinen Glauben zu töten.«

»Das muss aber kein Kreuzritter sein.«

»Es war nur ein Beispiel. Aber ein treffendes, wie ich finde, Herr Imbert.«

Imbert lehnte den Kopf gegen die Wand und dachte über Peters Worte nach. Jemand, der bereit war, für seinen Glauben zu töten. Dieser Verdacht lag nahe, weil es ja schließlich um Reliquien ging. Aber konnte es nicht auch ein ganz weltliches Motiv sein?

»Vielleicht will der Dieb ja nur ein paar Münzen in seine Geldbörse füllen, indem er verkauft, was auch immer er erbeutet hat? Reliquien haben einen hohen Wert, und es gibt wahrlich mehr als genug Menschen, die sich Schutz erhoffen und dafür viel Geld bezahlen würden. Warum also sollte es nicht ein ganz gewöhnlicher Strolch sein, der es mit dem Beten und der Beichte nicht so genau nimmt und dann zum Mörder wurde, ohne es wirklich gewollt zu haben?«

»Dann passt mal auf.« Der Zänker beugte sich kurz von Imbert weg. Es schien, als höbe er etwas auf, dann gab es ein Geräusch wie von einem zerbrechenden Zweig. »Hier, ein Geschenk des Hauses«, sagte Peter und reichte Imbert ein halbes Knöchelchen, vermutlich von einer Ratte, denn Fleischmahlzeiten wurden hier gewiss nicht gereicht. »Ein Rippenstück der heiligen Katharina, just in dem Augenblick aus ihrem Leib gebrochen, als sie von ihrem grausamen Henker gerädert wurde.«

Imbert nahm den Knochen und drehte ihn nachdenklich in der Hand.

»Sagt mir, Herr Imbert«, fuhr der Zänker fort, »warum sollte ich meinen Kopf aufs Spiel setzen, indem ich in eine Kirche einbreche, Heiligengräber schände und Zeugen den Hals umdrehe? Wo ich mir doch aus einem saftigen Schweineschinken ganz gefahrlos den Arm des heiligen Thomas nagen kann. Denn genau das ist, was ein gewöhnlicher Strolch, wie Ihr ihn nennt, tun würde.«

»Und wie will ein armer Schlucker an ein fettes Stück Schwein kommen?«

»Das würde er sich tatsächlich stehlen. Solch ein Diebstahl ist jedenfalls weit weniger gefährlich, als die Heiligen Drei Könige aus ihren Särgen zu entführen. Und dazu weit weniger sündhaft, glaubt Ihr nicht?«

Imbert drehte Peter den Kopf zu. »Ich gebe mich geschlagen«, sagte er anerkennend. »Ich glaube, Ihr liegt mit Eurer Vermutung richtig, Herr Zänker. Nun weiß ich zumindest schon mal, was für ein Mensch der Mörder ist. Bleiben noch folgende Fragen: Was genau war ihm so wichtig, dass er dafür getötet hat? Und warum hat er es überhaupt gestohlen und nicht an Ort und Stelle gelassen?«

Diesen Fragen konnten Imbert und Peter sich nicht mehr zuwenden. Auf dem Gang waren Schritte zu hören.

»Besuch für Euch«, sagte der Zänker und stand auf, um sich wieder in Nichts aufzulösen.

Imbert richtete seinen Blick besorgt zur Tür. Volkmar kehrte früher zurück als erwartet.

»Lieber einer Bärin begegnen, der man die Jungen geraubt hat, als einem Toren in seinem Unverstand«, sagte der Mönch.

Aus der Dunkelheit drang leise Peters heisere Stimme: »Salomo?«

»Salomo«, murmelte Imbert schicksalsergeben, als sich die Zellentür langsam öffnete.

Nahezu alle Kanonissen besaßen Jungfrauenreliquien, die sie in ihren Wohnungen außerhalb des Stifts hüteten. Das war also nichts Ungewöhnliches. Doch waren es dann höchstens eine Handvoll, die dazu noch sehr klein waren, Fingerknochen oder gar nur Splitter von Knochen zum Beispiel oder Gewandreste. Aufbewahrt wurden die Heiltümer in edlen Gefäßen aus kunstvoll geschnitztem Elfenbein, meisterhaft geschmiedetem Silber oder prächtig verziertem Glas. Jede Schwester, die ein Haus oder eine Wohnung außerhalb des Stifts besaß, hatte darin für ihre Reliquiare einen kleinen Altar herrichten lassen.

Aber die seltsame Sammlung, die Klara unbeabsichtigt im Haus der Roten entdeckt hatte, ließ sich nicht mit inniger Verehrung der Jungfrauen in einem Schwesternhaus erklären, sehr zum Verdruss der Äbtissin, die nun vor dem Knochenhaufen stand und nicht wusste, wie sie ihn zu deuten hatte. Welchen Grund mochte die frühere Dekanin Mabilia gehabt haben, einen ganzen Sack voller Gebeine in ihrem Haus zu horten?

»Herrgott, was ist das? Hat irgendjemand eine Erklärung für das hier?«

Die Äbtissin, die Eufemia nur ungern unbeaufsichtigt im Krankenbett zurückgelassen hatte, zeigte auf den Stoß Knochen. Doch die dicke Bertradis, die greise Gepa und der feiste Kanonikus Egilolf blickten nur betreten und ratlos zu Boden. Clementia hatte die drei rufen lassen, kaum dass ihr der Fund von Klara gemeldet worden war.

Clementia kniete bei den Knochen nieder und nahm einen Schädel in die Hand. Zu Egilolf gewandt, sagte sie: »Wenn Ihr das schon nicht zu erklären vermögt, so könnt Ihr mir doch hoffentlich zumindest sagen, was für Knochen das sind, ob uralte Gebeine aus unserem Acker oder Knochen aus jüngerer Zeit.«

»Wozu wollt Ihr das wissen, ehrwürdige Mutter? Es sind Knochen, was tut es zur Sache, wie alt sie sind?«

Die Äbtissin wurde ungehalten. »Herrgott, Egilolf, stellt Euch nicht dümmer an, als Ihr dick seid. Ich versuche herauszufinden, ob die Rote uns bestohlen hat oder ob sie vielleicht die Überreste unliebsamer Menschen aus ihrer Jugendzeit in ihrer Truhe aufbewahrt, wenn Ihr versteht, was ich meine.«

»Ich verstehe«, gab Egilolf klein bei.

Ihm war nicht nach Streitigkeiten zumute. Er hob einen Schädel auf und zog gleichzeitig sein prachtvoll verziertes Messer aus dem Wams. Mit dem Silberschaft klopfte er leicht auf den Schädel und lauschte auf den hohlen Klang.

»So wie ich es sehe«, sagte er dann, »sind es alte Gebeine aus dem Ursula-Acker. Sie sind sehr verwittert, sehr brüchig. Sie müssen ein hohes Alter haben.«

»Vielen Dank, Egilolf. Wir haben diesen Fund sehr bald dem Erzbischof zu melden, denn wir können nicht ausschließen, dass Mabilias kleine Sammlung mit Idas Tod zu tun hat.«

Die alte Gepa pochte mit ihrem Gehstock auf den Boden, eine Eigenart, die sie immer dann pflegte, wenn sie die Aufmerksamkeit auf sich lenken wollte.

»Hättet Ihr die Güte, mir zu sagen, was Ihr damit andeuten wollt, ehrwürdige Mutter.«

Clementia richtete sich wieder auf und überragte ihre Vorgängerin nun um Haupteslänge.

»Ist das nicht offensichtlich? Es geht ein Reliquiendieb um, und just an dem Tag, an dem wir Idas Leiche finden, verschwindet Mabilia spurlos. Und in ihrem Zimmer finden wir einen Haufen Knochen. Welche Schlüsse soll ich wohl daraus ziehen?«

»Welche Schlüsse Ihr zieht, sei Euch überlassen, ehrwürdige Mutter.« Gepa betonte die Anrede wieder auffällig. »Aber für meinen Geschmack zieht Ihr sie ein wenig zu schnell. Mabilia hat sich in einem Maße Verdienste um das Stift erworben, wie Ihr es in den nächsten dreißig Jahren nicht könnt. Und kaum findet Ihr auf diesem Flecken Erde, auf dem es von Gebeinen nur so wimmelt, ein paar Knochen dort, wo sie nicht hingehören, sind diese Verdienste bereits vergessen und ist die weise Mabilia in Euren Augen eine Diebin und Mörderin.«

»Habe ich das behauptet?«

»Das habt Ihr nicht. Jedenfalls nicht ausdrücklich.«

Clementia trat einen Schritt auf die gebrechliche Gepa zu. »Dann legt mir diese Worte nicht in den Mund, Gepa. Ich warne Euch.«

»Wollt Ihr mir drohen?«, entgegnete Gepa scharf und reckte ihr Kinn.

Clementias Antwort klang kalt und herablassend. »Warum sollte ich? Eure Stellung lässt es nicht zu, dass Ihr mir schadet. Ihr könntet Euch allenfalls selbst schaden mit Eurem losen Mundwerk, und nur davor will ich Euch warnen.«

Es war Egilolf, der sich um die Schlichtung des schwelenden Streits bemühte. »Wie dem auch sei, wir täten gut daran, keinesfalls vorschnell zu urteilen. Aber wir müssen Mabilia finden. Dann wird sich gewiss aufklären, was wir jetzt noch nicht verstehen können.«

»Ihr sprecht mir aus dem Herzen, Egilolf«, sagte die Äbtissin und hielt ihren Blick dabei noch eine ganze Zeit lang auf Gepa gerichtet. »Gleich ist es ohnehin Zeit für das Nachmittagsgebet. Wir treffen uns in der Kirche und halten alle Schwestern nochmals eindringlich an, die Augen nach Mabilia offen zu halten. Sie kann nicht vom Erdboden verschluckt sein.«

Clementia ging zu Bertradis und drückte ihr den Schädel, den sie die ganze Zeit über gehalten hatte, in die Hand.

»Du kümmerst dich um die Gebeine. Behandle sie mit der gebotenen Ehrfurcht. Sie haben bereits mehr als genug Demütigung und Missachtung erfahren.«

Bertradis nickte stumm und begab sich dann daran, die Knochen einzusammeln und in einen Sack zu legen, den sie in Mabilias Schlafzimmer gefunden hatte. Dem modrigen Geruch nach zu schließen, den der Stoff verbreitete, hatten sich die Knochen wohl schon einmal darin befunden.

Die Dinge entgleiten mir allmählich, dachte Clementia, als sie gemeinsam mit Egilolf und der humpelnden Gepa die Treppe hinabstieg, um das Haus der Roten zu verlassen. Aber mit ihrer Einschätzung lag sie falsch. Sie hatte die Zügel schon längst aus der Hand gegeben.

Volkmar kam allein. Er stellte sich so nah vor den am Boden sitzenden Imbert, dass ihre Fußspitzen aneinanderstießen. Aber Volkmar sprach kein Wort. Einen Augenblick lang schien er zu überlegen, was er sagen oder tun sollte. Dann packte er den Mönch mit einem kräftigen Griff an der Kutte, zog ihn auf die Beine und hielt ihm die Fackel direkt vors Gesicht. Imbert blinzelte und versuchte den Kopf wegzudrehen, denn die Hitze brannte auf der Haut, in Augen, Nase und Rachen. Volkmar griff fester zu und hielt Mönch und Fackel so lange in seinen Händen, bis Imbert hustete und spuckte und ihm die Augen tränten. Erst dann nahm der Hauptmann die Fackel etwas zurück.

»Ich kann Euch nicht mehr sagen als eben schon«, brachte Imbert unter Würgen hervor. »Ich habe nichts Unrechtes getan. Mit all dem habe ich nichts zu tun. Ich schwöre es.«

Volkmar schwieg und bewegte sich nicht. Er starrte Imbert nur stumm in die Augen, und in seinem Blick lagen kalte Verachtung und der unbedingte Wille zur Erniedrigung. Nie zuvor in seinem Leben hatte Imbert solchen Hass gesehen. Der Hauptmann wünschte ihm den Tod. Daran bestand kein Zweifel. Aber was hatte er ihm getan, dass Volkmars Abscheu so gewaltig war? Imbert konnte sich darauf keinen Reim machen.

»Mein Gott, Volkmar«, rief Imbert verzweifelt. »Hört mir doch zu. Ich habe Euch nichts zu gestehen. Weder Ida noch den Priester habe ich auf dem Gewissen. Lasst los.«

Doch Volkmar blieb stumm und reglos. Es dauerte eine quälende Unendlichkeit, bis der Hauptmann sich endlich rührte. Er stieß Imbert zur Tür und gab ihm noch einen Tritt, sodass der Franzose hart gegen die Stufen stürzte. Noch bevor er wieder auf die Füße kommen konnte, war Volkmar bei ihm, packte ihn im Nacken und zog ihn ruppig hoch. Der nächste Stoß beförderte Imbert durch die Tür.

Drei Gänge, zwei Treppen und an zahllosen Zellentüren vorbei – Imberts Leidensweg war lang. Volkmar sprach in all der Zeit keine Silbe, sondern bedachte den Mönch stattdessen mit Tritten, Stößen und Schlägen. Dreimal noch ging Imbert zu Boden, dreimal zog ihn Volkmar mit Gewalt wieder auf die Füße. Alles Klagen, alles Beteuern half nichts. Volkmar war wie taub.

Am Ende des letzten Ganges gelangten sie an eine große, zweiflügelige Tür. Als Volkmar davor Halt machte, überkam den ohnehin schon völlig eingeschüchterten Imbert eine fast panische Angst. Er wusste nicht, was sich hinter der Tür befand, aber er ahnte es.

»Keine Folter, bitte, Volkmar«, sagte Imbert fast jammernd. »Ich flehe Euch an. Ich würde Euch unter Schmerzen doch nur gestehen, was ich nicht getan habe. Der wahre Mörder würde Euch entkommen, Volkmar. Hört Ihr nicht? So sagt doch was.«

Volkmar sagte nichts. Mit der einen Hand hatte er Imbert gepackt, mit der anderen zog er ganz langsam den Riegel vor dem rechten Türflügel zurück. Als er die Tür entriegelt hatte, beugte er sich so weit vor, dass Imbert jedes rote Äderchen im Weiß seiner hasserfüllten Augen sehen konnte. Wieder verharrte Volkmar, wieder kostete er Imberts Ohnmacht und Furcht aus. Dann endlich sagte der Hauptmann etwas, wenn auch nur ein einziges Wort.

»Entschuldigt«, hauchte Volkmar dem Mönch voller Boshaftigkeit ins Ohr. Gleichzeitig öffnete er die Tür und stieß Imbert über die Schwelle.

»Einen ganzen Haufen Knochen, sagst du?« Jaspar konnte kaum glauben, was Klara ihm gerade berichtete. Das ganze Stift schien innerhalb von zwei Tagen aus den Fugen geraten zu sein. Die Äbtissin versteckte ein irres Mädchen, ein Mörder schlug Ida den Kopf ein, Mabilia klaubte Knochen zusammen und war, wie auch Zacharias, unauffindbar. Was würde als Nächstes geschehen?

»Ja, ein ganzer Sack voll«, bestätigte Klara. »Und wenn ich es recht verstanden habe, glaubt die Äbtissin, die Rote habe etwas mit Idas Tod zu tun.«

Jaspar schüttelte den Kopf. Es wurde immer verrückter. Sollte tatsächlich stimmen, was die Äbtissin laut Klaras Erzählung vermutete, hatte es dann überhaupt noch Sinn, weiter auf dem Stiftsgelände nach der alten Mabilia zu suchen? Sie hätte dann doch bestimmt schon das Weite gesucht. Andererseits, wie sollte es diese gebrechliche Frau geschafft haben, der jungen und flinken Ida den Schädel zu zertrümmern?

Naseweis' Bellen erinnerte Jaspar an sein Vorhaben. »Komm mit«, forderte er Klara auf. Die Suche nach Idas Mörder musste warten, die Suche nach Zacharias war nun wichtiger. Jaspar und Klara hatten sich vor dem Haus des Albertus getroffen. Klara war auf dem Heimweg, nachdem sie von der Äbtissin nach dem absonderlichen Fund von ihrer Aufgabe entbunden worden war, und Jaspar war auf dem Weg zur Scheune, wo er und Zacharias ihren Schlafplatz hatten. Bertradis' Bemerkung, dass sein Freund wie zuvor Mabilia verschwunden sein sollte, hatte ihm während der Suche nach der greisen Schwester keine Ruhe gelassen.

»Wohin?«

»Zur Scheune«, sagte Jaspar und zog Klara mit sich. »Ich will mich an Zacharias' Platz ein wenig umsehen. Angeblich ist auch er verschwunden. Alle suchen nach der Roten und niemand nach ihm, aber für mich ist er nicht weniger wert. Wahrscheinlich hat es ihm einen Schlag versetzt, als wir Idas Leiche in der Grube gefunden haben, und er hat sich davongemacht und sitzt nun schlotternd irgendwo im Schnee.«

»Oder der dumme Faulpelz liegt in der Scheune im Stroh und hält ein kleines Nickerchen.«

»Das wäre mir jedenfalls lieber, Faulpelz hin oder her.«

Naseweis eilte vorneweg durch den Schnee. Den Weg zur Scheune lief der Hund an anderen Tagen wie im Trott, so wie ein altes Pferd zum heimischen Stall. Aber Naseweis spürte Jaspars Unruhe und tippelte daher schneller als sonst um das Stift herum zu den Wirtschaftsgebäuden.

Das Scheunentor stand entgegen der Gepflogenheit einen Spalt weit offen. Naseweis schlüpfte hindurch ins Dunkel, Jaspar und Klara folgten ihm. Das Grunzen, Schnauben und Scharren im Pferch am anderen Ende der Scheune beachteten sie nicht weiter. Die Rinder und Schweine hatten sie bemerkt und wurden unruhig.

Jaspar brauchte deutlich länger als Klara, um sich an das schummrige Licht zu gewöhnen. Seine Augen waren nach der Suche draußen auf dem verschneiten Stiftsgelände vom gleißenden Schnee überreizt. Erst nach einer ganzen Weile sah er die tanzenden Staubkörnchen in den schwachen goldfarbenen Lichtstrahlen, die durch die Bretterritzen in die Scheune fielen. Für einen Augenblick fühlte er sich an das Zusammentreffen mit Ida im Schuppen am Haus der Äbtissin erinnert, wo es ihm ähnlich ergangen war.

»Komm, wir müssen nach oben«, sagte er, um den Gedanken zu verscheuchen.

»Nach oben?«

Jaspar zeigte auf eine Leiter, die hoch auf den Boden führte. »Zacharias schläft nicht gern hier unten«, sagte er fast so, als wollte er seinen Freund entschuldigen. »Er fürchtet sich vor Zwergen und Trollen, die gleich neben ihm aus der Erde kriechen könnten.«

Jaspar ging zur Leiter und bedeutete Klara mit einer einladenden Handbewegung, als Erste hochzuklettern.

»Damit du mir unter die Röcke gucken kannst?«, sagte die Magd vorwurfsvoll, legte den Kopf schief und schaute Jaspar mit großen Augen an. »Das könnte dir so passen, du Strolch.«

»Es war doch nur, weißt du, ich dachte, also nur für den Fall, dass du fallen solltest«, stammelte Jaspar verlegen.

Klara lächelte und strich sich eine ihrer rotblonden Strähnen zurück unter die Haube. »Nun geh schon. Ich bleibe hier unten bei Naseweis. Wir brauchen ja nicht gleich beide an seinem Schlafplatz zu stöbern.«

»Richtig. Warte einen Augenblick. Ich bin gleich wieder da.«

Jaspar schwang sich behände die Sprossen hoch. Er hatte gehofft, Zacharias auf seinem Lager liegend anzutreffen, verstört vielleicht, aber doch körperlich unversehrt. Seine Hoffnung wurde enttäuscht. Keine Spur von Zacharias. Jaspar ging durch das locker aufgeworfene Stroh bis zu der Stelle, an der die grobe Decke des Hünen lag.

Dann sah er es. Unter der gewölbten Wolldecke lag etwas. Jaspar kniete sich hin, hob die Decke und schaute darunter. Was er sah, hatte er schon oft gesehen. Aber er hätte es niemals hier erwartet.

»O mein Gott!«, rief Jaspar so laut, dass Klara erschrak.

»Was ist? Was hast du?«

Jaspar antwortete nicht, sondern kam die Leiter herabgeklettert. Er sah Klara mit einem Blick an, in dem mehr Ekel als Erstaunen lag. Aber er brachte es nicht über die Lippen.

»Ja, und? Sag schon, was ist dort?«

Jaspar holte tief Luft. »Aber du darfst es niemandem sagen. Versprich es.«

Imbert landete weich, aber eiskalt. Der Länge nach lag er ausgestreckt im Schnee und wunderte sich, dass er sich nicht in der Folterkammer des Kerkers wiederfand und Volkmar die Tür krachend hinter ihm zugeworfen hatte. Keine Zangen, keine glühenden Kohlen, keine Schraubstöcke, nur Schnee und kalte Luft. Imbert lag im Domhof gleich neben dem Palast des Erzbischofs. Es war kalt, viel kälter als in der Zelle, aber er genoss die frostige Luft. Er stand nicht gleich auf, sondern griff in den Schnee, rieb sich erleichtert eine Handvoll davon durchs Gesicht und freute sich über die erfrischende Kühle und die unverhofft wiedergewonnene Freiheit.

»Ich hoffe, es gefällt Euch dort unten nicht so gut, dass Ihr gleich hier bleiben wollt.«

Erst jetzt bemerkte Imbert, dass Albertus neben ihm stand. Er rappelte sich auf, klopfte sich den Schnee von der Kutte und bemühte sich lächelnd um Haltung. »Irgendetwas sagt mir, werter Albertus, dass ich mich wegen meiner Freilassung Euch zu Dank verpflichtet fühlen sollte.«

Albertus schnippte dem Mönch noch ein paar Flocken von der Schulter und reichte ihm lächelnd die Tasche mit seinen Habseligkeiten, die Volkmar in den Schnee geschüttet hatte. »Hat Volkmar sich bei Euch entschuldigt, wie der Erzbischof es ihm nahegelegt hat?«

»Jetzt, wo Ihr es erwähnt, glaube ich, dass er es versucht hat. Auf seine ganz eigene Weise. Er führte jedenfalls ein Wort der Entschuldigung auf den Lippen.« Imbert zwinkerte Albertus zu, und beide mussten lachen, wohl auch, weil sie sich ohne viele Worte so gut verstanden. »Wie habt Ihr es geschafft, mich so schnell aus diesem Loch zu holen?«

»Das war ganz einfach«, sagte Albertus. »Doch erst einmal sollten wir von hier verschwinden. Ich fühle mich unwohl in der Nähe des Karzers.«

Der Kanoniker schlug den Weg über den Domhof zum Stift ein. Imbert folgte ihm und lauschte seinen Erläuterungen.

»Ich habe Erzbischof Philipp, der im Übrigen von Eurer Verhaftung noch gar nichts wusste, eine simple Frage gestellt: Wie kann ein Mann, der sich vom frühen Abend bis zum Morgen unter meinem Dach befunden hat, in der Nacht zwei Morde begangen haben?«

Aus dem Augenwinkel heraus entdeckte Imbert rechterhand vor dem Bischofspalast, der gleich neben dem Dom stand, den kniehohen blauen Stein, von dem Peter der Zänker gesprochen hatte. Schnell wandte er sich wieder Albertus zu, der links neben ihm ging, so als könne er die Erinnerung an den Richtstein verdrängen, wenn er sich nur mit etwas anderem beschäftigte.

»Aber wie konntet Ihr Euch für mich verbürgen? Ihr habt doch geschlafen?«

»Falsch, werter Imbert, ganz falsch. *Ihr* habt geschlafen, ich nicht, ich habe die Nacht durchwacht. Bei Vollmond komme ich ohnehin nicht zum Schlafen, und da ziehe ich es vor, die Nacht mit Gebeten zu verbringen. Und ich kann Euch versichern, dass es mir nicht entgangen wäre, wenn Ihr Euch aus dem Haus geschlichen hättet, um zwei Menschen unserem Herrn zu empfehlen. Als ich zum Morgengebet gegangen bin, war Notker, der Priester, wohl schon eine ganze Weile tot, und unter den Augen all der betenden Schwestern und meiner selbst wäre es Euch in der Kirche wohl kaum gelungen, Ida zu erschlagen und zu verscharren. Außerdem wart Ihr ja bei Eufemia, wie auch Jaspar und die Äbtissin bezeugen können.«

»Das leuchtet ein. Und der Erzbischof?«

»War schnell überzeugt. Er zitierte Volkmar zu sich, zog ihm die Ohren lang und schleuderte ihm einen herrlichen Satz an den Kopf: Wenn wir alle Menschen in den Karzer werfen würden, die vor zwei Tagen in Köln angekommen sind und gern Heiltümer mit nach Hause nehmen würden, dann könnten wir alle Kirchen in Kerker umwidmen und hätten immer noch nicht genug Platz für alle Verdächtigen.«

»Ein wirklich gutes Argument«, sagte Imbert, als sie gemeinsam durch die Römerpforte in der alten Stadtmauer schritten und in die Vorstadt kamen. »Der Erzbischof ist ein weiser Mann.«

»Nicht ganz so weise wie Ihr, Imbert«, sagte Albertus. Um seinen Mund spielte ein gütiges Lächeln.

»Wie meint Ihr das?«

»Ihr habt zeitig den Wunsch verspürt, die Stadt zu verlassen. Als hättet Ihr gespürt, was auf Euch zukommt. Jetzt tätet Ihr gut daran, Eurer inneren Stimme zu folgen, lieber Imbert. Nehmt Euer Bündel und Euren Maulesel und macht Euch schleunigst auf den Weg nach Hause. Durch Eure Entlassung hat sich Eure Lage zwar für den Augenblick verbessert, aber auf lange Sicht deutlich verschlechtert, denn Volkmar wird keine Ruhe geben, bis er die Erniedrigung, die er Euretwegen hat erleiden müssen, gerächt hat.«

Imbert antwortete nicht gleich. Sie kamen in der nur spärlich bebauten Vorstadt auf offenes Feld, und der Mönch genoss es erst einmal, nach seinem Aufenthalt in der engen, dunklen Zelle wieder einen freien Blick zu haben. Dann fällte er seine Entscheidung. Er wunderte sich fast selbst, dass sich in ihm schon wieder der Wunsch regte, genau das Gegenteil dessen zu tun, was ihm gerade freundschaftlich geraten worden war.

»Lieber Albertus, ich danke Euch für Euren wohlmeinenden Ratschlag, ...«

Albertus verdrehte die Augen. »Ich hätte es mir denken können. Es folgt ein Aber.«

»... aber ich möchte mich, bevor ich die Heimreise antrete, erst völlig von dem Verdacht reinwaschen, zwei Menschen umgebracht zu haben. Wenn ich jetzt aufbräche und der Mörder nicht gefunden wird, würde ich wahrscheinlich auf alle Zeit als der Täter gelten. Diesen Makel haben weder ich noch mein Kloster verdient. Ich bleibe.«

Albertus seufzte. »Mein lieber Freund«, sagte er bedächtig, »beinahe hätte ich wieder gelacht ob Eures fast kindlichen Trotzes. Doch ist mir nicht wirklich zum Lachen zumute. Ihr spielt mit Eurem Leben. Ich hoffe, Ihr wisst das. Einen Volkmar macht man sich nicht zum Feind. Und ein zweites Mal wird es mir sicher nicht gelingen, Euch aus der Hacht zu holen. Seid Euch dessen bitte bewusst.«

Albertus sah Imbert ernst an. Der Mönch antwortete nicht, sondern nickte nur. O ja, er war sich dessen bewusst. Wenn er bliebe, hatte er gar keine andere Möglichkeit, als den Täter zu finden. Aber nach allem, was er inzwischen wusste, war er zuversichtlich, den Mörder auch tatsächlich überführen zu können. Peter der Zänker hatte ihm sehr geholfen.

Besser, es ging ihr viel besser. Zwar sprach Eufemia noch immer nicht, aber sie hatte zu schwitzen und zu zittern aufgehört und hatte wieder Gewalt über ihren Darm. Clementia tupfte die noch immer heiße, doch nicht mehr glühende Stirn des Mädchens mit einem feuchten Tuch ab.

»Das machst du ganz wundervoll«, flüsterte sie. »Bald wird es dir wieder richtig gut gehen. Das verspreche ich dir, mein Kleines.«

Clementia atmete auf. In ihrem Gesicht spiegelte sich die Freude über die Besserung von Eufemias Zustand. Die vergangenen Stunden, in denen sie hin- und hergerissen war zwischen ihren Pflichten als Äbtissin und der Sorge um ihre Schutzbefohlene, waren die schlimmsten ihres Lebens gewesen. Doch nun ging es bergauf, und das Mädchen würde nur noch ein wenig Zeit benötigen, um wieder vollständig zu genesen.

Eufemia öffnete die Augen, die in dem eingefallenen Gesicht nun noch viel größer wirkten, und sah Clementia unvermittelt an. Aber ihr Blick blieb wortlos und leer. Dabei wünschte sich die Äbtissin so sehr, etwas in der Miene des Mädchens zu lesen, und seien es Vorhaltungen und Zorn, doch da war nichts, nichts außer einer tiefen Traurigkeit, die sich schon vor Jahren nach der ersten Vision auf Eufemias Gesicht gelegt hatte und nie mehr gewichen war. Das Kind versuchte sich ein wenig im Kissen aufzusetzen, doch war sein dürrer Körper nach den Qualen der vergangenen Stunden zu schwach.

»Du musst essen, Eufemia, dann kommst du auch wieder zu Kräften.«

Clementia nahm den inzwischen längst pampigen, fast fest gewordenen Brei, den Gepa zubereitet hatte, stach den Holzlöffel hinein und führte ihn an Eufemias Mund. Das Mädchen wehrte sich nur kurz, zu groß war der Hunger. Behutsam nahm sie den ersten Bissen, die weiteren schlang sie begierig hinunter. Als Clementia sah, dass Eufemia ihren Appetit wiedererlangt hatte, machte sich in ihr das wohlige Gefühl der Erleichterung breit.

Es geht wieder aufwärts mit ihr, dachte die Äbtissin. Dem Himmel sei Dank, dass ich diesen Mönch nicht hinzugezogen und aus lauter Verzweiflung in das größte Geheimnis des Stifts eingeweiht habe.

»So ist's brav, Kleine«, sagte Clementia, als die Schale bis auf einen letzten kleinen Happen leer war. »Jetzt schlaf, dann kannst du bald wieder aufstehen.«

Das Mädchen senkte die Lider und wandte sich ab. Die Äbtissin streichelte Eufemia zärtlich über den Kopf und zog ihr das frische Laken bis ans Kinn, bevor sie das Zimmer verließ, den Riegel vorlegte und hinüber zur Kirche ging.

»Wir müssen es der Äbtissin sagen.«

»Klara! Du hast es versprochen.«

»Aber da wusste ich ja auch noch nicht, was du gefunden hast.«

Klara stapfte forsch durch den Schnee. Jaspar konnte kaum mit ihr Schritt halten, so schnell ging die Magd um den Chor der Kirche herum. Sie suchte die Äbtissin, um ihr zu berichten, was Jaspar in der Scheune entdeckt hatte, und zwar in allen schauderhaften Einzelheiten. Jaspar versuchte sie davon abzuhalten, doch Klara war nicht gewillt, ihn anzuhören.

Bei der Erinnerung an seinen Fund bekam Jaspar wieder eine Gänsehaut. Er hatte schon viele Schädel bei den Ausgrabungen gesehen, auch solche, an denen noch lange blonde Haare hafteten wie bei jenem, den er eben in der Scheune gesehen hatte. Aber es schüttelte Jaspar bei der Vorstellung, dass Zacharias diesen Kopf unter seiner Decke aufbewahrte und, zurückgeblieben wie er nun mal war, vor dem Schlafengehen womöglich noch damit schmuste.

Jaspar legte einen kurzen Spurt ein. »So warte doch mal und hör mir zu«, sagte er und hielt Klara am Arm fest.

Klara fuhr wütend herum. »Jaspar, bei aller Freundschaft, aber das geht zu weit. Es gehen seltsame Dinge vor im Stift, und ich finde, die Äbtissin sollte von allem wissen, was irgendwie mit dem Mord an Schwester Ida zu tun haben könnte. Und wenn du mich fragst, dann gehört der Schädel an Zacharias' Schlafplatz ganz gewiss dazu.«

»Ich gebe dir ja recht, dieser Totenkopf unter Zacharias' Decke ist wirklich merkwürdig und absonderlich, gar keine Frage«, erwiderte Jaspar beschwichtigend. »Aber denk doch nur mal einen Augenblick darüber nach, nur einen Augenblick. Wir beide kennen den großen Trottel doch gut genug. Er schlägt ja noch nicht mal Fliegen tot und fürchtet sich vor Mäusen. Und jetzt willst du in Zacharias plötzlich einen eiskalten Mörder sehen, der Ida den Schädel eingeschlagen hat? Das kann und will ich nicht glauben. Ich habe sein Gesicht gesehen, als er in der Grube ihren Kopf in seinen Schoß gelegt hatte und ihre Haare streichelte. Er ist nicht ihr Mörder, ganz bestimmt nicht.«

»Und wenn schon«, gab Klara scharf zurück. »Das mit diesem Schädel müssen wir melden.«

»Unter gewöhnlichen Umständen vielleicht, aber doch nicht jetzt, wo ein Mörder gesucht wird. Klara, bitte! Wenn du Zacharias jetzt verrätst, ist das sein Todesurteil. Der Dummkopf könnte sich doch niemals verteidigen.«

Klara sah Jaspar lange an. Sein Einwand war gewichtig. »Aber was macht er mit so einem ekligen Schädel unter seiner Decke?«

Jaspar atmete erleichtert aus. Es schien, als hätte er Klara umgestimmt.

»Er verehrt die Jungfrauen so sehr wie der Papst den Heiland«, fuhr er eindringlich fort. »Ich bin mir sicher, Zacharias hat jeden Abend mit Inbrunst seine eigene kleine Jungfrau verehrt. Welcher andere Knochen, den wir auf dem Acker ausgegraben haben, wird wohl so viele Liebesbeweise erfahren haben wie der Schädel unter Zacharias' Decke? Es war so und gewiss nicht anders. Wäre das so verwerflich?«

Klara schüttelte den Kopf. »Wahrscheinlich stimmt, was du sagst, Jaspar«, erwiderte sie leise. »Wir sollten noch etwas warten und vielleicht Zacharias selbst fragen, wenn wir ihn finden. Wer weiß, wo der Kerl steckt.«

»Genau das sollten wir tun«, bekräftigte Jaspar. »Und ich verspreche dir, wir werden die Äbtissin sofort unterrichten, wenn wir auch nur einen einzigen weiteren Hinweis entdecken, der Zacharias in ein schlechtes Licht stellen sollte. Einverstanden?«

Klara nickte. »Vielleicht war es ja auch dieser französische Mönch«, sagte sie. »Ich habe gehört, er ist in Haft genommen worden.«

»Das stimmt«, gab Jaspar zurück und schaute plötzlich an Klara vorbei. »Aber ich glaube trotzdem nicht, dass er die Morde begangen hat.«

»Was macht dich da so sicher?«

»Dann hätte man ihn nicht so schnell wieder freigelassen«, sagte er lächelnd und wies mit einer Kopfbewegung zum Tor in der Immunitätsmauer, wo gerade die Büttel des Erzbischofs den Weg für zwei Männer freigaben. Imbert und Albertus kehrten ins Stift zurück.

Gemeinsam gingen die vier in die Kirche, nachdem sie einander kurz berichtet hatten, was in den vergangenen Stunden alles vorgefallen war – wobei Imbert einige seiner Schlussfolgerungen noch für sich behalten hatte, ebenso wie Jaspar und Klara zwar von Zacharias' Verschwinden, aber nichts über den Schädel unter seiner Decke erzählten. Die Glocke läutete zur Non, und die Schwestern versammelten sich zum Nachmittagsgebet auf der Empore. Imbert und Albertus betraten den Turm, um sich zu den Kanonissen im oberen Stockwerk zu gesellen, während Jaspar und Klara unten im Kirchenraum auf das Ende des Gebets und weitere Anweisungen warteten. Naseweis hatte draußen vor der Kirche zu bleiben, denn Jaspar verspürte keinerlei Verlangen nach weiteren unangenehmen Zwischenfällen.

Unter den Kanonissen herrschte eine gedrückte Stimmung, als sie auf dem reich verzierten Gestühl Platz nahmen. Es hatte sich bereits herumgesprochen, dass eine Magd in Mabilias Haus einen ganzen Haufen alter Knochen gefunden hatte und auch dass der französische Mönch verhaftet worden war. Die Schwestern waren verunsichert. Alle dachten daran, aber keine wagte den Verdacht auszusprechen: Konnte Mabilia, die verdienstreiche frühere Dekanin dieses Stifts, etwas mit Idas Tod zu tun haben?

Als Imbert gemeinsam mit Albertus die Empore betrat, meinte er in den betrübten Gesichtern der Schwestern beinahe Enttäuschung zu lesen. Er konnte sich denken, was der Grund dafür war. Seine Freilassung bedeutete, dass es nun einen möglichen Täter weniger gab. Und somit blieben allein die ungeklärten Fragen um die absonderliche Knochensammlung der Roten, die nach wie vor vermisst wurde. Es wäre für die Schwestern wohl einfacher gewesen, wenn ein Fremder für die Bluttaten der vergangenen Tage in Betracht gekommen wäre.

Clementia saß auf einem erhöhten Stuhl am Kopf zweier gegenüberliegender Sitzreihen und begrüßte die beiden mit einem kurzen Nicken. Sie bedeutete Imbert mit einer Handbewegung, sich auf einen der freien Plätze zu setzen, während Albertus sich bereits auf seinem angestammten Sitz in der Reihe der Kanoniker niederließ. Drei Plätze im dunklen Gestühl waren leer: Mabilias, Idas und der von Bertradis. Die dicke Dekanin war noch damit beschäftigt, die in Mabilias Schlafzimmer entdeckten Gebeine in einem eigens für die Aufbewahrung von Knochen vorgesehenen Raum unterzubringen, der sich im Erdgeschoss des Stiftes befand. Imbert setzte sich auf den Platz, der am weitesten vom Äbtissinnensitz entfernt war und von dem er glaubte, dass er Idas Sitz gewesen war.

Clementia schien es als selbstverständlich hinzunehmen, dass Imbert bereits wieder auf freiem Fuß war. Sie zog jedenfalls aus seiner Anwesenheit die richtigen Schlüsse. »Es freut mich, Euch wieder unter uns zu wissen, Bruder Imbert«, sagte sie, ohne erkennen zu lassen, ob sie sich tatsächlich freute. »Es ist Euch offenbar gelungen, alle Missverständnisse auszuräumen.«

Nachdem Imbert sich höflich verbeugt hatte, richtete die Äbtissin das Wort an alle, die auf der Empore versammelt waren. »Meine lieben Schwestern und Brüder, bevor wir uns dem Gebet zuwenden, möchte ich es nicht versäumen, Euch Trost und Mut zuzusprechen. Dem Herrn gefällt es zurzeit, unser Stift so kurz vor dem Fest der Auferstehung seines Sohnes auf eine harte Probe zu stellen. Und die Prüfung dauert noch an, denn wir wissen noch immer nichts über den Verbleib unserer geliebten Schwester Mabilia.«

Plötzlich flog mit einem lauten Knall die Tür auf, die vom Turm auf die Empore führte. Schwester Bertradis beendete die Ansprache der Äbtissin, noch bevor sie richtig begonnen hatte. Mit aschfahlem Gesicht stand sie in der Tür und brachte keinen Laut über die Lippen.

»Was ist?«, herrschte Clementia die Dekanin an.

Bertradis schluckte, bevor sie die Hiobsbotschaft überbrachte. Obwohl sie flüsterte, hatten ihre Worte die Wirkung eines Donnerschlags.

»Schwester Mabilia hängt im Pesch.«

Alle Schwestern und Kanoniker setzten sich überrascht auf.

»Was sagst du da?«, fragte die Äbtissin, obwohl sie Bertradis' Worte genau verstanden hatte.

»Die Rote hängt im Pesch«, antwortete Bertradis gequält, beinahe so, als müsste sie sich für die schlechte Nachricht entschuldigen.

Wie auf ein unsichtbares Zeichen hin standen die Kanonissen und Kanoniker nach einem kurzen Augenblick verständnisloser Verwunderung auf und eilten zum Pesch, dem Innenhof des Stifts, erst nur zügigen Schrittes, dann aber so schnell die Beine trugen. Imbert und Albertus folgten den Frauen, und auch Jaspar und Klara, denen der Tumult auf der Empore nicht entgangen war, liefen in den Hof. Während einige Schwestern durch den Glockenturm auf die offene Galerie hasteten, die sich auf demselben Stockwerk befand wie die Empore, rannten die meisten Kanonissen die Treppe hinab, um direkt in den Hof zu gelangen.

Als Imbert und Albertus unten im Pesch ankamen, waren die Augen der bereits eingetroffenen Schwestern nach oben gerichtet. In der Mitte des Hofs stand ein laubloser Baum, an dessen dickstem Ast Mabilias lebloser Körper hing. Der dürre Leib baumelte an einem Seil, das um den Hals der Schwester geschlungen war und ihren hochgeschlossenen Kragen zusammendrückte. Sie trug keine Haube, sodass ihr volles rotes Haar in all seiner Pracht um ihren Kopf wallte und es den Anschein hatte, als würde ihr altes Haupt lichterloh in Flammen stehen. Unter den schwingenden Füßen der Toten lag umgestoßen ein dreibeiniger Holzschemel im aufgewühlten Schnee. Der knorrige Baum knirschte und ächzte im Rhythmus der pendelnden Leiche. Mit jedem sanften Schwung, den Mabilia schaukelte, fiel etwas Schnee von den Zweigen in den Pesch. Das weite weiße Schwesterngewand wirkte dabei wie eine Glocke, die mahnend und lautlos schlug.

Das Stift schien zu erstarren. Die Schwestern, die Kanoniker, Imbert, Albertus, Jaspar und Klara, sie alle standen fast wie erfroren und schauten fassungslos auf die entseelte Alte, die sich als Einzige bewegte. Mit toten Augen glotzte sie ihr entsetztes Publikum an. Sie pendelte hin und her und drehte sich dabei langsam im Kreis um die eigene Achse, gerade so, als wollte sie sich von jedem ihrer unerwünschten Zuschauer, die ringsum im Kreuzgang standen, mit einem bösen Blick verabschieden. Es war ein grausiger Blick mit weit aufgerissenen Augen, die aus den tiefen Höhlen hervortraten. Das hohlwangige, blutleere Gesicht der hageren Alten war zur Fratze verzogen. Die blaue Zunge hing schief aus dem faltigen Mund. Die Hände der Roten waren zu Fäusten verkrampft.

Eine schnarrende Frauenstimme zerriss die gespenstische Stille.

»Holt sie da runter! Macht schon!« Gepas Ruf löste die Lähmung des Stifts. »Nun lasst sie dort nicht so hängen. Bindet sie endlich los.«

Gleich fünf Kanonissen eilten nun zum Baum. Während eine Schwester das um den Stamm geknotete Seil löste, nahmen die anderen die Leiche mit vereinten Kräften und der Hilfe des dreibeinigen Schemels ab. Behutsam, als würde die gebrechliche Alte noch leben, legten die Schwestern den steifen Körper in den Schnee. Das glühend rote Haar legte sich wie ein Lichtkranz um das Haupt der Toten. Gepa trat humpelnd und auf ihren Stock gestützt hinzu.

»Halt!«, schrie plötzlich die Äbtissin, die nun ebenfalls zum Baum stürmte. »Lasst sofort ab von ihr. Geht weg, nun geht schon.«

Fast gewaltsam stieß Clementia jene Schwestern beiseite, die noch immer neben der Toten standen.

»Was ist nur los mit euch? Ist die Ehrfurcht vor der alten Gepa nun schon größer als die Angst, sich durch die Berührung mit einer Selbstmörderin zu verunreinigen?«

Erst jetzt schien den fünf Schwestern bewusst zu werden, was sie gerade getan hatten. Beinahe ängstlich wichen sie zurück und mischten sich im Kreuzgang wieder unter die anderen Kanonissen. Nur Gepa blieb unter dem Baum stehen und baute sich zwischen der Leiche und der Äbtissin auf.

»Was ist so schlimm daran, eine arme Tote aus dieser Lage zu erlösen?«, zischte sie aus ihrem fast zahnlosen Mund. »Und was ist so verwerflich daran, einer alten Schwester den ihr gebührenden Respekt zu zollen?« Nach einer Pause schob sie mit einer angedeuteten Verbeugung betont langgezogen nach: »Ehrwürdige Mutter.«

»Das ist keine arme Tote, wie Ihr sie gerade genannt habt, Gepa«, gab Clementia zurück. »Sie hat Gott unserem Herrn ins Handwerk gepfuscht, und daher wird es ihr versagt sein, in geweihter Erde bestattet zu werden. Sie vom Baum zu schneiden ist die Aufgabe des Scharfrichters, dem allein auf Erden es erlaubt ist, einem Menschen das Leben zu nehmen, werte Gepa, und das wisst Ihr genau.«

Gepa und Clementia durchbohrten einander förmlich mit ihren Blicken. Doch die Äbtissin beendete die Machtprobe schnell und zeigte endgültig, wer die Herrin im Hause war. Sie beachtete Gepa nicht weiter und wandte sich an die anderen.

»Das ist ein schwarzer Tag für unser Stift. Geht alle in die Kirche und betet für Ida und Mabilia«, wies sie die völlig verstörten Schwestern an, die der Aufforderung nur zögerlich nachkamen. »Alle, die Mabilia angefasst haben oder ihr zu nahe gekommen sind, haben zu beichten und werden Buße tun.« Und mit einem Blick über die Schulter fügte sie an: »Auch Ihr Gepa. Geht jetzt.«

Gepa bedachte die Äbtissin mit einem langen, hasserfüllten Blick, verbeugte sich und humpelte davon. Clementia sah ihr kopfschüttelnd nach und winkte dann die immer noch erschütterte Bertradis zu sich.

»Du sorgst dafür, dass der Scharfrichter benachrichtigt wird. Er muss den Leichnam der Roten aus dem Stift schaffen, und zwar schleunigst. Geh sofort zum Palast des Erzbischofs. Dort weiß man, wo er zu finden ist. Und bitte Volkmar her. Wir müssen ihn über Mabilias Selbstmord und unseren Fund in ihrem Haus unterrichten. Er wird die Zusammenhänge sehen und seine Schlüsse daraus ziehen.«

Nur langsam leerte sich der Pesch, so als läge eine bleierne Schwere auf den Schultern aller Schwestern und Kanoniker. Nach einer Weile standen nur noch die Äbtissin und Imbert im Hof. Der Mönch hatte lediglich darauf gewartet, mit Clementia allein zu sein. Was er im Pesch sah, bestätigte all seine Vermutungen. Es war höchste Zeit, seine Schlussfolgerungen mitzuteilen.

Dass Clementia die Schwestern und Kanoniker geschlossen in die Kirche geschickt hatte, nahm ihm die größten Sorgen. Solange alle Stiftsangehörigen beisammen blieben, konnte ihnen nichts geschehen.

Die Äbtissin hatte ihm den Rücken zugewandt und betrachtete Mabilias Leiche mit einer Mischung aus Abscheu und Mitleid. Clementia schloss die Augen und schüttelte den Kopf. Sie hatte ihre mütterliche Ratgeberin verloren, ihre einzig wahre Vertraute in diesem Stift, und sie ahnte, dieser Verlust würde schwerer wiegen, als sie schon begreifen konnte. Als Imbert sich räusperte, drehte sie sich zu ihm um.

»Verzeiht, wenn ich Euch in Eurer Trauer störe, ehrwürdige Mutter, aber die Zeit drängt«, begann Imbert.

»Gewiss, Bruder Imbert, die Leiche muss schnellstens aus unserer Mitte geschafft werden.«

»Nein, nein, das ist es nicht«, unterbrach Imbert. »Wir müssen davon ausgehen, dass der Mörder sich noch im Stift befindet.«

Clementia sah den Mönch mit großen Augen an. »Könntet Ihr bitte erklären, was Ihr gerade gesagt habt.«

»Nun, ich würde vermuten, Schwester Mabilia hat sich nicht selbst aus dem Leben gebracht.«

»Was meint Ihr?«, fragte Clementia ungläubig.

»Ich glaube, nein, ich bin mir sogar sicher, es war Mord«, sagte Imbert mit fester Stimme.

Die Äbtissin schien um Fassung bemüht und zog Imbert von der Leiche weg. Besorgt blickte sie hoch zur um den Hof laufenden offenen Galerie, ob dort auch ja keine Schwester mehr stand und lauschen konnte.

»Erklärt Euch. Aber ich bitte Euch inständig, achtet darauf, dass Euch niemand hört.«

Der Mönch verbarg die Hände in den Ärmeln seiner Kutte. Er überlegte kurz, als müsse er seine Worte mit großem Bedacht wählen.

»Seht Euch den kleinen Schemel an, und seht, wie hoch die Schwester hing. Ihre Füße hätten niemals bis zu dem Schemel gereicht. Sie hat sich also nicht selbst aufgehängt. Der Täter hat den Schemel vermutlich benutzt, um Mabilia an den Baum zu binden oder das Seil über den Ast zu werfen. Zu diesem Zeitpunkt war sie aber schon eine Weile tot, denn wie Ihr seht, ist ihr Leichnam schon steif. Es scheint, als wollte der Mörder nur einen Selbstmord vortäuschen, aber das hat er, wie es aussieht, eher stümperhaft getan. Ich bin der festen Überzeugung, dass die Schwester das Opfer eines Verbrechens geworden ist.«

»Ihr scherzt wohl.«

»Für mich bestehen keinerlei Zweifel. Ihr solltet Erzbischof Philipp hinzuziehen, ehrwürdige Äbtissin, und zwar schleunigst. *Tout de suite*.«

Clementia senkte den Kopf und starrte eine Weile vor sich hin. Dann presste sie die Lippen aufeinander, blickte Imbert mit zusammengekniffenen Augen an und sagte mit eiskalter Stimme: »Was Ihr vorgetragen habt, überzeugt mich nicht. Wer kann schon sagen, wie Mabilia sich an den Baum gebracht hat? Und eine Leiche wird in dieser Kälte gewiss viel schneller steif als gewöhnlich. Ihr dürft nicht vergessen, dass sie ganz offensichtlich einen Beweggrund für ihre Tat hatte. Wenn ich den Fund in Mabilias Gemach richtig deute, hat sie sich unrechtmäßig an den heiligen Gütern unserer Gemeinschaft bereichert. Mir scheint, als wäre die bedauernswerte Schwester Ida eine unliebsame Zeugin gewesen, die von Mabilia aus dem Weg geräumt wurde. Und als das schlechte Gewissen die Rote plagte, hat sie sich selbst gerichtet. Also kein Wort über Eure Vermutungen zu irgendjemandem im Stift. Ihr wisst nicht, was Ihr mit diesem Gerücht anrichten, welche unnötigen Ängste Ihr auslösen könnt. Ich muss mir zuerst überlegen, wie ich in dieser Sache verfahre.«

Nun war es Imbert, der überrascht war. »Ich bitte Euch zu bedenken, dass der Mörder vielleicht noch im Stift weilt oder zumindest in enger Verbindung zu Eurem Stift steht. Anders kann ich mir nicht erklären, warum er sich die Mühe gemacht hat, seine Tat auf diese Weise zu verschleiern. Er ist dabei das große Wagnis eingegangen, entdeckt zu werden. Es könnten noch mehr Schwestern in Gefahr sein, denn wir wissen nicht, was den Mörder zu seiner Tat veranlasst hat und ob er sein Unwesen noch weiter treiben wird. Es ist Eile geboten. Ich bitte Euch nochmals: Zieht den Erzbischof hinzu.«

»Und ich bitte Euch, nicht zu vergessen, dass Ihr nur Gast in meinem Stift seid. Ich erfrage nichts von Euch, außer vorerst

Stillschweigen gegenüber den Schwestern und Kanonikern zu bewahren. Ich brauche Zeit und Ruhe, um meine Gedanken zu ordnen. Morgen ist bereits Karfreitag, das Auferstehungsfest naht. Ich will an diesen hohen Festtagen Ruhe in meinem Stift haben und keine Mördersuche. Außerdem wird Volkmar gleich hier eintreffen. Er kann sich selbst ein Bild machen. Dazu braucht er Eure Gedankenspielchen gewiss nicht.«

»Aber …«

»Kein Aber. Und noch mal: kein Wort zu irgendjemandem hier im Stift. Ich hoffe, wir haben uns verstanden, Bruder Imbert.«

Imbert deutete eine Verbeugung an. Es hatte keinen Zweck, weiter in sie zu dringen. »Verzeiht, ehrwürdige Mutter, wenn ich Euch zu nahe getreten sein sollte. Selbstverständlich achte ich Eure Bestimmungsrechte und will Eure Gastfreundschaft nicht missbrauchen. Wenn es Euer Wunsch ist, meinen Verdacht vorerst nicht weiterzutragen, so werde ich ihn gern erfüllen, auch wenn ich ihn nicht nachvollziehen kann.«

Auch Clementia verbeugte sich. Als Imbert sich bereits umwenden wollte, lächelte sie und führte das Gespräch fort.

»Versteht mich bitte nicht falsch, Bruder Imbert. Ich mag Euch im Angesicht dieser furchtbaren Tat kalt und berechnend erscheinen, aber das Wohl der mir anvertrauten Mädchen und Frauen liegt mir am Herzen. Um Euch zu beruhigen, werde ich mich unter den Schwestern umhören, ob ihnen etwas Verdächtiges aufgefallen ist. Geht jetzt bitte, Bruder Imbert. Ihr befindet Euch in unserem Klausurbereich, und ich erinnere mich nicht, Euch hierhin eingeladen zu haben.«

»Ich bitte abermals um Verzeihung, ehrwürdige Mutter«, sagte Imbert, bevor er sich wieder zur Kirche begab.

Auf dem Weg dorthin versuchte er sich einen Reim darauf zu machen, weshalb die Äbtissin keinerlei Furcht vor einem möglichen Mörder in ihrem Stift zeigte. Und warum sie die alte Mabilia lieber als Selbstmörderin, als Verdammte und Verstoßene, vor den Mauern der Stadt verscharren lassen wollte, anstatt den Mord an der alten Schwester zu sühnen. Und er fragte sich, wieso die Äbtissin auch noch den Verdacht nährte, die Rote könnte eine Diebin und Mörderin gewesen sein. All dies nur, um den Schein eines friedlichen Osterfestes zu wahren?

Als er beinahe an der Tür zum Kirchturm war, rief ihn die Äbtissin zurück: »Wartet.«

Imbert drehte sich um. »Ehrwürdige Mutter?« Im Gesicht der Äbtissin glaubte Imbert Zweifel, ja Furcht lesen zu können.

»Ihr könnt das Stift auch durch das Hauptportal verlassen«, sagte sie nach einer kurzen Pause und deutete mit dem Kopf in die entgegengesetzte Richtung. »Dieser Weg ist kürzer. Begleitet mich bis zum Ausgang. Ich werde mich in mein Haus zurückziehen.«

Imbert verstand. Clementia hatte Angst. Angst davor, dass er recht hatte und tatsächlich noch ein Mörder im Stift sein könnte. Sie wollte nicht allein durch das verlassene Gebäude gehen.

»Ihr lasst sie hier liegen?«, fragte er und zeigte auf Mabilia, deren starrer, kalter Blick in den Himmel gerichtet war.

»Sie bedarf keines Beistands mehr. Bertradis wird sich um alles kümmern und der Scharfrichter den Rest besorgen. Kommt jetzt.«

Ihre Wege trennten sich, kaum dass sie das Stift durch das Hauptportal verlassen hatten. Clementia hatte es eilig, in ihr Haus zu gelangen, und ließ Imbert nach einer wortkargen Verabschiedung vor dem Portal stehen.

Ich weiß zu wenig, dachte Imbert. Ich muss Wissen sammeln und alles über die Morde und Diebstähle in Erfahrung bringen. Schleunigst.

Jaspar und Klara sahen sich an. Sie waren, um den Schwestern und Kanonikern den Vortritt zu lassen, wie es sich gebührte, als Letzte aus dem Hof getreten und hatten durch die halb geöffnete Tür gehört, was Imbert der Äbtissin gesagt hatte. Noch ein Mord? Jaspar und Klara wussten, was dem anderen durch den Kopf ging. Beider Gedanken drehten sich um die tote Mabilia und um Zacharias. Alle Schwestern und Kanoniker des Stifts waren auf der Empore versammelt gewesen, als Bertradis Mabilias Leiche entdeckt hatte. Und von den Mägden und Arbeitern des Stiftes machte sich nur Zacharias durch sein Verschwinden verdächtig. Also doch Zacharias?

In Klaras Blick konnte Jaspar deutlich den Vorwurf lesen. *Wir hätten die Äbtissin benachrichtigen sollen, so wie ich es gesagt habe.* Aber Klara sprach es nicht aus.

Jaspar hatte es immer genossen, wenn er sich blind mit Klara verstand und der eine genau wusste, was der andere dachte. Aber diesmal hasste er es. Er nahm das Gespräch auf, das sie bisher nur in Gedanken geführt hatten. »Es könnte doch auch Bertradis gewesen sein«, sagte er, bemüht darum, nicht zu laut zu reden, damit die Schwestern und Kanoniker, die sich über ihnen auf der Empore befanden, nichts hörten. »Wenn ich es richtig verstanden habe, dann kam sie als letzte Schwester auf die Empore und überbrachte die Nachricht. Sie hat die Tote gefunden – angeblich.«

Klara schüttelte den Kopf. »Jaspar, sag mir doch bitte einfach nur, warum er verschwunden ist. Was hat er zu verbergen?«

»Vielleicht hat er doch gar nichts zu verbergen, vielleicht ist ja auch er schon Opfer des Mörders geworden?«

»Ach ja? Dann wäre Bertradis deine Hauptverdächtige, weil sie als Letzte auf die Empore gekommen ist. Und sie soll also Zacharias erschlagen haben? Glaubst du wirklich, sie wäre so verrückt, sich an einem Kerl zu vergreifen, der so stark ist wie ein Bär? Und warum wohl sollte sie das tun? Weil es ihr vielleicht Freude bereitet, oder wie? Gestern tötet sie Ida, heute Zacharias und Mabilia. Und morgen vielleicht die Äbtissin?«

»Vielleicht? Wer weiß das schon? Ich wüsste jedenfalls auch nicht zu sagen, weshalb Zacharias so etwas tun sollte. Aber sag du mir doch lieber, wie Zacharias in den Pesch gekommen ist, um die Leiche an den Baum zu hängen. Denn so müsste es deiner Ansicht nach ja gewesen sein.«

»Jaspar, du weißt genau, dass das kein Problem wäre«, sagte Klara tadelnd. »Die Tür zwischen dem Stift und den Wirtschaftsgebäuden ist nie verschlossen.«

Jaspar hob hilflos die Schultern. In diesem Punkt musste er ihr wohl oder übel zustimmen. Die beiden Vierkante von Stift und Hof schmiegten sich aneinander, und die Trakte, die gegeneinander lehnten, wurden durch eine Tür verbunden, die zwar stets geschlossen, aber seines Wissens nie verriegelt war.

»Wir werden selbst wohl keine Antwort auf all unsere Fragen finden«, sagte er schließlich. »Wir müssen Zacharias suchen.«

»Falsch«, gab Klara scharf zurück. »Wir müssen die Äbtissin benachrichtigen. Du hast es mir versprochen.«

»Ja, ich weiß, dass ich es versprochen habe. Aber was kann sie denn schon tun? Wir beide müssen Zacharias finden, niemand sonst, denn nur wir wissen mit ihm umzugehen. Kannst du dir vorstellen, was passiert, wenn ein Waffenknecht des Erzbischofs ihm gegenübersteht und seine Lanze gegen ihn richtet? Wenn wir ihn finden, kann und wird Zacharias alles auflösen. Das hoffe ich zumindest.«

»Du hoffst, du hoffst«, schimpfte Klara. »Willst du etwa schon wieder den Tod eines Menschen in Kauf nehmen, nur weil du deinen seltsamen Freund schützen willst?«

»Ach, jetzt hör doch auf!« Auch Jaspar wurde ungehalten. »Du hast doch gehört, was der Mönch gesagt hat. Schwester Mabilia ist schon längere Zeit tot, also unterstelle mir nicht, ich sei an ihrem Tod schuld, nur weil ich Zacharias nicht gleich ans Messer liefern wollte. Und eben warst du noch mit mir einer Meinung, dass Zacharias keiner Fliege etwas zuleide tun kann. Oder etwa nicht?«

Klara gab auf und hob die Hände. »Herr im Himmel, ja«, sagte sie. »Und das glaube ich auch noch immer. Aber es geht hier doch nicht mit rechten Dingen zu, Jaspar.«

»Ich weiß, Klara, ich weiß. Und deswegen sollten wir überlegt und nicht überstürzt vorgehen. Tu mir einen Gefallen und hilf mir, Zacharias zu finden.«

Sie sah ihn zweifelnd an. Jaspar spürte, dass er sie überzeugen konnte.

»Bitte«, sagte er eindringlich und griff nach ihren Händen. »Tu es für Zacharias.«

Klara holte tief Luft und zuckte dann mit den Schultern. »Also gut, Jaspar, ich lasse mich wieder einmal von dir erweichen. Wir gehen und suchen ihn.«

Jaspar nickte ihr aufmunternd zu. »Aber wir müssen aufpassen, dass wir nicht dem wahren Mörder über den Weg laufen. Er kann ja nicht weit gekommen sein. Er muss Mabilia erst vor kurzer Zeit am Baum aufgehängt haben.«

»Mach dir mal nicht so viele Sorgen. Welchen Grund sollte der Mörder schon haben, uns kleinen Wichten etwas anzutun. Also, wo fangen wir mit der Suche an?«

»Wir fangen wieder von vorn an. In der Scheune.«

Wie auf ein verabredetes Zeichen hin gingen Jaspar und Klara los. Sie strebten dem Kirchenportal in der Seitenwand zu, vorbei an der Grube, in der Ida gelegen hatte, doch die beiden wurden schon nach wenigen Schritten aufgehalten. Die alte Gepa kam durch das Turmzimmer ins Kirchenschiff herab.

»Halt, ihr jungen Leute«, rief sie ihnen hinterher und versuchte dabei freundlich zu wirken. Doch ihr Lächeln wirkte gequält, was Jaspar und Klara nach dem Erlebnis von eben nicht verwunderte. »Mir ist nach alldem nicht wohl«, sagte Gepa und humpelte auf die beiden zu. »Seid so gut, mich zu meinem Haus zu bringen. Ich fürchte, ich könnte es auf meinen wackligen Beinen nicht mehr bis in mein Heim schaffen.«

»Nun, eigentlich wollten wir gerade …«, begann Jaspar, doch Klara fiel ihm ins Wort und knuffte ihn mit dem Ellbogen in die Seite.

»Ich helfe Euch sehr gern, ehrwürdige Gepa«, sagte sie. »Jaspar hingegen hat noch einen wichtigen Auftrag zu erledigen. Ich hoffe, es genügt, wenn nur ich Euch stütze.«

»Gewiss, mein Kind«, erwiderte Gepa und hakte sich dankbar unter. Gemeinsam traten die drei vor die Kirche, wo sie sich trennten. Jaspar sah den beiden Frauen, die Arm in Arm zu den Häusern der Schwestern vor dem Stift gingen, mit sorgenvoller Miene hinterher. Ein Mörder, der nicht einmal vor Greisinnen Halt machte, lief frei herum, und Klara führte diese alte Schwester spazieren. Und er durfte sich ganz allein auf die Suche machen. Wenn doch Klara nur nicht so gedankenlos und leichtsinnig wäre.

In seinem Verdruss war Jaspar gar nicht aufgefallen, dass sich Naseweis wieder zu ihm gesellt hatte. Erst als sich der Hund gegen sein Bein lehnte, bemerkte er seinen schwarzen Freund. Jaspar bückte sich und kraulte Naseweis' Ohr. Beinahe hätte er den Hund mittels einiger Klapse auf seinen Oberschenkel aufgefordert, mit ihm zu kommen. Doch dann besann er sich.

»Los, Naseweis, geh zu Klara«, sagte er leise und zeigte auf die Magd, die mit der humpelnden Gepa noch nicht weit gekommen war. »Na los, geh schon. Lauf zu Klara.«

Naseweis begriff schnell. Auf flinken Pfoten flitzte er den Frauen hinterher. Jaspar fühlte sich besser, auch wenn ihm mit dem Hund an seiner Seite bei der Suche nach Zacharias wohler gewesen wäre. Viel wohler.

Als sie die Tür zu Gepas Haus öffnete, stieg Klara ein muffiger, süßlicher Geruch in die Nase. Der unangenehme Duft erinnerte sie an Aas und Verwesung, doch dann rief sie sich ins Gedächtnis, wie es bei anderen greisen Schwestern roch, etwa in Mabilias Haus. Dieser strenge Geruch war alten Menschen offenbar eigen. Auch Naseweis bemerkte ihn. Unruhig reckte er die Nase vor und schnüffelte von der Schwelle in das Haus hinein.

»Du musst entschuldigen. So riecht es bei uns alten Leuten nun mal«, sagte Gepa, als hätte sie die Gedanken der jungen Frau gelesen. Dann sog sie tief die Luft ein, die aus ihrem Haus strömte und sich mit der Kälte des Nachmittags vermengte. »Es ist der Geruch eines ganzen Lebens«, fuhr sie fort, »zusammengemischt aus Schmerz und Freude, Wut und Liebe, aus dem Salz von Tränen und der Bitterkeit von Blut. Er wird noch eine ganze Weile bleiben, wenn ich schon längst fort bin. Dir mag er abgestanden und schal erscheinen, doch ich genieße ihn jedes Mal, wenn ich mein Haus betrete. Dieser Geruch ist die Essenz meines Daseins, und er ruft immer wieder andere, längst verschüttet geglaubte Erinnerungen wach. Darum sei so lieb und rümpfe nicht die Nase, mein Kind. Was du hier riechst, ist ein großer Teil meiner selbst.«

Klara half der alten Frau über die vereiste Schwelle ins Haus. »Verzeiht, ehrwürdige Gepa, ich wollte nicht unhöflich sein. Habe ich mein Gesicht so sehr verzogen?«

»Nicht mehr als andere, die vor dir mein Haus betreten haben«, erwiderte Gepa und lächelte milde. »Aber ich verzeihe dir, wenn du noch kurz mit hineinkommst und mir eine Brühe machst, die mich von innen wärmt. Und es wäre schön, wenn du mir noch Feuerchen in ein, zwei Kohlebecken machen könntest. Es gelingt meinen gichtverknoteten Fingern nicht mehr so gut, die Kienspäne zu entzünden.«

»Gern«, sagte Klara und folgte der Alten in das dunkle Haus.

Naseweis begleitete die beiden Frauen so selbstverständlich, als wäre er schon oft im Haus der früheren Äbtissin gewesen. Sie betraten die größte Kammer im Erdgeschoss, wo sich Gepa mit einem vernehmbaren Stöhnen in einem breiten gepolsterten Stuhl niederließ und ihre Beine auf einen Schemel legte. In einem der dreibeinigen Kohlebecken glomm noch ein wenig Glut, sodass Klara sich gar nicht die Mühe zu machen brauchte, ein Feuer zu entzünden. Schnell flackerten auch in den anderen Becken die Flammen in kleinen Bündeln trockener Zweige, und bald entfachte der Zunder die Kohlenklumpen.

Klara nahm den Kessel mit Kräuterbrühe, den Gepa ihr gezeigt hatte, und hängte ihn an eine Kette über eines der Kohlebecken. Da der kalte Raum noch viel von der steigenden Hitze aufsog, würde es eine Weile dauern, bis die Brühe heiß war.

»Ihr standet Schwester Mabilia sehr nah, oder?«, fragte Klara, um die unangenehme Stille zu beenden. Schon im nächsten Augenblick bereute sie ihre Frage. Sie sah, wie Tränen in Gepas Augen stiegen.

»Verzeiht bitte«, sagte sie sogleich und schlug die Augen nieder. »Ich bin ein vorlautes Ding. Ich sollte lieber den Mund halten und meine Arbeit machen.«

Gepa erwiderte nichts. Sie wischte sich die Tränenperlen aus den Falten ihrer Wange und schaute voller Verbitterung in die Glut des niedrigen Kohlebeckens, das Klara gleich neben sie gestellt hatte.

»Ich hasse sie«, sagte Gepa leise, ohne den Blick von der glimmenden Kohle zu nehmen. »Ich hasse sie für das, was sie getan hat. Ich hasse sie für das, was sie sich und damit auch mir angetan hat. Warum musste sie das tun? Warum nur? Wir sind einen so langen Weg gemeinsam gegangen. Konnte unser beider Leben nicht ein friedliches Ende nehmen?«

Erst in der Kühle des Zimmers, die jeden Laut hell und klar weitergab, bemerkte Klara wieder, wie unangenehm grell Gepas Stimme klang. Am liebsten hätte sie der alten Frau von dem Gespräch zwischen Clementia und Imbert erzählt, das sie gemeinsam mit Jaspar belauscht hatte, hätte ihr berichtet, dass Mabilia womöglich gar nicht Selbstmord begangen hatte, sondern Opfer eines Mords geworden war. Doch so gern sie Gepa alles eröffnet hätte, es wäre unklug gewesen, die Vermutungen des Mönchs weiterzutragen, zumal die Äbtissin darauf gepocht hatte, dass niemand davon wissen durfte. Und wäre es tatsächlich ein Trost gewesen zu erfahren, wie Mabilia zu Tode gekommen war?

»Ihr dürft Mabilia nicht gram sein«, sagte Klara und presste die Lippen zusammen, um den Satz nicht fortzuführen.

»Was weißt du schon von diesen Dingen?« Gepa hob den Blick,

sodass Klara die Tränen in ihren Augen glitzern sah. Fest umklammerte die Alte das Holzkreuz vor ihrer Brust. »Ein ganzes Menschenalter sind wir gemeinsam marschiert, haben das Stift gegen jede Bedrohung verteidigt und durch manchen Sturm geführt. Nie sind wir von unseren Überzeugungen abgewichen, nie haben wir an Gott gezweifelt, nie den Einflüsterungen der Dämonen nachgegeben. Und jetzt stiehlt sie sich auf diese Weise aus der Verantwortung gegenüber unseren Grundsätzen, lässt mich allein, lässt mich zurück. Wie konnte sie nur? Wie konnte sie mir das antun?«

Heiße Tränen rannen über Gepas Gesicht. Die greise Schwester weinte bitterlich und ballte vor Wut und Trauer die Fäuste. Klara kniete vor ihr nieder und legte Gepa tröstend die Hände auf den Arm.

»Mabilia wollte Euch gewiss nicht wehtun, ehrwürdige Gepa«, sagte sie und rang beim Anblick der weinenden Greisin nun selbst mit den Tränen.

»Das hat sie aber, und wie sie das hat!«, rief Gepa. Leise setzte sie hinzu: »Wenigstens baumelte sie am richtigen Baum.«

»Wie meint Ihr?«

»Du kennst den Baum im Pesch nicht?«, fragte Gepa und griff nach einem Tuch in ihrem Kleid, um sich das Gesicht zu trocknen. Klara schüttelte den Kopf. Für einen Augenblick gewann Gepa ihre Fassung wieder. »Es ist ein Judasbaum. Aber nicht irgendein Judasbaum, o nein, mein Kind. Der Baum, der im Pesch steht, ist gewachsen aus einem Zweig des Baumes, an dem Judas aus Kariot sein Verräterleben beendete, nachdem er unseren Herrn Jesus Christus seinen Häschern ausgeliefert hatte. Und genau das ist sie, eine Verräterin, eine gottlose Verräterin. Hintergangen hat sie mich, weil sie mich allein zurücklässt, und deshalb soll sie in der Hölle schmoren, auf immer und ewig.«

Gepa vergrub ihr Gesicht in ihren knochigen kalten Händen und weinte, bis die Tränen durch die Finger zu Boden tropften.

Die Wirtschaftsgebäude des Stifts lagen wie verlassen da, als Jaspar quer über den Hof zur Scheune ging. Die Bauern hatten ihre Abgaben abgeliefert und sich schon lange wieder auf den Heimweg gemacht, die Schwestern und Kanoniker befanden sich auf Clementias Geheiß in der Kirche, und die Mägde hatten sich ob der unheilvollen Geschehnisse in ihre Kammern zurückgezogen.

Ich sollte lieber in die Stadt gehen und mir einen Krug Bier in die Kehle schütten, dachte Jaspar. Das finstere Gefühl beschleunigte seinen Puls und lähmte seinen Schritt. Hinter jeder Ecke, hinter jeder Tür vermutete er einen gewissenlosen Mörder, der aus purem Vergnügen Priester erstach, Schwestern erschlug und sich dabei vielleicht sogar ein Lächeln nicht verkneifen konnte. Mit bis zum Hals pochendem Herzen trat Jaspar auf das noch immer einen Spalt weit geöffnete Tor zu und schlüpfte in die Scheune hinein.

»Zacharias?«, rief er halblaut ins Dunkel, bekam jedoch keine Antwort. Jaspar schüttelte den Kopf. Was hast du auch erwartet, Trottel?

Als Jaspar den Schatten bemerkte, war es bereits zu spät. Kaum hatte er das Tor hinter sich zugezogen, packte ihn kraftvoll eine Hand am Arm. Jaspar versuchte sich loszureißen, doch der Unbekannte hielt ihn mühelos fest, so als ließe ein strenger Vater seinen kleinen widerspenstigen Jungen an der Hand zappeln. Jaspar begann ins Dunkel hinein zu treten, dorthin, wo er die Beine des Übeltäters vermutete, doch je mehr er sich wehrte, desto fester und schmerzhafter wurde der Griff seines Peinigers. Als er aufschrie, halb aus Schmerz, halb aus Todesangst, versetzte ihm der Unbekannte eine schallende Ohrfeige.

»Halt den Mund, du Narr!«

Jaspar benötigte eine Weile, bis er die Stimme des Schemens erkannte. »Pater Egilolf? Seid Ihr das?«

»Natürlich bin ich das. Wen hast du erwartet? Den Teufel?«

»Ihr habt mich zu Tode erschreckt«, stammelte Jaspar und schnappte erleichtert nach Luft. Allmählich bekam der dunkle Umriss ein Gesicht. »Was macht Ihr hier? Es sind doch alle in der Kirche.«

»Was wagst du es, mir Fragen zu stellen?«, schnauzte Egilolf ihn an. »Sag mir lieber, was du hier machst.«

Eine Stimme in seinem Inneren mahnte Jaspar, dem Kanoniker nicht zu trauen. Er erinnerte sich, wie er Egilolf nach der Entdeckung von Idas Leiche gestern Abend auf dem Weg in die Stadt beobachtet hatte, obwohl doch alle Welt zur Kirche drängte, weil jeder die vermeintliche Heilige sehen wollte. Irgendetwas stimmte nicht mit dem Geistlichen. Egilolf beugte sich näher an Jaspar heran und schob seine speckige Unterlippe drohend vor.

»Was machst du hier, Jaspar?«, wiederholte er grollend.

»Ich suche Zacharias, Pater Egilolf, das ist sein Schlafplatz. Er hat keine eigene Kammer.« Das war immerhin nicht gelogen, und Egilolf würde nicht weiter misstrauisch werden.

»Du weißt nicht, wo er steckt?«

Nun dämmerte es Jaspar. Auch Egilolf war auf der Suche nach Zacharias. Doch warum? Fürsorge, erst recht gegenüber den niederen Bediensteten des Stifts, gehörte nicht gerade zu den Eigenschaften, die Egilolf auszeichneten. Jaspar zog es vor, weiter den Unwissenden zu spielen.

»Ich habe keine Ahnung. Hat er denn heute nicht geholfen, die Abgaben der Bauern in die Vorratskammern zu schaffen?«

»Nein, hat er nicht. Seit diesem schrecklichen Fund heute Morgen hat ihn niemand mehr gesehen.« Egilolfs Stimmlage änderte sich. »Ich mache mir ernsthaft Sorgen um Zacharias. Ich fürchte, er hat dieses Erlebnis in der Grube nicht verkraftet. Hast du eine Vermutung, wo er stecken könnte?«

»Nein.«

»Hat er einen Platz, an den er sich zurückzieht, wenn er allein sein will?«

»Zacharias ist nicht gern allein.«

»Hat er Freunde? Familie?«

»Zacharias hat niemanden. Niemand kümmert sich um ihn – außer offenbar Euch.«

Egilolf schien den Argwohn in Jaspars Antwort überhört zu haben. »Vielleicht finden wir ja hier irgendwo einen Hinweis auf seinen Verbleib. Zeig mir, wo Zacharias schläft.«

Jaspar zuckte zusammen, als hätte er einen Hieb mit einer Weidenrute auf die Finger bekommen, denn plötzlich erinnerte er sich an den Schädel unter Zacharias' Decke.

»Was ist?«, fragte Egilolf misstrauisch.

Er darf auf keinen Fall nach oben, dachte Jaspar und antwortete: »Nichts, gar nichts. Kommt, ich zeige Euch seinen Schlafplatz.«

Jaspar ging voran und führte Egilolf ans andere Ende der

Scheune, wo abgetrennt in einem Verschlag ein paar Rinder und Schweine im warm dampfenden Mist standen. Es war sein eigener Schlafplatz an der Bretterwand vor dem Stall, den er Egilolf zeigte. Der Kanonikus schöpfte keinen Verdacht, sondern hob Jaspars Wolldecke und schaute darunter, wühlte im Stroh, klopfte – offenbar auf der Suche nach einem Hohlraum – den Lehmboden ab und sah sich auch noch in einem Umkreis von mehreren Schritt gründlich um.

»Sucht Ihr etwas Bestimmtes?«, wollte Jaspar wissen.

Egilolf erhob sich aus der Hocke. »Das kann man wohl sagen«, gab er zurück. »Ich glaube, Zacharias ist ein Dieb. Aus der Reliquienkammer drüben im Stift fehlt ein Schädel, dazu noch ein besonders schöner.«

Jaspar atmete gegen sein Herz an. »Ein Schädel? Sagtet Ihr nicht eben, Ihr sorgt Euch um Zacharias wegen des Vorfalls heute Morgen und sucht ihn deshalb?«

Für einen Moment schien Egilolf in Erklärungsnot. »Gewiss, mein Sohn«, sagte er dann mit gesüßter Stimme. »Ich fürchte, der Schreck heute Morgen könnte Fürchterliches in Zacharias ausgelöst haben. Der Diebstahl wäre möglicherweise nur eine der vielfältig denkbaren Folgen.«

Was sollte das? Was versuchte er Zacharias in die Schuhe zu schieben? »Und wie kommt Ihr auf ihn? Wieso sollte ausgerechnet Zacharias der Dieb sein?«

Wieder schwangen Egilolfs Stimmung und Stimme um. »Mein Sohn, du stellst zu viele Fragen«, sagte er dunkel. »Kümmere dich lieber um Dinge, von denen du etwas verstehst.«

Das Haus an der Trankgasse, gleich neben dem Dom und der alten Römermauer, war nicht dazu angetan, den Reichtum seines Besitzers zu verbergen. Die mächtigen Mauern, der hoch aufragende Giebel, die großen Glasfenster und die Tür aus dickem Eichenholz spiegelten Wohlstand, Selbstbewusstsein und Stolz wider. Imbert wunderte sich über den Prachtbau. Er hätte den Mann, den er aufsuchen wollte, eher in einem Kloster erwartet. Als er die hell klingende Glocke läutete, öffnete niemand aus dem Gesinde die Tür, sondern der Herr des Hauses selbst.

»Ich kenne Euch«, sagte Richard, der greise Schreiber des Erzbischofs, nach einem kurzen Augenblick der Überraschung. »Ihr seid dieser französische Mönch. Was führt Euch zu mir?«

»Verzeiht die Störung, werter Herr Richard. Im Palast war man so freundlich, mir den Weg zu Eurem Haus zu zeigen. Ich komme wegen der drei Morde.«

»Drei?«

Wie hatte die Äbtissin gesagt? Kein Wort zu irgendjemandem im Stift. *Im Stift.* Also durfte er Richard doch wohl einweihen.

»Die ehrwürdige Mabilia ist das jüngste Opfer.«

»Mabilia? Ich dachte, sie hätte selbst Hand an sich gelegt. So hat es Bertradis jedenfalls eben im Palast vorgetragen.«

»Da bin ich anderer Meinung.«

Richard musterte seinen Besucher ein paar Augenblicke lang. »Kommt herein«, sagte er schließlich und trat einen Schritt zur Seite, um den Mönch einzulassen. Richard schloss die Tür und ging den Flur entlang voran. Imbert folgte dem Greis, der trotz seines hohen Alters beweglich und lebendig wirkte.

Obwohl auch das Innere das Hauses mit seinen reich verzierten Truhen und schweren Wandteppichen Richards Vermögen bekundete, trug der Vertraute des Erzbischofs selbst nur eine schlichte Kutte aus grobem Stoff. Der Hausherr führte seinen Besucher in ein geräumiges hohes Zimmer mit einem großen offenen Kamin, in dem Scheite aus Birkenholz brannten und eine wohlige Wärme verbreiteten. Die beiden Männer nahmen auf Holzstühlen Platz, deren Armlehnen in geschnitzten Löwenköpfen endeten.

Einen Augenblick lang kamen Imbert Zweifel, ob er das Richtige tat und diesem Gespräch gewachsen sein würde. Im Palast des Erzbischofs war ihm Richard wie ein Diener, ein Handlanger ohne Befugnisse und Einfluss vorgekommen. Nun aber sah er ihn in einem anderen Licht. Philipps Schreiber war gewiss Priester, wie es bei seiner Stellung anzunehmen war, aber er fristete nicht einfach nur ein Dasein im Schatten der Macht. Ganz im Gegenteil. Sein sicherer Gang, seine feste Stimme, seine scharfen Gesichtszüge – alles an Richard strahlte Selbstsicherheit und Durchsetzungsvermögen aus.

»Was macht Euch so sicher, dass Mabilia nicht von eigener Hand zu Tode gekommen ist?«, begann Richard das Gespräch. Dabei schien er sein Gegenüber genau zu beobachten.

»Habt Ihr sie gekannt?«, gab Imbert eine Gegenfrage zurück, darauf bedacht, möglichst keine Schwäche zu zeigen, sondern selbst die Richtung des Gesprächs vorzugeben.

»Gewiss. Sie war eine gottesfürchtige und eine fleißige Frau.«

»Eine Frau, die leichtfertig ihr Seelenheil aufs Spiel setzen würde?«

»Das sicher nicht«, sagte Richard. »Aber es geht das Gerücht, sie habe mit den Morden an Notker und dieser jungen Schwester etwas zu tun. Vielleicht hat sie den notwendigen Schluss gezogen, als ihr die Entdeckung drohte?«

»Glaubt Ihr das wirklich? Glaubt Ihr wirklich, diese gebrechliche Alte bricht in den Dom ein, rückt einen schweren Sargdeckel beiseite und ersticht einen kräftigen jungen Mann?«

Richard verzog den Mund und überlegte. »Vielleicht stimmt, was Ihr sagt, vielleicht auch nicht. Aber wieso kommt Ihr zu mir? Ich wüsste nicht, wie ich Euch weiterhelfen könnte. Und ich wüsste auch nicht, wieso Euch diese Fälle etwas angehen sollten.«

»Wie Euch vielleicht zu Ohren gekommen ist, stand auch ich heute für einige Zeit unter Verdacht. Zwar konnte mich mein Freund Albertus entlasten, aber mir ist sehr daran gelegen, jeden Zweifel auszuräumen.«

»Indem Ihr Euch selbst auf die Suche nach dem Mörder macht? Das solltet Ihr lieber unserem emsigen Volkmar überlassen. Er hat damit sicher mehr Erfahrung.«

Imbert spürte, wie Richards wache Augen ihn musterten. »Ich wünschte mir, Volkmar hielte sich an das Wort des weisen Salomo, der da sprach: ›Bring niemand ohne Grund vor Gericht, wenn er dir nichts Böses getan hat‹«, sagte Imbert, worauf Richard die Stirn in Falten legte. »Er hat es auf mich abgesehen«, fügte Imbert zur Erklärung hinzu. »Ich will nicht warten, bis irgendein dummer Zufall mich wieder zum Verdächtigen macht.«

»Warum sollte Volkmar Euch weiter verfolgen, wenn sich aller Augenmerk doch nun auf Mabilia richtet?«

»Weil ich befürchte, dass der Mörder bald wieder von sich reden machen wird. Mabilia ist Opfer, nicht Täter. Der Mörder hat sie erdrosselt und sie später aufgehängt. Dessen bin ich mir sicher. Aber zurzeit scheine ich leider der Einzige zu sein, der den Selbstmord anzweifelt.«

Richard begann, mit Daumen und Zeigefinger sein Kinn zu kneten. Er schien zu überlegen, was er von seinem unerwarteten Gast zu halten hatte. Imbert fürchtete, dass Philipps Schreiber die Unterredung für beendet erklärte und ihn freundlich, aber bestimmt des Hauses verwies. Dann aber legte Richard die Fingerspitzen beider Hände aneinander und nahm das Gespräch wieder auf.

»Also, wie kann ich Euch helfen?«

»Ich versuche, mehr über die Taten herauszufinden. Sie scheinen in einem Zusammenhang zu stehen, obwohl wir dafür keinen wirklichen Anhaltspunkt haben, von der zeitlichen und räumlichen Nähe abgesehen. Also versuche ich herauszufinden, worin dieser Zusammenhang besteht. Und niemand außer Euch scheint in der Lage, etwas über die Reliquie zu sagen, die aus dem Sarg Caspars gestohlen wurde.«

»Ich habe bereits bei der Sargöffnung alles gesagt, was ich über die Grabbeigaben weiß. Mehr habe ich nicht hinzuzufügen.«

»Seid so gut und wiederholt es. Ich weiß nicht, ob ich mich noch an alles erinnere, was ihr an dem offenen Sarg berichtet habt. Es herrschte gestern Morgen doch große Aufregung im Dom.«

Richard sah hoch zur Balkendecke, so als müsste er seinen Blick von der vertrauten Umgebung abwenden, um sich besser auf die Vergangenheit konzentrieren zu können. »So lange ich mich erinnern kann, hielt Caspar stets einen kleinen Behälter in Händen. Es war ein in Metall eingefasster Glaszylinder, der eine Reliquie enthielt. Caspar trug diesen Behälter bereits bei sich, als wir die Särge der Heiligen Drei Könige vor fast zwanzig Jahren in Mailand entdeckten.« Richard sah Imbert wieder an. »Mehr kann ich Euch nicht dazu sagen.«

»Ihr erinnert Euch nicht, was es für eine Reliquie war?«

»Das sagte ich bereits im Dom, und daran hat sich nichts geändert.« Richards Tonfall, bis dahin unverfänglich, wurde unfreundlicher. »Seht Euch doch um in der Stadt. Fleisch, Knochen und Haare in jedem Winkel jeder Kirche. Wer will da noch sagen, welches Stück zu welchem Heiligen gehört, wenn es nicht ausdrücklich dazugeschrieben ist? Womöglich haben wir sogar niemals gewusst, was man Caspar in die Hände gelegt hat. Ich erinnere mich jedenfalls auch nicht, eine Gravur an dem Zylinder gesehen zu haben, weder damals in Mailand noch bei irgendeiner Sargöffnung. Ich bedaure. Ich kann Euch nichts über den Inhalt des Behälters sagen. Gar nichts.«

Imbert zögerte kurz, entschloss sich dann aber doch, nachzufassen, obwohl Richard ihm zu verstehen gegeben hatte, dass er diesen Punkt nicht vertiefen wollte.

»Vielleicht wisst Ihr ja nicht mehr genau, was sich in dem Behälter befand, das ist ja auch nicht weiter verwunderlich, wenn man bedenkt, wie viele Jahre die Eroberung Mailands zurückliegt. Aber vielleicht könnt Ihr es ja eingrenzen. War es ein Stück Stoff oder doch ein Körperteil?«

Richard atmete hörbar aus. »Es war weder Kleidung noch Gebrauchsgegenstand.«

»Also ein Körperteil.«

»Ich glaube ja.«

»Ein Knochen? Haare? Oder etwas Verwesliches wie Fleisch?«

»Tut mir leid«, sagte Richard und hob die Schultern. »Ich sagte ja, dass ich Euch nicht helfen kann.«

Imbert beugte sich vor. »Lag die Reliquie frei in dem Behälter? War sie sichtbar?«

Richard nickte. »Ich glaube ja.«

»War sie in eine Flüssigkeit eingelegt?«

Richard legte den Kopf zur Seite und kniff die Augen zusammen. »Worauf wollt Ihr hinaus?«, fragte er misstrauisch.

»Am Rand der Grube, in der Schwester Ida verscharrt lag, klebte Honig auf dem Boden. Und es fanden sich Glassplitter. Ich vermute, bei einem Handgemenge ist dort ein Beutestück des Mörders zu Bruch gegangen, sei es das Reliquiar aus der Kirche der heiligen Jungfrauen oder das Reliquiar aus Caspars Sarg. Wenn sich darin etwas Verwesliches befunden hat, war es möglicherweise mit Honig konserviert.«

Nun beugte sich auch Richard vor. »Und was ist Eurer Meinung nach dann geschehen?«

»In die Bäckerei des Stifts ist in jener Nacht eingebrochen und Honig gestohlen worden. Die Reliquie war dem Mörder offenbar so wichtig, dass er sich Ersatz besorgt hat, als ihm der Glaszylinder zerbrochen ist. Den Honig brauchte er, um seine Reliquie zu retten. Und offenbar wusste er genau, wo er zu suchen hatte. Der Täter muss jemand aus dem Stift sein. Da bin ich mir sicher.«

»Aber warum – wenn es denn so gewesen sein sollte – hat der Mörder Mabilia umgebracht?«

Imbert bemerkte, dass er das Steuer wider Willen schon wieder aus der Hand gegeben hatte. Richard übernahm ganz selbstverständlich die Führung des Gesprächs. Er stellte die Fragen, Imbert gab die Antworten.

»Sie war Zeugin oder ist dem Mörder auf die Schliche gekommen«, sagte Imbert. »So viel jedenfalls scheint mir gewiss zu sein.«

»Und dann macht er sich die Mühe, sie an einen Baum zu knüpfen, anstatt sie da zu lassen, wo er sie gemeuchelt hat?«

»Er wollte es wie einen Selbstmord aussehen lassen. Den Verdacht von sich ablenken. Mabilia zur Mörderin machen.«

»Nein, nein, das meine ich nicht«, sagte Richard ungeduldig. »Es hätte auch nach einem Selbstmord ausgesehen, wenn er sein Opfer gleich an Ort und Stelle, wo er sie umgebracht hat, aufgehängt hätte, wo auch immer das gewesen sein mag. Warum schleift er die Leiche – immer vorausgesetzt, Eure Vermutung stimmt – in den Pesch, jenen Ort im Stift, an dem er am meisten die Entdeckung fürchten muss?«

Imbert hob die Hände. »Dafür habe ich noch keine Erklärung. Aber ich stimme Euch zu. Das Wagnis einzugehen, beim Aufhängen der Leiche gesehen zu werden – das ist mir völlig schleierhaft.« Imbert lehnte sich wieder in seinen Stuhl zurück. »Vielleicht, aber auch nur vielleicht, wollte der Mörder eine Warnung aussprechen, indem er Mabilias Tod so öffentlich machte. Vielleicht fürchtet er weitere Mitwisser.«

Imbert wusste nicht weshalb, aber einen Augenblick lang schien der Schreiber seine selbstsichere Haltung zu verlieren. Imbert bemerkte ein Zucken um Richards Augen. Und er bemerkte, wie Richards Hände sich um die Armlehnen klammerten, bis die Fingerknöchel weiß hervortraten.

»Ihr solltet jetzt gehen«, sagte Richard im nächsten Augenblick und stand auf.

Imbert war peinlich berührt. »Entschuldigt, Herr Richard«, sagte er, als er sich ebenfalls aus seinem Stuhl erhob. »Habe ich etwas Falsches gesagt? Bin ich Euch zu nahe getreten?«

»Nichts dergleichen. Aber ich habe Euch alles erzählt, was ich weiß. Mehr habe ich nicht zu sagen. Geht jetzt bitte. Ich habe noch einen Berg Arbeit.«

Richard geleitete Imbert zur Haustür und entließ ihn mit knappen Worten. Nachdem die Tür ins Schloss gefallen war, blieb er noch eine ganze Weile verwundert und verwirrt auf der Straße stehen. Der Wind hatte aufgefrischt, und es fiel wieder Schnee in feinen Flocken aus schweren grauen Wolken vom Himmel. Imbert zog sich den Umhang enger und machte sich auf den Weg zurück zum Stift.

Irgendetwas hat ihn beunruhigt, dachte Imbert. Aber was?

Die Schneeflocken wurden größer, fegten mit dem kalten Wind durch die Straßen und legten sich auf die Stadt. Imbert sah, wie sich die Menschen vor dem aufziehenden Schneesturm verkrochen und Schutz in ihren Häusern suchten.

Aber er sah nicht, wie Richard sein Heim verließ und ebenfalls den Weg zum Stift einschlug.

Meister Dalcher, der Scharfrichter, mochte es gar nicht, die Leichen von Selbstmördern zu beseitigen. Es bedeutete, wenn er alles richtig machen wollte, eine Menge harter Arbeit gegen einen kargen Lohn, denn die Angehörigen zeigten sich meist knauserig. Für einen Menschen, der ein solches Unglück über die Familie gebracht hatte, wollten sie nicht auch noch viel Geld entrichten. Dalcher war ein angesehener Mann, weil es seine Aufgabe als Henker war, Gottes Zorn auf Mörder, Diebe und anderes Gesindel mit Schwert und Feuer zu sühnen. Auch deshalb gab er sich nicht gern mit Selbstmördern ab. Die Menschen, die ihn sonst bewunderten, sahen ihn mit einem seltsamen Blick an, wenn er Leichen von Leuten, die sich erhängt oder sonst wie zu Tode gebracht hatten, auf seinem schwarzen Schinderkarren durch die Straßen schob. Aber diese Leichen fortzuschaffen oblag ausschließlich ihm.

Dalcher, ein großer und kräftiger Mann mit einem kantigen, kurzgeschorenen Schädel, stand mit seinem Knecht Diederich und Hauptmann Volkmar im Pesch. Dalcher und Volkmar kannten sich schon lange, denn ihre Tätigkeiten führten sie immer wieder zusammen. Sie betrachteten den Leichnam, den die feinen Schneeflocken allmählich wie ein weißes Tuch zudeckten. Die roten Haare der Alten sahen aus, als wären sie mit Mehl bestäubt. Dalcher schaute sich Mabilias Leiche erst genau an, bevor er sich kopfschüttelnd an Volkmar wandte.

»Versteht Ihr das?«, fragte er mit seiner dunkel tönenden Stimme.

»Was?«, gab Volkmar zurück.

»Weshalb nimmt sich eine Frau das Leben, die wohl achtzig Jahre ihres gottesfürchtigen Daseins oder mehr schon hinter sich hat, kurz bevor der Herr sie ruft?«

»Woher wollt Ihr wissen, Dalcher, wann für sie die Stunde geschlagen hätte?«

»Seht Euch das alte Weiblein doch an. Viele Jahre auf Erden wären ihr wohl nicht mehr beschieden gewesen.«

Volkmar brummte zustimmend. »Aber wenn wahr ist, was ich vermute, dann kann ich ihre Entscheidung zwar nicht verstehen, so doch nachvollziehen.«

»Und was vermutet Ihr?«

»In ihrem Haus haben die Schwestern einen ganzen Berg Gebeine gefunden. Es scheint, als ob sie die Knochen von Ursulas Jungfrauen mit großer Leidenschaft, aber gegen jedes Gottesgebot gesammelt hat. Ich denke, sie ist bei ihren Beutezügen durch die Kirchen erwischt worden – im Dom von Notker und hier von Schwester Ida.«

»Diese Alte?«, rief Dalcher ungläubig. »Diese Alte soll zwei Menschen umgebracht haben? Das glaubt Ihr doch selbst nicht.«

Volkmar zuckte gleichgültig mit den Schultern. »Wer weiß schon, welche Kräfte der Hass freisetzen kann?«

Dalcher setzte nach. »Und überhaupt, hier gibt's doch Knochen genug, an jeder Ecke und in jedem Winkel. Macht Euch nicht lächerlich, Volkmar. Warum sollte sie so verrückt sein und den Dieb spielen?«

»Woher soll ich das wissen? Meine Mutter, der Herr hab sie selig, hatte im letzten Jahr ihres Lebens eine ganz besondere Freude daran, ihre Ausscheidungen an die Wände ihres Zimmers zu schmieren und meinen längst verstorbenen Vater dieser stinkenden Schweinerei zu beschuldigen. Wer kann schon sagen, was in den Köpfen der Alten vorgeht? Bei der hier jedenfalls« – Volkmar zeigte auf Mabilia – »hat sich offenbar doch noch ein wenig der

Verstand und das schlechte Gewissen geregt. Sie hat sich selbst gerichtet.«

»Auch wenn es eine Erklärung für ihren letzten Schritt wäre, es entschuldigt nicht, dass sie Hand an sich gelegt hat.«

Dalcher und Volkmar wandten sich um. Die Äbtissin war in den Pesch getreten und schritt langsam und mit strenger Miene auf sie zu.

»Benötigt Ihr noch lange? Ich wäre Euch verbunden, wenn diese Schmach das Stift baldmöglichst nicht mehr belastet.«

»Ehrwürdige Mutter, Ihr wisst, dass in einem solchen Fall besondere Vorkehrungen zu treffen sind, die Zeit benötigen«, erwiderte Volkmar.

»Es ist Eure Aufgabe, also kümmert Euch darum, anstatt hier Reden zu schwingen.«

Dalcher blies verärgert die Backen auf. »Was soll's«, sagte er. »Mir wär's lieber gewesen, sie hätte auf Meister Schnitter gewartet. Jetzt darf ich den Rest besorgen. Kein Honigschlecken bei diesem Wetter.« Er blickte erst zum Himmel empor, aus dem unentwegt und dicht die Flocken fielen, und drehte sich dann zu seinem Knecht um. »Diederich, hol das Werkzeug.«

Diederich, ein schlaksiger Junge, der ein wenig tranig wirkte und Segelohren hatte, nickte. Bevor er durch den Schnee wieder aus dem Pesch schlurfte, fragte der Henkersknecht beiläufig: »Habt Ihr gesehen, was die Frau in der Hand hat, Meister Dalcher?«

Das hatte Dalcher nicht. Der Scharfrichter und Volkmar traten näher an die Tote, um sich die Hände der Roten anzusehen. In ihrer verkrampften Rechten schien Mabilia etwas zu halten. In der kleinen runden Öffnung zwischen Daumen und gekrümmtem Zeigefinger sahen Dalcher und Volkmar einen hellen Gegenstand, doch konnten sie nicht erkennen, was es war.

»Was ist das?«, fragte die Äbtissin, die Abstand zum Leichnam hielt.

»Das werden wir gleich wissen.«

Dalcher kniete sich neben die Tote, nahm Mabilias Hand und bog, beginnend mit dem kleinen Finger, gewaltsam einen Finger nach dem anderen zurück. Zeige- und Mittelfinger waren jedoch derart steif, dass Dalcher sie mit roher Kraft brechen musste. Clementia verzog angewidert das Gesicht, als sie die Knochen der Alten krachen hörte.

»Muss das sein?«

»Ihr wollt doch wissen, was sie mit in den Tod nehmen wollte, oder etwa nicht?«, sagte er, als er sich wieder aufrichtete. Neugierig betrachtete Dalcher, was er Mabilia entwunden hatte.

»Und?« Volkmar richtete seinen Blick auf Dalchers offene Handfläche.

»Es ist ein Knochen, ein Fingerknochen«, sagte Dalcher. »Wohl aus ihrer modrigen Sammlung.«

Volkmar nahm Dalcher den kleinen Knochen aus der Hand, drehte und betrachtete ihn.

»Es ist offenbar ihr jüngstes Stück«, sagte der Hauptmann. »Wer auch immer der jungen Schwester in der Kirche den Schädel eingeschlagen hat, war auch der Dieb dieses Fingers hier. Ein solcher Knochen wurde samt Reliquiar gestohlen.«

Clementia atmete erleichtert auf. »Damit wäre der Fall wohl gelöst, denn das ist der endgültige Beweis. Die Schuldige hat sich selbst zur Rechenschaft gezogen.«

»Ich bin froh, dass Ihr es genauso seht. Von zwei Stimmen lässt sich der Erzbischof leichter überzeugen.« Volkmar zuckte mit den Schultern. »Schade.«

»Was ist schade?«

»Ach nichts«, erwiderte Volkmar mit einer wegwerfenden Handbewegung. »Ich hatte nur gehofft, es wäre ein anderer gewesen. Mir soll's recht sein, denn dann haben alle, was sie wollen: der feine Herr Erzbischof seinen Mörder, die Kölner wie gewünscht zu Ostern ihre Ruh und ich meinen Frieden.«

Volkmar sah seine Aufgabe als erledigt an und begab sich zu Erzbischof Philipp, um ihm zu berichten. Dalcher war mit seinem Knecht Diederich den Rest des Nachmittags damit beschäftigt, ein ausreichend großes Loch unter die Türschwelle des Stiftsportals zu graben. Als sie damit fertig waren, schleiften sie den Leichnam der Roten unter dem Schwellenstein durch. Dieses aufwändige Verfahren sollte verhindern, dass der Fluch der Verdammten am Haus hängen blieb. Die Arbeit bereitete einige Mühe, da der Körper völlig steifgefroren war.

Während all der Zeit, in der die beiden Männer damit beschäftigt waren, den Leichnam aus dem Haus zu schaffen, ließ sich keine der Schwestern blicken. Man sagte, es bringe Unglück, dem Henker und seinem Schergen bei dieser Arbeit zuzusehen. Die beiden trugen die Tote auf die Straße, warfen sie auf ihren Karren und bedeckten sie mit einem Tuch. Der Scharfrichter klopfte sich den Schmutz aus seinen roten Kleidern, dann machte er sich mit Diederich auf den Weg, um die Leiche der Frau vor der Stadt in der ungeweihten Erde des Schindangers zu verscharren, gleich neben hingerichteten Dieben, Totschlägern, Ketzern und Vergewaltigern.

Die Nachricht machte schnell die Runde. Der Fund des Fingerknochens in Mabilias Hand war der letzte Beweis, den Volkmar benötigt hatte, um die alte Kanonisse vor aller Ohren zur Mörderin von Notker und Ida zu erklären. Die Neuigkeit löste Entsetzen unter den Schwestern aus, denn niemand hätte die gebrechliche Frau für eine Diebin und Mörderin gehalten. Aber die Nachricht schuf auch Erleichterung, denn das Grauen, das Einzug ins Stift gehalten hatte, schien gebannt und die Bluttaten aufgeklärt. Die Schwestern und Kanoniker atmeten auf.

Im Haus des Albertus jedoch herrschten weiter Kummer und Sorge. Jaspars und Klaras Suche nach Zacharias war ergebnislos geblieben, und Imbert war weiterhin der Meinung, dass Mabilias Tod nicht die Lösung aller Rätsel war, sondern ein widerspenstiger Bindfaden in einem schier unentwirrbaren Knoten aus ungeklärten Fragen.

Unruhig wanderte Imbert in der Stube auf und ab, während Jaspar und Klara betrübt am Tisch saßen. Albertus hatte sich in einem Sessel niedergelassen, eine Decke um die Beine geschlagen und streichelte Naseweis, der sich auf dem Schoß des alten Mannes eingerollt hatte.

»Ich weiß gar nicht, warum Ihr Euch so aufregt«, sagte Albertus zu Imbert. »Ihr solltet froh sein, denn Ihr seid nun über jeden Verdacht erhaben.«

»Was glaubt Ihr denn, wie lange noch?«, fragte Imbert so ruhig, wie es ihm in seinem Ärger möglich war. »Der wahre Täter läuft frei herum, dessen bin ich mir sicher. Warum geben sich die Äbtissin und der Erzbischof so eilfertig mit dieser Lösung zufrieden? Jeder Blinde sieht doch, dass Mabilia, so schwach und hinfällig wie sie war, niemals zu diesen Taten in der Lage gewesen wäre. Oder könnt Ihr mir erklären, wie sie Notker erstochen und Ida erschlagen hat? Wie sie den schweren Metalldeckel vom Sarg des Caspar gehoben hat? Und wie sie sich mit dem viel zu kurzen Strick an den Baum gehängt hat?«

Albertus hob die Schultern. »Ich weiß doch auch, dass es hier einige Widersprüche gibt«, erwiderte er. »Aber ich fürchtete angesichts Volkmars blindem Eifer um Euer Leben. Natürlich ist es nicht gerecht, wenn Mabilia nun als Mörderin und Selbstmörderin dasteht. Aber wenigstens braucht Ihr Euch jetzt nicht mehr vor Volkmars Nachstellungen zu schützen.«

Albertus' Antwort vermochte Imbert nicht zu beruhigen. Im Gegenteil. *»Nom de Dieu!«*, fluchte er. »Das Schlimme ist, genauso wie Ihr denken alle anderen auch, jeder hat seine eigenen Gründe, sich mit der Schmähung der armen Mabilia zufrieden zu geben. Aber packt denn hier niemanden wenigstens der Hauch eines Gerechtigkeitsgefühls? Eine alte Frau wird unschuldig zur Diebin, Grabschänderin, Mörderin und Selbstmörderin erklärt und in einem Schindanger vergraben – und niemand erhebt seine Stimme.«

»Schon gut, schon gut, Ihr habt ja recht«, sagte Albertus und nahm abwehrend die Hände hoch. Naseweis hob unwillig den Kopf, weil er der Streicheleien verlustig gegangen war. »Aber was gedenkt Ihr jetzt zu tun?«

Imbert schob sich einen Stuhl zurecht und setzte sich an den Tisch zu Jaspar und Klara, die sorgenvoll dreinblickten. »Ich bin dafür, weiter nach dem Mörder zu suchen.«

»Ich auch«, stimmte Jaspar zu. »Aber noch wichtiger finde ich es wenigstens im Augenblick, weiter nach Zacharias zu suchen. Ihr redet von Gerechtigkeit, aber um diesen armen Kerl kümmert sich niemand.«

Imbert stellte die Ellbogen auf die Tischplatte und presste die Fingerkuppen aneinander. Der Vorwurf des Jungen, auch wenn er ungebührlich war, traf den Mönch. Er war Gast in diesem Haus und in diesem Stift. Er sollte nicht unbedacht Moralpredigten halten.

»Au!«, rief Jaspar plötzlich und rieb sich das Bein.

»Was ist?«, fragte Imbert.

»Nichts, gar nichts«, sagte Jaspar hastig, für Imberts Empfinden jedoch zu hastig.

Albertus, der von seinem Sessel aus einen besseren Blick unter den Tisch hatte, meldete sich schmunzelnd zu Wort: »Vielleicht hat Jaspars heftiger Schmerz ja seine Ursache darin, dass unsere liebreizende Klara ihn möglichst unauffällig gegen das Schienbein getreten hat?«

Jaspar sah vorwurfsvoll zu Klara hinüber, die den Blick jedoch nicht minder missbilligend erwiderte.

»Nun sag schon«, forderte sie ihn auf.

Jaspar zog eine Miene. Aber er rang nur kurz mit sich. Wenn er jemandem von seiner Entdeckung berichten konnte, dann wohl nur in dieser Runde.

»Es geht um Zacharias«, begann er zögernd. Doch bereits der nächste Satz sprudelte nur so aus ihm heraus. »Er bewahrt einen Jungfrauenschädel an seinem Schlafplatz in der Scheune auf.«

Als es über die Lippen war, fühlte sich Jaspar wider Erwarten erleichtert. Aber er wusste, weshalb. Er hatte ein Stück Verantwortung, die schwer auf ihm gelastet hatte, endlich abgegeben. Seine Mitwisser waren nun in der Pflicht, sich Gedanken, welcher Art auch immer, um Zacharias zu machen.

Imbert knetete die Unterlippe und zog schnell seine Schlüsse. »Ich gebe dir recht, Jaspar. Vielleicht sollten wir die Jagd nach dem Mörder und die Suche nach Zacharias miteinander verbinden. Ich befürchte nur, dass wir, wenn wir Zacharias finden, auch den Mörder von Notker, Ida und Mabilia gefunden haben.«

Jaspar sprang auf und warf dabei seinen Stuhl um. Naseweis zuckte auf Albertus' Schoß erschrocken zusammen.

»Was wollt Ihr damit sagen?«, rief Jaspar. So hatte er sich das nicht vorgestellt, sondern auf Hilfe bei der Suche nach seinem Freund gehofft.

»Du hast mich förmlich darauf gestoßen. Zacharias passt genau in das Bild, das ich mir vom Mörder gemacht habe. Sein Verschwinden macht ihn verdächtig und auch die Tatsache, dass er nicht da war, als Mabilia im Pesch gefunden wurde.«

Einige Atemzüge lang herrschte eine belastende Stille in der Stube. Dann legte Klara beruhigend ihre Hand auf Jaspars Arm.

»Komm, setz dich wieder«, flüsterte sie. »Wir haben uns doch auch schon so etwas gedacht.«

Jaspar stellte seinen Stuhl wieder auf und ließ sich schwer darauf fallen.

»Ich will nicht daran glauben, dass Zacharias zu so etwas fähig ist«, brummte er. »Ihr habt doch alle gesehen, wie sehr er um Ida getrauert hat. Außerdem ist er ein großer Einfaltspinsel. Als wir die Heilige ausgegraben haben, wusste er nicht, dass wir in Wahrheit Idas Leiche freilegten. Darauf schwöre ich Stein und Bein. Zacharias ist kein Schauspieler, jedenfalls kein so guter. Dafür ist er viel zu simpel.«

»Da stimme ich ihm zu«, meldete sich Albertus zu Wort. Als Naseweis die samtweiche dunkle Stimme des Kanonikers vernahm, kuschelte er sich beruhigt wieder auf dessen Schoß ein. »Wir sollten keinesfalls voreilig schlussfolgern, sondern logisch vorgehen«, fuhr Albertus fort. Er wandte sich an Imbert: »Wie sieht denn Euer Bild des Mörders aus?«

Der Mönch lehnte sich in seinem Stuhl zurück. »Einige Dinge liegen auf der Hand. So muss der Mörder über Bärenkräfte verfügen, denn der Sargdeckel des heiligen Caspar im Dom ist nur mit großer Anstrengung vom Fleck zu bewegen. Es brauchte mehrere Männer des Erzbischofs, um die Metallplatte abzunehmen. Jemanden zu erschlagen erfordert ebenfalls Kraft. Und auch wenn Mabilia eine schmächtige alte Frau war, bedurfte es wohl dennoch einiger Mühe, sie an den Baum zu knüpfen. Bis hierhin werdet ihr alle mit mir übereinstimmen, dass Zacharias trefflich als Täter in Frage käme.«

Alle nickten, Jaspar ebenfalls, wenn auch zögerlich. »Viele andere aber auch«, gab er zu bedenken.

»Gewiss. Aber wir haben den Kreis der möglichen Täter schon mal eingegrenzt. Weiter: Selbst wenn es auf den ersten Blick seltsam erscheint, wir suchen keinen Halunken, der die erbeuteten Reliquien verhökern will. Wir suchen einen tiefgläubigen Menschen, der bereit ist, für seine Überzeugung zu töten.«

Nun waren Albertus, Jaspar und Klara überrascht. Mit großen Augen sahen sie Imbert an.

»Wie kommt Ihr denn darauf?«, fragte Albertus.

»Ein Mithäftling in der Hacht des Erzbischofs hat mich darauf gebracht. Wer skrupellos ist, Knochen in bare Münze verwandeln will und das Recht missachtet, braucht keine Heiligengebeine zu stehlen, sondern verkauft Schweinsknochen an leichtgläubige Narren. Unser Täter aber verehrt sein Diebesgut.«

Imbert blickte Jaspar an.

»Nun, wie steht es mit Zacharias? Verehrt er die Heiligen Drei Könige tief und innig? Und die Jungfrauen aus der Schar der heiligen Ursula? Verehrt er sie so sehr, dass er den Schädel einer Jungfrau sogar unter seiner Decke aufbewahren würde?«

Jaspar wollte sich am liebsten auf die Zunge beißen. Aber wieder stieß Klara ihn unter dem Tisch an. Also nickte Jaspar. Doch er fühlte sich, als würde er seinen Freund verraten. Er hielt es für seine Pflicht, ihn weiter zu verteidigen.

»Trotzdem, morden würde er dafür nicht. Ich kenn ihn doch.«

»Wem würdest du solche Taten denn zutrauen?«

Jaspar überlegte kurz, sah dann hilfesuchend erst zu Klara und schließlich zu Albertus. Doch die beiden konnten ihm auch keine Lösung bieten.

»Ich weiß es nicht«, sagte er schließlich enttäuscht.

»Der Mörder muss zum Stift gehören. Irgendjemand aus der Gemeinschaft ist für die Taten verantwortlich.«

Albertus richtete sich in seinem Sessel auf. »Und wie kommt Ihr darauf?«

»Der Täter bewegt sich wie selbstverständlich durch die Anlage. Er verscharrt Ida in einer Grube, die für das Osterfest eigentlich geschlossen werden soll. Ich vermute, genau das hat der Mörder gewusst und genutzt, um sich Zeit zu verschaffen. Ohne Naseweis' Spürnase wäre das Mädchen nie gefunden worden. Weiter: Der Täter hängt eine Schwester im Herzen des Stifts auf, gänzlich ohne Furcht vor Entdeckung. Das kann er doch nur, wenn er entweder völlig stumpfsinnig ist oder sich bestens mit dem Tagesablauf der Kanonissen auskennt. Er bemüht sich, seine Untaten zu verschleiern, anstatt Reißaus zu nehmen und in der Stadt unterzutauchen. Warum verwischt jemand seine Spuren? Doch nur, wenn sie tatsächlich zu ihm führen könnten. Unser Täter ist kein Unbekannter. Er ist noch hier, hier irgendwo im Stift. Dessen bin ich mir sicher. Und weil er seine Beute verehrt, befinden sich auch die Reliquien irgendwo hier, in seiner Nähe.«

Tiefe Sorgenfalten legten sich auf Albertus' Stirn. Daumen und Zeigefinger fassten das Kinn. Der Kanoniker sog geräuschvoll die Luft ein.

»Womöglich habt Ihr recht. Also gehen wir die Kandidaten doch mal durch. Auch wenn ich es niemandem zutraue, es könnte wohl jemand anderes als Zacharias gewesen sein. Einer der Kanoniker zum Beispiel. Nehmen wir Egilolf. Er ist ein frommer Mann, und kräftig genug ist er auch.«

»Egilolf ...«, warf Jaspar wie geistesabwesend ein. Dann sah er die Möglichkeit, Zacharias zu entlasten, klar vor Augen. Mit glühendem Eifer berichtete er von seinen Beobachtungen. »Natürlich – Egilolf. Ich habe ihn gestern Abend gesehen, nachdem wir Ida entdeckt hatten. All die Menschen drängten in die Kirche, doch Egilolf war auf dem Weg in die Stadt, mit einem Beutel auf dem Rücken. Und eben habe ich ihn in der Scheune überrascht. Er wusste von dem Schädel. Es kam mir vor, als wollte er Zacharias noch mehr in die Schuhe schieben. Da stimmt doch was nicht.«

»Hmm«, brummte Albertus.

»Was habt Ihr?«, fragte Imbert.

»Ich glaube, lieber Imbert, ich muss Euch etwas beichten. Es hat mit Egilolf zu tun.«

»Heraus damit.«

»Ich habe es bisher für mich behalten, um Euren Aufenthalt in den nächsten Tagen nicht zu trüben und damit Ihr nicht Feindseligkeiten überall im Stift vermutet. Als ich im Palast war, um mich für Euch zu verwenden, teilte Volkmar unter dem Druck des Erzbischofs mit, dass es Egilolf gewesen sei, der Euch angeschwärzt hat. Egilolf habe berichtet, wie Ihr nach Honig verlangt hättet und auch dass Honig aus der Vorratskammer gestohlen worden sei. Erst da nämlich hat Euch Volkmar ins Visier genommen. Er hatte gerade den Honig am Grubenrand entdeckt und glaubte, einen Zusammenhang mit Eurem Wunsch nach Süße für Euren heißen Wein zu sehen. Verzeiht bitte, dass ich Euch nicht eingeweiht habe.«

Imbert fegte Albertus' schlechtes Gewissen mit einer raschen Handbewegung und einem milden Lächeln hinweg. »Eure Rücksicht ehrt Euch, lieber Albertus. Ihr konntet ja nicht wissen, dass dies von Bedeutung sein könnte.«

»Entschuldigung, aber ich komme hier nicht ganz mit«, warf Jaspar in das Gespräch der beiden Geistlichen ein. »Was hat denn der Honig zu bedeuten?«

»Darf ich?«, erbat Albertus von Imbert die Erlaubnis, Jaspar zu antworten.

Imbert nickte. »Ich bitte darum.«

Mit einem kurzen Räuspern begann Albertus seinen Vortrag. »Die Menschen im Morgenland«, sagte er in einem unterweisenden Ton, »gehen in vielen Dingen mit ihren Toten anders um, als wir dies vielleicht tun. In manchen Gegenden ist ihnen sehr daran gelegen, ihre Verstorbenen die Zeiten überdauern zu lassen. Ich habe von Königen aus dem fernen Ägypten gehört, die vor Tausenden von Jahren gestorben sind, deren Haut jedoch dank uns unbekannter Fertigkeiten der Priester noch heute rosig frisch aussehen soll, als wären sie erst vor Kurzem verschieden. Eines der Mittel, die den Kundigen zur Konservierung der Toten dienen, ist Honig. Legt man ein Körperteil darin ein, verwest es nicht. So hat man Alexander den Großen nach seinem Tod in Babylon angeblich in ein Fass Honig getaucht, um ihn unbeschadet hunderte von Meilen nach Alexandria befördern zu können, wo er beerdigt werden sollte.«

»Sehr richtig«, bekräftigte Imbert mit einem Kopfnicken. »Und einem solchen Zweck, nämlich der Konservierung eines Leichenteiles, könnte der Honig gedient haben, der aus der Vorratskammer unserer Bäckerei gestohlen wurde. Darauf ist Volkmar zwar nicht gekommen, aber er hat richtig gefolgert, dass der Dieb etwas mit dem Honig zu tun hat.«

»Das habt Ihr gewusst?«, entfuhr es Jaspar. »Und Ihr habt es Volkmar nicht gesagt?«

»Nein, ich habe es ihm nicht gesagt, und zwar aus gutem Grund. Ich hätte mich doch nur noch mehr belastet, wenn ich gewusst hätte, welchem Zweck der Honig gedient haben könnte.«

Albertus nickte zustimmend, bevor Imbert fortfuhr: »Also gut, fassen wir zusammen. Wir suchen einen kräftigen Menschen aus dem Stift, der bereit ist, für seine Überzeugungen zu töten. Und wir haben in Zacharias und Egilolf zwei Verdächtige mit auffälligem Verhalten. Ungeklärt ist eine ganze Reihe von Fragen. Was war in dem Beutel auf Egilolfs Rücken? Wieso haben Volkmar und

Clementia eine Abneigung gegen die Wahrheit? Worauf hatte es der Dieb und Mörder abgesehen? Warum ist es ihm so wichtig, dass er dafür tötet? Warum macht er sich die Mühe, Mabilia mitten im Stift an einem Baum aufzuknüpfen? Leider sind wir vorerst in einer Sackgasse angelangt. Wie also gehen wir vor? Ich finde, wir müssen weiter Wissen rund um die Morde und Einbrüche zusammentragen.«

»Aber wie?«, fragte Jaspar.

»Ganz einfach. Aber dazu werde ich euch drei wohl leider zu einer Sünde anstiften müssen.« Imbert ließ seine Worte einen kurzen Augenblick wirken, dann stand er auf, beugte sich verschwörerisch vor und stützte die Hände auf den Tisch. »Ich brauche eure Hilfe bei einem Einbruch.«

Mit offenen Mündern sahen Albertus, Jaspar und Klara den Franzosen an. Als er den nächsten Satz aussprach, sank ihre Kinnlade noch ein wenig tiefer.

»Ich will heute Nacht ins Stift einbrechen, um Idas Leiche zu untersuchen.«

Karfreitag, 3. April 1181

Im gelben Licht der Kerzen schien es, als würde Ida sich nur einem süßen Schlaf hingeben. Ein Lächeln schmückte ihr Gesicht, und der Feuerschein gab ihren Wangen eine warme Farbe. Nachdem eine Schwester es gewaschen hatte, duftete ihr blondes Haar nach Kamille und anderen Wiesenkräutern. Weich und geschmeidig fiel es auf das frisch bezogene Bett. Ida lag aufgebahrt in einer Zelle des Stifts, bekleidet mit einem sauberen Kanonissengewand und bis zu ihrem Hals zugedeckt mit einem strahlend weißen Laken. Nur das leise Schluchzen von vier Mädchen verriet, dass es sich um ein Totenzimmer handelte.

Es waren die vier jüngsten Kanonissen im Stift, denen die Äbtissin die erste Nachtwache in der kühlen Kammer aufgetragen hatte. Trauernd saßen sie nun da, beteten und weinten gemeinsam am Totenbett ihrer Mitschwester. Sie wechselten kein Wort, sondern trösteten einander nur, indem sie sich die Hände reichten. Hin und wieder stimmten sie einen sachten Gesang an, der auf dem Gang jedoch schon nicht mehr zu hören war. Schwer und bedrückend lastete der Kummer auf den Mädchen. Dieser Karfreitag war wirklich ein Trauertag. Das Stift weinte nicht nur, weil es der Todestag Jesu Christi war. Das Stift an der Kirche der heiligen Jungfrauen weinte auch um zwei Schwestern, um Ida und um Mabilia, auch wenn die Stiftsgemeinschaft glaubte, dass die Rote sich schwerer Vergehen schuldig gemacht hatte.

In der Stille klangen die Klopfgeräusche an der Tür wie Hammerschläge. Die jungen Schwestern zuckten vor Schreck zusammen, denn sie sollten erst viel später in der Nacht abgelöst werden. Sie wandten sich um.

»Verzeiht die Störung, werte Schwestern«, sagte Albertus, als er ohne Aufforderung die kleine Kammer betrat. Er wartete nicht auf die Fragen der Mädchen, sondern setzte sogleich zu einer Erklärung an. »Ich weiß, ich weiß. Ihr werdet eigentlich erst in ein paar Stunden von der nächsten Gruppe abgelöst. Aber ich kenne die Mühsal einer Totenwache viel besser als ihr in eurer Jugend. Ich weiß genau, noch ein wenig länger wachen und beten und singen und weinen, dann fallen euch schon die Augen zu, denn kein Mensch ist dazu geboren, die Nacht ohne Schlaf zu überstehen. Vor allem ihr jungen Mädchen braucht eure Nachtruhe. Brennen eure Augen nicht schon? Sind sie nicht schon klein und gerötet vor Mattigkeit? Ist es nicht so?«

Die Mädchen nickten.

»Seht ihr. Aber glaubt mir, die Äbtissin wird gewiss nicht sehr erbaut sein, wenn sie erfährt, dass ihr hier schlafend vorgefunden worden seid.«

Und schon bedauerten die Schwestern, so voreilig dem Kanonikus zugestimmt zu haben. Mit gesenkten Häuptern blickten sie einander an, vorwurfsvoll und entschuldigend zugleich.

»Das ist nicht schlimm, das ist ganz natürlich«, fuhr Albertus fort und beschwichtigte mit offenen Händen. Sein freundliches Lächeln beruhigte die vier verlegenen Mädchen schnell wieder. »Ich bin hier, weil ich euch helfen will. Ihr geht jetzt in das warme Krankenzimmer am Ende des Ganges, legt euch in die beiden Betten dort und schlaft ein wenig. Ich übernehme derweil die Wache und wecke euch vor dem Nachtgebet. Und dann wird sich die Äbtissin gewiss freuen, wenn sie euch ausgeruht und fromm für eure Schwester betend hier vorfindet. Einverstanden?«

Wieder schauten sich die Mädchen an, doch konnte sich keine zu einem Wort der Zustimmung oder Ablehnung durchringen. Albertus versuchte es auf die vertrauliche Art.

»Aber natürlich seid ihr einverstanden, ihr jungen Dinger.« Er trat an den Stuhl eines der Mädchen und bat es mit einer Handbewegung, aufzustehen. Als sie sich schüchtern erhob, schob er sie sanft zur Tür. »Nun geht schon, geht. Ihr tut ja schließlich nichts Tadelnswertes. Meinen Segen habt ihr.«

Zögernd folgten die drei anderen Schwestern. Obwohl sie unsicher waren, ob sie richtig handelten, wenn sie sich über die Anordnung der Äbtissin hinwegsetzten, trauten sie sich doch nicht, Albertus zu widersprechen. Er war der älteste Kanoniker am Stift und genoss die Hochachtung aller Kanonissen. Sein Wort hatte Gewicht, vielleicht sogar noch mehr als das der Äbtissin. Und so taten sie, was Albertus ihnen vorgeschlagen hatte. Warum auch nicht? Schläfrig waren sie allemal.

Als sich die Tür hinter den jungen Schwestern schloss, entspannte sich Albertus ein wenig.

Hoffentlich haben sie nicht gemerkt, wie aufgeregt du warst, dachte er. Warum nur hast du dich darauf eingelassen? Für so etwas bist du viel zu alt, und unrecht ist es auch.

Lange hatten sie gestern Abend über Imberts kühnes Vorhaben gesprochen. Jaspar war schnell Feuer und Flamme gewesen, doch Albertus hatte wortgewandt versucht, die beiden davon abzubringen. Vergeblich. Letztlich ließ er sich doch von Imbert und Jaspar umstimmen. Aber wohl war ihm bei der ganzen Sache nicht. Und nun war er sogar Mittäter und nicht mehr nur Mitwisser.

Er setzte sich an das Totenbett und betrachtete Idas Gesicht. Die tote junge Schwester zu sehen nahm ihm die Zweifel schnell. Doch, es war recht, alles zur Aufhellung dieser seltsamen Vorkommnisse im Stift zu tun. Sollte auch Mabilia nicht Mörderin, sondern Opfer sein, dann war der Meuchler noch nicht gefasst. Und wenn die Äbtissin die Aufklärung der Morde verhinderte, mussten sie selbst die Dinge in die Hand nehmen. Notker, Ida und Mabilia waren tot. Es galt, drei Verbrechen zu sühnen.

Albertus hatte seinen Teil dazu beigetragen und den Weg zu Idas Leiche freigemacht. Viel mehr konnte Imbert von einem alten Mann nicht verlangen. Der Greis trat an das kleine Fenster, das zum Pesch hin führte und aus gewachstem Leinen bestand, und stellte drei Kerzen dicht nebeneinander auf den Sims. Das verabredete Zeichen. Dann versuchte Albertus, es sich auf dem harten Stuhl behaglich zu machen, denn er wusste nicht, wie lange es noch dauern würde, bis der Mönch endlich zu ihm stieß.

Die Nacht spendete keinen Trost. Zacharias wimmerte wie ein kleines Kind. Er war verzweifelt. Gestern war er vor dem fürchterlichen Fund in der Grube geflohen, hatte sich in der Scheune verkrochen und den ganzen Tag gewartet und jetzt noch die halbe Nacht. Aber sie kam nicht. Dabei wünschte er es sich doch so sehr. Er brauchte sie. Er brauchte ihren Beistand. Seine Jungfrau hatte ihn doch noch nie im Stich gelassen. Mittlerweile hatte Zacharias, ohne dass sie ihn aufgesucht hätte, fast seinen ganzen Vorrat an Hühnertodkörnern aufgebraucht. Verängstigt wie er war, biss er sich in die Fingerknöchel, bis sie bluteten.

Zacharias weinte. Er hockte im abgetrennten Verschlag der großen Scheune zwischen Rindern und Schweinen, die immer wieder verstört vor ihm zurückwichen, und lehnte mit dem Rücken gegen die Holzwand. Zacharias schlang die Arme um seine Beine und wiegte seinen Oberkörper vor und zurück.

»Komm, komm doch bitte«, flüsterte er. »Komm zu deinem Zacharias, liebe Jungfrau. Er braucht dich doch. Ach komm doch!«

Sehnsüchtig hatte er in dem Verschlag ausgeharrt und immer dann voller Erwartung einen Blick über den Bretterrand in die Scheune gewagt, wenn sich das Tor öffnete. Doch mal waren es nur Jaspar und Klara, die in die Dunkelheit seines Reichs traten, mal nur Egilolf und dann wieder Jaspar, wobei die beiden Männer ihm einmal sogar sehr nahe gekommen waren. Zacharias hatte jedes Mal die Luft angehalten. Er wollte nicht entdeckt werden. Nicht von ihnen. Nur von seiner Jungfrau. Sie musste ihm erklären, was im Stift vor sich ging.

Sein flackernder Blick wanderte zu einem Spalt in der Scheunenwand. Im kalten Licht des Vollmonds, das die zerfetzte Wolkendecke durchbrach, sah er draußen dicke Schneeflocken durch die Luft wirbeln, wild und wirr, so wie seine Gedanken es waren.

Warum kommt sie nicht? Zacharias hat doch nichts Böses getan. Das hat er nicht, wirklich nicht.

Wieder und wieder biss er sich in die Fingerknöchel seiner linken, nicht verbundenen Hand, bis er den Schmerz nicht mehr spürte und den Geschmack von Blut in seinem Mund nicht mehr wahrnahm. Schließlich zog er in seiner Not seinen Brustbeutel hervor, schüttelte die beiden letzten Samenkörner in die offene Hand, warf sie in den Mund und kaute, bis seine Kiefer knirschten. Zacharias schluckte begierig, barg das Gesicht in seinen Händen und betete, gerade so, als hätte er den Leib Christi empfangen.

Die Zeit verstrich, ohne dass etwas geschah. Auch die letzten Körner führten die Jungfrau nicht zu ihm. Zacharias begann wieder, in seine Finger zu beißen.

Doch dann öffnete sich ächzend und knarrend das Tor, und mit einem lauten Pfiff fegte der eisige Wind den Schnee herein. Der Vollmond warf den langen Schatten eines Menschen in die offene Scheune.

Weil starke Windstöße immer wieder große Löcher in die Wolkendecke rissen, konnte der volle Mond ihnen den Weg leuchten. Klara ging voran, und Imbert folgte ihr mit schnellem Schritt über den Hof, seinen Kragen am Umhang gegen das dichte Schneetreiben hochgeschlagen. Sie wollten den unbewachten Eingang durch den Wirtschaftstrakt ins Stift nehmen, und es sah so aus, als würde niemand ihren Plan durchkreuzen. Dennoch sputeten sie sich, um kein unnötiges Wagnis einzugehen. Klara betrat das Gebäude, in dem auch die Bäckerei untergebracht war, und ging über den langen Flur geradewegs auf die Tür zu, die in den unmittelbar daneben liegenden Stiftsflügel führte. Imbert hielt sie zurück, bevor sie die Klinke zum Klausurbereich drückte.

»Warte! Wir sollten uns noch gedulden. Wer weiß, vielleicht braucht Albertus noch ein wenig Zeit.«

»Wenn wir noch lange zaudern, geht die Sonne schon wieder auf«, sagte Klara. Sie lächelte ihn an und strich sich eine ihrer rotblonden Strähnen aus dem Gesicht. »Jetzt oder nie, Herr. Es war Eure Idee. Verlässt Euch etwa kurz vor dem Ziel der Mut?«

Ohne Imberts Antwort abzuwarten, öffnete die Magd kurzentschlossen die Tür und verschwand im Dunkel des Ganges.

Langsam begreife ich, weshalb der Junge sie mag, dachte Imbert. Sie hat ein einnehmendes Wesen.

Er atmete tief durch, schaute sich noch einmal nach allen Seiten um und schloss sich Klara dann an. Der Gang, in den sie traten, führte im Erdgeschoss durch einen der vier Trakte, die das Viereck des Stifts bildeten. Er war fensterlos und stockfinster. Weil Imbert nichts anderes hatte, an dem er sich orientieren konnte, folgte er einfach Klaras gedämpften Schritten. Er konnte nur hoffen, nicht gegen eine Wand oder ein Möbelstück zu laufen. Klara jedoch schien sich blind im Stift auszukennen und ging flink durch den Gang. Plötzlich verstummten ihre Schrittgeräusche. Verunsichert blieb auch Imbert stehen und lauschte in die Schwärze, ob womöglich jemand kam. Doch nichts geschah. Sie befanden sich genau unterhalb des Dormitoriums, des großen Schlafraumes, in dem die meisten der jungen Kanonissen die Nacht verbrachten.

»Was ist?«, flüsterte Imbert.

»Wartet«, sagte Klara.

Eine Tür ächzte kurz und leise, als die Magd sie behutsam aufdrückte. Vom Kreuzgang her fiel mattes Mondlicht in den Gang, und der Wind blies dicke Schneeflocken hinein. Klara blickte durch das Schneegestöber im Pesch auf die andere Seite des Innenhofs. Drei Kerzen im Fenster der kleinen Kammer. Die Luft war rein.

»Alles in Ordnung«, sagte Klara. »Wir können gehen.«

Doch sie selbst rührte sich nicht vom Fleck, sondern starrte den Baum an, an dem am Nachmittag Mabilia gebaumelt hatte.

»Dann komm endlich«, erwiderte Imbert ungeduldig. »Oder willst du hier erfrieren?«

»Nein, nein«, sagte Klara und löste sich aus ihrer Erstarrung. Sie schüttelte den Kopf, als wollte sie einen bösen Gedanken vertreiben. »Ich musste mir nur noch einmal diesen Baum ansehen.«

»Den Baum? Weil die alte Kanonisse dort gehangen hat?«

»Auch das. Aber auch, weil es ein Judasbaum ist. Ich habe zuvor noch nie einen gesehen. Jedenfalls wusste ich nicht, dass der Baum im Pesch ein solcher ist.«

»Ein Judasbaum?«

»Ja. Das hat mir Schwester Gepa heute Nachmittag erzählt. Er soll aus einem Ableger jenes Baumes gewachsen sein, an dem sich Judas aufgehängt hat, nachdem er unseren Herrn auf dem Ölberg verraten hatte.«

Imbert hob die Augenbrauen. »Ein echter Judasbaum?«

Klara zog langsam die träge Tür zu. »Kommt, wir sollten uns beeilen.«

Imbert warf durch den Spalt der sich schließenden Tür noch einen Blick auf den knorrigen und blattlosen Baum, der sich in den Nachthimmel streckte wie eine riesengroße dürre Hand mit tausend knochigen Fingern. Er würde sich später Gedanken darüber machen, ob Gepas Hinweis auf die Herkunft des Baums von Bedeutung war. Die Zeit drängte.

Klara übernahm wieder die Führung und schritt schnell aus. Sicher und fest waren ihre Bewegungen in dem nachtschwarzen Gang, und Imbert hatte Mühe, ihr halbwegs auf den Fersen zu bleiben. Nach einigen Schritten blieb Klara jedoch erneut stehen.

»Was ist denn nun schon wieder?«, fragte Imbert fahrig. Seine Aufregung wuchs. Er fühlte sich in der Finsternis unwohl, und sich mit einem Menschen zu unterhalten, der unmittelbar vor ihm stand und den er dennoch nicht sehen konnte, steigerte seine Beklemmung nur noch mehr.

»Wir hätten eine Lampe mitnehmen sollen«, entgegnete Klara gelassen.

»Das habe ich auch schon bemerkt. Was ist jetzt? Kennst du dich nicht mehr aus?«

»O doch, bestens sogar. Aber Ihr seid hier fremd, und jetzt müssen wir mehrmals die Richtung ändern. Ich sorge mich ein wenig um Eure Gesundheit, denn die Mauern hier sind härter als Euer Kopf.«

»Und nun?«

»Nehmt meine Hand. Ich werde Euch führen.«

Imbert war von Klaras Aufforderung so überrascht, dass ihm die Worte fehlten. Die Magd brach mit einem Seufzer das Schweigen. »Verzeiht. Ich wollte Euch nicht zu nahe treten.«

»Was soll das heißen?«, fragte Imbert verunsichert.

»Ihr seid Mönch. Vielleicht mögt Ihr's ja nicht, eine Frau anzufassen.«

»Unfug«, sagte Imbert und versuchte, so bestimmt wie irgend möglich zu klingen.

Dabei wusste er, dass Klara gar nicht mal so falsch lag. Zwar war ihm die Hand einer Frau nicht zuwider. Aber die Berührung war für ihn ungewohnt. Weit mehr als zwanzig Jahre war es her, dass er die Haut einer Frau gespürt hatte. Damals war er noch ein Kind gewesen und die Frau eine alte Magd, die ihn im Scherz auf den Arm genommen hatte. Aber das hier war etwas anderes. Oder doch nicht? Was gingen ihm da nur für Gedanken durch den Kopf?

»Los, reich mir deine Hand«, forderte Imbert Klara auf, und er hoffte wieder, dass sie seine Verlegenheit nicht wahrnahm.

»Hier«, entgegnete Klara.

»Wo denn?«

»Ihr müsst schon ein wenig suchen. Ich sehe schließlich genauso wenig wie Ihr.«

Unbeholfen tastete Imbert in die Dunkelheit und hoffte inständig, Klaras Hand und nichts anderes zu fassen zu bekommen. Nach kurzem Tappen ergriff er endlich die ausgestreckten Finger. Ihre Hand fühlte sich weich, warm und zart an. Sanft erwiderte Klara seinen Druck und zog ihn mit sich.

»Kommt«, sagte sie.

Wie einen kleinen Jungen führte die Magd den Mönch durch den finsteren Gang, und Imbert ließ sich bereitwillig leiten. Zweimal bogen sie in tiefer Dunkelheit rechts ab, bis Klara endlich stehen blieb.

»Wir sind da«, sagte sie.

»Schon?«

»Ja, schon. Warum fragt Ihr? Wolltet Ihr noch ein wenig länger Händchen halten?«

Sofort ließ Imbert Klaras Hand los. »Natürlich nicht. Wo ist die Tür?«

»Hier«, sagte Klara in keckem Tonfall. »Leider habt Ihr meine Hand jetzt schon losgelassen, sonst könnte ich sie Euch zeigen.«

Imbert brummte unwirsch, weil er sich vorgeführt fühlte. »Dann klopf du an die Tür.«

»Zweimal?«

»Zweimal, mit einer langen Pause.«

Imbert war sich sicher, dass Klara schmunzelte. Im nächsten Moment pochte sie an. Sie ließ ausreichend Zeit bis zum nächsten Klopfen, damit Albertus sicher wusste, dass sie es waren, die vor der Tür standen.

»Herein«, rief laut und vernehmlich eine Stimme, lauter, als sie es erwartet hatten.

Es dauerte eine Weile, bis Imbert bewusst wurde, dass etwas schiefgelaufen war. Es war nicht Albertus, der sie hereinbat.

»Verflixt«, entfuhr es Imbert halblaut. »Bist du sicher, dass das die richtige Kammer ist?«

»Ganz sicher«, antwortete Klara, und Imbert hörte am Klang ihrer Stimme, wie überrascht auch sie war.

Als Jaspar das Scheunentor donnernd hinter sich zuwarf, hätte er am liebsten geflucht. Aber er verkniff es sich. Der Ärger war es nicht wert, sich auch noch zu versündigen. Sollten Imbert und Klara doch ohne ihn ins Stift einbrechen. Wenn Imbert der Meinung war, dass es die Gefahr der Entdeckung erhöht, wenn sie sich zu dritt heimlich durch die Flure stahlen, mussten sie eben auf ihn verzichten.

Im Hof der Wirtschaftsgebäude hatten sie sich getrennt. Imbert und Klara waren zum Eingang ins Stift gegangen, um sich in Idas Totenzimmer mit Albertus zu treffen, und Jaspar hatte sich Scheune und Stall auf der gegenüberliegenden Seite des Hofes zugewandt. Er wollte die Gelegenheit nutzen, noch einmal nach Zacharias zu suchen. Vielleicht, so hoffte Jaspar, war sein Freund inzwischen an seine Schlafstatt zurückgekehrt. Doch nun, da er in der Scheune stand, bereute er seinen Alleingang, und die Furcht vor dem Mörder schlich sich wieder in seinen Kopf. Er wollte nach Zacharias rufen, besann sich dann aber. Er brauchte ja nicht unnötig auf sich aufmerksam zu machen. Wenn Zacharias hier war, würde er ihn auch so finden, ohne Lärm zu machen.

Im schummrigen Licht des Monds, das durch Ritzen in die Scheune fiel, tapste Jaspar ängstlich voran auf die Leiter zu, die hoch auf den Boden führte. Im Stall im hinteren Teil der Scheune machte sich Unruhe unter den Rindern und Schweinen breit. Noch bevor Jaspar seinen Fuß auf die unterste Sprosse der Leiter setzte, raschelte es lauter im Viehverschlag.

»Hier, hier«, rief aufgeregt eine Stimme aus dem Stall heraus. »Zacharias ist hier, liebe Jungfrau, hierher, komm hierher!«

»Zacharias?«

Die Stimme schwieg.

»Zacharias? Bist du da?«

Noch immer keine Antwort. Jaspar wartete nicht länger, sondern ging geradewegs zum Stall, stützte seine Hände auf die Kante des brusthohen Verschlags und schwang sich hoch. Angestrengt suchte er das mit Stroh gedeckte Viereck ab, doch dann bemerkte er, dass sich das Vieh scheu in einer Ecke zusammengedrängt hatte. Er brauchte bloß auf der entgegengesetzten Seite nachzuschauen. Von der Größe her hätte die Kreatur, die dort auf dem Boden kauerte und nur als schwarzer Umriss zu erkennen war, auch ein Rind sein können, aber Jaspar kannte den Schatten. Zacharias hatte sich im Stall verkrochen. So dumm er auch sein mochte, der Riese war schlau genug, im Mist bei den Tieren Unterschlupf zu suchen, wenn er nicht gefunden werden wollte.

Jaspars Furcht war verflogen. Er zog die Beine über die Kante und war mit einem Satz neben seinem Freund. Als Jaspar weich auf dem feuchten Stroh landete, nahm Zacharias zum Schutz seine Arme vors Gesicht.

»Nein, geh weg, Jaspar, geh weg von Zacharias«, heulte er.

»Ruhig, Zacharias. Es ist alles in Ordnung.«

»Nein, ist es nicht, gar nicht ist es, musst weggehen von Zacharias, Jaspar, sonst kommt die Jungfrau nicht zu ihm.«

Als draußen der Wind eine Wolke in Fetzen fegte, fiel durch eine Bretterritze ein Strahl Mondlicht auf den Hünen. Jaspar sah die vor Schreck geweiteten Augen seines Freundes und den schiefen Mund. Schiere Angst hatte Zacharias' Gesicht zu einer abscheulichen Maske entstellt.

»Du brauchst die Jungfrau nicht mehr.« Jaspar versuchte, so sanft wie möglich auf seinen Freund einzureden. »Ich bin jetzt bei dir, Zacharias, ich passe auf dich auf.«

»Aber warum kommt sie nicht, die Jungfrau? Warum lässt sie ihren Zacharias allein?«

»Das weiß ich nicht, mein großer kleiner Tollpatsch«, sagte Jaspar und nahm Zacharias, der sich nicht dagegen wehrte, in den Arm. Der Hüne legte seinen mächtigen Schädel an Jaspars Brust und weinte. Jaspar streichelte das strähnige Haar seines Freundes und ließ ihn gewähren, bis Zacharias sich beruhigt hatte. Dann nahm er den Riesenkopf in beide Hände und wurde endlich los, was ihm seit Zacharias' Verschwinden keine Ruhe mehr gelassen hatte.

»Zacharias, du musst mir die Wahrheit sagen.«

Der Hüne zog die Nase hoch. »Zacharias sagt immer die Wahrheit, Zacharias lügt nicht, nie nicht, Jaspar, das weißt du doch.«

»Dann sag mir, warum du einen Schädel unter deiner Decke aufbewahrst.«

»Zacharias muss doch auf den Kopf seiner Jungfrau aufpassen, das muss er doch. Sie läuft doch ohne ihren Kopf herum, und Zacharias gibt solange acht auf den Kopf. Das tut er, Jaspar, das tut er gut, und die Jungfrau ist ihm dankbar.«

»Ich glaube dir ja, Zacharias, ich glaube dir. Ich bin sicher, deine Jungfrau ist dir sehr dankbar. Nun sag mir, hast du diesen Priester im Dom umgebracht?«

Zacharias schien verwundert über den Vorwurf und schüttelte den Kopf.

»Und was ist mit Schwester Mabilia? Hast du ihr etwas angetan?«

Zacharias zögerte kurz, doch antwortete er entschieden. »Nein, Zacharias hat der alten Frau kein Haar nicht gekrümmt, das hat er nicht.«

»Gut, Zacharias, sehr gut. Und nun sag mir noch, hast du Ida umgebracht?«

Im Mondlicht sah Jaspar das Weiße in Zacharias' Augen aufleuchten. »Ich?«, sagte der Riese voller Entsetzen, und Jaspar war sich sicher, dass es nicht gespielt war. Denn nie zuvor hatte Zacharias dieses Wort verwendet.

Im selben Augenblick, in dem Imbert und Klara die Tür der Nachbarkammer hastig zuschoben, flog die Tür des Totenzimmers auf.

»Wer da?«, bellte die Stimme, und nun erkannten die beiden auch, zu wem sie gehörte. Schwester Bertradis hatte ihnen einen Strich durch die Rechnung gemacht. Imbert und Klara drückten sich an die Tür ihres dunklen Verstecks und lauschten gespannt auf den Gang hinaus.

»Ach, macht Euch nicht lächerlich«, hörten sie Albertus sagen, der Bertradis offenbar auf den Flur gefolgt war. »Da ist niemand. Oder seht Ihr jetzt schon Gespenster?«

Die dicke Bertradis grunzte abfällig. »Jemand hat geklopft. Da bin ich mir sicher.«

»Und ich bin mir sicher, dass niemand geklopft hat. Hört Euch doch den Schneesturm draußen an. Es war bestimmt nur der Wind, der an einem Fenster gerüttelt hat.«

»Das ist jetzt auch unerheblich«, gab Bertradis scharf zurück. Offenbar war sie wieder ganz die alte. »Ich weiß nur, dass hier irgendetwas nicht stimmt, und was es ist, werde ich herausfinden.«

»Ihr leidet an Verfolgungswahn, Bertradis. Das Erlebnis von heute Morgen ist Euch offenbar nicht bekommen.«

»Macht Euch nicht über mich lustig, alter Mann. Ich finde es befremdlich, dass Ihr die Schwestern wegschickt und die Totenwache übernehmt, ohne mich oder die Äbtissin davon in Kenntnis zu setzen. Ihr solltet Euch morgen vor Clementia erklären, Albertus.«

»Und Ihr solltet ein wenig Ehrfurcht am Bett einer Toten walten lassen, Bertradis. Ihr führt Euch unmöglich auf.«

Für einen Moment war es still auf dem Gang. Der Zweikampf

vor der Tür wurde stumm ausgetragen. Imbert und Klara wagten keinen Atemzug und keine Bewegung – bis sich Bertradis endlich wieder zu Wort meldete.

»Wie auch immer. Ihr werdet Euch morgen erklären. Gute Nacht, Albertus.«

»Gute Nacht, Schwester.«

Bertradis machte sich auf den Weg. Vor der Tür, hinter der Imbert und Klara die Luft anhielten, blieb sie stehen. Die nächsten Sätze, die Bertradis sagte, hörten sie kaum, so ungewohnt sanft sprach die Dekanin: »Und passt mir auf Ida auf. Betet für sie.«

Die schweren Schritte der Schwester tönten dunkel über den Gang, bis sie schließlich verhallten. Erst jetzt atmeten Imbert und Klara auf.

In Clementias Armen krampfte eine Irrsinnige. Eufemia wand sich, bäumte sich auf, kugelte sich ein und streckte mit aller Kraft wieder den Rücken durch. Ihr Kopf stieß hart gegen einen Bettpfosten, fiel zurück aufs Bett und färbte das Kissen dunkelrot. Laut wie eine Rassel klapperten Eufemias Zähne, ihre Lippen waren blutig. Es kostete Clementia alle Kraft, die Kleine festzuhalten, damit sie nicht aus dem Bett fiel. Beide waren nach den tausend Kämpfen dieser Nacht schweißgebadet.

Spät am Abend hatten die Anfälle wieder Besitz von Eufemia ergriffen. Mit nie gekannter Gewalt waren sie zurückgekehrt, hatten das Mädchen geschüttelt und umhergeworfen, so machtvoll, dass Clementia sich nicht in der Lage sah, das Zimmer im Obergeschoss des Äbtissinnenhauses auch nur für einen Augenblick zu verlassen. Eufemia am Bett festzubinden war ihr nicht gelungen. Zwar schaffte sie es mit großer Mühe, dem Mädchen zu seinem Schutz einen Pflock zwischen die Kiefer zu schieben, doch Eufemia zerbiss das Holz schnell in Stücke, als wäre es nur trockenes Brot.

Ohne Übergang wandelte die Kleine zwischen den Welten hin und her. Eben noch entrückt mit verdrehten Augen und weißem Schaum vor dem Mund, schien sie im nächsten Augenblick wieder völlig klar. Hilfesuchend schaute sie dann zu Clementia auf und griff nach der Hand der Äbtissin. Doch diese Momente waren flüchtig und nie von langer Dauer.

Clementia konnte ihr nicht helfen. Machtlos wartete die Äbtissin darauf, dass die Krämpfe der Kleinen wenigstens einmal eine etwas längere Zeit ruhten, damit sie es wagen konnte, zu Albertus' Haus hinüberzulaufen. Sie musste endlich Hilfe holen. Sie hatte viel zu lange gewartet. Wenn es nicht schon zu spät war. Clementia fürchtete um Eufemias Leben.

»Das bekommt meinem alten Herzen nicht. Noch mal werdet Ihr mich nicht zu so etwas überreden, mein lieber Freund.« Albertus rieb sich die vor Aufregung geröteten Wangen und atmete schwer. »Ein solcher Trubel ist nichts mehr für mich.«

»Ich weiß, ich weiß«, sagte Imbert und drückte die Schulter des alten Kanonikers. »Und ich würde Euch jetzt sehr gern mein Ohr leihen, damit Ihr Euer Herz ausschütten könnt, aber unsere Zeit ist knapp bemessen. Wir sollten uns beeilen, bevor Bertradis sich besinnt und zurückkehrt, um das Gespräch mit Euch zu vertiefen.«

Imbert sprach ein leises Gebet für die Tote, ehe er dicht an die Bahre trat. Behutsam zog er das Laken von der Leiche. Er fühlte sich unwohl. Wenn es ihm zuvor schon peinlich gewesen war, Klaras Hand zu nehmen, wie würde es ihm dann erst gehen, wenn er Idas Leichnam untersuchte? Albertus und Klara traten hinzu und schauten dem Mönch gespannt über die Schulter. Als Imbert begann, Idas Hemd aufzuknöpfen, griff Albertus ihm in die Hand.

»Was um Himmels willen tut Ihr da?«

Imbert ließ nicht vom Leichnam ab, sondern wandte Albertus nur den Kopf zu. »Ich vermute, niemand hat sich die Mühe gemacht, Idas Körper genau in Augenschein zu nehmen. In der Krankenstube meines Klosters habe ich so manche Leiche gesehen, und daher weiß ich auch, dass an toten Körpern oft Spuren ihrer letzten Augenblicke im Leben zu finden sind.«

Albertus griff fester zu. »Aber muss das sein? Ich meine, sie auszuziehen?«

»Ich fühle mich auch nicht gut dabei, mein Freund, doch werden wir absolut nichts über Ihren Tod herausfinden, wenn wir uns nicht ihren Körper in seiner Gänze ansehen.«

Die beiden schauten sich eine Weile an, dann blickte Albertus in Idas Gesicht und seufzte.

»Wahrscheinlich macht Ihr das Richtige«, sagte er und trat zurück. »Also gut, fahrt fort.«

»Ich helfe Euch«, sagte Klara und trat neben Imbert an die Bahre.

Gemeinsam knöpften sie das Totenhemd ganz auf. Imbert fasste Idas Nacken und setzte die Tote auf, um ihr das Hemd abzustreifen. Was er tat, war ihm unangenehm gleich in mehrfacher Hinsicht. Imbert hatte in seinem Klosters zwar schon Leichen gesehen und auch angefasst, aber eben nur von Mitbrüdern und nie die Leiche einer Frau. Und nie war es ihm vergönnt gewesen, eine nackte Frau zu berühren. Dies hatte er stets bedauert, denn es war nicht sein Entschluss gewesen, sondern der seines Bruders, dass er ins Kloster gehen und sein Leben Gott widmen sollte. Und nun war es ausgerechnet eine tote Nackte, der seine ersten Blicke und Berührungen galten, wenn diese auch einem anderen Zweck dienten.

Die geschlechtliche Liebe zwischen Mann und Frau kannte Imbert nur aus den Andeutungen in der Heiligen Schrift und den zotigen Bemerkungen einiger Laienbrüder, die erst als Erwachsene in sein Kloster eingetreten waren und derbe Wörter benutzten, die er nicht verstand. Bis zu seiner Reise nach Köln hatte er über zwei Jahrzehnte nur Kontakt zu Männern gehabt, denn selten waren Frauen unter den Pilgern, die im Kloster der Grandmontenser Brüder übernachteten, und wenn, dann handelte es sich um hochgestellte Persönlichkeiten, die sich allein mit dem Abt unterhielten und von Laienbrüdern bedient wurden.

Stets hatte Imbert, wenn er Madonnenfiguren und Marienbilder eingehend betrachtete, nur ahnen können, was sich bei Frauen aus Fleisch und Blut unter den Wölbungen des Gewands verbarg. Verschämt sah er daher nun auf die festen und wohlgeformten Brüste der aufgerichteten Ida und blickte heimlich auf das schwarze Dreieck ihres Schoßes, um seine Neugier zu stillen. Für einen Moment stellte er sich vor, wie es wohl sein mochte, einer lebendigen Frau Zärtlichkeiten zu schenken, doch verscheuchte er den Gedanken schnell. Es war weiß Gott nicht der passende Augenblick. Imbert zwang sich, seine Konzentration auf das Wesentliche zu richten und einzig seinen Verstand einzusetzen. Nur die Logik half ihm im Angesicht der Toten weiter, nicht Gefühle. Sie verwirrten ihn nur und verstellten ihm den Blick.

Nachdem Klara ihm das Totenhemd abgenommen hatte, musterte Imbert im flackernden Kerzenlicht zunächst Idas Rücken, auf dem es außer den dunklen Totenflecken keine Auffälligkeiten gab, und dann den Hinterkopf. Die Verletzung an der Rückseite ihres Schädels fand er erst, als er Idas seidiges blondes Haar beiseite schob. Albertus trat an die andere Seite der Bahre, beugte sich vor und verengte die Augen.

»Aus dieser Platzwunde stammt das Blut, das wir gestern in der Grube an ihr gesehen haben«, sagte er.

Imbert nickte und betastete den Schädel. »Die Wunde ist nicht sehr groß. Und der Knochen ist intakt.«

Nun trat auch Klara noch näher an die nackte Leiche heran. »Was heißt das?«

Der Mönch verzog den Mund. »Das heißt vermutlich, dass der Schlag, der Ida hier traf, sie nicht getötet hat.«

»Nicht? Aber woran ist sie dann gestorben?«

»Das weiß ich noch nicht«, sagte Imbert und legte Ida vorsichtig wieder hin. »Aber ich versuche, es herauszufinden.« Als Nächstes nahm er sich ihre Arme vor, die er von den Schultern abwärts bis zu den Fingerspitzen begutachtete. Besondere Aufmerksamkeit widmete er den Unterarmen, Handgelenken und Fingernägeln, die er im Kerzenschein drehte und wendete. »Nichts. Einfach rein gar nichts«, murmelte er.

»Was hattet Ihr denn erwartet?«, fragte Albertus.

Imbert blickte auf. »Kratzer, Schürfungen, blaue Flecken, abgebrochene Nägel – irgendetwas, das auf einen Kampf schließen ließe.«

»Kein Handgemenge?«

»Kein Handgemenge.«

»Und was heißt das jetzt schon wieder?« Klara sah die beiden fragend an.

Imbert hob Idas rechten Arm und deutete auf dessen Unterseite. »Hätte sie mit ihrem Mörder gekämpft, wie wir alle bisher vermutet haben, wären irgendwelche Spuren zu sehen. Aber da ist nichts. Die Theorie, dass Ida ihren Mörder beim Diebstahl überrascht und mit ihm gerungen hat, müssen wir verwerfen. Was auch immer in der vorigen Nacht geschehen ist, es ist anders abgelaufen, als wir bisher geglaubt haben.«

»Aber wie hat der Mörder Ida denn nun umgebracht?«

Imbert atmete hörbar aus und ließ seinen Blick langsam und lange über Idas Körper wandern. Der Mönch zuckte mit den Schultern.

»Ich weiß es nicht. Ich weiß es wirklich nicht. Ich sehe keine Verletzung, die tödlich gewesen wäre. Ich sehe überhaupt keine Verletzung – von der Platzwunde am Hinterkopf einmal abgesehen.«

Schweigend standen die drei an Idas Totenbett und betrachteten die nackte Schwester. Sie spürten die Ohnmacht, und das bedrückte sie und machte sie zornig.

Imbert rieb sich nachdenklich das Kinn. »Wenn wir keine Verletzung finden, die sie getötet haben könnte, gibt es nur eine Lösung. Der Täter hat sie nicht umgebracht. Er hat sie bewusstlos geschlagen und in die offene Grube geworfen. Und sie dann bei lebendigem Leib verscharrt. Wenn das stimmt, müsste es sogar noch festzustellen sein.«

»Wie das?«

»Gebt mir eine Kerze.«

Albertus langte zum Fenstersims, nahm eine der drei Kerzen herunter und reichte sie Imbert. Der Mönch trat ans Kopfende des Bettes, lehnte sich über die Tote und hielt die kleine Flamme nah an Idas Gesicht. Er beugte sich vor und zurück, um im schwachen Licht der Kerze den besten Blickwinkel zu finden. Was er sah, bestätigte seine Vermutung.

»Es stimmt«, sagte er. »Als Schwester Ida auf dem Grund der Grube landete, schlug ihr Herz noch.«

»Woran seht Ihr das?«

»Sie hat Erde eingeatmet. Auch nach der Leichenwäsche ist die Erde noch überall tief in ihrer Nase zu sehen. Ida hat in der Tat noch gelebt, als ihr Mörder sie in der Kirche begrub.«

Mit beiden Händen stützte sich Albertus schwerfällig auf einen Stuhl und beobachtete Imbert, der geistesabwesend seine Unterlippe knetete. Albertus brach das Schweigen.

»Was denkt Ihr?«

Imbert atmete schwer aus und erwiderte erst nach einer geraumen Weile den Blick des alten Kanonikers.

»Ich versuche Schlüsse zu ziehen.«

»Dann denkt bitte laut.«

»Das alles bestätigt nur meine Vermutungen. Ida hat ihren Mörder gekannt. Daran kann es keinen Zweifel mehr geben. Es gibt keinerlei Hinweise auf einen Kampf, und das arme Ding hat seinem Mörder offenbar vertrauensselig den Rücken zugekehrt. Es passt ins Bild. Der Mörder ist jemand aus dem Stift.«

»Vielleicht hat er sie aber auch in der Kirche entdeckt und sich heimlich an sie herangeschlichen«, wandte Klara ein. »Dann hat er sie niedergeschlagen, ohne dass Ida merkte, wie ihr geschah, und dann hat er den Jungfrauenfinger geraubt.«

Imbert schüttelte den Kopf. »Glaubst du wirklich, in einer leeren Kirche kann man sich, ohne entdeckt zu werden, an einen Menschen heranpirschen und ihn hinterrücks erschlagen? Wohl kaum. Ich denke eher, Ida hat ihren Mörder gekannt. Und wer immer es war, er hat ihr Vertrauen ausgenutzt. Als sie ihm den Rücken zuwandte, hat er zugeschlagen und sie in die Grube befördert. Dann griff er zur Schaufel und vollendete sein schmutziges Werk.«

Alle drei Menschen, die am Totenbett standen, sahen vor sich das Bild der lebend beerdigten Ida, sahen, wie ein eiskalter Mörder Schaufel um Schaufel Dreck auf die Wehrlose warf, und fürchteten sich vor der Vorstellung, Ida könnte noch zu Bewusstsein gekommen sein, könnte noch erlebt haben, wie sich über ihr das Grab schloss. Sie spürten Wut, sie spürten Mitleid, aber sie hatten keine Zeit, ihre Gefühle weiter aufkeimen zu lassen.

Mit beiden Händen fuhr Klara sich über die Augen, um den Kopf wieder freizubekommen. Sie kleidete Ida kurzentschlossen wieder an und breitete das Totentuch über ihren Körper aus. Albertus stellte die Kerzen vom Fenster wieder an ihren alten Platz, während Imbert die Tür einen Spalt weit öffnete, um auf den Gang zu schauen. Er wollte das Glück nicht herausfordern. Sie sollten so schnell wie möglich das Stift wieder verlassen und in Albertus' Haus zurückkehren. Mehr gab es hier nicht zu entdecken.

»Der Gang ist frei, wir gehen«, sagte Imbert bestimmt.

»Falsch«, entgegnete Albertus. »Nicht *wir* gehen, sondern ihr beiden geht. Ich bleibe. Ich muss meine Totenwache noch eine kurze Zeit fortsetzen und dann die Mädchen holen.«

Gottlob, die Macht, die Eufemia in der Hand hatte, gab endlich Ruhe. Entkräftet, ausgemergelt, hohlwangig, leichenblass und halb bewusstlos, so lag das Mädchen auf dem schweißgetränkten Betttuch und dämmerte vor sich hin. Die Äbtissin nutzte die Gelegenheit. Die selbst völlig übermüdete Clementia wusch die Kleine, reinigte die blutverkrustete Wunde am Kopf und strich eine Paste aus zerriebenem Bohnenkraut darauf, die eine Entzündung verhindern sollte. Nachdem sie Eufemia ein frisches Hemd übergezogen hatte, fesselte sie Hand- und Fußgelenke des Mädchens mit Hanfseilen straff an die vier Bettpfosten, um Eufemia vor sich selbst zu schützen.

»Halt aus, mein Schatz, halt aus«, flüsterte sie ihr sacht ins Ohr. »Ich gehe nun und hole Hilfe. Es wird alles gut. Ich verspreche es. Es wird alles wieder gut.«

Clementia trat zur Tür und wandte sich noch einmal um. Den mitleidvollen, zärtlichen Blick der jungen Äbtissin nahm die erschöpfte Eufemia nicht wahr. Wohl aber, dass Clementia ans Bett zurückkehrte und ihr einen Knebel in den Mund stopfte, bevor sie das Zimmer verließ, ohne sich umzudrehen.

Albertus traf nur kurze Zeit nach Imbert und Klara in seinem Haus ein. Er hatte die vier jungen Schwestern geweckt, kaum dass der Mönch und die Magd über den Gang verschwunden waren. Die Mädchen hatten sich zwar verwundert die Augen gerieben, weil sie der Meinung waren, gerade erst eingeschlafen zu sein. Dann aber nahmen sie, dankbar für die kurze Ruhezeit, ihre Totenwache an Idas Bahre mit leisen Gebeten und Gesängen wieder auf.

Naseweis begrüßte Albertus mit freudig aufgestellten Ohren und wedelndem Schwanz, doch wie schon Imbert und Klara zuvor enttäuschte auch der Kanonikus den schwarzen Hund. Keinem der drei war nach freundlichen Worten zumute. Eigentlich brauchten sie nach der erschreckenden Leichenschau alle selbst Zuspruch. Mit bedrückter Miene zog Albertus seinen vom Schnee nassen Mantel aus und legte ihn zum Trocknen über einen Stuhl nahe an einem Kohlebecken. Klara hatte bereits Öllampen entzündet und eine Brühe erhitzt. Sie reichte dem Kanonikus einen Becher mit dem wärmenden Getränk.

»Hab Dank, mein Kind«, sagte Albertus und setzte sich zu Imbert, der seine Brühe in der Schale schwenkte und einen Schluck nahm. Es herrschte Schwermut in der warmen Stube. Die Bilder der vergangenen Stunde ließen sie nicht los, und keiner fand in diesem Moment die richtigen Worte. Vermutlich gab es sie auch nicht.

»Wo Jaspar nur bleibt?«, sagte Klara, um die betrübliche Stille zu beenden. »Es kann doch nicht so lange dauern, noch mal in der Scheune nachzusehen.«

»Es wird ihm schon nichts geschehen sein«, murmelte Albertus trübsinnig. »Vielleicht dreht er noch eine Runde über das Gelände, um Zacharias zu suchen.«

Imbert hingegen war nicht so sorglos. »Ich weiß nicht«, sagte er. »Wir sollten ihn jedenfalls nicht zu lange allein dort draußen herumlaufen lassen. Wenn er nicht gleich kommt, gehe ich ihn suchen.«

»Na wunderbar«, entfuhr es Albertus. »Jaspar sucht Zacharias, Imbert sucht Jaspar, und wer sucht dann Euch?«

Imbert trank aus seiner Schale und setzte sie auf den Tisch. »Ihr habt recht, Albertus. Keiner von uns sollte mehr allein losziehen. Nicht, solange der Mörder nicht gefasst ist. Jaspar wird auch ohne uns zurechtkommen. Wenn er nicht auftaucht, werden wir morgen früh nach ihm suchen.«

Wie auf ein Zeichen klopfte es an der Tür.

»Das wird er sein«, sagte Klara erleichtert und ging zum Hauseingang.

Doch Naseweis wusste es besser. Er hatte zuvor bereits die Schritte im Schnee gehört und schon am Geräusch erkannt, dass es nicht sein Herr war. Ungerührt blieb der Hund liegen, ohne auch nur den Kopf zu heben.

Es war die Äbtissin, die Klara in die Stube folgte. Sie schien sich nicht zu wundern, dass alle Bewohner des Hauses mitten in der Nacht noch wach waren. Ohne Begrüßung trat sie auf Imbert zu.

»Ich habe dringend mit Euch zu reden, Bruder Imbert«, sagte sie in ihrer abschätzigen Stimmlage.

Imbert, Albertus und Klara fühlten sich ertappt. War Bertradis ihnen doch noch auf die Schliche gekommen? Albertus und Imbert standen verblüfft auf und sahen sich betreten an. Imbert entschied, sich erst einmal dumm zu stellen.

»Worum geht es, ehrwürdige Mutter?«

»Ich brauche Eure Hilfe«, sagte sie in einem Ton, der nicht nach Bitte klang und keinen Widerspruch duldete.

Einen Augenblick lang war Imbert sprachlos. »Verzeiht, Ihr seht mich überrascht, ehrwürdige Mutter«, sagte er zögernd. »Was kann ich für Euch tun?«

»Folgt mir einfach«, sagte Clementia und ging los.

Unschlüssig blickte der Mönch Albertus an, dann ging er der Äbtissin nach. Auch der Kanonikus schickte sich an, ihr zu folgen.

»Nein, nicht Ihr!«, herrschte Clementia ihn unfreundlich an und wies mit einer hastigen Bewegung ihres Kopfes zu Imbert. »Nur er.«

Zacharias sprach kein Wort mehr. So sehr Jaspar sich auch bemühte, so sehr er seinen Freund auch bedrängte, Zacharias brachte keinen Laut über die Lippen. Das Wörtchen »Ich?«, das der Trottel zum ersten Mal in seinem Leben ausgesprochen hatte, war zugleich auch sein vorerst letztes gewesen. Stumm hockte er im Stroh und würdigte Jaspar keines Blickes, sondern starrte nur stur vor sich hin.

»Zacharias, bitte!«, flehte Jaspar inständig und packte seinen Freund abermals an beiden Schultern, doch Zacharias' Mund blieb verschlossen. Jaspar gab auf. Er beschloss, die Nacht an der Seite des Hünen zu verbringen, und ließ sich kraftlos neben Zacharias ins Stroh fallen. Jaspar stützte das Kinn in seine rechte Hand und versuchte nachzudenken. Wenn er Zacharias' letzte Äußerung richtig deutete, dann kam sein Freund als Täter nicht in Frage. Zacharias' Verschwinden war lediglich die Reaktion auf das schlimme Erlebnis gestern Morgen in der Kirche. Er brauchte nun Hilfe. Vorwürfe und Verdächtigungen waren völlig fehl am Platz.

In Jaspar regte sich ein wenig Stolz. Er hatte recht behalten. Nie hatte er Zacharias als Mörder in Betracht gezogen, sondern ihn gegen Klara, Imbert und Albertus beharrlich verteidigt. Und nun war es ihm gelungen, seinen Freund zu finden und ihn als Täter auszuschließen. Bei Sonnenaufgang würde er Zacharias in Albertus' Haus bringen und die drei unterrichten.

Schläfrig sank Jaspars Kopf auf die starke Schulter des Hünen, und seine Hand suchte Zacharias' Rechte. Die Finger seines Freundes bekam Jaspar nicht zu greifen, sondern nur den Verband, der noch immer die Verletzung schützte, die Zacharias am Vortag beim Freilegen von Idas Leiche behindert hatte.

Als Clementia ihn wortlos und eilig die Treppe in ihrem Haus hochführte, bestand für Imbert kein Zweifel mehr. Es ging gar nicht um den Einbruch. Das geheimnisvolle Mädchen musste der Grund für den nächtlichen Besuch der Äbtissin sein. Vor der Tür zu jener Kammer, in die er zwei Tage zuvor bereits mit Jaspar eingedrungen war, hielt Clementia inne und sah Imbert eindringlich an.

»Bevor wir die Kammer betreten, muss ich Euch ein Versprechen abnehmen. Nichts von dem, was Ihr in diesem Zimmer seht und was Ihr dort tut, dürft Ihr weitertragen. Niemand darf davon erfahren.«

Imbert wusste zunächst nicht, wie er sich verhalten sollte, doch ein Stöhnen, das aus der Kammer drang, entband ihn von der Pflicht, ein Versprechen abzugeben. Die junge Äbtissin öffnete umgehend die Tür. Imbert ahnte, dass es dem Kind schlecht ging, und er bereitete sich auf einen schlimmen Anblick vor. Dennoch erschrak er, als er das Zimmer betrat. Das kleine Mädchen, ohnehin schwach und zerbrechlich, war mit Seilen fest ans Bett gebunden und mit einem Tuch geknebelt. Wie schon bei Imberts erstem Besuch war es heiß und stickig im Zimmer, und noch immer roch es beißend nach Weihrauch. Clementia wollte die Tür hinter dem Mönch schließen, doch Imbert hielt sie zurück.

»Nein, lasst frische Luft herein.«

Clementia zauderte. »Die verbrannten Kräuter tun ihr gut«, sagte sie streng.

»Vermute ich recht, dass Ihr mich gerufen habt, um dem Kind zu helfen?«

Ihr Blick war stechend und hochmütig, doch schließlich gab die Äbtissin nach. Sie nickte und sah entmutigt zu Boden.

»Dann lasst mich gewähren und fangt damit an, indem Ihr die Tür offen lasst.«

Clementia ließ den Türknauf los. Sie steckte zwar zurück, doch eine Niederlage wollte sie gewiss nicht eingestehen. Schnell gewann sie ihre überhebliche Art wieder.

»Ich weiß nicht, wie Ihr es angestellt habt«, sagte sie beinahe streitsüchtig, »aber Ihr habt es vorgestern Morgen geschafft, sie ruhigzustellen. Es ist mir viel daran gelegen, dass Euch dies jetzt wieder gelingt, Bruder Imbert. Ich will jedenfalls niemanden sonst an ihr Bett holen.«

Imbert drehte der Äbtissin den Rücken zu und sah bekümmert zu Eufemia hinüber, die zu schlafen schien. Clementia sollte sein sorgenvolles Gesicht nicht sehen. Auch wenn er ab und zu in der Krankenstube seines Klosters aushalf, war er doch kein Heilkundiger. Wie also sollte er dem Mädchen zur Seite stehen? Wenn die Kleine so schwer krank war, wie es den Anschein hatte, konnte er ihr bestimmt nicht helfen. Andererseits, beim vorigen Mal hatte er kaum mehr getan, als ihr beizustehen. Ein wenig frische Luft, ein wenig kühles Wasser, das hatte schon genügt, um ihr Linderung zu verschaffen.

Frischluft, Wasser – und Naseweis, schoss es Imbert durch den Kopf. Warum nicht noch einmal?

Er schöpfte Hoffnung. Und wenn es ihm wieder gelänge, das Mädchen mit solch einfachen Mitteln auf die Beine zu bringen, müsste Clementia wohl auch endlich ihr Misstrauen ablegen. Etwas anderes bliebe ihr gar nicht übrig. Und er konnte zugleich ein wenig Licht in das dunkle Rätsel um das Mädchen bringen.

»Hättet Ihr mir gleich gesagt, worum es geht, wäre Euch ein Weg erspart geblieben«, sagte Imbert über die Schulter.

»Was soll das heißen?«

»Wenn Ihr der Kleinen helfen wollt, solltet Ihr zu Albertus' Haus gehen und Naseweis holen.«

»Den Köter?« Clementia verzog angewidert das Gesicht.

»Den Hund, sehr richtig«, erwiderte Imbert gelassen und wandte sich zur Äbtissin um. »Ich glaube, er vermag bei ihr wahre Wunder zu vollbringen. Beim vorigen Mal beruhigte sie sich in kurzer Zeit, nachdem er sich neben sie gelegt hatte.«

»Sie *ist* ruhig, wie Ihr seht. Warum sie also beruhigen?«

»Ihr habt sie nicht umsonst gefesselt und geknebelt, und Ihr werdet mich nicht grundlos hergebeten haben. Oder?«

Clementia schob das Kinn vor und schnaubte durch die Nase. Wortlos machte sie auf dem Absatz kehrt, verließ das Zimmer und stieg mit polternden Schritten die Treppe wieder hinab. Noch ehe die Äbtissin die Haustür zuwarf, trat Imbert an Eufemias Bett, löste alle Fesseln und nahm dem Mädchen den Knebel aus dem Mund. Dann zog er einen Schemel ans Bett und setzte sich zu der Kleinen, die noch immer tief zu schlafen schien.

Kaum war es still im Zimmer, schlug Eufemia die Augen auf.

»Das hättet Ihr besser nicht getan, Herr Imbert.«

Der Mönch lächelte. »Woher kennst du meinen Namen?«, fragte er sanft.

»Ich habe ihn gehört, als sie mit Euch gesprochen hat.«

»Du bist sehr aufmerksam, mein Kind. Sagst du mir auch deinen Namen?«

»Ihr habt ihn gehört, als wir uns das erste Mal trafen.«

»Dann habe ich ihn wohl vergessen.«

»Eufemia.«

»Sei mir gegrüßt, Eufemia. Und nun sag mir, warum sollte ich dir die Fesseln nicht abnehmen?«

»Es könnte wiederkehren«, sagte Eufemia mit zitternder Stimme. Ihr Kinn bebte. »Es ist noch nicht lange weg.«

Imbert nahm ihre Hand. Von ihrem überlegenen Wesen, das Eufemia bei ihrer ersten Begegnung gezeigt und das Imbert so beeindruckt hatte, war nichts mehr zu spüren. Sie war nun nur noch ein hilfloses, leidendes Mädchen.

»Ich bin da, hier bei dir«, sagte der Mönch. »Wenn es kommt, halte ich dich fest. Würde dir das helfen, Eufemia?«

Sie sah ihn mit ihren großen Augen an, und Imbert glaubte, ein Lächeln auf ihren Lippen zu sehen. Eufemia nickte.

»Du hast gar nicht geschlafen, als wir hereingekommen sind, oder?«, fragte Imbert. Sie schüttelte den Kopf. »Warum hast du so getan als ob?«

Eufemia wandte sich ab und zog die Beine an. »Ihretwegen«, flüsterte sie.

Imbert wollte sie nicht weiter bedrängen. Sie hatte in dieser Nacht bereits genug mitgemacht und war erschöpft. Er hielt noch immer Eufemias Hand und drückte sie.

»Es ist gut«, sagte er leise. »Ruh dich jetzt einfach nur aus, Eufemia.«

Er griff nach einer Decke und legte sie noch über das Laken auf Eufemia. Sie sollte nicht frieren, wenn er nun für noch mehr Frischluft sorgte. Die beiden Bretter, die Jaspar abgerissen hatte, waren wieder vor das Fenster genagelt worden, wahrscheinlich von der Äbtissin selbst, wie Imbert vermutete. Mit kräftigen Rucken brach der Mönch die Leisten wieder los und nahm zufrieden wahr, wie die verräucherte Luft hinausströmte und sich die Kühle der Nacht im Zimmer ausbreitete. Nach einigen tiefen Atemzügen drückte er die Bretter notdürftig an ihren Platz zurück und setzte sich wieder an Eufemias Bett. Langsam und regelmäßig hob und senkte sich die Brust des Mädchens, das offenbar schon eingeschlafen war. Beruhigt lehnte sich der Mönch zurück. Es sah so aus, als hätte Clementia ihn zu spät gerufen. Was auch immer Eufemia gepeinigt hatte, es schien vorüber zu sein.

Imbert nutzte die Zeit, sich in der Kammer umzusehen. Das Zimmer war recht groß und wurde auch nicht durch Möbel eingeengt. Außer Bett, Stuhl, einer Truhe und mehreren Kohlebecken war der Raum leer. Zwei Eimer standen auf dem Boden, einer mit schmutzigem, trübem Waschwasser, der andere gefüllt mit klarem Brunnenwasser. Auf der Truhe, die nah ans Bett gerückt worden war, standen ein Becher und eine fast leere Schüssel mit Breiresten.

Imbert griff nach der Schale und roch daran. Eufemias Mahlzeit war ein Fastenbrei gewesen, bestehend nur aus Mehl und Wasser. Ein viel zu karges Mahl für ein krankes Kind, wie Imbert fand. Und noch etwas störte ihn. Der Brei roch streng. Imbert konnte den Geruch nicht genau bestimmen. Er war modrig und erinnerte den Mönch an nasses Hundefell. Als Imbert genauer hinsah, entdeckte er in den getrockneten Breiresten kleine dunkle Punkte. Er schabte etwas von der Masse aus dem Napf und zerrieb sie in den Fingern, worauf sich der herbe Geruch verstärkte.

»Es schmeckt so seltsam, wie es riecht«, sagte Eufemia mit geschlossenen Augen.

»Du schläfst nicht?«

»Ich kann nicht.«

»Eufemia, musst du eine Medizin zu dir nehmen?«

Das Mädchen öffnete die Augen und schüttelte den Kopf. »Nein. Wenn es mir schlecht geht, lässt die Äbtissin mich zur Ader oder gibt mir Zaunrübenwurzel, damit ich meinen Darm entleere.«

»Weißt du, wer dir das Essen bereitet?« Wieder schüttelte Eufemia den Kopf. Imbert stellte die Schale zurück auf die Truhe und beugte sich zu Eufemia vor. »Die Äbtissin vielleicht?«

Eufemia hob die Schultern. »Sie bringt es mir, aber ob sie das Essen auch selbst zubereitet, weiß ich nicht.«

Imbert nahm den Becher, füllte ihn mit dem klaren Wasser aus dem sauberen Bottich und reichte ihn Eufemia. Wenn er etwas über Heilkunde wusste, dann dies: Gift musste aus dem Leib gespült werden.

»Trink«, sagte er. »Nicht zu hastig, aber trödle bitte auch nicht. Du musst viel Wasser zu dir nehmen, und wir haben nicht viel Zeit.«

Mit beiden Vorderpfoten stemmte Naseweis sich in den frischen Schnee und wehrte sich mit aller Kraft gegen Clementia, die ihn an einem Hanfstrick zu ihrem Haus zog.

»Verdammte Misttöle«, schimpfte die Äbtissin und zerrte den schwarzen Hund wie einen sperrigen Holzklotz hinter sich her. Der Wind war noch immer heftig und blies der jungen Frau dicke Flocken ins Gesicht. Die Kälte stach ihr in die Hände, worauf sie ihre Anstrengungen verdoppelte, um möglichst schnell wieder in der schützenden Wärme ihres Hauses zu sein.

Kaum hatte sie die schwere Eingangstür aufgestoßen, gab Naseweis seinen Widerstand auf, hüpfte in den Flur und schüttelte sich die Schneeflocken aus dem Fell. Clementia warf die Tür ins Schloss und beugte sich zu dem Hund hinab.

Die Treppe schleife ich ihn nicht hoch, dachte sie wütend, während sie Naseweis losband. Wenn dieser Franzose den Hund haben will, soll er ihn sich gefälligst hier unten holen.

Doch kaum war Naseweis den Strick los, rannte er die Treppe hoch und nahm dabei mehrere Stufen auf einmal. Oben angelangt, setzte er sich vor die offene Tür zu Eufemias Kammer.

»Bleib gefälligst hier«, rief Clementia Naseweis hinterher. Fluchend stieg sie die Treppe hoch. Doch im Türrahmen machte sie erschrocken neben Naseweis Halt und schaute ins Zimmer.

Von Imbert war nichts zu sehen.

Und auch Eufemias Bett war leer.

Mit sorgenvoller Miene sah Albertus zu, wie Klara eine dicke Decke über das verängstigte Mädchen legte und dem Kind zärtlich über die Wange strich. Sie hatten Eufemia in der warmen Stube gleich neben dem offenen Feuer eine Bettstatt zurechtgemacht. Der alte Kanonikus schüttelte voller Verärgerung sein graues Haupt. Er konnte seinen Zorn über Imbert, der Eufemia durch die Gärten getragen hatte, um der Äbtissin aus dem Weg zu gehen, kaum noch zügeln.

»Welcher Teufel hat Euch denn da schon wieder geritten?«, sagte er leise zu Imbert, doch war sein Groll nicht zu überhören. »Wie konntet Ihr sie nur herbringen? Die Äbtissin wird toben. Allmählich bin ich nicht mehr gewillt, an Euren Tollheiten teilzuhaben.«

»Es geht hier nicht um meine angeblichen Tollheiten, sondern um die Gesundheit dieses Kindes«, gab Imbert beschwichtigend zurück. »Entweder meint es irgendjemand zu gut mit der Kleinen und verabreicht ihr zu viele Heilkräuter – oder jemand trachtet ihr nach dem Leben.«

»Aber musstet Ihr sie deswegen gleich entführen?«

»Ja, das musste ich. Ich weiß nicht, welche Rolle die Äbtissin spielt, ob sie um das Mädchen besorgt ist oder ihm Böses will.«

»Wenn sie das Mädchen umbringen will, sehe ich keinen Grund, weshalb Clementia Euch hätte rufen sollen.«

»Auch ich kann mir keinen Reim darauf machen, aber darum will ich auch sichergehen. Eufemia ist unter Eurem Dach besser aufgehoben. Seht mir meinen schnellen Entschluss bitte nach.«

»Schneller Entschluss?«, brauste Albertus auf. »Das ist kein Entschluss, das ist Irrsinn! Wir müssen sie zurückbringen.«

»Auf keinen Fall! Albertus, denkt bitte nach! Es geht hier im Stift nicht mit rechten Dingen zu. Wir müssen das Kind schützen. Wenn ich mich irre und Clementia dem Mädchen nichts Böses will, kann sie uns unser Handeln nicht vorwerfen.«

Albertus seufzte und schüttelte wieder den Kopf. Vorwurfsvoll sah er Imbert an und wandte sich zum Gehen. Imbert fürchtete, die Hilfsbereitschaft seines Gastgebers nun endgültig über Gebühr beansprucht zu haben.

»Albertus«, rief er dem Greis halblaut nach. Der alte Mann blieb in der Tür stehen und drehte sich zu Imbert um. »Bitte geht nicht. Ich wollte Euch nicht erzürnen.«

»Ich gehe nicht, weil mich mein Zorn treibt«, sagte er, »sondern weil Clementia jeden Augenblick hier sein wird, um uns mit Flüchen und Verwünschungen zu überschütten.«

Imbert versuchte ein Lächeln. »Schon der weise König Salomo sagte: ›Besser in der Wüste hausen als Ärger mit einer zänkischen Frau.‹«

Es war eine geraume Weile her, seit Imbert ein Lächeln auf Albertus' Gesicht gesehen hatte. Doch jetzt hoben sich die Mundwinkel des Kanonikers wieder ein wenig.

»Vielleicht ist das Kind in meinem Haus wirklich besser aufgehoben.«

Imberts Blick fiel zurück auf Eufemia, die gerade zögerlich an einem Becher Wasser nippte, den Klara ihr reichte. Obwohl das Mädchen die Anwesenheit und die Fürsorge anderer Menschen vermutlich nicht gewohnt war, zeigte es nur wenig Scheu und Verunsicherung, allenfalls etwas Zurückhaltung. Wenn die Kleine genug Wasser zur Entgiftung getrunken hatte und wieder zu Kräften gekommen war, würde er versuchen, im Gespräch mit Eufemia etwas über sie in Erfahrung zu bringen.

Lautes Klopfen an der Haustür ließ das Mädchen vor Schreck zusammenzucken.

»Da ist sie schon«, sagte Albertus mit gleichmütiger Stimme. »Was soll ich der Äbtissin sagen?«

Imbert kratzte sich am Hinterkopf. »Wenn ich ehrlich bin, habe ich mir darüber noch keine Gedanken gemacht.«

»Na wundervoll. Dann beeilt Euch ein wenig. Es bleiben nur zwei Möglichkeiten: gestehen oder leugnen.«

»Gestehen. Aber nicht zu viel, denn Clementia darf nicht wissen, dass ich einen Verdacht gegen sie hege.«

»Darf sie zu ihr?«

»Auf keinen Fall«, sagte Imbert eindringlich. »Richtet der Äbtissin aus, das Mädchen benötige absolute Bettruhe. Und sagt ihr, sie brauche sich keine Sorgen zu machen. Eufemia gehe es gut, und sie sei auf dem Weg der Besserung.«

»Es wird Clementia nicht gefallen, wenn ich ihr den Zutritt zu meinem Haus verweigere.«

»Das gewiss nicht.«

»Sie könnte Büttel holen und sich gewaltsam Zutritt verschaffen.«

»Das wird sie nicht. Vertraut mir.«

Albertus hob ratlos die Schultern. »Schon gut«, sagte er dann. »Ich werde schon mit ihr zurechtkommen. Aber Ihr steht tief, sehr tief in meiner Schuld, mein Freund.«

Mürrisch brummend verschwand Albertus im Flur.

Zitternd vor Wut und Kälte stand Clementia auf der steinernen Schwelle zu Albertus' Haus. Ihre Streitsucht wuchs, je länger sie im beißenden Wind warten musste. Gerade als sie die Faust zu neuen Schlägen gegen das Holz hob, zog Albertus die Tür auf. Naseweis nutzte die Gelegenheit, um an den Beinen des Kanonikers vorbei ins Innere des Hauses zu schlüpfen.

»Gut, dass Ihr kommt«, sagte Albertus, der die Tür nur so weit geöffnet hatte, dass er den Kopf hinausschieben konnte. »Ich wollte gerade nach Euch schicken lassen.«

»Spart Euch die Ausflüchte«, gab die Äbtissin scharf zurück. »Ist die Kleine hier?«

»Das ist sie«, erwiderte Albertus. »Es ist alles in Ordnung.«

»Das werden wir noch sehen«, sagte Clementia und trat einen Schritt auf Albertus zu. Doch als sie versuchte, die Tür mit der flachen Hand aufzuschieben, drückte der Kanoniker dagegen. Mitten in der Bewegung wurde die Äbtissin aufgehalten. Überrascht blickte Clementia auf den viel kleineren Albertus hinab.

»Was soll das? Lasst mich hinein.«

Albertus setzte eine leidende Miene auf. »Ich bedaure außerordentlich«, sagte er gequält. »Aber Ihr wisst um den Zustand des Kindes. Das Mädchen benötigt zur Erholung vollständige Ruhe und keinerlei Aufregung. Aber keine Sorge. Die Kleine ist außer Gefahr und schläft einen heilsamen Schlaf.«

Es dauerte einen Augenblick, bis die Äbtissin die ungeheuerliche Zurückweisung begriffen hatte. Nur mit Mühe gelang es ihr, die Fassung zu bewahren.

»Habe ich mich nicht deutlich genug ausgedrückt?«, giftete sie. »Ihr sollt mich zu dem Mädchen lassen!«

Albertus hob die Schultern. »Ich bedaure«, erwiderte er und schob die Tür ein wenig weiter zu.

»Ihr lasst mich jetzt unverzüglich hinein«, sagte die Äbtissin mit lauterer Stimme als zuvor.

»Leise, sie darf nicht geweckt werden«, antwortete Albertus und hob die Hände, um Clementia zur Ruhe zu ermahnen. »Kommt nach Sonnenaufgang wieder. Dann sehen wir weiter.«

Ehe die entgeisterte Äbtissin etwas erwidern konnte, schloss sich vor ihrer Nase die schwere Tür. Wie versteinert blieb Clementia noch eine Weile vor dem hellen Steinbau stehen, bevor der nächtliche Schneesturm sie nach Hause trieb.

Diesmal schlief Eufemia wirklich. Sie hatte sich in die Decke gedreht und die Beine angezogen. Das Gesicht zum leise knisternden Feuer gewandt, waren ihr schnell die müden Augen zugefallen. Sie atmete mit tiefen und ruhigen Zügen. Um das Mädchen nicht zu wecken, ging Klara auf Zehenspitzen über den knarrenden Dielenboden vom Bett zur anderen Seite der großen Kammer, wo Imbert in einem Lehnstuhl saß. Naseweis hatte es sich bereits auf dem Schoß des Mönchs gemütlich gemacht.

»Was hat man dem armen Kind nur angetan?«, flüsterte die Magd. »Überall an Armen und Beinen hat sie kleine Schnittnarben.«

»Gehen wir einfach einmal davon aus, dass es jemand sehr gut mit Eufemia gemeint hat. Sie wurde zur Ader gelassen, als es ihr schlecht ging.«

»Dann gebe Gott, dass es mir niemals so schlecht geht«, sagte Klara leise und schlug ein Kreuzzeichen.

»Geh jetzt zu Bett, Klara. Wir haben alle eine lange Nacht hinter uns und brauchen Schlaf. Morgen wirst du dich um Eufemia kümmern müssen. Wenn sie aufwacht, soll sie trinken, viel trinken, um das Gift aus ihrem Körper zu spülen.«

Klara zögerte jedoch.

»Was ist noch?«, fragte Imbert.

»Es ist wegen Jaspar. Er ist noch nicht wieder zurück.«

Imbert nickte. »Ich weiß, und auch ich bin in Sorge. Aber ich halte es für klüger, wenn wir im Haus bleiben. Wir sind heute Nacht bereits große Wagnisse eingegangen und sollten das Schicksal nicht noch weiter herausfordern. Vergiss nicht, es war seine Entscheidung, auf eigene Faust nach Zacharias zu suchen.«

Klara verabschiedete sich mit einem angedeuteten Knicks und verließ das Zimmer auf leisen Sohlen. Imbert spürte, dass ihre Angst um Jaspar von starken Gefühlen getragen war, und ihm war auch so schon nicht wohl bei dem Gedanken, den Jungen allein dort draußen in der Nacht zu wissen. Doch er hielt es für unverantwortlich, sich jetzt noch auf die Suche zu begeben und leichtfertig noch mehr Menschenleben zu gefährden. Niemand konnte wissen, ob nicht auch der Mörder über das Stiftsgelände streifte.

Im nächsten Augenblick betrat Albertus die Kammer.

»Woher wusstet Ihr?«, fragte er.

Imbert legte den Zeigefinger auf die Lippen und deutete mit dem Kopf zum Lager, auf dem Eufemia tief und fest schlief.

»Woher wusste ich was?«, fragte er leise.

Albertus ließ sich ihm gegenüber in einem Sessel nieder.

»Dass Clementia einfach so abziehen würde.«

Bevor er antwortete, nahm Imbert einen großen Schluck aus seiner Schale mit der nicht mehr ganz so heißen Brühe.

»Die Äbtissin tut alles, um das Mädchen in ihrem Haus zu verbergen. Niemand darf Eufemia sehen, geschweige denn etwas von ihrer Existenz wissen. Selbst jetzt, wo es ihr so schlecht geht, holt Clementia in ihrer Verzweiflung lieber einen wildfremden Franzosen dazu, anstatt einen Heilkundigen kommen zu lassen, den sie kennt und dem sie vertraut. O nein, Clementia wird kochen vor Wut, aber sie wird nicht mit Bütteln in Euer Haus einmarschieren. Sie ist machtlos, weil sie nicht will, dass irgendjemand von Eufemia erfährt. Ich frage mich, was es mit diesem Mädchen auf sich hat. Warum versucht Clementia Eufemia zu verbergen?«

»Nehmt Euch in acht. Clementia hat doppelten Grund, wütend zu sein. Ihr müsst Euch morgen früh auf einiges gefasst machen.«

»Was meint Ihr?«

Albertus ließ sich Zeit mit seiner Antwort. Er schlug eine Decke über seine Beine und machte es sich in seinem gepolsterten Stuhl gemütlich.

»Sie hat Euretwegen die Macht über das Mädchen verloren. Allein Eufemias Entführung durch Euch genügt bereits für einen gehörigen Wutausbruch. Und Clementia weiß nun, dass es vermutlich völlig unnötig war, Euch zu rufen. Eufemia erholt sich. Clementia wäre also aus ihrer Sicht besser beraten gewesen, sie hätte Euch nicht in ihr Haus geholt. Den Ärger über ihren Fehler wird sie aber nicht gegen sich selbst, sondern gewiss gegen Euch richten, mein Freund.«

»Das nehme ich gern in Kauf, denn so wie sie doppelten Grund zum Ärgern hat, habe ich doppelten Grund zur Freude.«

»Weshalb das?«, fragte Albertus, gähnte laut und rieb sich die vor Müdigkeit geröteten Augen.

Nun war es Imbert, der nicht gleich antwortete, sondern sich erst in seinem Lehnstuhl zurechtsetzte.

»*Bon*, zum einen bin ich froh, weil wir Eufemia den Fängen dieser undurchschaubaren Äbtissin entreißen konnten. Hier in diesem Haus ist die Kleine wohlbehütet. Zum anderen haben wir die Gelegenheit, das Geheimnis um das Mädchen zu lüften. Ich denke, Eufemia wird uns morgen einiges zu berichten haben. Es ist an der Zeit, Licht ins Dunkel zu bringen.«

Imbert war all die Heimlichtuereien, denen er in den vergangenen Tagen begegnet war, allmählich leid. Das sollte ein Ende haben. Er nahm sich vor, nicht nur das Rätsel um Eufemia zu lösen, sondern überhaupt alle Vorgänge rund um das Stift und seine Bewohner zu klären, die er nicht verstand. Albertus' unbegreifliches Verhalten vor dem Dom gehörte dazu. Warum wollte der alte Mann die Leichname der Heiligen Drei Könige nicht sehen? Und warum wollte er über seine Gründe nicht sprechen? Regelrechte Schmähworte hatte der Kanoniker über die Reliquien ausgestoßen. Wie hatte Albertus doch gleich gesagt, als Imbert ihm anbot, an der Sargöffnung im Dom teilzunehmen? »Ein Jammerspiel um einen Haufen aus Knochen, Fleisch und Lumpen.«

Am liebsten hätte Imbert den Greis noch in dieser Nacht ein zweites Mal auf den Zwischenfall angesprochen. Doch Albertus war in seinem Stuhl eingeschlafen und schnarchte laut mit zurückgelehntem Kopf. Und so beließ es Imbert dabei. Er setzte Naseweis auf den Boden, stand auf und legte die Decke über Albertus zurecht, bevor er zu Bett ging.

Aus diesem Blickwinkel hatte er die Kirche der heiligen Jungfrauen noch nie betrachtet. Wie seltsam sie doch von hier unten aussah. Seltsam schön. Und wie bezaubernd das rote Licht der aufgehenden Sonne in klaren Strahlen durch die hohen Fenster brach. Er war verblüfft. Dabei hätte er noch vor wenigen Augenblicken geschworen, dass einen alten Hasen wie ihn doch nichts auf der Welt mehr überraschen konnte. Fast hätte er über seine unerwartete Erkenntnis gelacht, doch fehlte ihm dazu die Kraft. Sonst hätte er längst um Hilfe gerufen.

Der alte Geistliche lebte noch lange, nachdem der Dolch sich in sein Herz gebohrt hatte. Er lag ausgestreckt auf dem Boden der Kirche, gleich hinter dem Altar und vor den hochgestellten Schreinen von Ursula, Ätherius und Hippolytus, und wunderte sich, weshalb ihm die Kälte der Fliese an seiner Wange nicht unangenehm war. Langsam und kraftlos pochte sein Herz und pumpte doch mit jedem schwachen Schlag mehr Blut aus seinem Körper, bis erst sein Chormantel mit der warmen Flüssigkeit getränkt war und sich schließlich auf dem Steinboden eine große kreisförmige Lache bildete.

Der Mann spürte jeden Pulsschlag, der ihn dem Tode näher brachte. Betrübt und hilflos sah er zu, wie sein Leben in einem kleinen roten Rinnsal dahinfloss. Das Blut nahm seinen Weg durch eine Fuge zwischen den schwarzen Fliesen und lief – gerade wie ein straff gespannter dicker dunkelroter Faden – am Hochaltar vorbei, bis es von der niedrigen Stufe in den Innenraum der Kirche tröpfelte. Von der Kante fiel Tropfen um Tropfen geräuschvoll in die Pfütze, die sich bald auf dem Boden ausdehnte. Herzschlag, Tröpfeln, Herzschlag, Tröpfeln. Das war der grausame Takt seines schwindenden Lebens, dem er lauschen musste, bis sich seine Lider mit einem Zittern senkten und er bitter lächelnd das Bewusstsein verlor.

An diesem Morgen war alles anders. Kein Geläut weckte Jaspar und Zacharias, denn seit gestern Abend schwiegen die Glocken. An Karfreitag war stille Trauer und kein festliches Läuten geboten. Doch das war es nicht allein. Auch dieser Karfreitag war anders als alle anderen zuvor. Keine der Schwestern ging, wie sonst üblich am Todestag des Herrn, mit einer Ratsche durch das Stift, um die Bewohner zu wecken. Und auch an diesem Morgen wiesen zwei Büttel des Erzbischofs am Tor zur Immunität noch immer Pilger ab, die Einlass begehrten, um in der Kirche zu beten. Der Mord an Ida und der rätselhafte Tod der Roten hatten den Tagesablauf der Gemeinschaft völlig auf den Kopf gestellt. Die Äbtissin war zu sehr abgelenkt, als dass sie mit harter Hand für Ordnung hätte sorgen können.

Und so wurden Jaspar und Zacharias erst nach Sonnenaufgang durch die Hilferufe einer jungen Frau im Stall aus dem Schlaf gerissen. Jaspar schreckte hoch und versuchte, als sein Herz wieder Ruhe gab, auszumachen, was ihn so unsanft geweckt hatte. Zacharias setzte sich nur schwerfällig auf und rieb sich die verschlafenen Augen.

»Was ist das, Jaspar?«, fragte Zacharias, der seine Sprache wiedergefunden hatte.

Jaspar antwortete nicht auf die Frage seines Freundes, sondern sprang auf.

»Bleib hier, Zacharias. Was auch geschieht, du rührst dich nicht vom Fleck. Hast du mich verstanden?«

»Vielleicht ist das ja Zacharias' Jungfrau, Jaspar.«

»Das ist sie ganz bestimmt nicht. Nun hör mir endlich zu. Du bleibst hier, Zacharias, hast du das jetzt verstanden?«

Ob Zacharias nickte, bekam Jaspar nicht mehr mit. Er schwang sich über die Bretterwand und hastete in den Innenhof. Der Sturm hatte sich gelegt, und die Sonne stand bereits über den hoch mit Schnee bedeckten Dächern des Stifts. Jaspar lauschte. Die Hilferufe hielten an und kamen von der anderen Seite der Kirche. Jaspar musste aus dem Hof hinaus und den weiten Weg um die Wirtschaftsgebäude und den Stiftsblock laufen, bis er den Seiteneingang der Kirche erreichte.

Aus allen Richtungen hasteten Schwestern, Kanoniker und Mägde durch den frischen Schnee zur Kirche. Jaspar schloss sich ihnen an. Er nahm die Stufen und war mit dem nächsten Schritt durchs Portal. Auch vom Turm her kamen Schwestern durch den Innenraum des Gotteshauses herbei. Alle drängten zum Hochaltar, hinter dem sie sich zu einem Halbkreis zusammenstellten.

Jaspar zwängte sich durch die Menschen nach vorn. Seine Befürchtung wurde Gewissheit. Es hatte wieder einen Mord gegeben. Die Stiftsangehörigen standen wie erfroren um eine riesige Blutlache und starrten auf die Leiche des alten Mannes, der den Chormantel eines Geistlichen trug. Alle im Stift kannten den Toten. Die große Blutlache um ihn herum wirkte wie eine Decke aus schwerem Purpursamt, die er sorgsam und faltenfrei unter sich ausgebreitet hatte. Der Greis sah so friedvoll aus, als hätte er sich nur zum Schlafen auf den Kirchenboden gelegt.

Jaspar sog die Luft ein. Er hatte den Erstochenen im ersten Augenblick wegen der Kleidung und des grauen Haarkranzes für Albertus gehalten. Aber in dem See aus Blut lag ein anderer, jemand, der nicht hierher gehörte. Richard, der greise Schreiber des Erzbischofs, trug noch immer das bittere Lächeln, das er in der Stunde seines Todes aufgesetzt hatte.

Ein zweites Mal besetzten die Männer des Erzbischofs in ihren Wappenröcken das Stift an der Kirche der heiligen Jungfrauen. Doch dieses Mal marschierten sie in doppelter Truppenstärke ein. Sie riegelten die Kirche ab und postierten sich entlang der Stiftsmauer, an deren Eingängen und auch vor allen Häusern der Kanonissen und Kanoniker. Die Befehle waren unmissverständlich. Niemand durfte die Stiftsimmunität verlassen oder betreten. Alle Schwestern, Kanoniker und Mägde standen unter Hausarrest.

Die Äbtissin legte keinen Widerspruch ein. Demütig fügte sie sich den Anordnungen Philipps von Heinsberg. Ihr Fehler, Mabilia die Rote voreilig zur Mörderin zu stempeln, gestattete ihr kein Aufbegehren. Sie kniete in der Kirche vor dem Hochaltar auf einem niedrigen Bänkchen und betete still für alle Opfer des kaltherzigen Mörders, für Richard, Ida und Notker, den erstochenen Priester. Und auch für Mabilia, denn so viel stand nun fest, die Rote war keine Selbstmörderin, sondern Opfer. Clementia bat Gott um Verzeihung für alle Schuld, die sie in den vergangenen Tagen auf sich geladen hatte. Sie bat um Vergebung, obwohl sie nicht aufrichtig bereute, denn was auch immer sie getan hatte, hatte sie getan, weil sie das Stift und Eufemia schützen wollte.

Der bärtige Volkmar und ein halbes Dutzend seiner Männer standen untätig in der leeren Halle und beobachteten die Äbtissin, der es als Einziger erlaubt war, sich frei auf dem Gelände zu bewegen. Das Schweigen in der Kirche war eisig. Jedes Stiefelscharren eines Büttels, das hell von den weißen Wänden widerhallte, betonte die Stille nur noch mehr. Sie alle warteten, und sie alle vermieden es, dem toten Richard ins Gesicht zu blicken. Noch immer lag er seitlich hinter dem Hochaltar, den Kopf ins Kircheninnere gewandt. Philipp von Heinsberg hatte angeordnet, bis zu seinem Eintreffen nichts zu verändern.

Weder Clementia noch Volkmar sehnten den Erzbischof herbei. Beide mussten mit schweren Vorhaltungen rechnen, weil sie die Bluttaten im Dom und hier in der Kirche der heiligen Jungfrauen mit Mabilias vermeintlichem Selbstmord für geklärt angesehen hatten. Nun war Richards Leiche der grausige Gegenbeweis. Der Mörder trieb noch immer sein Unwesen.

Noch bevor die erste Silbe Klaras Lippen verlassen konnte, hob Jaspar den Finger.

»O nein, jetzt sagt keiner etwas«, forderte er und warf die Tür hinter sich zu.

Schweigend waren Jaspar, Imbert, Klara und Albertus von der Kirche zum Haus zurückgekehrt, schweigend und schnell, um nicht den Argwohn der Waffenknechte zu wecken, die durch die große Pforte in den Stiftshof eilten und sich von dort auf das gesamte Gelände verteilten.

»Er war's nicht, hört ihr!«, fuhr Jaspar fast ein wenig zu laut fort. »Wer auch immer den alten Mann in der Kirche umgebracht hat, Zacharias war es nicht. Ich weiß es sicher.«

»Eigentlich wollte ich nur kundtun, wie sehr ich in dieser Nacht um dich besorgt war und mich nun freue, dich wiederzusehen«, sagte Klara und verschränkte grollend die Arme vor der Brust. »Wo hast du nur gesteckt?«

Als Jaspar erkannte, dass ihn auch Imbert und Albertus vorwurfsvoll und zugleich neugierig ansahen, legte sich das Brausen in seinem Bauch. Aber nicht der Wunsch, seinen Freund zu verteidigen.

»In der Scheune, bei Zacharias«, gab Jaspar nun schon deutlich gedämpfter zurück. »Ich war die ganze Nacht bei ihm. Er hat nicht viel gesagt, aber er hat alle Taten bestritten.«

»Alle?« Imbert schälte sich aus seinem Umhang und sah Jaspar fragend an.

»Alle. Ich habe ihn ausdrücklich nach den Morden an dem Priester, an Ida und Mabilia gefragt. Keinem von ihnen hat er etwas zuleide getan.«

»Sagt er.«

»Ja, sagt er«, wiederholte Jaspar trotzig. »Und ich glaube ihm.«

»Was macht dich so sicher?«

Jaspar zog die Nase hoch und wischte sich mit dem Ärmel

durchs Gesicht. Er suchte Begriffe für das Gefühl, das zwischen seinem Bauch und seinem Kopf hin und her wanderte, aber sich nicht mit Worten einfangen ließ. Ihn ärgerte Imberts Spürsinn. Der Mönch stöberte zielsicher jeden Zweifel, jede Ungewissheit auf und schoss seine Fragen wie Pfeile darauf ab.

»Um ehrlich zu sein, ich weiß es nicht. Ich glaube ihm einfach.«

»Nun, da hast du recht wenig zur Verteidigung deines Freundes vorzubringen«, sagte Imbert und sah Jaspar beinahe bedauernd an. »Und wieso glaubst du behaupten zu können, dass Zacharias Richard nicht auf dem Gewissen hat?«

»Weil ich die ganze Nacht über bei ihm war. Wer auch immer den alten Mann in der Kirche umgebracht hat, Zacharias kann es nicht gewesen sein. Dafür lege ich die Hand ins Feuer.«

»Gute Idee«, sagte Albertus, der das Gespräch vorerst beendete und seine Gäste mit sanftem Druck voranschob. »Lasst uns erst einmal in die gute Stube gehen und uns aufwärmen. Wir müssen nach unserem Gast sehen. Eufemia war die ganze Zeit über allein.«

»Ohne mich«, rief Jaspar und trat zur Tür. Er fühlte sich fehl am Platz, weil ihm offenbar ohnehin niemand Glauben schenkte. »Ich gehe am besten wieder zu Zacharias. Auch er ist ganz allein und sollte jetzt besser nicht von den Bütteln gefunden werden.«

Doch kaum hatte er die Tür aufgezogen, hielt er inne. Vor dem Haus standen bereits zwei Männer des Erzbischofs, die ihn ernst anblickten und offensichtlich nicht gewillt waren, ihn vorbeizulassen. Mit festem Griff hatten sie ihre Spieße umfasst und in den Schnee gestemmt.

»Geh wieder rein, Kleiner«, forderte ihn einer der beiden auf. »Vorerst darf niemand vor die Tür. Hausarrest für alle.«

Als Philipp endlich kam, war es bereits Mittag. Der Erzbischof betrat die Kirche ohne ein Wort des Grußes. Geradewegs ging er zum Hochaltar, doch verlangsamten sich seine Schritte, je näher er dem Leichnam seines Schreibers kam. Clementia wusste, dass sie sich nun kein falsches Wort erlauben durfte. Der Erzbischof hatte nicht nur den Leiter seiner Palastkanzlei verloren, sondern vor allem einen väterlichen Freund. Philipp und Richard kannten sich bereits seit zwanzig Jahren. Schon zu dieser Zeit war Richard Schreiber des Kölner Erzbischofs, der damals jedoch noch Rainald hieß. Nach dessen Tod vor vierzehn Jahren stieg Philipp auf Wunsch des Kaisers zum Kölner Erzbischof auf und übernahm Richard als Schreiber. Seither bestimmte Philipp auch dank der Ratschläge seines weisen, alten Vertrauten die Geschicke des mächtigen Erzbistums Köln mit großer Umsicht.

Philipp von Heinsberg zeigte angesichts Richards Leichnam keinerlei Regung. Er verharrte nur einen kurzen Augenblick an der Leiche. Angewidert von dem vielen Blut, das sein Freund verloren hatte, drehte er sich wieder um.

»Raus mit euch«, herrschte er seine Männer an, die spornstreichs die Kirche verließen.

Obwohl der Erzbischof, die Äbtissin und der Hauptmann nun allein in der weiten Halle waren, fühlte sich Clementia eingeengt und bedrängt. Das Gefühl wuchs an, als Philipp von Heinsberg auf sie und Volkmar zutrat.

»Nun?«, fragte der Erzbischof. In seiner Stimme war der Vorwurf nicht zu überhören.

Clementia entschied sich dafür, sich nicht herauszureden und nichts zu beschönigen. Es hatte der Fehler bereits zu viele gegeben.

»Vergebt, Eminenz, vergebt mir. Mein Urteil über Mabilia war falsch, und ich weiß nicht, wie ich mit dieser Schuld leben kann. Meiner Fehleinschätzung wegen wurde die Suche nach dem wahren Mörder eingestellt, und meiner Fehleinschätzung wegen ist Euer Schreiber sein jüngstes Opfer geworden. Ich flehe Euch nochmals aufrichtig um Vergebung an.«

Volkmar wollte widersprechen, weil die Äbtissin mit ihrer Rede gleichzeitig auch ihn eines schweren Fehlers bezichtigte. Doch Philipp von Heinsberg schnitt ihm das Wort ab und setzte stimmgewaltig zu seiner Strafpredigt an.

»Halt den Mund. Sie hat recht. Du warst viel zu sehr damit beschäftigt, mir einen Mörder zu liefern, anstatt meinem Befehl wirklich Folge zu leisten.«

Mit zornig zusammengezogenen Brauen trat der Erzbischof auf Volkmar zu.

»Hast du wenigstens schon herausgefunden, was Richard hier gemacht hat? Hat ihn jemand gesehen? Wann ist er gekommen?«

»Die Wachen haben ihn gestern Abend bei Einbruch der Dunkelheit ins Stift eingelassen. Weil es Euer Schreiber war, haben sie ihn natürlich nicht nach dem Grund seines Besuchs gefragt.«

»Natürlich nicht«, murmelte Philipp und polterte wieder los. »Herrgott, ich wollte ein ruhiges, ein friedliches Osterfest. Ich wollte, dass sich kein Kölner um Leib und Leben fürchten muss, wenn er unsere Kirchen besucht. Was ich nicht wollte, war ein Sündenbock in Gestalt einer toten alten Kanonisse, die angeblich einen Priester und eine Schwester gemeuchelt hat. Hättest du gründlicher gearbeitet, würde Richard noch leben. Du trägst Mitschuld an seinem Tod. Jetzt sieh hin, was du angerichtet hast.«

Der Erzbischof zeigte auf die Leiche, ohne sich selbst nach ihr umzudrehen. Doch Volkmar sah nur betreten auf den Boden vor seinen Füßen.

»Sieh hin!«, rief Philipp so laut, dass es draußen vor der Kirche zu hören sein musste. »Sieh ihn dir an! Schau dir an, welche Schuld auf deinen Schultern lastet!«

Eingeschüchtert hob Volkmar den Blick und sah zum Leichnam hinüber, wie Philipp es ihm befohlen hatte. Wieder wollte er sich zu Wort melden, doch wieder fuhr ihm der Erzbischof über den Mund.

»Ich will nichts hören. Das Stift hier ist der Hort des Bösen, also wird es auf den Kopf gestellt, bis dieser Teufel gefasst ist. Jede Kammer wird durchsucht, jede Truhe durchwühlt, jeder Stein umgedreht. Finde etwas, Volkmar. Ich will Richards Mörder unter dem Schwert des Scharfrichters sehen, und zwar lieber heute als morgen. Wie du das anstellst, ist mir egal. Die Äbtissin wird sich deinen Anweisungen nicht widersetzen.«

Damit war das Gespräch beendet. Der Erzbischof raffte seinen Mantel zusammen und ging forschen Schrittes zum Portal. Auf der Schwelle drehte sich Philipp von Heinsberg noch einmal um.

»Volkmar, du sorgst dafür, dass Richard in Sankt Pantaleon aufgebahrt wird. Und Euch, ehrwürdige Mutter, soll es obliegen, die bedauernswerte Mabilia aus dem Schindanger zu holen und ihr ein angemessenes Begräbnis zu gewähren.«

Imbert empfand keine Genugtuung, weil er mit seinen Schlussfolgerungen recht behalten hatte, sondern Erleichterung, weil die Büttel des Erzbischofs nun endlich nach dem wahren Mörder fahndeten. Und er fühlte Bedauern, weil erst der Mord an Richard alle Zweifler darauf gestoßen hatte, dass es noch nicht vorbei war. Nun dürfte jedermann, sogar Volkmar, klar sein, dass der Mörder tatsächlich im Stift zu suchen war.

Durch die Fensterläden beobachtete Imbert aus der warmen Stube heraus, wie die bewaffneten Büttel über das Stiftsgelände zogen. Sie waren überall. Hin und wieder sah Imbert auch Waffenknechte hinter den Fenstern des mächtigen Stiftsgebäudes vorbeihuschen. Offenbar suchten Philipps Männer auf Volkmars Befehl mit der nötigen Gründlichkeit. Doch wirklich beruhigen konnte dieser Umstand Imbert nicht. Volkmar hatte zwar bewiesen, dass er mit aller gebotenen Hartnäckigkeit ermittelte, doch Scharfsinn gehörte bislang nicht zu des Hauptmanns vornehmsten Fähigkeiten.

»Ich verstehe bald gar nichts mehr«, sagte Jaspar.

»Was meinst du?«, fragte Imbert.

Er setzte sich zu Albertus und Jaspar an den Tisch in der Küche, in die sie ausgewichen waren, weil Eufemia noch immer in der Stube schlief. Jaspar presste die Kiefer aufeinander. Nur widerwillig war er in Albertus' Haus geblieben. Er sorgte sich um Zacharias, der nun allein in der Scheune war.

»Was geht im Kopf dieses Menschen vor? Wieso bringt er jetzt auch noch diesen alten Mann um?«

Imbert goss sich Wasser aus einem Krug in seinen Becher. »Das sind die falschen Fragen«, sagte er, trank und setzte den Becher wieder auf den Tisch. »Viel interessanter ist es doch zu wissen, was der Schreiber des Erzbischofs im Stift zu suchen hatte. Es liegt auf der Hand, dass es mit meinem Besuch bei Richard zu tun hat. Irgendetwas in unserem Gespräch gestern Nachmittag muss ihn dazu veranlasst haben, hierher zu kommen.«

»Ihr wart bei Richard?« Albertus Stimme verriet, wie überrascht, ja beinahe erschrocken er darüber war.

»Ja. Ich wollte mehr über die Reliquie herausfinden, die aus Caspars Sarg gestohlen wurde.«

»Aber warum habt Ihr mir nichts davon gesagt?«

Nun war es Imbert, dessen Gesicht Verwunderung zeigte.

»Verzeiht, aber ich wusste nicht, dass es für Euch von Bedeutung ist, wenn ich den Schreiber des Erzbischofs um eine Unterredung bitte.«

»Zumindest gewinnt es an Bedeutung, wenn der Mann, den Ihr heimlich aufsucht, wenige Stunden später erstochen aufgefunden wird. Wenn Volkmar davon wüsste, würdet Ihr wieder in der Hacht landen. Und zwar zum endgültig letzten Mal.«

»Seht es mir bitte nach, aber als ich Richard aufsuchte, konnte ich leider noch nicht wissen, dass auch er ein Opfer des Mörders wird.«

Albertus brummte nur kurz, dann schien die Angelegenheit für ihn erledigt.

»Und welches Ergebnis hat Euer Besuch erbracht?«

»Zwar konnte er sich nicht mehr genau erinnern, doch hat Richard mir bestätigt, dass es sich bei der Domreliquie um ein Körperteil handelt. Und seine Ermordung beweist nun noch etwas ganz anderes.« Imbert nahm noch einen Schluck aus seinem Becher, bevor er seinen Gedanken fortführte. »Ich bin mir sicher, er wusste, wer der Mörder ist, und er wusste, dass er hier im Stift zu finden ist. Richard wollte ihn zur Rede stellen.«

»Was macht Euch so sicher?«, fragte Albertus.

»Der Ort des Verbrechens.«

Weil sowohl Albertus als auch Jaspar fragend die Brauen hoben, lieferte der Mönch die Begründung nach.

»Richard war nicht nur Schreiber des Erzbischofs, sondern wie alle Menschen in seiner Position auch Priester. Nun sagt mir, was machen ein Priester und ein Mörder hinter dem Hochaltar?«

Albertus verstand. »Hinter dem Hochaltar nimmt ein Priester einem Sünder die Beichte ab.«

Imberts Mundwinkel hoben sich zu einem zufriedenen Lächeln. »Sehr richtig. Sünder beichten hinter dem Hochaltar. Ich vermute, Richard wollte den Mörder zur Rede stellen, und der Mörder hat ihn unter dem Vorwand, die Taten beichten zu wollen, dorthin gelockt.«

»Aber warum sollte er das tun?«

»Außerhalb der Tagesgebete ist die Kirche derzeit ein einsamer Ort. Es sind keine Pilger da, weil Volkmars Männer sie nicht hineinlassen, und die Schwestern halten sich im Stift oder in ihren Häusern auf. Hinter dem Hochaltar waren die beiden völlig unbeobachtet.«

Imbert stand auf und begann, in der Kammer auf und ab zu gehen.

»Ganz allmählich fügt sich so manches zusammen, auch wenn sich noch kein klares Bild ergibt«, sagte er dann fast wie in einem Selbstgespräch. »Klara berichtete, dass Gepa ihr von dem Baum erzählt habe, an dem die ehrwürdige Mabilia hing. Es sei ein Judasbaum, sagte sie, und zwar ein Ableger vom echten Judasbaum. Die Herkunft des Baums könnte erklären, warum sich der Mörder die Mühe gemacht hat, Mabilias Leiche daran aufzuknüpfen. Er wollte mitten im Herzen des Stifts eine Warnung aussprechen, die für Mitwisser unmissverständlich ist.«

»Eine Warnung?«, wiederholte Jaspar ungläubig.

»Ja. Mabilia ist dem Täter offensichtlich sehr schnell auf die Schliche gekommen. Die Botschaft des Mörders lautete: Seht her, das geschieht mit allen, die mich verraten wollen. Richard hat unser Gespräch gestern abgebrochen, als ich die Vermutung aussprach, bei Mabilias Ermordung könnte es sich um eine Warnung handeln. Ich glaube, genau in diesem Augenblick ist ihm ein Licht aufgegangen. Das setzt aber voraus, dass es hier um etwas geht, von dem mehr Menschen wissen.« Imbert wandte sich Albertus zu. »Wisst Ihr, mit wem Richard im Stift Umgang pflegte? Wer hier kannte ihn näher?«

»Niemand«, erwiderte der Kanoniker, ohne lange nachzudenken. »Man läuft sich allenfalls gelegentlich mal über den Weg. Die Äbtissin, wir Kanoniker und auch die Schwestern kennen ihn, weil wir uns bei kirchlichen Festen oder anderen Ereignissen begegnen. Immerhin war er der Schreiber des Erzbischofs. Aber nähere Beziehungen zu Richard gab es meines Wissens nicht.«

»Wie auch immer«, fuhr Imbert fort, »unser Täter ist jedenfalls nicht nur hinterhältig, dreist und boshaft, sondern auf seine Weise auch ausgesprochen einfallsreich. Und weil Volkmar meines Erachtens nicht annähernd so gescheit ist, sollten wir nicht aufhören, nach Antworten zu suchen, bevor uns der Mörder wieder zuvorkommt.«

Diese Worte erinnerten Jaspar an Zacharias, den er allein in der Scheune zurückgelassen hatte. Er schluckte.

»Ich sorge mich um Zacharias«, sagte er und sah Imbert eindringlich an.

»Warum?«

»Er ist allein in der Scheune, und ich kann nicht zu ihm. Was, wenn der Mörder ihn findet? Oder was, wenn die Büttel ihn in der Scheune entdecken? Ich mag gar nicht daran denken, was dann geschehen könnte. Hättet Ihr ihn doch nur gesehen. Zacharias war wie vor den Kopf gestoßen, als ich ihn fragte, ob er Ida Gewalt angetan hat.«

»Es wird ihm schon nichts geschehen«, versuchte Imbert ihn zu beruhigen. »Die Männer des Erzbischofs haben ihm ja schließlich nichts vorzuwerfen.«

»Und was ist, wenn sie gleichzeitig ihn und den Schädel entdecken?«, fragte Jaspar.

Imbert rieb sich grüblerisch das Kinn. »Dann werden sie ihn vielleicht als Reliquiendieb und als möglichen Mörder verhaften, das mag schon sein. Aber dann werden wir uns für Zacharias einsetzen.«

»Aber was soll das helfen? Wir haben nichts, womit wir seine Unschuld beweisen könnten. Und als ich Euch eben geschildert habe, dass Zacharias alle Morde abgestritten hat, wolltet Ihr mir nicht glauben. Ihr habt doch selbst so viele Dinge zusammengetragen, die ihn belasten.«

»Aber gleichzeitig entlastet ihn doch auch vieles, was wir bisher herausgefunden haben. Unser Mörder scheint Zacharias in den geistigen Fähigkeiten deutlich überlegen zu sein. Wenn dein Freund unschuldig ist, sollten wir hoffen, dass die Büttel gründlich vorgehen und nicht nur ihn und den Schädel, sondern auch den wahren Mörder finden.«

»Sorgen helfen uns nicht weiter«, sagte Albertus, der bisher nachdenklich geschwiegen hatte. »Wir benötigen auch ein wenig Gottvertrauen, mein Sohn. Aber wir haben noch ein ganz anderes Problem. Was machen wir, wenn die Büttel mein Haus durchsuchen und Eufemia entdecken? Sie werden gewiss Fragen nach dem Mädchen stellen.«

»Dann sagen wir schlicht die Wahrheit«, sagte Imbert. »Und das hört sich dann so an: Das Kind befand sich in der Obhut der Äbtissin, und als es ihm schlecht ging, haben wir auf Clementias Wunsch hin die Pflege des Mädchens übernommen, weil sie sich angesichts der Vorgänge im Stift mit der Aufsicht über die kranke Eufemia überfordert sah.«

»Natürlich. Ihr habt wie immer recht, mein Freund«, lobte ihn

Albertus aufrichtig. »Doch sollten wir nicht warten, bis die Büttel vor meiner Tür stehen. Denn wenn wir mit der Kleinen noch reden und etwas über sie in Erfahrung bringen wollen, muss sie entweder bald aufwachen, oder wir sollten sie wecken. Clementia könnte auf die Idee kommen, die Büttel bei der Suche zu begleiten, um Eufemia wieder zu sich zu holen. Und in diesem Fall können wir der Äbtissin schwerlich den Zutritt verweigern.«

»Lassen wir sie trotzdem noch ein wenig schlafen«, sagte Imbert. »Ihr Körper und ihr Geist brauchen Ruhe. Wenn wir ihr die nicht gönnen, sind wir keinen Deut besser als Clementia.«

Albertus beugte das Haupt. »Und wieder muss ich Euch zustimmen, Bruder Imbert.«

»Dennoch ist es richtig, was Ihr sagtet, lieber Albertus. Wir sollten uns keineswegs darauf verlassen, dass Volkmar in der Zwischenzeit an Verstand und Scharfblick hinzugewonnen hat. Wir müssen unsere eigenen Nachforschungen anstellen.«

Eine Weile lang herrschte Stille in der kleinen Kammer. Stille, in die immer wieder von draußen Rufe der Waffenknechte, Geräusche schneller Laufschritte und Befehle drangen. Auch um von dem Geschehen auf dem Stiftsgelände abzulenken, setzte Albertus das Gespräch fort.

»Was ist das für ein Kraut, das Ihr in Eufemias Brei entdeckt habt?«, fragte er Imbert.

»Ein Kraut, das sie hätte töten können, das aber auch ihre Visionen ausgelöst haben könnte. Ich bin mir fast sicher, es war Bilsenkraut. Der Geruch ist unverkennbar.«

Mehr brauchte Imbert nicht zu sagen, denn alle kannten das stark giftige Kraut, vor dem Eltern ihre kleinen Kinder warnten. Das berauschende Bilsenkraut wurde wegen der düsteren Blüten, die an böse Augen erinnern, auch Teufelsauge genannt. In kleinen Mengen genossen, vermochte es die Pforte der Wahrnehmung weit zu öffnen und dem Menschen die merkwürdigsten Bilder vorzugaukeln.

Jaspar hatte das Gefühl, auf seinem Stuhl zu schrumpfen. Die Körner, die Zacharias kaute, kamen ihm wieder in den Sinn. Hühnertod nannte er sie. Natürlich. Weil sie hochgiftig waren und Hühner es nicht überlebten, wenn sie die Samen aufpickten. Hühnertod war nichts anderes als Bilsenkraut, jenes Kraut, das Zacharias Tag für Tag den Besuch seiner Jungfrau bescherte.

»Was ist mit dir, mein Sohn?«, fragte Albertus. »Du bist ja kreidebleich.«

Jaspar sah auf. »Zacharias. Er nimmt es jeden Tag, glaube ich. Er trägt immer einen Beutel Bilsenkraut bei sich.«

Wieder rieb sich Imbert das Kinn. »Hm«, brummte er.

»Was denkt Ihr?«, fragte Albertus.

Imberts Hand wanderte vom Kinn zum Hinterkopf. »Ich weiß nicht, was es bedeutet. Und ob es überhaupt etwas mit den Morden zu tun hat.«

»Aber wenn die Kleine das Haus der Äbtissin nie verlässt«, gab Jaspar zu bedenken, »dann muss Clementia ihr das Kraut verabreicht haben. Die Äbtissin trachtet ihr nach dem Leben.«

»Das ist zu bezweifeln«, widersprach Imbert. »Warum hätte sie mich sonst holen sollen, wenn sie nicht um das Mädchen besorgt wäre? Es hat sie zwar bestimmt viel Überwindung gekostet, einen anderen Menschen in Eufemias Zimmer zu lassen, aber ich nehme an, sie tat es aus der ehrlichen Überzeugung heraus, dem Kind helfen zu wollen und seine Schmerzen zu lindern. Vielleicht hat sie ihm das Bilsenkraut ins Essen gegeben, vielleicht auch nicht. Und wenn nicht, dann würde mich brennend interessieren, wer es getan hat und warum. Es gibt mir hier zu viele ungeklärte Fragen.«

In diesem Augenblick öffnete sich die Tür zur Kochstube. Klara kam aufgeregt herein. »Sie ist aufgewacht.«

Imbert und Albertus sahen sich freudig überrascht an. »Na also«, sagte Albertus. »Ich wusste doch, dass man manches auch einfach herbeireden kann. Vielleicht bekommen wir nun ein paar Antworten.«

Die drei Männer standen auf und begleiteten Klara in die warme Stube.

Die Büttel wollten ganze Arbeit leisten. Während der Großteil der Mannschaft vor den Stiftsgebäuden Wache hielt, nahmen sich neun Mann alle Bauten innerhalb der Immunität vor: das Stift selbst, die Wirtschaftsgebäude und die Häuser der Schwestern und Kanoniker. Den Anfang machten sie jedoch alle gemeinsam in der Kirche. Lediglich den Sarkophag der Viventia und die hochgestellten Schreine der heiligen Ursula, des Ätherius und des Hippolytus sparten sie von ihrer Suche aus, ansonsten zeigten sie keinerlei Ehrfurcht.

Warum auch? Die Kirche war entweiht, Gott hatte sich längst von diesem Ort abgewandt. Schwertgehänge klirrten und schwere Stiefel polterten im hohen Kirchenschiff.

Die Büttel wussten zwar, was im Dom und im Stift geschehen war und welche Morde sie zu verfolgen hatten, aber sie wussten nicht, wonach sie suchen sollten. Weil sie keinerlei Anhaltspunkte hatten, hielten sie nach allem Ausschau, was ihnen seltsam vorkommen könnte. Die Suche in der Kirche dauerte nur kurz und verlief ergebnislos. Weder im Chor, im Kirchenschiff, auf der Empore oder im Glockenturm entdeckten die neun Männer Verdächtiges.

Dann teilten sich die Büttel in drei Trupps mit je drei Mann auf und rückten in die Häuser der Schwestern und Kanoniker ein, ohne Rücksicht auf Stand und Ansehen der Bewohner. Niemand begehrte gegen die Durchsuchungen auf. Sie alle wussten, dass es galt, den Mörder in ihrer Mitte zu finden, und alle gewährten den Männern bereitwillig Zutritt zu ihren Häusern.

Dass sie einen Fehler gemacht hatten, bemerkten die Waffenknechte des Erzbischofs erst, als es beinahe zu spät war, aber doch noch rechtzeitig. Es war ein unbedachter und leichtfertiger Entschluss gewesen, die Stiftsangehörigen unter Hausarrest zu stellen. So hatten die Büttel jedem, der etwas zu verbergen hatte, die Gelegenheit gegeben, in aller Stille und in der Heimlichkeit des eigenen Hauses Beweise verschwinden zu lassen.

Doch der fette Egilolf verriet sich, auch wenn er den Männern zuvorkommend und lächelnd die Tür öffnete. Schweißtropfen standen auf seiner Stirn, und sein Gesicht war von Anstrengung gerötet. Es war ein verräterisches Zeichen von Furcht, dass Egilolf sich ständig mit der Zunge die wulstigen Lippen befeuchtete. Auf die Frage eines Büttels, was er gerade getrieben habe, beteuerte Egilolf, mit dem Stapeln von Feuerholz in seinem Kaminzimmer beschäftigt gewesen zu sein. Dies vermochte jedoch nicht den dunklen Dreck an den Händen und unter den Fingernägeln des Kanonikers zu erklären. Als Egilolf auf das hartnäckige Nachfassen des Büttels ins Stammeln geriet, nahmen die Männer ihn fest und riefen nach Verstärkung, um das Haus einer überaus gründlichen Durchsuchung zu unterziehen.

Bald fanden die Männer unter einer Truhe in der Küche eine

Stelle im offenen Boden, die frisch zugeschüttet und glattgetreten zu sein schien. Sie besorgten sich Schaufeln und begannen, die noch lockere Erde auszuheben. Lange brauchten sie nicht zu graben, denn Egilolf war es mit bloßen Händen und in der Kürze der Zeit nicht gelungen, allzu tief ins Erdreich vorzudringen. Sie holten die drei Bündel just in dem Augenblick aus dem Loch, als ihr Hauptmann Volkmar zu ihnen stieß.

Volkmar übernahm es selbst, vor den Augen des vor Angst zitternden Egilolf die Leinentücher auf einem Tisch auseinanderzufalten. In jedem der Bündel befand sich ein fein säuberlich zusammengelegtes Skelett. Zwei waren vollständig, beim dritten fehlte der Schädel. Der Kanoniker schwitzte nun nicht mehr vor Anstrengung, sondern aus schierer Angst. Als er ein Tuch aus seinem Wams zog, um sich damit die Schweißperlen von der Stirn zu tupfen, fiel sein Messer mit dem fein gearbeiteten Silberschaft zu Boden. Für jeden im Raum lag auf der Hand, dass es sich um die Klinge handeln musste, die Richards Herz durchbohrt hatte.

Egilolf war ein Mensch, der Schmerzen nicht ertrug und die Folter fürchtete. Also gestand er schnell. Aber es war nicht das Geständnis, das Volkmar sich erhofft hatte.

Die Magd hatte ein Kissen unter Eufemias Rücken geschlagen. Das Mädchen saß aufrecht auf seiner Bettstatt. Neben Eufemia lag Naseweis, dessen Kopf auf ihrem Schoß ruhte. Die Aufmerksamkeit des noch immer blassen Mädchens war ganz auf den Hund gerichtet. Eufemia streichelte ihn liebevoll und merkte zunächst gar nicht, dass hinter Klara Imbert, Albertus und Jaspar eintraten. Als sie die drei entdeckte, gelang ihr trotz ihrer Erschöpfung ein Lächeln.

Albertus trat an Eufemias Bett und eröffnete als Hausherr das Gespräch. »Wie geht es dir, mein Kind? Ich hoffe, du hast gut geschlafen.«

»Das habe ich«, entgegnete Eufemia.

Ihre Stimme war noch schwach, doch lag darin wieder die Selbstsicherheit einer Erwachsenen, über die Imbert sich bereits bei seiner ersten Begegnung mit dem Mädchen im Haus der Äbtissin gewundert hatte. Das Kind sprach, als brauchte es zu Albertus nicht aufzublicken.

»Ich kenne Euren Namen nicht, aber aufgrund Eures Auftretens vermute ich, dass dies Euer Haus ist, also will ich Euch danken für das Lager, das Ihr mir für die Nacht überlassen habt.«

Erstaunt sah Albertus zu Imbert hinüber. Der sichere und gewandte, ja überlegene Ton der Kleinen verblüffte den Kanoniker. Albertus beschloss, sich der Sprache des Mädchens anzupassen.

»Verzeih, dass ich so unhöflich war, mich nicht gleich vorzustellen, wertes Fräulein. Mein Name ist Albertus, und ich bin Kanoniker hier im Stift an der Kirche der heiligen Jungfrauen.«

Als Eufemia und Albertus gleichzeitig ihre Köpfe zu einer leichten Verbeugung senkten, wirkte es beinahe wie ein albernes Kinderspiel, das die beiden begonnen hatten, ohne einander zuvor die Regeln erklärt zu haben. Doch es lag auch eine seltsame Ernsthaftigkeit in beider Verhalten.

»Wie mein Name lautet, werdet Ihr sicherlich wissen, Herr Albertus.«

Albertus bestätigte mit einem Kopfnicken. »Gewiss, das weiß ich. Doch weiß ich deshalb noch lange nicht, wer du bist, Eufemia. Ein Name sagt nur selten etwas über seinen Träger.«

Eufemia lächelte geheimnisvoll und sah zu Naseweis hinab, den sie noch immer streichelte. »Euch in meine Herkunft einzuweihen steht mir nicht zu. Dies liegt allein in der Befugnis der Äbtissin.«

Imbert trat einen Schritt vor und stellte sich neben Albertus.

»Dürfen wir uns zu dir setzen?«, fragte er das Mädchen.

Der Mönch hoffte, das Vertrauensverhältnis, das er inzwischen zu Eufemia aufgebaut hatte, könnte helfen, ihr ein wenig mehr zu entlocken. Eufemia gab nickend die Erlaubnis. Während sich Imbert und Albertus auf Schemel gleich an das Bett setzten, ließ sich Jaspar auf einer Bank im hinteren Teil der Kammer nieder.

»Du verfügst über besondere Fähigkeiten, nicht wahr?«

Eufemia sah Imbert lange und prüfend an. Sie schien mit sich zu ringen, ob und wie weit sie die Männer teilhaben lassen sollte. Dann sah sie wieder zu Naseweis hinab. Eine Antwort gab sie jedoch nicht.

»Eufemia?«

Eufemia blickte auf und zeigte wieder ihre großen Augen. »Weshalb soll ich Euch erzählen, was Ihr bereits wisst? Ihr würdet nicht danach fragen, wenn Ihr nicht schon unterrichtet wäret.«

»Ich weiß nur, was ich gesehen habe. Ansonsten kenne ich bloß Gerüchte.«

»Warum wollt Ihr Euch nicht damit begnügen? Warum ist es für Euch so wichtig, so viel über mich zu wissen?«

Imbert beugte sich vor und stützte die Ellbogen auf die Knie. »Nur, weil ich dich schützen will. Ich fürchte, jemand will dir Schaden zufügen.«

Eufemia erwiderte nichts. Ihr Blick war unverändert auf Imbert gerichtet. Der Mönch entschied, sich langsam voranzutasten.

»Du sprichst Latein?«

Eufemia nickte. »Ja.«

»Die Äbtissin war überrascht, als ich ihr davon berichtete. Sie wusste nichts von deiner sprachlichen Fertigkeit.«

»Das mag sein. Sie weiß vieles nicht von mir.«

»Wo hast du diese Sprache gelernt?«

»Meine Mutter hielt es für angebracht, mich diese Sprache zu lehren, bevor sie mich ins Stift gab.«

»Du gehörst aber nicht wie die anderen Schwestern zur Gemeinschaft.«

Eufemia lächelte und hob altklug wie zur Mahnung den Zeigefinger. Fast konnte man vergessen, dass sie nur ein Kind war.

»Ihr macht das sehr geschickt, Herr Imbert. Ihr wisst Eure Worte wirklich gut zu wählen, wenn Ihr ein Ziel verfolgt.«

»Du musst verzeihen, wenn ich dir zu neugierig erscheine. Aber ich sorge mich um dich. Für mich ist es daher wichtig, so viel wie möglich über dich zu wissen, denn du bist kein gewöhnliches Mädchen.«

Wieder sah Eufemia den Mönch lange und prüfend an. Dann nickte sie kurz, um ihre Zustimmung anzuzeigen.

»Was wollt Ihr wissen, Herr Imbert?«

»Warum hält dich die Äbtissin gefangen?«

»Sie hält mich nicht gefangen. Das solltet Ihr wissen, denn Ihr habt es selbst bei unserer ersten Begegnung gesehen. Ich bewege mich frei in ihrem Haus, verlasse es aber nicht, weil Clementia mich darum gebeten hat. Ich befolge ihren Willen, weil ich ihre Schutzbefohlene bin.«

»Das Fenster deiner Kammer ist vernagelt, und als mich die Äbtissin heute Nacht zu dir führte, warst du ans Bett gefesselt.«

»Aus demselben Grund, weshalb ich nicht auf die Straße gehen soll. So wie Ihr ist auch Clementia nur um meine Sicherheit besorgt. Niemand darf von mir wissen. Ihr sagtet es doch selbst: Ich bin kein gewöhnliches Kind. Die Äbtissin will mich beschirmen.«

»Was ist das für eine Fähigkeit, die es erforderlich macht, dich vor der Welt zu verstecken?«

Von einem Moment auf den anderen schien es, als würde Eufemia nicht mehr am Gespräch teilnehmen. Sie schwieg, streichelte nachdenklich Naseweis. Es dauerte eine ganze Weile, bis sie unvermittelt in die Stille hinein sagte: »Ich sehe.«

Dieser kurze Satz, diese beiden Worte, gesprochen mit großer Gefasstheit von einem Kind, wirkten so unwirklich auf Imbert, dass er sich erneut an die unheimliche erste Begegnung mit Eufemia erinnert fühlte, als das Mädchen wie aus dem Nichts aufgetaucht und genauso plötzlich wieder verschwunden war. Ein kalter Schauer lief ihm über den Rücken.

»Was siehst du?«

»Mädchen und Frauen«, sagte Eufemia mit belegter Stimme und streichelte dabei weiterhin den Hund. »Mädchen und Frauen, die tot sind. Sie kommen zu mir, um mir zu zeigen, wo sie vergessen wurden. Sie kommen, obwohl ich es nicht will. Ich bete Tag und Nacht, dass sie mich verschonen, dass sie zu einem anderen Kind gehen, dass sie einfach nur fortbleiben. Doch niemand erhört mich, niemand. Sie kommen immer wieder. Aber ich will es nicht, ich will es nicht mehr.«

»Und die Äbtissin lässt mit deiner Beschreibung nach den toten Mädchen und Frauen graben?«

Eufemia nickte und wischte sich eine Träne von der Wange.

»Aber warum versteckt die Äbtissin dich? Auch wenn es dir nicht gefällt, verfügst du doch über eine große und einzigartige, von Gott verliehene Gabe, und ein Stift wie dieses würde sich glücklich schätzen, wenn die ganze Welt von dir und deiner Fähigkeit wüsste. Ruhm und Glanz dieses Ortes würden ins Unermessliche steigen. Dich zu verbergen ergibt doch gar keinen Sinn, Eufemia.«

Eufemia setzte gerade zu ihrer Antwort an, als sie von einem ungeduldigen Klopfen an der Haustür unterbrochen wurde. Die Männer des Erzbischofs wollten sich nun das Haus des Albertus' vornehmen.

Volkmar wollte sich keinen Irrtum mehr erlauben. Also erteilte er den Befehl, das Stift weiter zu durchsuchen, bis auch wirklich jeder Winkel erkundet war. Während er in der Kirche das Verhör fortsetzte, nahmen die Suchtrupps ihre Arbeit mit unverminderter Sorgfalt wieder auf und klopften an weitere Türen. Im Haus des Albertus wunderten sie sich zwar über die Vielzahl der Bewohner, doch ihren Argwohn weckte dies nicht, da sich niemand ihren Nachforschungen in den Weg stellte, sondern sich alle sehr hilfsbereit zeigten. Ein freundliches Lächeln und ein scheuer Blick aus den verführerischen grünen Augen der Magd taten ein Übriges. Die Büttel hielten sich eine Weile auf, stellten aber keine lästigen Fragen und verabschiedeten sich bald.

Als alle Häuser der Schwestern und Kanoniker abgearbeitet waren, taten sich die drei Trupps wieder zusammen und marschierten geschlossen und mit klirrendem Waffengeschirr um die Kirche herum, um die Durchsuchungen in den Wirtschaftsgebäuden wieder aufzunehmen. Sie begannen mit dem großen Trakt, der sich unmittelbar an das Vierkant des Stifts schmiegte. Die Männer sahen sich gewissenhaft in der Bäckerei, der Küche, der Brauerei und in der Darre um, die zum Trocknen von Getreide diente. Erst danach nahmen sie sich die Scheune und den darin eingebauten Stall vor.

Weil es das letzte Gebäude war und dazu noch Volkmar weit weg, ließ die Aufmerksamkeit der Waffenknechte nach. Erleichtert darüber, dass ein Ende der lästigen Arbeit in Sicht war, begannen sie zu scherzen. Lachend trampelten sie durch die Scheune und traten eher nachlässig mit den schweren Lederstiefeln das lockere Stroh beiseite. Sie wollten die Durchsuchung bereits für beendet erklären, als sich in Ulrich, dem kleingewachsenen, kräftigen Helfer Volkmars, noch ein Rest Pflichtbewusstsein regte. Entschlossen stieg er die Leiter auf den Boden hoch und achtete nicht auf die Unmutsbekundungen seiner Kameraden, die es nun eilig hatten, in ihre Quartiere am Palast zurückzukehren.

Als er die Decke und das aufgeschichtete Stroh entdeckte, ahnte Ulrich, dass es sich um einen Schlafplatz handeln musste. Er sah sich die Stelle genauer an, hob die Decke hoch und schob das Stroh weg. Er fand den Schädel sofort. Auf Ulrichs breites Gesicht legte sich ein zufriedenes Grinsen. Ob seine Entdeckung irgendetwas mit den Morden zu tun hatte, war ihm völlig gleich. Hauptsache, er konnte einen erfolgreichen Abschluss der Durchsuchungen melden. Stolz stellte er sich an den Rand des Bretterbodens und hielt den Totenkopf, von dem fransig blonde Strähnen hingen, über die Tiefe.

»Seht mal, was ich gefunden habe, ihr Lästermäuler«, rief er seinen Kameraden unten in der Scheune zu. Dabei warf er den Schädel lässig in die Luft und fing ihn mit derselben Hand wieder auf. »Jetzt müssen wir nur noch herausfinden, wer hier schläft. Gehen wir wieder hinüber zur Kirche und geben Volkmar Bescheid.«

Als die Männer die Scheune durch das Tor verließen, sahen ihnen zwei glühende Augen aus dem Viehverschlag verzweifelt hinterher.

Volkmar war nicht zimperlich gewesen. Er hatte Egilolf in der Kirche nach allen Regeln der Kunst verhört und jeden Kniff angewendet, der einem Gefangenen die Zunge löste, ohne gleich die Folterwerkzeuge einzusetzen. Eine Drohung hier, eine Ohrfeige da, hin und wieder Brüllen und Schreien. Der feiste und verweichlichte Egilolf war keine Herausforderung für Volkmar. Bei jeder Bewegung des Hauptmanns zuckte er zusammen, als fürchtete er einen Schlag. Er wimmerte, flehte und konnte sein Geständnis nicht schnell genug über die Lippen bringen. Fast bedauerte es Volkmar, dass es so einfach war, Egilolf zum Reden zu bringen.

Der Hauptmann trat mit dumpfem Stiefelschritt auf den Amtsschreiber zu, der das Geständnis des Kanonikers zu Pergament gebracht hatte.

»Lies vor!«

Der Schreiber griff das Schriftstück und trug tonlos vor, was er mit schnellen Federstrichen niedergeschrieben hatte.

»Ich, Egilolfus von Berchem, ständiger Kanonikus an der Kirche der heiligen Jungfrauen zu Köln, gestehe reumütig und unter Tränen, jedoch ohne durch die peinliche Befragung dazu veranlasst zu sein, das verabscheuungswürdige Verbrechen der Heiligenschändung begangen zu haben. Getrieben von Habgier gab ich den Einflüsterungen eines Dämons nach und entwendete, wann immer sich mir die Gelegenheit bot, Gebeine von Jungfrauen aus der Schar der heiligen Ursula und verkaufte sie an jeden durchreisenden Pilger, der bereit war, mir den geforderten Preis zu zahlen. Es mögen viele hundert Knochen gewesen sein, die ich in den Herbergen der Stadt feilgeboten habe. Bei meinem schändlichen Treiben half mir Zacharias, Knecht im Damenstift an der Kirche der heiligen Jungfrauen, der mir willig und gehorsam auf meinen Befehl hin heimlich Gebeine in Bündeln in mein Haus brachte. Der schändlichen Morde aber, die in den vergangenen Tagen im Dom und in der Kirche der heiligen Jungfrauen verübt wurden, bekenne ich mich nicht schuldig. Gegeben zu Köln am Karfreitag im Jahre des Herrn 1181.«

Volkmar sah Egilolf an, der mit auf dem Rücken gefesselten Händen vor ihm kniete, umringt von vier Waffenknechten, die den Gefangenen nicht aus den Augen ließen.

»Stimmt das so?«, fragte Volkmar scharf, und seine Stimme hallte von den hohen Wänden der Kirche wider.

Egilolf bestätigte Volkmars Frage mit einem Nicken.

»Löst das Seil«, befahl der Hauptmann seinen Männern. »Er soll unterschreiben.«

Nachdem einer der Büttel Egilolfs Fessel abgenommen hatte, rieb sich der Kanoniker erst die schmerzenden Handgelenke, bevor ihm der Schreiber die Feder reichte. Das Unterzeichnen des Dokuments bereitete ihm Mühe, nicht nur, weil ihm zwei Finger an seiner Rechten fehlten. Mit zitternder Hand führte er den Kiel über das Pergament. Dann legte ihm der Büttel die Fessel wieder an.

Volkmars Laune war trotz des Geständnisses auf dem Tiefpunkt angelangt. Er brauchte einen Mörder, keinen Reliquiendieb und Knochenhehler. Einen Augenblick lang war der Hauptmann versucht, es sich ganz einfach zu machen. Er musste Egilolf bloß ein paar Zangen, Winden und Daumenschrauben vorführen, dann würde dieser Jammerlappen von einem Kanoniker schon gestehen, was auch immer er wollte. Volkmar hatte nicht übel Lust dazu, denn er verachtete diesen erbärmlichen Egilolf, der ihn mit dem Anschwärzen des französischen Pilgers auf eine falsche Fährte gelockt hatte. Aber Volkmar besann sich. Er wollte den wahren Täter dingfest machen. Ihm blieb noch ein ganzer Tag, denn der Erzbischof hatte ihm eine Frist bis zum Osterfest gegeben, um die Sache zu bereinigen. Zeit genug, um weitere Spuren zu verfolgen.

»Wo finde ich diesen Zacharias?«

»Er ist seit gestern verschwunden«, sagte Egilolf hastig, erleichtert darüber, dass der Hauptmann sich offenbar ein neues Opfer suchen wollte. »Zuletzt wurde er gesehen, als er gemeinsam mit Jaspar Ida ausgegraben hat. Seitdem ist er wie vom Erdboden verschluckt.«

Volkmar verzog das Gesicht. »Gut für ihn, schlecht für mich. Reden wir von diesem verblödeten Riesen?«

»Genau, das ist er. Er hat mir die Knochen gebracht.«

Volkmar begann, in seinem Kopf ein neues Mosaik zusammenzusetzen. Sie hatten einen Knochendieb gesucht und gefunden. Aber Egilolf hatte nur gestanden, was ihm nachzuweisen war, nämlich dass er Reliquien gestohlen hatte, um sie zu verkaufen. Mehr war aus ihm – ohne Folter – nicht herauszubekommen, die Morde konnte Volkmar dem Kanoniker nicht nachweisen. Wahrscheinlich hatte Egilolf sie auch gar nicht begangen, denn er machte sich bestimmt nicht die Finger schmutzig. Für die Drecksarbeit war dieser Zacharias zuständig gewesen.

Das Bild in Volkmars Kopf nahm Gestalt an. War es möglich, dass Zacharias sein Jagdgebiet vom Ursula-Acker auf die Kirche der heiligen Jungfrauen und den Dom ausgedehnt hatte? Natürlich, denn der Hunger nach Geld ist der einzige, der nicht zu stillen ist. Zacharias versuchte also, im Dom und hier in der Kirche neue Reliquien aufzutreiben, die auch gleich in wertvolle Gefäße eingelegt waren, doch wurde er hier von Ida und dort von Notker erwischt. Welch ein Pech für die beiden, denn Zacharias verfügte über wahre Bärenkräfte. Die brauchte er auch, um den Deckel von Caspars Sarkophag zu schieben.

Bis hierhin passte alles. Leider nur bis hierhin. Schade, denn Volkmar hatte sich bereits auf das süße Gefühl der Gewissheit gefreut, das sich stets in ihm breit machte, wenn tausend Teile eines Rätsel sich mit einem Mal zu einem stimmigen Ganzen zusammenfügen. Aber so weit war es noch nicht. Warum hatten Mabilia und Richard sterben müssen? Auf diese Frage fand Volkmar keine Antwort, so sehr er seinen Kopf auch bemühte.

Dennoch wich seine mürrische Miene einem zufriedenen Grinsen. Es gab zwei Möglichkeiten, wie dieser Fall ausgehen konnte, und mit beiden konnte er ganz gut leben. Entweder es gelang seinen Häschern bis morgen Abend, Zacharias zu fassen. Dann würde dieser Lump schon zu einem Geständnis bewegt werden, ganz gleich, ob er wollte oder nicht. Oder aber Zacharias war bereits längst über alle Berge. Daran trug dann die Äbtissin die alleinige Schuld, denn dass Zacharias auf seiner Flucht einen Tag Vorsprung hatte, konnte er guten Gewissens Clementia in die Schuhe schieben. Schließlich war schon wieder ein Mensch seit geraumer Zeit auf dem Stiftsgelände vermisst, ohne dass sie das Verschwinden gemeldet hatte. Volkmar rieb sich die Hände.

In diesem Augenblick wurde das Portal aufgestoßen. Begleitet von einigen Männern des Suchtrupps und mit einem kaum zu bändigenden Lächeln auf den Lippen, betrat Ulrich die Kirche. Mit beiden Händen hielt er den Schädel, den er in der Scheune aufgestöbert hatte. Das rhythmische Stiefeltrampeln endete jäh, als die Waffenknechte vor ihrem Hauptmann Halt machten.

»Hier«, sagte Ulrich knapp und hielt seinen Fund hoch. »Den haben wir in der Scheune entdeckt. Offenbar ein Schlafplatz.«

Volkmar begutachtete den Schädel mit dem filzigen Haar. Angewidert drehte er sich zu Egilolf um, der noch immer auf den Fliesen kniete.

»Und?«, fragte er. »Wer schläft dort?«

»Zacharias«, sagte Egilolf leise und mit gesenktem Blick.

Volkmar nickte. Dieser Fund bestätigte seine Vermutungen. Er wandte sich wieder Ulrich zu.

»Wie weit seid ihr mit den Durchsuchungen?«

»Wir haben wie befohlen das gesamte Stift auf den Kopf gestellt.«

»Habt ihr dabei irgendwo den Riesen gesehen, der gestern Morgen mit diesem Jaspar die Leiche ausgegraben hat?«

Ulrich drehte sich zu seinen Männern um. Sie schüttelten die Köpfe. »Nein, Hauptmann.«

»Dann hat er sich wohl aus dem Staub gemacht. Egal, wir kriegen ihn, wenn nicht jetzt, dann eben später.«

Er ging ein paar Schritte in die Mitte der Kirche und verkündete dann mit lauter Stimme: »Also gut, das war's. Bringt den Gefangenen in die Hacht. Alle Trupps ziehen ab, nur zwei Mann bleiben vorn am Tor für den Fall, dass dieser Zacharias in seiner Blödheit wieder zurückkehrt. Der Hausarrest ist aufgehoben, aber trotzdem verlässt oder betritt vorerst niemand die Immunität, bis wir genau wissen, was sich in den vergangenen beiden Tagen hier abgespielt hat.«

Das Trampeln der Lederstiefel schallte durch die Kirche, als die Waffenknechte abzogen. Mit einem kurzen Wink hielt Volkmar Ulrich zurück.

»Die Wachen an den Stadttoren sollen eine genaue Beschreibung von diesem Zacharias erhalten«, sagte der Hauptmann. »Wenn er noch in Köln ist, darf er uns nicht entwischen. Trag dafür Sorge, dass alle Befehle weitergegeben werden. Ich sehe mich hier noch ein wenig um.«

Als an die Männer, die vor den Häusern Wache hielten, das Zeichen zum Abzug erging, war das Aufatmen im Stift groß, auch wenn immer noch niemand die Immunität verlassen durfte. Die Türen sprangen auf, weil die Schwestern und Kanoniker in Erfahrung bringen wollten, was in den vergangenen Stunden geschehen und ob der Mörder gefasst war. Jaspar hingegen lief mit Naseweis an seiner Seite geradewegs zur Scheune, um Zacharias zu suchen.

Fast wäre er im Hof auf dem Schnee ausgerutscht, aber er fing sich wieder und rannte weiter. Atemlos stieß er das Tor auf. Mit wenigen Schritten war er am Pferch. Er stemmte sich mit Schwung am Verschlag hoch, und seine Füße stießen polternd gegen die Bretterwand. Das Vieh stob aufgeregt auseinander. Keine Spur von Zacharias. Sein Freund war weg.

Verdammt, dachte Jaspar. Ich hatte ihm doch gesagt, er soll hier bleiben.

Und schon schalt sich Jaspar selbst. Wahrscheinlich war Zacharias tatsächlich wie befohlen im Stall geblieben, und die Büttel hatten ihn deshalb hier festnehmen können, als sie die Scheune durchsuchten.

»Zacharias!«, rief er in das Halbdunkel hinein. »Zacharias!«

Keine Antwort.

Jaspar fasste sich mit den Händen an die Schläfen und versuchte nachzudenken. Wenn Philipps Männer den Schädel gefunden und Zacharias verhaftet hatten, brachten sie ihn vermutlich gerade hinüber zur Hacht. Er musste ihnen nachlaufen, sie aufhalten und ihnen alles erklären, bevor sie Zacharias in ein schmutziges, dunkles Loch warfen. Zacharias war doch kein Dieb, er war ein Ausgräber, da war es doch nicht ungewöhnlich, wenn er hin und wieder einige Knochen mit in die Scheune brachte, weil in den Reliquienkammern kein Platz mehr war. Er hoffte, dass die Büttel ihm diese Geschichte abnahmen. Und wenn sie es ihm nicht glaubten, konnte er Zacharias wenigstens beruhigen, bis Imbert und Albertus sich seiner annahmen.

»Komm, Naseweis!«, rief Jaspar und rannte wieder los, dicht gefolgt von seinem vierbeinigen Freund.

Er schoss gerade durch das Tor ins Freie, als ihm jemand von der Seite ihn die Beine trat. Jaspar stolperte über seine eigenen Füße und stürzte der Länge nach in den Schnee. Fluchend drehte er sich um, aber schon die nächste Verwünschung schluckte er hinunter.

Auf seine Kehle war die blitzende Spitze eines Schwerts gerichtet.

Auch die Äbtissin und die alte Gepa verließen nach der Aufhebung des Arrests ihre Häuser. Ohne voneinander zu wissen, schlugen sie den gleichen Weg ein. Fast gleichzeitig traten sie an die Tür zu Albertus' Haus. Gepa schien gar nicht verwundert, die Äbtissin hier zu treffen, und begrüßte Clementia mit einem Lächeln, in dem Bitterkeit und Verachtung zu lesen waren. Die Äbtissin jedoch hatte nicht mit Gepa gerechnet.

»Darf ich fragen, welcher widrige Wind Euch hierher treibt, ehrwürdige Gepa?«, fragte Clementia kühl.

Gepas Lächeln gewann an Breite und legte noch mehr Falten in ihr altes Gesicht. Sie humpelte die letzten Schritte bis zur Tür. »Ich denke, Ihr wisst, weshalb ich hier bin.«

Clementia wusste es nicht, aber sie ahnte es. Ihre greise Vorgängerin musste irgendwie davon erfahren haben, dass sich Eufemia in diesem Haus befand. »Woher wisst Ihr?«

»Die Büttel des Erzbischofs, die mein Haus durchsucht haben, unterhielten sich über ein kränkliches Mädchen, das sich bei Albertus befindet. Und da Albertus meines Wissens weder Kinder noch Enkel hat, gehe ich davon aus, dass Euch das Mädchen abhanden gekommen ist. Euer Erscheinen hier bestätigt meine Vermutung.«

Clementia konnte ihren Zorn kaum zügeln. »Ich untersage Euch, dieses Haus zu betreten.«

Gepa schnaubte verächtlich durch die Nase. »Den Zutritt zu Eurem Haus könnt Ihr mir verwehren, nicht aber den Besuch bei meinem alten Freund Albertus. Diesmal werdet Ihr nicht verhindern können, dass ich die Kleine endlich sehe.«

Gepa wandte sich ab und zeigte der Äbtissin die Schulter, humpelte die Stufe zur Schwelle hoch und klopfte an die Tür.

»Wohin so eilig, junger Mann?«

Volkmars breites Grinsen erlaubte den Blick auf eine Reihe fauliger Zahnstummel. Naseweis' Bellen ließ ihn völlig kalt. Sein schweres Schwert führte er so locker an Jaspars Kehle, als hielte er nur ein leichtes Stöckchen. In der anderen Hand schwang Volkmar lässig einen Beutel. Jaspar wollte sich vorsichtig auf seine Ellbogen aufstützen, aber der Hauptmann senkte das Schwert noch ein wenig tiefer und zwang ihn mit dem Rücken flach in den Schnee. Volkmar kostete es aus, bei den Ermittlungen im Stift völlig freie Hand zu haben.

»Bleib lieber da unten, Freundchen, so gefällst du mir viel besser. Also? Wohin des Wegs?«

Jaspars Überraschung hätte nicht größer sein können. Er suchte die Büttel, und der Hauptmann der erzbischöflichen Truppen hatte ihn bereits nach fünf Schritten gefunden. Würde Volkmars Schwertspitze nicht seinen Kehlkopf ritzen, hätte Jaspar es als glücklichen Zufall betrachtet.

»Ich suche meinen Freund, Hauptmann. Ihr kennt ihn, er heißt Zacharias.«

»Das trifft sich gut, den suche ich auch.«

Jaspars Verwunderung wuchs. Volkmar suchte Zacharias? Das hieß, die Büttel hatten ihn doch nicht verhaftet. Aber wo steckte Zacharias jetzt schon wieder?

»Was ist? Habe ich dir aus Versehen die Zunge abgeschnitten?«

»Nein, Hauptmann, aber was soll ich denn sagen?«

»Du könntest mir zum Beispiel verraten, warum du gerade nach deinem Freund gerufen hast. Wie mir eben zu Ohren gekommen ist, wird Zacharias bereits seit gestern hier im Stift vermisst. Keine gute Voraussetzung also, eine Antwort auf dein Rufen zu bekommen, oder?«

Verdammt, jetzt musste er aufpassen. Wenn er sich verplapperte und verriet, dass er die Nacht mit Zacharias zusammen in der Scheune verbracht hatte, würden die Suchtrupps wieder von vorn anfangen.

»Zacharias ist schwachsinnig, Hauptmann«, sagte Jaspar, und er versuchte, bei der nun folgenden Notlüge so überzeugend zu wirken, wie es ihm irgend möglich war. »Manchmal verschwindet er, und am nächsten Tag ist er wieder da. Er kann sich dann nicht erinnern, wo er gewesen ist. Ich wollte nur nachsehen, ob Zacharias schon wieder zurückgekehrt ist.«

»So, so, er verschwindet und kehrt dann also wieder zurück. Ist das so, ja?«

Jaspar nickte, nicht zu heftig, denn Volkmars Schwert verhinderte zu ungestüme Bewegungen seines Kopfes.

»Steh auf!«, befahl Volkmar. Er trat einen Schritt zurück und schwang den Beutel über die Schulter. »Und bring mich zur Äbtissin! Sie hat mir ein paar Fragen zu beantworten.«

Klara ließ die beiden Kanonissen ein und bat sie, wie es ihr von Imbert für den Fall eines Besuchs der Äbtissin aufgetragen worden war, zunächst im Flur zu warten. Dann meldete sie die beiden Ankömmlinge dem Hausherrn, der gemeinsam mit Imbert an Eufemias Krankenbett saß.

»Beide gemeinsam?«, fragte Albertus ein wenig argwöhnisch, weil er um die Spannungen zwischen den Frauen wusste. Klara nickte. Albertus sah zweifelnd zu Imbert hinüber, doch der zuckte nur mit den Schultern.

»Bitten wir sie doch beide gleichzeitig hinein«, sagte der Mönch. »Je mehr Menschen hier sind, desto mehr wird die Äbtissin sich zusammennehmen müssen.«

»Aber Ihr könnt ihr doch wohl schlecht in Gepas Anwesenheit eröffnen, dass Ihr eine Giftgabe vermutet.«

»Warum nicht? Irgendjemand muss dem Mädchen das Bilsenkraut ins Essen gegeben haben. Also gibt es drei Möglichkeiten. Erstens, Clementia oder eine andere Person hat dem Kind unbeabsichtigt zu viel von dem Zeug gegeben, dann ist alles halb so wild. Zweitens, eine andere Person hat versucht, Eufemia zu vergiften. Dann hat die Äbtissin sich nichts zuschulden kommen lassen und wird nach dem wahren Schuldigen suchen. Drittens, Clementia hat gezielt zu viel gegeben. In allen drei Fällen finde ich es nicht schlimm, wenn andere hören, was wir vorzutragen haben.«

Als er bemerkte, wie Eufemia sich angespannt im Bett aufsetzte und die Beine anzog, legte er ihr die Hand auf den Unterarm. Ihm fiel ein, dass sie das Mädchen noch gar nicht in ihre Vermutungen eingeweiht hatten und Eufemia jetzt eins und eins zusammenzählte, bis sie zur Erkenntnis kam, dass all ihr Leiden, all ihre Schmerzen absichtlich herbeigeführt worden sein könnten.

»Keine Sorge«, sagte Imbert, »wir passen schon auf dich auf.«

»Also gut«, wandte sich Albertus wieder an Klara, »lass die beiden ein.«

Jaspar führte Volkmar aus dem Hof der Wirtschaftsgebäude und ging mit ihm um das Stift herum, bis sie am Hauptweg gegenüber der Kirche ankamen, an dem die Häuser der Kanoniker und Kanonissen lagen. Den ganzen Weg über sah sich Jaspar verstohlen nach rechts und links um, ob er nicht aus den Augenwinkeln eine Spur von Zacharias entdecken konnte. Dieser Tollpatsch brachte es fertig, Volkmar geradewegs in die Arme zu laufen.

Am Haus der Äbtissin angelangt, trat Jaspar vor und klopfte kräftig an die Tür. Je mehr Zeit verstrich, ohne dass ihnen geöffnet wurde, desto verlegener wurde er. Unbeholfen hob Jaspar die Schultern, als müsse er sich bei Volkmar dafür entschuldigen, dass die Äbtissin nicht da war. Der Hauptmann beachtete ihn jedoch überhaupt nicht. Er zog geräuschvoll die Nase hoch und klopfte selbst an die Tür, deutlich lauter und fordernder als Jaspar. Auch jetzt geschah nichts.

»Verdammt«, sagte Volkmar und nahm den Beutel in die andere Hand. »Den Hausarrest habe ich wohl ein wenig zu früh aufgehoben. Dann müssen wir sie eben suchen. Denk nach, Bürschchen, wo kann sie stecken?«

Jaspar hatte eine starke Ahnung. Die Äbtissin würde es wohl mit Macht zu Eufemia gezogen haben.

»Folgt mir, Hauptmann«, sagte Jaspar und schritt eilig aus. Je eher er Volkmar in ein Haus bekam, desto sicherer war es für Zacharias.

Mit dem Eintritt der Frauen schien die Temperatur im Zimmer gleich spürbar zu fallen. Imbert beobachtete die Körpersprache der Äbtissin. Die hochgewachsene Clementia bemühte sich sofort, eine bestimmende Stellung einzunehmen, indem sie sich in der Mitte des Zimmers aufbaute. Sie würdigte Gepa, die nach ihr das Zimmer betrat und nun mit leuchtenden Augen das Mädchen ansah, keines Blickes. Es bereitete ihr augenscheinlich keine Probleme, die Situation zu überspielen. Doch die Männer ahnten, dass die Äbtissin schwer mit sich ringen musste, um nicht die Fassung zu verlieren.

»Ich danke Euch, Herr Imbert, dass Ihr Euch aufopfernd um Eufemia gekümmert habt, und Euch, werter Albertus, dass Ihr dem Mädchen in der stürmischen Nacht Obdach gewährt habt. Doch Ihr versteht gewiss, wenn ich nun das Kind wieder mitnehmen möchte.« Sie blickte Eufemia an. »Zieh dir etwas über, Eufemia. Wir gehen heim.«

Doch Eufemia machte keinerlei Anstalten, der Aufforderung Folge zu leisten. Sie umfasste ihre angewinkelten Beine.

»Nicht so eilig, ehrwürdige Mutter«, sagte Imbert. Seine lockere Wortwahl war nicht dazu geeignet, Clementia zu besänftigen. »Ihr habt mich hinzugebeten, damit ich mich um Eufemias Wohlbefinden kümmere. Doch die Sorgen um meinen Schützling sind noch lange nicht zerstreut.«

»Was soll das heißen?«, fragte Clementia lauernd.

»Das heißt, es gibt noch einige Ungereimtheiten auszuräumen. Wenn uns dies gelingt, kann ich das Mädchen beruhigt wieder in Eure Obhut geben.«

»Ich verstehe immer noch nicht«, entgegnete die Äbtissin gereizt. »Redet endlich frei heraus.«

»Es geht um den Brei, den Eufemia zuletzt in Eurem Haus gegessen hat.« Imbert sprach nicht weiter, sondern gab selbstbewusst Clementias wütenden Blick zurück.

»Was denn? Was ist damit?«, sagte sie ungeduldig.

»Es fand sich etwas darin, das nicht in einen Brei gehört, der einem kranken Menschen gereicht wird.«

Für einen fast endlos langen Augenblick lastete eine beklemmende Stille in der Kammer. »Was meint Ihr?«, fragte Clementia, die allmählich ahnte, worauf der Mönch hinaus wollte.

»Jemand hat Eufemia etwas ins Essen gegeben, was sie beinahe das Leben gekostet hätte.«

Imberts Worte verfehlten ihre Wirkung nicht. Clementia und Gepa hatte es zunächst die Sprache verschlagen. Das Gespräch nahm jedoch eine unerwartete Wendung. Ruckartig drehte sich die Äbtissin zu Gepa um, die sie bisher mit strikter Missachtung gestraft hatte, und trat so nahe an die alte Frau heran, dass sie sich fast berührten.

»Was habt Ihr dem Mädchen ins Essen gemischt?«, zischte sie, und Speicheltropfen flogen Gepa ins Gesicht.

Sie gingen den Hauptweg entlang, geradewegs auf Albertus' Haus zu, das genau gegenüber der Kirche lag. Auf dem Kirchvorplatz standen Kanonissen in kleinen Gruppen zusammen und unterhielten sich aufgeregt über die Ereignisse der vergangenen Stunden. Jaspar konnte förmlich sehen, wie die Gerüchte von Ohr zu Ohr sprangen. Einmal trug der Wind auch den Namen seines Freundes zu ihm herüber. Allmählich wurde ihm das Interesse all der Menschen an Zacharias unheimlich. Er fasste sich ein Herz.

»Hauptmann, darf ich fragen, warum Ihr ihn sucht?«

Volkmar nahm den Beutel in die andere Hand. »Denk mal scharf nach, Kleiner. Welchen Grund könnte es denn deiner Meinung nach geben, nach ihm zu suchen?«

Jaspar sah den Hauptmann entsetzt an. »Ihr glaubt doch wohl nicht, Zacharias könnte mit den Morden etwas zu schaffen haben?«

Volkmar antwortete nicht, sondern spuckte aus.

»Das dürft Ihr nicht!«, rief Jaspar und blieb vor Albertus' Haus stehen. »Ihr müsst mir glauben, Hauptmann, Zacharias wäre zu so etwas niemals in der Lage.«

Eher gelangweilt stocherte Volkmar mit dem kleinen Finger in seinem Mund herum. »Aber er ist in der Lage, einen schmuddeligen Schädel mit ins Bett zu nehmen, scheint mir.«

Jaspar schluckte. Sie hatten zwar Zacharias nicht gefunden, aber dafür den Totenkopf. Und sie hatten ihre Schlüsse daraus gezogen. Sie hielten ihn für einen Dieb und Mörder. Es stand schlecht um seinen Freund.

Volkmar wurde des Wartens überdrüssig. Unvermittelt gab er Jaspar einen Stoß gegen die Schulter.

»Los, mach schon! Ich will hier nicht Wurzeln schlagen.«

Gepa wischte sich die Spucke von der Wange und reckte das Kinn vor. Angriffslustig begegnete sie der vorwurfsvollen Frage, was sie Eufemia in den Brei gegeben habe.

»Nichts, was nicht hineingehört, ehrwürdige Mutter. Hütet Euch vor falschen Anschuldigungen. Ihr habt Euch schon bei Mabilia, der Herr sei ihrer Seele gnädig, geirrt, wie mir scheint.«

Mit ihrem Stock schob sie die Äbtissin von sich.

»Ich habe dem Kind nur einen einfachen Mehlbrei bereitet und etwas Brot hineingebrockt«, sagte sie zu Imbert. »Mehr nicht. Wenn davon etwas einen Menschen zu töten vermag, so bekenne ich mich gerne schuldig.«

»Es waren weder Brot, Wasser noch Mehl, die Eufemia beinahe das Leben gekostet hätten«, erwiderte der Mönch. »Ich fand Bilsenkraut in dem Brei, den offensichtlich Ihr zubereitet habt.«

Das schien Gepa jedoch keineswegs zu überraschen.

»Gewiss, ich habe ihn zubereitet, aber diese Zutat habe ich nicht hineingegeben.« Gepa drehte sich zu Clementia um. »Dafür hat die ehrwürdige Mutter vielleicht eine Erklärung.«

Clementia begegnete dem Vorwurf gleichgültig. Sie verlor nichts von ihrer Selbstsicherheit.

»Das Kraut? Daran kann es nicht gelegen haben. Sie hat es gegen die Schmerzen bekommen, nichts weiter.«

»Aber Ihr habt dem Mädchen eindeutig viel zu viel gegeben«, sagte Imbert ruhig. »Eufemias Beschwerden rühren zweifelsfrei von einer zu großen Menge Bilsenkraut.«

»Das ist Unfug«, giftete Clementia, aber es lag bereits Unsicherheit in ihrer Stimme. Alle Augen waren nun auf die hochgewachsene Frau gerichtet. Als sich Clementias und Eufemias Blicke begegneten, fiel der Hochmut mit einem Mal von der Äbtissin ab wie welkes Laub von einem Baum, durch dessen Äste eine Böe fährt. Kraftlos setzte sie sich auf einen Stuhl, kraftlos war auch ihre Stimme, als sie zu sprechen begann.

»Seid Ihr sicher? War es wirklich das Kraut?«

»Eufemia zeigte alle Anzeichen einer solchen Vergiftung«, sagte Imbert. »Nach einer Nacht in diesem Haus ohne das Kraut, viel Wasser und noch mehr Schlaf geht es dem Kind deutlich besser. Eine andere Erklärung habe ich nicht.«

»Ich verstehe das nicht. Es ist all die Jahre gutgegangen, und es hat ihr nie geschadet. Warum jetzt?«

»Wenn Ihr das Kraut so lange verabreicht habt, dann wohl nicht nur gegen die Schmerzen«, stellte Albertus fest.

»Ja, natürlich. Aber es hat nie Schwierigkeiten gegeben. Niemals wäre mir in den Sinn gekommen, dass Eufemias Leiden vom Bilsenkraut ausgelöst worden sein könnte. Sie hat nicht mehr bekommen als sonst auch. Warum jetzt?«, fragte die Äbtissin abermals.

»Ich kann es Euch nicht sagen, ehrwürdige Mutter«, sagte Imbert. »Vielleicht ist ihr Körper überreizt. Vermute ich richtig, dass Ihr dem Kind das Kraut ins Essen gegeben habt, um seine Sinne zu erweitern?«

Die Äbtissin nickte. »Eufemia hat eine Gabe, die jedoch tief in ihr schlummerte und sich nur selten zeigte. Ich entschied mich dafür, diese Gabe regelmäßig zu wecken.«

»Sie sieht, und Ihr wolltet, dass Eufemia mithilfe des Bilsenkrauts noch mehr, noch öfter sieht?«

Wieder nickte die Äbtissin.

Nun beteiligte sich auch die alte Gepa an dem Gespräch. Sie witterte die Gelegenheit, Clementias Schwäche für ihre Zwecke zu nutzen.

»Aber warum versteckt Ihr sie in Eurem Haus?«, fragte die Greisin.

In Clementia flammte die alte Feindseligkeit wieder auf. »Was soll das, Schwester Gepa? Diese Auseinandersetzung haben wir doch schon zur Genüge geführt. Ihr wisst es ganz genau.«

»Ich finde die Frage berechtigt«, sagte Imbert. »Auch für mich ergibt es keinen Sinn, ein Kind mit einer solchen Gottesgabe in einem stillen Kämmerlein zu verbergen.«

Imbert spürte, dass dies der Augenblick war, in dem die Geheimnisse der Vergangenheit nicht mehr zu verbergen waren, der Augenblick, den die Äbtissin viele Jahre gefürchtet und mit aller Macht zu vermeiden gesucht hatte. Clementia saß in der Mitte des Raums und fühlte die teils erwartungsvollen, teils vorwurfsvollen Blicke, die auf sie gerichtet waren. Nacheinander sah sie die Menschen an, die sie wie Zuschauer in einer Arena umringten. In Albertus', Imberts und Klaras Augen las sie Neugier und Mitleid, und in Gepas Blick lag Triumph. Erst dann wagte sie es, Eufemia anzuschauen. Die blassblauen Augen des Mädchens, das nun kerzengerade in seinem Bett saß, waren ausdruckslos und verrieten keine Gefühlsregung.

Die Äbtissin atmete tief durch. »Ich wollte dich schützen.«

»Gewiss, du wolltest mich schützen«, sagte Eufemia, und es kostete sie große Anstrengung, mit klarer und fester Stimme zu sprechen. »Aber gleichzeitig hast du mir dieses Kraut verabreicht, ohne es mir zu sagen. Ich habe dir immer wieder geklagt, wie sehr ich es hasse, all diese Kreaturen sehen zu müssen. Es hat dich nicht gekümmert, im Gegenteil, du hast es noch gefördert, indem du mir dieses Gift unters Essen gemischt hast.«

»Verzeih mir«, bat die Äbtissin in einem Flüsterton, und es klang aufrichtig.

»Und ich habe deinen Beteuerungen geglaubt, wie gut du es doch mit mir meinst. Aber du hast mich belogen, die ganze Zeit hast du nur deinen Vorteil gesucht und dein eigen Fleisch und Blut belogen.«

Die Überraschung in den Gesichtern der Umstehenden hätte größer nicht sein können. Mit offenen Mündern sahen sie die Äbtissin an, die schamvoll den Kopf gesenkt hatte und nun Eufemias Worte erklären musste.

Auf das Klopfen hin öffnete Klara die Tür. Erschrocken setzte sie einen Schritt zurück, als sie Jaspar in Begleitung des Hauptmanns sah. Naseweis huschte an ihren Beinen vorbei ins warme Haus.

»Was kann ich für Euch tun?«, fragte die Magd, bemüht, ein Zittern ihrer Stimme zu unterdrücken.

Jaspar blinzelte ihr zu, aber er wusste, dass sie niemals an diesem Zeichen erkennen konnte, was er von ihr wollte. Er hoffte, sie war so ausgefuchst, kein Wort über Zacharias zu verlieren, der für alle anderen Menschen im Stift noch immer als vermisst galt.

»Ich suche die Äbtissin«, sagte Volkmar borstig. »Ist sie da?«

Niemand sprach, und so hallte Eufemias Satz in den Köpfen wider. »Dein eigen Fleisch und Blut.« Weder Albertus noch Imbert oder

Gepa wagten es, Clementia auf die Andeutung des Mädchens anzusprechen. Es war auch nicht nötig. Nach einer Weile ergriff die Äbtissin selbst das Wort.

»Ich denke, ich bin euch allen eine Erklärung schuldig«, sagte sie kleinlaut.

Gepa klopfte mehrmals mit ihrem Stock aus Wurzelholz auf den Boden. »Das will ich meinen.«

»Es ist nicht so, wie Ihr jetzt vielleicht denkt. Eufemia ist nicht meine Tochter.« Die Äbtissin zögerte kurz, bevor sie fortfuhr. »Sie ist meine Schwester. Unsere Mutter gab sie zu mir, als sie bemerkte, dass Eufemia an Fallsucht litt. Aber ich stellte schnell fest, wie sehr Eufemia auf das Bilsenkraut ansprach, das ich ihr in kleinen Mengen zur Beruhigung gegeben hatte. Für mich stand fest, dass sie nicht an einer Krankheit leidet, sondern eine ungewöhnliche Gabe besitzt. Und bald darauf erlag ich der Versuchung, ihr dauerhaft und mehr von dem Kraut zu geben. Die Funde, die wir dank Eufemias Visionen machten, sollten den Ruhm unserer Kirche weiter wachsen lassen. Aber ich fürchtete mich vor den Reaktionen im Stift, wenn herauskäme, welche seltsamen und übersinnlichen Fähigkeiten meine Schwester besitzt. Sie ist zu jung. Sie soll nicht begafft werden. Und sie soll kein Spielball in den Machenschaften von Bischöfen und Fürsten werden, die sich ihre Fähigkeiten sichern wollen. Also zog ich es vor, sie weiterhin in meinem Haus unterzubringen und niemandem etwas von ihr zu sagen. Nur die beiden ältesten Kanonissen des Stifts, Mabilia und Gepa, weihte ich in mein Geheimnis ein, jedoch nicht vollständig, sondern nur über die Gabe des Mädchens. Dass es meine Schwester ist, verschwieg ich.«

Im Blick, den die Äbtissin Eufemia zuwarf, lag die flehende Bitte um Vergebung. Das Mädchen aber verharrte weiter regungslos und hörte sich die Beichte seiner Schwester an.

»In Zacharias fand ich einen schweigsamen Helfer, dem ich auftrug, mir stets einen ausreichenden Vorrat an Bilsenkraut zu beschaffen. Wo er es sammelte, weiß ich nicht, aber er besorgte mir das Kraut in ansehnlichen Mengen.«

»Eins verstehe ich nicht«, warf Imbert ein. »Auf dem Acker werden täglich große Mengen an Jungfrauenknochen gefunden. Warum also Eufemia ein Kraut verabreichen, wenn es doch auch ohne sie mehr als genug Gebeine gibt? Wo liegt der besondere Wert der Funde, die Ihr dank Eufemias Hinweisen macht?«

»Er liegt im Zauber des Geheimnisvollen. Die Gerüchte spinnen sich wie feine Fäden in die ganze Stadt hinein, wenn auf meine Anweisung hin wieder einmal an den unmöglichsten Orten Gebeine entdeckt werden. Das genügte mir vollauf, um die Heiligkeit des Stifts zu steigern. Von Eufemia brauchte niemand zu erfahren.«

»Oh, vielen Dank«, sagt Eufemia spöttisch und drehte den Kopf zur Seite.

»Eufemia, du musst mir glauben, dass ich dich schützen wollte.«

»Das glaube ich dir«, sagte das Mädchen mit noch immer abgewandtem Gesicht. »Aber dass du mich beinahe vergiftet und mir in all der Zeit dieses Zeug zu essen gegeben hast – wie soll ich dir das vergeben? Du sagtest, du wolltest mich nicht zum Spielball machen? Und dabei war ich genau das.«

Darauf vermochte die Äbtissin nichts zu entgegnen. Schweigend saßen sie alle da und wussten für eine ganze Weile nichts zu sagen. Imbert begriff nun, weshalb sich Clementia so schnell mit Mabilia als vermeintlicher Mörderin zufrieden gegeben hatte. Sie wollte ihre Schwester weiterhin verbergen und war für die nötige Ruhe im Stift auch bereit gewesen, den Ruf der alten Kanonisse in den Schmutz zu ziehen.

Ein Klopfen an der Tür unterbrach seinen Gedankengang. Klara betrat das Zimmer und blickte die Äbtissin an.

»Der Hauptmann steht draußen und verlangt Euch zu sprechen«, sagte die Magd, während Naseweis sich an ihren Beinen vorbeidrückte, ins Zimmer schlüpfte und sich zu Eufemia setzte.

Clementia erhob sich. »Vielleicht ist es nach all der Aufregung besser, wenn sich nun erst einmal die Gemüter wieder beruhigen, bevor wir das Gespräch fortsetzen.«

Sie wandte sich zur Tür und blieb bei Gepa stehen. Zum ersten Mal konnte Imbert Züge der Sanftmut und Nachgiebigkeit in Gepas und Clementias Gesichtern lesen. Beide Frauen waren nach dieser Offenbarung wie verwandelt und hatten nichts mehr von ihrer Strenge an sich. Es schien kein Streit mehr zwischen ihnen zu stehen.

»Verzeiht, wenn ich Euch kurz verdächtigt habe, ehrwürdige Mutter«, sagte Clementia. Es war das erste Mal nach vielen Jahren, dass sie diese höfliche Anrede wieder verwendete. »Ich wusste wirklich nicht, dass ich es selbst war, die Eufemia in große Gefahr gebracht hat.«

»Es ist gut, mein Kind«, sagte die Alte milde lächelnd und hielt dabei das an einer Halskette vor ihrer Brust baumelnde Holzkreuz fest umklammert. »Ich verstehe nun vieles. Vielleicht wäre es besser gewesen, wenn du Mabilia und mir von Beginn an reinen Wein eingeschenkt hättest. Liebe ist manchmal ein schlechter Ratgeber. Aber ich trage es dir nicht nach.«

Die Äbtissin verbeugte sich ehrfurchtsvoll vor ihrer Vorgängerin und schickte sich an, die Kammer zu verlassen. Bevor sie durch die Tür trat, drehte sie sich ein weiteres Mal um.

»Kommst du?«, sagte sie zu Eufemia.

Das Mädchen blickte nicht auf, sondern schüttelte den Kopf. Gedankenverloren streichelte sie das kurze weiche Fell von Hund Naseweis, der genießerisch die Augen halb geschlossen hielt. Die Äbtissin hatte jedoch bereits mit Eufemias Reaktion gerechnet. Sie seufzte leise.

»Werter Albertus, werter Imbert, wie ich sehe, ist meine Schwester bei Euch in besten Händen. Ich würde es zu schätzen wissen, wenn Ihr noch etwas länger auf sie achtgeben könntet, damit sie in Ruhe zu Kräften kommen und ich unbesorgt meinen Amtsgeschäften nachgehen kann. Gestattet mir nur, wenn Ihr es nicht als unschicklich betrachtet, in den kommenden ein, zwei Nächten hier in Eurem Haus zu schlafen, damit ich bei ihr sein kann.«

Jetzt erst kehrte Eufemia ihrer großen Schwester wieder das Gesicht zu. Das Mädchen verstand die Botschaft, die in Clementias Worten lag. Die Zeit des Versteckens war nun endgültig vorbei. Soeben hatte die Äbtissin sie zum ersten Mal freiwillig aus der strengen Obhut gegeben. Wie zur Bestätigung nickte Clementia ihr zu.

»Das will ich gern«, erwiderte Albertus und neigte das Haupt. »Ihr und Eure Schwester seid mir willkommene Gäste. Klara wird Euch und Eufemia eine Kammer herrichten.«

Die nächste Bitte fiel der Äbtissin vermutlich noch schwerer.

»Ehrwürdige Mutter«, sagte sie zu Gepa. »Wäret Ihr so gütig, meiner Schwester in den Stunden, in denen ich nicht bei ihr sein kann, Beistand und Gesellschaft zu leisten? Der Anstand gebietet, dass eine angesehene Stiftsfrau über das Mädchen wacht.«

Es hätte wohl keiner Antwort bedurft. »Nichts lieber als das, ehrwürdige Mutter«, antwortete Gepa mit einem strahlenden Lächeln, und auch Eufemia schien nichts dagegen zu haben, mit der alten Schwester eine Anstandsdame zur Seite gestellt zu bekommen.

Mit einer kurzen Handbewegung gab Albertus Klara zu verstehen, dass sie weitere Kammern im oberen Stockwerk zu bereiten hatte. Die Äbtissin bedankte sich mit einer höflichen Verbeugung und verließ die Stube, wohlwissend, dass mit dem ungehobelten Volkmar bereits das nächste unangenehme Gespräch auf sie wartete. Das ungeduldige Poltern vor der Haustür verriet, dass der Hauptmann nicht gerade bester Laune war.

»Sieht so Eure ehrliche Zusammenarbeit aus, die Ihr dem Erzbischof zugesichert habt, ehrwürdige Mutter?«

Clementia war noch nicht ganz aus Albertus' Haus getreten, als Volkmar sie bissig vor der Tür empfing. Seine Hand auf den Knauf seines Schwertes gestützt, blickte er sie abfällig an. Jaspar nutzte die Gelegenheit, sich davonzuschleichen. Er wollte Zacharias suchen. Seine Dienste wurden hier ohnehin nicht benötigt. Wenn die beiden aneinandergerieten, wollte er lieber außer Reichweite sein.

»Ich stehe zu meinem Wort«, erwiderte die Äbtissin kühl. Volkmar mochte deutlich älter als sie sein, aber er war immerhin nur Hauptmann, in ihren Augen kaum mehr als ein einfacher Waffenknecht. »Aber überlasst es mir, wie lange ich Euch vor der Tür warten lasse. Das vermag ich sehr wohl richtig einzuschätzen.«

»Von solchen Kleinigkeiten rede ich nicht. In Eurem Stift scheint es an der Tagesordnung zu sein, dass Menschen verschwinden und es niemand für nötig erachtet, mich darüber zu unterrichten. Erst Ida und Mabilia, jetzt dieser Zacharias.«

Clementia versuchte zunächst, nicht allzu überrascht zu wirken. Aber es misslang ihr.

»Zacharias ist verschwunden?«

»Angeblich seit gestern Morgen schon.«

Clementia war sofort klar, dass Zacharias' Verschwinden mit den unseligen Ereignissen in Zusammenhang stehen musste. Sie presste die Lippen zusammen. Wohl oder übel musste die Äbtissin einräumen, dass sie davon nichts wusste. Nicht gerade ein Beweis für ihre Führungsfähigkeiten, und das ausgerechnet in dieser für das Stift schwierigen Zeit.

»Seid versichert, wenn ich davon gewusst hätte, wäret Ihr gewiss der Erste gewesen, den ich benachrichtigt hätte«, sagte sie zähneknirschend. »Wer hat Euch davon in Kenntnis gesetzt?«

»Euer Kanonikus Egilolf, und er hatte guten Grund, bis eben den Mund zu halten. Er hat sich von seinem Spießgesellen Zacharias Jungfrauenknochen stehlen lassen und sie dann in der Stadt verkauft.«

»Das kann ich nicht glauben!«, rief die Äbtissin, und in ihrer Entrüstung lief ihr Gesicht rot an.

Volkmar hingegen blieb völlig gelassen. »Egilolf hat ein umfassendes Geständnis abgelegt.«

Clementia zeigte empört auf Volkmars Schwert. »Bestimmt hat er nur deshalb gestanden, weil Ihr damit ein wenig nachgeholfen habt.«

Volkmar grinste überheblich. Es konnte nicht besser laufen. Glaubte die Äbtissin denn, er sei ein blutiger Anfänger?

»Wir haben Beweise«, sagte er beinahe gelangweilt und wog dabei den Beutel in seiner Hand, als wolle er dessen Gewicht prüfen.

»Was ist das?«

Volkmar hielt ihr den Leinenbeutel hin. Ungeduldig griff Clementia danach, zog ihn auf und blickte hinein. Voller Abscheu wandte sie sofort den Kopf ab.

»Woher habt Ihr das?« Angeekelt reichte sie Volkmar den Beutel mit dem Schädel zurück.

»Von Zacharias' Schlafplatz in der Scheune. Die restlichen Knochen, die dazugehören, und zwei weitere, vollständige Skelette haben wir in Egilolfs Haus gefunden, notdürftig verscharrt in der Küche.«

Clementia hatte das Gefühl, in einem Boot zu sitzen, das an tausend Stellen leckt. Sie kam mit dem Wasserschippen nicht mehr nach. Zum ersten Mal seit ihrem Amtsantritt in jugendlichem Alter fühlte sie sich mit ihrer Aufgabe als Vorsteherin eines Stifts völlig überfordert.

»Und was nun?«, fragte sie und war selbst darüber entsetzt, wie hilflos sie klang.

Volkmar wiederum aalte sich in seiner Selbstgewissheit. Er hielt alle Fäden in der Hand. Ihm würde kein Fehler mehr unterlaufen.

»Das Stift bleibt bis auf Weiteres geschlossen. Ob wir mit Zacharias auch den Mörder von Notker, Ida, Mabilia und Richard jagen, vermag ich noch nicht zu sagen. Ich rate daher allen Schwestern, eigene Vorkehrungen zu ihrer Sicherheit zu treffen. Niemand sollte allein bleiben, vor allem nicht des Nachts. Ich werde jeweils zwei Waffenknechte an den beiden Toren postieren, mehr kann ich nicht für Euch tun. Meine Männer brauche ich über Ostern in der Stadt.«

Unter anderen Umständen hätte Albertus es gewiss genossen, so viele Gäste unter seinem Dach zu beherbergen. Zwar war das frühere Pilgerhaus groß genug, aber allmählich wurde es ihm doch zu eng in seinem Heim. Klara bereitete die Kammern im Obergeschoss vor, das nun ganz den Frauen vorbehalten war, während Albertus und Imbert in der guten Stube schlafen würden und Jaspar die Nacht in der Küche verbringen sollte.

Nicht nur in Albertus' Haus, auf dem gesamten Stiftsgelände war Bewegung. Nachdem die Äbtissin in der Kirche verkündet hatte, dass die Morde im Stift noch nicht als vollständig aufgeklärt galten und nach Zacharias gesucht wurde, trieb die Angst die Stiftsangehörigen fort. Wer Verwandte in der Stadt oder unmittelbar vor den Toren Kölns hatte, versuchte sich mit dem nötigsten Gepäck auf den Weg dorthin zu machen, obwohl nach wie vor niemand den Stiftsbezirk verlassen durfte. Und auch wer mehr als eine Tagesreise zu bewältigen hatte, wollte das Stift verlassen, um sich vorläufig in der Stadt einzuquartieren. Doch an der großen Pforte der Stiftsimmunität war die Reise bereits vorbei. Der Exodus endete, noch ehe er richtig hatte beginnen können. Die Büttel an den Toren nahmen ihre Aufgabe ernst. Sie schickten die ängstlichen Schwestern und ihre Mägde wieder zurück.

In ihrer Not besannen sich die Schwestern auf die Vergangenheit, auf das Leben, wie es im Stift einmal gewesen war und wie es eigentlich auch immer sein sollte. Die älteren Kanonissen verließen ihre Häuser und Wohnungen, um in das große Stiftsgebäude zu ziehen, wo sonst nur die jungen oder nicht so vermögenden

Schwestern lebten. An diesem Abend sollten zum ersten Mal nach langer Zeit wieder fast alle Stiftsbewohnerinnen das Abendmahl gemeinsam einnehmen und sich auch gemeinsam im großen Schlafsaal zu Bett begeben. Die beiden verbliebenen Kanoniker hingegen zogen gegen alle Gepflogenheiten und gegen alle Anstandsregeln ebenfalls für die Nacht ins Stift und teilten sich eine Zelle. Die Angst einte alle.

»Mist!«, fluchte Jaspar und entschuldigte sich sogleich bei Albertus und Imbert. »Verzeiht.«

Beinahe hätte er die Tür zur guten Stube zornig hinter sich zugeworfen, aber im letzten Augenblick besann er sich und drückte sie leise zu. Erst jetzt, als die einbrechende Dunkelheit die Schatten des späten Abends zu schlucken begann, hatte er die Suche nach seinem Freund aufgegeben. Seine Hoffnung, aufmerksamer zu sein als die Büttel bei ihrer Durchsuchung des Stifts, war enttäuscht worden. In den Wirtschaftsgebäuden, in der Kirche, rund um die Häuser und in den Gärten, wirklich überall hatte er nachgesehen und nur den Klausurbereich der Schwestern ausgelassen. Aber im Stiftsgebäude befanden sich zurzeit so viele Kanonissen, dass es Zacharias unmöglich gelungen sein konnte, dort einen Unterschlupf zu finden. Es war wie verhext. Zu guter Letzt war Jaspar nochmals in die Scheune zurückgekehrt, um nach den Tieren zu sehen. Futter- und Wassertrog waren leer. Natürlich, denn üblicherweise kümmerte sich Zacharias morgens und abends um das Vieh. Betrübt hatte Jaspar die ausgehungerten Tiere gefüttert, bevor er zu Albertus' Haus zurückgekehrt war.

Jaspar beugte sich zu Naseweis hinab, um ihn zu begrüßen.

»Morgen hilfst du mir bei der Suche«, sagte er leise zu seinem Hund. »Das ist wichtiger, als sich um fremde Mädchen zu sorgen, hörst du.«

»Setz dich, mein Junge. Klara bringt uns gleich etwas zu essen, sobald sie die Frauen oben bedient hat.«

Jaspar war noch so sehr in Gedanken, dass er erst einen Augenblick später verwundert zu Albertus hinübersah, der mit Imbert in der Kammer zusammensaß.

»Die Frauen?«

Mit wenigen Worten erläuterten ihm die beiden, was im Haus

vorgefallen war, während er versucht hatte, Zacharias zu finden. Sie berichteten von Clementias Geständnis, Eufemia Bilsenkraut ins Essen gemischt zu haben, von ihren Beweggründen und davon, dass die beiden Schwestern waren. Und sie erzählten ihm, dass Clementia, Eufemia und Gepa wenigstens eine Nacht lang mit ihnen unter einem Dach schlafen würden. Hellhörig wurde Jaspar jedoch nur, als Imbert ihm schilderte, dass Zacharias der Äbtissin das Bilsenkraut besorgt hatte. Jaspar schüttelte den Kopf und setzte sich schwerfällig zu den beiden Männern an den Tisch.

»Draußen habe ich auch noch gehört, dass Zacharias für Egilolf Knochen gestohlen haben soll.«

Imbert nickte. »So hat es Volkmar geschildert. Es sieht nicht gut aus für deinen Freund. Wahrscheinlich hat er wirklich gute Gründe dafür, vorerst nicht aufzutauchen.«

»Aber er mordet doch nicht!«, rief Jaspar aufgebracht. »Er hat beteuert, dass er Ida, Mabilia und dem Priester im Dom nichts getan hat.«

»Selbst wenn wir ihn als Täter ausschließen, weil der Mörder deutlich klüger sein muss, Volkmar wird ihm nicht glauben. Es spricht so viel gegen Zacharias.«

»Dann müssen wir eben für ihn sprechen.«

Je mehr gegen Zacharias vorgebracht wurde, desto stärker bäumte Jaspar sich gegen die Vorstellung auf, der Riese könnte aus Habgier oder irgendeinem anderen Grund Menschen getötet haben. Er rieb seine Finger, die plötzlich zu schmerzen begannen. In der Wärme der Stube kehrte mit einem Brennen das Leben in seine kalten Hände zurück.

»Wir müssen etwas tun, irgendetwas.«

Verzweifelt sah Jaspar die beiden Männer an, aber Albertus schüttelte nur mitleidvoll den Kopf.

»Vielleicht sollten wir die Finger ganz von dieser Sache lassen«, sagte Albertus.

Imbert und Jaspar sahen unvermittelt auf. »Das ist nicht Euer Ernst«, sagte der Mönch entsetzt.

»Warum nicht? Was haben wir denn bis jetzt erreicht? Rein gar nichts. Es ist alles nur noch schlimmer geworden, seit wir uns eingemischt haben. Ihr habt Richard offenbar in so große Unruhe versetzt, dass er seinem Mörder geradewegs in die Arme gelaufen ist. Er würde vielleicht noch leben, hätten wir uns einfach nur zurückgehalten.«

»Wollt Ihr etwa Volkmar weiter herumfuhrwerken lassen?«

»Ja natürlich! Warum auch nicht? Er hat mit seinen Durchsuchungen mehr Licht ins Dunkel bringen können, als Ihr mit Euren düsteren Vermutungen.«

»Also gebt Ihr mir die Schuld an Richards Tod?«, sagte Imbert und verschränkte verärgert die Arme vor der Brust.

»Das habe ich nicht gesagt.«

»Aber gedacht. Und angedeutet.«

Albertus schwieg, und das Schweigen sprach für sich. Zum ersten Mal beschlichen Imbert Zweifel an seinem Tun. Vielleicht hatte der Kanoniker recht. Vielleicht hatte er sich tatsächlich überschätzt. Vier Morde hatte es gegeben und dazu die Festnahme von Egilolf. Und was hatte er in Erfahrung gebracht? Was hatte ihn überhaupt dazu getrieben, sich zum geheimen Ermittler aufzuschwingen? War es wirklich der Wille, die Morde zu sühnen? Oder spukte nicht auch der Wunsch in seinem Hinterkopf, sich nach seiner glücklosen Ankunft im Stift vor drei Tagen nun als aufrechten Mönch darzustellen, der es entgegen dem ersten Eindruck trotzdem verdiente, die Gebeine einer Jungfrau mit heim nach Frankreich zu nehmen?

Doch mit einem Mal waren alle Zweifel beiseite gefegt. Imbert streckte den Rücken und pochte mit den Fingerknöcheln auf den Tisch.

»Auch wenn Ihr mich jetzt für unhöflich haltet, lieber Albertus, aber was Ihr da andeutet, ist barer Unsinn. Hätte die Äbtissin gleich auf mich gehört und Mabilias Tod als Mord gedeutet, wäre es gar nicht so weit gekommen. Und was diesen Richard angeht, brauche ich mir erst recht kein schlechtes Gewissen einzureden. Warum läuft dieser alte Geheimniskrämer auch sofort seinem Mörder in die Arme, anstatt den Mund aufzumachen und zu sagen, was er weiß? Ich werde jetzt nicht mein Bündel schnüren, sondern mich erst von dem Verdacht reinwaschen, wie ich es mir selbst versprochen habe. Wenn das gleichzeitig hilft, den wahren Mörder zu fassen, umso besser. Auf Volkmar verlasse ich mich jedenfalls nicht. Er glaubt bei jedem Fünkchen, das diese dunklen Ereignisse erhellt, gleich die Erleuchtung zu sehen.«

Ein Klopfen lenkte die Aufmerksamkeit zur Stubentür.

»Herein«, sagte Albertus streng.

Es war Klara, die mit einem Speisenbrett die matt beleuchtete Kammer betrat.

»Entschuldigt die Störung«, sagte die Magd. Sachte drückte sie die Tür mit dem Rücken hinter sich zu, damit die Wärme in der Stube blieb. »Das Essen.«

»Sehr gut«, erwiderte Albertus, der nun schon entspannter wirkte. »Eine kleine Stärkung wird uns allen gut tun. Mit weniger großem Hunger denkt und diskutiert es sich leichter.«

Klara tischte eine karge Fastenspeise auf. Die Vorratskammer des Hauses war am Ende der Fastenzeit nicht mehr so gut gefüllt, dass die Magd die unerwartet vielen Gäste mühelos hätte versorgen können. Den Männern brachte sie drei kleine Schüsseln mit getrockneten Äpfeln, Birnen und Beeren, dazu einen kleinen Korb mit Brot. Klara stellte eine Schale nach der anderen auf den Tisch. Bei der letzten Schüssel, die sie Imbert vorsetzen wollte, glitt ihr jedoch das tönerne Gefäß so unglücklich aus der Hand, dass es vom Tisch auf Imberts Schoß und von dort auf den Boden fiel, mit einem lauten Knall zersprang und die Trockenfrüchte durch den Raum kullerten. Naseweis erschrak und flüchtete hinter die Holzbank.

»O verzeiht, bitte, verzeiht mir«, stammelte die junge Frau mit zittriger Stimme.

Sie bückte sich und sammelte eilig das Obst wieder auf. Jaspar griff zum Brotkorb, leerte ihn auf dem Tisch aus und reichte ihn seiner Freundin, damit sie das Trockenobst hineinlegen konnte. Während Naseweis sich schon wieder hervortraute und neugierig schnüffelte, rutschte Jaspar unter den Tisch, um einige Obststücke aufzulesen.

»Verzeiht, Herr Imbert«, entschuldigte sich Klara abermals, während sie die Früchte in das Weidenkörbchen gab. »Es ist nur … all diese schlimmen Dinge, die hier im Stift geschehen.«

Imbert wollte gerade antworten, doch dann sah er, dass Jaspar wie versteinert unter dem Tisch hockte. »Jaspar? Alles in Ordnung?«

Aber Jaspar hatte ihm gar nicht zugehört, sondern nur entgeistert auf die zerbrochene Schüssel gestarrt. Auch Klara und Albertus bemerkten Jaspars seltsames Verhalten, der seinen Blick nicht von den Scherben nahm.

»Jaspar?« Als der junge Mann noch immer nicht reagierte, sondern unentwegt und mit offenem Mund auf den Boden blickte, legte Imbert seine Hand auf Jaspars Schulter, als wollte er ihn behutsam wecken wie einen Schlafwandler. »Jaspar?«

Jaspar schreckte so heftig auf, dass er seinen Kopf mit einem lauten Knall an die Tischplatte stieß, auf der die Teller klirrend tanzten.

»Das gibt es doch nicht«, sagte er. »Das darf nicht wahr sein.«

»Was ist denn? Was hast du?«

Jaspar krabbelte unter dem Tisch hervor und blickte mit großen Augen von einem zum nächsten. »Ich glaub, ich hab's.«

Ungläubiger als seinc drei Mitstreiter hätte wohl auch der Apostel Thomas kaum dreinschauen können. Imbert dämmerte, dass Jaspars Gebaren nichts mit den Obststücken zu tun hatte, sondern mit den Morden zusammenhängen musste.

»*Was* hast du?«, fragte er. »Weißt du, wer der Mörder ist?«

Jaspars Augen glänzten. »Nein, das nicht. Aber ein Stück der Lösung liegt hier vor uns, hier vor unserer Nase.«

»Dieser Scherbenhaufen?«

»Ja. Dieser Scherbenhaufen. Ich glaube es zumindest.«

Albertus legte die Arme vor der Brust zusammen. »Hättest du vielleicht die Güte, uns in deine plötzlichen Erkenntnisse einzuweihen?«

Aufgeregt wandte Jaspar sich Klara zu. »Klara, tu mir einen Gefallen und berichte in zwei, drei Sätzen, was hier gerade geschehen ist.«

Klara senkte den Kopf und seufzte. »Wenn es denn sein muss. Ich komme rein, lasse eine Schüssel fallen und sammle das Obst wieder auf.«

Breit grinsend und voller Erwartung sah Jaspar nun in die Runde. »Na? Seht ihr's?« Aber er erntete nur verständnislose Blicke. »Himmel noch eins, es ist so einfach. Was fehlt denn jetzt?«

»Eine Schüssel«, sagte Klara zerknirscht.

Jaspar hob triumphierend den Zeigefinger. »Das ist es, genau das ist es. Versteht ihr jetzt?« Noch immer konnten ihm die drei nicht folgen. »Also gut, ich erkläre es euch. Bisher haben wir immer gedacht, ein Reliquiendieb geht auf seinem Raubzug von Kirche zu Kirche. Und dabei ist er bereit, für seine Sache zu töten. Richtig?«

Albertus, Imbert und Klara nickten.

»Richtig«, bestätigte Jaspar sich selbst. »Jetzt aber glaube ich, dass nur einmal gestohlen wurde, und zwar im Dom. Der Dieb hat einen der Särge geöffnet und irgendetwas entnommen. Dabei wurde er von diesem jungen Priester überrascht, worauf sich der Unbekannte offenbar gezwungen fühlte, den Zeugen zu beseitigen. Das war der einzige Diebstahl. Da bin ich mir sicher.«

»Wie kommst du denn darauf?«, fragte Imbert.

»Ganz einfach. Der Mörder hat die Beute hierher gebracht, vielleicht um sie in der Kirche zu verstecken, aber es ist schon wieder etwas schiefgelaufen, und dabei ging das Reliquiar zu Bruch – wie Klaras Schüssel. Der Täter besorgte sich Ersatz und dazu den Honig, um seine Reliquie zu schützen.«

»Hmm«, brummte Albertus zweifelnd. »Aber warum kann es denn nicht so sein, wie wir bisher vermutet haben, dass es einen zweiten Diebstahl gegeben hat? Wie kommst du auf einen Reliquientausch?«

Nun mischte sich Imbert ein. Er legte die Fingerspitzen zusammen und räusperte sich. »Klara hat es eben gesagt. Es fehlt eine Schüssel, sprich ein Reliquiar, denn das ist zerbrochen. Die Scherben des Gefäßes, das der Mörder aus dem Dom gestohlen hat, lagen an der Grube. Erinnert Euch. Als Mabilia vom Baum geschnitten wurde, hatte sie, wie Volkmar berichtete, den vermissten Fingerknochen einer heiligen Jungfrau in der Hand. Vom Reliquiar jedoch gab es weit und breit keine Spur. Den Finger hat der Täter der alten Kanonisse in die Hand gedrückt, um den Verdacht auf sie zu lenken. Er brauchte den Knochen nicht mehr. Er benötigte nur das Gefäß, um seine Reliquie, die ihm so wichtig war und die er im Dom gestohlen hatte, dorthinein zu legen. Ich glaube, Jaspar ist auf der richtigen Fährte.«

Albertus war noch immer nicht überzeugt. »Aber wer sagt Euch, dass die Taten im Dom mit den Vorfällen in unserer Kirche zusammenhängen?«

»Es kann keinen Zweifel geben, denn dafür liegen die Taten zeitlich und örtlich zu eng beieinander. Und es gibt einen Zeugen.

Richard. Kaum hatte ich dem Schreiber des Erzbischofs von meinen Vermutungen berichtet, brach er auf, um hier seinen Mörder zu treffen. Er hat die Verbindung zwischen Dom und Stift sofort gesehen. Und er wusste, wen er hier zu suchen hatte.« Imbert nickte Jaspar anerkennend zu. »Gut aufgepasst. Dein Einfall hat uns ein gutes Stück weitergebracht.«

Jaspar lächelte stolz und blickte verstohlen zu Klara hinüber, doch die Magd war damit beschäftigt, die letzten Obststücke aufzusammeln.

Albertus schüttelte den Kopf. »Aber warum sollte jemand etwas aus dem Sarg eines der Heiligen Drei Könige stehlen, nur um es hier im Stift wieder zu verstecken?«

Imbert knetete sein Kinn und dachte eine Weile schweigend nach. »Das müssen wir noch herausfinden«, sagte er dann. »Aber es gab jedenfalls ein Ereignis, das ihn unter großem Zeitdruck dazu zwang, seine hochheilige Reliquie aus dem Dom zu entfernen.«

»Welches?«

»Ihr habt mir selbst davon berichtet, lieber Albertus. Erinnert Ihr Euch, als wir gemeinsam zum Dom gingen? Ihr wolltet mit Zacharias zum Markt, Jaspar und ich hingegen zur Sargöffnung.«

Albertus bestätigte das mit einem leichten Nicken.

»Und erinnert Ihr Euch auch noch, wie Ihr mir erzählt habt, dass die ganze Stadt vor Ostern nur einen Gesprächsstoff kennt?«

Der Kanoniker brauchte nur kurz zu überlegen. »Ich erinnere mich. Der Besuch Eures Landsmanns, dieses Goldschmieds aus Frankreich. Die Sargöffnung, bei der Nicholas von Verdun die Leichname der Heiligen Drei Könige in Augenschein nehmen wollte, um die Ausmaße seines Schreins zu bestimmen.«

»Exakt. Jeder in der Stadt wusste, dass die Särge geöffnet und die Leichname genau untersucht werden sollten. Wenn die rätselhafte Reliquie vor den Augen der Welt verborgen bleiben sollte, musste sie entfernt werden, bevor Nicholas sich ans Werk machte, und zwar schleunigst.«

Albertus atmete lange aus und rieb sich dann die faltige Wange. »Ich muss gestehen, Eure Schlussfolgerungen entbehren nicht einer gewissen Logik. Aber wenn Ihr und Jaspar richtig liegen solltet mit dieser Theorie, wo ist dann die Reliquie?«

Imbert entgegnete nichts, sondern lächelte nur vielsagend.

Die Antwort auf seine Frage gab Albertus selbst. »Sie ist noch immer in unserer Kirche.«

Imbert nickte. »Ich vermute es. Der Täter hat ganz offensichtlich einen heiligen Ort für seine Reliquie gesucht und in unserer Kirche gefunden, weil er sich hier bestens auskennt. Doch leider wurde er überrascht, als er seine Beute hier verstecken wollte. Er wird nach dem Zwischenfall mit Ida nicht noch mal das Risiko eingegangen sein, sein gutes Stück in einer anderen Kirche unterzubringen. Warum auch? Keiner würde auf die Idee kommen, dass jemand tötet, um eine Reliquie zu *verstecken*. Unser Täter hatte die Hoffnung, dass alle denken, jemand habe schon wieder eine Reliquie gestohlen.«

»Ich verstehe nur nicht«, sagte Klara, als sie die Scherben aufs Speisenbrett räumte, »weshalb man eine Reliquie verstecken muss? Und wo in der Kirche soll diese Reliquie denn jetzt sein?«

»Klara, mein Kind, das sind genau die richtigen Fragen, die wir morgen zu beantworten versuchen sollten.«

»O nein, bitte nicht schon wieder«, entfuhr es Albertus. »Was habt Ihr denn nun wieder vor?«

»Nicht ich habe etwas vor, sondern Ihr«, sagte Imbert.

Als Naseweis den begeisterten Tonfall des Mönchs vernahm, wedelte er freudig mit dem Schwanz. Imbert lehnte sich zufrieden zurück und legte die Hände auf seinem Bauch zusammen.

»Wir müssen herausfinden, was genau dieser Kanoniker gestanden hat und ob er irgendetwas mit den Morden zu tun haben könnte. Vielleicht kann er uns auch etwas mehr über Zacharias erzählen. Ich denke, lieber Albertus, Ihr solltet morgen Eurem guten Freund Egilolf die Beichte abnehmen. Das ist natürlich nur der Vorwand, unter dem Ihr Euch Zutritt in die Hacht verschaffen werdet.«

Albertus sank in seinem Sessel zusammen, während Jaspar den Zeigefinger hob und sich vorbeugte.

»Ihr habt etwas übersehen«, sagte der junge Mann. »Vor dem Tor stehen Wachen. Ich könnte vielleicht über die Mauer klettern, aber Pater Albertus kommt hier nicht ungesehen hinaus.«

Imberts Lächeln zeigte Zähne. »Gar kein Problem. Die Äbtissin hat einen Auftrag für dich hinterlassen, bevor sie sich in ihre

Kammer zurückgezogen hat. Und dieser Auftrag kommt mir bei meinen Plänen sehr zupass.«

»Verdammt!«

Die Faust des Erzbischofs fuhr donnernd auf die Tischplatte. Unter der Wucht des Schlags tanzten die beiden Öllampen bedrohlich auf und nieder. Philipp ließ seinen Zorn an den Möbeln seines Arbeitszimmers im Palast aus, und Volkmar hielt gebührenden Abstand. Er kannte die Tobsuchtsanfälle des Erzbischofs und wusste, dass es besser war, sich außer Reichweite aufzuhalten.

»Ich will Richards Mörder«, wütete Philipp weiter. »Ich hoffe, du weißt, dass dir die Zeit davonläuft, Volkmar.«

Der Hauptmann strich sich über den struppigen Vollbart. Soll er doch bellen, dachte Volkmar. Die Selbstsicherheit des Hauptmanns wuchs, je aufbrausender der Erzbischof wurde. Er hatte keinen Grund, den Kopf einzuziehen. Die Ermittlungen entwickelten sich ganz nach Wunsch.

Philipp von Heinsberg richtete den Zeigefinger auf seinen Hauptmann. »Als diese junge Schwester gefunden wurde, befahl ich dir, die Angelegenheit bis zum Osterfest zu bereinigen«, sagte er scharf. »Stattdessen sind jetzt auch noch Mabilia und, was noch viel schlimmer ist, mein guter Richard tot.«

»Vergesst bitte nicht, Eminenz, wir haben mit Egilolf bereits einen Reliquiendieb gefasst, und meine Männer suchen nach seinem Helfer, diesem Zacharias.«

Der Erzbischof nahm die gefalteten Hände vor den Mund. Er schnaubte wütend und starrte schwer atmend vor sich hin. Ein weiteres Mal donnerte seine Faust auf den Tisch.

»Das reicht nicht! Ich will Richards Mörder!«

Volkmar ließ das Gebrüll über sich ergehen, ohne eine Miene zu verziehen. Stattdessen verneigte er sich ergeben, als wollte er sich für die Aufmerksamkeit des Erzbischofs bedanken.

»Für mich liegt auf der Hand, dass zumindest einer der beiden etwas mit den Morden zu tun hat, Eminenz. Der Priester Notker und die junge Ida wurden ermordet, weil sie einen Reliquiendieb überraschten. Ich denke, wir sind kurz davor, die Morde aufzuklären.«

Philipp trat ans Fenster und sah hinüber zum Stift, von dem in der Dunkelheit nur die Umrisse der Kirche zu sehen waren. Wie ein mächtiger, in die Erde gerammter Speer markierte der Glockenturm die Stelle, an der sein treuer Freund Richard gestorben war.

»Erst bekomme ich einen französischen Pilger als Mörder aufgetischt, dann eine altersschwache Stiftsdame«, sagte er lauernd. »Und jetzt soll es ein Dorftrottel sein, der zu allem Überfluss noch auf der Flucht ist?«

»Unterschätzt ihn nicht. Kennt Ihr sonst jemanden, der in der Lage wäre, allein den Deckel von Caspars Sarg zu stemmen?«

Philipp bedachte seinen Hauptmann mit einem bitterbösen Blick. »Und wann lieferst du mir diesen Zacharias?«

Auf diese Gelegenheit hatte Volkmar nur gewartet. »Ihr hättet ihn schon längst, wenn Clementia ihr Stift im Griff hätte«, erwiderte er. »Zacharias ist seit mehr als einem Tag verschwunden, und niemand im Stift ist auf die Idee gekommen, uns seine Flucht anzuzeigen. Er hat einen großen Vorsprung.«

Am liebsten hätte Volkmar sich selbst auf die Schulter geklopft. Jetzt ließ er den Erzbischof noch ein paar Augenblicke zappeln, damit Philipps Groll auf die Äbtissin wachsen konnte, dann erst würde er sich selbst ein Stück weiter ins rechte Licht rücken.

»Aber noch ist nichts verloren, Eminenz.«

Der Erzbischof blickte Volkmar fragend an.

»Ich habe einen Hinweis bekommen. Mit ein wenig Glück kehrt dieser Dummkopf ins Stift zurück, und dann fassen wir ihn.«

Die Kälte betäubte, und das war gut. Jaspar saß wieder auf seinem Platz in der Mauerkrone und ließ sich den eisigen Nachtwind um den Körper fahren. Seine Finger spürte er kaum noch, seine Füße waren taub, seine Wangen spannten, aber schmerzten nicht. Er genoss, wie der Frost ihn abstumpfte, körperlich und seelisch. Nur hin und wieder krampfte sein Magen zusammen, wenn er an Zacharias dachte, daran, wie sein Freund mit dem Engelsgesicht irgendwo auf dem Stiftsgelände hockte und um sein Leben fürchtete. Wahrscheinlich wimmerte er wieder und bettelte seine Jungfrau an, doch endlich zu ihm zurückzukehren.

Wie schon nach Idas Tod herrschte auch jetzt ein trügerischer Friede über der Stiftsimmunität. Rund um die Kirche lagen die dunklen Umrisse der Häuser wie ruhig wiederkäuende Kühe um einen schützenden Baum. Fast überall innerhalb der Stiftsmauer waren die Lichter erloschen, und die Immunität war ein großer schwarzer Fleck im ansonsten noch springlebendigen Köln. Obwohl Karfreitag war, ging es in den Herbergen und auf den Straßen unüberhörbar laut und lustig zu. Die Menschen freuten sich auf die Osternacht.

Jaspar versuchte, den Lärm der Stadt aus seinem Kopf zu verdrängen. Immer wieder stellte er sich dieselben Fragen. Konnte sein Freund Zacharias dieser unheimliche Unbekannte sein, vor dem sich das ganze Stift fürchtete? Der für ein paar Knochen bereit war, Menschen umzubringen? Und was Bruder Imbert sagte, war doch hanebüchen. Wenn eine Reliquie so heilig war, dass jemand für sie morden würde, konnte es doch keinen vernünftigen Grund geben, sie vor allen Menschen zu verstecken.

Hier oben auf der Mauer zu sitzen und auf die Welt hinabzublicken gab Jaspar das trügerische Gefühl der Sicherheit, es gab ihm den Eindruck, über den Dingen zu stehen. Hier oben war er nicht mehr Knecht, sondern sein eigener Herr. Die Kanonissen, die Äbtissin, Bertradis, der Erzbischof und dessen Büttel, sogar Imbert und Albertus, sie alle konnten ihm gestohlen bleiben. Unter ihnen war niemand, der sich jemals wirklich um Zacharias gesorgt hätte. Dabei war der große Trottel der ehrlichste und aufrichtigste Mensch, den er jemals kennengelernt hatte.

Ehrlich und aufrichtig, ja, und doch war Zacharias in seiner Einfalt auch zum Verbrecher geworden. Jaspar hatte Gewalt über die Trauer, aber nicht über die Wut. Er spürte den Zorn unbändig und mit Macht in sich aufsteigen, Zorn auf all jene, die Zacharias' Gutmütigkeit selbstsüchtig und schamlos ausgenutzt hatten. Auf die Äbtissin, weil sie sich von ihm Bilsenkraut hatte bringen lassen, um damit Eufemia in Rausch zu versetzen, und auf Egilolf, weil der ihn zum Diebstahl von Jungfrauengebeinen angestiftet hatte.

Jaspar griff mit seinen tauben Fingern in den Schnee auf der Mauerkrone und formte eine Handvoll zu einem Ball, den er wütend in die Richtung der Stiftshäuser schleuderte. Es tat gut, also warf er gleich noch einen Schneeball hinterher.

»Wenn du allein sein willst«, rief plötzlich eine Stimme aus der

Dunkelheit, »dann sag es doch einfach, anstatt mich mit Schnee zu bewerfen.«

Erst jetzt sah Jaspar die Gestalt, die durch die Sträucher auf ihn zukam. Es war Klara, die nun vom Fuß der Mauer zu ihm aufsah.

»Woher weißt du, dass ich hier bin?«

»Bruder Imbert meinte, ich würde dich hier finden.«

»Du solltest nicht hier sein. Der Mörder könnte noch hier herumlaufen.«

»Du bist doch auch hier.«

»Das ist was anderes. Würde mir der Mörder begegnen, hätte ich eine Rechnung mit ihm zu begleichen.«

Klara seufzte. »Komm nach Hause«, sagte sie.

»Nach Hause? Wo soll das sein?«

»Du weißt, was ich meine. Es ist schon sehr spät, und Bruder Imbert meinte, wir sollten besser ins Bett, damit wir nicht verschlafen. Es gäbe morgen einiges zu tun.«

Jaspar blies abweisend Luft durch die Lippen, zuckte dann aber mit den Schultern und sprang neben Klara in den Schnee.

»Komm«, sagte sie und nahm ihn bei der Hand.

Jaspars Zorn war verraucht, kaum dass er Klaras Wärme spürte. Willig ließ er sich von ihr zurück zu Albertus' Haus führen.

Karsamstag, 4. April 1181

Als der von einem Maulesel gezogene Karren um die Ecke des Kirchenbaus bog und auf das geschlossene Tor zurollte, schüttelten die beiden durchgefrorenen Wachposten den Kopf. Kaum war der Tag angebrochen, versuchten die Stiftsbewohner offenbar aufs Neue, die Immunität zu verlassen.

»Und ich hatte gehofft, sie hätten es gestern schon alle verstanden«, sagte der Kleinere von beiden. »Aber da können die Schwestern noch so fein sein, wenn ihnen die Angst im Nacken sitzt, sind sie nicht anders als unsereins auch.«

»Kümmere du dich drum«, erwiderte sein Kamerad, während er sich in die vor Kälte steifen Hände pustete. »Ich habe mein Sprüchlein gestern oft genug aufgesagt.«

»Faulpelz«, knurrte der Kleine und trat vor, denn der Karren war bereits fast am Tor angekommen. »Haaalt«, rief er zum Fuhrmann hoch. Auf dem Bock saßen ein junger Mann, eine junge Frau und zwischen ihnen ein schwarzer Hund. Nun erst bemerkte der Wachmann, dass gar keine Schwestern mit dem Karren unterwegs waren, sondern Bedienstete des Stifts. »Macht kehrt. Noch immer gilt der Befehl des Erzbischofs, dass niemand die Immunität betreten oder verlassen darf.«

»Ich weiß«, sagte Jaspar. »Lasst uns trotzdem hinaus, denn wir befolgen nur einen Befehl, den der Erzbischof unserer Äbtissin gegeben hat. Wir sollen die Leiche der ehrwürdigen Schwester Mabilia aus dem Schindanger holen.«

»Ach ja, ich habe davon gehört.« Misstrauisch beugte sich der Mann zur Seite, um sich den Karren anzusehen. Mit seinem Spieß schlug er gegen die geschlossenen Wände der Ladefläche. Dann wippte er auf die Zehenspitzen, um sich das Innere des Gespanns anzusehen. Entlang der Seitenwände waren zwei lange hölzerne Sitzbänke angebracht, unter denen einige Säcke und Werkzeug lagen. »Aber weshalb braucht ihr dafür einen so riesigen Wagen?«

»Es muss ja nicht gleich jeder sehen, dass wir eine Leiche umherfahren.«

»Das leuchtet ein«, sagte der Wachmann und trat einen Schritt zurück, um den Weg freizumachen. »Aber passt auf Euren Köter auf, dass er nicht den Hundeschlägern in die Hände gerät. Das könnte ihm nicht gut bekommen.«

Die beiden Männer lachten über diesen Spruch, als hätten sie seit Wochen keinen besseren Witz gehört. Jaspar verzog das Gesicht. Nachdem das Lachen verebbt war, spuckte der Kleinere aus und nickte seinem Kameraden zu. Dieser stieß die beiden Flügel des Tores auf, um den Wagen passieren zu lassen. Jaspar schnalzte mit der Zunge und ließ die Zügel knallen. Gemächlich nahm der Maulesel den Schritt auf.

Erst eine Abzweigung weiter wagte Jaspar es, sich umzudrehen.

»Und?«, fragte Klara leise.

»Die Luft ist rein«, gab er erleichtert zurück. Und über die Schulter sagte er: »Ihr könnt rauskommen.«

Die Decken unter den Sitzbrettern auf beiden Seiten wurden weggeschoben. Albertus und Imbert krochen hervor und setzten sich auf die Bänke.

»Ich schwöre bei Gott unserem Herrn und allen seinen Heiligen«, meckerte Albertus und rieb sich die schmerzenden Beine, »das war das letzte Mal, dass ich Euch bei Euren seltsamen Einfällen zur Hand gehe. Das allerletzte Mal.«

Imbert sog tief die frische Morgenluft ein und betrachtete zufrieden die langsam vorbeiziehenden Häuser, deren Dächer sich unter der Schneelast beugten. »Mit ein klein wenig Glück, lieber Albertus, wird dies wirklich das letzte Mal sein, dass ich Eure Hilfsbereitschaft in Anspruch nehme. Freuen wir uns doch erst mal über den gelungenen Ausbruch aus diesem Gefängnis.«

»Von Freude kann hier nicht die Rede sein. Ich bin zwar aus einem Gefängnis ausgebrochen, aber doch nur, um in ein anderes einzubrechen. Was soll ich machen, wenn die Wachen mich gar nicht in Egilolfs Zelle lassen?«

»Dann zückt Ihr dies hier.« Imbert zog ein Pergament aus seinem Mantel und hielt es Albertus hin. Der Greis rollte das Schriftstück auf, las es und schlug ein Kreuzzeichen. Es war das Empfehlungsschreiben, das der Erzbischof Imbert ausgestellt hatte, bevor der Mönch bei Clementia vorstellig geworden war. »Das wird wohl den nötigen Eindruck machen.«

»Dann wollen wir mal hoffen, dass keiner von den Wachmännern des Lesens kundig ist.«

»Ich denke, da können wir ganz beruhigt sein«, gab Imbert selbstsicher zurück.

»Herr im Himmel! So viel Gottvertrauen wünschte ich mir jeden Tag in meinem Leben. Ihr mutet meinem Herzen zu viel zu, Imbert. Und was macht Ihr in der Zeit?«

»Ich? Ich werde der Dombibliothek einen kleinen Besuch abstatten.«

»Der Dombibliothek?«

»Ich will dort Nachforschungen über unsere Reliquie anstellen. Ich habe einen Verdacht, von dem ich eigentlich hoffe, dass er sich nicht bestätigt, weil er so aberwitzig ist. Ich berichte Euch später davon.«

»Habt Ihr denn nichts Besseres zu tun? Ihr könntet Euch zum Beispiel Gedanken darüber machen, wie wir wieder zurück ins Stift gelangen.«

»Das habe ich bereits. Auf demselben Weg, wie wir hinausgekommen sind.«

Albertus verzog entsetzt das Gesicht. »Mit einer Leiche auf dem Wagen?«

Imbert nickte, worauf sich Albertus leise fluchend den Mantel enger um den Körper schlug.

Klara hatte sich auf dem Bock umgewandt und hielt sich an der Bank fest, als der Karren durch ein Schlagloch rumpelte. »Aber Ihr solltet uns wenigstens sagen, wie es jetzt weitergeht.«

»Da gibt es nicht viel zu sagen. Ihr beiden setzt Albertus und mich im Domhof ab, und dann erledigt jeder, was ihm aufgetragen ist. In spätestens zwei bis drei Stunden müssten wir alle fertig sein, also gegen Mittag. Ich schlage vor, dass wir uns zur Sext wieder genau dort treffen, wo wir uns gleich trennen werden. Einverstanden?«

Albertus und Klara bestätigten mit einem kurzen Kopfnicken. Während Jaspar den Wagen auf die Pfaffenpforte in der alten Römermauer zusteuerte, sagte er: »Seht zu, dass Ihr pünktlich seid. Ich will nicht mit einer Leiche auf meinem Karren länger als unbedingt nötig mitten in Köln herumstehen.«

Kaum waren Imbert und Albertus im Domhof vom Wagen geklettert, rückte Klara näher an Jaspar heran, sodass Naseweis nach hinten auf die Ladefläche ausweichen musste.

»Mir ist kalt«, sagte sie entschuldigend.

»Ist schon in Ordnung. Mir auch.«

Jaspar brachte den Wagen auf den Weg zurück. Sie hatten noch ein gutes Stück vor sich, bevor sie ihr Ziel erreichten. Eine Weile schwiegen sie, aber das Schweigen war ihnen beiden unangenehm.

»Wie geht es dir?«, fragte Klara, und Jaspar war froh, dass sie das Wort ergriff.

Er zuckte mit den Schultern. »Ich hab mich oft geärgert, weil ich dauernd auf Zacharias, den alten Dummkopf, aufpassen musste. Und jetzt mache ich mir große Sorgen um ihn. Er fehlt mir. Ich würde viel lieber nach ihm suchen.«

»Lass ihn. Er will nicht gefunden werden, also solltest du auch nicht nach ihm suchen. Mach dir keine Sorgen, Jaspar, Zacharias ist den Leuten des Erzbischofs entwischt, also wird ihn auch sonst niemand entdecken. Wir können ihm viel mehr helfen, wenn wir tun, was Herr Imbert sagt.«

Jaspar zog die Zügel an, um den Schritt des Maulesels zu verlangsamen. Das Gedränge der Menschen auf dem vom Schnee und Dreck verschlammten Steinweg war bereits sehr dicht, sodass sie nur langsam vorankamen.

»Ich bin wütend, Klara«, sagte Jaspar, ohne den Blick vom Weg zu nehmen.

»Warum?«

»Weil Zacharias ausgenutzt wurde und sich niemand um ihn gekümmert hat. Die Äbtissin hat sich von ihm Bilsenkraut bringen lassen, und Egilolf hat ihn Knochen klauen lassen. Sie haben seine Gutmütigkeit missbraucht und ihn die Drecksarbeit machen lassen. Und jetzt glauben alle, dass Zacharias zu Morden fähig wäre, nur weil er so viele Kleinigkeiten auf dem Kerbholz hat.«

»Gräme dich nicht«, tröstete ihn Klara. »Und hab Vertrauen zu Herrn Imbert. Ich bin mir sicher, er wird alles aufklären.«

Jaspar antwortete nicht, sondern nickte zustimmend. In einem weiten Bogen lenkte er den Karren um ein Gespann herum, auf das Brauknechte gerade große Fässer luden, bog in Richtung Rhein ab und brachte den Wagen am Hühnermarkt zum Stehen.

»Wir sind da.«

Jaspar sprang vom Bock und klopfte an die Tür eines niedrigen Lehmhauses, dessen Läden geschlossen waren. Es verstrich eine geraume Zeit, in der Naseweis wieder auf den Bock sprang, bis endlich Diederich öffnete, der schlaksige Gehilfe des Scharfrichters. Der Junge wirkte verschlafen und rieb sich die kleinen Augen.

»Was ist denn? Meister Dalcher ist nicht da.«

»Ich bin Jaspar, und die Äbtissin des Stiftes an der Kirche der heiligen Jungfrauen hat mir aufgetragen, den Leichnam der ehrwürdigen Schwester Mabilia heimzuholen. Zeig mir, wo ihr sie auf dem Schindanger verscharrt habt.«

»Bist du des Wahnsinns?« Diederich schien mit einem Mal hellwach. »Die Frau ist eine Selbstmörderin.«

»Ist sie nicht. Es hat sich offenbar noch nicht bis zu dir herumgesprochen, dass sie ermordet wurde.«

»Ermordet?«

»Genau. Und deshalb soll sie nun ein christliches Begräbnis bekommen.«

Diederich kratzte sich unsicher am Hinterkopf. »Ich weiß nicht. Vielleicht wartest du besser, bis Meister Dalcher wieder da ist.«

»Wann wird das sein?«

»Keinen blassen Schimmer.«

»Dann musst eben *du* mir helfen. Begleite uns zum Schindanger und zeig mir die Stelle, an der sie liegt.«

Diederich reckte das Kinn vor und verschränkte die Arme vor der Brust. »Ich denk ja gar nicht dran. Damit will ich nichts zu schaffen haben. Meister Dalcher soll sich darum kümmern. Wartet oder kommt wieder, wenn er zurück ist.«

»Bitte«, sagte Klara vom Karren herab. »Tu es nicht für uns, tu es für die arme Mabilia. Die alte Schwester hat es nicht verdient, dort neben Mördern und Dieben zu liegen. Sie soll keine Stunde länger dort bleiben. Es soll dein Schaden nicht sein.«

Klara öffnete ihren Umhang leicht und schob ein Brot nur so weit hervor, dass der Junge es sehen konnte. Sie hatte den Laib am frühen Morgen selbst gebacken und eingesteckt. Jaspar warf ihr einen Blick zu, in dem Verwunderung und Bewunderung zugleich lagen. Nun kratzte sich Diederich gleich mit zwei Händen das struppige Haar, als könnte ihm dies beim Denken helfen.

»Also gut«, sagte der magere Junge schließlich, nachdem er sich vergewissert hatte, dass niemand das Gespräch mitbekommen haben konnte. »Ich zeige euch die Stelle. Aber ich fahre oben auf dem Bock mit. Der Hund soll nach hinten. Und lasst euch eines gesagt sein, wenn ihr mich angelogen habt und die Alte doch eine Selbstmörderin ist, werde ich euch verraten, wenn mich jemand nach euch fragt.«

»Keine Sorge«, sagte Jaspar. »Das wird nicht nötig sein.«

»Das wird nicht nötig sein.«

»Was soll das denn heißen?« Albertus fluchte still in sich hinein. Der Wachmann verweigerte ihm den Zutritt zum erzbischöflichen Gefängnis. »Willst du dem Häftling etwa die Beichte verwehren?«

Der Mann hinter dem Guckloch in der Pforte zur Hacht schüttelte den Kopf. »Ach was! Natürlich nicht. Aber Ihr kommt zu spät, Pater. Der Kerl, dem Ihr die Sündenlast abnehmen wollt, hat erst vor einer Stunde die Beichte abgelegt. Ich glaube nicht, dass er in der Zwischenzeit viel Gelegenheit hatte, schon wieder gegen eins der Zehn Gebote zu verstoßen. Auch wenn Ihr es nicht glaubt, aber hier gibt es nur geläuterte Seelen. Geht wieder heim.«

»Das zu beurteilen überlässt du besser dem Herrn, mein Sohn. Lass mich endlich ein, oder willst du mich hier draußen erfrieren lassen? Es ist bitterkalt.« Um seinen Worten Glaubwürdigkeit zu verleihen, trat Albertus bibbernd von einem Bein aufs andere.

»Hört zu, Pater«, sagte der Wärter, und in seiner Stimme schwang ein ungeduldiger Ton mit. »Das ist keine Herberge, wo man an die Tür klopft und um Einlass bittet. Ich sage es noch mal, geht heim!«

Herr, vergib mir, dass ich mich schon wieder versündige, aber es dient einer guten Sache, dachte Albertus. Er zog das Pergament hervor, das Imbert ihm zugesteckt hatte, und hielt es vor das Guckloch. »Und ich sage nochmals, lass mich endlich ein!«

»Was ist das?«

»Sieh genau hin. Ich werde es dir nicht vorlesen«, knurrte Albertus und dachte im gleichen Atemzug: Weil ich dann nämlich entweder lügen oder mich entlarven müsste.

Mit einem lauten Knall schlug der Wachmann das Guckloch zu, und für einen Augenblick beschlichen Albertus Zweifel, ob der

Plan aufgehen würde. Aber dann ruckte der Riegel zurück. Wie vermutet, konnte der Wachmann nicht lesen, jedoch kannte er das Siegel seines Dienstherrn. Wer ein Schreiben Philipps von Heinsberg vorzuweisen vermochte, durfte nicht abgewiesen werden. Die Tür schwang auf.

Die Dombibliothek war an einem ungewöhnlichen Ort untergebracht. Dort, wo sich die Römermauer dicht an den Dom schmiegte, erhob sich ein alter, runder Wachturm, der die meiste Zeit des Tages im Schatten der gewaltigen Kirche stand. Als Verteidigungsbauwerk hatte er längst ausgedient, da die Stadt inzwischen weit über ihren ursprünglichen Kern hinausgewachsen war. Jetzt behütete der Turm in seinem geräumigen Innern die vielen tausend Bücher der berühmten Dombibliothek. War die Kathedrale mit den Leichnamen der Heiligen Drei Könige Anziehungspunkt für Pilger, so lockte der Turm mit seinen gebundenen Schätzen gelehrte Geistliche aus der ganzen Welt an.

Imbert fand den Archivar im Skriptorium, das auch als Lesesaal diente. Es waren wegen des hohen Feiertags keine Besucher in der Bibliothek, nicht einmal Kopisten oder Miniaturenmaler, die sonst an den hellen Fensterplätzen still ihrer Arbeit nachgingen. Der für das Amt ungewöhnlich junge Archivar, Thomas mit Namen, nutzte die seltene Gelegenheit, in aller Ruhe selbst einen der glanzvoll illustrierten Bände zu studieren, über deren Herausgabe er sonst zu wachen hatte. Thomas' Haut war blass, als wäre das matte Tageslicht, das durch die Bleiglasfenster in die Bibliothek fiel, das einzige, mit dem er in Kontakt kam. Seine großen Augen hingegen waren von einem strahlenden und lebendigen Blau und schienen alles, was sie in den Blick nahmen, förmlich aufsaugen zu wollen. Thomas saß an einem Pult und blätterte im Kodex »De laudibus sanctae crucis« von Hrabanus Maurus. Ein prunkvoll mit Ranken und Blattwerk gestaltetes Initial, das farbenprächtig auf der gesamten Höhe einer Seite ausgebreitet war, schlug ihn in seinen Bann. Der Bibliothekar war so sehr in die Betrachtung vertieft, dass er Imbert, der mit umgehängter Ledertasche vor seinem Pult stand, erst wahrnahm, als dieser sich laut räusperte.

»Ah, ein Gast«, sagte Thomas und schloss vorsichtig mit seinen feingliedrigen Fingern das kostbare Buch. »Was führt Euch zu mir?«

»Eure wundervolle Bibliothek«, erwiderte Imbert und verbeugte sich höflich. »Mein Name ist Imbert von Grandmont, und wie man hört, ist Eure Büchersammlung eine der umfangreichsten nördlich der Alpen.«

Thomas lächelte sichtlich geschmeichelt. »Das ist wohl wahr, Bruder Imbert, auch wenn man es diesem alten Turm nicht zutrauen mag, eine solche Menge an Büchern in sich zu bergen. Seid Ihr auf der Suche nach einem bestimmten Exemplar?«

»In gewisser Weise ja. Es ist aber kein bestimmtes Buch, das ich suche, sondern eine bestimmte Sorte von Büchern.«

»Beschreibt mir Euer Anliegen. Es haben nur wenige Besucher diesen Turm verlassen, denen ich nicht auf irgendeine Weise habe helfen können.«

Imbert räusperte sich erneut und beugte sich vor, als fürchtete er, jemand könnte hören, was er dem Bibliothekar zuflüsterte, obwohl niemand sonst im Raum war. »Verzeiht, wenn ich gleich so direkt bin. Ich würde gern einen Blick in Euren Giftschrank werfen.«

Mit vor Erstaunen offenem Mund lehnte sich Thomas zurück. Eine solch entwaffnende Offenheit war er nicht gewohnt.

»Meinen Giftschrank?«

»Sehr richtig. Ihr habt doch einen, oder etwa nicht?«

»Ich weiß nicht, was Ihr meint.«

»Ich gehe doch recht in der Annahme, dass auch die Kölner Dombibliothek Bücher besitzt, die sie nicht herausgibt?«

»Richtig.«

»Weil sie zu wertvoll sind.«

»Richtig.«

»Oder weil in ihnen Dinge stehen, die besser niemand lesen sollte.«

Nun lehnte sich Thomas vor. Misstrauisch musterte er sein Gegenüber. »Wer seid Ihr?«

»Nur ein einfacher Mönch.«

»Der sich für verbotene Bücher interessiert?«

»Es sind keine wirklich verbotenen Bücher, die ich gerne einsehen möchte, sondern Bücher, die nicht heilig genug waren, um Teil der Bibel zu werden.«

»Nun, das klingt ja schon nicht mehr ganz so geheimnisvoll«, sagte Thomas und legte die Fingerspitzen aneinander. »Gewiss haben wir auch apokryphe Werke. Aber ich zeige sie nur Geistlichen, bei denen ich überzeugt bin, dass ihr Charakter ausreichend gefestigt ist, diesen Texten gefahrlos zu begegnen. Ihr jedoch seid mir gänzlich fremd. Bedaure.«

Imbert ärgerte sich, das Empfehlungsschreiben des Erzbischofs nicht behalten zu haben. Zwar war es an die Äbtissin gerichtet, doch hätte es wenigstens belegen können, dass Philipp von Heinsberg ihn für einen vertrauenswürdigen Mann hielt.

»Euer letztes Wort?«

Der Bibliothekar hob die Hände. »Wie gesagt. Bedaure.«

Scheinbar enttäuscht ließ Imbert die Schultern hängen. »Da kann man wohl nichts machen«, sagte er mit einem leisen Seufzer und wandte sich zum Gehen. Nach einigen Schritten hielt er inne und drehte sich wieder zu Thomas um. »Aber vielleicht könnt Ihr mir ja bei einer anderen Sache behilflich sein.«

»So es in meiner Macht steht, Bruder Imbert.«

Der Mönch öffnete die Ledertasche mit seinen Habseligkeiten und griff hinein.

»Da drüben ist es.«

Diederich wies mit seinen dürren Fingern auf eine Stelle nahe des Galgenbaums, an dem wie faules Obst die Leichen gehenkter Verbrecher hingen. Durch die eisige Morgenluft drang das Geschrei von Krähen und Elstern herüber, die den Toten das gefrorene Fleisch von den Knochen pickten und sich kreischend um die besten Happen stritten.

Der Schindanger war ein ungastlicher Ort. Obwohl er an einer Straße lag, die zu einem der Kölner Tore führte und Neuankömmlingen zur Warnung dienen sollte, kamen kaum Menschen hier vorbei. Zu groß war die Furcht, vom bösen Blick eines Hingerichteten getroffen zu werden. Die häufigsten Besucher auf dem Schindanger waren Aasvögel und streunende Hunde, die sich an den meist nur notdürftig verscharrten Leichen satt fraßen.

Auch Jaspar und Klara fühlten sich unwohl und wollten ihren Auftrag so schnell wie möglich hinter sich bringen. Jaspar trieb den Maulesel an und lenkte den Wagen auf die Stelle zu, in deren Richtung der Gehilfe des Scharfrichters gedeutet hatte.

»Was ist jetzt mit meinem Brot?«, fragte Diederich, als Jaspar den Karren neben einem niedrigen Erdhügel zum Stehen brachte, der dünn mit Schnee bedeckt war.

Diederichs abstehende Ohren leuchteten rot in der frostigen Morgenluft. Klara schlug ihren Mantel auf, zog das Brot hervor und reichte dem Jungen den runden Laib. Hastig verstaute Diederich ihn in einem Beutel, den er sich über die Schulter hängte. Jaspar sprang vom Wagen, ging die paar Schritte an das Grab und prüfte mit dem Fuß dessen Beschaffenheit.

»Steinhart gefroren«, sagte er und drehte sich zu Diederich um. »Wie sollen wir die Leiche da rausbekommen?«

Diederich deutete mit dem Kopf zum Galgenbaum. »Fürs Graben in gefrorener Erde haben wir vorgesorgt. In einem Hohlraum unter einer dicken Wurzel hat Meister Dalcher einen Topf, einen Zündstein und Zunder versteckt. Füllt Schnee in den Topf, erhitzt ihn und schüttet das heiße Wasser aufs Grab. Und dann buddelt, bevor die nasse Erde wieder gefriert.«

Jaspar verdrehte die Augen. »Herr im Himmel, was für ein Aufwand!«

»Tja, dann macht's mal gut. Und versteckt den Topf wieder dort, wo ihr ihn gefunden habt.«

Diederich machte auf dem Absatz kehrt und ließ die beiden allein auf dem Acker zurück. Jaspar und Klara sahen erst sich und dann das frische Grab verdrießlich an. Ihnen war flau im Magen.

»Nun denn, wacker ans Werk«, sagte Jaspar schließlich und stapfte durch den Schnee zum Galgenbaum.

Der Wachmann ließ Albertus durch eine niedrige Tür in Egilolfs Zelle. Gebückt betrat der alte Mann das Kerkerloch und stieg mit der Fackel, die ihm der Gefängniswärter gereicht hatte, drei Stufen hinab.

»Besuch für dich«, rief der Wärter ins Zwielicht hinein und sagte dann zu Albertus: »Ich hab noch zu tun. Wenn Ihr fertig seid, dann ruft, bis Euch einer hört.«

Auf Albertus' Antwort wartete der Mann nicht. Mit einem dumpfen Knall, der von den feuchten Wänden der Zelle widerhallte, schlug der Wärter die Tür zu. Das zweifache laute Klacken zeigte an, dass er auch den Riegel wieder vorgeschoben hatte.

Der schwergewichtige Häftling kauerte mit dem Rücken an der Wand auf dem Zellenboden, die Arme auf die angewinkelten Knie gelegt. Als Albertus vor ihn trat, blieb er sitzen und hob auch den Blick nicht. Egilolfs abweisendes Verhalten verstärkte den Wunsch des alten Mannes, gleich wieder nach dem Wärter zu rufen.

Albertus steckte die Fackel in eine Halterung an der Wand. Er verspürte einen übergroßen Widerwillen gegen das anstehende Gespräch. Er hatte Egilolf noch nie gemocht. Seinem Amtsbruder, fand Albertus, fehlte die nötige Demut für die Tätigkeit als Kanoniker. Aber er hatte sein Missfallen nie geäußert, weder im Gespräch mit der Äbtissin noch gegenüber Egilolf selbst. Warum auch? Er hatte am Jungfrauenstift schon viele Kanoniker kommen und gehen sehen, und daher vermochte Albertus keinen Sinn darin zu entdecken, sich auf seine alten Tage unnötig Feinde zu schaffen. Er war sich sicher gewesen, dass auch Egilolf früher oder später ein lohnenderes Amt angenommen hätte. Egilolfs Trachten war immer schon auf einträgliche Pfründe ausgerichtet gewesen.

»Wenn Ihr wegen des Geldes hier seid, das ich mit dem Verkauf der Knochen verdient habe, habt Ihr den Weg vergebens angetreten«, sagte Egilolf, ohne den Kopf zu heben. »Ich kann dem Stift den Schaden nicht ersetzen. Alles, was ich eingenommen habe, ist verjubelt.«

»Verjubelt?«

»Ich habe selten etwas mit heimgebracht, sondern die Münzen meist sofort in den Badehäusern der Stadt ausgegeben.« Im Halbdunkel sah Albertus, wie sein Gegenüber grinste. »Ihr wisst schon. Die Weiber sind viel zuvorkommender, wenn die Börse stimmt.«

Auch wenn ihm gar nicht gefiel, was Egilolf sagte, breitete sich dennoch eine gewisse Erleichterung in Albertus aus. Wenigstens war Egilolf redselig, das machte das Gespräch leichter. Albertus versuchte, so streng wie möglich aufzutreten.

»Hört zu, Bruder Egilolf. Um eins klarzustellen, ich will diese unangenehme Unterredung hier so schnell es irgend geht zu einem Ende bringen, also wäre ich Euch verbunden, wenn Ihr diese ekelerregenden Einzelheiten geflissentlich übergehen könntet. Haben wir uns so weit verstanden?«

Egilolf fehlten die Worte. So entschieden hatte er Albertus noch nie erlebt. Um seine Verblüffung zu überspielen, lachte der dicke

Mann dröhnend, bis ihm eine halbwegs passende Entgegnung einfiel.

»Na, na, Bruder Albertus, so kenne ich Euch ja gar nicht. Habt Ihr zu viel von Eurem teuren Malvasier gekostet?«

»Lenkt nicht ab, Egilolf«, versetzte Albertus barsch. »Jetzt geht es nur um Euch und Euren Helfer.«

»Was ist das?« Der Bibliothekar betrachtete verwundert das Büchlein, das Imbert vor ihm auf das Pult gelegt hatte.

»Mein ständiger Begleiter«, sagte der Mönch nicht ohne Stolz. »Die Sprüchesammlung König Salomos. Ich habe das Werk selbst kopiert.«

»Und was ist damit?«

»Zu meinem Leidwesen und ohne mein Verschulden wurde das Buch einer groben Behandlung unterzogen. Ein Trampel hat es in den Schnee geworfen, und nun fürchte ich, dass es durch die Feuchtigkeit Schaden genommen hat. Vielleicht könnte einer Eurer Restauratoren einen Blick darauf werfen?«

Imbert hätte sich am liebsten selbst auf die Schulter geklopft. Diese Geschichte brauchte er nicht einmal zu erfinden, denn Volkmar hatte das Büchlein bei seiner Verhaftung tatsächlich recht rüde behandelt.

Thomas nahm das Buch in die Hand, drehte und begutachtete es. »Ich sehe keinen Schaden. Das Buch ist in einem hervorragenden Zustand.«

Behutsam schlug der Bibliothekar Seite für Seite um, und mit jedem Blatt, das er wendete, wurden seine Augen größer. Thomas stand auf und trat mit Imberts Buch an ein Fenster, um es bei hellerem Licht zu betrachten.

»Was für ein herrliches Werk«, sagte er ehrfürchtig. »Ihr habt es selbst kopiert, sagt Ihr?«

»Den Text ja, die Miniaturen nicht«, erwiderte Imbert, der Thomas ans Fenster gefolgt war. »Für die Zeichnungen konnte ich meinen Mitbruder Malachias von Toulouse gewinnen, der in diesem Büchlein ein wenig üben wollte.«

»Üben? Ich kenne Zeichner, die selbst in begnadeten Augenblicken nicht diese Meisterschaft erreichen.«

»Es gefällt Euch?«

»Ich habe selten so schöne Miniaturen gesehen.«

»Ihr solltet den Inhalt nicht missachten, er ist sehr erbaulich.«

»Das mag sein, aber er ist nicht das Besondere an diesem Werk. Das Buch der Sprichwörter Salomos habe ich schon in hundertfacher Ausfertigung als Teil der Bibel gesehen, aber noch nie mit solch fabelhaften Miniaturen.«

»Dennoch ist der Text es wert, genau betrachtet zu werden. Nehmt zum Beispiel Kapitel einundzwanzig, Vers vierzehn: ›Eine heimliche Gabe besänftigt den Zorn, ein Geschenk aus dem Gewandbausch den heftigen Grimm.‹«

Thomas verstand sofort, dass in Imberts Worten eine versteckte Botschaft lag. Der Bibliothekar zog die Augen zu Schlitzen zusammen. »Was wollt Ihr damit sagen?«

Imbert entschied, noch deutlicher zu werden. Unmissverständlich deutlich. »Oder lest Kapitel siebzehn, Vers acht: ›Bestechungsgeld ist ein Zauberstein in den Augen des Gebers. Wohin er sich wendet, hat er Erfolg.‹«

»Ich kenne das Buch der Sprichwörter«, entgegnete Thomas kühl, weil er Imberts Absicht erkannt hatte. »Heißt es nicht auch in Vers dreiundzwanzig desselben Kapitels: ›Bestechung aus dem Gewandbausch nimmt der Frevler an, um die Pfade des Rechts zu verkehren‹? Wollt Ihr mir ernsthaft Geld bieten, um einen Blick in die von Euch gewünschten Bücher zu werfen?«

»Nein. Ihr seid sehr scharfsinnig, Bruder Thomas, aber Ihr liegt dennoch daneben, wenn auch nur knapp. Ich biete Euch kein Geld, ich biete Euch das kleine Büchlein, das Ihr gerade in Händen haltet.«

Thomas' Züge entspannten sich wieder, und nach kurzem Nachdenken legte sich ein Lächeln auf das Gesicht des Bibliothekars. Erneut widmete er seine Aufmerksamkeit Imberts kleinem Buch und blätterte verzückt darin weiter.

»Was wollt Ihr lesen?«, fragte Thomas beiläufig und ohne den Blick von den farbenfrohen Bildern zu nehmen.

»Alle apokryphen Evangelien, die sich in Eurem Bestand befinden.«

Ob sie überhaupt noch Augen hatten? Wahrscheinlich nicht. Jaspar vermied es vorsichtshalber dennoch, den entstellten Leichen am Galgenbaum ins Gesicht zu blicken, als er von der mächtigen Eiche trockene Zweige abbrach. Seine Angst vor den Verbrecherleichen wich jedoch schnell einer missmutigen Geschäftigkeit. In Windeseile hatte er alle Dinge gesammelt, die er für das Erhitzen des Wassers benötigte. Der Zunder fing nach schier endlos scheinendem Schlagen mit dem Zündstein Feuer und entfachte das tote Holz unter dem mit Schnee gefüllten Topf. Nur kurze Zeit später hatte sich der Schnee bereits in Blasen werfendes Wasser verwandelt. Naseweis, noch immer am Karren festgebunden, stellte sich auf und sah aufmerksam von der Ladefläche zu dem blubbernden Topf hinüber. Klara hielt derweil den Maulesel. Das war der einzige Grund, weshalb sie mitgekommen war, denn Jaspar hatte nicht gewusst, ob es hier draußen auf dem Acker eine Möglichkeit gab, ein Zugtier anzubinden. Am Galgenbaum hatte er den Maulesel jedenfalls nicht festmachen wollen.

»Es geht los«, sagte Jaspar, und Klara nickte ihm aufmunternd zu.

»Mach schnell«, rief sie zu ihm hinüber, während sie den Zügel des Maulesels fester griff. »Aber pass auf, dass du sie mit der Schaufel nicht verletzt.«

»Klara, sie ist tot.«

»Ich weiß. Trotzdem.«

Jaspar nahm den Topf von der Feuerstelle und schüttete das brodelnde Wasser über das Grab. Zischend spritzte der Schnee beiseite und gab den niedrigen Haufen frei. Das heiße Wasser durchtränkte das Erdreich und taute es mit einem Schlag auf. Jaspar zögerte keinen Augenblick. Die Arbeit, die nun folgte, war sein Tagwerk. Mit einem kräftigen Schwung stach er die Schaufel in das Grab. Als er die erste Schippe hinaushob, schmatzte die Erde laut auf. Beim nächsten Stich schon spürte Jaspar einen federnden Widerstand. Er war auf die Leiche gestoßen.

Dalcher und Diederich hatten nicht viel Mühe auf Mabilias letzte Ruhestätte verwendet. Gerade mal zwei Handbreit des schweren Lehmbodens bedeckten den schmächtigen Körper der Roten. Von nun an setzte Jaspar seine Schaufel flacher an, um die dünne Erdschicht abzutragen. Nach und nach war immer mehr von der Toten zu sehen. Als Klara erkannte, dass Mabilia unbekleidet war, wandte sie ihr Gesicht ab. Wahrscheinlich hatten die beiden Totengräber die alte Schwester ausgezogen, bevor sie ihre Leiche verscharrten, und die Kleider verschachert. Angewidert drehte sich auch Jaspar kurz um, dann aber riss er sich zusammen, um seine Arbeit zügig zu einem Ende zu bringen.

Von Mabilias Würde war nichts mehr geblieben. Als Jaspar den Leichnam fast völlig freigeschaufelt hatte, lag der nackte, knochige Körper schutzlos in der kalten Erde, fast in der gleichen Haltung, in der Mabilia am Judasbaum gebaumelt hatte. Das Gesicht war immer noch zur Fratze verzerrt, und die inzwischen nahezu schwarze Zunge war aus dem verdreckten Mund gestreckt. Wie brennendes Stroh lag das rote Haar der Toten im Schmutz. Die Finger der rechten Hand, der Dalcher mit Gewalt den gestohlenen Knochen entwunden hatte, standen unnatürlich in unterschiedliche Richtungen ab.

Jaspar fasste die steifgefrorene Leiche an den Schultern, hob sie wie ein dickes Brett an und schüttelte den Dreck ab, so gut es ging. Klara hielt das Gesicht noch immer abgewandt, doch dann schämte sie sich, so feige wegzusehen, während Jaspar den Körper vom Dreck säubern musste. Zögerlich trat sie heran, den Maulesel samt Karren hinter sich herziehend, und sah sich beklommen die nackte Mabilia an. Am Hals der Toten blieb ihr Blick haften.

»Was ist das?«

Jaspar legte die Schaufel beiseite. »Was?«

»Na, das da. Sieh doch mal. An ihrem Hals.«

Jaspar kniete sich neben Mabilia und schaute sich den Leichnam genau an. Nun sah auch er, was Klara meinte. Ein großer, fast schwarzer Fleck bedeckte den eingedrückten Kehlkopf der Roten, und auf beiden Seiten ihres Halses waren deutlich dunkle Punkte zu sehen, die in einer leicht geschwungenen Linie von den Ohren abwärts verliefen. Als die Schwestern die tote Mabilia vom Baum genommen hatten, waren die etwa münzgroßen Flecken unter dem hochgeschlossenen Kragen des weißen Kleids nicht zu sehen gewesen.

»Würgemale«, sagte Klara.

Jaspar nickte. »Sieht so aus. Was endgültig beweist, dass Herr Imbert recht hat. Wie kann man nur eine alte Frau umbringen?«

»Wie kann man nur überhaupt einen Menschen umbringen?«, sagte Klara. »Mach bitte weiter. Lass sie nicht so da liegen.«

Jaspar holte einen großen, weißen Sack vom Karren, in den er den Leichnam einschlug. Er schulterte den Körper, trug ihn zum Wagen und legte ihn auf der Ladefläche ab. Naseweis beschnüffelte aufgeregt den Leichensack.

»Lass das«, sagte Jaspar und schob seinen Hund mit sanftem Druck beiseite. Dann bestiegen Klara und er wieder den Bock des Karrens.

»Gott sei Dank.« Klara schlug erleichtert ein Kreuzzeichen. »Es ist vorbei.«

»Freu dich nicht zu früh.« Jaspar wischte sich mit dem Ärmel den Schweiß aus der Stirn. »Wir müssen mit ihr noch quer durch die Stadt.«

»Ich bin hier, um zu erfahren, was geschehen ist.«

Albertus hatte Egilolf den Rücken zugedreht, weil er fürchtete, sein Amtsbruder könnte im flackernden Fackellicht die Unsicherheit in seinem Gesicht lesen.

»Was geschehen ist?«

»Ja. Das Stift hat ein Recht darauf, zu wissen, was Ihr uns und unseren Heiligen angetan habt.«

Egilolf saß noch immer auf dem Zellenboden. Er verschränkte die Hände hinter dem Kopf und lehnte sich gegen die Wand. Von der Ängstlichkeit, die er vor Volkmar und dessen Waffenknechten gezeigt hatte, war nichts mehr zu spüren.

»Verstehe«, sagte er lässig. »Philipps Wadenbeißer Volkmar lässt Euch im Unklaren. Tja dann.«

Albertus spürte, dass er Entschlossenheit zeigen musste. Er wollte Egilolf nicht das Gefühl geben, in einer ausweglosen Lage noch Macht ausspielen zu können. Albertus schloss die Augen und holte tief Luft. Dann fuhr er auf dem Absatz herum.

»Ein wenig mehr Demut wäre angebracht, Egilolf!«, rief er und hoffte im selben Augenblick, nicht so laut gewesen zu sein, dass der Wärter zurückkehrte. »Ihr seid mit einem Fuß schon in der Hölle und meint immer noch, aufrichtige Menschen mit Eurem Verhalten verspotten zu dürfen.«

Egilolf schwieg. Er nahm Albertus' verachtenden Blick auf und gab ihn ungerührt zurück. So verharrten die beiden Männer eine ganze Zeit lang, bis Egilolf die Stille brach.

»Fragt.«

Egilolfs Einwilligung in das ungewöhnliche Verhör kam für Albertus nicht überraschend. Allen Sündern war der Drang eigen, irgendwann über ihre Vergehen reden zu wollen, ob als reuige Büßer in der Beichte oder, wie Egilolf vermutlich, als hochmütige Prahler. Reden erleichterte das Herz, auch das kalte Herz eines Egilolf. Wieder brauchte Albertus einen kurzen Augenblick, um sich zu sammeln, diesmal für die Fragen, die er dem Häftling stellen wollte.

»Was habt Ihr getan?«

Egilolf grinste. »Der gute, alte Albertus«, sagte er spöttisch. »Direkt und unverblümt. Ihr geht auf Eure alten Tage nicht verschwenderisch mit Zeit um, nicht wahr? Aber Ihr habt recht, es bleibt Euch ja auch nicht mehr viel davon auf Erden.«

»Wird das nun ein Katz-und-Maus-Spiel? Ich dachte, Ihr wolltet mir Auskunft geben?«

»Beruhigt Euch, alter Mann, ich werde Eure Neugier schon noch befriedigen. Aber ich tue es auf meine Weise.«

Albertus lehnte sich mit dem Rücken an die gegenüberliegende Mauer. Er hob die Hand. »Also bitte.«

Egilolfs zufriedenes Grunzen durchdrang die Zelle. Er schob die Finger beider Hände ineinander und legte sie hinter den Kopf. Sein fetter Körper spannte den Stoff seines Rocks. Egilolf genoss trotz seiner misslichen Lage unübersehbar die Aufmerksamkeit, die Albertus ihm zuteil werden ließ.

»All die vielen tausend Knochen auf dem Acker, die doch niemand wirklich braucht. Und all das viele Geld der Pilger. Die habe ich zusammengeführt und die Besitzer wechseln lassen. Mehr habe ich nicht getan.«

»Und allein dafür werdet Ihr in der Hölle schmoren, Egilolf. Ihr habt die Gebeine von Heiligen geschändet.«

Erneut lachte Egilolf laut auf. »Macht Euch doch nicht lächerlich, Albertus. Ihr wart doch selbst oft genug auf dem Acker und habt die Skelette gesehen, die dort ausgegraben werden. Es sind auch viele Knochen von Männern und Kindern dabei. Also erzählt mir nicht, dort draußen liegen Ursula und ihre elftausend Jungfrauen begraben!«

»Sondern?«

»Ihr wisst es so gut wie ich, alter Mann. Muss ich es Euch wirklich sagen?«

Egilolfs Worte lagen wie eine Drohung in der Luft.

So viel Kraft hatte Imbert dem schmächtigen und schwächlich wirkenden Thomas gar nicht zugetraut. Mit unerwarteter Leichtigkeit trug der Archivar auf seinen Ärmchen einen Stapel schwerer Bücher, der ihm bis unters Kinn reichte. Behände bahnte sich Thomas einen Weg durch die Pulte bis zu jenem Tisch unter dem großen Fenster, an dem Imbert stand.

»Los, los«, sagte Thomas ungeduldig. »Macht die Tischplatte frei, sonst werden meine Arme so lang, dass ich keine Leiter mehr für die höchsten Regale brauche.«

»Wohin mit den ganzen Sachen?«, fragte Imbert, als er auf der Schreibfläche Kielfedern, Radiermesser, Pinsel, Bimssteine, Zirkel und anderes Handwerkszeug eines Schreibers liegen sah.

»Auf den Nachbartisch. Keine Angst, es wird sich schon niemand beschweren. Über das Osterfest wird hier ohnehin nicht gearbeitet.«

Nachdem Imbert den Tisch freigemacht hatte, setzte Thomas den Bücherstapel auf der ächzenden Platte ab.

»Ich bin zuversichtlich, Eurem Anliegen ist damit Genüge getan. Gebt mir Bescheid, wenn Ihr fertig seid.«

Imberts Hoffnung, völlig ungestört in den Büchern nach eindeutigen Textstellen suchen zu können, wurde enttäuscht. Thomas ließ sich in nur wenigen Schritten Entfernung an einem Schrägpult nieder, um seine neueste Errungenschaft, Imberts Buch mit den Sprüchen König Salomos, eingehend zu studieren und gleichzeitig den Bibliotheksbesucher im Auge behalten zu können. Auch wenn Imbert sich nur ungern beobachten ließ, hatte der Mönch dennoch Verständnis. Die alten und zwischen Holzdeckeln gebundenen Pergamentseiten, die er nun zu untersuchen gedachte, waren zu wertvoll und in ihrem Inhalt oft zu bedenklich, als dass Thomas sie ohne Aufsicht einem Fremden überlassen könnte.

In banger Erwartung verschaffte er sich einen Überblick über die Bücher. Eins nach dem anderen schlug er auf, vorsichtig und langsam, damit das spröde Pergament nicht brach. Thomas hatte nicht zu viel versprochen, die Sammlung war wirklich bemerkenswert. Imbert fand eine griechische Fassung des Nikodemusevangeliums. Für ihn hatte es jedoch keine Bedeutung, weil es die Geschichte von Jesu Tod und seiner angeblichen Höllenfahrt berichtete. Er entdeckte einen ebenfalls griechischen Text der Petrusoffenbarung, aber auch diesem Buch schenkte er keine weitere Beachtung, weil es von der Wiederkunft Christi und vom Jüngsten Gericht handelte. Imbert grub sich weiter durch den Stapel. Er legte eine Sammlung mit den Petrus-, Paulus- und Johannesakten beiseite, auch die Thomasakten, die das Apostolat des heiligen Thomas in Indien schilderten, und noch einige Bücher auf Arabisch und Syrisch, die er nicht lesen konnte.

Imberts Aufregung wuchs, als er sich den Rest des Stapels vornahm. Da er die Lebens- und Leidensgeschichten Jesu Christi bereits gefunden hatte, ebenso die apokryphen Offenbarungen, musste es sich bei den vier verbliebenen Büchern um Kindheitsevangelien handeln, wobei es weniger Bücher waren als eher gebundene Blattsammlungen. Imberts Herz pochte. Genau danach hatte er gesucht. Er sandte ein Stoßgebet zum Himmel.

Herr, lass sie bitte in lateinischer oder griechischer Sprache sein, und lass mich fündig werden.

Das erste Manuskript, tatsächlich auf Griechisch abgefasst, war die »Geschichte der Geburt Mariens«, doch Imbert schob es bald weg, weil er nicht fand, wonach er forschte. Gleiches tat er mit dem lateinischen Evangelium des Hieronymus und einem weiteren Evangelium, das er gar nicht lesen konnte, weil es in arabischer Sprache geschrieben war.

Mit jedem Buch, das Imbert beiseite legte, schwand die Hoffnung und wuchs die Enttäuschung. Beim vorletzten Buch jedoch, das er noch vor sich auf dem Lesepult liegen hatte, beschleunigte sich Imberts Puls wieder, kaum dass er einige Zeilen gelesen hatte. Verständnislos schüttelte er den Kopf, denn dieser Text bestätigte seinen Verdacht. Wie in aller Welt nur konnte eine solche Reliquie einem Menschen Anlass geben, zum Mörder zu werden? Imbert zog seine Wachstafel hervor, klappte sie auf und begann, mit zitternder Hand von einer längeren Passage eine Abschrift zu fertigen.

Mit einem Grinsen voller Häme und Verachtung beobachtete Egilolf, wie sich Albertus wand, wie er verlegen von einem Fuß auf den anderen trat in der Hoffnung, der Häftling möge den Mund halten. Aber Egilolf tat seinem Amtsbruder den Gefallen nicht.

»Was zappelt Ihr so herum, Albertus? Habt Ihr Angst vor der Wahrheit? Seid Ihr nicht genau deshalb hier, weil Ihr die Wahrheit hören wollt? Ihr wisst genau, dass dort draußen keine Heiligen begraben sind. Ihr kennt doch auch all die römischen Grabsteine und die Sarkophage mit den lateinischen Inschriften, die wir gefunden haben. Der Acker der heiligen Ursula ist nichts anderes als ein römischer Friedhof.«

»Haltet den Mund!« Albertus ging forsch auf Egilolf zu und richtete den Zeigefinger auf ihn. »Ihr kennt die Legende. Es haben auch Kinder, Bischöfe und Priester die heilige Ursula auf ihrer frommen Fahrt begleitet. Einzig deswegen sind dort nicht nur Frauengebeine zu finden. Verschont mich mit Eurem gotteslästerlichen Geschwafel.«

Egilolf schnaubte verächtlich durch die Nase. »Dann glaubt eben, was Ihr wollt.«

Albertus trat wieder zurück an die Mauer, um so viel Raum wie möglich zwischen sich und Egilolf zu bringen. Er hatte diesen Mann und die Art, wie er andere Menschen herabwürdigte, schon immer verabscheut. Nun fühlte er sich selbst als Egilolfs Opfer.

»Wechseln wir das Thema«, sagte er, um Egilolf zum Gejagten in diesem Gespräch zu machen. »Was ist mit den Morden?«

»Mit den Morden habe ich nichts zu schaffen.«

Albertus lachte laut, und er merkte selbst, dass es gekünstelt klang. »Wer soll Euch das glauben? Das kauft doch einem geldgierigen, fetten Heiligenschänder und Hurenbock niemand ab.«

Egilolf begegnete dem Angriff gelassen. »Auch hier gilt: Glaubt, was Ihr wollt. Mir ist es gleich.«

»Ihr seid gesehen worden, wie Ihr mit einem prall gefüllten Beutel auf dem Rücken in die Stadt gegangen seid, kurz nachdem Idas Leiche in der Kirche entdeckt worden war. Niemand wusste zu dieser Zeit, dass es sich bei der Toten in der Grube um die junge Schwester handelte, alle dachten, Jaspars Hund habe eine Heilige gefunden. Doch anstatt mit uns in der Kirche zu beten, hattet Ihr offenbar Besseres zu tun.«

»Weil mir sofort klar war, dass dort unten in dem Loch keine Heilige lag und solch ein Bein zu einem Mordopfer gehören musste. Ich bin nun mal nicht so leichtgläubig wie all ihr Narren, zu Recht, wie sich gezeigt hat. Ich habe schnell begriffen, welcher Sturm im Stift losbrechen würde, sobald die Identität der Toten gelüftet wäre, ganz gleich, wer sie war. Also entschied ich, alle Knochen, die ich noch bei mir aufbewahrte und verkaufen wollte, sofort in die Stadt zu bringen. Sie sollten nicht bei mir gefunden werden, weil ich dann in den Verdacht geraten wäre, nicht nur Reliquiendieb, sondern auch Mörder zu sein, der sich einer unliebsamen Zeugin entledigt hat.«

»Und doch haben Volkmars Männer etwas bei Euch gefunden, sonst hätten sie Euch nicht festgenommen.«

Egilolf stöhnte auf, als würde es ihm Schmerzen bereiten, an den Fund in seinem Haus erinnert zu werden. »Dieser Trottel Zacharias ist leider genauso pflichtbewusst wie dämlich. Er hat mir stur weiter Päckchen mit Skeletten ins Haus gebracht, so wie ich es ihm aufgetragen hatte. Dass es bei diesem Menschenauflauf und bei so vielen Bütteln im Stift keine gute Idee war, unser Treiben fortzusetzen, kam ihm gar nicht in den Sinn. Zacharias muss mir die drei Bündel noch am Mittwochabend geliefert haben, kurz nach der Entdeckung von Idas Bein. Vermutlich war ich da noch in der Stadt, um die anderen Knochen loszuwerden. Ihr könnt Euch vielleicht mein Entsetzen vorstellen, als ich die Skelette am späten Donnerstagnachmittag, also vorgestern, in meinem Haus unter der Treppe entdeckte.«

»Ungefähr zur selben Zeit habt Ihr Euch auf die Suche nach Zacharias gemacht.«

Egilolfs speckige Lippen spannten sich zu einem breiten Grinsen. »Ah, ich sehe schon, woher der Wind weht. Der kleine Spürhund Jaspar hat mir nachgeschnüffelt.«

»Von Nachschnüffeln kann wohl nicht die Rede sein. Ihr wart nicht sehr zimperlich bei Euren Nachforschungen.«

»Ach, was soll's«, sagte Egilolf mit einer wegwerfenden Handbewegung. »Ist mir doch egal, welche Wichte mir jetzt noch am Zeug zu flicken versuchen. Ich war auf der Suche nach Zacharias, weil seine Lieferung nicht vollständig war. Eines der Bündel war zu klein. Ich brauchte es gar nicht zu öffnen, allein schon beim Betasten wurde mir schnell klar, dass der Schädel fehlte. Das war nichts Schlimmes, Zacharias hatte vorher schon Knochen einbehalten, was ich stets duldete, weil ich mit diesem unberechenbaren Dummkopf, der die Knochen mehr verehrt, als Ihr es jemals könntet, nicht in Streit geraten wollte. Ein Knochen mehr oder weniger, das war mir völlig gleich. Nur dieses Mal war es mir nicht recht, weil noch immer zu viel Unruhe im Stift war und alle nach Mabilia suchten. Wäre der Schädel bei Zacharias gefunden worden, hätte er seinen Mund bestimmt nicht halten können. Aber als dann Richard umgebracht wurde, bin ich von den Ereignissen regelrecht überrollt worden. Volkmars Männer wurden leider bei Zacharias fündig und auch bei mir, obwohl ich noch schnell versucht hatte, die drei Bündel in meiner Küche zu vergraben.«

»Ihr habt auch versucht, Bruder Imbert anzuschwärzen.«

»Natürlich. Was hättet Ihr denn an meiner Stelle getan? Dieser Franzose mit seinem unverschämten Wunsch nach Honig in der Fastenzeit war mir ein willkommener Sündenbock. Mit ein wenig Glück hätte sich Volkmar mit Imbert als Täter zufriedengegeben, und es wäre wieder Ruhe ins Stift eingekehrt.«

Albertus warf angeekelt den Blick an die Decke. »Egilolf, Ihr wisst, dass es kaum ein Gebot gibt, gegen das Ihr nicht verstoßen habt?«

»Na und?«, sagte Egilolf und zuckte mit den Schultern. »Ich habe mir ohnehin die Höchststrafe verdient, im Diesseits wie im Jenseits, da tut es nicht viel zur Sache, ob ich gegen sieben oder acht Gebote verstoße.«

»Im Verhör habt Ihr all das zugegeben, was Ihr mir gerade berichtet habt?«

Egilolf bestätigte mit einem angedeuteten Kopfnicken.

»Und was ist mit Zacharias? Könnte er für die Morde verantwortlich sein?«

Unter Ächzen und Stöhnen erhob sich der fette Egilolf. Er drückte seinen gewaltigen Körper gegen die feuchte Zellenwand und stemmte sich mit den Beinen hoch. Nun standen sich die beiden Geistlichen zum ersten Mal in diesem Kerkerraum auf Augenhöhe gegenüber, wenn auch auf etwa fünf Schritt Entfernung. Trotz dieses Abstands war Albertus nicht wohl in seiner Haut. Egilolf war wenigstens dreimal so schwer wie er, und es wäre dem dicken Kanoniker ein Leichtes gewesen, sein Gegenüber allein mit seinem Gewicht umzubringen. Albertus zweifelte, ob der Wärter schnell genug zur Stelle sein würde.

»Keine Angst, alter Mann, ich tue Euch nichts«, sagte Egilolf, als habe er Albertus' Gedanken gelesen. Behäbig reckte und streckte er seine steif gewordenen Glieder, bevor er fortfuhr. »Tja, Zacharias. Wenn Ihr mich fragt, so traue ich ihm die Morde nicht zu. Er hat die Knochen vom Acker nur gestohlen, weil ich es ihm befohlen habe. Hinter dem Geld war er nicht her. Warum sollte er also aus heiterem Himmel anfangen, Reliquien aus dem Dom oder der Kirche zu plündern? Nein, das passt nicht zu ihm.«

Albertus senkte den Kopf, um nachzudenken – und um Egilolfs Blick nicht begegnen zu müssen. Der starke Widerwille gegen das Gespräch mit seinem Amtsbruder machte sich wieder bemerkbar. Als er seine Gedanken geordnet hatte und nichts mehr fand, was er noch fragen konnte, verspürte Albertus den Drang zu gehen. Er trat mit der Fackel an die Zellentür und schlug kräftig mit der freien Hand gegen das Holz.

»Heda, macht auf!«, rief er, so laut er konnte.

Überrascht sah Egilolf zu ihm hinüber. »Ihr geht schon? Das war denn aber nur ein kurzes Vergnügen.«

Mit der Hand gegen die Tür gelehnt, drehte Albertus sich um. »Lasst mich eines klarstellen, Egilolf. Von Vergnügen kann meinerseits keine Rede sein. Ich finde keine Worte für das, was Ihr getan habt. Anstatt das Andenken an die heiligen Jungfrauen zu ehren und wach zu halten, habt Ihr habgierig und lüstern ihre Knochen verscherbelt. Ihr wart nicht Kanoniker, sondern Schänder.«

Egilolf stieß spöttisch die Luft aus. »Spielt Euch nicht so auf. Ich sage nochmals, es sind nicht die Knochen von Heiligen! Ihr seid der wahre Schänder, Ihr, die Schwestern, die anderen Kanoniker und die Äbtissin, wenn ihr die Gebeine von Heiden für heilig erklärt und alle Welt glauben macht, diese staubigen Knochen wären verehrungswürdig. Ihr alle wisst es und tut trotzdem so, als wäret ihr die Hüter der heiligen Ursula und ihrer frommen Schar. Schert Euch doch zum Teufel!«

Mit festem Schritt trat Albertus auf Egilolf zu, so nah, dass sich beinahe ihre Nasen berührten. Es war das erste Mal, dass er sich dem Häftling bei diesem Gespräch überlegen fühlte.

»Wenn dem so ist«, sagte er in aller Seelenruhe, »dann verratet mir doch, warum Ihr die Knochenbündel nicht einfach in Eure Abortgrube geworfen habt, anstatt sie in der Küche zu verscharren. Das wäre doch die sicherste und schnellste Lösung für Euer Problem gewesen.«

Egilolf schwieg. Er versuchte ein überhebliches Grinsen aufzusetzen, doch es gelang ihm nicht. Sein schiefes Gesicht weckte beinahe Mitleid in Albertus, aber nur beinahe.

»Ihr wisst darauf nichts zu entgegnen? Dann lasst mich für Euch antworten, Egilolf. Ihr habt die Knochen nicht in Eure eigene Scheiße geworfen, weil sich in Euch ein Fünkchen Ehrfurcht vor den Gebeinen gerührt hat. Aus keinem anderen Grund. Ihr hattet Zweifel an Eurer eigenen Ungläubigkeit.«

Im selben Augenblick schwang die Zellentür auf. Albertus ließ Egilolf im dunklen Loch zurück, angewidert und ohne ihn eines Blickes zu würdigen. Der Wärter schlug die schwere Tür wieder zu und geleitete Albertus fort.

»Das sind keine Heiligen, das sind Heiden«, schrie Egilolf aus seinem Verlies. Wie irre trommelte er mit den Fäusten gegen die Zellentür. Seine Worte hallten dumpf im langen Gang wider und verfolgten Albertus auf dem Weg durch das Gefängnis. »Heidenknochen! Nichts als Heidenknochen!«

Albertus hoffte inständig, Egilolfs Worte würden auf immer in diesem Kerker bleiben und nie den Weg hinaus in die Stadt finden.

Jaspars Rechnung ging auf. Wegen der hohen Seitenwände, die den Blick auf den Sack mit der Toten versperrten, erkannte kein Mensch den Karren als Leichenwagen. Es scherte sich auch niemand um das Gespann, das langsam durch die Straßen der Stadt rumpelte. Die Menschen waren erfüllt von der Vorfreude auf das Osterfest. In der kommenden Nacht würde die Auferstehung des Herrn gefeiert werden, und mit dem Entzünden der Osterfeuer sollte auch die Hoffnung auf Erlösung und ewiges Leben wieder auflodern. Es herrschte eine heitere Stimmung innerhalb der Stadtmauern. Das Abendmahl in der Osternacht beendete die vierzigtägige Fastenzeit mit ihren großen Entbehrungen. In der ganzen Stadt bereiteten Frauen die Festspeisen vor, stets darauf bedacht, dass kein Lausejunge von den Köstlichkeiten naschte. Aus Höfen und Fenstern stieg der Geruch von Braten und Gebäck auf, der Köln umschloss wie eine Glocke.

Der seltsame Leichenzug fuhr mitten durch diese Glückseligkeit. In Klara weckte die gelöste Stimmung die Sehnsucht nach Ruhe und Zufriedenheit, ein Zustand, den sie seit Tagen sehr vermisste. Wie schon auf der Hinfahrt rückte sie näher an Jaspar heran. Weil er dachte, seiner Freundin sei wieder kalt, schlug Jaspar seinen Umhang um Klara, die sich dankbar an ihn lehnte.

»Geht es?«, fragte er und freute sich insgeheim über Klaras Anschmiegsamkeit.

Sie nickte. Sie genoss es, sich in seinen Arm zu legen und sprach ihre Worte aus, ohne darüber nachgedacht zu haben.

»Jaspar?«

»Ja?«

»Wenn das alles vorbei ist, was ist dann?«

»Was meinst du?«

»Ich meine, was wird dann aus uns?«

»Was soll schon aus uns werden?«

»Ich habe das Gefühl, dass unser Leben dann nicht so weitergehen kann wie bisher.«

»Ja, wie denn sonst?«

Klara hob den Kopf und sah Jaspar mit ihren großen grünen Augen an. »Das Stift ist doch reich und hat viele Ländereien. Wir könnten die Äbtissin fragen, ob sie uns nicht ein Stück Land überlassen will, das wir als Hintersassen bestellen dürfen. Was hältst du davon?«

Jaspar fehlten die Worte. Was Klara gerade ausgesprochen hatte, war nichts anderes als ein Heiratsantrag. Und nichts anderes als sein Herzenswunsch. Er hatte schon öfter daran gedacht, dem Leichenacker endlich den Rücken zu kehren. Ein Feld umgraben konnte er auch anderswo, und dort würde er nicht ständig auf Schädel und andere Knochen stoßen, sondern nach einigen Monaten den Lohn seiner ehrlichen Arbeit ernten können. Die Vorstellung, dabei Klara an seiner Seite zu haben, war beinahe zu schön, um wahr zu sein. Vor wenigen Tagen noch war er glücklich und zufrieden gewesen mit seinem Dasein im Dienst der Kanonissen, doch nach allem, was geschehen war, hielt ihn nichts mehr im Stift. Klara schenkte ihm wieder Hoffnung auf ein besseres Leben. Wie aus dem Nichts hatte sie den schönsten Ausweg aus den unheilvollen Geschehnissen gezaubert.

»Warum sagst du denn nichts?«, meldete sich Klara zu Wort. »Sag doch bitte ja, Jaspar.«

Jaspar schluckte und erwiderte Klaras bittenden Blick. »Aber nur unter einer Bedingung.«

Sie sah ihn erwartungsvoll an.

»Wir finden Zacharias und nehmen ihn mit. Er wäre uns bestimmt eine große Hilfe.«

Ein Strahlen stahl sich auf Klaras Gesicht. Dann drückte sie ihm ihren Zeigefinger sanft in die Rippen.

»Von mir aus«, sagte sie und kicherte. »Ob nun mit einem Dummkopf oder zweien aufs Land, das soll mir völlig gleich sein.«

Jaspar hätte am liebsten vor Freude lauthals gelacht. Hoffnung, genau das war es, was sie jetzt brauchten.

Mit einem dumpfen Geräusch klappten die beiden Buchhälften zusammen. Imbert lehnte sich lächelnd zurück und fuhr zufrieden mit der Hand über die kahle Stelle auf seinem Kopf, während er den Bücherstapel vor sich auf dem Pult betrachtete. Er war froh, das Wagnis eingegangen zu sein. Was er entdeckt hatte, bestätigte seine Vermutungen, und das brachte ihn der Lösung des Rätsels einen großen Schritt näher – auch wenn ihm gar nicht wohl bei dem Gedanken war, die Reliquie tatsächlich zu finden.

»Habt Ihr gefunden, wonach Ihr suchtet?«

Imbert wandte sich um. Über das Stöbern in den alten Werken hatte er Thomas völlig vergessen. Der Archivar saß noch immer an einem Schrägpult ganz in Imberts Nähe und war während der ganzen Zeit nicht von seinem Platz gewichen. Mit einem freundlichen Schmunzeln sah Thomas zu ihm herüber.

»Ja, das habe ich«, erwiderte Imbert und steckte die Wachstafel wieder in seinen Beutel.

Thomas stand auf und trat an Imberts Tisch. »Braucht Ihr die Bücher noch?«

Der Mönch winkte ab. »Nein, vielen Dank, Bruder Thomas. Darf ich Euch beim Wegräumen behilflich sein?«

»Nicht nötig«, sagte Thomas und nahm den Stapel mit der gleichen Leichtigkeit auf die Arme, mit der er die Bücher bereits hergebracht hatte. Flink verschwand er in einem Nebenraum und kehrte wenige Augenblicke später mit leeren Händen zurück. Imbert war bereits im Aufbruch begriffen, als Thomas wieder nach seiner Neuerwerbung griff. Verständnislos schüttelte der Archivar den Kopf.

»Was kann so Wichtiges in diesen Büchern stehen, dass Ihr gewillt seid, dafür dieses kleine Meisterwerk zu verschenken?«

»›Apokryph‹ heißt nicht umsonst so viel wie ›verborgen‹«, sagte Imbert und hängte sich seine Tasche wieder um die Schulter. »Habt also bitte Verständnis, wenn ich die Gründe für meine Suche nicht offenbaren möchte.«

Thomas hob entschuldigend die Schultern. »War es das Opfer wenigstens wert?«

Bereits an der Tür angelangt, wandte Imbert sich nochmals um. »O ja, das war es«, sagte er mit einem breiten Lächeln. »Deswegen werde ich den Verlust meines Büchleins schnell verschmerzen und nicht so sehr als Opfer sehen. Was ist schon irdischer Tand einst im Himmel noch wert? Wie gewonnen, so zerronnen.«

»Das war jetzt aber kein Salomo-Zitat.«

»Nein, das war ein Vers aus dem Buch Hiob.«

Die Wappenröcke waren sauber und die Stiefel gewichst. Der Trupp erzbischöflicher Waffenknechte wollte gerade aus der Hacht ausrücken, um im Domhof Ausschau nach Langfingern und anderem Gesindel zu halten, das zu Ostern in fast so großer Zahl nach Köln strömte wie die Pilger. Dieser Dienst war der angenehmste, denn sie brauchten weiter nichts zu tun, als sich in Zweiertrupps unters Volk zu mischen und die Augen offen zu halten. Ein netter Zeitvertreib an einem Karsamstag. Und wenn sie hin und wieder einen Halunken hochgehen ließen, umso besser. Doch als sie gerade in der Waffenkammer nach Spießen und Schwertern griffen, um ihre Ausrüstung zu vervollständigen, reckte ihr Hauptmann den Kopf durch die Tür.

»Du, du und ihr beiden!«, rief Volkmar ruppig vier der Männer zu. »Ihr kommt mit mir.«

Im Hof wartete bereits ein Stallknecht, der Volkmars Rappen gesattelt hatte und das riesige Pferd am Zügel hielt. Der Hauptmann schwang sich auf sein Pferd und gab ihm die Sporen. Die vier Büttel folgten ihm zu Fuß. Es war an der Zeit, im Stift mal wieder nach dem Rechten zu sehen.

Als Jaspar und Klara mit dem Karren an der Pfaffenpforte ankamen, waren Volkmar und seine Männer bereits auf dem Weg zum Stift. Jaspar lenkte den Wagen dicht an die alte Römermauer, um dem Strom der Menschen aus dem Weg zu gehen und nicht die Aufmerksamkeit eines erzbischöflichen Waffenknechts zu erregen. Je höher die Sonne stieg, desto mehr Pilger schwärmten zum Dom, der sich gleich neben der Römermauer befand. Weil die Pfaffenpforte das Nadelöhr von der nördlichen Vorstadt in den alten Stadtkern bildete, war der Andrang hier besonders groß.

Albertus wand sich durch die Menge und ging nach einem kurzen Gruß mit der Hand zur Rückseite des Wagens. Bevor er auf die Ladefläche stieg, fiel sein Blick auf den Leichensack, neben dem wachsam Hund Naseweis saß.

»Ihr habt sie gefunden?«, fragte Albertus, während er mühsam den Wagen erklomm. Er setzte sich auf die Längsbank und bekreuzigte sich, wenn auch mit einer hastigen Bewegung, um keinem der vorübergehenden Menschen zu verraten, dass auf dem Karren ein Leichnam lag.

»Es gab keine Schwierigkeiten«, bestätigte Jaspar. »Aber Klara hat auf dem Schindanger etwas entdeckt. Schwester Mabilia wurde tatsächlich umgebracht. Sie hat Würgemale überall an ihrem Hals, die nicht von einem Seil stammen können.«

»Seid ihr sicher?«

»Ganz sicher«, antwortete Klara und drehte sich zu Albertus um. »Seht selbst nach.«

Einen Augenblick lang war Albertus tatsächlich versucht, den Stoff zurückzuschlagen. Doch mitten in der Bewegung hielt er inne.

»Ich glaube euch«, sagte er und zog die Hand wieder zurück. »Lassen wir der Toten ihre Ruhe. Außerdem sollten wir unser Glück nicht herausfordern. Wir stehen hier an einem der belebtesten Plätze der ganzen Stadt. Auch wenn wir den Auftrag haben, Mabilia heimzuholen, und nichts Unrechtes tun, möchte ich doch nicht entdeckt werden. Wir würden in arge Erklärungsnot geraten.«

Albertus klopfte sich den Schneematsch von den Schuhen, damit das Leder nicht noch weiter von der Nässe aufweichte.

»Hätte ich mir doch nur Holzschuhe übergezogen«, schimpfte er. »Hoffentlich kommt Imbert bald. Es ist höchste Zeit, dass Mabilia im Stift hergerichtet wird und endlich ein anständiges Begräbnis erhält. Und außerdem fühle ich mich gar nicht wohl dabei, hier draußen die Totenwache zu halten.«

Als hätte Albertus es heraufbeschworen, sprang im selben Augenblick eine Gestalt auf den Wagen. Jaspar und Klara fuhren erschrocken herum, Naseweis sprang zur Seite, und Albertus zuckte zusammen. Doch als der Unbekannte sich neben Mabilia kniete und die Kapuze zurückschlug, atmeten die drei erleichtert auf. Albertus fasste sich an die Brust, um sein hämmerndes Herz zu beruhigen.

»Herr im Himmel, Bruder Imbert«, stieß er hervor. »Ihr kostet mich Jahre meines Lebens.«

»Verzeiht«, sagte Imbert, während er sich bekreuzigte und sein Haupt vor dem Leichnam beugte. Als er den Kopf nach einem kurzen stillen Gebet wieder hob, sah er seine Mitstreiter an. »Ich habe mich gesputet, weil ich mir schon dachte, dass ich der Letzte bin.«

»Ja und?«, fragte Albertus gereizt. »Was habt Ihr entdeckt?«

Imbert setzte sich zu dem Kanoniker auf die Bank, begrüßte kurz Naseweis und sah dann Albertus mit ernster Miene an. »Ich weiß jetzt, nach welcher Reliquie wir suchen müssen, und ich befürchte, Ihr werdet es nicht glauben. Aber erst Ihr. Hat alles geklappt?«

»Hat es.«

Albertus gab in knappen Worten wieder, was Egilolf im dunklen Verlies zugegeben hatte, er erzählte von Egilolfs Taten, von dessen Beteuerung, mit den Morden nichts zu tun zu haben, und von Egilolfs Einschätzung, Zacharias könne ebenso wenig der Mörder sein, worauf Jaspar hoffnungsfroh strahlte. Imbert hörte sich Albertus' Bericht still an und nickte gelegentlich, ohne jedoch erkennen zu lassen, ob ihn Egilolfs Aussage irgendwie weiterbrachte. Als Albertus geendet hatte, sahen alle erwartungsvoll Imbert an.

»Und? Was habt Ihr herausgefunden?«, fragte Albertus.

»Gleich, gleich«, gab Imbert zurück und wandte sich an Jaspar. »Fahr uns erst mal hier weg. *Allez!*«

Jaspar ließ die Zügel knallen und steuerte den Karren ungeachtet der Protestrufe vorbeiziehender Pilger wieder auf die Straße.

Volkmar brachte seinen unruhig schnaubenden Rappen vor dem verschlossenen Tor des Stifts zum Stehen. Die vier Männer, die ihm im Laufschritt zu folgen versuchten, kamen erst einige Augenblicke später an.

»Aufmachen!«, rief Volkmar über die Mauer hinweg.

Die Flügel des Tores schwangen sofort auf. Die beiden Büttel hatten ihren Hauptmann bereits an der Stimme erkannt und nahmen Haltung an, als Volkmar durch das Portal ritt.

»Und?«, fragte der Hauptmann vom Rücken des Rappen herab. »Irgendetwas Besonderes?«

»Alles ruhig«, erwiderte der kleinere der beiden Waffenknechte. »Heute Morgen haben nur zwei Bedienstete das Stift verlassen, um den Leichnam dieser alten Stiftsdame vom Schindanger zu holen.«

»Zwei? Wer war das?«

»Dieser andere Ausgräber und eine junge Frau.«

Volkmar nickte. »Von Zacharias nichts zu sehen?«

»Nicht die Spur.«

Der Hauptmann gab seinem Pferd die Sporen und ritt ins Stift hinein, gefolgt von dem Vierertrupp. Die Büttel am Tor blickten ein wenig neidisch auf ihre vier Kameraden, die Volkmar hinterherrannten. Sie keuchten zwar, aber sie zitterten wenigstens nicht vor Kälte.

Als sie die dichte Bebauung an der Römermauer hinter sich gelassen hatten und in die wenig besiedelte Vorstadt kamen, lenkte Jaspar den Karren wieder an den Wegesrand, direkt unter die weit ragenden Äste eines mächtigen Apfelbaums, dem der Garten, in dem er stand, schon lange zu klein geworden war. Sie waren bereits in Sichtweite des Stiftes. Jaspar, Klara und Albertus drehten sich zu Imbert um und sahen ihn ungeduldig an.

»Nun erzählt schon!«, forderte ihn Jaspar ungestüm auf. »Was habt Ihr entdeckt?«

Der Mönch antwortete nicht, sondern vergewisserte sich, dass niemand von außen in den Wagen sehen konnte. Dann kniete Imbert vor Mabilias Leichnam nieder.

»Erst wollen wir kurz nachsehen, ob uns die ehrwürdige Mabilia vielleicht auch noch etwas zu erzählen hat. Wenn wir erst wieder zurück im Stift sind, werden wir dazu nicht mehr die Gelegenheit bekommen.«

Er wollte bereits das Tuch zurückschlagen, als Albertus seine Hand griff. »Es ist nicht nötig, der Toten ihre Würde zu rauben«, sagte der Greis und sah Imbert fest in die Augen. »Es müsste Euch genügen, wenn Jaspar und Klara Euch sagen, was sie auf dem Schindanger gesehen haben.«

Fragend sah Imbert zu den beiden auf. Klara nickte.

»Ihr hattet recht, Herr Imbert«, sagte sie. »Sie ist erwürgt worden und nicht am Seil gestorben. Wir konnten deutlich die Würgemale an ihrem Hals erkennen.«

»Würgemale? Wirklich?«, rief Imbert aus. Es schien ihn beinahe zu freuen. Als Klara es bestätigte, wandte er sich wieder Albertus zu. »Ihr müsst vieltausendmal entschuldigen, mein Freund. Aber wenn solche Spuren zurückgeblieben sind, muss ich sie mir ansehen.«

Bevor Albertus Einspruch erheben konnte, hatte Imbert bereits das Tuch zurückgeschlagen. Während Albertus, Jaspar und Klara sich angeekelt und beschämt wegdrehten, um nur hin und wieder einen verstohlenen Blick auf die Rote zu werfen, störte Imbert der grässliche Anblick offenbar überhaupt nicht. Gänzlich unbewegt und nüchtern betrachtete er den Hals der Leiche und schob mit einer vorsichtigen Bewegung eine der feuerroten Strähnen beiseite, um die fast schwarzen Flecken besser sehen zu können. Aber als er mit beiden Händen nach dem Hals der Toten griff, wie es vermutlich auch Mabilias Mörder getan hatte, wurde es Albertus zu viel.

»Imbert, jetzt geht Ihr zu weit! Was soll das?«

Der Mönch ließ sich nicht aus der Ruhe bringen und hielt seine Finger weiter um Mabilias Hals geschlungen.

»Ich habe eine gute und eine schlechte Nachricht«, sagte er dann bedächtig und zog seine Hände zurück. »Jaspar, mein Freund, du kannst beruhigt sein. Zacharias hat Mabilia nicht umgebracht. Die schlechte Nachricht ist: Auch Egilolf nicht, was bedeutet, dass noch immer ein Mörder durchs Stift läuft.«

»Was macht Euch so sicher?«

»Seht Euch die Spuren an Mabilias Hals an«, forderte Imbert und hielt wieder Finger für Finger an die entsprechenden Würgemale. »Zacharias hat Pranken wie ein Bär. Aber die Hände, die sich mit einem tödlichen Griff um Mabilias Hals gelegt hatten, waren viel kleiner, sogar etwas kleiner als meine eigenen Hände, wenn ich das richtig sehe. Also kommt Zacharias als Mörder auf keinen Fall in Betracht. Und Egilolf ebenso wenig, denn der Kanonikus hat an der rechten Hand nur drei Finger, wie wir alle wissen, der Mörder aber besitzt derer alle fünf.«

»Oder die Mörderin, um genau zu sein«, fügte Albertus hinzu. »Denn wir sollten nicht vergessen, dass es weitaus mehr Frauen als Männer in der Stiftsgemeinschaft gibt. Und jetzt erzählt uns, was Ihr in der Dombibliothek herausgefunden habt.«

Imbert beugte sich vor, und alle vier steckten nun verschwörerisch die Köpfe zusammen, Naseweis mitten unter ihnen. Bevor der Mönch zu seinen Ausführungen ansetzte, sah er seine Mitstreiter einen nach dem anderen mit einem durchdringenden Blick an.

»Die ganze Zeit über ging mir eine Frage nicht mehr aus dem Sinn. Warum in aller Welt stiehlt ein Dieb eine Reliquie aus dem Sarg eines der Heiligen Drei Könige und lässt den Leichnam Caspars links liegen? Die Überreste eines der Weisen, die unseren Herrn angebetet haben? Dafür fehlte mir eine vernünftige Erklärung. Dabei liegt es auf der Hand. Was auch immer der Mörder gestohlen hat, es muss eine noch wertvollere Reliquie sein.«

»Noch wertvoller als einer der Könige?«, fragte Jaspar. »Wie das? Sie haben als Erste das Jesuskind als Gottes Sohn erkannt und waren die ersten Christen. Es gibt keine Menschen, die heiliger sind als sie.«

Es war Klara, die Imberts Gedanken zu folgen vermochte. »Es geht gar nicht um die Reliquie eines Heiligen«, sagte sie mit großen Augen. Als Imbert nickte, bekreuzigte sie sich. »Es geht um unseren Herrn Jesus Christus.«

Und als Imbert erneut nickte, bekreuzigten sich auch Jaspar und Albertus.

»Es gibt keine andere Erklärung«, fuhr der Mönch fort. »All die Morde ergeben nur dann einen Sinn, wenn man sich vor Augen hält, was mein kluger Mithäftling Peter der Zänker gesagt hat. Jemand tötet für seinen Glauben. Es ist aberwitzig und völlig einleuchtend zugleich. Wer den hohen Preis seines Seelenheils zu zahlen bereit ist, muss ohne Zweifel etwas im Blick gehabt haben, das unserem Herrn höchstselbst gehört hat.«

»Und das wäre?«, fragte Albertus zweifelnd.

»Glaubt mir, ich habe mir darüber lange den Kopf zerbrochen. Was könnte es sein? Der Rock des Herrn? Der Schwamm, mit dem Christus am Kreuz Essig gereicht wurde? Ein Stück seiner Dornenkrone? Ein Schweißtuch, das ihm auf dem Kreuzweg gereicht wurde? Die Zahl der möglichen Dinge ist unermesslich.«

Albertus unterbrach den Mönch. »Die Suche ließe sich einschränken. Richard, der Schreiber des Erzbischofs, hat Euch doch berichtet, Caspar habe ein Gefäß für ein Körperteil in Händen gehalten.«

»Ein Körperteil?«, fragte Jaspar erstaunt. »Von unserem Herrn? Meint Ihr etwa Blut oder Haare?«

»Nein«, sagte Imbert. »Denn dafür braucht man keinen Honig.«

»Also muss es nach Eurer Logik etwas Verwesliches sein, nach dem wir suchen«, warf Albertus ein.

»Richtig«, bekräftigte Imbert. »Das war mein nächster Gedanke.«

»Aber ein falscher«, sagte Albertus bestimmt und lehnte sich zurück. »Es gibt auf Erden keine Körperreliquie Jesu Christi. Der Herr ist auferstanden von den Toten und mit seinem gesamten Leib aufgefahren zum Himmel, wo er thront zur Rechten seines Vaters.«

»Falsch«, entgegnete Imbert und genoss es zu sehen, wie die Sicherheit aus Albertus' Gesicht fiel. »Nicht mit dem gesamten Leib. Er hat etwas von sich dagelassen.«

Imbert ließ seine Worte wirken. Er konnte am Mienenspiel von Albertus, Jaspar und Klara sehen, wie deren Gedanken kreuz und quer sprangen. Albertus fasste sich als Erster.

»Ein Körperteil des Herrn? Und was für eins, wenn ich fragen darf?«

»Ganz einfach. Mir fiel ein, dass doch Caspar das Gefäß in Händen hielt. Ich halte es für wahrscheinlich, dass die Heiligen Drei Könige bei ihrem Besuch an der Krippe ein Andenken erhalten haben, das sie auf ihrer langen Reise immer bei sich trugen. Auch nach ihrem Tod blieb es bei ihnen, bis ihre Leichname in Mailand und schließlich in Köln aufgebahrt wurden.«

»Ein Andenken?«

»Ja, als Dankeschön für Gold, Weihrauch und Myrrhe. Maria und Josef haben den Königen als Dank für die Verehrung, die ihrem neugeborenen Sohn entgegengebracht wurde, ein Geschenk überlassen, ein Andenken an den Heiland, an den künftigen Erlöser der Welt. Aber was konnten sie ihnen geben? Eine schmutzige Windel? Wohl kaum. Haare hatte das Jesuskind wahrscheinlich noch nicht genug und Milchzähne schon gar nicht. Aber da war etwas, das Maria und Josef diesen drei großen Fürsten aus dem Morgenland schenken konnten, weil sie es nicht mehr brauchten. Sie gaben ihnen das einzige Körperteil, das bei Jesu Himmelfahrt hier geblieben ist.«

Albertus ließ die Arme sinken. »O mein Gott«, entfuhr es ihm leise, ohne erkennen zu lassen, ob aus Ehrfurcht oder Entsetzen. Imbert las in seinem Gesicht, dass es Albertus dämmerte.

Es war an der Zeit, nun auch Klara und Jaspar einzuweihen. Imbert holte tief Luft, denn die folgenden Worte fielen ihm schwer. »Wir sind auf der Suche nach einem verweslichen Körperteil des Herrn, das in einem Gefäß mit Honig vor dem Verfall bewahrt werden muss. Es ist mir peinlich, es zu sagen, aber wir suchen die heiligste Reliquie, die es auf Erden gibt, das einzige Stück Göttlichkeit, das der Herr uns Sterblichen hinterlassen hat. Wir suchen das Sanctum Praeputium.«

Jaspar sah Klara fragend an, doch auch sie zuckte unwissend mit den Schultern. Imbert schloss verschämt die Augen und flüsterte die Übersetzung.

»Wir suchen die hochheilige Vorhaut des Herrn.«

Hätte Jaspar die Folgen seiner Notlüge geahnt, er hätte dem Hauptmann nicht vorgeflunkert, dass Zacharias manchmal verschwand und wieder auftauchte. Nun rechnete Volkmar tatsächlich mit der Rückkehr des Hünen, der in Wahrheit gar nicht aus dem Stift geflohen war. Und so hatte er das Glück des Tüchtigen, als er seinen Männern den Befehl erteilte, noch einmal über das Stiftsgelände zu streifen und Ausschau nach Zacharias zu halten.

Den Bütteln gab er die Warnung, wegen der Bärenkräfte des Gesuchten umsichtig vorzugehen.

Die Waffenknechte hörten das Wimmern, kaum dass sie die Scheune betraten. Es kam von oben, vom Boden, wo sich Zacharias' Schlafplatz befand und Ulrich tags zuvor bereits den Schädel gefunden hatte. Volkmar grinste zufrieden. Mit einer harschen Handbewegung wies er einen der Bewaffneten an, die Leiter hochzuklettern. Der Mann nickte, zog sein Schwert und stieg leise die Sprossen empor. Als er sich behände auf den Bretterboden geschwungen hatte, folgten ihm die anderen Männer, von denen einer sich zuvor ein Viehseil von der Wand genommen hatte. Zacharias schien die Büttel, die ihn mit gezückten Schwertern umzingelten, gar nicht wahrzunehmen. Winselnd lag er da, die Beine angewinkelt und seine grobe Decke über den Kopf gezogen. Aber er spürte, dass jemand sich in seiner Nähe befand.

»Jungfrau, bist du das?«, fragte er ängstlich.

Die Männer sahen sich erleichtert an. Der Auftrag war offenbar leichter zu erledigen, als befürchtet.

»He, du!«, rief der Büttel, der als Erster auf den Boden gestiegen war. »Steh auf, aber lass dir Zeit, Freundchen.«

Zacharias riss die Decke weg und sah die Männer mit schreckgeweiteten Augen an. Langsam stellte er sich auf die Füße. Als er sich zu seiner ganzen Größe aufrichtete und seine Häscher um fast zwei Haupteslängen überragte, wichen die vier Männer unwillkürlich einen Schritt zurück. Vielleicht war das mit dem Aufstehen doch kein so guter Einfall.

»Zacharias hat nichts getan, das hat er nicht!«, rief Zacharias hastig. »Geht weg! Weg! Weg!«

»Ruhig, Freundchen«, versuchte der Wortführer ihn zu besänftigen. »Wir wollen doch nicht, dass hier jemand zu Schaden kommt. Jetzt knie dich hin und streck ganz langsam die Hände vor, damit wir dir Fesseln anlegen können.«

Zacharias dachte nicht daran. Er wollte sich nicht gefangen nehmen lassen, er wollte bei seiner Jungfrau sein, und er wollte den Schädel wiederhaben, den die Waffenknechte ihm weggenommen hatten.

»Gebt ihn mir wieder!«, rief er und trat vor. »Ihr habt ihn gestohlen, gestohlen habt ihr ihn!«

Der Büttel setzte einen weiteren Schritt zurück und kam dem Rand des Bodens bedrohlich nahe. »Ich habe keine Ahnung, wovon du sprichst«, sagte er mit zittriger Stimme, »aber wenn du nicht sofort stehen bleibst, nimmt das hier ein blutiges Ende. Knie dich hin und streck die Hände vor!«

Zacharias schien die Aufforderung überhaupt nicht gehört zu haben. Sein Brustkorb hob und senkte sich in schnellem Takt, als er auf den zurückweichenden Mann zuschritt. Die übrigen Büttel schlossen den Kreis um Zacharias enger, wagten aber nicht, nach den baumstammdicken Armen zu greifen. Ihr Kamerad reckte dem Riesen sein Schwert entgegen. Solchen Widerstand war er in seinem täglichen Dienst nicht gewohnt, erst recht nicht die Auseinandersetzung mit einer derartigen Missgeburt, die der Herr mit mehr Muskeln und Kraft bedacht hatte als den unbesiegbaren Samson.

»Bleib, wo du bist!«, kreischte er. Der Mann spürte die Leere hinter sich. Noch ein Schritt, und er würde stürzen.

»Zacharias, mein Sohn!«

Die Stimme, die den Hünen rief, drang von unten zu der Gruppe herauf. Sie klang so weich und fremd, dass Volkmars Männer sie zunächst nicht erkannten. Wem sie gehörte, war ihnen in diesem Augenblick aber auch egal. Wichtig war nur, dass sie Zacharias aufzuhalten vermochte. Der Riese ließ von dem Büttel ab und lauschte.

»Zacharias, halt ein!«, rief die Stimme, und die Waffenknechte stellten verwundert fest, wie besorgt ihr Hauptmann klingen konnte. »Wir sind im Auftrag deiner Jungfrau hier.«

Zacharias wirkte wie ausgewechselt. Er ließ den Büttel stehen und sah über den Bodenrand aufgeregt zu Volkmar hinab.

»Meine Jungfrau? Wo ist sie, meine Jungfrau?«

»Steig herab, dann bringen wir dich zu ihr.«

Zacharias zögerte nur kurz. Er schwang sich schnell und unbeholfen die Leiter hinab, stürzte fast von der letzten Sprosse und stolperte zu Volkmar.

»Siehst du sie auch, die Jungfrau, siehst du sie auch? Gehen wir jetzt, ja, gehen wir? Zur Jungfrau jetzt?«

»Gemach, mein Sohn«, sagte Volkmar mit seiner noch immer butterweichen Stimme und lugte über die Schulter des Riesen, ob seine Büttel auch schnell genug die Leiter herabkletterten. Als die Männer sich aufgestellt hatten, sah er Zacharias wieder in die Augen. »Wir gehen jetzt gleich, sobald wir dir Fesseln angelegt haben.«

Zacharias' Blick wanderte wild umher. Er schnaufte schwer, sodass Volkmar fürchtete, er könnte aus der Haut fahren. »Warum denn? Warum? Nie, nie würde die Jungfrau das wollen, das würde sie nicht!«

Nun änderte sich auch Volkmars Tonfall. »Die Jungfrau fordert Respekt von dir!«, herrschte er Zacharias an. »Willst du ihr etwa widersprechen? Wie kannst du es wagen, du aufbrausender und gewalttätiger Tölpel? Eben wolltest du noch diese Männer hier zu Brei schlagen, und jetzt willst du der hochedlen Jungfrau unter die Augen treten? Besinne dich, du Narr!«

Zacharias duckte sich wie unter einem Gewitter und erstarrte.

»Knie nieder!«

Zacharias gehorchte und reckte unterwürfig die Hände vor.

»Nein! Hände auf den Rücken!«

Der Büttel mit dem Seil fesselte Zacharias mit geübten Griffen. Kaum hatte er den letzten Knoten festgezurrt, verpasste Volkmar dem knienden Hünen eine schallende Ohrfeige.

»Bringt ihn hinüber in die Kirche«, befahl Volkmar, während er dem völlig verdatterten Zacharias ungerührt in die Augen sah. »Ich hole den Erzbischof. Er ist der oberste Richter der Stadt, er soll ihn selbst verhören.«

Wie versteinert saßen Albertus, Jaspar und Klara da, als hätte ein Blitz in den Karren eingeschlagen, der in der Vorstadt neben einem Gärtchen am Wegesrand stand. Entgeistert sahen die drei Imbert an. Die sittsame Klara errötete, Jaspars Mund stand vor ungläubigem Erstaunen weit offen, und auf Albertus' Stirn zogen sich Denkfalten zusammen. Der Greis brach das Schweigen.

»Die Vorhaut des Herrn? Seid Ihr sicher?«

»Ich vermute es«, sagte Imbert. »Jesus war Jude, das dürfen wir nicht vergessen, und folglich musste auch er sich dem Ritual der Beschneidung unterziehen. Was lag für Maria und Josef also näher, als den geheimnisvollen und reichen Besuchern, die nach einem würdigen Andenken verlangten, das Praeputium zum Geschenk zu machen?«

Albertus verzog grübelnd den Mund. »Jetzt, da Ihr davon sprecht, erinnere ich mich. Aber meines Wissens wird ein solches Praeputium im Lateran in Rom aufbewahrt und verehrt«, sagte er und hob eine Augenbraue.

Imbert antwortete mit einem nachsichtigen Lächeln. »Ich kenne viele französische Landsleute, die Euch einen heiligen Eid darauf schwören würden, dass das einzig wahre Praeputium von den Benediktinern in Charroux bei Poitiers gehütet wird. Auch in Antwerpen soll es eine Vorhaut des Herrn geben, und ich wette, es gibt noch einige mehr in der Welt.« Beinahe entschuldigend hob er die Schultern. »Wie können wir also mit Gewissheit sagen, welche dieser vermeintlichen Vorhäute echt ist oder nicht? Gar nicht, und es ist auch völlig gleich. Wichtig ist nur, dass jemand wegen der Reliquie aus Caspars Sarg mordet.«

»In diesem Punkt gebe ich Euch vollkommen recht.«

»Es spricht aber dennoch vieles dafür, dass wir dem echten Sanctum Praeputium auf der Spur sind. Die Heiligen Drei Könige schlagen die Brücke in die Vergangenheit. *Sie* sind dem Stern bis zum Stall in Bethlehem gefolgt, *sie* haben Jesus als Neugeborenen gesehen, und *sie* haben Maria und Josef um eine Erinnerung an ihren Sohn gebeten. Die beiden gaben den Magiern aus dem Morgenland ein klitzekleines Fetzchen Haut von gleichwohl unermesslicher Heiligkeit, die abgeschnittene Vorhaut Jesu Christi.«

»Einen Augenblick«, warf Klara ein und krauste die Nase. »Ich kann zwar nicht lesen, aber ich bin mir trotzdem sicher, dass davon nichts in der Bibel steht.«

»Völlig richtig, ein guter Einwand«, lobte Albertus.

»Genau das dachte ich mir auch«, sagte Imbert, »aber dann fiel mir ein, dass es vielleicht nicht in der Bibel steht, aber möglicherweise doch in einem Evangelium.«

»In einem Evangelium?«, stammelte Jaspar, der dem Gespräch kaum folgen konnte.

»Sehr wohl, in einem Evangelium. Die siebenundzwanzig Bücher des Neuen Testaments sind nur ein Bruchteil dessen, was die ersten Christen an Evangelien, Briefen oder Offenbarungen geschrieben haben. Die weitaus größte Zahl der Evangelien hat keine Aufnahme in die Bibel gefunden. Also habe ich mich auf die Suche nach solchen Texten gemacht in der Hoffnung, darin einen

Hinweis auf die Beschneidung des Herrn und den Besuch der Heiligen Drei Könige zu finden. Und tatsächlich entdeckte ich in der Dombibliothek die lateinische Kopie eines ursprünglich armenischen Buchs über die Kindheit des Heilands. Der uralte Text schildert, wie Maria die Vorhaut ihres Sohnes an Caspar, Melchior und Balthasar übergibt. Hört selbst. Ich überspringe die Geschichte der Heiligen Drei Könige, die wir bereits kennen, und darf zitieren.«

Imbert zog die Wachstafel aus seiner Tasche und las die eng geschriebene Abschrift vor: »Da nahm Maria die Vorhaut Jesu und reichte sie ihnen. Sie empfingen sie gläubig aus ihren Händen als eine Gabe von hohem Werte. Und als die Nacht des achten Tages nach der Geburt herangekommen war, kehrte der Schutzengel in Gestalt eines Sterns zurück, um ihnen als Führer zu dienen. Sie folgten ihm, und als sie in ihrer Heimat eintrafen, freute sich ganz Persien über ihre Heimkehr und war voller Staunen. Als es zu tagen begann, versammelten sich die Priester und die Könige und sprachen zu ihnen: ›Wie ist es Euch auf Eurer Reise ergangen und wie seid Ihr heimgekehrt? Was habt Ihr getan und was bringt Ihr uns mit?‹ Da zeigten sie ihnen die Vorhaut, die Maria ihnen geschenkt hatte. Man feierte sie, wie es bei den Magiern Brauch ist. Ein großes Feuer ward für sie entzündet. Sie warfen die Vorhaut in die Flamme, die sie anbeteten, und die Vorhaut wurde wie die Flamme. Als dann das Feuer erloschen war, zogen sie die Vorhaut wieder hervor, rosiger und zarter als ehedem. Und sie nahmen sie in die Hand, küssten sie, hielten sie an ihre Augen und sprachen: ›Wahrhaftig, ohne jeden Zweifel ist sie die Haut des Gottes der Götter, da es dem Feuer der Götter nicht gelang, sie zu verzehren!‹ Und sie verwahrten sie gläubigen Herzens und voller Ehrfurcht.«

Imbert setzte die Wachstafel ab und sah erwartungsvoll in die Runde. »So weit also das armenische Kindheitsbuch. Braucht es eines weiteren Beweises? Ein Buch aus biblischer Zeit bestätigt meine Theorie.«

Noch immer nistete Zweifel in Albertus' Gesicht. »Und Ihr wollt ernsthaft einem armenischen Buch Glauben schenken?«

Imbert nickte. »Gerade einem armenischen Buch. Apokryphe Evangelien, die sich eingehend mit der Geschichte der Heiligen Drei Könige befassen, stammen vor allem aus Syrien, Armenien oder arabischen Ländern, weil sie in Beziehung zu Persien standen, der Heimat der Magier. Das Buch stützt nicht nur meine Theorie, sondern steht auch im Einklang mit den jüdischen und orientalischen Bräuchen. Caspar, Melchior und Balthasar sind wenige Tage nach Marias Niederkunft in Bethlehem eingetroffen, und in der Tat wird die Beschneidung gemäß den jüdischen Gesetzen am achten Tag nach der Geburt vorgenommen. In dem Büchlein steht ausdrücklich, dass die drei Magier am Abend des achten Tages abgereist sind. Und auch in orientalischen Ländern werden Reliquien verehrt, nicht nur bei uns Christen. Es passt alles zusammen.«

»Passt es nicht!«, sagte plötzlich Klara mit lauter Stimme, und alle drehten sich überrascht zu ihr um. »Wenn dieses Häutchen doch die hochheiligste Reliquie der Welt ist, warum wird es dann versteckt? Warum darf es niemand sehen?«

»Richtig«, bekräftigte Albertus, der sich in seinem Zweifel bestätigt sah. »Mit den Heiligen Drei Königen, dem echten Sanctum Praeputium und dazu noch einem angeblichen Evangelium, das diese verrückte Geschichte beglaubigt, wäre Köln doch mit einem Schlag Hauptstadt der Christenheit, vor Jerusalem und Rom. Auch ich frage euch daher: Wenn sie wirklich existiert, welchen vernünftigen Grund gibt es dann, die Vorhaut zu verstecken?«

»Du stellst wieder einmal genau die richtigen Fragen«, sagte Imbert und verneigte sich vor Klara. »Warum also wird das Praeputium verborgen? Wenn wir dieses Rätsel lösen, wissen wir, warum der Mörder mordet. Daher müssen wir die heilige Vorhaut finden, je schneller, desto besser.«

Mit dem Kinn deutete Imbert hinüber zur Kirche.

»Es ist an der Zeit, ins Stift zurückzukehren. Albertus, mein Freund, wir sollten wieder unter unsere Bänke kriechen.«

Er brauchte Albertus nicht ins Gesicht zu sehen. Imbert wusste auch so, dass der Kanoniker just wieder die Augen verdrehte.

Endlich, ein offenes Fenster. Eufemia stand in ihrer Kammer im Haus des Albertus und genoss die frische Luft, die durch die Öffnung hereinwehte. Das Mädchen hatte den Rahmen mit dem gewachsten Leinen, das zum Schutz gegen die Kälte diente und dennoch Licht durchließ, aus dem Mauerwerk genommen und genoss nun den freien Blick auf den Kirchvorplatz und das Stiftsgebäude. So sollte es von jetzt an immer sein. Eufemia konnte ihr Glück kaum fassen.

Sie wunderte sich, wie schnell sie ihrer Schwester hatte vergeben können, wie schnell der Groll verflogen war und die Zuneigung zurückgekehrt. Wen hatte sie auch sonst auf der Welt? Ohne ihre Schwester war sie allein. Da konnten sich all diese Menschen, die plötzlich aufgetaucht waren, noch so sehr um ihr Wohlbefinden kümmern, Eufemia verspürte allenfalls Dankbarkeit, aber keine wirklich starke Bindung zu ihnen, weder zu Imbert noch zu Albertus oder zu der alten Gepa. Blut war nun mal dicker als Wasser. Und andererseits, konnte es einen besseren Aufbruch in eine gemeinsame Zukunft mit ihrer Schwester geben? Doch eigentlich nicht. Nach dem Auseinanderbrechen aller Geheimnisse war die Äbtissin geläutert. Eufemia brauchte gewiss keine weiteren Giftgaben zu fürchten. Sie hoffte sogar auf eine baldige Aufnahme in die Gemeinschaft der Kanonissen am Stift der heiligen Jungfrauen, und das in der bevorrechtigten Stellung als Schwester der Äbtissin.

Bei diesen Aussichten lächelte Eufemia. Doch, es würde eine schöne Zukunft für sie geben, so wie sie es sich immer ausgemalt hatte. Ihr Lächeln wuchs, wandelte sich zu einem mädchenhaften Kichern und sprang schnell um in ein unbändiges, lautes Lachen.

»Geht es dir gut, mein Kind?«, sprach plötzlich eine Stimme hinter ihrem Rücken.

Erschrocken fuhr Eufemia herum. Die greise Gepa war an ihrem Stock ins Zimmer gehumpelt und lächelte sie mit ihrem runzligen Mund sanft an.

»Vielen Dank, ehrwürdige Gepa, es geht mir ganz vortrefflich.«

»Das ist nicht zu überhören, und das ist auch gut so. Alles, was in dir eingesperrt war, muss sich jetzt befreien. Lass es hinaus, halte es nicht zurück.«

»Es geht von ganz allein, ich brauche es gar nicht hinauszulassen.«

Gepa nickte und pochte mit ihrem Stock auf den Dielenboden. »Wunderbar, das ist wirklich wunderbar zu hören, mein Kind. Darum lache getrost weiter, es sind böse, kleine Dämonen, die du aus deinem Schlund schleuderst, lache sie einfach in die Welt hinaus. Du hast mit ihnen nichts mehr zu schaffen.«

Gepa trat schwerfällig noch ein paar Schritte weiter ins Zimmer hinein und setzte sich stöhnend auf einen Schemel.

»Verzeih, dass ich ungebeten eindringe, aber meine Beine tragen mich nicht mehr so leicht, wie sie es früher einmal konnten. Ich will nur kurz verschnaufen, dann gehe ich in mein Zimmer zurück.«

»Bleibt ruhig, so lange Ihr wollt, ehrwürdige Gepa, ich freue mich über Gesellschaft. Ich war doch so lange allein.«

»Das ist lieb von dir, mein Kind«, sagte Gepa. Sie lehnte den Gehstock an den Tisch und griff an das Holzkreuz, das sie um den Hals gehängt hatte. »Wie ich mit Freude sehe, bist du wieder zu Kräften gekommen, Eufemia. Was macht dein Geist? Geht es auch ihm besser, so wie deinem Körper?«

Eufemia sah verlegen zu Boden. Es war ihr unangenehm, über ihre Gabe zu reden, und je länger ihre Gesichte zurücklagen, desto stärker war ihr Wunsch, sie zu vergessen. Sie waren jener Teil von ihr, den sie auslöschen wollte und der nicht zur neuen Eufemia gehören durfte.

»Ich sehe nicht mehr«, hauchte sie. »Seit ich ... seit die ehrwürdige Mutter nicht mehr ... Ihr wisst schon, seitdem sehe ich nicht mehr.«

Gepa spürte nicht, dass es Eufemia große Erleichterung bereitete, nicht mehr sehen zu müssen. Sie glaubte, das Mädchen leide unter dem Verlust ihrer Gabe.

»Das ist nicht schlimm«, sagte die Alte und nickte verständnisvoll, obwohl das Mädchen gar keiner Aufmunterung bedurfte. »Deine Fähigkeit, Dinge zu sehen, die allen anderen Menschen verborgen sind, ist nicht verloren, sie ist nach diesem Schrecken nur in den Tiefen deiner Seele verschwunden, um erst dann wieder aufzutauchen, wenn du dein Gleichgewicht wiedergefunden hast. Du wirst wieder sehen, meine Tochter, dessen bin ich mir sicher.«

Eufemia presste die Lippen zusammen. Vielleicht war es besser, jetzt nicht zu antworten. Warum den Hass auf ihre Gabe mitteilen, wenn es doch ausgerechnet ihre Fähigkeit sein konnte, die ihr ein höheres Gewicht im Stift bescheren würde, als ihr ohnehin schon als Schwester der Äbtissin gebührte? Sie war es nicht gewohnt, mit Fremden zu reden, und sollte sich selbst ein Schweigegebot auferlegen, bis sie den Umgang mit Menschen gelernt hatte.

»Du brauchst nichts zu sagen«, fuhr Gepa fort. »Gönne dir die

Ruhe, die du brauchst. Mich stimmt es schon glücklich, wenn ich hier bei dir sein darf. Und eines Tages werde ich erleben, wie du uns zu den Gräbern der Jungfrauen führst.«

Eufemias Mund war bereits versiegelt. Kein Laut kam über ihre Lippen, ihr Gesicht verriet keine Gefühlsregung. Auch wenn sich Gepa gegen die Äbtissin für sie eingesetzt hatte, jetzt war Eufemia die Gegenwart der Alten unangenehm. Sie hatte es gehasst, wenn Clementia sie bedrängte, sie hasste die Aufdringlichkeit auch jetzt. Warum wollten nur alle, dass sie diese ekelhaften Visionen durchleben musste? Vielleicht war ihre Vorfreude auf das Leben im Stift verfrüht, vielleicht kam sie vom Regen in die Traufe.

Sie ging wieder zum Fenster, um Abstand zu Gepa zu gewinnen, und blickte auf den Hauptweg, der durch das Stift führte. Eufemia sah, wie ein bärtiger und bewaffneter Mann auf einem Rappen um das Stiftsgebäude auf den Weg geritten kam. Das musste einer der Büttel sein, die schon seit Tagen auf dem Gelände des Stifts herumliefen. Jetzt trieb er sein Pferd im zügigen Trab zum großen Tor. Die Flügel des Portals wurden sofort von zwei Männern aufgestoßen, worauf der Reiter dem Rappen die Sporen in die Flanken setzte. Mit Schrecken sah Eufemia, dass gleichzeitig und von den Wächtern unbemerkt ein Mauleselkarren von der anderen Seite des Tores auf das Stiftsgelände zurollte.

Das Mädchen nahm entsetzt die Hand vor den Mund. Die Geschwindigkeit, die der Mann seinem Pferd vorgab, war viel zu hoch. Ein Zusammenstoß des Reiters mit dem verlotterten Wagen schien unvermeidlich.

»Sie haben uns schon gesehen«, sagte Jaspar, als die Flügel des Tors sich öffneten. Er schnalzte mit der Zunge, um den Maulesel zu einem etwas schnelleren Schritt anzutreiben.

»Jaspar, was machst du denn?«, rief Klara, die sich am Bock festklammerte, als der Maulesel den Trab aufnahm und der Karren vorwärtsruckte.

»Wir überrumpeln sie. Wenn wir nur fix genug an den Wachen vorbeifahren, lassen sie uns vielleicht vorbei und durchsuchen den Karren nicht. Die beiden Kerle kennen uns schließlich bereits und haben bestimmt wenig Lust, hinter dem Wagen herzulaufen.«

»Guter Einfall«, rief Imbert mit gepresster Stimme unter der

Bank hervor. »Außerdem wissen sie, dass wir eine Leiche dabei haben. Die wollen sie bestimmt nicht sehen.«

»Seid still und verkriecht Euch!«, zischte Jaspar über die Schulter. »Wir sind fast am Tor.«

Jaspar ließ die Zügel schießen, doch der Maulesel machte von der Freiheit keinen Gebrauch. Stattdessen blieb er urplötzlich stehen. Jaspar und Klara, die mit einer flotten Fahrt gerechnet hatten, stürzten fast von der Sitzbank, auch Naseweis, der auf der Ladefläche stand, konnte sich kaum auf den Beinen halten. Mabilias Leichnam rutschte nach vorn und prallte gegen den Bock.

»Ja, spinnt das Vieh jetzt?«, schnauzte Jaspar und knallte den Zügel. »Los, weiter!«

Der Maulesel rührte sich keinen Fingerbreit. Er stellte die Ohren auf und drehte sie aufmerksam in alle Richtungen. Nur einen Wimpernschlag darauf schoss mit trommelnden Hufen Volkmars Rappe aus dem Tor. Der Hengst scheute, als er den Maulesel und den Karren wie aus dem Nichts vor sich auftauchen sah, er stieg und schlug die Vorderläufe in die Luft. Dem geübten Reiter Volkmar bereitete es keine Mühe, im Sattel zu bleiben. Als sein Rappe wieder festen Stand hatte und unruhig schnaubend vor dem Wagen tänzelte, sandte der Hauptmann dem erschrockenen Jaspar einen strafenden Blick. Dann gab er seinem Pferd einen Fersentritt und jagte davon.

Jaspar und Klara sahen ihm mit pochenden Herzen nach.

»Was war das denn?«, stotterte Jaspar.

»Volkmar«, sagte Klara und hielt die Hand an ihre Brust. »Himmel, war das knapp.«

»Gott sei Dank hört der Maulesel besser als wir. Wenn wir zusammengestoßen wären und der Rappe Volkmar abgeworfen hätte, wären wir unseres Lebens nicht mehr froh geworden. Ganz gleich, wer schuld war.«

Jaspars wollte gerade den Maulesel wieder antreiben, als ein Ruf ihn zurückhielt.

»Bileams Esel!«

Jaspar und Klara drehten sich um. »Was?«

»Bileams Esel!«, rief Imbert aus seinem Versteck unter dem Sitzbrett. »Natürlich, das ist es! Warum bin ich nicht früher darauf gekommen?«

»Leiser, verflixt, sonst hören sie uns. Wovon sprecht Ihr?«

»Später! Los, fahr uns endlich ins Stift, sonst werden die Wachen noch misstrauisch.«

Jaspar schüttelte den Kopf und griff in die Zügel. Als wäre nichts geschehen, nahm der Maulesel den Schritt wieder auf und zog den Karren an den teilnahmslos dastehenden Wachmännern vorbei durchs Tor.

Bileams Esel? Was hatte das nun wieder zu bedeuten? Jaspar hatte noch nie von einem Bileam gehört, geschweige denn von dessen Esel. Aber er kam nicht mehr dazu, sich darüber weiter Gedanken zu machen. Als der Karren auf den Kirchplatz rollte und Jaspar den Büttel sah, der vor dem Kirchenportal Stellung bezogen hatte, zerbrach er sich den Kopf, weshalb dort wieder eine Wache nötig war. Hatten Volkmars Männer abermals einen Gefangenen in der Kirche festgesetzt, so wie sie es mit Egilolf gemacht hatten? Hatten sie Zacharias gefasst?

Jaspar behielt den Büttel im Auge, bis der Karren um die Ecke des großen Stiftsgebäudes gebogen war und vor dem Haupttor stand. Klara schien seine Gedanken zu lesen.

»Starr nicht so auffällig zu ihm hinüber«, flüsterte sie ihm zu. »Sonst meint er noch, wir hätten etwas zu verbergen, und lässt den Karren durchsuchen.«

»Wieso steht er da? Was hat er da zu suchen?«

»Das werden wir schon noch erfahren. Jetzt müssen wir erst die beiden in Sicherheit bringen.«

Einmal noch sah Jaspar zu dem Posten hinüber, dann lenkte er den Wagen zu den Wirtschaftstrakten. Als der Karren in die Dunkelheit des Tors eintauchte, gab er Imbert und Albertus das Zeichen, aus ihren Verstecken zu kommen. Die Männer krochen unter den Sitzbrettern hervor, glitten von der Ladefläche und machten sich wortlos und ohne Zögern auf den Weg in die entgegengesetzte Richtung. Würde jemand sie sehen, wie sie aus dem Tor traten, musste er denken, die Männer seien gerade zufälligerweise dem Karren begegnet. Kaum waren sie um die Ecke verschwunden, atmeten Jaspar und Klara erleichtert aus. Erst jetzt, als die Anspannung von ihnen fiel, bemerkten sie, wie bitterkalt es an diesem Karsamstag war. Beide rieben sich die Hände, bevor der Wagen weiterrollte.

»Geschafft«, sagte Jaspar und brachte den Maulesel im Innenhof zum Stehen. »Gibst du den Schwestern Bescheid, dass wir Mabilias Leichnam gebracht haben?«

Klara nickte, stieg ab und betrat das Stiftsgebäude durch die Verbindungstür, die sie gemeinsam mit Imbert bei ihrem nächtlichen Einbruch genutzt hatte. Naseweis wollte ihr folgen, doch hielt Jaspar seinen Hund fest.

»Nichts da. Wir bleiben hier.«

Als die Tür hinter Klara ins Schloss fiel, wandte Jaspar sich zur anderen Seite des Hofes um. Das Tor zur Scheune stand weit offen. So hatte er es gestern, als er Volkmar auf der Suche nach Zacharias in die Arme gelaufen war, nicht zurückgelassen. Jemand musste in der Scheune gewesen sein. Um das Vieh zu versorgen? Gewiss, aber dafür brauchte er das Tor nicht so weit aufzustoßen. Zacharias? Es war nicht auszuschließen, dass er in die Scheune zurückgekehrt war, aber dann hätte er das Tor nicht derart aufgerissen. Jaspar wusste auch ohne den Blick ins Innere der Scheune, dass die Büttel wieder da gewesen sein mussten. Zusammen mit dem Wachposten vor der Kirche ergab es ein stimmiges Bild.

Sie haben ihn, jetzt haben sie ihn wirklich.

Jaspar fuhr sich mit beiden Händen durchs Haar. Wenn sie den wahren Mörder fassen wollten, blieb ihnen nicht mehr viel Zeit. Imbert musste seine seltsamen Gedanken schneller zu Ende spinnen, sonst war es um Zacharias geschehen. Dass er untätig auf dem Karren herumsitzen musste, steigerte Jaspars Unruhe nur noch mehr. Er wollte anpacken, helfen, seinem Freund gut zureden, sich notfalls für ihn prügeln, aber er wollte nicht zum Nichtstun gezwungen sein.

Daher freute er sich sogar, als er die dicke Bertradis sah. Die Dekanin trat aus dem Stift und stemmte entschlossen die Fäuste in die Hüften. Endlich ging es weiter. In Bertradis' Gefolge waren Klara und fünf Schwestern, die weniger edlen Familien entstammten und daher auch zu solch ungeliebten Aufgaben wie dem Tragen einer Leiche herangezogen werden konnten.

»Beten können wir später«, rief Bertradis den Schwestern zu. »Bringen wir sie erst mal hinein und waschen sie.«

Erst auf den letzten Schritten zu Philipps Arbeitszimmer beschlichen Volkmar Zweifel. Was, wenn er falsch lag? Wenn dieser Zacharias doch nur ein hirnloser Hanswurst war? Wenn er nur ein Reliquiendieb und zu Morden nicht fähig war? Aber für Zweifel war es zu spät. Ihm lief die Zeit davon. Es war schon Nachmittag, und die Frist, die der Erzbischof ihm gesetzt hatte, war fast abgelaufen. Er brauchte einen Erfolg.

Ich muss es darauf ankommen lassen, dachte Volkmar. Aber er würde höllisch auf der Hut sein müssen. Wenn Zacharias derart vertrottelt war, dass er sich vom Erzbischof ohne weiteres auch noch ein paar Morde würde anhängen lassen, mit denen er womöglich gar nichts zu tun hatte, müsste Volkmar weiter ermitteln, notfalls im Verborgenen. Es durfte nicht schon wieder ein Mord geschehen, nachdem der vermeintliche Täter überführt war. Kein weiterer Fehler mehr, sonst würde er auf ewig den Palasthof kehren.

Als er die Kammer betrat und der Erzbischof ihn mit Groll im Blick ansah, fürchtete Volkmar, der Zweifel sei in seinem Gesicht zu lesen.

»Ich hoffe, du bringst gute Nachricht.«

»Ob sie gut ist, muss sich zeigen, Eminenz. Wir haben Zacharias gefasst.«

»Und?«

»Ich habe ihn noch nicht vernommen. Ich dachte, Ihr wolltet ihn vielleicht selbst ins Gebet nehmen.«

Philipp verzog das Gesicht. »Soll ich jetzt etwa deine Arbeit erledigen?«, maulte der Erzbischof. »Oder willst du mir nur wieder ein Opfer zum Fraß vorwerfen, damit ich Ruhe gebe und du fein aus dem Schneider bist?«

»Das ist der außergewöhnlichste Fall, den die Stadt jemals erlebt hat, und Ihr seid der oberste Richter Kölns, Eminenz. Wer also sonst sollte die Verhöre führen, wenn nicht Ihr?«

Philipp hob verächtlich den Mundwinkel. »Du bist ein gerissener Hund, Volkmar.« Der Erzbischof erhob sich und ging um den Tisch herum auf den Hauptmann zu. »Gehen wir also hinüber in die Hacht und bringen es hinter uns. Ich habe keine Zeit zu verlieren, es sind nur noch ein paar Stunden bis zur Osternachtsmesse.«

»Wir müssten zum Verhör rüber ins Stift. Ich habe Zacharias in die Kirche bringen lassen. Meine Männer bewachen ihn dort.«

Philipp machte große Augen. »Ja, glaubst du denn, ich habe nichts Besseres zu tun, als am Karsamstag durch Köln zu spazieren? Hol mir den Kerl gefälligst her!«

»Das halte ich für keine gute Idee. In der Stadt ist zu viel los. Zacharias hat Kräfte wie zehn Bären und den Verstand eines Huhns. Wenn er bei der Überführung Schwierigkeiten macht, könnte er in der Stadt einen Aufruhr auslösen. Ihr wisst, wie der Pöbel ist. Nichts ist für das Lumpengesindel auf der Straße schöner, als sich nur zum Spaß in einer handfesten Prügelei gegen die Obrigkeit aufzulehnen.«

»Und jetzt? Soll er auf ewig in der Kirche bleiben?«

»Nein. Ich lasse ihn heute im Schutz der Nacht und in einem geschlossenen Wagen in die Hacht bringen. Aber da Ihr den Fall vor dem Osterfest geklärt wissen wolltet, dachte ich, Ihr würdet darauf bestehen, ihn bald zu verhören.«

Philipp verzog nachdenklich den Mund und ging einige Schritte auf und ab. Vor dem Bleiglasfenster blieb er stehen und sah in den Domhof hinaus, auf dem sich die Pilger drängten, die in die Kathedrale wollten.

»Hältst du ihn für den Mörder?«, fragte er, ohne seinen Hauptmann anzublicken.

Volkmar zögerte kurz mit seiner Antwort und entschied sich dann dafür, bei der Wahrheit zu bleiben. »Ich weiß es nicht. Stark genug ist er zweifellos, aber wohl nicht gescheit genug. Ich weiß nicht, wie er es in seiner Dummheit geschafft haben sollte, so viele Morde zu begehen, ohne dabei erwischt zu werden.«

»Aber er hat dennoch einiges auf dem Kerbholz.«

»Das ist so sicher wie das Amen in der Kirche. Er hat Egilolf, diesem Kanonikus, beim Diebstahl der Reliquien geholfen.«

»Wenn er es nicht war, kann er uns dann wenigstens auf die Fährte des Mörders führen?«

»Auch das weiß ich nicht. Ich schließe es aber nicht aus. Wer weiß, wie viel Böses noch in diesem Stift wuchert und was Zacharias damit zu schaffen hat.«

»Es ist unsere einzige Spur?«

Wieder zögerte Volkmar kurz. Seine Antwort kam einem Seufzer gleich. »Im Augenblick ja.«

Philipp nickte. »Dann soll es so sein. Ich werde Zacharias verhören, und ich will, dass alle Schwestern und Kanoniker des Stifts dabei sind. Wir werden in diesem Sumpf ein wenig herumstochern und sehen, wie viel Dreck wir dabei aufwühlen.«

Der Erzbischof drehte sich zu seinem Hauptmann um.

»Bereite alles für das Verhör vor. Ich werde in einer Stunde hinüber ins Stift reiten. Trag dafür Sorge, dass alle da sind.«

Mit einem lauten Klopfen an der Tür begehrte einer der erzbischöflichen Büttel Einlass in Albertus' Haus. Klara öffnete ihm, und der Mann grüßte knapp, aber doch angemessen. Er sprach so laut, dass alle Bewohner die Botschaft hören konnten, sowohl Albertus, Imbert und Jaspar als auch Clementia, Eufemia und Gepa, die an den Treppenabsatz im oberen Stock getreten waren.

»Erzbischof Philipp von Heinsberg lässt Euch verkünden, dass er Euch in einer halben Stunde in der Kirche erwartet. Er wünscht, dass alle Angehörigen des Stifts anwesend sind.«

»Er wünscht – oder er befiehlt?«, fragte Albertus.

»So wie ich diese Botschaft verstehe, lege ich Euch nahe, gleich besser in der Kirche zu sein.«

»Und was will der Erzbischof von uns?«, rief die Äbtissin die Treppe hinab.

»Darüber bin ich nicht befugt Euch Auskunft zu geben.«

Der Büttel machte kehrt und begab sich auf den Weg zum nächsten Haus. Jaspar blickte Klara bekümmert an. Er sah seine Ahnung als bestätigt an.

»Sie haben ihn, sie haben Zacharias.« Jaspar sagte es leise, damit die Kanonissen, die sich wieder in ihre Kammern zurückzogen, ihn nicht hörten. Albertus nahm Klara und ihn am Arm und zog sie in die gute Stube, in die Imbert bereits gegangen war. Die vier setzten sich an den Tisch, und Klara goss jedem aus einem Krug einen Becher Wasser ein.

»Wir müssen etwas unternehmen«, sagte Jaspar bekümmert zu Imbert. »Wenn Philipps Schergen Zacharias erst einmal in die Mangel nehmen, wird er zusammenbrechen und alles gestehen, was sie ihm in den Mund legen. Er ist kein Mörder. Was er getan hat, hat er nur auf Geheiß von Egilolf oder Befehl der Äbtissin getan. Wir müssen den Erzbischof von Euren Schlussfolgerungen in Kenntnis setzen.«

»Das wäre wohl keine gute Idee«, hob Albertus an. »Dafür klingt die Geschichte vom Sanctum Praeputium denn doch, mit Verlaub, ein wenig zu gewagt. Stellt euch Volkmars Gesicht vor, wenn wir ihm sagen, er solle die Vorhaut Jesu suchen, um den wahren Mörder zu finden. Ich wüsste nicht, ob Zacharias damit geholfen wäre.«

»Dem muss ich zustimmen«, sagte Imbert. »Wir würden dadurch nichts gewinnen, im Gegenteil. Auch dem Mörder würden wir so offenbaren, was wir bereits über ihn wissen. Unser Vorteil wäre dahin.«

»Und wenn wir Volkmar sagen, was wir an Mabilias Leiche entdeckt haben?«, setzte Jaspar nach. »Ihr wisst schon, die Würgemale, die gegen Zacharias als Täter sprechen.«

Wieder war es Albertus, der den Vorschlag ablehnte. »Das ist doch nur einer von vielen Hinweisen, aber um Volkmar zu überzeugen, müssten wir schon mehr liefern. Und überhaupt, ich will nicht, dass Volkmar oder der Erzbischof weiß, wie wir an unser Wissen über die Würgemale gekommen sind.«

»Aber wir können doch hier nicht herumsitzen und Däumchen drehen.«

Klara griff in das Gespräch ein, weil sie fürchtete, Jaspar könnte die Fassung verlieren. »Gehen wir doch erst einmal den nächsten Schritt«, sagte sie ruhig. »Herr Imbert muss uns noch erklären, was es mit Bileams Esel auf sich hat.«

Aller Aufmerksamkeit war nun auf Imbert gerichtet, doch der Mönch saß ungerührt da.

»Und?«, fragte Jaspar, »was ist nun mit diesem seltsamen Esel?«

Imbert blieb weiterhin schweigsam. Er lehnte sich zurück und verschränkte abwehrend die Arme vor der Brust. »Ich weiß nicht recht, ob ich dieses Geheimnis schon mit euch teilen kann.«

Imberts Verschwiegenheit war nicht gerade dazu angetan, Jaspars ohnehin schon schlechte Laune zu bessern. »Was soll das denn jetzt schon wieder heißen?«

»Der weise König Salomo sagt: Wer seinen Mund und seine Zunge behütet, der behütet sein Leben vor Drangsal.«

Jaspar umklammerte die Tischkante vor Zorn so fest, dass ihm die Finger schmerzten. Er ließ die Platte los und stand auf. »Komm, Klara, ich halte es hier nicht länger aus. Wir gehen rüber in die Kirche. Zacharias ist dort und braucht meine Hilfe.«

Leises Murmeln rollte durch die Kirche. Die Schwestern tauschten die neuesten Gerüchte aus. Die Nachricht von Zacharias' Verhaftung hatte sich schnell verbreitet. Sie konnte nur bedeuten, dass die Mordfälle entweder bereits gelöst waren oder kurz vor der Aufklärung standen. Dass der Erzbischof sie hierher bestellt hatte, musste damit zu tun haben. Die Frauen waren aufgewühlt und ausgelassen. Sollte das Stift nun endlich vom Unglück befreit werden? Noch war das herrschende Gefühl Misstrauen. Auch wenn mit Egilolf und Zacharias zwei Verdächtige in Haft saßen – den Schwestern fehlte die letzte Gewissheit, wer für die rätselhaften Morde verantwortlich war. Jeder verdächtigte jeden, und die unausgesprochenen Unterstellungen klebten zäh wie Honig an Worten, Gesten und Blicken. Argwohn haftete in den Köpfen und vermehrte sich mit jedem verstohlenen Flüstern.

In der Nähe der Schwestern hatten Albertus und Imbert ihren Platz bezogen, etwas abseits von ihnen Klara und der missmutige Jaspar. Sie hielten nach Zacharias Ausschau, aber von dem Gefangenen war nichts zu sehen. Einige der Büttel hatten am Durchgang zum Glockenturm unterhalb der Empore Stellung bezogen. Offenbar hielten ihre Kameraden Zacharias in der untersten Turmkammer oder in einem der dahinter liegenden Räume des Stifts gefangen. In der Mitte seiner Waffenknechte stand breitbeinig Volkmar. Seine Linke war lässig auf den Knauf seines Schwertes gestützt, in der Rechten hielt er einen Beutel.

Die Gespräche der Schwestern verstummten, als Bertradis und die alte Gepa fast gleichzeitig durchs Portal traten. Sie gesellten sich zur Gruppe der Kanonissen, und nachdem die letzten Schritte verklungen waren, machte sich eine unangenehme Stille im Kirchenraum breit, eine Stille, in der jedes Scharren eines Schuhs und jedes Räuspern von den Wänden widerhallten und beinahe dröhnend laut klangen. Alle warteten auf die letzten beiden Teilnehmer dieser absonderlichen Versammlung. Nur noch der Erzbischof und die Äbtissin fehlten.

Clementia gab sich als Erste die Ehre. Der Büttel vor der Kirche öffnete das Portal und ließ die Äbtissin eintreten. Zur Überraschung der meisten Schwestern folgte ihr ein Kind. Es war Eufemias erstes Auftreten in der Stiftsgemeinschaft, und so wurde das unbekannte Mädchen von den Frauen mit neugierigen Blicken bedacht.

Auch wenn es kein freudiger Anlass war, zu dem die Kanonissen zusammenkamen, genoss die Kleine dennoch still und mit geröteten Wangen die Aufmerksamkeit, die ihr zuteil wurde. Sie unterdrückte ein verlegenes, halb stolzes Lächeln und stellte sich dicht neben ihre große Schwester.

Es war kein leichter Gang für Clementia, denn es war nicht nur Eufemias erster Auftritt, sondern auch die erste Zusammenkunft aller Stiftsangehörigen, nachdem Schwestern und Kanoniker vor genau zwei Tagen an Gründonnerstag gemeinsam im Pesch unter dem Judasbaum gestanden und zu Mabilias baumelnder Leiche aufgeblickt hatten. Das Entsetzen, das in genau jenem Augenblick alle hatte erstarren lassen, war das letzte einende Gefühl im Stift gewesen. Seitdem war die Gemeinschaft in aller Stille zerbrochen. Die Äbtissin hatte ihre Herde verloren. Es fehlte Führung, und genau deshalb wollte Clementia nun Stärke zeigen.

Volkmar trat auf Clementia zu, griff grinsend in den Beutel und zog den Schädel hervor, den seine Männer an Zacharias' Schlafplatz sichergestellt hatten. »Ich denke, das hier gehört Euch. Oder wenigstens dem Stift. Bitte sehr.«

Clementias Kiefer mahlten, dass die Zähne laut knirschten. Ihr Blick wanderte zu dem Schädel in Volkmars Hand und wieder zurück zum Gesicht des Hauptmanns. Sie wusste, dass Volkmar sie nur vorführen wollte. »Gebt ihn mir. Der Jungfrauenschädel soll nicht weiter von Euren schmutzigen Fingern besudelt werden.«

Volkmar hielt ihr den Totenkopf entgegen. Eine fransige Haarsträhne fiel von der Schädeldecke über sein Handgelenk. Angewidert verzog Clementia den Mund. Voller Entsetzen blickte auch Eufemia den Knochen an. Zum ersten Mal sah sie aus nächster Nähe, was ihr sonst immer nur in ihren Visionen begegnet war. Wie ein kleines Kind an seine Mutter klammerte Eufemia sich an den Rock ihrer Schwester. Die Äbtissin drückte beruhigend ihre Schulter und blickte dann Volkmar fest an.

»Was soll das? Legt ihn gefälligst in den Beutel zurück.«

»Der Schädel gehört Euch, der Beutel mir.«

Clementias Gesichtszüge gefroren. Aber ihr Zögern währte nur einen kurzen Augenblick. »So geht Ihr mit den Gebeinen unserer Heiligen um?«, zischte sie. »Schande über Euch, Volkmar! Jetzt gebt ihn schon her.«

Mit einer energischen Bewegung nahm sie den Schädel an sich. Bertradis trat unterwürfig hinzu und reckte der Äbtissin die Hände entgegen, um ihr die Reliquie abzunehmen, aber Clementia wehrte ab. »Nein«, sagte sie bestimmt und zog den Schädel zurück. »Es reicht jetzt. Philipp darf getrost sehen, wie sein Hauptmann heilige Gegenstände behandelt. Ich werde den Jungfrauenschädel selbst an seinen Platz bringen, sobald dieses Schauspiel hier vorüber ist. Er ist schon durch zu viele Hände gegangen.«

»Gut gesprochen«, sagte Gepa und klopfte dazu mit ihrem Gehstock auf den Boden. Clementia nickte ihr dankbar zu. Eine der jüngeren Schwestern löste sich aus der Gruppe der Kanonissen und zog ein kleines Tuch aus ihrem Gewand, das sie der Äbtissin reichte. Clementia richtete ihren Blick wieder auf Volkmar.

»Und wie lange gedenkt der Erzbischof uns warten zu lassen?«, fragte sie, während sie den weißen Stoff um den Totenkopf schlug. Das Tuch war nicht groß genug, um den Knochen ganz zu bedecken, sondern nur notdürftig darumgewickelt, sodass es aussah, als trüge der Schädel ein Kopftuch.

Die Antwort auf ihre Frage gab jedoch nicht Volkmar.

»Nicht mehr lange, meine Tochter, nicht mehr lange.«

Die Äbtissin wandte sich um. Durch das Portal, das ein Büttel nahezu lautlos geöffnet hatte, betrat Philipp von Heinsberg die Kirche. Er durchquerte die Halle mit der Selbstverständlichkeit eines Mannes, der das Herrschen gewohnt war. Mit seiner Körperhaltung ließ der Erzbischof erkennen, dass er keinen Wert auf die üblichen Begrüßungsrituale legte. Clementia deutete eine Verbeugung an, und die übrigen Kanonissen folgten ihrem Beispiel. Philipp stellte sich mitten in die Kirche und sah mit einem milden Lächeln in die Runde.

»Verzeiht die Unannehmlichkeiten, ihr ehrenwerten Schwestern«, sagte Philipp. »Willkommen heißen kann ich euch nicht, denn eigentlich bin ich nur Gast in eurer Kirche und ihr seid die Gastgeber. Darum will ich euch umso herzlicher danken, dass ihr alle meinem Ruf gefolgt seid. Ihr werdet euch gewiss fragen, was der Anlass für diese Zusammenkunft ist. Ich will eure Geduld nicht noch länger auf die Probe stellen. Wie euch bekannt ist, haben meine Männer euren Kanonikus Egilolf verhaftet. Er hat zugegeben, Reliquien von Jungfrauen aus der Schar der heiligen Ursula verkauft zu haben. Ebenso hat er gestanden, bei diesen Schandtaten Hilfe von seinem Handlanger Zacharias erhalten zu haben. Auch Zacharias ist nun gefasst. Dass meine Männer so lange nach ihm suchen mussten, ist der Grund, weshalb ihr hier seid, ehrenwerte Schwestern. Die Ermittlungen meiner Männer wurden verzögert, weil in diesem Stift die rechte Hand nicht weiß, was die linke gerade unternimmt.«

Philipp sah die Äbtissin nicht an, doch Clementia wusste, wem die Spitze galt. Ungerührt nahm sie den Vorwurf hin.

»Und dies war nicht das erste Mal. Eure junge Mitschwester Ida, der Herr sei ihrer Seele gnädig, lag einen ganzen Tag und eine ganze Nacht verscharrt dort drüben in der Grube« – Philipp deutete hinüber zu dem halb zugeschütteten Loch – »ohne dass jemand ihr Verschwinden gemeldet oder überhaupt bemerkt hätte. So etwas aber darf nicht mehr geschehen, denn immerhin geht es hier um Mord und die Schändung von Heiligen. Ich dulde keine Fehler mehr. Ihr seid also alle hier, um dem Verhör des Zacharias beizuwohnen. Ich fordere jeden von euch auf, unverzüglich Mitteilung zu geben, sobald ihr seinen Aussagen etwas hinzufügen könnt, das zur Klärung der Morde beitragen kann.«

»Entschuldigt, Eminenz«, unterbrach ihn die Äbtissin, »aber Ihr habt doch wohl nicht ernsthaft vor, die unter meinen Schutz befohlenen Frauen mit ansehen zu lassen, wie Eure Männer einen Gefangenen vernehmen?«

Philipp sah auf den Schädel in Clementias Hand, würdigte den seltsamen Anblick jedoch nur mit einem Kopfschütteln. »Doch, das werden sie, denn genau das habe ich vor. Was gleich geschieht, mag für manches Auge und manches Ohr einer empfindsamen Schwester eine Belastung sein. Aber darauf kann ich keine Rücksicht nehmen. Ich verlange restlose Aufklärung. Ihr dürft nicht vergessen, ehrwürdige Mutter, dass es zumindest zwei Schwestern nicht gut bekommen ist, Eurem Schutz befohlen gewesen zu sein. Daher muss ich die Dinge nun in die Hand nehmen.«

Entsetzt sah Jaspar Klara an. »Das hält Zacharias nicht durch«, flüsterte er. »Das kann nicht gut gehen.«

Auch wenn er leise redete, Jaspar hatte die Aufmerksamkeit des Erzbischofs erregt. »Mir scheint, unser junger Freund hat etwas beizutragen«, sagte Philipp. »Sprich laut, mein Sohn. Vielleicht kannst du uns ja wie bereits nach der Entdeckung von Schwester Idas Leiche ein wenig weiterhelfen.«

Dieses Mal suchte Klara seinen Blick. In ihren Augen las Jaspar deutlich die Mahnung, nicht überstürzt zu handeln. Er nickte ihr zu und trat vor.

»Und?«, fragte Philipp. »Was hast du zu berichten? Heraus mit der Sprache!«

Jaspar sah hilfesuchend hinüber zu Imbert, der Mönch aber machte keinerlei Anstalten, ihm zur Seite zu stehen. Imberts Miene sprach ihm jedoch Mut zu. Wie schon vor zwei Tagen an dieser Stelle fasste Jaspar sich ein Herz.

»Was Ihr hier vorhabt, dürft Ihr nicht tun, Eminenz.«

Philipp von Heinsberg war nicht der Einzige in der Kirche, der ob dieser anmaßenden Worte große Augen machte. Der Erzbischof fasste sich schnell und musterte Jaspar. Dieser Junge schien das Wort Respekt nicht zu kennen. »Darf ich fragen, mein Sohn, was dich zu dieser Aufforderung veranlasst?«

»Was Ihr Zacharias vorwerft, hat er nicht getan.«

»Was werfe ich ihm denn vor?«

Und schon bereute Jaspar sein Vorpreschen. Tatsächlich, bis jetzt hatte noch niemand offen den Vorwurf erhoben, Zacharias sei der Reliquiendieb und Mörder, der in Dom und Stift sein Unwesen getrieben habe. Jaspar musste höllisch aufpassen, seinen Freund nicht ungewollt überhaupt erst in Schwierigkeiten zu bringen.

»Was genau Ihr ihm vorwerft, weiß ich nicht. Falls Ihr ihn aber der Morde beschuldigt, kann ich mit Gewissheit sagen, dass Zacharias damit nichts zu tun hat.«

»Was macht dich so sicher, mein Sohn?«

Jaspar fühlte sich unwohl und in die Ecke gedrängt. Der Erzbischof beschränkte sich darauf, nur kurze Fragen zu stellen, und überließ ihm das Reden. Das war eine Rolle, die Jaspar nicht lag.

»Ich kenne ihn, und zwar lange genug, um zu wissen, dass er der grundehrlichste Mensch auf der Welt ist.«

»Es gibt Flecken auf der reinen Seele deines Freundes.«

»Ich habe davon gehört. Er soll gemeinsam mit Kanonikus Egilolf Reliquien gestohlen haben.«

»Wie erklärst du dir das?«

»So gutmütig wie er ist, so dumm ist er auch. Und er gehorcht. Zacharias ist wie ein gehorsames kleines Kind. Wenn ein Kanonikus ihm einen Auftrag gibt, bleibt er folgsam.«

Philipp schmunzelte. »Und wer sagt dir, dass dein Freund nicht auch bei anderen Taten einfach nur folgsam war?«

Jaspars einziger Trost war, dass er seine Verteidigungsrede schon vor Imbert, Albertus und Klara gehalten hatte. Der Erzbischof war gewieft und in seiner Auffassung sehr schnell. »Nur ein Beispiel, Eminenz. In der Nacht, als Euer Schreiber hier in der Kirche erstochen wurde, haben Zacharias und ich gemeinsam in unserer Scheune geschlafen. Er war die ganze Zeit bei mir, er kann es nicht gewesen sein.«

»Wenn du geschlafen hast, wie kannst du dir deiner Sache dann so sicher sein?«

Jaspars Unbehagen wuchs. Ihn überkam das Gefühl, er selbst sei der Gefangene, der einem scharfen Verhör unterzogen wurde. »Wegen der großen Kälte haben wir Seite an Seite gelegen. Ich hätte es bemerkt, wenn er aufgestanden wäre.«

»Wo du gerade schon von eurem Schlafplatz redest, diesen Schädel dort«, Philipp deutete hinüber zur Äbtissin, »hat dein Freund unter seiner Decke aufbewahrt.«

Es missfiel Jaspar, dass der Erzbischof Zacharias immer ausdrücklich als seinen Freund bezeichnete. Es klang so, als wolle er Jaspar zu Zacharias' Mittäter erklären. »Aber das hat er doch nur getan, weil Zacharias die heiligen Jungfrauen so sehr verehrt. Aus keinem anderen Grund, Eminenz.«

»Und aus welchem Grund sollten wir deinen Freund nicht selbst nach seiner Verwicklung in die Morde befragen? All die Dinge, die du uns nun unterbreitet hast, hätte genauso gut auch er uns erzählen können.«

»Nein, das hätte er nicht«, sagte Jaspar beinahe flehentlich. »So stark wie Zacharias ist, so dumm ist er auch. Er wird all Eure Fragen nicht verstehen. Er wird Angst bekommen angesichts all der Menschen, die hier versammelt sind. Und niemand weiß, was geschieht, wenn er Angst bekommt.«

»An einem Verhör kommt dein Freund nicht vorbei. Aber es wird schon nichts Schlimmes geschehen. Er ist gefesselt, also keine Furcht, mein Sohn.«

»Ihr versteht nicht, Eminenz, Zacharias ist der Falsche. Er ist zu dumm, um all die Morde begangen zu haben.«

»Zu dumm? Wie klug muss man denn sein, um einen Menschen umzubringen?«

Jaspar zögerte. Jetzt wäre der Zeitpunkt, dem Erzbischof von Imberts Theorie zu berichten, von der hochheiligen Vorhaut, vom Diebstahl im Dom und vom Tausch der Reliquien hier in der Kirche der heiligen Jungfrauen. Und von Imberts Annahme, dass sich die Vorhaut des Herrn noch immer irgendwo in der Kirche befinden könnte. Aber während er darüber nachdachte, kamen ihm all diese Vermutungen wieder völlig aberwitzig vor. Ein kurzer Blick hinüber zu Imbert gab ihm die Gewissheit, dass er auf die Unterstützung des Mönchs nicht zählen konnte, wenn er dem Erzbischof vom Praeputium erzählen sollte. Jaspar gab sein Vorhaben wieder auf.

Philipp wartete zu seiner Erleichterung nicht auf eine Antwort und wandte sich den Schwestern zu. »Nehmt euch ein Beispiel an diesem jungen Kerl hier. Er hat aufrichtig versucht, seinen Beitrag zur Aufklärung der Morde zu leisten. So verlange ich es auch von euch. Wenn also jemand etwas weiß, das die dunklen Vorkommnisse in diesem Stift zu erhellen vermag, soll er oder sie dies jetzt tun.«

Philipp erntete nichts als verlegenes Räuspern. Wieder sah Jaspar zu Imbert hinüber, doch auch der Mönch rührte sich nicht. Imbert würde seine Erkenntnisse nicht öffentlich machen, zumindest jetzt nicht. Jaspar konnte es ihm nicht verdenken. Er hoffte nur, dass bei Zacharias' Verhör nichts schief ging.

»Also gut«, sagte Philipp, »hören wir also, was Zacharias zu sagen hat.« Der Erzbischof nickte Volkmar zu. »Bringt den Gefangenen herein.«

»Tretet zurück!«, herrschte Volkmar die Schwestern und Kanoniker an. Erst als alle einige Schritte zurückgewichen waren, öffnete er die schwere Holztür, die ins Erdgeschoss des Turms führte, und sah ins Turmzimmer. Eine knappe Kopfbewegung genügte als Befehl. Für Zacharias galten besondere Sicherheitsvorkehrungen. Zwei Büttel führten den mit groben Stricken auf dem Rücken gefesselten Hünen in den Kirchenraum, dazu hielt noch ein dritter Mann ein Seil, das um Zacharias' Fessel geknotet war. Jaspar hoffte, dass

Zacharias ihn in der Menge entdecken würde, damit er seinen Freund wenigstens mit Gesten beruhigen konnte. Aber Zacharias' Augen flackerten wirr und ängstlich hin und her. Jaspars Befürchtungen bestätigten sich. Zacharias war eingeschüchtert und sein Verhalten unberechenbar. Die Büttel führten den Riesen vor den Erzbischof und zwangen ihn, auf dem Steinboden niederzuknien. Zacharias duckte sich, als fürchtete er, Philipp könnte ihn schlagen.

»Keine Angst, mein Sohn. Wenn du reinen Herzens bist, wird dir nichts geschehen. Hast du das verstanden?«

Zacharias blickte auf und nickte.

»Wir alle sind hier zusammengekommen, um zu klären, ob du für die Morde und Diebstähle verantwortlich bist, die in den letzten Tagen geschehen sind. Kannst du uns dazu etwas sagen?«

Aus Zacharias' Gestammel konnte Jaspar nur Hilflosigkeit heraushören, nicht aber eine Antwort auf Philipps Frage. Der Erzbischof schien zu begreifen, dass er eine einfachere Sprache wählen musste.

»Du weißt, dass im Dom ein Priester und hier im Stift Schwestern zu Tode gekommen sind?«

Zacharias nickte heftig.

»Du kennst sie?«

Wieder ein wildes Nicken.

»Hast du ihnen etwas angetan?«

Zacharias erstarrte. Mit vor Schreck aufgerissenen Augen sah er zum Erzbischof auf. Dann schüttelte er ungestüm den Kopf.

»Du hast ihnen nichts getan?«

Zacharias wiederholte sein Kopfschütteln, noch heftiger als zuvor.

»Du weißt, dass du nicht lügen darfst, mein Sohn.«

Ein Nicken.

Der Erzbischof drehte sich mit seinen Fragen im Kreis. Jaspar spürte, wie sich ein Hauch von Hoffnung in seiner Magengegend breit machte. Zacharias schlug sich wacker, und er wirkte aufrichtig bei seinen stummen Antworten. Jaspar beobachtete, wie Philipp die Unterlippe vorschob. Der Erzbischof konnte nicht zufrieden sein. Er verschränkte die Hände auf dem Rücken und begann, auf und ab zu gehen. Schließlich kehrte er zu Zacharias zurück.

»Wer gibt dir Befehle?«

Philipp änderte sein Vorgehen. Das war keine Frage, auf die Zacharias mit einem Nicken oder Kopfschütteln antworten konnte. Und es war eine Frage, der ein einfältiger Mensch wie Zacharias nicht sofort ansah, dass er mit seiner Antwort mehr verraten konnte, als ihm lieb war. Zacharias schaute den Erzbischof verzweifelt an.

»Wer gibt dir Befehle?«, rief Philipp. »Sprich!«

Das Flackern kehrte in Zacharias' Blick zurück. Er öffnete den Mund, formte jedoch nur tonlose Worte.

»Sprich!«

Der Erzbischof brüllte so laut, dass die Schwestern und Kanoniker zusammenschreckten. Zacharias duckte sich noch tiefer. Jaspar hörte ihn wimmern.

»Lauter!«

Diesmal antwortete Zacharias laut genug, dass fast alle es in der Kirche hören konnten. »Die Jungfrau tut es, die Jungfrau.«

Philipp schien noch immer nicht zufrieden. Er packte Zacharias am Kragen. »Was sagst du?«

»Die Jungfrau.«

»Welche Jungfrau?«

Die Angst wich aus Zacharias' Stimme und Gesicht. »Zacharias' Jungfrau, Herr. Sie kommt zu ihm, passt auf ihn auf, Herr. Sie sagt ihm alles, was er tun soll.«

»Eine Jungfrau erteilt dir die Befehle? Was befiehlt sie dir?«

»Dass er Dinge tun soll. Dinge, um ihr zu helfen. Weil sie doch ein Geist ist, die Jungfrau, ein guter Geist. Und trägt ihren Kopf unter dem Arm, die Jungfrau, arme Jungfrau ist das.«

»Was auch immer sie verlangt hat, du hast es getan?«

Zacharias nickte.

»Wie heißt deine Jungfrau?«

»Das weiß Zacharias nicht. Aber ganz lieb ist sie, ganz lieb.«

»Ist sie hier? Hier in der Kirche?«

»Weg ist sie, die Jungfrau, einfach weg. Zacharias ruft sie, er ruft sie immer wieder, aber sie kommt nicht zurück zu ihm.«

»Sieh dich um. Vielleicht findest du sie ja doch.«

Philipp zeigte hinüber zur Gruppe der Schwestern. Die Männer, die Zacharias bewachten, traten einen Schritt zur Seite, um den Blick freizugeben. Zacharias drehte sich zu den Frauen um und sah eine nach der anderen an. Schließlich entdeckte er die Führungsriege des Stifts, die ein wenig abseits stand – Bertradis, Gepa und Clementia, hinter der sich Eufemia zu verstecken suchte. Als der Hüne die Äbtissin entdeckte, starrte er sie für einen kurzen Augenblick überrascht an. Dann stand er auf und ging geradewegs und mit einer verwunderten Miene auf Clementia zu.

»He! Hier geblieben!«, rief einer der Männer, doch Zacharias beachtete ihn nicht. Er ging unbeeindruckt weiter und zog den Büttel, der ihn am Seil hielt, wie einen störrischen, jungen Esel hinter sich her.

»Jungfrau, liebe Jungfrau!«, rief Zacharias der Äbtissin entgegen. »Zacharias kommt.«

Voller Entsetzen mussten Jaspar, Klara, Imbert und Albertus mit ansehen, wie sich zwei Waffenknechte schützend vor Clementia stellten. Zacharias setzte seinen Weg stur fort, obwohl inzwischen mehrere der anderen Büttel ihn eingeholt hatten und versuchten, seine Arme zu ergreifen. Doch der vierschrötige Kerl schüttelte seine Verfolger ab wie störende Schmeißfliegen.

»Zacharias kommt schon, liebe Jungfrau, er kommt schon.«

Weil Zacharias unbeirrt auf die Äbtissin zuschritt, zog einer der beiden Büttel neben ihr sein Schwert, der andere legte entschlossen seinen Spieß vor. Nun drängte auch Jaspar nach vorn.

»Nein, Zacharias!«, schrie er. »Bleib, wo du bist!«

Doch Zacharias ging weiter. Als er der Äbtissin immer näher kam, wurde Jaspar klar, dass sein Freund gar nicht Clementia oder Eufemia anstarrte. Zacharias hatte nur Augen für den Schädel, den die Äbtissin noch immer in Händen hielt.

Auch Volkmar bemerkte es. »Vorsicht, er will den Schädel.«

Aber Zacharias ließ sich nicht aufhalten. »Musst Zacharias helfen, liebe Jungfrau, musst alles erklären«, stammelte er aufgeregt.

Eingeschüchtert ging die Äbtissin einige Schritte rückwärts und hielt den Totenkopf wie zum Schutz vor sich, während die beiden Waffenknechte sich zwischen Clementia und den heraneilenden Zacharias stellten. In Erwartung des Zusammenstoßes stemmten sie Schulter gegen Schulter. Eufemia löste sich vom Rock ihrer Schwester und suchte Deckung hinter einer Säule.

»He, Jungfrau!«, rief Zacharias aufgeregt. »Lauf nicht weg, Jungfrau, bleib hier! Komm zu Zacharias! Komm her jetzt!«

»So haltet ihn doch endlich auf!«, rief die Äbtissin, die immer weiter zurückwich und sich hinter die Büttel duckte.

Auch der Erzbischof spornte seine Männer an. »Ergreift ihn, verdammt!«

Jaspar lief um die beiden Büttel herum und hob beide Arme, um seinem Freund Einhalt zu gebieten. »Bleib stehen, Zacharias!«, rief er, doch sein Flehen blieb ungehört. Zacharias lief mit einer solchen Wucht gegen Jaspar, als hätte er seinen Freund gar nicht gesehen. Jaspar taumelte seitwärts und stieß mit dem Rücken hart gegen eine der Säulen. Ihm blieb kurz die Luft weg.

Im nächsten Augenblick war Zacharias bei den Bütteln, den letzten Hindernissen auf dem Weg zu seiner Jungfrau. Mit beiden Händen umklammerte einer der Männer seinen Spieß, den er auf die Brust des heranstürmenden Hünen richtete.

»Nicht, Zacharias!«, schrie Jaspar, aber es war bereits zu spät. Blindlings rannte sein Freund in den gegen ihn gestellten Spieß. Die Spitze fuhr glatt durch den massigen Körper und spaltete sein Rückgrat mit einem grässlichen Knacken. Zwei Schritte schaffte er noch, dann fiel Zacharias unter den Schreien der Schwestern vornüber wie ein gefällter Baum und riss die Büttel mit sich zu Boden. Der Spieß zerbrach unter seinem Gewicht wie trockenes Reisig. Zacharias, dessen Hände noch immer auf dem Rücken gefesselt waren, schlug hart mit dem Kopf auf.

Der Riese war nicht auf der Stelle tot. Stöhnend wälzte er sich auf die Seite und schaute an sich hinab. Beim Sturz war der Schaft des Spießes von der Körpermitte weggedrückt worden und hatte dabei die Bauchdecke seitwärts aufgerissen. Zacharias wollte die Wunde zudrücken, doch hielt der Strick seine Hände auf dem Rücken. Hilflos zuckend lag er da. Die beiden Büttel rappelten sich auf und sprangen zur Seite. Auch die Schwestern wichen weiter zurück.

Als Zacharias bewusst wurde, dass sein Ende nahte, blieb er still liegen. Ein letztes Mal suchte sein Blick seine Jungfrau. »Warum denn?«, flüsterte er schwach, als er den Schädel entdeckte, den Clementia noch immer an sich drückte. »Warum denn?« Dann brach sein Blick, und sein Kopf fiel mit einem dumpfen Schlag auf den Steinboden.

Jaspar wusste nicht, wie viel Zeit verstrichen war, als die Stimmen wie aus weiter Ferne an sein Ohr drangen.

»Vorsicht, vielleicht lebt er noch.«

»Keine Sorge, der ist hinüber.«

»Selbst wenn nicht, der tut uns nichts. Er ist immer noch gefesselt.«

»Ihr Trottel! Seid ihr nicht in der Lage, mit ein paar Mann einen Gefangenen festzuhalten?«

Wie losgelöst von diesen Worten wirkten die Bilder, die sich vor Jaspars Augen aneinanderreihten. Volkmar trennte sich aus der Gruppe seiner Kameraden, trat an den leblos am Boden liegenden Zacharias heran und stieß mit seiner Fußspitze gegen den schlaffen Körper. Keine Regung. Mit einem raschen Griff zog Volkmar das abgebrochene Lanzenstück aus Zacharias' Rücken und warf es weg. Er tat es so gleichgültig, als wäre es sein Tagesgeschäft. Dann sah er zum Erzbischof hinüber und nickte.

»Tot«, sagte Volkmar, und das Wort klang in Jaspars Kopf wie Donnerhall.

»Verdammt!«, rief Philipp und schob wütend sein Kinn vor. Wie durch einen Schleier sah Jaspar, wie Imbert, Albertus und die Äbtissin an den Leichnam traten und ein Kreuzzeichen schlugen. Plötzlich spürte er Klara an seiner Seite, die nach seiner Hand griff und sie drückte. Einen Augenblick lang sah es so aus, als wollte Clementia sich zu Zacharias hinabbeugen, doch dann bemerkte Jaspar, dass die junge Frau erblasst war und offenbar kurz vor einer Ohnmacht stand. Imbert fasste ihr unter den freien Arm und stützte sie. Die Äbtissin holte tief Luft, bis ihr Gesicht wieder etwas Farbe gewann.

»Es geht schon wieder«, sagte sie und löste sich aus Imberts Griff. Kaum vernehmbar fügte sie hinzu: »Es ist nur all das Blut. Ich kann es nicht mehr sehen. Das muss doch endlich einmal aufhören.«

Philipp trat neben die Äbtissin und schob sie von dem Leichnam weg. »Es wird aufhören, ehrwürdige Mutter«, sagte er zu ihr. »Dafür werde ich sorgen.«

Clementia hatte sich bereits wieder gefasst. »Und ob es aufhören wird«, zischte sie, leise genug, dass es keiner der Umstehenden hören konnte, scharf genug, dass Philipp spüren konnte, wie groß ihr Unmut war. »Allmählich ist es genug, Eminenz. Nun brauchen wir nicht einmal mehr einen Mörder, um unser Gotteshaus zu besudeln, nun genügen bereits Eure nichtsnutzigen Männer. Dieses Blutvergießen war nicht nötig. Ich habe Euch von diesem öffentlichen Verhör abgeraten, und Ihr seid gewarnt worden, welch ein Tor Zacharias ist. Ich bitte Euch inständig, mein Stift nun zu verschonen.«

»Ihr vergesst, dass wir nicht wissen, ob wir mit Zacharias und Egilolf die Mörder gefasst haben.«

»Dann findet es heraus, aber nicht hier. Zacharias vermag Euch keine Antworten mehr zu geben, und Egilolf befindet sich bereits in Eurem Gewahrsam. Hättet Ihr Euch klüger angestellt, wäre dieses Verhör gewiss anders verlaufen, und Ihr könntet Zacharias weiter befragen. Seht mich an!«, forderte sie Philipp auf und hielt ihm den Totenschädel entgegen. »Eure Leute zwingen mich sogar, mit den Gebeinen unserer Heiligen umherzulaufen. Lockert endlich den Griff, mit dem Ihr mein Stift gepackt habt. Ihr richtet mehr Schaden an, als dass Ihr für Ordnung sorgt. Es ist genug.«

Der Erzbischof atmete schwer aus und musterte die Äbtissin, die ein Stück größer war als er. Dann straffte er den Rücken und richtete das Wort an die Frauen und Männer in der Kirche. »Ihr Schwestern und Kanoniker am Stift der heiligen Jungfrauen! Ich muss mich bei Euch entschuldigen, denn Ihr musstet mitansehen, wie dieser Frevler hier sein Leben aushauchte. Doch er soll der letzte Tote in dieser Kirche gewesen sein. Wir fehlbaren Menschen waren nicht in der Lage, Licht in das Dunkel der Verbrechen der vergangenen Tage zu bringen. Werten wir daher das Geschehen, das wir gerade ansehen mussten, als Gottesurteil. Der Herr hat um die Schuld dieses Sünders gewusst, er hat sein gerechtes Urteil über ihn gesprochen und es an Ort und Stelle durch die Hände meiner Männer vollstreckt.«

»Amen«, murmelten betroffen Schwestern, Kanoniker und auch die Büttel, die neben dem Leichnam standen.

»Das Stift darf sich jedoch noch nicht in Sicherheit wiegen. Zwei Reliquiendiebe haben wir gefasst, den einen hat sein ihm vorbestimmtes Schicksal schon ereilt, der andere wartet in der Hacht auf den Richtspruch. Ihn werden wir weiter befragen, bis wir die Wahrheit erfahren haben. Kehrt zurück in Eure Zellen, Wohnungen und Häuser, ehrenwerte Schwestern, und betet für diese arme Seele und all die Opfer der vergangenen Tage. Und dann findet Euch wieder hier ein, um in der Osternacht das Auferstehungsfest, das Fest der Hoffnung und des Neubeginns zu feiern. Es gibt keinen besseren Weg, die Gräuel dieser unseligen Karwoche zu bannen.«

Clementia neigte den Kopf vor Philipp von Heinsberg. »Wir sind Euch zu Dank verpflichtet, Eminenz, und stehen tief in Eurer Schuld.«

Die Hand des Erzbischofs malte ein Kreuzzeichen in die kalte Kirchenluft. Wie betäubt verfolgte Jaspar, wie die Schwestern und Kanoniker die Köpfe senkten und sich neben der Leiche seines Freundes segnen ließen. Als sie nacheinander die Kirche verließen, ließ er sich von Imbert und Klara wie ein kleines Kind mitziehen. Er wusste nicht, was ihm gerade den Verstand zu rauben drohte, die Trauer um seinen Freund oder die Wut über all die Menschen, die Schuld trugen an Zacharias' Tod.

Philipp winkte Volkmar zu sich. »Auf den Schindanger mit ihm. Holt Dalcher. Er soll das erledigen. Und wenn das Blut weggewischt ist, schick einen Priester des Domkapitels her. Er soll die Kirche weihen, damit hier wieder Gottesdienste stattfinden können.«

Volkmars Miene verriet, dass der Hauptmann mit den Befehlen seines Herrn nicht einverstanden war.

»Was ist, Volkmar? Missfällt dir etwa, was du gehört hast?«

Volkmar zuckte die Schultern und sah auf Zacharias' Leiche. »Es klingt, als wollten wir jetzt schon aufgeben. Sehr viel hat uns dieser Trottel nicht verraten.«

Philipps Stirn verdunkelte sich. »Wer hat von Aufgeben gesprochen? Morgen nimmst du dir diesen Egilolf noch einmal vor, aber dieses Mal nicht so zimperlich. Du wirst die nötige schlechte Laune für eine peinliche Befragung haben, mein Freund, weil du eine Nachtwache einlegst und hier im Stift nach dem Rechten siehst. Du wirst dafür geradestehen, sollte in dieser Nacht wieder etwas geschehen. Haben wir uns verstanden?«

Volkmar schluckte und nickte unterwürfig. »Ich lasse ausreichend Männer auf dem Gelände, Eminenz.«

»Ich fürchte, du hast mich falsch verstanden. *Du* siehst hier nach dem Rechten, niemand sonst. Das Stift wird noch nicht geöffnet, aber mehr als zwei Mann zur Bewachung des Haupttores gestehe ich dir nicht zu. Du hast mir schon zu viele von deinen Stümpern hier herumlaufen lassen. Noch Fragen?«

Volkmar schüttelte den Kopf, aber der Erzbischof achtete gar nicht darauf. Er trat aus der Kirche und ließ das Portal hinter sich offen. Volkmar spürte den kalten Lufthauch, der in die Halle strömte.

Jaspar hatte sich fest vorgenommen, all seinen Zorn hinauszulassen, sobald die Tür zur warmen Stube hinter ihnen zufiel. Er wollte Imbert, Albertus und auch Klara beschimpfen, ihnen die Vorwürfe in die schuldbewussten Mienen schleudern und das schlechte Gewissen machen, das sie verdient hatten. Sie trugen Mitschuld an Zacharias' Tod, sie hatten alle seine Warnungen und Mahnungen in den Wind geschlagen und sich gesträubt, für Zacharias einzutreten. Aber als Klara die Tür schloss, war die Trauer stärker als die Wut. Seine Kehle war wie zugeschnürt, sein Kinn zitterte, und Tränen stiegen ihm in die Augen. So sehr er sich auch dagegen wehrte, er kam gegen den Kloß nicht an, der aus seinem Bauch in seinen Hals drängte. Eben noch empfand er Imbert, Klara und Albertus als Gegner, nun waren sie die Einzigen, die ihm Trost zu spenden vermochten. Er wollte in ihrer Mitte versinken, wenigstens für diesen kurzen Augenblick.

Klara nahm ihn in den Arm, so selbstverständlich, wie eine Mutter ihr Kind in den Arm nimmt, um es zu trösten. Jaspar schluchzte wie ein kleiner Junge. Sein Zorn war in Tränen ertränkt, und er war dankbar für den Halt und die Geborgenheit, die Klara ihm gab. Es war das erste Mal, dass er ihr so nah war, aber er hätte sich ihre erste Umarmung unter anderen Umständen gewünscht. Imbert und Albertus standen verlegen um die beiden herum. Fast gleichzeitig, ohne sich mit Blicken abgestimmt zu haben, traten sie einen Schritt vor und legten Jaspar eine Hand auf die Schulter, wortlos und doch vielsagend. Lediglich Naseweis, der während Zacharias' Verhör im Haus geblieben war, verkroch sich verunsichert unter der Bank.

Nach einer Weile, als die Wogen der Trauer allmählich abebbten, löste sich Jaspar aus Klaras Umarmung und wischte die Tränen aus seinem Gesicht. Er straffte sich. »Es ist schon gut. Es geht wieder.«

»Wenn es dich tröstet, Jaspar«, sagte Imbert, »dann lass dir gesagt sein, dass ich immer noch von Zacharias' Unschuld überzeugt bin.«

Jaspar nickte kaum merklich. »Vielleicht wäre es besser gewesen, Ihr hättet es noch in der Kirche gesagt. Vielleicht wäre es auch besser gewesen, wenn Ihr statt meiner mit dem Erzbischof gesprochen und ihn in Eure Vermutungen eingeweiht hättet.«

»Das denke ich nicht. Wir hätten den wahren Mörder damit nur unter Druck gesetzt. Wer weiß, welche Taten er noch begehen würde, um seine Spuren zu verwischen. Jetzt darf er sich in Sicherheit wiegen, und wir können ihm in aller Ruhe eine Falle stellen.«

Jaspar verzog das Gesicht, erwiderte aber nichts.

»Kommt«, sagte Albertus, »setzen wir uns.«

Während die Männer in der Stube Platz nahmen, holte Klara noch einen Krug Wasser und schenkte jedem einen Becher ein, bevor auch sie sich setzte. Jaspar wollte keine Stille mehr zulassen, weil er spürte, wie die Trauer sich wieder seiner Kehle bemächtigte. Er nahm einen kräftigen Zug aus seinem Becher und sah dann Imbert unverwandt an.

»Schluss mit den Spielchen.«

Jaspars Forderung kam so unvermittelt und streng, dass ihn alle erstaunt ansahen.

»Ihr habt mich richtig verstanden, Herr Imbert. Schluss mit den Spielchen. Ihr habt einen scharfen Verstand, um den ich Euch beneide, und ich danke Euch für alles, was Ihr bisher in diesen Mordfällen unternommen habt. Aber ich kann Eure vermaledeite Geheimniskrämerei nicht mehr mitansehen. Ständig müsst Ihr Euch wichtig machen mit dem, was Ihr wieder herausgefunden habt, ständig behaltet Ihr es erst einmal für Euch, um es dann feierlich in den besten Augenblicken herauszuposaunen. Immer wieder gebt Ihr uns Rätsel auf, lasst uns endlos lang über ein Sanctum Praeputium oder Bileams Esel knobeln, anstatt frei heraus zu reden. Hier stirbt ein Mensch nach dem anderen, und Ihr gebt immer noch den neunmalschlauen Klugscheißer. Schluss damit!«

Klara wies ihn zurecht. »Jaspar, du vergisst dich!«

»Lass ihn«, sagte Imbert beschwichtigend. »Er hat vollkommen recht. Wieder ist ein Mensch ums Leben gekommen, und es ist nicht die Zeit für Rätselspiele. Ich sollte mich nicht immer in der Freude über meine Entdeckungen suhlen wie eine satte Sau im Dreck.«

Albertus klopfte mit den Fingerknöcheln auf den Tisch. »Wohl gesprochen, Bruder Imbert. Wenn ich auch das aufbrausende Gemüt unseres jungen Freundes sonst lieber etwas gekühlt sehen möchte, muss ich ihm in diesem Punkt wohl zustimmen. Ich bin froh, dass Ihr es genauso seht.«

Imbert schlug die Augen nieder. »Ich weiß nicht, ob Ihr Euch darüber freuen solltet, Bruder Albertus.«

»Was meint Ihr?«

Imbert blickte auf und sah Albertus unverwandt an. »Könnt Ihr Euch das wirklich nicht denken? Fürchtet Ihr nicht, über Euch könnte etwas ans Licht gelangen, wenn ich meine Geheimniskrämerei aufgebe?«

»Über mich? Weiß Gott nicht, Bruder Imbert. Ich habe nichts zu verbergen. Aber nun redet Ihr schon wieder in Rätseln. Hört auf damit und redet endlich frei heraus.«

»Dann sagt mir erst, ob ich die Büttel des Erzbischofs holen soll.«

»Die Büttel? Meinetwegen? Herrgott, Imbert, warum das denn? Was ist los? Was unterstellt Ihr mir?«

Fassungslos verfolgten Jaspar und Klara, wie sich das Zwiegespräch zwischen den beiden Geistlichen zuspitzte. Imbert und Albertus belauerten sich mit scharfen Blicken.

»Ich unterstelle Euch vorerst nichts, aber ich stelle mir viele Fragen. Als ich eben sagte, dass ich nicht weiß, ob ich das Rätsel um Bileams Esel in dieser Runde schon lüften kann, tat ich das aus gutem Grund. Ich weiß nicht, ob ich jedem von euch trauen kann. Oder besser gesagt, ich weiß nicht, ob ich Euch trauen kann, werter Albertus.«

Alle Blicke waren nun auf den Greis gerichtet. Albertus saß mit großen Augen und offenem Mund da.

»Was ... was soll das heißen?«

Sie spürte den Tod. Wieder einmal. Oder nein, nicht den Tod. Eufemia spürte einen Rest Leben, sie spürte, wie Zacharias' Seele langsam aus der Kirche schwand. So langsam, wie der Sand durch ein Stundenglas rinnt. Eufemia konnte nicht sagen, warum sie in ihrem Versteck geblieben war, obwohl alle anderen Schwestern und Kanoniker auf Geheiß des Erzbischofs die Kirche verlassen hatten. Irgendetwas schien ihre Glieder zu lähmen, und sie ließ es fügsam mit sich geschehen. So hockte sie nun still hinter dem Lettner, der niedrigen Schranke aus kleinen Säulen, die den Altarraum vom Rest des Kirchenschiffs trennte. Sie beobachtete, wie die Büttel aufräumten und sich auf den Abzug vorbereiteten. Den Leichnam rührten die Männer nicht an, das war Aufgabe des Scharfrichters, den sie jeden Augenblick in der Kirche erwarteten.

Eufemia wunderte sich. Es war ihr nicht unangenehm, die dunkle Kraft wieder in sich zu spüren, jene Macht, die ihr so viele peinvolle und quälende Stunden bereitet hatte. Vielleicht lag es daran, dass sie kein berauschendes Kraut mehr bekam und die Kraft nicht gewaltsam geweckt wurde. Sie hatte keine Vision, denn so weit war sie noch nicht. Aber Eufemia spürte, wie die Kraft erwachte. Willig ließ sie sich von der Welle betäuben, die in ihr wogte und ihr sanft den Atem nahm. Durch die steinernen Säulen des Lettners sah sie Zacharias' leblosen Körper und blickte dem Leichnam fest in die toten Augen. Eigenartig. Der wahre Tod unterschied sich in nichts vom Tod in ihren Visionen.

Ein Lächeln schlich sich auf ihre Lippen, und sie konnte es nicht unterdrücken, so sehr sie es auch wollte. Zu lächeln geziemte sich nicht im Angesicht eines Toten. Aber ihre Mundwinkel hoben sich dennoch. Sie genoss die plötzliche und unerwartete Freude an der dunklen Kraft, die tief in ihr lauerte wie ein Ungeheuer in einem pechschwarzen See. Eufemia fühlte, wie das Ungetüm hoch an die Oberfläche stieg. Bald würde ihre Gabe wieder in voller Stärke zu ihr zurückkehren. Bald würde sie wieder sehen können.

Ein Knarren und ein eisiger Lufthauch holten Eufemia in die Wirklichkeit zurück. Das Portal der Kirche öffnete sich. Dalcher, der Scharfrichter, trat ein. Sein Knecht Diederich folgte ihm wie ein Schatten. Eufemia duckte sich noch tiefer hinter den Lettner.

Imbert lehnte sich zurück. Er musterte sein Gegenüber, als hoffte er erkennen zu können, ob Albertus' Entrüstung glaubhaft war oder gespielt. Der Kanoniker war kalkweiß im Gesicht und sah noch immer verdattert in die Runde. Imberts Verdächtigung hatte ihn völlig unvorbereitet getroffen.

»Ich … ich weiß nicht, was Ihr damit andeuten wollt. Worauf wollt Ihr hinaus?«

»Ich brauche Klarheit. Jaspar hat recht. Wir haben schon genug Zeit und viel zu viele Leben verloren. Es ist nicht mehr angebracht, wie die Katze um den heißen Brei zu schleichen. Daher fordere ich Euch auf, endlich reinen Tisch zu machen.«

»Reinen Tisch? Vielleicht wärt Ihr so freundlich, mir endlich einmal zu erklären, was Ihr von mir wollt?«

In diesem Punkt zumindest hatte Albertus die Unterstützung von Jaspar und Klara. Die beiden nickten zustimmend und sahen Imbert erwartungsvoll an. Der Mönch strich sich mit der flachen Hand über die Stirn, als erwarte er ein anstrengendes und langwieriges Gespräch.

»Nun, vielleicht tue ich Euch ja auch Unrecht. Aber einiges an Eurem Verhalten in den vergangenen Tagen hat mich stutzig gemacht. Zum ersten Mal ins Staunen versetzt habt Ihr mich vor dem Dom, als wir über den Goldschmied Nicholas von Verdun und die Öffnung der Dreikönigssärge sprachen. Ihr erinnert Euch gewiss. Zunächst rietet Ihr mir, gar nicht erst dorthin zu gehen, dann, als ich Euch einlud, mit mir an der Öffnung der Särge teilzunehmen, habt Ihr beinahe die Fassung verloren. Jeder andere hätte bei diesem Angebot vor Freude einen Luftsprung getan. Aber wie sagtet Ihr doch gleich? ›Ein Jammerspiel, ein Haufen aus Knochen, Fleisch und Lumpen.‹ Das ist eine sehr ungewöhnliche Sichtweise für einen Geistlichen, findet Ihr nicht? Offenbar habt Ihr eine eigentümliche Beziehung zu den Reliquien der Heiligen Drei Könige. Alle Welt wollte an jenem Morgen in den Dom. Nur Ihr nicht. Als hättet Ihr bereits gewusst, was wir dort vorfinden würden – einen ermordeten Priester. Als ich Euch später darauf ansprach, habt Ihr mich wortlos sitzen lassen.«

Albertus rückte sich verunsichert den Kragen zurecht. »Das soll alles sein? Mehr habt Ihr nicht gegen mich vorzubringen?«

»Leider doch. Das zweite Mal habt Ihr mich verwundert, als Ihr mich aus dem Gefängnis geholt habt. Obwohl Ihr doch von meiner Unschuld überzeugt wart und Euch sogar für mich beim Erzbischof verwandt habt, wolltet Ihr mich mit aller Macht zur

Abreise bewegen. Was hat Euch an meiner Anwesenheit gestört? War ich Euch zu scharfsinnig?«

Allmählich kehrte die Farbe in Albertus' Gesicht zurück. Es war Zornesröte, die sich fleckig auf seine Wangen legte. »Ich höre wohl nicht recht. Das ist also der Dank dafür, dass ich mich beim Erzbischof für Euch eingesetzt habe. Und mein freundschaftlicher Rat, Euch in Sicherheit und nach Hause zu begeben, wird nun so gegen mich verkehrt? Ihr befandet Euch in großer Gefahr, und ich war in Sorge, wie es sich für einen guten Gastgeber gehört. Ohne mich würdet Ihr wahrscheinlich noch immer in der Hacht einen Kanten Brot mit den Ratten teilen. Wieder muss ich fragen: Mehr habt Ihr nicht gegen mich vorzubringen?«

»Und wieder muss ich sagen: leider doch. Viele weitere Male habt Ihr mich immer dann verwundert, wenn wir vier auf eigene Faust Untersuchungen angestellt haben. Was auch immer wir unternahmen, immer wart Ihr erst einmal dagegen oder kamt mit der Forderung daher, alle Nachforschungen einzustellen. Ihr wart gegen das Eindringen ins Stift und die Untersuchung von Idas Leichnam, Ihr wart gegen die Unterbringung der kleinen Eufemia in Eurem Haus, Ihr wart gegen die Befragung von Egilolf in der Hacht, Ihr wart ebenso gegen die Untersuchung von Mabilias Leichnam. Und wem sollten wir das Feld Eurer Meinung nach überlassen? Ausgerechnet Volkmar, dem blinden Kettenhund des Erzbischofs, dem es wahrscheinlich nicht einmal gelingen würde, einen gemeinen Hühnerdieb zu stellen, selbst wenn er ihn auf frischer Tat mit einer toten Henne in der Hand ertappt. Nur mit viel Überredungskunst konnten wir Euch dazu bringen, Euch nicht weiter zu versperren und an unseren Ermittlungen teilzunehmen.«

Albertus kniff die Augen zusammen. »Was ist seltsam daran, wenn sich ein alter Mann wie ich nicht an derlei Unternehmungen beteiligen will? Was ist seltsam daran, wenn ich die Nachforschungen dem Mann überlassen will, der dafür zuständig ist? Ihr kommt als Fremder und Bittsteller in dieses Stift und erwartet allen Ernstes, dass ich mich gegen jeden Anstand und gegen jedes Gesetz Euren Plänen anschließe? Was Ihr Eindringen ins Stift nennt, nenne ich Einbruch. Was bei Euch Untersuchung von Leichnamen heißt, heißt bei mir Leichenschändung. Was Ihr als Unterbringung von

Eufemia in meinem Haus bezeichnet, bezeichne ich als Kindesraub und Ungehorsam gegenüber der Äbtissin. Was Ihr Befragung von Egilolf nennt, nenne ich Einbruch ins erzbischöfliche Gefängnis. Soll ich fortfahren? Es ist anscheinend sehr leicht, bei Euch in Verdacht zu geraten.«

Imbert griff sich nachdenklich ans Kinn. »Ich bin noch nicht fertig.«

»Natürlich nicht«, rief Albertus aus und riss dabei die Arme hoch. »Ihr müsst immer das letzte Wort haben.«

»Bis auf den Priester im Dom kanntet Ihr alle Opfer. Sogar mit Richard, dem Schreiber des Erzbischofs, wart Ihr bekannt, wahrscheinlich besser, als irgendjemand sonst hier im Stift. Ihr seid die Stimme der Äbtissin im Palast des Erzbischofs. Ich frage mich nun, ob Richard Euretwegen hierher kam, bevor er seinen Tod fand.«

Albertus stellte beide Fäuste auf die Tischplatte. Seine Stimme wurde noch dunkler, noch grimmiger. »Worauf wollt Ihr hinaus, Bruder Imbert? Sagt es frei heraus. Glaubt Ihr, ich bin der Mörder?«

»Was für eine Schweinerei.« Dalcher ging um Zacharias' Leichnam herum und schätzte ab, welche Arbeit nun auf ihn zukam. »Hol die Karre rein, dazu den größten Sack und einen ordentlichen Haufen Asche«, forderte er seinen Gehilfen auf.

Diederich schlurfte ohne Antwort zum Portal hinaus. Als der Junge mit Handkarre, Sack und einem großen Beutel Asche in die Kirche zurückkehrte, machten sich der Scharfrichter und sein Helfer ans Aufräumen. Zacharias' Körper rollten sie in den Leinensack.

»Herrgott, Volkmar, war die Angelegenheit nicht unblutiger zu erledigen? Das ist ja ekelhaft.«

»Ihr dürft mir glauben, dass ich jede andere Lösung vorgezogen hätte. Dieser Kerl hier aber fand es klüger, sich in die nächstbeste Lanze zu werfen.«

»Schon wieder ein Selbstmord? So wie die Alte?«

»Das hier war kein Selbstmord, genauso wenig wie der Tod der Alten. Als unser Herrgott den Verstand verteilte, ist dieser Fleischberg leider leer ausgegangen. Er hat eine Stimme gehört, die aus einem Totenschädel gekommen ist, und diesem Schädel ist er hinterher gelaufen, nur dass leider einer meiner Männer dazwischen stand.«

»Was sagt Ihr da?«, fragte Dalcher keuchend, als er gemeinsam mit Diederich den schweren Leichnam nach mehreren Anläufen auf den Karren stemmte. »Die alte Mabilia hat sich gar nicht selbst entleibt?«

»Das wisst Ihr noch gar nicht? Wir vermuten, dass dieser Riese die ehrwürdige Mabilia an den Baum geknüpft hat.«

»Und da lasst Ihr sie noch draußen auf dem Schindanger liegen? Jemand sollte sie abholen, damit ihr ein ordentliches Begräbnis zuteil wird.«

»Ihr solltet es besser wissen. Ein Knecht und eine Magd des Stifts haben sie heute Morgen geholt.«

»Darüber bin ich nicht im Bilde«, murmelte Dalcher und blickte seinen Gehilfen an. Diederich streute gerade Asche aus dem Beutel auf die große Blutlache und tat so, als bekäme er von dem Gespräch der beiden Männer nichts mit. »Diederich, ich hoffe, deine Ohren sind von der Kälte so rot und nicht, weil du etwas vor mir verbirgst.«

Diederich streute unbekümmert weiter Asche aus. »Ihr wart nicht da, Meister Dalcher, und die beiden jungen Leute aus dem Stift waren glaubwürdig. Wer gräbt schon freiwillig eine Leiche aus? Ich habe ihnen gezeigt, wo sie liegt. Das ist alles.«

Dalcher grunzte. »Na, mir soll's egal sein. Bei so vielen Leichen ist es mir ohnehin lieber, wenn nicht alle auf meinem Schindanger landen. Ich weiß jetzt jedenfalls, wie eigenständig mein Gehilfe ist, oder, Diederich?«

Der schlaksige Junge zuckte verlegen mit den Schultern, worauf Dalcher grinste. »Wer so sicher auf eigenen Beinen steht, schafft es auch allein, die Asche zusammenzukehren und den Toten hinaus auf den Schindanger zu fahren.«

Diederich machte große Augen. »Den da? Allein? Mit dem Handkarren?«

»Den da. Allein. Mit dem Handkarren.«

»Ich soll Euch sagen, ob Ihr der Mörder seid?« Imbert lehnte sich erwartungsvoll in seinem Stuhl zurück. »Sagt Ihr es mir. So viele offene Fragen, und nur Ihr könnt sie beantworten. Ihr seid der wahre Geheimniskrämer, Albertus, nicht ich. Keine Ausflüchte mehr.«

Die roten Zornesflecken in Albertus' Gesicht nahmen zu. Jaspar und Klara, die wie erstarrt den Wortwechsel zwischen den beiden Geistlichen mitangehört hatten, fürchteten einen Wutausbruch des Hausherrn. Die flache Hand des Greises fuhr klatschend auf den Tisch und ließ alle zusammenzucken. Aber Albertus beherrschte sich, wenn auch nur mühsam.

»Macht mich allein der Umstand, dass ich Richard kannte, auch zu seinem Mörder? Macht mich mein Widerwille, gegen Recht und Gesetz zu verstoßen, schon zum Verdächtigen? Ist das der Dank für die Hilfe, die ich Euch geleistet habe? Ich überlege ernstlich, euch alle vor die Tür zu setzen. Ich bin weder einer Magd, noch einem Ausgräber, noch einem Gast, der das Gastrecht missbraucht, Rechenschaft schuldig.«

Albertus sah einen nach dem anderen am Tisch an. Er schien zu überlegen, ob er seinen Worten Taten folgen lassen und sie alle rauswerfen sollte. Kurz bebte sein Kinn vor Zorn, dann atmete er tief ein und bewusst langsam wieder aus, um sich zu beruhigen.

»Ich bin nicht der Mörder. Seid Ihr nun zufrieden?«

Jaspar und Klara sahen zu Imbert hinüber, doch der Mönch verweigerte Albertus die Zustimmung. Jaspar war sprachlos. Schon wieder war Imbert ihm gleich mehrere Schritte voraus. In wenigen Augenblicken und aus heiterem Himmel war es dem Franzosen gelungen, Albertus in einem völlig anderen Licht erscheinen zu lassen.

Imbert beugte sich zu Albertus vor. »Wie kann ich zufrieden sein, wenn Ihr so viele Fragen unbeantwortet lasst? Ich habe Euch schon einmal in dieser Runde gebeten, Euer seltsames Verhalten zu erklären, und tue es auch nun wieder. Was stört Euch an den Leichnamen der Heiligen Drei Könige, und warum widerstrebt es Euch, an der Aufklärung der Morde mitzuwirken?«

Albertus Finger trommelten auf die Tischplatte. Wieder wanderte sein Blick von Imbert zu Jaspar und schließlich zu Klara. Es war offensichtlich, dass der Greis mit sich rang. Dann schloss Albertus die Augen.

»Also gut, ich bin Euch wohl eine Erklärung schuldig.«

War es das wert gewesen? Ein Brot, wenn auch ein großes, für einen Nachmittag harter Arbeit? Während Diederich die Asche wegkehrte und über den schweißtreibenden Preis nachdachte, den er für seine Bestechlichkeit zu zahlen hatte, schritt Dalcher durch die Kirche. Er machte seine Arbeit gern gründlich. Kein Gewebefetzen, kein Blutstropfen durfte zurückbleiben. Wenn die Kirche gleich geweiht würde, sollte nichts mehr darauf hindeuten, was hier geschehen war. Dalcher wollte sich ungern vorwerfen lassen, dass seinetwegen die gesamte Zeremonie wiederholt werden müsse, nur weil es ihm nicht gelungen war, alle Spuren eines Blutvergießens zu beseitigen. Als er das Kirchenschiff durchquert hatte, lehnte er sich gegen den Lettner.

»Sauber. Zumindest fast.«

Volkmar drehte sich auf dem Absatz um. »Fast? Was soll das heißen?«

Dalcher verschränkte lässig die Arme vor der Brust. Er neigte den Kopf zur Seite, um hinter das Mäuerchen aus hüfthohen Säulen zu deuten. »Für Lauscher bin ich nicht zuständig.«

Mit wenigen Schritten war Volkmar am Lettner. Noch in der Bewegung zückte er sein Schwert und ließ die Klinge auf die Schranke knallen. »Raus da!«

Albertus leerte seinen Becher Wein in einem Zug. Er stellte das Tongefäß nicht zurück auf den Tisch, sondern drehte es noch einige Augenblicke in den Fingern. Der alte Mann suchte nach den richtigen Worten.

»Es ist nicht recht, dass die Leichname der Heiligen Drei Könige hier sind«, sagte er abschätzig. »Alle Welt sieht nur die Herrlichkeit der drei Magier. Die Pilger dieser Welt tanzen um die Sarkophage wie die Götzendiener ums goldene Kalb, und der Dom ist ihr Heidentempel. Aber niemand schert sich darum, wie sie überhaupt hierher gekommen sind. Ahnt ihr überhaupt, welcher Preis für die Leichname zu zahlen war?«

Jaspar und Klara wussten es nicht, und auch der sonst so bewanderte Imbert zuckte mit den Schultern.

Albertus seufzte. »Sie haben auf ihrem Weg nach Köln eine wahre Blutspur hinterlassen. So viele Tote gab es, nur damit diese Stadt sich rühmen darf, die drei Weisen in ihren Mauern zu haben.

Jaspar, mein Sohn, weißt du, welchen Namen du trägst und warum?«

Jaspar richtete sich auf. Ja, das wusste er. Wenigstens dieses Mal konnte er mitreden. »Ich trage den Namen eines der Könige«, sagte er nicht ohne Stolz.

»Richtig. Aber warum trägst du ihn? Du hast es mir schon einmal erzählt.«

»Weil der Tag, an dem ich geboren wurde, auch der Tag war, an dem die Heiligen Drei Könige nach Köln gebracht wurden. Es war ein großer Freudentag für die Stadt und wegen meiner Geburt auch ein Freudentag für meine Eltern. Deshalb gaben sie mir den Namen eines der Könige. Mehr weiß ich nicht, denn mein Vater hat nicht gern mit mir über diese Dinge gesprochen. Meine Mutter ist nur wenige Tage nach meiner Geburt gestorben, wisst Ihr.«

Albertus nickte. »Der Tag, an dem du zur Welt kamst, war ein heißer Sommertag vor siebzehn Jahren. An diesem Tag im Juli 1164 bereiteten die Kölner den Leichnamen der Magier aus dem Morgenland einen triumphalen Empfang. Erzbischof Rainald von Dassel brachte die Reliquien von einem Feldzug gegen die Lombardei mit. Sie waren ein Geschenk Kaiser Barbarossas an Rainald, seinen Erzkanzler. Barbarossa hatte die Heiligen Drei Könige in Mailand geraubt.« Albertus schüttelte verständnislos den Kopf. »Unser Kaiser hat in jenen Jahren mit eiserner Hand regiert. Er hat Gegenpäpste eingesetzt, weil Rom nicht nach seiner Pfeife tanzen wollte, und er hat Krieg gegen die lombardischen Städte geführt, weil sie nicht unter seiner Knute zu stehen bereit waren. Das besonders aufmüpfige Mailand legte er rücksichtslos in Schutt und Asche. Weil unser Erzbischof Rainald sich als treuer Streiter an des Kaisers Seite erwies, erhielt er als Dank einen Teil der Kriegsbeute – die Leichname der Heiligen Drei Könige. Mein Gott, wie kann man das Blut so vieler Menschen vergießen, nur um dann den guten Christenmenschen zu spielen und sich vor ein paar Knochen zu verbeugen? Was für ein Gemetzel das war, was für eine furchtbare Schlacht.«

Albertus senkte den Blick und schaute auf seine ineinander verschränkten Hände. »Seit die Leichname hier sind, schwillt der Strom der Pilger unaufhörlich an. Es ist widerwärtig. Bevor sie nach Köln geholt werden konnten, mussten Tausende sterben, und hier trachtet jedermann nur danach, sein Seelenheil zu vergrößern, indem er auf Knien zu den Sarkophagen rutscht. Die Menschen sind selbstsüchtig und kleindenkend.«

Imbert musterte den Kanoniker. Er war noch immer misstrauisch. »Nur weil die Menschen vielleicht schlecht sind, heißt das noch lange nicht, dass Ihr Euch den Leichnamen von Heiligen gegenüber ungebührlich verhalten müsst. Was können die Heiligen Drei Könige schon für das Betragen der Menschen?«

Albertus griff sich mit zwei Fingern in den Kragen, um ihn zu lockern. »Versucht mir hier nicht einzureden, ich würde es an Respekt vor den Gebeinen unserer Heiligen mangeln lassen«, sagte er verärgert. »Es gibt gewiss kaum einen treueren Hüter der Jungfrauen hier im Stift als mich. Aber manchmal habe ich den Eindruck, die Gebeine von Heiligen helfen nicht gerade dabei, das Gute im Menschen zu wecken. Ich hasse den Wirbel, der um die Leichname im Dom und hier im Stift gemacht wird. Da ist mehr Heuchelei und Falschheit dabei als wahre Frömmigkeit. Das meinte ich, als ich von einem Trauerspiel um einen Haufen Knochen sprach.«

»Aber Ihr redet, als würde es sich bei den Gebeinen um gemeine Rindsknochen handeln.«

Der Kragen schien Albertus noch immer einzuschnüren. Er versuchte wieder, sich Luft zu verschaffen. »Das kommt noch erschwerend hinzu.« Er erhob sich und ging zur Tür. »Ich will offen zu Euch sein. Folgt mir.«

Die Äbtissin rieb sich die Schläfen. War es wirklich vorbei, wie der Erzbischof gesagt hatte? O Gott, was für ein Blutbad in ihrer Kirche, und das jetzt schon zum dritten Mal. Erst Ida, dann Richard, nun Zacharias, nicht zu vergessen Mabilia, die nur wenige Schritte entfernt im Pesch gebaumelt hatte. Gebe der Herr, dass nun wirklich alles überstanden war. Wenn dem so wäre, könnte sie froh sein, halbwegs unbeschadet diese Notlage bewältigt zu haben. Zwar hatte der Ruf des Stifts gelitten, aber sie hatte Eufemia nicht verloren und auch ihre Stellung als Äbtissin nicht. Mit ein wenig Glück konnte die Feier des Osterfestes dabei helfen, wieder Hoffnung in die Gemeinschaft zu tragen. Und mit jedem Waffenknecht, der das Stift verließ, würde ein Stück Alltag zurückkehren.

Doch, es sollte ihr gelingen, wieder die Macht und das Ansehen zu erlangen, die sie einmal besessen hatte. Unter ihrer Hand würde das Stift an der Kirche der heiligen Jungfrauen wieder aufblühen.

Ein Klopfen an der Tür beendete ihre Gedanken. »Ja bitte.«

Es war die alte Gepa, die mühsam an ihrem Stock ins Zimmer humpelte. »Verzeiht, ehrwürdige Mutter, ich wollte nur sichergehen, dass Eufemia bei Euch ist.«

»Herr im Himmel! Ich dachte, sie wäre bei Euch.«

»Und ich dachte, sie wäre mit Euch ins Haus zurückgekehrt.«

Clementia fasste sich an den Kopf. Ihre Zuversicht, alles wieder in den Griff zu bekommen, zerstob wie ein aufgescheuchter Mückenschwarm. In dem Durcheinander in der Kirche eben hatte sie schon wieder den Überblick verloren.

»Wir müssen sie suchen. Habt Ihr sonst überall im Haus nachgesehen?«

»Zumindest in den mir zugänglichen Räumen.«

Die Äbtissin trat vor ihr Zimmer und rief laut nach ihrer Schwester. Keine Antwort, von niemandem. »Wo sind die anderen?«

»Sie haben eben alle das Haus verlassen.«

»Eufemia war nicht bei ihnen?«

»Soweit ich das sehen konnte, nein.«

»Ich muss zurück zur Kirche. Vielleicht ist sie dort geblieben.«

»Ich komme mit Euch.«

Die junge Äbtissin ging voran, mit sich hadernd, weil es ihr nicht gelingen wollte, die Fäden in der Hand zu behalten. Wie viel lieber würde sie jetzt ein Auge auf diese seltsame Gemeinschaft aus Kanonikus, Gast, Knecht und Magd haben, die sich in den vergangenen Tagen gebildet hatte und ständig etwas im Schilde zu führen schien.

Albertus führte sie hinaus auf den Kirchvorplatz. Es dämmerte bereits, und die tief stehende Sonne warf lange Schatten. Imbert beobachtete, wie Jaspar hinüber zur Kirche sah. Hinter den großen Fenstern und durch das einen Spalt geöffnete Kirchenportal war Licht zu sehen. Der Scharfrichter war bestimmt damit beschäftigt, Zacharias' Leichnam fortzuschaffen. Der Blick zur Kirche musste den Jungen schmerzhaft daran erinnern, dass vor nur einer Stunde sein Freund dort getötet worden war. Imbert schob den zögernden Jaspar weiter. Nun war nicht die Zeit zu trauern. Das musste warten.

Es war gewagt gewesen, aufs Ganze zu gehen und Albertus aus der Verteidigung zu locken. Aber der Schritt war richtig, denn Jaspars Vorwürfe waren berechtigt. Sie hatten schon zu viel Zeit verloren. Imbert hatte viel zu lange damit gewartet, seine Vorbehalte gegen Albertus offen auszusprechen. Er spürte, wie sein Herz schneller schlug. Was wollte Albertus ihnen zeigen? Oder wollte er ihnen womöglich gar nichts offenbaren? Liefen sie vielleicht geradewegs in einen Hinterhalt? Imbert mahnte sich, auf der Hut zu sein und immer wenigstens einen Schritt hinter Albertus zu bleiben, um ihn im Auge behalten zu können.

Obwohl sie nichts Unrechtes im Schilde führten, schlichen sie wie Diebe über den Platz. Sie drehten sich nach allen Seiten um und versuchten, so schnell wie möglich in den Schutz der Stiftsmauer zu gelangen. Selbst Hund Naseweis schien die Anspannung zu spüren. Er blieb dicht an Jaspars Seite. Albertus eilte voran. Unter seinem Mantel schützte er ein Öllicht gegen den Wind, dennoch war der Kanoniker flink unterwegs. Den schnellen Schritt hätte Imbert dem alten Mann gar nicht zugetraut. Er fragte sich, ob er Albertus nicht in vielerlei Hinsicht unterschätzt hatte.

Sie umrundeten das Vierkant des Stifts und erreichten die Wirtschaftsgebäude. Durch das Tor kamen sie in den Innenhof, den Albertus zügig durchschritt. Er ging zielstrebig auf einen Lagerschuppen zu. Imbert suchte Jaspars Blick und sah ihn fragend an.

»Da sind Grabsteine drin«, flüsterte Jaspar. »Zacharias und ich haben sie auf dem Ursula-Acker entdeckt und mussten sie immer hierher schleppen.«

Dieses Ziel passte Imbert gar nicht. Ein abgelegener Schuppen im völlig verlassenen Wirtschaftstrakt, weit genug entfernt von jeder Hilfe. Die perfekte Falle. Ihm war unbehaglich zumute. Unwillkürlich trat er einen weiteren Schritt von der Gruppe weg. Wenn sie zu nah beieinander standen, wäre es ein Leichtes, sie zu überwältigen. Im nächsten Augenblick schalt er sich für seine Gedanken. Wie sollte ein Greis wie Albertus es schaffen, gleichzeitig drei Menschen und einen Hund außer Gefecht zu setzen?

Albertus stieß die Tür zum Schuppen auf und zog das Öllicht

unter dem Mantel hervor. »Tretet ein«, sagte er, und Jaspar und Klara kamen der Aufforderung nach kurzem Zaudern nach.

Als die beiden im Dunkel des Holzbaus verschwunden waren, hob Imbert die Hand zu einer höflichen Geste. »Nach Euch.«

Volkmar war bass erstaunt, als er sah, wer sich hinter dem Lettner versteckt hielt. Ein Mädchen, blass und hager, richtete sich auf und blickte ihn an. In den Augen der Kleinen sah er kein Zeichen von Furcht oder schlechtem Gewissen. Im Gegenteil, um ihre Mundwinkel schien ein überhebliches Lächeln zu spielen. Das Schwert des Hauptmanns beeindruckte sie offenbar überhaupt nicht.

»Wer bist du, was machst du hier?«

»Dasselbe könnte ich dich fragen.«

Einen Augenblick lang verwirrte die Selbstsicherheit des Mädchens den Hauptmann. Vor ihm zitterten sonst gestandene Männer, und dieses Gör sprach mit ihm, als wäre er ein Gleichaltriger, der zu spät zum verabredeten Versteckspiel gekommen war. Volkmar ließ sein Schwert zurück in die Scheide gleiten. Dann packte er das Kind fest mit beiden Armen und hob es auf seine Seite des Lettners.

»Noch mal werde ich dich nicht fragen. Also?«

Das Mädchen reckte verächtlich das Kinn vor. »Mein Name ist Eufemia. Ich gehöre zur Stiftsgemeinschaft. Und jetzt bist du mir noch eine Antwort schuldig.«

Dalcher, der gegen den Lettner gelehnt stand, konnte ein Lachen kaum unterdrücken. »Hört, hört. Da wird sich der Herr Hauptmann wohl zu erkennen geben müssen, sonst bekommt er hier noch Ärger.«

Volkmar beugte sich zu dem Mädchen vor und stützte die Hände auf die Knie. »Ich bin dir gar nichts schuldig. Außer vielleicht einer Tracht Prügel. Und die bekommst du, wenn du mir nicht auf der Stelle sagst, was du hier verloren hast.«

Eufemia ließ sich nicht einschüchtern. »Wage nicht, mich anzurühren. Du weißt nicht, wen du vor dir hast.«

Dass er mit offenem Mund vor dem Mädchen stand, bemerkte Volkmar erst, als er Dalcher wieder glucksen hörte. Irgendetwas hatte die Kleine an sich, das ihm Respekt abverlangte. Vielleicht wäre es besser, ihr doch keine Backpfeife zu verpassen, vielleicht war sie ja die Tochter eines einflussreichen Adligen. Wenn sie zu den Kanonissen gehörte, war das sogar mehr als nur wahrscheinlich. Im Stift kamen seit einigen Jahren fast nur noch Töchter aus edlen Familien unter.

»Und du weißt nicht, wen *du* vor dir hast. Ich bin der Hauptmann der erzbischöflichen Wachen und habe hier das Sagen.«

»Hier? Hier hast du gar nichts zu sagen. Hier bist du nur Gast, ein ungebetener noch dazu.«

In Volkmar kochte allmählich Wut hoch. Er hatte nicht übel Lust, die Kleine übers Knie zu legen. »Mach nur weiter so«, sagte er grollend und führte Daumen und Zeigefinger seiner rechten Hand nah zusammen. »Du bist so kurz davor, dir eine Abreibung einzuhandeln.«

Eufemia hatte für die Drohung nur ein herablassendes Lächeln übrig. »Du würdest deine stinkende Hand nie gegen mich erheben, weil du Angst vor meinem Vater hast, den du nicht kennst.«

»Na warte!«

Volkmar holte zur Ohrfeige aus.

Imbert folgte Albertus in den Schuppen. Die kleine Öllampe in der zittrigen Hand des Kanonikers vermochte den Raum kaum zu erhellen. Unruhig flackerte das Licht an den Lehmwänden. Die alten Spinnweben zwischen den Balken warfen tanzende Schatten. Imbert konnte im Halbdunkel Grabsteine in allen Größen und Formen unterscheiden, wie Jaspar angekündigt hatte. Albertus führte sie tiefer hinein in den Schuppen bis an die Rückwand, an der mehrere hintereinander stehende Steine lehnten. Der alte Mann stellte das Öllicht ab und beugte sich über den vordersten Stein, der ihm nur bis ans Knie reichte.

»Hilf mir«, forderte er Jaspar auf.

Gemeinsam schoben sie den Stein beiseite. Albertus nahm seine Lampe wieder auf und kniete sich neben den freigelegten Grabstein. Die Flamme des Öllichts beleuchtete eine Inschrift, die nur wenige Zeilen lang war. Naseweis sprang auf den Stein und sah an ihm hinab, als wollte er den Text lesen.

»Das ist es. Dieser Stein und die darin eingemeißelten Worte lassen mich zweifeln.«

»Was steht dort?«, fragte Klara.

Imbert schob sich näher an den Stein heran und versuchte, die Wörter zu entziffern. »Ein paar Buchstaben fehlen, aber eigentlich ist es recht einfach. ›In hoc tumulo innocis virgo iacet, nomine Ursula, vixit annibus octo mensibus duobus diens quattuor.‹«

»Und das bedeutet?«

»Hier liegt die unschuldige Jungfrau Ursula. Sie lebte acht Jahre, zwei Monate und vier Tage.« Imbert sah Albertus fragend an. »Und was stört Euch daran?«

Der Greis presste Luft durch die Nase. »Eine edle Prinzessin, die bald einen Königssohn heiraten soll, führt elftausend Jungfrauen auf eine Pilgerreise, sie und ihre Begleiterinnen sterben hier in Köln den Märtyrertod und retten die Stadt, weil die Hunnen an den Frauen ihren Blutdurst stillen und weiterziehen – und dann erhält die Heilige diesen hässlichen kleinen Grabstein hier? Mehr nicht? Kein stolzes Grabmal, wie es ihr gebühren würde?«

»So ungewöhnlich finde ich das nicht. Mehr habt Ihr nicht auszusetzen?«

»Sie war ein Kind. Acht Jahre nur. Könnt Ihr glauben, dass sie all das geleistet hat, was ihr nachgesagt wird?«

»Warum nicht? Das Wundersame kann nur aus dem Unmöglichen geboren werden.«

»Euer Gottvertrauen wünsche ich mir, lieber Imbert. Aber das ist noch nicht alles. Ich habe Euch nur einen Teil des Gesprächs verraten, das ich mit Egilolf in der Zelle geführt habe.« Albertus setzte sich auf einen der niedrigen Grabsteine, stellte das Öllicht ab und atmete schwer aus. »Er sei kein Heiligenschänder, hat er behauptet, und vielmehr mir vorgeworfen, ein Frevler zu sein.«

»Ihr?« Imbert, Jaspar und Klara taten es Albertus gleich und ließen sich auf Grabsteinen nieder. In ihrer Mitte flackerte das Öllicht.

»Ich. Ich und alle anderen, die ihren Dienst an der Kirche der heiligen Jungfrauen versehen. Wenn Ihr mich fragt, hat er gar nicht mal unrecht. Egilolf wurde bei seinen Schandtaten nicht von einem schlechten Gewissen geplagt, weil er der Meinung ist, auf dem Ursula-Acker seien keine Heiligen, sondern Heiden begraben. Und ich muss ihm zustimmen. Seht Euch hier um. Fast alle diese Steine sind Grabsteine von Römern – von Legionären, Kaufleuten, Handwerkern, ihren Frauen und Kindern. Es sind auch einige christliche Inschriften darunter, jedoch sind sie deutlich in der Unterzahl. Versteht mich nicht falsch. Mein Glaube ist stark. Aber nicht stark genug, um die Legende der heiligen Ursula in ihrer Gänze für bare Münze zu nehmen.«

»Und doch dient Ihr an ihrer Kirche.«

»Vielleicht, weil meine Hoffnung stärker ist als mein Glaube. Ihr könnt Euch nicht vorstellen, wie groß meine Freude war, als Naseweis Idas Bein in der Kirche freilegte und wir alle glaubten, er hätte den unverweslichen Leib einer Heiligen gefunden.«

»Ich erinnere mich. Niemandes Freude war so überschwänglich wie die Eure.«

»Ich dachte, alle meine Wünsche würden an jenem Tag in Erfüllung gehen. Und dann diese Enttäuschung, diese schreckliche Wahrheit. Aber ich werde weiter warten, bis Gott uns seine Geheimnisse enthüllt, und wenn es erst in einem anderen Leben ist.«

»Ich weiß nicht, ob ich Euch bewundern oder verachten soll«, sagte Jaspar. »Verzeiht mir, wenn ich so offen bin, aber ich fühle mich auch von Euch auf den Arm genommen. Glaubt Ihr nicht, Menschen wie Klara und ich hätten auch einen Anspruch auf dieses Wissen? Wir dienen Euch, wir gehorchen Euch, wir folgen Euch, wohin Ihr auch geht, bedingungslos, weil es die gottgegebene Ordnung so vorsieht. Und jetzt erfahren wir, dass Ihr Eure Stellung einem Haufen Lügen verdankt. Was sollen wir denn jetzt von Euch denken?«

»Soll ich etwa den Glauben all der Menschen hier zerstören, nur weil mich Zweifel beschleichen?«

»Wir haben ein Recht auf die Wahrheit, auch wenn wir nicht lesen können«, sagte Klara. »Oder vielleicht gerade deshalb.«

Jaspar nickte und brummte zustimmend. Albertus verzog das Gesicht. Er war offensichtlich missgestimmt. »Ich hätte Euch auch jetzt nichts sagen müssen, aber ich wollte Euch meinen guten Willen beweisen. Ich war bereit, Euch allen reinen Wein einzuschenken, damit wir in dieser Sache vorankommen. Macht nun daraus, was Ihr wollt. Vielleicht war es ein Fehler, Euch in all das einzuweihen.«

Eine Weile saßen sie schweigend um das Öllicht. Als der Wind an der Tür rüttelte, erhob sich Imbert. »Nein, es war kein Fehler. Ihr habt reinen Tisch gemacht, und nun können wir all das hinter uns lassen. Ich gebe zu, auch ich mache mir nun Gedanken, welchen Sinn meine Reise überhaupt macht, wenn die Reliquien der heiligen Jungfrauen vielleicht gar keine sind. Aber das ist jetzt nicht wichtig. Jetzt zählt einzig, dass wir den Mörder fassen. Und ich weiß auch schon wie. Seid ihr dabei?«

Das Zögern dauerte nur kurz. Albertus, Klara und Jaspar nickten. Und Imbert atmete auf. Auch wenn ihr Gemeinschaftsgefühl ein ums andere Mal auf die Probe gestellt wurde, so waren sie doch immer aufs Neue bereit, sich zusammenzutun.

»Dann soll es so sein«, sagte Imbert. »Gehen wir zurück ins Haus. Es ist nicht mehr viel Zeit, und ich muss euch in meine Pläne einweihen.«

Als Volkmar sah, dass die Kleine selbst jetzt kein bisschen Angst zeigte, sondern immer noch herrisch den Kopf reckte, hob er die Hand ein wenig höher. Ob feine Tochter oder nicht, auch dieses Balg hatte ihm Respekt zu zollen.

»Wagt es nicht!« Clementias Ruf kam gerade noch rechtzeitig. Die Äbtissin stürmte in die Kirche, einige Schritte dahinter folgte die alte Gepa. »Wie könnt Ihr auch nur daran denken, dieses Kind zu schlagen! Habt Ihr mit Euren Schergen nicht schon genug hier angerichtet?«

Volkmar zog die erhobene Hand hinter den Kopf und tat so, als hätte er Eufemia nicht schlagen, sondern sich lediglich kratzen wollen, eine aufreizende Geste, die Clementia nur noch mehr aufbrachte. Der Hauptmann blieb gelassen. »Ihr solltet dankbar sein, dass sich überhaupt jemand die Mühe macht, hier für Ordnung zu sorgen – und die Schwestern vor Dieben und Mördern zu schützen.«

Clementia schnaubte. »Und das wollt Ihr bewerkstelligen, indem Ihr kleine Mädchen verhaut? Was für ein tapferer Kämpfer Ihr doch seid.«

»Kümmert Euch lieber um Euren verzogenen Schützling, der sich hier versteckt und uns belauscht hat. Wer ist sie, und was hat sie hier verloren?«

»Wer sie ist, geht Euch nichts an. Und was sie hier macht, liegt doch wohl auf der Hand. Sie hat sich vor diesem wild gewordenen Zacharias versteckt und sich danach nicht mehr aus ihrem Schlupfwinkel getraut. Das ist ihr nicht zu verdenken.«

»Sie hat sich nicht getraut?«, spöttelte Volkmar. »Sie machte auf mich nicht den Eindruck, ängstlich und zurückhaltend zu sein.«

Clementia nahm ihre Schwester an der Hand. »Wir gehen jetzt.«

Die Äbtissin zog Eufemia mit sich, doch die Kleine blieb plötzlich vor Volkmar stehen. Mit großen Augen sah sie den Hauptmann an, ein Schmerz schien ihr Gesicht zu entstellen. Sie neigte den Kopf zur Seite und legte ihre Hand beinahe zärtlich auf den Arm des Mannes. Eine tiefe Traurigkeit lag in ihrem Blick, ihr Mund öffnete sich, als wollte sie etwas sagen, doch besann sie sich und presste die Lippen aufeinander. Eufemia war wie ausgewechselt. Sie wirkte nicht mehr überheblich, eher fürsorglich. Beunruhigt durch das seltsame Gebaren des Kindes wollte Volkmar einen Schritt zurücktreten, doch Eufemia krallte ihre Finger in seinen Arm und hielt ihn fest, mit einer solchen Kraft, die er dem schmächtigen, schwächlichen Kind nicht zugetraut hätte.

»Hüte dich!«, hauchte Eufemia.

Volkmar sah sie verstört an. Eufemia war blass geworden, noch viel blasser, als sie ohnehin schon gewesen war, als sie hinter dem Lettner hervorgekrochen kam. »Was … was soll das, was willst du von mir?«

»Sei auf der Hut!«

Noch bevor Volkmar etwas entgegnen konnte, hatte Eufemia ihm den Rücken zugekehrt. An der Hand ihrer großen Schwester und begleitet von der hinkenden Gepa verließ sie die Kirche. Auf der Schwelle des Portals sah sie noch einmal zu ihm zurück. Volkmar hätte schwören können, in Eufemias Miene Sorge gelesen zu haben. Sorge – und Mitleid. Er schüttelte den Kopf wie nach einem schlechten Traum. Er sollte auf der Hut sein? Nun, das würde er, ganz bestimmt sogar. Warum wollte die Äbtissin nicht sagen, wer die Kleine war? In diesem Stift gab es noch immer zu viele Geheimnisse und unbeantwortete Fragen.

»Seid Ihr fertig, Dalcher?«

Der Scharfrichter nickte. »Diederich wird nur noch die Ascheреste zusammenkehren, damit kein Blut zurückbleibt, und dann die Leiche zum Schindanger karren. Wir sind hier schneller weg, als Ihr ein Vaterunser beten könnt.«

Volkmar reckte sich und gab seinen Männern Anweisungen. Einer der Büttel sollte zum Dom gehen und einen Priester holen, der die Kirche der heiligen Jungfrauen zu weihen hatte, die anderen sollten den Wachdienst am Stiftstor für die Nacht einteilen und wieder in die Hacht einrücken, sofern sie noch nicht an der Reihe waren. Volkmar selbst verließ die Kirche und verschwand in der Dunkelheit.

Auf dem Rückweg zu Albertus' Haus blickte Imbert besorgt in den wolkenverhangenen Himmel. Die Sonne war inzwischen untergegangen. Kein Stern zu sehen. Und wenn Imbert nicht alles täuschte, roch es nach Schnee.

»Der Winter gibt so schnell nicht auf.« Albertus, der an Imberts Seite getreten war, schien seine Gedanken lesen zu können. »Es wird noch einmal schneien heute Nacht.«

Imbert wiegte den Kopf. Diese Einschätzung missfiel ihm. »Dann sollen sich die Wolken zügig entleeren. Wenn mein Plan aufgehen soll, darf keine Flocke mehr vom Himmel fallen.«

Sie waren noch nicht am Haus angekommen, als bereits die ersten Schneeflocken vom Himmel tanzten. Bald aber rieselte der Schnee so dicht, dass die vier froh waren, als sie die Tür hinter sich schließen konnten.

Die Äbtissin fasste einen Vorsatz. Als sie mit Gepa und ihrer kleinen Schwester vor die Kirche getreten war, hatte sie gerade noch gesehen, wie Albertus in Begleitung von Imbert, Klara und Jaspar in das Haus des Kanonikers zurückkehrten. Wo in aller Welt waren die vier gewesen? Was nur gab es jetzt so Wichtiges zu erledigen? Clementia entschied, sie alle möglichst im Auge zu behalten.

»Eufemia?«

»Ja?«

»Gefällt es dir noch bei Albertus?«

»Ja. Bei Albertus und all den anderen. Und bei Naseweis.«

»Fändest du es schön, wenn wir noch ein, zwei Tage dort blieben?«

Eufemia lächelte. »Ja.«

Clementia erwiderte das Lächeln. »Also gut.«

»Also gut, ihr wollt etwas über Bileams Esel erfahren«, sagte Imbert zu Klara, Jaspar und Albertus, die sich mit ihm in der guten

Stube versammelt hatten. Der Mönch klopfte mit den flachen Händen auf seine Oberschenkel und forderte Naseweis auf, sich auf seinen Schoß zu setzen. »Komm her, Naseweis, du musst mir helfen, meinen Freunden die Geschichte von Bileam und seinem weisen Esel zu erläutern.«

»Naseweis soll Euch helfen?«, fragte Jaspar und sah verwundert zu, wie sein Hund auf Imberts Schoß hüpfte.

»Sehr wohl, mein junger Freund. Du wirst staunen, wie klug Naseweis ist, viel klüger, als wir es jemals sein könnten.«

Albertus setzte sich auf seinem Stuhl zurecht. »Dann klärt uns endlich auf. Ich kenne zwar die Geschichte von Bileam, aber was sie mit den Morden hier im Stift oder Jaspars Hund zu tun haben soll, erschließt sich mir nicht.«

Imbert streichelte Naseweis, der sich auf seinen Beinen eingerollt hatte. »Als der Maulesel, der unseren Karren zog, uns vor dem Zusammenstoß mit Volkmars Rappen bewahrte, erinnerte mich das an die Geschichte von Bileam und seinem Esel, wie sie uns in der Heiligen Schrift überliefert ist. Bileam war ein Seher, ein Mann mit großer Macht. Das Buch Numeri erzählt uns seine Geschichte. Balak, der König der Moabiter, ruft Bileam zu Hilfe. Der König fürchtet das Volk der Israeliten, das sich nach dem Auszug aus Ägypten gleich an seiner Grenze niedergelassen hat. Der Seher Bileam soll es für ihn verfluchen. Obwohl Gott ihm davon abrät, macht sich Bileam auf die Reise. Auf dem Weg zu König Balak stellt sich ihm ein Engel des Herrn mit gezücktem Schwert entgegen. Bileam sieht ihn nicht, wohl aber sein Esel, der ins Feld ausweicht. Bileam schlägt ihn und zwingt ihn auf den Weg zurück. Danach stellt sich der Engel auf einen engen Pfad zwischen Weinbergen, der zu beiden Seiten von Mauern gesäumt ist. Wieder sieht ihn der Esel, der sich am Engel vorbeizwängt, dabei aber ein Bein Bileams gegen die Mauer drückt. Abermals teilt der Seher Schläge aus. Ein drittes Mal stellt sich der Engel ihm in den Weg, dieses Mal an einer Stelle, an der es kein Ausweichen gibt. Als der Esel den Engel des Herrn sieht, geht er unter Bileam in die Knie. Bileam aber wird wütend und schlägt seinen Esel mit dem Stock – bis das Tier zu sprechen anfängt und seinen Reiter tadelt. Da sieht auch Bileam den Engel des Herrn. Er setzt seine Reise zu Balak fort, weigert sich aber, die Israeliten zu verfluchen und segnet sie sogar. Bileams Esel, meine Freunde, ist eines der wenigen Tiere, die in der Bibel eine wichtige Rolle spielen. Und eines der klügsten noch dazu.«

»Warum das?«, fragte Jaspar.

Die Antwort gab Klara. »Weil selbst ein Esel in der Lage ist, Dinge zu sehen, die ein Mensch, sogar ein Seher, übersieht.«

Imbert nickte und lächelte freundlich. »Und in unserem Fall ist Naseweis der Esel, wenn ich das so formulieren darf. Tiere sind viel verständiger, als wir Menschen manchmal glauben mögen.«

»Verstehe ich das richtig?«, fragte Jaspar. »Naseweis hat etwas gesehen, was wir übersehen haben?«

»Fast. Er hat etwas gerochen, was unseren nicht so feinen Nasen entgangen ist. Naseweis wird uns helfen, bei der Klärung dieser seltsamen Vorgänge einen großen Schritt nach vorn zu machen. Erinnere dich, Jaspar, was hat Naseweis in der Kirche gemacht, bevor er Idas Bein entdeckte?«

»Daran denke ich nicht so gern zurück.«

»Tu es trotzdem.«

»Er ist wie wild herumgehüpft, hat gebellt und überall geschnüffelt.«

»Nicht ganz, Jaspar, er hat nicht überall geschnüffelt, sondern sich für drei Stellen ganz besonders interessiert. Die eine war die Stelle, an der das erste, mit Honig gefüllte Reliquiar, das der Dieb aus dem Dom gestohlen hatte, zu Bruch gegangen ist, eine andere war die Grube, in der Ida verscharrt worden war.«

»Und die dritte«, sagte Jaspar mit großen Augen, »war das Grab der Viventia, der kleine Sarkophag, der auf Säulen steht.«

»Exakt, das Kindergrab.«

»Sehe ich das richtig«, meldete sich Albertus zu Wort, »Ihr vermutet das Praeputium in diesem Sarkophag?«

»So ist es. Könnte es ein besseres Versteck für die heiligste Reliquie auf Erden geben als die letzte Ruhestätte eines unschuldigen Kindes? Ich glaube nicht. Für mich gibt es keinen Zweifel. Der Mörder hat in jener Nacht das Reliquiar in dem Sarg abgelegt und Schwester Ida, die den Unbekannten zufällig in der Kirche getroffen hatte, niedergeschlagen und in der Grube vergraben. All die frischen Düfte hat Naseweis entdeckt und uns auf sie aufmerksam gemacht, auf den Honig, auf Idas Leichnam und auf das neue Versteck der hochheiligen Vorhaut.«

»Dann lasst uns doch sofort dorthin gehen und dieses Praeputium holen«, rief Jaspar und sprang auf. Mit beiden Händen kraulte er seinem aufgeschreckten Hund das Fell. »Und du hast das alles wieder herausgefunden, Naseweis. Ich wusste doch, dass du der klügste Hund der Welt bist.«

»Gemach, gemach«, sagte Imbert und hob abwehrend die Hand. »Das wäre ein großer Fehler. Noch ahnt unser Mörder nicht, dass wir ihm auf der Spur sind. Wiegen wir ihn also in Sicherheit und lassen das Praeputium an Ort und Stelle. Ich will ihn auf frischer Tat ertappen, mit dem Reliquiar in der Hand. Das wird nur gelingen, wenn wir ihm eine Falle stellen. Wir würden den Mörder warnen, wenn wir uns an Viventias Sarkophag zu schaffen machten. Und wenn ich dann auch noch mit meiner Vermutung falsch liegen sollte und sich in dem Sarg nur die Knochen des Mädchens befinden, würden wir dem Mörder möglicherweise unsere Gedankengänge verraten, und er ließe sich dann gar nicht mehr aus seinem Schlupfwinkel locken. Nein, nein, wenigstens ein paar Stunden müssen wir uns noch gedulden.«

»Ein paar Stunden?« Albertus schien entsetzt zu sein. »Ihr wollt den Mörder noch heute Nacht stellen?«

»Jetzt oder nie. Mit der Weihe der Kirche und der Ostermesse bietet sich uns die einmalige Gelegenheit, eine Falle aufzubauen, in die unser Unbekannter heute Nacht gewiss tappen wird.«

»Und wie wollt Ihr das bewerkstelligen?«

»Nicht ich, mein lieber Albertus, sondern Ihr.«

Albertus schlug auf den Tisch. »Ich schon wieder? Ihr wisst, dass ich meine alten Knochen nicht noch einmal für einen Eurer aberwitzigen Einfälle hinhalten wollte. Ich habe es laut und deutlich gesagt.«

»Pst, seid doch leiser«, bat Imbert, »sonst könnt Ihr es gleich im ganzen Stift verkünden.«

»Nun kommt schon, Pater Albertus«, flehte Jaspar. »Ziert Euch nicht so. Eben habt Ihr noch gesagt, Ihr seid dabei. Gebt Euch einen Ruck und hört Euch wenigstens an, wie Imberts Plan aussieht.«

»Kommt nicht in Frage. Dieses Unterfangen muss ohne mich glücken. Imbert, Ihr verlangt zu viel von mir.«

»*Mais non*, dieses Mal nicht, lieber Freund. Wenn Ihr mich nur kurz erklären lassen könntet, würdet Ihr erkennen, wie gering Euer Beitrag ist und wie groß seine Wirkung. Es kostet Euch keine Mühe, und Ihr setzt Euch keiner Gefahr aus. Ihr würdet vielmehr die Anerkennung der Schwestern und der Äbtissin gewinnen. Ihr dürft nur niemanden, absolut niemanden in unser Vorhaben einweihen, damit es nicht noch aufgehalten werden kann.«

Albertus ließ sich schwer wieder auf seinen Stuhl fallen. »Herrje, ich bin schon mehr als einmal auf Eure Finten hereingefallen. Aber gut, lasst hören. Bevor ich mir wieder vorwerfen lassen muss, ich würde Eure Bemühungen hintertreiben.«

Als Clementia die Treppe hinabstieg, hörte sie gedämpfte Gespräche aus der warmen Stube dringen. Die Stimmen klangen erregt, aber doch bemüht leise. Die vier heckten etwas aus, so viel stand fest. Ihr Eindruck bestätigte sich, als sie nach dem Anklopfen in die Kammer trat. Obwohl Zacharias' Tod noch keine zwei Stunden zurücklag, blickte sie statt in trauernde Gesichter in zuversichtliche, ja fast freudige Mienen. Die Äbtissin fühlte sich in ihrem Beschluss bestätigt, und das würde ihre Bitte nur umso glaubhafter klingen lassen. Albertus erhob sich und kam ihr entgegen.

»Verzeiht bitte, wenn ich meine Pflichten als Gastgeber vernachlässigt haben sollte, ehrwürdige Mutter«, sagte er aufrichtig. »Was kann ich für Euch tun?«

»Nicht Ihr müsst Euch entschuldigen, mein guter Albertus, sondern ich, weil ich Eure Gastfreundschaft und Langmut in Anspruch nehme und Euch dazu zwinge, die Räume mit Magd, Knecht und Hund zu teilen.«

»Das muss Euch nicht kümmern, ehrwürdige Mutter. Die Anwesenheit von Klara und Jaspar ist mir nicht unangenehm, sondern selbst gewählt.«

Clementia lächelte verlegen. »Wie auch immer, nun muss ich auch noch so unverfroren sein, Euch für wenigstens eine weitere Nacht um Obdach für meine Schwester, die ehrwürdige Gepa und mich selbst zu bitten. Eufemia genießt die fremden Eindrücke, die sie in der Umgebung anderer Menschen macht, und ich kann ihr den Wunsch, noch länger unter Eurem Dach zu bleiben, schlecht verwehren, wie Ihr ja wisst. Könntet Ihr unsere Gesellschaft noch eine Weile ertragen? Ich hoffe, Eufemia wird verstehen, wenn ich bald wieder in mein Haus zurückkehren möchte.«

»Bleibt, so lange es Euch recht ist, ehrwürdige Mutter. Es ist mir eine Freude und Ehre, Euch behilflich sein zu können.«

Die Äbtissin deutete eine Verbeugung an und wandte sich dann an Jaspar. »Du musst noch das Osterfeuer vorbereiten, Jaspar. Es ist nicht mehr viel Zeit, also spute dich und schichte so viel Holz vor der Kirche auf, wie du eben findest.«

Kaum hatte Clementia die Tür hinter sich geschlossen, atmete Imbert erleichtert auf. »Wunderbar«, sagte er. »Das hätte nicht besser laufen können.«

»Wieso meint Ihr? Allmählich hatte ich genug Abwechslung auf meine alten Tage. Wenn die drei feinen Damen wieder ausziehen, hätte ich wenigstens wieder ein bisschen Ruhe.«

»Nein, so ist es besser, denn Eufemia könnte in Gefahr schweben. Gerüchte über sie hat es vorher schon gegeben, nun aber hat sie jeder im Stift gesehen. Und die Gerüchte besagen vor allem eines, dass sie nämlich Dinge sehen kann, die anderen verborgen sind. Wenn sich der Mörder vor ihren Fähigkeiten fürchtet, könnte er ihr etwas antun wollen. Und dann ist es mir lieber, wenn sie sich in einem von vielen Menschen bewohnten Haus aufhält. Hier können wir unsere schützende Hand über sie halten.«

»Naseweis sollte bei ihr bleiben, solange sie im Haus ist.« Jaspar war aufgestanden und reckte die Glieder, um sich auf seine Arbeit vorzubereiten. »Die beiden mögen sich, und er ist ein guter Beschützer. Er wird zumindest laut bellen, wenn ihr jemand zu nahe kommt. Ich bringe ihn hoch zu ihr, dann bereite ich das Osterfeuer vor.«

»Ich komme mit und helfe dir«, sagte Klara.

»Nein«, widersprach Albertus, »kümmere dich bitte um meine Gäste. Bring der Äbtissin, der Kleinen und der ehrwürdigen Gepa etwas zu essen und sieh nach den Glutbecken.«

Enttäuscht verkniff Jaspar das Gesicht. Imbert erhob sich. »Ich komme mit dir und packe mit an. Ein wenig Bewegung wird mir sicher gut tun.«

Was für ein Irrsinn, dachte Jaspar, als er die trockenen Zweige und Äste von der Karre nahm und auf dem Platz vor der Kirche aufschichtete. Notker, Ida, Mabilia, Richard, Zacharias, sie alle waren tot, umgekommen innerhalb von nur fünf Tagen, und das wegen einer Reliquie, die es aus irgendwelchen Gründen nicht wert war, den Menschen gezeigt zu werden. Die hochheilige Vorhaut des Herrn. Wenn dies alles nicht so traurig wäre, hätte Jaspar darüber gelacht.

Aber es gab auch einen Lichtblick. Jaspar freute sich über Imberts Hilfe, nicht nur, weil der Mönch ihm Arbeit beim Holzstapeln abnahm, er war froh, ihn überhaupt an seiner Seite zu wissen. Jaspar war sich sicher, dass Imbert auf bestem Wege war, den Mörder zu entlarven, auch wenn er den Gedankensprüngen und Geistesblitzen des Franzosen manchmal gar nicht folgen konnte. Bileams Esel! Auf solch einen Einfall würde er nie und nimmer kommen. Imbert schien sogar Naseweis besser zu kennen als er selbst. Doch andererseits, war das nicht alles viel zu unsinnig, um wahr sein zu können?

Jaspar beobachtete durch die fallenden Schneeflocken hindurch den Mönch, der mit einem Bündel Zweige hinter der Kirche hervortrat. Imbert musste sie trotz der Dunkelheit im Obstgarten des Stifts gesammelt haben. Schweigsam und wie geistesabwesend legte er das Holz auf den Haufen. Er würde Gründe für sein Schweigen haben, also ließ Jaspar ihn in Ruhe. Wortlos gingen sie ihrer Arbeit nach, jeder seinen eigenen Gedanken nachhängend. Jaspar schob Stroh zwischen Zweige und Äste, damit der mannshohe Stapel schneller Feuer fing, wenn er später in der Nacht angesteckt werden würde. Imbert tat es ihm gleich, bis der Holzhaufen fertig war.

Der Mönch trat einen Schritt zurück, als würde der Stapel schon brennen. Gemeinsam betrachteten sie ihr Werk. »Das wird ein feines Feuer werden«, sagte Imbert, ohne Jaspar anzusehen.

»Vor allem groß. Aber die Äbtissin wollte es ja so.«

»Es ist gut so. Das Stift hat Schlimmes gesehen, und das Feuer wird eine reinigende Kraft entfalten. Je höher es lodert, desto mehr wird es die Schwestern erfreuen, desto schneller werden sie an etwas anderes als diese schrecklichen Geschehnisse denken.«

Plötzlich spürte Jaspar, wie die Schwärze der hereinbrechenden Nacht schwer auf ihm lastete. Er atmete tief ein, um seinen Brustkorb von diesem bedrückenden Gefühl zu befreien. »Ich weiß nicht, ob ich vergessen will.«

Imbert verschränkte die Arme gegen die Kälte und nickte. »Das verlangt auch niemand. Aber du darfst nicht in diesen dunklen Erinnerungen versinken. Behalte Zacharias im Herzen. Du bist wacker für ihn eingetreten, und dass er nicht mehr lebt, ist weder sein noch dein Verschulden.«

Es entstand eine lange Pause, in der Jaspar nach Worten suchte. Ihm wollte jedoch nicht der rechte Satz einfallen. »Glaubt Ihr ... ich meine, denkt Ihr, dass ...«

Imbert erriet seine Gedanken. »Dass ich mit meinen Vermutungen richtig liege? Dass wir den Mörder fassen?«

Jaspar nickte vorsichtig.

»Deine Zweifel sind berechtigt. Betrachten wir doch einfach mal, welche Anhaltspunkte wir rund um all diese Morde haben. Ein paar Scherben auf dem Kirchenboden, etwas verkleckerten Honig, einen Diebstahl in der Bäckerei des Stifts, einen Hund, der an einem Kindersarkophag hochspringt, ein zu kurzes Seil um Mabilias Hals, ein verbotenes Buch, versteckt in den hintersten Winkeln der Dombibliothek. Eigentlich ist das alles viel zu wenig, um einem Dieb und Mörder auf die Schliche zu kommen. Ist es das, was dir durch den Kopf geht?«

Jaspar brummte zustimmend.

»Ganz ehrlich, ich bin weiß Gott nicht so überzeugt von dem, was ich mir heute den ganzen Tag über zusammengesponnen habe. Als ich eben das Holz sammelte, sind mir meine Schlussfolgerungen noch einmal durch den Kopf gegangen. Wenn ich all diese Gedanken zusammen betrachte, ist es ein ganz schönes Hirngespinst, das ich mir da aus vielen völlig verrückten Fäden gewoben habe. Und doch, wir müssen es auf einen Versuch ankommen lassen. Irgendwie passen all diese Teile so wundervoll zu einem Bild zusammen, dass es gar nicht anders sein kann.«

»Nur hat dieses Bild einen hässlichen Kratzer, wie Klara schon festgestellt hat. Es ergibt keinen Sinn, die heiligste Reliquie der Welt zu verstecken und dafür sogar Morde zu begehen. Welcher Mensch würde so etwas tun und warum?«

Imbert drehte sich zu Jaspar um und lächelte milde. »Ich bin mir sicher, wir werden es heute Nacht herausfinden.«

Eine Fackel leuchtete plötzlich am Stiftstor auf und warf ihr Licht auf zwei Männer. Ein Büttel des Erzbischofs begleitete einen

Geistlichen hinüber zur Kirche. Grußlos verschwanden die beiden durch das Portal.

»Philipp von Heinsberg hat Wort gehalten«, sagte Imbert. »Offenbar wird die Kirche nun geweiht, damit gleich die Ostermesse stattfinden kann. Auch wenn du noch um Zacharias trauerst, Jaspar, freu dich ein bisschen, denn bis jetzt läuft alles nach Plan. Wenn Albertus gleich die Messe hält, ist die Falle so gut wie gestellt. In ein paar Stunden haben wir den Urheber allen Unheils.«

Jaspar senkte den Kopf auf die Brust und starrte stumm vor sich in den Schnee.

»Da ist doch noch etwas«, sagte Imbert.

Jaspar zögerte und wollte schon leugnen, dass ihn noch etwas umtrieb, doch dann gab er sich einen Ruck. »Wie denkt Ihr über Albertus' Worte?«

»Welche meinst du?«

»Na, was er über die heilige Ursula und ihre Jungfrauen gesagt hat. Dass das alles womöglich gar nicht stimmt und wir hier nur die Knochen von alten Römern ausgraben. Egilolf soll auch dieser Meinung sein. Es wäre alles nur ein großer Schwindel, den die Menschen da glauben.«

»Und jetzt zweifelst auch du? Hör zu, mein junger Freund, es ist nicht wichtig, *was* die Menschen glauben, sondern *dass* sie glauben. Stell dir vor, wie es in der Welt aussähe, wenn wir keinen Glauben hätten.«

»Das klingt so, als wärt auch Ihr nicht vom Martyrium der heiligen Ursula überzeugt.«

»Dann sag mir eins, Jaspar, glaubst du, irgendwann ist jemand auf die Idee gekommen, sich diese wunderbare Geschichte auszudenken, sich auf einen Kölner Marktplatz zu stellen und allen Menschen die Legende von der heiligen Ursula und ihren elftausend Jungfrauen zu erzählen? Glaubst du, die Menschen hätten dann gesagt, ›Ei wie fein, diese Mär ist so schön, wir nehmen sie diesem Barden jetzt bedingungslos ab‹? Glaubst du, eine solche Legende entsteht aus dem Nichts? Ohne eine wahre Begebenheit? Ohne Gottes Zutun?«

Imbert sah den jungen Mann eindringlich an, hob eine Augenbraue und ging ohne ein weiteres Wort wieder zu Albertus' Haus. Jaspar schaute ihm nach und folgte ihm dann mit trägem Schritt.

Sein Herz war schwer. Wirklich geholfen hatte ihm der Mönch nicht.

Es bedurfte keiner Glocke und keiner Rufe. Kaum war der Priester nach der Kirchweihe verschwunden, kamen nach und nach Kanonissen mit ihren Mägden und die beiden anderen Kanoniker des Stifts am Holzhaufen zusammen und stellten sich im Kreis darum auf. Es mochte eine Stunde vor Mitternacht sein, als sämtliche Stiftsangehörigen, Schnee und Frost zum Trotz, versammelt waren. In ihren Händen hielten alle Kerzen, die sie am Osterfeuer entzünden würden. Mehrere Fackeln in dreibeinigen Ständern, die Jaspar auf die Schnelle rund um den Stapel verteilt hatte, erhellten die Zusammenkunft.

Auch Imbert, Jaspar und Klara, die ebenfalls Kerzen trugen, gesellten sich zu der Runde. Der Mönch ahnte, was die Stiftsgemeinschaft so schnell zur Ostermesse führte. Der Wunsch, das Grauen der vergangenen Tage hinter sich zu lassen, war stark, stärker als die Kälte der Nacht und stärker als der noch immer nicht nachlassende Schneefall. Wohl nichts eignete sich besser, um Tod und Trauer, Blut und Gewalt zu vergessen, als ein freudiges Auferstehungsfest. Aus den Gesichtern der Frauen und Männer sprach diese Hoffnung, aber auch Unsicherheit. Konnten sie Ostern wirklich feiern? Gebot nicht der Respekt vor den Toten, die stille Trauer der Karwoche andauern zu lassen? Und konnten sie sich sicher fühlen? Niemand konnte ihnen die Gewissheit geben, dass Egilolf oder Zacharias hinter den Morden steckte, auch wenn einiges dafür sprach.

Die Äbtissin musste die Stimmung im Stift gefühlt und die Möglichkeit erkannt haben, die Schwestern wieder enger um sich zu scharen. Die eiserne Hand des Erzbischofs hatte die Gemeinschaft in den vergangenen Tagen regelrecht zerschlagen, die Angst und das Gift gegenseitigen Misstrauens hatten ihre Reste zersetzt, nun aber sollte sie von Neuem zusammenwachsen. Selbstsicher und stolz schritt Clementia vom Haus des Albertus herüber, begleitet von Gepa, ihrer Schwester Eufemia und von Albertus, der ein weißes Festgewand trug und als ältester Kanoniker im Stift die Messe halten würde.

Es ist erstaunlich, dachte Imbert, wie leicht es ihr fällt, selbst nach Tagen voller Unglücksfällen gänzlich unbeeindruckt aufzutreten. Clementias Geradlinigkeit rang ihm Respekt ab, auch wenn er ihr oftmals abweisendes Gebaren nicht billigte. Aber sie bewies ein ums andere Mal Härte, wenn sie gefordert war, und Demut, wenn sie angebracht schien. Auch nun schien sie fest entschlossen, die Zügel wieder in die Hand zu nehmen. Als Imberts Blick Eufemia traf, warf er dem Mädchen ein Lächeln zu und nickte aufmunternd. Die Kleine konnte ihren Stolz, endlich Teil der Stiftsgemeinschaft zu sein, kaum verhehlen.

Es oblag der Äbtissin, die Zeremonie mit dem Entfachen des Osterfeuers zu eröffnen, und sie ergriff die Gelegenheit, das Wort an die Kanonissen und Kanoniker zu richten.

»Schwestern und Brüder«, rief sie feierlich, »wir hegen die Hoffnung, dass der Geist des Bösen unser Stift heute Abend verlassen hat. Ich weiß, ihr zweifelt. Ich weiß, ihr fragt euch, ob es recht sein kann, wenn wir das Osterfest begehen, obwohl unsere Toten noch nicht begraben sind, obwohl wir ihre Körper noch beweinen. Ich sage: Es ist recht. Nicht nur weil wir es unserem Herrn Jesus Christus schulden, seiner Auferstehung zu gedenken. Nicht nur weil wir dem Herrn jedes Jahr aufs Neue danken müssen, denn er hat unsere Sünden auf sich geladen. Es ist vor allem deshalb recht, weil wir seinen Sieg über den Tod feiern. Dieser Sieg gibt uns Hoffnung, nein, er gibt uns die Gewissheit, dass unsere Schwestern Ida und Mabilia, dass auch Richard und Pater Notker am Jüngsten Tag auferstehen und vom Herrn an seine Seite genommen werden. Denn sie sind unschuldig gestorben und haben ihr Leben gelassen, weil sie die Gebeine seiner Heiligen verteidigt haben.«

Nicht nur Ida, Mabilia, Richard und Notker werden auferstehen, ehrwürdige Mutter, tadelte Imbert sie in Gedanken, auch Zacharias wird sich zu den Gerechten gesellen.

Clementia bekreuzigte sich, nahm feierlich eine der Fackeln und hielt sie an das trockene Holz. »Lasst uns ihnen zu Ehren diese Ostertage und ein wahres Auferstehungsfest begehen, Schwestern und Brüder, ein Auferstehungsfest, das unseren Toten Frieden schenkt bis zum Jüngsten Gericht und unserem Stift einen Neuanfang beschert.«

Mit anschwellendem Knistern entzündete sich das Osterfeuer

und ergriff schnell alle Äste und Zweige, bis es hoch loderte. Nach und nach traten die Frauen und Männer wegen der steigenden Hitze ein paar Schritte zurück. Das Licht der Flammen sprang über die Menschen hinweg und tanzte in strahlendem Schein auf den hohen Mauern der Häuser und der Kirche. Immer größer wuchs der Kreis, den das Freudenfeuer in den Schnee schmolz.

Die Flammen fraßen das Holz so laut, dass die Äbtissin ihre Stimme heben musste. »Möge das Feuer all das verzehren, was unsere Herzen schwer macht, all das, was in den vergangenen Tagen geschehen ist. Möge es alles Böse, das in unserer Mitte gehaust hat, in Asche verwandeln, auf dass eine neue Gemeinschaft wachsen kann.«

Es war, als hätte ganz Köln nur auf das Entfachen des Feuers im Stift der heiligen Jungfrauen gewartet. Die Osterfeuer wurden nun allerorten entzündet, immer mehr rot-gelbe Feuerkreise griffen in die schwarzdunkle Nacht, bis bald der ganze Horizont zu glühen schien. Die Menschen in der Stadt begannen, das Osterfest zu feiern. Imbert blickte auf. Er konnte sich der Magie dieses Augenblicks nicht entziehen. Die Osternacht mit ihren vertilgenden Feuern wirkte wie eine Schwelle, über die alle Schwestern und Kanoniker nur zu schreiten hatten, um die Gräuel der Karwoche auf immer hinter sich zu lassen. In den von den Flammen beleuchteten Gesichtern der Frauen und Männer konnte er diese Hoffnung auf das Vergessen lesen. Fast bedauerte er, ihnen diesen schönen Schein nehmen zu müssen. Die Reinigung dieses Stifts musste noch ein paar Stunden warten.

Als der größte Hunger der Flammen allmählich gestillt war und sich ihr Tanz beruhigte, war es an der Zeit, das Licht Christi in die Kirche zu tragen. Albertus schritt auf den langsam zusammensinkenden Haufen zu und entzündete die Osterkerze des Stifts. Alle Stiftsangehörigen folgten seinem Beispiel, hielten einer nach dem anderen die Dochte ihrer Kerzen in das Feuer und stellten sich in einer Reihe auf. Die Lichterkette setzte sich in Richtung Kirche in Bewegung, an der Spitze Albertus mit der flackernden Osterkerze, dahinter Clementia, Gepa, Bertradis, die kleine Eufemia und die übrigen Schwestern und Kanoniker, bevor schließlich die Mägde des Stifts folgten, denen sich auch Jaspar, Klara und Imbert anschlossen. Sie alle hielten eine Hand vor ihre Kerzen, um sie gegen den Wind zu schützen.

Albertus ging feierlich voran. Kurz bevor er die Kirche betrat, hielt er im großen Portal inne, um dem Augenblick die Würde zu geben, die ihm gebührte. Denn mit Albertus' nächstem Schritt war der Höhepunkt der Lichtfeier bereits erreicht – der Sieg über die Finsternis. Albertus trat vor, und die Osterkerze warf ihr Licht in die dunkle Kirche. Die Kraft des Lichts wuchs mit jeder Kerze in der Hand einer Schwester, die nach Albertus durch das Portal trat.

»Lumen Christi, lumen Christi, lumen Christi!«, rief Albertus, und die Schwestern wiederholten den dreifachen Ruf, mit dem sie das Licht Christi in die Dunkelheit brachten.

Die Kirche war bereits von einem sanften Schimmer erfüllt, als Imbert, Jaspar und Klara mit ihren Kerzen als Letzte hineinkamen. Die Stiftsangehörigen nahmen nun ihre Plätze für die Feier des Gottesdienstes ein. Imbert hielt sich gemeinsam mit Jaspar abseits der Schwestern und Kanoniker. Die beiden Männer blieben bei den Mägden, die sich in gemessenem Abstand hinter den Kanonissen aufstellten, jedoch wählte der Mönch für sich eine Stelle an der Mauer, damit er von der Seite die Teilnehmer der Messe mustern konnte.

Als die Messe mit Gesängen begann, sah sich Imbert die Schwestern an, junge wie alte, und fragte sich, ob er ihnen einen Mord zutraute. Aber wie hätte er in diesen Gesichtern mit dem Gefühlsgewirr aus Angst, Argwohn und Hoffnung denn Kaltblütigkeit und Bosheit erkennen können? Sicher war für Imbert nur eines: Unter der Gottesdienstgemeinde befand sich der Mörder oder die Mörderin.

Als er sich die Frage stellte, ob wohl eher ein Mann oder eine Frau für die Taten verantwortlich war, fiel dem Mönch auf, dass er noch nie die beiden anderen Kanoniker des Stifts genauer betrachtet hatte. Er wusste nicht einmal, wie sie hießen. Die Männer, die wie Albertus und Egilolf ihren Altardienst im Stift versahen, standen nah bei der Äbtissin. Der eine von beiden mochte in etwa so alt wie Imbert sein. Er trug auffällige, feingeschnittene Züge, an die man sich leicht erinnern konnte. Mit seinem schmalen Mund, den hohen Wangenknochen, der Hakennase und dem dichten schwarzen, leicht gelockten Haar wirkte er wie ein römischer Feldherr, der seine Umgebung allein schon mit seiner edlen Haltung zu lenken in der Lage war.

Sein Amtsbruder bildete dazu einen augenfälligen Gegensatz. Er war ein hageres Männlein, eher noch ein Jüngling, blass und fahlgesichtig mit aschblondem Haar. Seine Haut war beinahe grau, seine Arme dünn und zerbrechlich wie trockene Zweige. Vermutlich war es sein erstes Amt, doch das konnte täuschen. Jedenfalls war sein Äußeres einem selbstbewussten Gebaren eher abträglich.

»Wer sind die beiden?«, raunte Imbert Jaspar zu.

»Wen meint Ihr?«

»Die beiden Kanoniker.«

Jaspar reckte den Hals, um die Männer besser sehen zu können. »Der Hagere heißt Hartwig, er ist noch nicht lange hier, erst seit ein paar Monaten. Und wie der Dunkelhaarige heißt, weiß ich gar nicht. Sie nennen ihn hier alle nur den Römer.«

Imbert nickte. »Das passt zu ihm. Wie sind sie so?«

»Ihr meint, ob ich einem von beiden zutrauen würde, Ida lebendig zu beerdigen und die Rote zu erwürgen?«

Imbert antwortete nicht, sondern sandte Jaspar nur einen vielsagenden Blick.

»Ganz ehrlich, keine Ahnung«, flüsterte Jaspar. »Ich habe mit ihnen noch nie ein Wort gewechselt. Egilolf ist der einzige Kanoniker, mit dem Zacharias und ich zu tun hatten, weil er die Arbeiten auf dem Acker beaufsichtigte. Auch Albertus habe ich erst näher kennengelernt, als Ihr hier eintraft.«

Imbert verzog den Mund, weil Jaspars Antwort keine Hilfe war. Doch andererseits, warum sollte er die Täterjagd im Kopf überhaupt noch vorantreiben? Er brauchte den Kreis der Verdächtigen gar nicht weiter einzugrenzen. Sie würden den Mörder heute Nacht ohnehin aus der Deckung locken, ihn zu einem Fehler zwingen und überführen.

Ein Spritzer Wasser traf Imbert ins Gesicht und riss ihn unsanft aus seinen Gedanken. Erst jetzt bemerkte er, wie weit die Osternachtsmesse bereits fortgeschritten war. Albertus war bei der Tauffeier angelangt und ging durch die Reihen, um die Gläubigen mit Weihwasser zu besprengen. Imbert ermahnte sich, weil er dem Gottesdienst viel zu unaufmerksam gefolgt war. Als Albertus den Frauen und Männern nach der Wandlung das Brot und den Wein darbrachte, aß und trank Imbert zwar ehrfürchtig davon, aber so sehr er sich auch mühte, es gelang ihm danach nicht mehr, seinen

Geist auf die Messhandlung zu richten. Der Schlusssegen rückte näher und damit der Augenblick, in dem Albertus die entscheidenden Worte sagen würde.

Er hob die Hände, und die Gläubigen erwarteten bereits, nun entlassen zu werden. Imbert trat unauffällig einen Schritt vor. Wenn Albertus nun tat, was sie besprochen hatten, verriet der Mörder sich möglicherweise durch ein ungewöhnliches Verhalten, vielleicht mit einem überraschten Blick oder auch nur einem Lidzucken. Es war soweit.

»Brüder und Schwestern, es ist viel Schlimmes über unser Stift gekommen in den vergangenen Tagen, vieles hat die Reinheit unserer Gemeinschaft beschmutzt. Ich finde, nach all dem Blut, das auf diesem heiligen Boden vergossen wurde, ist es an der Zeit für eine Reinigung, für eine Läuterung, für eine Waschung. Findet euch morgen alle wieder hier in der Kirche ein, um unser gerade erst wieder geweihtes Haus Gottes gründlich zu säubern. Alle Reliquiare und alle Reliquien sollen mit himmlischem Eifer gereinigt werden, alle zusammen sollen diesen heiligen Dienst verrichten, um so wieder die Gemeinschaft neu zu stiften, die nach dem Unheil völlig zugrunde gerichtet ist.«

Imberts Hoffnung wurde enttäuscht. Weil Albertus nicht, wie von allen erwartet, den Schlusssegen gesprochen, sondern das Wort an die Gemeinde gerichtet hatte, waren die Äbtissin und alle Kanonissen und Kanoniker gleichermaßen überrascht. Aber die Verwunderung währte nur kurz. Albertus' Anliegen war mehr als nur verständlich.

»Der Segen des allmächtigen Gottes bleibe allezeit bei euch.«

Nun gab es kein Zurück mehr, die Falle war gestellt, der Köder gelegt. Wenn Imberts Vermutungen stimmten, musste der Mörder die Vorhaut Jesu Christi in dieser Nacht, in den nächsten Stunden aus dem Sarkophag der Viventia retten, wenn er die Reliquie weiterhin verbergen wollte.

»Ite, missa est!«

Die Kanonissen, Kanoniker und Mägde verließen die Kirche und schützten ihre Kerzen gegen den leichten Wind. Sie alle freuten sich über Albertus' Aufruf, denn mit der Reinigung würden sie ein Stück Vergangenheit abschütteln.

Ostersonntag, 5. April 1181

Die Fettaugen, die auf der heiß dampfenden Suppe aus Lamminnereien schwammen, schienen Jaspar regelrecht anzustieren. Angeekelt blickte er woanders hin. Die Suppe, die Klara um Mitternacht zum Fastenbrechen bereitet hatte, sollte die ausgehungerten Mägen wieder auf fettiges und fleischhaltiges Essen vorbereiten. Doch allein der Anblick der Brühe ließ Jaspar fast würgen. Der Gedanke an die Zutaten erinnerte ihn an Zacharias' Tod. Lamminnereien. Zacharias, das Unschuldlamm.

Jaspar griff an seinen Kragen, um sich Luft zu verschaffen. Er sah Imbert, Albertus und Klara zu, wie sie sich mit der Suppe stärkten. Keiner von ihnen hatte bis jetzt ein Wort über die Messe und Albertus' Schlussworte verloren. Auch wenn seit dem Ende des Gottesdienstes erst so viel Zeit verstrichen war, wie Klara für das Erhitzen der Suppe benötigt hatte, kam es ihm doch vor wie eine Ewigkeit. Er konnte nicht weiter untätig herumsitzen. Jaspar wollte endlich dem Urheber allen Grauens von Angesicht zu Angesicht gegenüberstehen.

»Ich halte es nicht länger aus. Wann brechen wir auf?«

Imbert, dessen Schüssel noch halb voll war, legte den Löffel beiseite. »In der Tat, wir sollten nicht länger warten. Ich will nicht Gefahr laufen, dass der Mörder uns sieht, wenn wir uns zur Kirche schleichen. Wer weiß, vielleicht sitzt auch er schon auf heißen Kohlen. Sputen wir uns, solange nach der Messe noch etwas Bewegung im Stift ist.«

Imbert und Jaspar erhoben sich fast gleichzeitig, und auch Klara stand auf. Doch sie verharrte in der Bewegung, als Imbert die Hand hob. »Nein, Klara, alles bleibt wie besprochen.«

»Es missfällt mir, Euch beide allein gehen zu lassen«, sagte sie und blickte dabei Jaspar an.

»Wir zwei werden schon mit dem Mörder fertig, wir haben die Überraschung auf unserer Seite. Ihr beide seid hier sicherer, denn unser Unbekannter will nur die Vorhaut bergen. Außerdem werden wir umso leichter gesehen, je mehr wir sind.«

Albertus griff in die Halsöffnung seines Gewandes und zog einen Bund mit mehreren Schlüsseln hervor. Seine Miene verriet die Gedanken, die er sich um Imbert und Jaspar machte. Aber darüber verlor er kein Wort. »Der große Schlüssel hier ist für das Portal, der nächste für die Tür zum Turm, und dieser hier öffnet die Tür zur Empore. Alle anderen Schlüssel braucht Ihr nicht. Bruder Imbert, ich wünsche Euch Gottes Segen für die nächsten Stunden und alle Kraft der Welt.«

Imbert bedankte sich mit einem Nicken. Die Schlüssel des Stifts aus der Hand zu geben war ein großer Vertrauensbeweis. Er hatte sich in dem Greis getäuscht. Wann immer Albertus ihn in seinem Drängen gebremst hatte, waren es aufrichtige Sorgen gewesen, die den Kanoniker umgetrieben hatten. So wie auch jetzt.

»Keine Angst, lieber Freund, wir kommen heil wieder.«

Albertus setzte ein gequältes Lächeln auf. »Wer sagt denn, dass ich Angst um Euch habe?«, versuchte er zu scherzen. »Ich sorge mich um meine Schlüssel. Wenn Ihr sie nicht zurückbringt, bekomme ich höllischen Ärger mit der Äbtissin.«

Auch Imbert zwang sich zu einem Lächeln. »Dann werden wir allein schon deswegen unversehrt zurückkehren müssen.«

Alle vier tauschten noch einmal Blicke aus und sprachen sich mit wortlosen Gesten Mut zu, dann gingen sie gemeinsam zur Haustür. Als Imbert zum Knauf griff, kam Naseweis die Treppe heruntergerannt. Winselnd drängte er an allen Beinen vorbei zur Tür.

»Nein, mein Guter«, beruhigte ihn Jaspar flüsternd, »du sollst doch oben bleiben und auf Eufemia aufpassen.«

Naseweis schaute sein Herrchen mit treuen Augen an, doch als Jaspar mehrmals mit dem Arm die Treppe hinauf deutete, sprang der schwarze Hund mit dem weißen Nasenfleck wieder die Stufen hoch. Vom Treppenabsatz sah er zu, wie Imbert und Jaspar in der Nacht verschwanden.

Die beiden Männer eilten über den Platz zur Kirche, deren schwarzer Umriss in der Dunkelheit kaum auszumachen war. Als sie an den Ascheresten des Osterfeuers vorbeikamen, warf Imbert einen Blick in den wolkenverhangenen Himmel. Er spürte nur noch vereinzelt Schneeflocken, die auf sein Gesicht fielen und schmolzen. Es hörte auf zu schneien.

»Dem Herrn sei Dank«, sagte Imbert leise.

»Was ist?«

»Der Himmel eilt uns zu Hilfe, im wahrsten Sinne des Wortes.« Imbert entfernte sich ein paar Schritte, und Jaspar glaubte in der Dunkelheit erkennen zu können, wie sich der Mönch bückte und irgendetwas auf dem Boden machte. Nach wenigen Augenblicken kehrte Imbert zurück.

»Was habt Ihr gemacht?«

»Dem Beispiel des Propheten Daniel gefolgt«, erwiderte Imbert. »Später mehr, lass uns erst einmal von hier verschwinden. Auch wenn man die Hand kaum vor Augen sehen kann, fühle ich mich auf dem offenen Platz nicht wohl.«

Sie hasteten hinüber zum Portal in der Seitenmauer der Kirche. Imbert öffnete das Tor mit dem großen Schlüssel. Ohne sich umzudrehen, schlüpften sie in die Kirche, wo sie endlich wieder ein wenig mehr sehen konnten. Die Osterkerze spendete zwar nur ein schwaches Licht, aber doch genug, um fast bis in den hintersten Winkel zu blicken. Imbert schob den schweren Torflügel hinter sich zu. Soweit sie erkennen konnten, waren sie allein. Im schummrigen Halbdunkel stand unter der Turmempore auf vier kleinen Säulen der Kindersarkophag der Viventia. Der Mönch deutete mit dem Kinn hinauf zur Empore.

»Gehen wir«, flüsterte er, doch Jaspar fasste ihn am Ärmel.

»Warum bleiben wir nicht hier? Von da oben überblicken wir doch gar nicht die ganze Kirche. Und der Sarkophag steht ausgerechnet *unter* der Turmempore an einer Säule. Ihn können wir von den Seitenumgängen nur schlecht sehen.«

»Dennoch ist es der beste Platz. Wir wissen nicht, von welcher Seite unser Vogel in die Falle flattert, ob durch das Seitenportal wie wir oder von der Stiftsseite durch den Haupteingang unter dem Turm. Da oben können wir nicht überrascht werden und sehen unseren Bösewicht, bevor er uns entdecken kann. Wir müssen nur zusehen, dass wir schnell und leise die Treppe wieder hinunterkommen.«

Sie durchquerten das Kirchenschiff und schlichen auf leisen Sohlen zum Durchgang in das Stiftsgebäude. Unter der Turmempore blieb Imbert stehen.

»Geh schon mal vor, aber pass auf, dass dich niemand sieht. Ich komme gleich nach.«

Unwillig befolgte Jaspar die Aufforderung. Der Mönch heckte schon wieder etwas aus, und wieder behielt er seine Pläne für sich. Bevor Jaspar durch die Tür ins Turmzimmer trat, sah er gerade noch, wie sich Imbert an Viventias Sarkophag zu schaffen machte. Jaspar tastete sich zögerlich in den dunklen Raum, fand sich schnell zurecht und stieg die Turmtreppe zur Empore hoch. Schon auf halber Strecke hatte Imbert ihn wieder eingeholt.

»Ihr gebt schon wieder den Geheimniskrämer«, zischte Jaspar.

Imbert legte jedoch nur den Finger auf die Lippen. »Leise, wir dürfen nicht auffallen. Von nun an kein Wort mehr.«

Der Mönch schob den verärgerten Jaspar voran. Sie kamen ins nächsthöhere Stockwerk des Turms, öffneten die Tür zur Empore und betraten den knarzenden Dielenboden. Imbert zeigte nach links auf den Gang, der an der Außenmauer entlangführte. Er ging voraus und blieb stehen, als er in der Mitte zwischen Turm und Altar angelangt war. Jaspar folgte ihm und beugte sich ein wenig über die Brüstung. Von hier oben konnten sie den gegenüberliegenden Seiteneingang sehen und zumindest halbwegs unter die Turmempore schauen, auch wenn sie den kleinen Sarkophag nicht richtig im Blick hatten. Jaspar nickte Imbert anerkennend zu. Das musste er dem eigenbrötlerischen Mönch lassen. Seine Einfälle waren gut.

Imbert setzte sich hinter die Brüstung und bedeutete Jaspar, es ihm gleichzutun. Doch der junge Mann schüttelte den Kopf, zeigte auf seine Augen und dann in die Kirche hinunter. Wie sollten sie im Auge behalten, was in der Kirche geschah, wenn sie sich nun versteckten? Aber Imbert wiederholte seine Geste und tippte mit dem Zeigefinger an sein Ohr. Sie würden schon hören, wenn jemand die Kirche betrat. In der Stille geriet selbst ein Seufzen zum Donnerhall.

Jaspar trat wieder an die Brüstung und schaute noch einmal in das Kirchenschiff hinab. Er atmete tief durch. An der gegenüberliegenden Wand lag noch immer das Loch offen, in dem er Ida gefunden hatte, nur wenige Schritte weiter war Zacharias gestorben, und vorn am Altar hatte Richards Leiche gelegen. Jaspar lehnte den Rücken gegen die Wand und ließ sich auf den Boden rutschen. In den nächsten Stunden sollte der Schmerz dieser Erinnerung wenn nicht getilgt, so doch gemildert werden. Der Mörder gehörte endlich hinter Schloss und Riegel. Und dann an den Galgen.

Nach und nach verloschen die Lichter im großen Vierkant des Stifts und in den umliegenden Häusern der wohlhabenderen Schwestern. Nur hier und da war durch Fensterritzen noch der Schein einer Osterkerze zu sehen. Die Dunkelheit senkte sich wie ein friedvoller Mantel über die Gemeinschaft. Aber es war nur ein Trugbild der Friedlichkeit.

Klara stand am Fenster der guten Stube und schaute durch einen Spalt in den Schlagläden bekümmert zur Kirche hinüber.

»Mach dir keine Sorgen.« Albertus war hinter sie getreten und legte ihr tröstend die Hand auf die Schulter.

»Wie könnte ich nicht? Die beiden sind ganz allein dort drüben in der Kirche und warten auf einen Wahnsinnigen, der Menschen tötet wie ein Schlachter das Vieh. Am liebsten würde ich rübergehen und ihnen zur Seite stehen. Ich hasse es, hier so untätig herumzustehen.«

»Du hast gehört, was Imbert gesagt hat. Wir sollen uns ruhig verhalten und das Licht löschen, damit sich der Mörder nicht gestört fühlt. Je eher er sich unbeobachtet und in Sicherheit wähnt, wird er sich aus der Deckung wagen, woher auch immer er kommen mag.«

Mit diesen Worten schob sich Albertus neben sie und zog den Laden zu.

Jaspar wusste nicht, wie lange sie schon gewartet hatten. Es kam ihm vor wie eine Unendlichkeit. Die Zeit floss nur noch träge dahin, und wie große Kiesel hängte sich die Müdigkeit an seine Lider und zog sie herunter. Das gleichmäßige Geräusch von Imberts schwerem Atem war auch nicht dazu angetan, ihn wach zu halten. Jaspar spürte gerade noch, wie sein Kopf sacht vornüber kippte. Ruckartig zog er ihn wieder hoch und riss die Augen auf.

Herrje, dachte er, zum Glück habe ich's gerade noch gemerkt.

Hatte er es wirklich selbst gemerkt? Oder war da nicht doch ein Geräusch, das ihn hatte hochschrecken lassen? Jaspar lauschte in die Dunkelheit. Tatsächlich, er hörte ein Knarren und Quietschen, wie von einer Tür, die sich langsam in der Angel dreht. Sein Herz schlug schneller. Und im nächsten Augenblick setzte es aus. Die Tür schlug krachend zu. Nun zuckte auch Imbert zusammen. Mit schreckgeweiteten Augen sahen sich die beiden Männer an. Fast gleichzeitig zogen sie sich bis zur Nase an der Brüstung hoch und lugten hinunter ins Kirchenschiff. Eine Gestalt war durch das Seitenportal eingetreten. Es dauerte eine Weile, bis Imbert und Jaspar den Ankömmling im Zwielicht erkennen konnten. Als sie sich endlich sicher waren, sahen sie einander erstaunt an. Sie konnten kaum glauben, wer da mitten in der Nacht die Kirche betreten hatte. Jaspar öffnete den Mund, doch bevor er ein Wort sagen konnte, presste Imbert ihm die Hand auf die Lippen.

Volkmar sah sich in der Kirche um. Er schien etwas zu suchen, und er ließ sich Zeit. Bedächtig ging er umher, trat erst in den Chorraum, schaute sich den Altar an und nahm ein Öllicht an sich, das er an der Osterkerze entzündete. Im Schein seiner Lampe schlenderte Volkmar hinter die Säulen, warf einen Blick in das Loch, in dem Idas Leiche gelegen hatte, und verschwand schließlich unter der Empore. Lange hielt er sich hier nicht auf. Schon bald öffnete sich ächzend die Tür in den Turm, und mit einem leisen Klacken schloss sie sich wieder.

Jaspar sah Imbert voller Verwunderung an. Er wollte etwas sagen, aber der Mönch hielt ihm noch immer die rechte Hand auf den Mund. Imbert schüttelte den Kopf, um ihm verständlich zu machen, dass er noch warten sollte. Erst als schier unendlich wirkende Augenblicke verstrichen waren, zog Imbert seine Hand zurück.

»Leise!«, zischte er. »Vielleicht kommt er ja hier hoch.«

Jaspar rang nach Atem, als hätte er die ganze Zeit über kaum Luft holen können. Mit bangem Blick sahen sie das Geländer entlang bis zur Tür in den Turm. Sie hatten sie ein wenig offen gelassen, um schneller und leiser eingreifen zu können, sobald der Mörder den Sarkophag der kleinen Viventia öffnete. Doch noch immer fiel kein Lichtschein durch den Türspalt. Volkmar hatte wohl den Weg ins Stift genommen.

»Was macht der denn hier?«, flüsterte Jaspar.

»Ich weiß es nicht. Es sah so aus, als suchte er etwas.«

»Glaubt Ihr, er ist der Mörder?«

Imbert zögerte mit seiner Antwort. »Wenn er es ist, dann prüft er gerade, ob die Luft rein ist. Wenn er es nicht ist, kann ich nur hoffen, dass er uns mit seiner Wanderung durchs Stift nicht einen

Strich durch die Rechnung macht, indem er den wahren Mörder verschreckt.«

Dann verstummten die beiden. Sie sahen zwar niemanden, aber durch die Tür drang klar vernehmlich Volkmars Stimme.

»Halt! Wer ist da?«

Volkmar konnte die Gestalt am Ende des Ganges nicht erkennen, da sie eine Fackel trug und das grelle Licht das Gesicht überstrahlte. Auf den Ruf hin blieb der Unbekannte, der ein langes weißes Gewand trug, ruckartig stehen. Volkmar griff an sein Schwert und verkürzte mit einigen schnellen Schritten den Abstand zu der Gestalt. Als er den Fackelträger fast erreicht hatte, ließ der Hauptmann jedoch seine Waffe wieder los.

»Ach, Ihr seid das. Warum gebt Ihr Euch nicht zu erkennen? Fast hätte ich Euch noch durchbohrt.«

Die Gestalt legte die Fackel zu Boden, und einen Atemzug lang war Volkmar dadurch abgelenkt. Im nächsten Augenblick bereute er seine Worte, denn statt der Gestalt wurde nun er selbst das Opfer einer Klinge. Der kurze Dolch sprengte sein Kettenhemd und fuhr schmatzend in seinen Bauch wie ein Spieß ins Spanferkel. Volkmar taumelte zurück und blickte überrascht an sich hinab. Er sah jedoch nicht mehr, wie ihm ein stumpfer Gegenstand gegen den Kopf jagte.

»Was geht da vor sich?«

»Ich weiß es nicht«, erwiderte Imbert.

Die beiden hockten noch immer hinter der Brüstung und reckten die Hälse in der Hoffnung, etwas zu hören, doch mehr als leises Rumpeln und dumpfes Poltern, das aus dem unteren Stockwerk durch die Turmtür drang, bekamen sie nicht mit.

»Meint Ihr, wir sollten nachsehen?«

Imbert rang kurz mit sich, entschied sich dann aber gegen ein Eingreifen. »Nein. Wenn wir uns jetzt aus dem Versteck wagen und unsere Tarnung auffliegt, können wir den Mörder nicht auf frischer Tat ertappen. Wir bleiben hier.«

Die Geräusche erstarben. Lange Zeit hörten Imbert und Jaspar nichts außer dem Pochen ihrer Herzen. Was auch immer ein Stockwerk tiefer geschehen war, es war vorbei. Ein seltsames Gefühl überkam Jaspar. Es war wie die Stille vor dem Sturm. Gleich würde etwas geschehen, die Entscheidung stand kurz bevor.

Ein flackernder Lichtschein fiel durch den Türspalt auf die Empore, erst schwach, dann gewann er an Kraft und wuchs zu einem hellen Leuchten.

»Da kommt jemand!«, flüsterte Jaspar.

Imbert antwortete nicht, sondern drückte ihn tiefer hinter die Brüstung. Auch der Mönch suchte den Schutz der hüfthohen Mauer und drängte sich näher an Jaspar, um nicht gesehen zu werden. Die Tür hatten sie nun nicht mehr im Blick, doch sahen sie noch das Licht, dessen Widerschein über ihnen auf der weißen Kirchenwand zitterte und von einer Fackel kommen musste. Jetzt hörten sie Schritte, die sich langsam näherten. Imbert und Jaspar hielten die Luft an.

Doch wer auch immer die Treppe zum Turm hochgestiegen war, betrat nicht die Empore. Und der Lichtschein an der Wand wurde mit einem Mal schmaler, als würde ein Vorhang zugezogen. Jaspar hob den Kopf. Die Tür zur Empore schloss sich und fiel schließlich zu. Die beiden Männer wollten schon aufatmen, doch dann hörten sie ein metallisches Klirren. Ein Schlüsselbund.

»Er schließt uns ein, er weiß, dass wir hier sind«, rief Jaspar entsetzt. Er sprang auf und rannte los.

Der Schlüssel wurde ins Schloss geschoben.

Jaspar war in wenigen Schritten an der Tür. Er stieß sie nach außen auf, gerade noch rechzeitig, bevor der Schlüssel sich drehen konnte und statt des Mörders die beiden Fallensteller in der Falle saßen. Aber auf das, was nun folgte, war Jaspar nicht vorbereitet. Den Umriss der Gestalt sah er nur für die Dauer eines Wimpernschlags, dann traf ihn die Fackel mit voller Wucht mitten ins Gesicht. Die Flammen versengten sein Haar und blendeten ihn. Vor seinen Augen tanzten plötzlich Funken. Das Pech der Fackel brannte in seiner Nase. Mit beiden Händen rieb sich Jaspar durchs Gesicht, um wieder einen klaren Blick zu bekommen.

»Imbert«, rief er verzweifelt, »so helft mir doch!«

Er hörte die Schritte des Mönchs bereits hinter sich, als er die Augen wieder öffnete. Doch was er nun sah, ließ ihn zurücktaumeln. Er stieß so heftig gegen den heraneilenden Imbert, dass sie beide zu Boden gingen. Erschrocken blickten sie auf zu der Gestalt, die in ein wallendes weißes Gewand gehüllt war und nun drohend noch einmal mit der Fackel nach ihnen schlug, sodass auch dem geblendeten Imbert die Funken um die Augen sprangen.

»Jesus, Maria und Josef«, schrie Jaspar, »steht mir bei!«

Dort, wo sie den Kopf der Gestalt erwartet hätten, war nichts, nur Schwärze. Den Kragen umkränzten blutrote Fäden, die das schneeweiße Gewand hinabliefen, gerade so, als wäre der Kopf eben erst mit dem Schwert vom Hals getrennt worden. Jaspar öffnete den Mund, doch der Schrei erstickte auf seinen Lippen, und auch Imbert brachte kein Wort heraus. Gelähmt vor Schreck sahen sie zu, wie die kopflose Jungfrau die Tür wieder zuwarf. Der Schlüssel, der noch im Schloss steckte, drehte sich, einmal, zweimal.

Nun saßen sie doch in der Falle. Und nach diesem Erlebnis waren sie beinahe froh darum. Mit einem schlurfenden Geräusch entfernten sich die Schritte. Die absonderliche Jungfrau stieg die Treppe hinab.

»Gott im Himmel, was war das?«, fragte Imbert, als er sich aufrappelte. Er reichte Jaspar die Hand und half ihm hoch. Schnell schritt er zur Tür, steckte den Schlüssel, den er von Albertus bekommen hatte, ins Schloss und drehte ihn. Doch so sehr er am Knauf rüttelte, die Tür ließ sich nicht öffnen. »Sie ist verriegelt. Wir haben uns selbst überlistet.«

Jaspar versuchte das Zittern zu bändigen, das sich seiner Hände bemächtigt hatte. »Das war die kopflose Jungfrau, Zacharias' kopflose Jungfrau. Er hat nicht gelogen oder gesponnen, er hat sie wirklich gesehen.«

»Das haben er und wir vielleicht gesehen, aber ich bin noch nicht überzeugt, ob wir wirklich einer Jungfrau und einer kopflosen noch dazu begegnet sind. Ich weiß nicht, wie er oder sie es bewerkstelligt hat, aber ich gehe jede Wette ein, unser Unbekannter ist so wenig kopflos wie du und ich.«

Volkmar blinzelte. Irgendetwas nahm ihm die Sicht. Und irgendetwas schmerzte höllisch. Er führte die Hand an sein Gesicht und betastete es vorsichtig. Er fühlte Blut, aufgeplatzte Haut und eine taubeneigroße Schwellung. Bei der Berührung wuchs der Schmerz ins Unerträgliche. Ein Knochen musste gebrochen sein. Die Hand zuckte zurück. Volkmar versuchte nicht weiter, die Augen zu öffnen, sondern atmete bewusst in ruhigen Zügen, um sich zu sammeln und den Schmerz zu unterdrücken. Wenigstens das gelang ihm halbwegs.

Allmählich kehrte die Erinnerung zurück. Was für ein Trottel er doch war. Er hatte sich des nachts in den Gängen umsehen wollen, wenn aufrichtige Schwestern und Kanoniker im Schlafsaal oder in ihren Kammern zu sein hatten. Und dann ließ er bei der ersten Begegnung alle Vorsicht fahren. Das zertrümmerte Gesicht war die gerechte Strafe für seine Dummheit.

Erst jetzt, als er über diese Verletzung nachdachte, fiel ihm ein, dass er noch eine zweite Wunde haben musste. Volkmar betastete seinen Bauch und fand die Stelle schnell. Halb so wild. Die Klinge war kurz gewesen, und sein Kettenhemd und das dicke Lederwams hatten verhindert, dass sie allzu tief eindringen konnte. Ein Kämpfer wie er hatte schon schlimmere Verwundungen überstanden. Viel mehr zu schaffen machte ihm der Brei, der einmal sein Gesicht gewesen war. Immer lauter pulsierte das Blut in seinen Ohren.

Aber es war gar nicht der regelmäßige Schlag seines Herzens, dessen Takt er hörte. Es waren Schritte. Sein Peiniger kehrte zurück. Volkmar stellte sich tot, jedoch ohne Erfolg. Die Schritte kamen näher und verstummten unmittelbar neben ihm.

»Du willst wohl einfach nicht sterben, oder?«

Volkmar wollte sich wehren, doch dann spürte er bereits, wie die Klinge ein zweites Mal in seinen Bauch eindrang. Und dieses Mal war der Stich viel gründlicher geführt.

Als Imbert und Jaspar hörten, wie sich die Turmtür unten in der Kirche öffnete, rannten sie zurück zur Brüstung. Doch nun entzog sich die kopflose Jungfrau ihren Blicken. Sie hatte die Fackel irgendwo zurückgelassen und blieb unterhalb der Empore. Imbert und Jaspar liefen den Seitenumgang weiter Richtung Altar, um von vorn unter die Turmempore sehen zu können, doch aus dieser Entfernung konnten sie nur den Umriss der Jungfrau im Halbdunkel erkennen. Aber wenigstens konnten die beiden Männer sehen, dass Imberts Schlussfolgerungen richtig waren. Die Gestalt klemmte einen Stock zwischen Säule und Sarkophag und hebelte den steinernen Deckel ein Stück beiseite.

»Ihr hattet recht!«, rief Jaspar. »Diese verfluchte Vorhaut ist in dem Sarkophag.«

»Du sollst nicht fluchen. Das Praeputium ist heilig und kann nichts dafür.«

Jaspar krallte seine Finger in die Brüstung. Seine Wut gewann allmählich die Oberhand über den Schrecken, der ihm im Angesicht der Jungfrau in die Glieder gefahren war. »Verdammt, verdammt!«, sagte er, als hätte er Imberts Tadel nicht gehört. »Wir sind so nah an ihr dran und können doch nichts machen.«

Tatenlos mussten sie mit ansehen, wie die Jungfrau in den offenen Sarkophag griff, etwas herausnahm und behutsam in ihr Gewand steckte. Den Sarkophag ließ sie offen. Mit trägen Schritten trat sie nun unter der Empore hervor und ging quer durch die Kirche auf das Seitenportal zu, durch das Imbert und Jaspar gekommen waren. Auch jetzt, im schwachen Licht der Osterkerze, war anstelle eines Kopfes nur ein schwarzer Umriss zu erkennen.

»He, du, Jungfrau!«, schrie Jaspar in die Kirche hinunter. »Wir kriegen dich, hörst du, wir kriegen dich. Wir wissen, was du gerade geholt hast. Wir rächen alle, die du auf dem Gewissen hast.«

Doch die kopflose Jungfrau setzte ihren Weg ungerührt fort. Kein Zögern, kein Zucken. Als wäre sie völlig taub gegen das Geschrei. Jaspar trat vor Wut über seine Ohnmacht gegen die Brüstung. Imbert wollte ihm schon beruhigend die Hand auf die Schulter legen, aber Jaspar wurde schlagartig still. Als die Jungfrau an dem Erdhaufen neben dem Loch vorbeikam, in dem Ida verscharrt worden war, kam ihm ein Einfall. Er rannte los, lief mit polternden Schritten über die Turmempore und hastete zum gegenüberliegenden Seitenumgang. Imbert erriet, was Jaspar vorhatte.

»Tu es nicht!«, rief er ihm hinterher. »Sie ist gefährlich.«

Aber das focht Jaspar nicht an. Die Jungfrau konnte ihn nun nicht mehr überraschen, er wusste, mit welchem Gegner er es aufnahm. Das kopflose Wesen hatte inzwischen das Portal erreicht und zog es auf. Jaspar griff in vollem Lauf mit einer Hand an die Brüstung, schwang die Beine darüber und ließ sich drei Mannslängen in die Tiefe fallen. Obwohl er nicht zu hart auf dem Erdhaufen landete, blieb ihm doch kurz die Luft weg, weil ihm beim Aufprall die Beine in den Bauch gedrückt wurden. Auf allen vieren rutschte er den Dreck hinunter, stolperte weiter und stellte mit Entsetzen fest, dass sich die Tür bereits schloss. Halb im Fallen streckte er eine Hand danach aus, aber es war schon zu spät. Wieder musste er mit anhören, wie sich der Schlüssel im Schloss drehte. Wie von Sinnen trat er gegen das Holzportal und trommelte mit den Fäusten dagegen. Jaspars Wutgeheul hallte von den hohen Kirchenwänden wider.

»Ist das ein Hund?«

Die beiden Büttel am großen Stiftstor drehten die Köpfe Richtung Kirche. Doch in der Dunkelheit des wolkenverhangenen Himmels konnten sie trotz des Schnees nur die Umrisse der Stiftsgebäude sehen.

»Was weiß ich? Geh und sieh nach.«

»Du fauler Wassersack«, meckerte sein Kamerad, dessen Lippe von Geburt an gespalten war. »Du würdest wohl lieber hier erfrieren, als auch nur einen Fuß zu bewegen. Dieses Geschrei gefällt mir nicht. Wir sollten beide gehen.«

»Hast du etwa Angst, allein nachzuschauen? Soll ich dir eine Amme holen, die dich an die Hand nimmt?«

»Jetzt halt schon endlich den Mund. Wir gehen. Der Hauptmann ist doch eben in die Kirche gegangen. Vielleicht gibt es Schwierigkeiten.«

Der Büttel mit der Hasenscharte stapfte los. Sein Kamerad folgte ihm leise fluchend.

»Los, werft mir den Schlüssel runter! Noch kann ich sie einholen.«

Jaspar stand unterhalb der Empore und reckte Imbert die Hände entgegen.

»Das wirst du nicht. Ich lasse dich nicht allein hinter ihr herlaufen. Komm hoch und lass mich hier raus. Wir verfolgen sie gemeinsam.«

»Bis dahin ist sie doch längst weg. Nun macht schon, gebt mir den Schlüssel!«

Imbert schüttelte den Kopf. »Wir kriegen sie auch so. Vertrau mir. Jetzt komm endlich hoch.«

Voller Zorn presste Jaspar die Kiefer aufeinander, bis die Zähne knirschten. Dann fügte er sich und wandte sich um. Als er den Turm betrat, sah er durch die Tür ins Stift eine brennende Fackel im Gang liegen. Ihr Schein fiel auf einen Körper, der sich auf dem Steinboden zusammenkrümmte. War das Volkmar? Wie auch immer, er musste warten. Jaspar beachtete ihn nicht weiter, sondern stürmte die Treppe in den Turm hoch. Jetzt sah er, weshalb sich die Tür von innen nicht hatte öffnen lassen. Unter dem Knauf war eine Holzleiste verkeilt. Jaspar trat sie beiseite und riss die Tür auf, hinter der Imbert bereits ungeduldig auf ihn wartete.

»Gehen wir«, sagte der Mönch und schritt voran.

Sie eilten die Stufen wieder hinab, doch statt die Verfolgung aufzunehmen, kümmerten sie sich zunächst um den Verletzten. Imbert kniete sich neben den bewusstlosen Volkmar und untersuchte die Wunden. Das Gesicht sah wegen der Schwellung und einer Platzwunde fürchterlich aus, viel mehr Sorgen bereiteten Imbert jedoch die beiden Stichverletzungen im Bauch. Auf Volkmars Wams hatte sich ein dunkler Fleck ausgebreitet.

»Er verliert zu viel Blut.«

Jaspar zeigte keine Regung. Er hatte nicht viel übrig für den Mann, der Zacharias gejagt hatte und in seinen Augen am Tod seines Freundes zumindest eine Mitschuld trug. Jaspar drängte es vielmehr, die Jungfrau zu stellen.

»Wir können eh nichts für ihn tun. Kommt endlich weiter.«

Imbert drehte sich zu Jaspar um, packte ihn am Kragen und zog ihn zu sich herunter. »Jetzt hör mir gut zu, du Heißsporn. Ich habe dir versprochen, dass wir den Mörder heute Nacht stellen, und dieses Versprechen löse ich ein. Aber auf dem Weg dorthin werden wir beide, hörst du, werden wir beide uns nichts zuschulden kommen lassen. Sonst sind wir keinen Deut besser als diese kopflose Jungfrau. Und jetzt gib mir dein Hemd.«

Jaspar hielt dem durchdringenden Blick des Mönchs nicht lange stand. Er nickte, streifte sich Mantel und Überrock ab und zog sein Hemd aus. Imbert nahm es und presste es auf den Bauch des Hauptmanns, der unter dem Druck aufstöhnte.

»Und nun?«, fragte Jaspar, während er sich wieder anzog. »Was sollen wir jetzt machen? Wir können doch nicht den Rest der Nacht hier verbringen.«

»Nehmt sofort die Hände von ihm!«

Imbert und Jaspar fuhren herum. In der Tür zur Kirche standen zwei Büttel, die ihre Schwerter zückten.

»Weg von dem Mann!«

Imbert dachte jedoch nicht daran, der Aufforderung Folge zu leisten. Stattdessen winkte er die Männer mit einer Hand zu sich heran, während er mit der anderen weiterhin das Hemd auf Volkmars Bauch drückte.

»Dem Herrn sei Dank, Ihr kommt wie gerufen. Los, helft uns. Jemand hat Euren Hauptmann niedergestochen.«

Die Büttel kamen näher, senkten ihre Schwerter aber nicht. »Wenn Ihr nicht sofort von ihm zurücktretet, werdet Ihr es bitter bereuen.«

Imbert schüttelte den Kopf. »Und Ihr werdet es bereuen, wenn ich tatsächlich meine Hände jetzt wegnehme. Dann verblutet er nämlich. Denkt nach. Würde ich Eurem Hauptmann helfen, wenn ich ihn abgestochen hätte?«

Dieses Argument überzeugte. Der Büttel mit der Hasenscharte schob sein Schwert zurück in die Scheide, wies seinen Kameraden mit einer Handbewegung aber an, vorerst wachsam zu bleiben. Er trat näher, sah sich kurz Volkmars Verletzung an und übernahm es dann selbst, das Hemd auf die Wunde zu pressen.

»Los, lauf hinüber zur Hacht«, rief er seinem Kameraden zu. »Hol Hilfe. Hol einen Wundarzt und Verstärkung.«

Der zweite Büttel verlor keine Zeit. Er steckte sein Schwert ein und rannte los. Kaum war der Mann verschwunden, machte auch Imbert Anstalten zu gehen. Er nahm die Fackel, die noch immer brennend auf dem Boden lag, und zog Jaspar mit sich.

»He, wohin geht ihr?«

Imbert drehte sich nicht mehr um, sondern antwortete über die Schulter. »Wir verfolgen die Schurkin, die Volkmar das angetan hat.«

Mit fliegenden Schritten eilten sie in die Kirche, liefen am offenen Sarkophag der Viventia vorbei, umrundeten die Grube und stießen das Portal auf. Die Fackel warf ihr Licht in die Dunkelheit des Kirchplatzes. Imbert sah erleichtert zum Himmel auf. Kein Schneefall, der seinen Plan vereitelt hätte.

»Und jetzt? Was machen wir jetzt?«, sagte Jaspar. »Ihr hättet mich allein hinter ihr herlaufen lassen sollen. Nun ist sie längst über alle Berge. Sie könnte in jede Richtung verschwunden sein.«

»Ja, aber tatsächlich ist sie nun einmal nur in eine Richtung gelaufen. Und gleich werden wir wissen, in welche.«

Imbert ging ein paar Schritte auf den Platz hinaus, kniete sich hin und hielt die Fackel an den Schnee. Jaspar fasste sich verzweifelt an den Kopf.

»Was macht Ihr denn da? Wollt Ihr jetzt Spuren lesen? Nach dem Osterfeuer sind hier doch viele Menschen drübergetrampelt.«

Imbert schmunzelte. »Da hast du recht. Viele Menschen. Aber nur ein Mensch mit feuchter Asche an den Schuhen. Und diese Asche verrät uns nun, wo wir die kopflose Jungfrau finden.«

Jaspar kniff die Augen zusammen. Er beugte neben Imbert das Knie und betrachtete die Spuren im Schnee. Im Licht der Fackel sah er eine Menge Fußspuren, die von der Kirche weg in die Richtung der Häuser führten und teils schon wieder zugeschneit waren. Das waren die Abdrücke der Schwestern und Kanoniker, die den Ostergottesdienst besucht hatten. Doch Imbert deutete auf eine bestimmte Spur. Wie Trittsteine in einer Furt lagen dort graue Tupfer im Schnee. Die Ascheflecken führten ebenfalls von der Kirche weg und wurden mit zunehmender Entfernung schwächer.

»Hoffen wir, dass sie nicht zu weit gehen musste«, sagte Imbert. »Es wäre doch zu ärgerlich, wenn sie ihre schmutzigen Schuhe im Schnee schon sauber gelaufen hätte, bevor wir sie einholen.«

Verdutzt sah Jaspar zu, wie der Mönch sich erhob und der Spur mit gesenktem Kopf folgte. Eine Weile blieb er stehen und zweifelte, ob er sich ärgern sollte, weil Imbert schon wieder einen seiner Einfälle für sich behalten hatte, oder ob er vor Freude zu einem Luftsprung ansetzen sollte, denn dank Imbert waren sie der Jungfrau, allen Rückschlägen zum Trotz, doch wieder auf den Fersen. Jaspar entschied sich, eine Entscheidung später zu treffen und erst einmal die Verfolgung aufzunehmen.

»Sehe ich das richtig, Ihr habt eben Asche rund um den Sarkophag verteilt?«

»Feuchte Asche, um genau zu sein. Mit ein wenig Glück wird uns die Asche des reinigenden Osterfeuers zum Mörder führen.«

Gemeinsam hielten sie die Spur im Auge, die quer über den Platz hinüber zu der Häuserzeile führte.

»Wie seid Ihr denn auf diesen Einfall gekommen?«

»So hat der Prophet Daniel betrügerische Priester im alten Babylon überführt. Aus einem Tempel verschwanden des Nachts auf wundersame Weise immer die Opfergaben. Daniel, der nicht daran glaubte, dass heidnische Götter die Gaben angenommen hatten, verstreute heimlich Asche auf dem Tempelboden. Am nächsten Morgen waren die Opfer abermals verschwunden, doch auf dem Boden waren Abdrücke in der Asche. Und an den Schuhen der Priester und ihrer Familien, die sich an den Opfergaben gütlich getan hatten, klebten Aschereste.«

Die Spur wurde immer schwächer, doch war immer noch gut zu erkennen, dass die Jungfrau geradewegs zu einem Haus gegangen war, dessen Giebel hoch in die kalte Nacht ragte. Vor der Tür hielten die beiden Jungfrauenjäger inne und sahen sich an. In wenigen Augenblicken würden sie wissen, wer hinter den Morden und Diebstählen steckte. Aber so kurz vor dem Ziel war ihnen mulmig zumute. Sie standen vor dem Haus des Albertus.

Der Schliff, dem sich die Waffenknechte in der Hacht stets unterziehen mussten, zahlte sich nun aus. Obwohl sie gerade erst vom Ruf ihres Kameraden aus dem Schlaf gerissen worden waren, schlüpften sie frisch und wach in ihre Wappenröcke und Stiefel. Die Ausgabe der Waffen ging reibungslos, und der Stallmeister und seine Knechte hatten schnell zehn Pferde gesattelt.

Ulrich ritt an der Spitze des Trupps durch das Tor der Hacht. Alle Büttel hielten Fackeln, damit sie in der Dunkelheit möglichst schnell reiten konnten. Mit donnernden Hufen galoppierten die Pferde durch Köln und sprengten letzte Nachtschwärmer von den Wegen. Viel früher als der Wundarzt trafen die Reiter im Stift ein. Entschlossen sprangen sie von den Pferden und liefen im Eilschritt durch die Kirche. Der Anblick ihres übel zugerichteten Hauptmanns steigerte ihren Grimm. Hasenscharte empfing sie mit sorgenvoller Miene.

»Wo ist der Wundarzt, verdammt?«

Nachdem Imbert die Fackel im Schnee gelöscht hatte, tauchten sie in die Stille des Hauses ein. Jaspar beschlich ein ungutes Gefühl. Er sorgte sich um Klara, auch um Albertus und Naseweis. Der Mörder hatte von ihrem Plan gewusst. Was also, wenn der Mörder nun alle Eingeweihten aus dem Weg räumen wollte? Aber wenigstens die letzte Sorge wurde ihm gleich genommen. Naseweis kam bereits die Treppe herabgelaufen und begrüßte ihn freudig.

»Wir brauchen eine Lampe«, flüsterte Imbert. »Und zwar schnell. Auf Aschespuren brauchen wir hier im Haus nicht zu hoffen.«

Jaspar tastete sich in die Küche vor, wo er an den Glutresten im Ofen ein Öllicht entzündete. Bereits auf dem Rückweg zu Imbert hielt er Ausschau nach feuchten Schuhabdrücken. Doch im Flur war nichts zu sehen. Imbert nahm ihm die Lampe ab und hielt sie an die Treppe. Auf den hölzernen Stufen zeichneten sich deutlich Wasserflecken ab.

Der Mönch nahm Stufe um Stufe, dicht gefolgt von Jaspar und Naseweis. Auf dem Treppenabsatz beugte er sich vor, um die Spur wieder aufzunehmen. Beiden Männern schlug das Herz nun bis zum Hals. Suchten sie den Mörder tatsächlich unter den Bewohnern und Gästen dieses Hauses? Oder hatte die kopflose Jungfrau hier nur Unterschlupf gesucht, ein Versteck, das in diesem Haus niemand vermuten würde?

Weder Imbert noch Jaspar wussten, wer in welchem Zimmer untergebracht war. Sie hatten keine Ahnung, wessen Tür sie nun öffnen würden. Sie wussten nur, dass die feuchten Spuren in diese Kammer führten. Imbert stieß die Tür auf.

Der Geruch verschmorten Fleisches stieg Ulrich in die Nase. Mit finsterer Miene sah er dem Wundarzt zu, der Volkmars offene Wunden mit einer rotglühenden Klinge ausbrannte. Der bewusstlose Hauptmann bekam nicht mit, wie sich das heiße Eisen zischend auf sein Fleisch legte. Ulrich wandte sich ab und winkte die anderen Männer zu sich, um das weitere Vorgehen zu besprechen.

»Weißt du, wer es gewesen ist?«, fragte er seinen Kameraden mit der Hasenscharte.

»Nein. Als wir hier eintrafen, waren dieser französische Mönch und der junge Ausgräber bei ihm. Aber sie haben sich um ihn gekümmert. Da werden sie ihn wohl kaum vorher niedergestochen haben.«

»Wo sind sie jetzt?«

»Haben sich durch die Kirche aus dem Staub gemacht, als wir ankamen. Sie sagten, sie wollten denjenigen verfolgen, der Volkmar verletzt hat.«

Ulrich brummte. »Wir werden erst Volkmar in Sicherheit bringen und dann diese beiden Kerle suchen. Es scheint, als könnten sie uns verraten, wer unseren Hauptmann angegriffen hat.«

Der Wundarzt hatte inzwischen eine Salbe aus Wolfsbann und Kamille dick auf die Stichwunden aufgetragen und legte einen Verband straff um den Bauch des stöhnenden Volkmar. Der Hauptmann erlangte allmählich das Bewusstsein wieder, war aber noch nicht klar bei Verstand. Er versuchte etwas zu stammeln, aber mehr als unverständliche Laute kamen nicht über seine Lippen.

»Und?«, fragte Ulrich.

Der Wundarzt, ein grobschlächtiger Kerl mit stark vernarbten Händen, band die zwei Enden des Verbands zusammen. »Er hat viel Blut verloren. Aber dass die Wunden nicht mehr bluten und er langsam wieder zu sich kommt, werte ich als gutes Zeichen. Morgen früh wissen wir mehr. Wenn er durchkommt, wird er zwei hässliche Narben auf dem Bauch behalten. Und das Gesicht, na ja, schön war Volkmar noch nie.«

»Können wir ihn in den Palast des Erzbischofs bringen?«

»Auf keinen Fall. Die Wunden könnten wieder aufbrechen. Lasst ihn hier im Stift. Findet irgendwo ein Lager und ein wärmendes Feuer für ihn, aber tragt ihn möglichst nicht zu weit. Es wird hier doch eine Krankenstube geben.«

Ulrich nickte. Inzwischen hatten sie das Stift so oft durchsucht, dass er sich in allen Trakten bestens auskannte. »Den Gang runter. Wir bringen ihn hin.«

Die Gestalt hatte ihnen den Rücken zugewandt. Sie trug noch immer das weiße Gewand und nun auch die Haube der Kanonissen. Als sie hörte, dass jemand die Kammer betrat, entfuhr ihr ein tiefer Seufzer. Imbert näherte sich ihr bis auf wenige Schritte.

»Ich grüße Euch, ehrwürdige Mutter.«

Die Gestalt hob das Haupt, dann drehte sie sich langsam um. Imbert und Jaspar sahen in ein müdes Gesicht, das von der Anstrengung der vergangenen Stunden gezeichnet war.

»Ich danke Euch, dass Ihr mich mit meinem alten Titel anredet«, erwiderte die greise Gepa. »Wie habt Ihr mich gefunden?«

»Ihr habt uns unfreiwillig hierher geführt. Ihr hattet Asche an den Schuhen, Asche, die ich zuvor um den Sarkophag gestreut hatte.«

Gepa stieß Luft durch die Nase. Fest umklammerte sie das Holzkreuz, das vor ihrer Brust hing. »Wie töricht von mir, Euch unterschätzt zu haben. Also ist es vorbei.«

»Es ist vorbei.«

Wieder seufzte Gepa, so als hätte sie nach einem langen Weg erschöpft eine drückende Last abgelegt. Müde sank sie auf einen Stuhl, schwerfällig legte sie einen Arm auf den Tisch, auf dem ein kleines gläsernes Reliquiar stand. »Und Ihr hattet keine Ahnung, dass ich es war?«

»Ich gebe zu, ich hatte einen Verdacht. Es gibt nur eine Verbindung zwischen den Heiligen Drei Königen und diesem Stift, und das seid Ihr.«

»Ich?«

Imbert bestätigte mit einem Nicken. »Ich erinnerte mich an unsere erste Begegnung, als Egilolf mir gerade einen Jungfrauenschädel zeigte, den Jaspar auf dem Acker ausgegraben hatte. Er stellte Euch als Gepa von Dassel vor. Der Erzbischof, der die Leichname der Heiligen Drei Könige vor siebzehn Jahren aus Mailand hierher gebracht hatte, hieß Rainald von Dassel. Ich denke, das war Euer Bruder. Da liegt die Vermutung nahe, dass Ihr sehr wohl wusstet, was sich außer einem mumifizierten Leichnam noch in Caspars Sarg befand.«

Gepa verzog das Gesicht, als hätte sie einen Schlag in die Magengrube bekommen. »Ihr wisst, um welche Reliquie es hier geht?«

»Ich bin mir sicher, in der Phiole auf dem Tisch befindet sich die hochheilige Vorhaut des Herrn. Aber ich weiß nicht, warum Ihr sie mit aller Gewalt verbergen wollt.«

So wie das Gebäude ihrer Geheimnisse und Lügen auseinanderbrach, so sank die alte Frau in sich zusammen. Imbert glaubte, einen feuchten Rand unter Gepas leeren Augen zu erkennen.

»Schließt die Tür und setzt Euch«, sagte sie mit brüchiger Stimme. »Wie ich sehe, ist Euch fast nichts verborgen geblieben, Bruder Imbert.«

Imbert und Jaspar folgten der Einladung und setzten sich zu Gepa an den Tisch. Während Naseweis in der Kammer herumzuschnüffeln begann, warfen die beiden Männer einen verstohlenen Blick auf das Reliquiar, doch konnten sie den Inhalt im trüben Licht nicht erkennen.

»Leider habe ich noch viele Fragen«, sagte Imbert. »Ich hoffe, Ihr beantwortet sie mir. Woher wusstet Ihr, dass wir Euch eine Falle gestellt haben und auf der Empore versteckt waren?«

»Ihr wart gestern sehr umtriebig. Wie konnte mir das verborgen bleiben? Ihr wart den halben Tag nicht im Haus, obwohl niemand das Stift verlassen durfte, und selbst nach Zacharias' Tod seid Ihr noch auf dem Gelände herumgeschlichen. Was Ihr im Schilde führtet, war mir in dem Augenblick klar, als Albertus nach der Ostermesse ankündigte, in ein paar Stunden die gesamte Kirche schrubben zu lassen. Ich musste es darauf ankommen lassen, obwohl ich wusste, dass Ihr auf mich warten würdet. Ich hatte keine Ahnung, wo genau Ihr mir auflauern wolltet. Aber dann war der unwissende Volkmar so freundlich, eine Runde durch die Kirche zu drehen. Da wusste ich, Ihr musstet auf der Empore sein.«

»Ihr habt große Schuld auf Euch geladen.«

Gepa schnaubte verächtlich. »*Ihr* müsstet Euch schuldig fühlen, Bruder Imbert, denn all die Toten, die ich auf dem Gewissen habe, sind nun umsonst gestorben. Niemand sollte von dieser Reliquie erfahren. Und jetzt macht Ihr alles zunichte.«

Jaspar spürte, wie ein Kloß in seinen Hals drängte. Die Wut, die er bei der Verfolgung kaum zu zähmen vermochte, war Fassungslosigkeit gewichen. Er konnte die Augen nicht von der Glasphiole nehmen, die das Praeputium in sich barg. Wegen dieses unscheinbaren Hautfetzens waren Menschen ermordet worden und auch sein Freund Zacharias gestorben.

»Ist es wirklich so schlimm, wenn die Welt von der Vorhaut erfährt?«, fragte Jaspar mit tränenerstickter Stimme. »Mussten dafür Menschen sterben?«

»Niemand sollte sterben, mein Kleiner. All das sollte nie geschehen. Aber plötzlich reihten sich die unglücklichen Zufälle zu einer Kette aneinander, die mich zu fesseln drohte und die ich sprengen musste.«

»Erzählt uns die Geschichte, ehrwürdige Mutter«, forderte Imbert sie auf. »Erzählt uns, was geschehen ist, und verratet uns, weshalb Ihr das Praeputium verstecken wolltet und jeden umgebracht habt, der von ihm wusste.«

Für die Dauer eines Atemzugs erkannte Imbert in Gepas Augen den Zorn, der sie zu ihren Taten getrieben haben musste. Fester schloss sich ihr Griff um das Holzkreuz. »Glaubt Ihr wirklich, ich gebe mich jeden Tag mit einem weiteren Mord der Verdammnis preis, nur um Euch jetzt in trauter Runde zu offenbaren, was das Geheimnis des Praeputiums ist? Ich will mich gern rechtfertigen, ich will Euch erklären, dass ich all das nicht wollte und mich nur Notlagen dazu trieben, die hochheilige Vorhaut mit Gewalt zu verteidigen. Aber ich werde Euch das Geheimnis nicht enthüllen. Meine Mission ist noch nicht erfüllt. Das ist sie erst, wenn mir der Scharfrichter den Kopf abschlägt und ich die Wahrheit mit ins Grab nehme.«

»Als ich Euch eben in der Kirche gesehen habe, hatte ich den Eindruck, es macht Euch nicht sonderlich viel aus, kopflos umherzulaufen.«

»Das war ein Possenspiel, ein schlechtes noch dazu. Ich bin nicht kräftig genug, es mit Männern im Kampf aufzunehmen. Meine Waffen sind die Überraschung und die Täuschung.«

Gepa griff in eine Öffnung ihres Gewands und zog ein schwarzes Tuch hervor, an dem blutrote Bindfäden herabhingen. »Eine Maske, nichts weiter. Überzeugend wirkte sie nur, wenn mein Gegenüber vorher geblendet war.«

»So wie wir eben, als Ihr uns erst die Fackel vors Gesicht geschwungen habt.«

Gepa nickte. »Und wie Zacharias, der arme Tor, dem ich nur dann erschienen bin, wenn er zuvor den ganzen Tag auf dem schneebedeckten Acker gearbeitet hatte und in der dunklen Scheune die Hand kaum vor Augen sehen konnte.«

»Ihr habt ihn missbraucht«, sagte Jaspar mit dunklem Groll in der Stimme.

»Jedoch nur, um das Praeputium zu schützen. Ich brauchte eine starke Hand, ich brauchte den Körper, der meinem Geist fehlte. Als ich erfuhr, dass dieser französische Goldschmied einen Blick auf die Leichname der Heiligen Drei Könige werfen wollte, trug ich Zacharias auf, den Sarkophag des heiligen Caspar für mich zu öffnen, damit ich das Praeputium bergen und in Sicherheit bringen konnte, eine Aufgabe, die er mit Leichtigkeit bewältigte. Doch dann, als ich mich gerade über den Leichnam des Königs beugte, tauchte dieser Narr von einem Priester auf. Wenn doch nur dieser Zwischenfall nicht gewesen wäre, alles wäre gut ausgegangen. Aber von da an nahm das Unheil seinen Lauf. Bis heute Nacht, bis zu diesem Augenblick war ich nur noch damit beschäftigt, das Praeputium mit Gewalt vor den Augen all jener zu verbergen, die das Geheimnis nicht erfahren durften.«

»Ihr habt den Priester niedergestochen.«

Gepa nickte.

»Und in derselben Nacht starb auch Ida.«

Wieder nickte sie. »Als neues Versteck hatte ich den Sarkophag der Viventia ausgesucht. Auf diese Weise hatte ich das Praeputium in meiner Nähe, und das Grab eines unschuldigen Kindes empfand ich als überaus passend. Zacharias sollte das Reliquiar in den Sarkophag legen, weil ich mir nicht zutraute, den Deckel zu heben. Er wollte alles richtig machen und hat deswegen alles falsch gemacht. Seine Gedanken waren so sehr auf seinen Auftrag gerichtet, er merkte gar nicht, dass Ida in der Kirche war, um dort Buße zu tun. Er hatte den Deckel gerade beiseite geschoben, als sie ihn ansprach. Zacharias wusste nicht, was er machen sollte. Hals über Kopf wollte er fliehen, doch an der Grube glitt er aus. Das Reliquiar ging zu Bruch, und Zacharias schnitt sich die Hand auf. Als er aus der Kirche lief, hat er geheult wie ein kleines Kind, wohl weniger der Schmerzen wegen als vielmehr, weil er versagt und seiner Jungfrau nicht geholfen hatte.«

»Doch Ihr wart in der Kirche und habt das Werk zu Ende geführt.«

»Ich habe Zacharias durch das Seitenportal in die Kirche begleitet, hielt mich jedoch gleich am Eingang hinter einer Säule an der Grube versteckt. Ich sah Ida, doch es war zu spät. Als Zacharias durch das Portal geflüchtet war, beugte sie sich über die Glasscherben, nur ein paar Schritte von mir entfernt. Sie schöpfte keinen Argwohn, als sie mich sah, sondern wollte mir zeigen, dass Zacharias etwas kaputtgemacht hatte. Das arme Kind. Wäre im Dom zuvor alles reibungslos gelaufen, Ida würde noch leben. Niemand hätte Zacharias die haarige Geschichte von einer kopflosen Jungfrau geglaubt, man hätte ihm ein paar Stockhiebe für einen versuchten Diebstahl verabreicht, und ich hätte das Praeputium heimlich wieder an mich gebracht. Aber nach dem Vorfall im Dom war die Gefahr zu groß, dass jemand beide Ereignisse in Verbindung brachte. Zacharias als Reliquiendieb im Dom *und* als Mörder – da musste ich ihn schützen, auch wenn es um den Preis eines zweiten Mordes war. Es war so einfach. Als Ida sich ein weiteres Mal über das Praeputium beugte und mir den Rücken zuwandte, habe ich sie mit meinem Stock niedergestreckt. Sie fiel vornüber in die Grube, und ich habe so viel Erde vom Haufen hinabgestoßen, bis ihre Leiche nicht mehr zu sehen war.«

»Sie war nicht tot«, sagte Jaspar. Er sah die alte Frau voller Hass an. »Sie hat noch gelebt, als Ihr sie verscharrt habt.«

Gepa zuckte nur mit der Schulter. »Ich habe es nicht gewollt, mir blieb keine andere Wahl.«

»Danach habt Ihr das Praeputium aufgesammelt«, meldete sich Imbert wieder zu Wort.

Gepa deutete auf das Reliquiar auf dem Tisch. »Aus der Kirche nahm ich ein passendes Behältnis, aus der Bäckerei besorgte ich Honig. Die Vorhaut habe ich dann in den Sarkophag gelegt. Hätte ich gewusst, wie leicht der Deckel dank der Hebelkraft meines Stocks zu bewegen war, ich hätte auf Zacharias' Dienste hier verzichtet.«

»Nun war die Reliquie doch in Sicherheit, aber das Morden ging dennoch weiter. Warum?«

Durch einen Ritz im verhangenen Fenster fiel ein schwacher Lichtstrahl ins Zimmer und erhellte die Tischplatte. Der Morgen brach herein.

»Ich sagte es bereits. Der Zwischenfall mit dem Priester im Dom war das erste Glied in einer Kette aus Fehlschlägen. Alles ging schief, ich eilte von einem Brandherd zum nächsten, aber kam doch nicht schnell genug mit dem Löschen nach. Auf dem Weg in die Bäckerei oder zurück in die Kirche muss mich Mabilia gesehen haben. Zunächst hat sie sich wohl nichts dabei gedacht, aber als zuerst der Einbruch in die Bäckerei gemeldet und dann die Leiche in der Kirche entdeckt wurde, hat sie ihre Schlüsse gezogen. Sie sprach mich an, und ich wollte ihr aufrichtig Rede und Antwort stehen. Ich bestellte sie in mein Haus in der Hoffnung, sie von meinen Absichten überzeugen zu können. Ich erzählte ihr alles, erzählte ihr vom Praeputium und seinem Geheimnis, von meinem Versuch, es vor der Entdeckung im Dom zu retten, von dem Priester und auch von Ida. Ich war mir sicher, sie würde es verstehen, ich hoffte, in ihr eine Verbündete zu finden. Schließlich waren wir Weggefährtinnen über so viele Jahrzehnte. Aber statt Verständnis erntete ich nur Vorwürfe. Sie wollte die Büttel rufen, die in der Kirche den Leichnam in der Grube bewachten, der am nächsten Morgen geborgen werden sollte. Ich hatte keine Wahl, wieder einmal. Ich musste sie aus dem Weg räumen.«

Gepa blickte auf und sah Imbert mit traurigen Augen an. »Versteht Ihr? Ich hatte keine Wahl. Alle, die dem Praeputium zu nahe kamen, stellten eine Gefahr dar. Alles, was ich tat, diente nur dem Schutz der Vorhaut Christi.«

Imbert schüttelte nur mitleidig den Kopf. »Wie sollen wir Eure Taten verstehen können, wenn wir nicht wissen, weshalb das Praeputium verborgen bleiben muss? Niemand kann Verständnis für ein Geheimnis aufbringen.«

Gepa schwieg. Krampfhaft umklammerte sie ihr Holzkreuz, als gäbe es sonst nichts mehr in der Welt, an dem sie sich festhalten konnte. Mit gequältem Blick sah sie das Reliquiar an, das von der Morgendämmerung allmählich aus der Dunkelheit gehoben wurde. Im mit Honig gefüllten Glas brach sich golden das Licht.

»Warum habt Ihr sie nicht erstochen, so wie den Priester? Mabilia mit bloßen Händen umzubringen war für Euch gewiss nicht leicht.«

»Ich musste mit Durchsuchungen rechnen, sobald bekannt war, wer die Leiche in der Grube ist. Da konnte ich keine Blutflecken gebrauchen. Und es war viel leichter, als ich gedacht hatte. Ihr Röcheln erstickte, noch bevor sie begriffen hatte, was mit ihr geschah. Vielleicht war es die Wut darüber, mich in ihr getäuscht zu haben, die mir ungeahnte Kräfte verlieh, vielleicht war es auch das Glücksgefühl, das mich im selben Augenblick durchströmte. Ja, ich empfand Freude, als ich Mabilia den Kehlkopf eindrückte, denn wenn sie mir schon im Leben nicht helfen wollte, so musste sie es doch im Tod. Ich sah plötzlich die Gelegenheit, alle Spuren, die zu mir führen konnten, ein für allemal zu verwischen. Ich ließ Mabilias Tod wie einen Selbstmord, wie ein Schuldeingeständnis einer kranken Reliquiendiebin aussehen. Ich drückte ihr den Fingerknochen in die Hand, den ich dem Reliquiar aus unserer Kirche entnommen hatte.«

»Dann seid Ihr Zacharias in der Scheune ein weiteres Mal in Eurer Rolle als kopflose Jungfrau erschienen. Er sollte Mabilias Leiche im Pesch an den Judasbaum knüpfen.«

Gepa nickte. »Und einen Beutel Knochen in Mabilias Haus verstecken. Es war ganz leicht, denn Jaspar wohnte ja jetzt hier in Albertus' Haus. Ich konnte Zacharias drüben ganz gefahrlos aufsuchen.«

»Und als Zacharias mit Mabilias Leiche loszog, waren für Euch gleich zwei Sündenböcke unterwegs.«

Auf Gepas Gesicht legte sich ein zufriedenes Lächeln, als genösse sie noch immer die teuflische Vollkommenheit ihres Plans. »So ist es. Hätte man Zacharias mit dem Leichnam erwischt, wäre er der Jungfrauenmörder gewesen. Aber dieser Tollpatsch hatte es irgendwie geschafft, keinen Fehler zu begehen, vielleicht weil er emsig bemüht war, sein Versagen in der ersten Nacht wieder wettzumachen.«

Jaspar spürte unbändige Wut in sich hochkochen. Er sprang auf, aber Imbert hielt ihn gerade noch zurück, bevor er die alte Frau am Gewand packen konnte. »Ihr wolltet ihn die ganze Zeit ans Messer liefern, nur um Euch zu schützen«, rief er. »Ihr habt auch ihn auf dem Gewissen.«

»Nicht um mich zu schützen«, zischte Gepa zurück, »es geschah nur zum Schutz des Praeputiums. Und es war recht, ein unwertes Leben wie das von Zacharias dafür zu verwenden. Der Herr hat ihn nicht umsonst mit Schwachsinn gestraft.«

Jaspar versuchte sich aus Imberts Griff zu winden, doch der Mönch fasste fester zu.

»Beruhige dich wieder«, sagte Imbert und drückte ihn zurück auf den Stuhl. »Sie hat das Recht, sich zu verteidigen. Das Urteil werden nicht wir fällen. Hören wir uns an, was sie uns über Richards Tod sagt. Wenn ich es richtig sehe, hatte es mit dem Aufhängen von Mabilia am Judasbaum noch eine weitere Bewandtnis. Als ich Richard berichtete, das Aufknüpfen einer Leiche an einem Baum könnte eine Warnung an Mitwisser sein, schien es ihm wie Schuppen von den Augen zu fallen.«

Gepa fuhr fort, sah dabei jedoch Jaspar mit zornig funkelndem Blick an. »Ihr habt Richard erst mit Euren Vermutungen auf meine Spur gebracht. Außer mir war er der Einzige, der vom Praeputium und seinem Geheimnis wusste. Er war dabei, als mein Bruder die Leichname der Heiligen Drei Könige nach der Eroberung Mailands erhielt und dann das Praeputium entdeckte. Mein Bruder weihte mich ein, damals war ich noch Äbtissin dieses Stifts. Wir einigten uns, das Geheimnis zu bewahren und das Reliquiar zu verstecken. Wir brachten es nicht übers Herz, die Vorhaut zu vernichten. Sie ist immerhin ein Körperteil unseres Herrn. Aber Richard war sorgloser, was die Aufbewahrung anging. Er war der festen Überzeugung, niemand würde erkennen können, um welche Reliquie es sich handelte. Aus diesem Grund wird er wohl auch keine Bedenken gehabt haben, als dieser französische Goldschmied sich ankündigte. Ich sah das anders. Ich fürchtete, der Erzbischof könnte Nachforschungen über das unbekannte Reliquiar und seinen Inhalt anstellen lassen. Ich musste handeln. Mir war klar, dass es nur eine Frage der Zeit war, bis Richard mir auf die Spur kommen würde. Ja, Mabilia an den Judasbaum zu hängen war eine Warnung an ihn. Es sollte ihm zeigen, was mit denen geschieht, die das Praeputium verraten wollen. Er kam zu mir, erzählte mir von seinem Gespräch mit Euch und wollte mich zur Rede stellen.«

»Ihr seid nur zum Schein darauf eingegangen.«

»Die schlechten Erfahrungen, die ich mit Mabilia gemacht habe, waren mir eine Lehre. Vielleicht hätte er noch verstanden, dass ich das Praeputium in Sicherheit bringen wollte, aber dass alles derart aus dem Ruder gelaufen ist, dafür hätte ich bei ihm gewiss kein Verständnis geerntet.«

»Ich vermute, Ihr gabt vor, bei ihm beichten zu wollen.«

»Ja, und ich habe gebeichtet, aufrichtig bereut, und er hat mir meine Sünden vergeben. Und als ich ihm dann den Dolch ins Herz stieß, hat er genauso erstaunt geblickt, wie der Priester im Dom oder Mabilia, als ich ihr meine Hände um den Hals legte.«

Imbert beugte sich vor, und nun schwang ein Vorwurf in seiner Stimme mit. »All diese Menschen hatten wenigstens Gelegenheit, Euch ins Gesicht zu blicken. Aber was ist mit Eufemia?«

Überrascht wanderte Jaspars Blick von Imbert zu Gepa. Eufemia? Was mit ihr geschehen war, schien doch längst geklärt und nichts mit den Morden zu tun zu haben. Doch Gepa grinste.

»Sehr gut beobachtet, Bruder Imbert. Ich dachte, es wäre niemandem aufgefallen. Ihr könnt Euch vorstellen, dass mir die Anwesenheit eines Mädchens, das verborgene Tote sehen kann, in diesen Tagen nicht gefallen hat. Mabilias Leiche war einen Tag lang in meinem Haus versteckt, und ich befürchtete, Eufemia könnte sie spüren. Ich wusste, dass Clementia ihr in kleinen Mengen Bilsenkraut gab, also habe ich mir bei Zacharias Bilsenkraut besorgt und ohne ihr Wissen die Dosis erhöht. Es sollte die Kleine nicht töten, aber sie doch für einige Zeit außer Gefecht setzen, zumindest bis ich es geschafft hatte, alle Schwierigkeiten zu beseitigen.«

»Schwierigkeiten wie die Leiche Mabilias.«

Gepa nickte. »Wie habt Ihr herausgefunden, dass ich dem Mädchen etwas ins Essen getan habe?«

»Clementia hat Eufemia nach eigenem Bekunden stets dieselbe Menge Bilsenkraut gegeben. Woher also sollten plötzlich die schlimmen Beschwerden der Kleinen rühren? Ihr habt ihr den Brei zubereitet, in dem ich die Kräutersamen fand. Nun, da ich weiß, wer hinter all den Taten steckt, liegt die Schlussfolgerung auf der Hand.«

Imberts Kopf sank auf die Brust. Er fasste sich an die Stirn und schloss die Augen. Bisher hatte er sich zur Ruhe gezwungen und geduldig Gepas Geständnis angehört. Aber allmählich wuchs die Unruhe in seiner Brust. Gewiss, viele Abläufe waren so, wie er vermutet hatte. Und gewiss, er hatte mit einem kaltblütigen Mörder gerechnet. Doch er hätte nicht gedacht, diese widerwärtigen Worte aus dem Mund einer Greisin zu hören, der die Morde nur deshalb gelungen waren, weil die Opfer ihr arglos gegenübergetreten waren. Er hob den Kopf und betrachtete das Reliquiar, das nicht mehr war als eine kleine Glasröhre, deren Enden in silberne Verschlüsse eingefasst waren. Die Strahlen der Morgensonne fielen durch das Glas, doch entzog sich der heilige Gegenstand, um dessentwillen so viele Menschen hatten sterben müssen, seinem Blick. Wahrscheinlich war er im dickflüssigen Honig auf den Boden gesunken.

»Ehrwürdige Mutter«, sagte er und wunderte sich gleichzeitig, dass er sie noch immer so ansprach. »Ihr sagtet eben, Ihr wolltet uns von Euren Taten berichten, damit wir Verständnis aufbringen.

Doch wie sollen wir diese unfassbaren Dinge verstehen, wenn wir nicht wissen, warum Ihr das Sanctum Praeputium mit aller Gewalt verbergen wollt? In aller Welt verehren Menschen Reliquien, warum darf das mit der hochheiligen Vorhaut nicht geschehen? Warum habt Ihr das Blut jedes Menschen vergossen, der ihr zu nahe gekommen ist?«

Gepa schwieg. Sie versteckte das Geheimnis hinter einer unbeweglichen Maske. Und plötzlich bekam es Jaspar mit der Angst zu tun. Sie begingen gerade denselben Fehler wie alle, die Gepa in den vergangenen Tagen vom Leben zum Tod befördert hatte. Sie waren arglos. Sie verkannten die Gefahr. Vor ihnen saß eine Frau, die zwar alt und gebrechlich wirkte, aber vor allem eine eiskalte Mörderin war. Gepa lauerte wie eine Spinne, und jeden Satz ihres Geständnisses wob sie wie einen Faden in ein Netz, in dem Imbert und Jaspar gefangen werden sollten. Es war nicht vorbei, wie Gepa zu Beginn ihres Geständnisses gesagt hatte, denn sonst würde sie die gesamte Wahrheit bekennen. Gepa war nicht bereit, so schnell aufzugeben. Sie wollte weiter um ihr Geheimnis kämpfen. Jaspar spannte unmerklich alle Muskeln.

Imbert beugte sich unterdessen vor und griff nach dem Reliquiar. »Nun gut, wenn Ihr es uns nicht sagen wollt, schauen wir uns diese Vorhaut doch mal an. Vielleicht wissen wir dann mehr.«

»Wage es nicht!«, kreischte Gepa jäh, und ihr Schrei drang Imbert und Jaspar durch Mark und Bein. Mit Entsetzen erlebten die beiden Männer nun am eigenen Leib, wie es Gepa gelungen war, ihre Opfer zu überraschen. Sie sprang auf und zog gleichzeitig an dem Kreuz, das ihr um den Hals hing. Mit einem Klicken verwandelte sich das Kruzifix in einen Dolch. Die untere Hälfte entpuppte sich als Griff, das Seitenholz diente als Querspange, und aus dem oberen Stück des Kreuzes glitt die Klinge.

Und diese Klinge stieß die schreiende Gepa nun gegen den vor Schreck gelähmten Imbert. Sie zielte genau auf sein Herz.

Was war das für ein Geschrei? Klara und Albertus schreckten auf. Das Licht der Morgensonne fiel bereits durch Spalten in den geschlossenen Fensterläden. Sie mussten in der Nacht eingedöst und in tiefen Schlaf gefallen sein, doch jetzt weckte sie das Poltern und Schreien aus dem oberen Stockwerk.

»Herrje, wir wollten doch wach bleiben«, sagte Albertus halb lallend und rieb sich durchs Gesicht. »Was geht da oben vor sich?«

Klara antwortete nicht. Sie war bereits durch die Tür verschwunden.

Nachdem sie ihren Hauptmann ins Krankenzimmer getragen und dort einer verdutzten Kanonisse befohlen hatten, sich um Volkmar zu kümmern, begaben sich Ulrich und seine Männer auf den Kirchvorplatz. Von hier aus wollten sie die Suche nach Imbert und Jaspar aufnehmen. Die Entscheidung, welches Haus sie sich zuerst vornehmen sollten, wurde ihnen schnell abgenommen. Die Schreie, die aus Albertus' Haus drangen, waren schrill und laut. Die Büttel rannten alle im selben Augenblick los.

Ulrich stieß die Tür auf und sah gerade noch, wie eine junge Frau die Treppe hocheilte, gefolgt vom deutlich langsameren Albertus. Die Männer schlossen sich ihnen im Laufschritt an.

Clementias Herz pochte wie wild. Ein gellender Schrei hatte die Äbtissin aus dem Schlaf gerissen. Ihr erster Gedanke galt Eufemia. Doch ihre Schwester wurde nicht schon wieder von Visionen geschüttelt, sondern war genauso überrascht wie sie.

»Was war das?«, fragte das Mädchen. Eufemia hatte sich in ihrem Lager am anderen Ende des Zimmers aufgesetzt und sah Clementia nun aus schreckgeweiteten Augen an.

»Ich weiß es nicht, Kleines.«

Nun hörten sie auch noch trampelnde Schritte auf der Treppe und Hundegebell. Die Äbtissin und ihre Schwester warfen sich hastig etwas über und wollten nachsehen, was draußen vor sich ging. Doch die Tür wurde bereits aufgerissen.

»Ist bei Euch alles in Ordnung?«, rief Klara. Hinter ihr standen dichtgedrängt Albertus und Büttel mit gezückten Schwertern.

»Ja, ja«, stammelte Clementia, doch Klara hatte sich schon zur nächsten Tür gewandt. Die Äbtissin und Eufemia folgten ihr und den Männern.

Jaspar war auf den Angriff vorbereitet. Mit aller Kraft stieß er den Tisch hoch, um die voranstürzende Gepa aus dem Gleichgewicht zu werfen. Nur um Haaresbreite verfehlte die Klinge Imberts

Brust, traf ihn jedoch am Arm. Das Glasröhrchen, das auf der Tischplatte gestanden hatte, flog in hohem Bogen durchs Zimmer. Gepa ließ von Imbert ab. Ihr fassungsloser Blick folgte dem Reliquiar.

»Nein!«

Ihr Schrei war noch lauter, noch greller als zuvor und überlagerte sogar Naseweis' Gebell. In dem Tumult bekamen Imbert und Jaspar zunächst gar nicht mit, dass die Tür aufgestoßen wurde. Klara, Clementia, Eufemia, Albertus, Ulrich und sein Trupp drängten in das dunkle Zimmer.

Mit einem hellen, aber kurzen Klirren zerbrach das Reliquiar. Der Honig quoll hervor und vermischte sich mit dem Glas. Gepa warf das Messer beiseite, stürzte sich heulend auf den Scherbenhaufen, sprang aber schnell wieder auf, um aus einer Truhe eine flache Schüssel zu holen. Auf Knien rutschte sie um die Masse aus Splittern und klebrigem Honig, fingerte darin herum und fischte schließlich das Praeputium hervor. Beinahe zärtlich streifte Gepa es in der Schüssel ab, strich noch etwas Honig zusammen und gab ihn hinzu.

»Was zur Hölle geht hier vor sich?«

Die Äbtissin trat vor und sah völlig entgeistert in die Runde. Es war fast totenstill in der Kammer, nur Gepas stoßartiger Atem war zu hören. Die alte Frau hockte noch immer auf dem Boden. Als sie bemerkte, welcher Übermacht sie sich gegenübersah, presste sie die Schüssel fest an sich. Ihr Gesicht war zu einer Fratze der Verzweiflung verzerrt. Einen nach dem anderen sah sie an, jeden von ihnen schien sie mit ihrem Blick verwünschen und zum Teufel schicken zu wollen.

»Weg mit Euch! Geht weg! Verschwindet endlich!«

Ihr Schreien verhallte. Gepa blickte in verständnislose, in mitleidvolle Gesichter. Naseweis bellte sie an, und es wirkte entwürdigend lächerlich, wie sie den Hund mit der geballten Faust bedrohte.

»Ich frage nochmals, was geht hier vor?«

Clementia versuchte, einen sanften Klang in ihre Stimme zu legen, um Gepa zu beruhigen. Doch die alte Frau schien ihre Umgebung von einem Augenblick auf den nächsten bereits vergessen zu haben. Wie entrückt starrte Gepa auf die Schüssel in ihren Händen und wiegte sie wie ein kleines Kind. Nun war es wirklich vorbei, und sie wusste es. Gepa nahm Abschied.

»Ich will versuchen, ein wenig zur Aufklärung beizutragen.« Imbert presste die Hand auf die blutende Schnittwunde an seinem linken Arm. Er trat zu Gepa und ging vor ihr in die Hocke. An die anderen gewandt, sagte er: »Ich möchte Euch einen Menschen vorstellen, den Ihr noch nicht kennt und der als kopflose Jungfrau Zacharias Befehle erteilt hat. Gepa von Dassel, die Mörderin von Notker, Ida, Mabilia, Richard und in gewisser Weise auch von Zacharias. All diese Menschen hat sie auf dem Gewissen, weil sie meinte, den Inhalt dieser Schüssel vor ihnen verteidigen zu müssen. Es mag für Euch unglaublich klingen, aber hier im Honig schwimmt womöglich die Vorhaut unseres Herrn Jesus Christus, bewahrt von den Heiligen Drei Königen, nach Köln geholt von Rainald von Dassel, Gepas Bruder. Die Frage, die Ihr Euch nun stellt, die ich mir schon eine ganze Weile stelle, wird sie uns nun hoffentlich beantworten. Warum, Gepa, seid Ihr bereit, für den Herrn in die Hölle zu gehen?«

Gepa presste die Lippen aufeinander und stierte Imbert giftig an. Sie ließ keinen Zweifel daran, ihr Geheimnis mit ins Grab nehmen zu wollen. Doch auch Imbert war entschlossen, jetzt ein Ende zu finden. Er sah zu Jaspar hinüber und bedeutete ihm mit einer Kopfbewegung, die Vorhänge vor den Fenstern zurückzuziehen. Jaspar nickte und zerrte die schweren Tücher beiseite. Mit voller Kraft fiel das Morgenlicht ins Zimmer und riss auch den hintersten Winkel aus der Dunkelheit. Alle in der Kammer blinzelten, und Gepa schien nicht nur ihre Augen, sondern auch das Praeputium vor dem blendenden Licht schützen zu wollen. Sie schlang die Arme um die Schüssel und barg sie auf ihrem Schoß.

Imbert hielt ihr auffordernd die Hände entgegen. »Lasst mich wenigstens einen Blick darauf werfen. Bitte.«

Gepa hob den Kopf. Ihr Blick hatte nichts Feindseliges mehr, er war nun leer, so als gäbe es all die Menschen in ihrem Zimmer nicht. Während auch Albertus, Jaspar und Klara hinzutraten, beugte sich Imbert über die Schale. Gepas Versuch, sie wegzuziehen, war nur halbherzig.

»Ihr dürft es nicht!«, krächzte sie atemlos. Tränen schossen ihr in die Augen. »Ihr dürft es nicht entweihen!«

Imbert hielt ihren Arm fest und nahm das Stück Haut, das in einem Rest zähen Honigs trieb, in Augenschein. Von der Form und Größe her mochte es sich tatsächlich um die Vorhaut eines Säuglings handeln.

Imbert sah es sofort, und er begriff sofort.

Tiefrote Flecken auf schorfiger Haut.

Winzige Geschwüre.

Jedes viel kleiner als ein Weizenkorn, aber sie sprenkelten das Praeputium und verunstalteten die Haut.

Gepa stöhnte. Imbert sah sie mitleidvoll an und stand auf. Die alte Frau hatte tatsächlich in der Überzeugung gehandelt, ihren Schöpfer schützen zu müssen, mit aller Gewalt und um den Preis ihres eigenen Seelenheils. Und nun war der Kampf ihres Lebens verloren.

»Versteht Ihr nun?«, hauchte sie mit letzter Kraft. »Versteht Ihr, warum es niemand zu Gesicht bekommen durfte?«

Imbert schüttelte den Kopf. »Ich begreife, ja, aber verstehen? Nein, Verständnis könnt Ihr nicht erwarten. Sollte dies die echte hochheilige Vorhaut des Herrn sein, so ist er nicht makellos und rein zur Welt gekommen, wie man es von einem Sohn Gottes erwarten durfte, sondern krank. Na und? Er ist als Menschensohn in die Welt gekommen, nicht in einem Palast wie ein König, sondern in einem Stall, um uns zu zeigen, dass er einer von uns ist. Dann darf er doch auch Krankheiten haben.«

»Seid Ihr noch ganz bei Trost?« Gepa spie ihre Worte voller Verachtung aus. »Einen Schnupfen vielleicht, aber doch nicht die Krätze, den Aussatz oder was weiß ich für ein Leiden. Womöglich hat er es sogar von seiner Mutter bekommen. Begreift Ihr denn nicht? Jesus, ein Kranker von Geburt an! Womöglich mit einer Krankheit, die er von Maria haben könnte! Und woher hat sie den Ausschlag? Bestimmt nicht von der unbefleckten Empfängnis! Wie soll das unser Erlöser sein? Das darf die Welt nicht erfahren, auf gar keinen Fall. Unser Herr darf nicht zum Gespött gemacht werden.«

Als gäbe der Zorn ihr neue Kraft, stemmte sie sich wieder auf die Beine und bot Imbert die Stirn. Sie hatte einen Entschluss gefasst. Gepa von Dassel unternahm den letzten Versuch, das Sanctum Praeputium vor der Welt zu retten, sie war bereit, ihren Körper zu geben, um diese heiligste aller Reliquien zu schützen. Sie reckte würdevoll das Kinn und hob eine Hand, um sich Stille auszubedingen, obwohl es längst so still war, dass man eine Stecknadel hätte fallen hören können. Wie einen Kelch im Gottesdienst streckte sie die Schale empor und schlug mit der Rechten ein Kreuzzeichen. Und dann setzte sie die Schüssel an ihren faltigen Mund. Gepa schloss die Augen, als würde sie die heilige Hostie zu sich nehmen.

»Nein!«, rief Jaspar. »Sie darf es nicht schlucken!«

Doch Gepas Kehlkopf geriet bereits in Bewegung.

Als Imbert vorstürmte, merkte sie, dass der Honig zu langsam floss. Sie fuhr herum, wandte Imbert den Rücken zu und stürzte die Schale in das Becken mit der glühenden Kohle. Es zischte und dampfte, und Gepa drückte die Schale noch tiefer in die rote Glut. Imbert packte die alte Frau am Kragen und riss sie weg. Mit einem Satz war Jaspar am Kohlebecken, griff den Ständer und wollte ihn kippen, um die Glut auf den Boden zu schütten.

»Nicht!«, schrie Albertus. »Du brennst noch das ganze Haus ab!«

Erschrocken hielt Jaspar inne. Er sah sich hastig in der Kammer nach etwas um, mit dem er die Schale aus dem Becken fischen konnte, ohne Glut zu verschütten. Kostbare Zeit verstrich. Imbert hielt unterdessen mühsam Gepa fest, die wild strampelte und um sich trat.

»Seid ihr des Wahnsinns?«, rief Clementia, die nicht begreifen konnte, was sich da vor ihren Augen abspielte. Sie starrte entsetzt Imbert an, der den Arm um Gepas Hals legte. »Um Himmels Willen, haltet ein!«

Imbert dachte gar nicht daran, im Gegenteil. Als er Gepa in den Schwitzkasten bekommen hatte, drückte er zu, um sie nicht mehr entwischen zu lassen. Sie durfte Jaspar nicht behindern. Albertus hielt inzwischen die junge Äbtissin fest, die mit rudernden Armen einschreiten wollte. Ulrich und seine Männer standen sprachlos und mit offenen Mündern daneben, weil sie nicht wussten, für wen sie Partei ergreifen sollten.

Jaspar hatte inzwischen Gepas Messer auf dem Boden entdeckt und es aufgehoben. Er schob die Klinge unter die Schale und warf sie hoch. Sie war leer. Sowohl Honig als auch Vorhaut waren bereits in das Becken geglitten. Es roch nach Verschmortem. Der Honig hatte in der Glut Blasen geworfen und sich schwarz verfärbt. Jaspar konnte die Vorhaut zunächst nicht entdecken. Er stocherte in der Kohle herum, bis er ein kleines schwarzes Etwas sah. Er versuchte es auf die Klinge zu nehmen, doch es rutschte mehrmals wieder in die Glut. Und schließlich zerfiel es ganz.

Es war zu spät. Es war verloren.

Als Imbert sich dessen bewusst wurde, ließ er Gepa los. »Lass gut sein«, sagte er zu Jaspar, doch der hatte seine Versuche, das Praeputium zu retten, bereits eingestellt.

Imbert sah Gepa voller Verachtung an und fasste sich mit beiden Händen an die Schläfen. »Welche Krankheit es auch immer gewesen ist, sie rechtfertigt doch keine Morde«, rief er ihr zu. »Ihr könnt doch noch nicht einmal sicher sein, dass es die echte Vorhaut war. Was gibt Euch die Gewissheit, nicht einem Schwindel aufgesessen zu sein?«

Gepa zögerte. Imbert ahnte, dass sie mit sich rang. Gewiss, das Spiel war aus, aber deshalb musste sie noch lange nicht alle Rätsel enthüllen. Doch Gepa fuhr fort, vielleicht in der abwegigen Hoffnung, mit ihnen einen Bund des Schweigens schließen zu können, wenn sie nur zu überzeugen vermochte.

»Doch, alle Morde, die ich begangen haben, waren gerecht. Der Herr weiß, ich habe diese Schuld nur um seinetwillen auf mich geladen, und er wird mir diese Last am Jüngsten Tag wieder abnehmen. Wir hatten damals das höchste Maß an Gewissheit, das man bei einem Fund nach über tausend Jahren haben kann. Als Kaiser Barbarossa Mailand unterwarf, erbeutete er auch die Leichname der Heiligen Drei Könige. Die Reliquien schenkte er meinem Bruder, der sich bei der Eroberung besonders hervorgetan hatte. Rainald ließ die Sarkophage öffnen, um sich zu vergewissern, dass er keine leeren Steinsärge nach Köln brachte. Und bei dieser Gelegenheit entdeckten er und sein Schreiber Richard das Glasreliquiar in Händen des heiligen Caspar, eingerollt in ein Pergament, das über den Inhalt des Röhrchens Auskunft gab. Rainald und Richard frohlockten, weil sie glaubten, ihnen wäre der größte Schatz der Christenheit in die Hände gefallen. Doch als sie einen Blick in die Phiole warfen, zerplatzte ihr Traum von einer wundervollen Entdeckung. Sie begriffen ebenso schnell wie Ihr vorhin. In Köln angekommen, zog mein Bruder mich zurate. Wir überlegten lange und kamen schließlich zu dem Schluss, das Pergament zu vernichten, aber das Praeputium dort zu lassen, wo es seit Anbeginn war, nämlich geborgen und beschützt in den Händen Caspars. Dort sollte es auch die nächsten tausend Jahre bleiben.«

Imbert verzog angewidert das Gesicht. »Es hat noch nicht einmal siebzehn Jahre gedauert, bis die Wahrheit ans Licht kam.«

Der Mönch wandte sich von ihr ab und sah die Menschen an, die fassungslos wenigstens einen Teil von Gepas Geständnis mitangehört hatten. Jaspar, der erleichtert sein durfte, weil sein Herzenswunsch erfüllt und die Mörderin gestellt war, Albertus, Klara und die junge Äbtissin Clementia, die noch immer nicht begreifen konnte, was sich gerade vor ihren Augen abgespielt hatte, Eufemia, die zu ahnen schien, dass die sonst so freundliche Gepa ihr wahrscheinlich übel mitgespielt hatte. Zuletzt fiel Imberts Blick auf Ulrich und seine Männer, die von allem, was sie gerade gesehen und gehört hatten, noch am wenigsten verstanden hatten.

»Ihr wisst, was Ihr nun zu tun habt?«, fragte Imbert.

Ulrich trat einen Schritt vor. »Ich will nur eines wissen: Hat sie Volkmar angegriffen?«

Imbert nickte. »Das hat sie.«

Ulrich zog Gepa unsanft am Arm weg und schob sie seinen Männern zu. »In die Hacht mit ihr.«

Noch einmal blitzte in Gepas Augen das Feuer auf, das sie angetrieben und bis hierher geführt hatte. Noch einmal blähte sich zornig ihr Brustkorb, als wollte sie dieses Feuer gegen alle Feinde spucken, um sie zu vernichten. Dann, mit einem Mal, starb die Flamme ihres Hasses, gelöscht von der bitteren Erkenntnis, ohne Ausweg zu sein. Die einzige Waffe, die sie besaß, ihr schwacher, alter Körper, war machtlos gegen diese Überzahl. Voller Verzweiflung sah sie zum Kohlebecken, zu ihrem zu Asche zerfallenen Hort, den sie hatte behüten wollen, den sie nun aber endgültig verloren hatte.

»Versündigt Euch nicht am Herrn«, sagte sie flehentlich in die Runde. »Ihr müsst sein Geheimnis bewahren, hört Ihr, Ihr müsst ihn beschützen.«

Sie erhielt keine Antwort. Ulrich schob sie weiter und war dabei wenig zimperlich. Die Blicke, die den Bütteln und ihrer Gefangenen folgten, hätten unterschiedlicher kaum sein können. Befriedigung, Bestürzung, Ekel, Zorn, ja auch Mitleid lagen in ihnen. Noch auf der Treppe rief Gepa über ihre Schulter, und je weiter sie sich von der Kammer entfernte, desto lauter wurde ihr Rufen.

»Beschützt ihn, ich flehe Euch an, schützt ihn«, rief sie, als hätte sie noch nicht begriffen, dass es nichts mehr zu beschützen gab außer einem Häufchen Asche.

Als ihr Gejammer und das Stiefeltrampeln der Büttel am Fuß der Treppe schon längst verstummt war, standen sie alle noch da und starrten auf die Tür, durch die Gepa gerade abgeführt worden war, unfähig, sich zu rühren, so als wollten sie den Augenblick festhalten, weil sie noch Zeit brauchten, um überhaupt erfassen zu können, was ihnen soeben widerfahren war. Und um zu erfassen, welche Reliquie sie gerade verloren hatten.

»Es ist vorbei«, sagte Imbert. »Jetzt erst ist es wirklich vorbei. Und vielleicht ist es so sogar am besten. Selbst Gepa dürfte zufrieden sein, auch wenn es bestimmt nicht die Lösung ist, die sie sich gewünscht hat. Asche zu Asche. So soll es sein.«

Imbert wandte sich Clementia zu. »Ich denke, ich muss Euch nun einiges erklären, ehrwürdige Mutter.«

Die Äbtissin schüttelte den Kopf, als versuchte sie, aus einem Tagtraum zu erwachen. »Ich ... also ... ja, das müsst Ihr wohl.«

Imbert nahm die Äbtissin am Arm. »Lasst uns in die Kirche gehen, lasst uns dort beten für all die Menschen, die wir in den vergangenen Tagen verloren haben. Und lasst uns auch für die bedauernswerte Gepa beten und für Volkmar, der seine schwere Verwundung hoffentlich überleben wird. Danach werde ich Euch alles erzählen.«

Gemeinsam stiegen sie die Treppe hinunter, Naseweis stürmisch vorneweg, ihm folgten Imbert, Clementia und Eufemia, dahinter kamen Albertus, Jaspar und Klara. Das Kohlebecken ließen sie zurück. Als sie vor die Tür traten, sahen sie gerade noch die Büttel und ihre Gefangene durch das Stiftstor verschwinden. Der Wind wehte ihnen die frische Luft des neuen Tages entgegen. Imbert sog sie tief ein und füllte seine Lungen mit der belebenden und reinen Kühle. Er hatte das Gefühl, zum ersten Mal seit seiner Ankunft in Köln befreit aufatmen zu können.

Ostermontag, 6. April 1181

Der Winter wehrte sich, doch er wich. Die Sonne hatte innerhalb nur eines Tages an Kraft gewonnen und schickte sich an, die Kälte aus dem Land zu jagen. Geräuschvoll tropfte das Schmelzwasser von Zweigen, Ästen und Dächern in den nassen Schnee, füllte Pfützen und rann in klaren Rinnsalen über die Wege des Stifts, floss davon, als flöhe es vor der Wärme der Sonne.

Jaspar saß auf seinem Lieblingsplatz oben auf der Mauer und war guter Dinge. Er war glücklich, weil die Mörderin endlich gefasst war und er geholfen hatte, sie in den Kerker zu bringen. Und er war glücklich, weil Klara neben ihm auf der Mauer saß. Gemeinsam sahen sie zu, wie der Frühling das Stift eroberte. Die ersten Gräser reckten bereits ihre grünen Halme durch den schwindenden Schnee und ließen erahnen, wie viel Kraft und Leben unter der weißen Decke aufbegehrte und ans warme Sonnenlicht drängte.

Mit gleicher Macht trieb es auch schon wieder Pilger ins Stift. Der Erzbischof hatte die Wachen abgezogen und alle Auflagen widerrufen, nachdem die Äbtissin ihn über die Wendung in der Osternacht unterrichtet hatte. Philipp von Heinsberg mochte es zunächst nicht glauben, doch der zwar schwer, aber nicht tödlich verletzte Volkmar hatte zumindest einen Teil der verrückten Geschichte bestätigen können. Und so kehrte mit den Pilgern auch ein wenig Alltag ins Stift zurück.

»Das ist dein Lieblingsplatz? Da kenne ich aber schönere Stellen in Köln. Kalt ist es hier und nass.«

Jaspar merkte gerade noch rechtzeitig, dass Klara ihn nur necken wollte, sonst hätte er wohl wieder geschmollt. »Klara, ich glaube, im Augenblick ist es überall in Köln kalt und nass.«

Klara grinste. Sie stützte beide Hände auf die Mauer und strampelte ausgelassen mit den Beinen. »Ich weiß.«

»Der Frühling hält Einzug«, sagte Jaspar, ohne sie dabei anzublicken.

»Keinen Tag zu früh. Es ist Zeit für einen Neuanfang. Es tut gut, die Sonne auf der Haut zu spüren. Die Wärme hat mir gefehlt.«

Jaspar ließ die Fersen gegen die Mauer baumeln. »Ich habe ein schlechtes Gewissen.«

Überrascht sah Klara ihn von der Seite an. »Warum denn das?«

»Weil es mir in diesem Augenblick gut geht. Das darf doch eigentlich nicht sein. Zacharias ist noch nicht einmal zwei Tage tot, aber ich trauere nicht, sondern freue mich, weil ich geholfen habe, die Mörderin zu fassen, und ich freue mich, weil ich jetzt hier mit dir sitzen darf.«

Klara lächelte breit und griff nach seiner Hand. »Recht so, Jaspar, du sollst dich freuen. Zacharias wäre dir dankbar, wenn er wüsste, wie sehr du dich bemüht hast, Gepa zu stellen. Und es ist auch unser gutes Recht, nach all den schlimmen Dingen ein wenig frohgemut in die Zukunft zu schauen, oder etwa nicht?«

Er hatte keine Gelegenheit, ihr zu widersprechen, denn quer durch den Stiftsgarten hielt Imbert geradewegs auf sie zu. Jaspar wollte auch gar nicht Einspruch erheben. Dafür genoss er es zu sehr, Klaras Hand zu halten. Schweigend saßen sie so mit ineinander verschränkten Fingern da, bis der Mönch, der von Naseweis begleitet wurde, an der Mauer angelangt war. Imbert stemmte die Hände in die Hüften, legte den Kopf in den Nacken und sah grinsend zu ihnen auf.

»Ich gebe zu, Klara, du machst dort oben eine weitaus bessere Figur als ich beim letzten Mal.«

Klaras Augen weiteten sich, denn sie konnte sich den Mönch schwerlich beim Erklimmen der Steine vorstellen. »Ihr habt hier auf der Mauer gesessen?«

Imbert nickte. »Ich fand es ausgesprochen unwirtlich, und ohne fremde Hilfe würde ich heute noch dort sitzen. Seitdem ziehe ich festen Boden und Naseweis' Gesellschaft vor, wenn es Jaspar mal wieder hoch auf die Mauerkrone zieht.« Als Imbert sah, dass sich die beiden an der Hand hielten und dabei unentdeckt wähnten, räusperte er sich verlegen. »Ich wollte auch gar nicht lange stören, eigentlich bin ich nur gekommen, um mich bei dir zu bedanken, Jaspar.«

»Bedanken? Wofür denn?«

»Für deine Geistesgegenwart. Du warst der Erste, der sich von Gepas Gebrechlichkeit nicht hat täuschen lassen, und das hat mir das Leben gerettet. Die Narbe an meinem Arm wird mich hoffentlich immer daran erinnern.«

Jaspar spürte das Blut in seine Wangen steigen. Er versuchte, die Aufmerksamkeit von sich abzulenken. »Was ist eigentlich aus der Asche geworden?«, fragte er.

»Nachdem ich Clementia über alles in Kenntnis gesetzt hatte, hat sie die Asche aus dem Kohlebecken in ein Kästchen geben und in den Sarkophag der Viventia legen lassen. Ich denke, das ist eine weise Entscheidung.«

»Glaubt Ihr, es war echt?«

»Das Praeputium?« Jaspar nickte, und Imbert hob die Schultern. »Das werden wir wohl nie herausfinden. Das ist aber auch nicht wichtig. Wichtig ist nur, was Gepa geglaubt hat, denn das hat ihre Taten bestimmt.«

»Selbst wenn sie daran geglaubt hat, sogar selbst wenn dieses Ding echt war«, warf Klara ein, »ich kann nicht verstehen, wie ein Mensch für ein totes Stück Fleisch, und sei es die Vorhaut des Herrn, Unschuldige umbringen kann.«

Imbert zuckte mit den Achseln und hob die Hände. »Ich will Gepa nicht verteidigen, aber schon der große König Salomo sagte in seiner Weisheit: ›Alles hat der Herr für seinen Zweck geschaffen, so auch den Frevler für den Tag des Unheils.‹ Vielleicht war es ihr bestimmt, diese Rolle in Gottes Plan zu spielen.«

»Ihr macht Euch das Leben recht einfach mit Eurem König Salomo«, sagte Klara. »Hat er denn auch einen Rat für Jaspar? Ihn plagt das schlechte Gewissen.«

»Warum das?«

»Weil er gern trauern würde, anstatt sich des Lebens zu erfreuen.«

Jaspar sah Klara vorwurfsvoll von der Seite an, doch Imbert schmunzelte. »Salomo hält für diesen Fall zwar keinen Rat, aber doch einen tröstenden Spruch bereit. ›Auch beim Lachen kann ein Herz leiden.‹ Und ich finde, er hat recht. Du darfst dich getrost ein wenig deines Lebens freuen, Jaspar, denn wir haben immerhin ein großes Abenteuer heil überstanden.«

Jaspar wollte etwas entgegnen, doch dann fiel sein Blick über Imbert hinweg in die Ferne. »Ich glaube, da übersteht gerade noch jemand ein Abenteuer.«

Imbert wandte sich um. Von den Stiftsgebäuden kam Albertus auf sie zu. Der Kanoniker versuchte, den Pfützen aus Schmelzwasser auszuweichen, und hielt dabei mit einer Hand seinen Rock hoch, weshalb er fast aussah wie eine Dame beim höfischen Tanz. In der anderen Hand hielt er einen Becher, sorgsam darauf bedacht, ihn in der Waage zu halten. Als Albertus sie fast erreicht hatte, glitt er auf dem nassen Schnee aus, fing sich, aber rutschte mit einem Fuß doch noch in eine Lache. Aus dem Becher spritzte eine rote Flüssigkeit in den Schnee.

»Mist!«, fluchte Albertus, »hättet Ihr nicht noch ein wenig warten können, bevor Ihr durch diesen kalten See waten musstet? Ich hätte mir einen Weg erspart.«

»Was gibt es denn so Wichtiges, dass Ihr eine solche Unannehmlichkeit auf Euch nehmt?«

Albertus klopfte sich missmutig den Schnee vom Saum. »Ich bin hier, um Euch Euren größten Wunsch zu erfüllen.«

»Und der wäre?«

Grinsend hielt Albertus ihm den nun halbleeren Becher hin. »Heißer Wein mit einem großen Löffel Honig darin.«

Imbert wandte angewidert den Kopf weg. »Vielen Dank, ich verzichte. Irgendwie ist mir seit gestern die Lust auf Honig vergangen.«

Jaspar schaute verwundert, doch Klara prustete los und riss alle anderen mit. Es war ein befreiendes Lachen, in das die vier ausbrachen, und sie ließen es gern mit sich geschehen, weil es die Anspannung wegspülte. Sie lachten, bis ihnen die Tränen kamen, lachten, bis ihre Bäuche schmerzten, und Naseweis stand schwanzwedelnd daneben.

Nach einer Weile rieb Albertus sich die tränennassen Augen, versuchte zu Luft zu kommen und legte seine Hand auf Imberts Schulter. »Es gibt noch einen Grund, weshalb ich Euch gesucht habe. Der Erzbischof hat einen Boten nach Euch geschickt. Philipp will Euch sehen.«

»Es scheint, als dulde es keinen Aufschub.«

»Sehr gute Schlussfolgerung, Imbert, wie immer«, erwiderte Albertus, doch dieses Mal schon wieder mit jenem Unterton, den Imbert so sehr an ihm schätzte.

»Ich denke, wir sollten den Erzbischof nicht länger warten lassen«, sagte Imbert. »Wollen wir gehen?«

Albertus nickte. »Gehen wir.«

Die beiden Männer empfahlen sich und machten sich auf den

Weg Richtung Stiftsgebäude. Als sie Jaspar und Klara außer Hörweite gelassen hatten, wandte Imbert sich Albertus zu.

»Ich freue mich, dass Ihr wieder lachen könnt. Ich war in Sorge, Ihr könntet tief in Glaubenszweifeln stecken.«

Um Albertus' Mund spielte schon wieder dieses schelmische Schmunzeln. »Etwa, weil der ein oder andere Jungfrauenknochen in Wahrheit von einem römischen Legionär stammt? Oder weil unser Heiland die Krätze gehabt haben könnte? Ach was, es wird schon nicht alles an Reliquien in unserem schönen Köln gefälscht oder sonst wie mit einem Makel behaftet sein. Der Herrgott und ich, wir werden unseren Frieden miteinander schon noch machen.«

Imbert räusperte sich. »Ich glaube, ich muss mich bei Euch entschuldigen.«

»Bei mir? Warum das?«

»Weil ich Euch verdächtigt habe. Ich muss gestehen, selbst in der Nacht hatte ich Euch noch auf der Liste der möglichen Täter. Es stimmt, in gewisser Weise habe ich das Gastrecht missbraucht.«

»Grämt euch nicht«, erwiderte Albertus. »Nun, da alles vorbei ist, wächst in mir das schlechte Gewissen. Und das Bedürfnis, mich bei *Euch* zu entschuldigen. Zu Beginn dieses Abenteuers war ich ja noch kämpferisch und entschlossen. Glaubt mir, es hat mich einiges an Überwindung gekostet, Euch aus der Hacht zu holen, mein Freund. Aber dann, je länger die Suche nach dem Mörder dauerte, habe ich mich eher zu einem Klotz an Eurem Bein entwickelt, zögernd, zweiflerisch, immer meckernd und mäkelnd. Kein Wunder, dass Ihr mich im Visier hattet.«

»Papperlapapp. Ohne Eure Einwände wäre ich manches Mal Hals über Kopf ins Verderben gestürzt.«

»Und ohne Eure Einfälle würde eine Mörderin noch immer frei herumlaufen.«

»Bevor wir uns den ganzen schönen Ostermontag beieinander entschuldigen und uns gegenseitig loben, wie wäre es, wenn wir uns einfach für los und ledig erklären?«

»Los und ledig, so soll es sein.«

»Wärt Ihr so nett, mir einen großen Gefallen zu tun?«

Mit gespieltem Entsetzen blieb Albertus kurz stehen. »Ihr wisst, was ich geschworen habe, und dieses Mal werde ich keine Torheit mehr für Euch begehen.«

Imbert winkte ab. »Zieht mich nur auf, ich habe es verdient. Nein, keine Angst, es ist ein ehrenwertes Ansinnen. Seid so gut, ein Auge auf Eufemia zu werfen. Ich befürchte, dem armen Kind wurde die vermeintliche Gabe nur eingeredet.«

»Wie kommt Ihr darauf?«

»Nun, ich würde in dieser Umgebung, in der sich alles nur um Knochen und tote Jungfrauen dreht, unter dem Einfluss von Bilsenkraut wohl auch nichts als Leichen und andere Grässlichkeiten sehen. Die Äbtissin wird in ihrer Begeisterung irgendwelche Fundorte in die Visionen hineingedeutet haben. Dass Jaspar und Zacharias an jenen Stellen, an denen Clementia ihnen zu graben befohlen hat, tatsächlich Gebeine gefunden haben, halte ich für so wundersam nicht. Wenn hier ein römischer Friedhof ist, wie Ihr sagtet, wird wohl unter jedem Stein ein Knochen liegen.«

Albertus nickte. Sie waren am Tor in der Immunitätsmauer angekommen, durch das der nächste Stoß Pilger ins Stift drängte. »Vielleicht habt Ihr recht, vielleicht nicht. Auf jeden Fall werde ich gern nach Eufemia sehen. Und jetzt müsst Ihr Euren Weg allein fortsetzen, denn von hier an werde ich Euch nicht mehr begleiten.«

»Weil Ihr nasse Füße habt?«

»Nein. Weil Philipp nur nach Euch geschickt hat.«

In diesem Augenblick, als er dem milde lächelnden Albertus ins Gesicht blickte, entschied Imbert, dass dies sein letzter Gang durch das Stiftstor sein sollte. Er hatte nie gelernt, Abschied zu nehmen, also zog er es vor, seine Heimreise ohne Tränen der Trennung und ohne Umarmung anzutreten. Seine Freunde wollte er so in Erinnerung behalten, wie er sie zuletzt erlebt hatte, Jaspar und Klara herzlich lachend, Albertus mit einer lebensfrohen Miene. Imbert legte dem alten Mann die Hand auf die Schulter, und er glaubte zu spüren, dass der Kanoniker genau wusste, welchen Gedanken er gerade hegte. Wortlos wandte er sich um und trat durch das Tor.

Erzbischof Philipp von Heinsberg war freundlich und gelöst, wie schon bei ihrer ersten Begegnung kurz nach Imberts Ankunft. Philipp empfing den Mönch allein, verzichtete auf Förmlichkeiten und kam gleich zur Sache.

»Wenn stimmt, was mir zugetragen wurde, so ist es Euch zuzuschreiben, dass Richards Mörderin seit gestern in der Hacht sitzt.«

»Sie ist nicht nur Richards Mörderin«, stellte Imbert richtig. »Gepa hat auch all die anderen Toten auf dem Gewissen.«

»Verzeiht meinen etwas verengten Blick, lieber Bruder Imbert, aber Ihr müsst wissen, dass mich mit Richard eine alte und tiefe Freundschaft verband. Weil ich mit Eurer Hilfe nun seinen Tod sühnen kann, will ich mich erkenntlich zeigen. Äußert einen Wunsch. Sofern es in meiner Macht steht, will ich ihn erfüllen.«

Weil Imbert damit gerechnet und sich auf dem Weg in den Palast bereits Gedanken gemacht hatte, überraschte er den Erzbischof mit seiner Antwort. »Ich hoffe, Ihr haltet mich nicht für maßlos, Eminenz, aber ich habe nicht einen Wunsch, sondern derer gleich sechs.«

»Sechs? Nun, ob ich Euch für maßlos halte, hängt davon ab, was Ihr Euch erbittet und ob es nicht meine Schatzkammer leert.«

»Ich verspreche Euch, keinen vermessenen Wunsch zu äußern, Eminenz. Alle meine Anliegen sind recht einfach für Euch zu bewerkstelligen. Und kostspielig sind sie auch nicht.«

»So lasst sie mich hören.«

So wie er sich nach seiner Ankunft bei den Heiligen Drei Königen für seine glücklich beendete Reise bedankt hatte, bat Imbert die Schutzheiligen der Reisenden nun um einen unbeschadeten Heimritt. Lange blieb er im Dom, betrachtete die an den Sarkophagen vorbeiziehenden Pilger und überlegte, ob er mit seinen Wünschen, die er dem Erzbischof vorgetragen hatte, auch alle Menschen bedacht hatte, die ihm wichtig waren. Das half ihm, sein schlechtes Gewissen zu beruhigen, das ihn plagte, weil er seine Freunde ohne ein Wort des Abschieds zurückgelassen hatte.

Wenn sich Philipp an sein Wort hielt, würde er Imberts erstem Wunsch gemäß Zacharias' Leichnam vom Schindanger holen lassen, um ihn gemeinsam mit Ida und Mabilia an der Kirche der heiligen Jungfrauen beisetzen zu lassen und dem armen Kerl so doch noch ein christliches Begräbnis zu gewähren. Imbert lächelte, weil sich Jaspar gewiss darüber freuen würde, seinen Freund nicht mehr unter Verbrechern und Geächteten zu wissen.

Seine Mundwinkel hoben sich noch weiter, als er an Klara und seinen zweiten Wunsch dachte. Philipp sollte ihr in den nächsten Tagen aus dem reichen Bestand des Erzbistums ein Stück Land mit einer kleinen Bauernhütte schenken. Was sie damit machte, würde ihr selbst überlassen sein. Sie könnte es verkaufen, um eine lange Zeit von dem Geld zu leben. Aber Imbert war sich sicher, Klara würde die Gelegenheit für ein neues Leben nutzen und dort mit Jaspar sesshaft werden. Sein Maulesel, den er den beiden überlassen wollte, würde ihnen bei der Arbeit eine große Hilfe sein.

Zur Erfüllung seines dritten Wunsches musste er einen anderen Menschen leider unglücklich machen. Archivar Thomas würde sich gewiss nur schweren Herzens von seinem Büchlein wieder trennen, aber Imbert fand, dass die Sprüche König Salomos in Albertus einen mindestens ebenso dankbaren Leser hätten. Der Kanoniker würde sein Augenmerk jedenfalls mehr auf den Text als auf die Miniaturen legen und weniger die Kunstfertigkeit des Malers schätzen als vielmehr die klugen Ratschläge eines weisen Mannes. Imbert bedauerte, Thomas' Gesicht nicht sehen zu können, wenn ein Bote des Erzbischofs die Herausgabe des kleinen Buchs forderte.

Der Mönch beugte ein letztes Mal das Knie vor dem Sarkophag des heiligen Caspar und strebte dann dem Ausgang zu. Als er vor die Kathedrale trat, stand die Sonne schon hoch am Himmel. Wollte er heute noch Aachen erreichen, musste er sich sputen. Er ging hinüber zu den Stallungen des erzbischöflichen Palasts, wo Imbert seinen vierten Wunsch einlösen wollte. Er meldete sich beim Stallmeister, der ihm das versprochene frische Pferd für die Reise geben sollte. Der Mann nickte, winkte einem Burschen zu, der darauf in einem Stall verschwand, und gab dann einen lauten Pfiff auf zwei Fingern ab. Imbert war überrascht, als er sah, wer auf dieses Zeichen hin nach einer Weile zu ihnen trat.

»Volkmar, *mon Dieu*, Ihr seht schrecklich aus. Ihr seid blass wie der Tod.«

»Blutleer trifft es wohl eher.«

»Und Euer Gesicht …«

»Erspart mir die Einzelheiten«, sagte der Hauptmann, der sich nur mühsam voranschleppte.

»Aber ich bin froh, Euch schon wieder auf den Beinen zu sehen.«

Volkmar zwang sich zu einem gequälten Lächeln. »Es gehört schon etwas mehr dazu, mein zähes Leder zu zerschneiden. Nach einer solchen Verletzung steht man entweder am nächsten Tag auf, oder man bleibt liegen und stirbt nach einer Woche.« Volkmar kratzte sich verlegen den struppigen schwarzen Bart. »Mir ist zu Ohren gekommen, wem ich mein Leben verdanke. Und auch wenn ich in den vergangenen Tagen nicht gerade Zuneigung zu Euch entwickelt habe, soll mich das nicht daran hindern, Euch aufrichtig zu danken.«

Imbert konnte nicht anders, als breit zu grinsen. »Versteht das jetzt bitte nicht falsch, Volkmar, aber was ich getan habe, hätte ich für jeden getan.«

»Ich weiß. Habt trotzdem Dank.«

Volkmar schien froh, dass der Stallbursche das Gespräch an dieser Stelle unterbrach. Der Junge brachte einen kräftigen Fuchs, den er in Windeseile gesattelt hatte. Imbert nahm das Pferd am Zügel.

»Ich bin aber nicht nur hier, um Abbitte zu leisten«, nahm Volkmar den Faden wieder auf, »sondern auch, um Euch eine gute Nachricht zu übermitteln. Es wird Euch gewiss freuen zu hören, dass Ihr mich schon wieder in Schwierigkeiten gebracht habt.«

»Wie das?«

Der Hauptmann deutete mit einer Kopfbewegung hinüber zu einer der Türen im Gefängnis, vor der Ulrich stand. Es musste die Pforte sein, durch die Volkmar den Mönch erst vor wenigen Tagen auf unsanfte Art in die Freiheit befördert hatte. Auf einen kurzen Wink Volkmars öffnete Ulrich die Tür. Nach einer Weile trat eine zerlumpte Gestalt schwankend in den Domhof und riss sofort die Hände vors Gesicht, als würde das grelle Sonnenlicht dem Mann Schmerzen bereiten. Langsam senkte Peter der Zänker die Arme und blinzelte behutsam aus seinem verbliebenen Auge in die unerwartete Freiheit. Imberts fünfter Wunsch war erfüllt.

»Ihr könnt Euch gewiss vorstellen, wie begeistert der Erzbischof gewesen ist, als er aus Eurem Mund hörte, dass in meinem Gefängnis ein zum Tode verurteilter Häftling vergessen wurde.«

»Das braucht Ihr mir nicht zu sagen, Volkmar«, sagte Imbert und schwang sich auf sein Pferd. »Ich war zugegen, als Philipps

Kinnlade herunterfiel. Tröstet Euch mit dem Gedanken, dass der Mann unschuldig und der Hinrichtung entgangen ist.«

»Wo wir gerade davon reden: Wollt Ihr nicht bis zu Gepas Hinrichtung warten?«

Imbert schüttelte den Kopf und drückte dem Pferd sanft die Fersen in die Flanken. »Nein, danke, ich habe schon genug Blut gesehen. Es reicht für den Rest meines Lebens. Lebt wohl, Volkmar.«

Der Mönch ließ den Hauptmann stehen und lenkte sein Pferd aus dem Domhof. Er kam gut voran, denn es drängte bereits viele Pilger, die das Osterfest in Köln gefeiert hatten, wieder nach Hause, sodass er sich mit dem Strom der Menschen stadtauswärts treiben lassen konnte. Als er durch das Stadttor geritten war und ein gutes Stück Weg hinter sich gebracht hatte, hielt Imbert sein Pferd auf einer Anhöhe an und wandte sich im Sattel um. Er warf einen letzten Blick zurück auf Köln, dessen Mauern und Türme im strahlenden Sonnenlicht dalagen, als wäre dieses Osterfest nur eines gewesen wie viele andere zuvor. Dabei hatten die vergangenen Tage sein Leben verändert.

Imbert wusste nicht, ob er nach dieser aufregenden Zeit einfach wieder in sein Kloster zurückkehren und sich die nächsten Jahrzehnte dem Gebet hingeben konnte. Aber er beschloss, sich darüber nun noch keine Gedanken zu machen und auf die Worte König Salomos zu vertrauen. »Des Menschen Herz plant seinen Weg, doch der Herr lenkt seinen Schritt.« Und der Herr würde ihm schon rechtzeitig verraten, wie es mit ihm weiterging. Erst aber hatte er einen Auftrag zu erfüllen.

Imbert öffnete die Satteltasche und schaute nach, ob Philipp von Heinsberg auch seinem sechsten und letzten Wunsch entsprochen hatte. Er griff hinein, holte das in weißes Leinen gewickelte Bündel hervor und entdeckte darauf das Siegel des Erzbischofs. Seinen Brüdern würden die Gebeine dieser heiligen Jungfrau gewiss große Freude bereiten. Ob die Knochen nun von einer Heiligen stammten oder auch nicht.

Nachtrag

Das Sanctum Praeputium

Der 1. Januar 1983 ist ein Unglückstag für das Bergdorf Calcata bei Rom. An jenem Samstag tritt der Pfarrer vor die Gemeinde und teilt den ebenso überraschten wie bestürzten Gläubigen mit, dass die jährliche Prozession am Beschneidungstag des Herrn ausfallen muss – die bedeutendste Reliquie des Dorfs, das Sanctum Praeputium, sei unauffindbar, vermutlich gestohlen.

Das Praeputium von Calcata war das letzte seiner Art. Mit seinem Verschwinden endet die Verehrung einer ganzen Reihe von heiligen Vorhäuten in Kirchen quer durch Europa. Im Jahr 1907 veröffentlicht der ehemalige Dominikaner Alphons Victor Müller das kritische Buch: »Die hochheilige Vorhaut Christi im Kult und in der Theologie der Papstkirche«. Er nennt dreizehn Orte, die im Mittelalter für sich beansprucht haben, im Besitz des einzig wahren Praeputiums zu sein, darunter Paris, Brügge, Hildesheim und Santiago de Compostela. Für das vermutlich ab 1112 verehrte Praeputium in der Liebfrauenkirche in Antwerpen gründet sich 1426 gar eine eigene Vorhaut-Bruderschaft.

Die berühmteste Reliquie ist die heilige Vorhaut in der Kapelle Sancta Sanctorum im Lateran in Rom. Karl der Große hat sie angeblich am 25. Dezember 800 anlässlich seiner Kaiserkrönung Papst Leo III. geschenkt. Und Karl wiederum soll die Reliquie von einem Engel erhalten haben – für Theologen ein Graus: Es gilt das Dogma des unversehrten Leibs, und demnach muss das Häutchen an Christi Himmelfahrt teilgenommen haben (wo und wie auch immer es bis dahin überdauert hat).

Vor allem Frauen stehen in einer sonderbaren, ja libidinösen Beziehung zum Sanctum Praeputium. Die heilige Birgitta von Schweden (1303–1373) verbürgt sich in ihren Offenbarungen – unter Berufung auf die Muttergottes selbst – für die Echtheit der Lateran-Reliquie, die heilige Katharina von Siena (1347–1380) will die Vorhaut von Jesus bekommen haben und wie einen Verlobungsring am Finger tragen. Außer ihr kann jedoch niemand das befremdliche Schmuckstück sehen. Katharina von Valois (1401–1437) bittet 1421 ihren Mann, ihr die heilige Vorhaut zu beschaffen – der süße Duft solle für eine gute Geburt sorgen. Ihr Gatte, König Heinrich V. von England, tut ihr den Gefallen. Dieses Praeputium findet seinen Platz in der Abteikirche von Coulombs-en-Valois und verschwindet während der Französischen Revolution.

Die Mystikerin Agnes Blannbekin (vermutlich 1250–1315) offenbart ihrem Beichtvater ein seltsames Erlebnis. Die Wienerin trauert der verlorenen Vorhaut besonders an den Beschneidungsfesten am 1. Januar nach. »So Christus beweinend und bemitleidend«, heißt es in der 1731 herausgegebenen Dokumentation ihrer »Revelationes«, »fing sie an darüber nachzudenken, wo das Praeputium sei. Und siehe da! Bald fühlte sie auf der Zunge ein kleines Häutchen, gleich dem Häutchen eines Eies, voller übergroßer Süßigkeit, und sie schluckte es hinunter. Kaum hatte sie es hinuntergeschluckt, da fühlte sie schon wiederum das Häutchen mit der Süßigkeit von Neuem auf der Zunge, und sie schluckte es nochmals hinunter. Und so machte sie es wohl hundertmal. [...] So groß war die Süßigkeit beim Hinunterschlucken des Häutchens, daß sie in allen Gliedern und in allen Muskeln der Glieder eine süße Umwandlung fühlte.«

Noch 1874 soll die Vorhaut als Verlobungsring bei zwei »Bräuten Christi« aufgetaucht sein. Gleich vierzehn Männer, darunter ein Bischof, wollen sie an den Fingern der jungen Französinnen Célestine Fenouil und Marie-Julie Jahenny anschwellen und »unter der Haut rot werden« gesehen haben.

Im Lauf der Geschichte verschwinden alle Vorhaut-Reliquien. Das Praeputium in Antwerpen geht 1566 beim calvinistisch-reformierten Bildersturm verloren. Weitere Vorhäute fallen der Französischen Revolution zum Opfer. Das papsteigene Lateran-Praeputium kommt gleich zweimal abhanden, zuerst 1527 beim sogenannten Sacco di Roma, der Plünderung Roms durch deutsche, spanische und italienische Söldner. Ein deutscher Landsknecht soll die Reliquie gestohlen haben, jedoch nimmt ihn Graf Flaminio von Anguillara fest und wirft ihn in das Verlies der Burg Calcata, fünfzig Kilometer nördlich von Rom. Angeblich verscharrt der Söldner das Kästchen mit der Vorhaut im Lehmboden seiner Zelle, wo sie erst dreißig Jahre später nach dem reumütigen Geständnis des längst freigelassenen Diebs wiederentdeckt wird.

Als der Papst die Haut zurückverlangt, ist es wieder eine Frau, die sich dem Praeputium in besonderer Weise zugetan fühlt: Die Grafengattin Maddalena Strozzi verweigert die Herausgabe. In der Pfarrkirche von Calcata wird die hochheilige Vorhaut über Jahrhunderte verehrt und stolz den Pilgern gezeigt – bis zu ihrem zweiten und endgültigen Verschwinden am 1. Januar 1983. Verschwörungstheoretiker vermuten den Vatikan hinter dem mutmaßlichen Diebstahl. Rom sei die Reliquie peinlich geworden und habe zudem die in den 80er Jahren aktuelle Diskussion um das Klonen mit Sorge beobachtet.

Das Zweite Vatikanische Konzil hat das Beschneidungsfest bereits 1962 abgeschafft.

Der Ursula-Acker

Im Jahr 1106 stoßen die Kölner bei der ersten Erweiterung ihrer Stadtmauer nahe der Kirche zu den heiligen Jungfrauen (heute St. Ursula) im Norden der Stadt auf ein römisches Gräberfeld. Für die Kölner steht damals außer Zweifel: Bei den menschlichen Überresten muss es sich um die Gebeine der legendären Märtyrerin Ursula und ihrer jungfräulichen Begleiterinnen handeln, die im fünften Jahrhundert von der Hunnenhorde König Etzels, besser bekannt als Attila, vor den Toren Kölns hingemetzelt worden sein sollen.

Abertausende Knochen werden in groß angelegten Grabungen auf dem Ager Ursulanus geborgen, ganze Wagenladungen auf die andere Rheinseite in die Abtei Deutz gebracht. Sogar in der Kirche lassen die Kanonissen des dazugehörigen Stifts Gruben ausheben, um nach Gebeinen zu suchen. Die Hüter der Reliquien entwickeln schnell einen ungeheuren Einfallsreichtum, um den heidnischen Knochen zu christlichen Weihen zu verhelfen: Weil die Überlieferung mit den Funden nicht übereinstimmt, wird die Legende über die britannische Königstochter umgestaltet. So wächst mit der Zahl der Gebeine auch die Zahl der Jungfrauen von elf auf elftausend. Und weil Männer- und Kinderskelette entdeckt werden, gehören in der Legende bald Bischöfe, Priester und Kinder zu Ursulas Gefolge. Es folgen Jahrzehnte der fieberhaften Ausgrabungen und Jahrhunderte des blühenden Handels mit den Knochen, selbst päpstlichen Verboten zum Trotz.

Visionen

1141 wird ein Mädchen namens Elisabeth im Alter von zwölf Jahren von seinen Eltern den Benediktinerinnen von Schönau im Taunus übergeben. Nach einigen Jahren leidet Elisabeth unter Angstzuständen und Depressionen, und ab 1152 erlebt sie Visionen, in denen auch die Jungfrauen aus der Schar der heiligen Ursula auftauchen. Wahrscheinlich 1155 tritt ihr Bruder Eckbert in den Männerkonvent des Klosters ein. Er lenkt sie und schreibt ihre Visionen nieder. Aufgrund ihrer Erscheinungen gilt die Echtheit der vor allem in der Abtei Deutz aufbewahrten Jungfrauenreliquien als bestätigt. Bis 1159 entsteht ihr »Buch der Offenbarung der Heiligen Schar der Kölnischen Jungfrauen«. Die später heilig gesprochene Elisabeth von Schönau stirbt 1164 im Alter von fünfunddreißig Jahren.

Die Heiligen Drei Könige, der Schrein und der Dom

1164 überführt der Kölner Erzbischof Rainald von Dassel (um 1120–1167), Erzkanzler von Italien unter Kaiser Friedrich I. Barbarossa, die Leichname der Heiligen Drei Könige aus dem eroberten Mailand nach Köln – aus Angst vor Überfällen auf Schleichwegen. Rainald sieht in den Reliquien ein Machtmittel: Jeder König des Heiligen Römischen Reiches hat nach seiner Krönung im Dom zu Aachen nach Köln zu kommen, um am Grab der drei Weisen das Knie zu beugen. Die Heiligen Drei Könige, die das Jesuskind mit ihrer Huldigung als König der Könige anerkannt haben, legitimieren nun auch die weltlichen Herrscher. Zeitgenossen schildern die Reliquien als nahezu unversehrte Leichname von Männern, die im Alter von etwa fünfzehn, dreißig und sechzig Jahren gestorben zu sein scheinen. Dietmar Scherm hat die Schilderungen der Mumien und ihrer Kleidung zusammengetragen: Die Heiligen Drei Könige im Kölner Dom – Spurensuche im Jahre 1990: Indizien, Fakten, Augenzeugenberichte. Duisburg 1990.

Philipp von Heinsberg, Rainalds Nachfolger, gibt den Dreikönigsschrein in Auftrag. Das Meisterwerk der mittelalterlichen Goldschmiedekunst wird Nicholas von Verdun (1130–1205) zugeschrieben, der möglicherweise ab 1181 an dem Schrein gearbeitet hat. Letzte Hand legen Goldschmiede zwischen 1220 und 1225 an. In jener Zeit fordert Philipps Nachfolger, Engelbert von Berg, ein würdiges Gefäß für den Dreikönigsschrein: »Ein neuer Dom muss gebaut werden.« 1248 legt Erzbischof Konrad von Hochstaden den Grundstein der neuen Kirche.

Das zwölfte und das dreizehnte Jahrhundert begründen den Ruf vom »hilligen Coeln«. Die Stadt wird christliches Zentrum nördlich der Alpen. Die Jungfrauenknochen und die Leichname der drei Magier wirken wie ein Magnet auf die Wallfahrer Europas. Die Verehrung der Heiligen prägt bald das Wappen der Stadt: drei Kronen für die Könige, elf Flammen für die Märtyrerinnen.

Das Stift

Die Urkunden des Stifts an der Kirche der heiligen Jungfrauen weisen gegen Ende des zwölften Jahrhunderts eine Reihe von Kanonissen aus, darunter Bertradis, Ida, Agnes und Mabilia. Genannt sind auch die Kanoniker Albertus und Egilolf. Gepa II., jüngere Schwester von Erzbischof Rainald von Dassel, steht dem Stift vermutlich von 1150 bis 1173 vor. Ihr Todesdatum ist unbekannt. Ihre Nachfolgerin ist Clementia, die 1205 stirbt. Auf sie folgt eine Kanonisse namens Eufemia.

Die Stiftsgebäude rund um den Pesch genannten Innenhof werden im 18. und 19. Jahrhundert abgebrochen. Die Kirche St. Ursula wird im Zweiten Weltkrieg fast völlig zerstört und bis 1964 wieder aufgebaut. Sowohl der Sarkophag der Viventia als auch die Clematius-Inschrift existieren noch. Der Ursula-Grabstein, 1893 in der Kirche hinter Putz entdeckt, befindet sich in der Ausstellung des Römisch-Germanischen Museums in Köln.

Das Evangelium

Das von Imbert entdeckte armenische Evangelium ist wörtlich zitiert nach Henri Daniel-Rops: Die apokryphen Evangelien des Neuen Testaments, Zürich 1956. Lediglich ein Detail wurde zugunsten der Romanhandlung ausgetauscht: Im Originaltext verehren die Heiligen Drei Könige statt der Vorhaut eine Windel Jesu.

Imberts Reise und die Mönche von Grandmont

Am Ostermontag, dem 6. April 1181, treten vier französische Mönche ihre fast tausend Kilometer lange Heimreise von Köln nach Grandmont an. Am 28. April erreichen sie ihr Kloster bei Limoges im Zentralmassiv, wo ihre Mitbrüder vom Grammontenser-Orden sie begeistert empfangen. Saibrandus, der Bischof von Limoges, überträgt die von ihnen mitgebrachten Jungfrauengebeine feierlich in die Marienkirche von Grandmont. Über ihren Besuch in Köln in der Karwoche und zu Ostern 1181, bei denen sie Erzbischof Philipp von Heinsberg, Äbtissin Clementia und viele Geistliche getroffen haben, schreiben die Mönche Imbert und Wilhelm einen Bericht. Karl Corsten hat den lateinischen Text übersetzt und kommentiert. Er ist nachzulesen im 116. Heft der Annalen des Historischen Vereins für den Niederrhein aus dem Jahr 1930 auf den Seiten 29 bis 60.

Der Orden der Grammontenser erlebt seine Blütezeit gegen Ende des zwölften Jahrhunderts. Er wird 1771 aufgelöst. Das Klostergebäude in Grandmont mit den rund fünfzig Zellen der Mönche ist noch erhalten.

In eigener Sache

Bei der Schilderung in diesem Kriminalroman war ich um größtmögliche historische Genauigkeit bemüht. Fehler und Ungenauigkeiten sind dem Wunsch geschuldet, den Fluss der Handlung nicht zu stören, oder meiner Unwissenheit. In letzterem Fall halte ich es wie Imbert mit dem Buch der Sprichwörter: Sei bereit, dich verbessern zu lassen, und spitze die Ohren, wenn du etwas lernen kannst (23,12).

Posthum um Entschuldigung bitten muss ich all jene Menschen, die nicht meiner Phantasie entsprungen sind und in diesem Buch in einem schlechten Licht erscheinen, im besonderen Maße Gepa von Dassel, die zwar tiefgläubig gewesen sein mag, aber keine Mörderin.

Mein Dank gilt Kristin Schmitz, Simone Firmenich, Tim Kosmetschke, Tanja und Stefan Althoff, Agnes und Jakob Guthausen sowie Christina und nicht zuletzt René Martin für seine unerschöpfliche Begeisterung. Sie alle haben mit Anregungen und Kritik zu diesem Buch beigetragen.

Besonderer Dank gebührt meiner Frau Britta für ihre Liebe, Engelsgeduld, aufrichtige Kritik und unverbrüchliche Zuversicht. Sie musste mich viel zu oft entbehren, wenn ich mich in das Köln des zwölften Jahrhunderts verabschiedet habe. Danke.

Frank Schätzing
TOD UND TEUFEL
Illustrierte Ausgabe
Gebunden, Schutzumschlag
426 Seiten
ISBN 978-3-89705-451-6

»So sinnlich beschreibt Schätzing das mittelalterliche Köln, dass man glaubt, selbst einen Streifzug durch dessen dunkle Gassen und Klostergärten, durch die Schenken und Badehäuser von Köln im Jahr 1260 unternommen zu haben. Schätzings Krimi, mittlerweile ein Klassiker, ist in einer sehr schönen illustrierten Neuausgabe erschienen.« Denis Scheck in Westart, WDR

Rolf Bönnen
DER GROSSE TANZ
304 Seiten
ISBN 978-3-89705-508-7

»Ein sattes, pralles Stück Literatur. Bönnens Sprache trifft den derben Ton der Vögte, Vaganten und Venuspriesterinnen so gut, dass man glaubt, sie zu belauschen.«
Westdeutsche Zeitung

»Rolf Bönnen bringt alles an Gefahr und Farbe in den Roman, was die Zeit um 1349 hergibt.« nrz am sonntag

www.emons-verlag.de